UN ESPION DANS L'INTIMITÉ

UN ESPION DANS L'INTIMITÉ

Lettres de John le Carré

ÉDITION ÉTABLIE PAR TIM CORNWELL

TRADUIT DE L'ANGLAIS (GRANDE-BRETAGNE)
PAR ISABELLE PERRIN

ÉDITIONS DU SEUIL
*57, rue Gaston-Tessier, Paris XIXe*

Ce livre est édité par Anne Freyer-Mauthner

Titre original : *A Private Spy*
Éditeur original : Viking/Penguin Books, Londres
ISBN original : 978-0-241-55009-0

ISBN 978-2-02-153842-7

www.seuil.com

Pour Noah

Pardonnez-moi cette longue missive, mais les lettres, c'est quand même plus amusant.

– le Carré à sa belle-mère Jean Cornwell,
4 juin 2009

Nous n'écrivons plus assez de lettres, de nos jours.

– à Al Alvarez,
16 septembre 2016

Introduction

« Je ne supporte pas le téléphone. Je ne sais pas taper à la machine. Comme le tailleur de mon nouveau roman, j'exerce une activité manuelle. Je vis sur une falaise en Cornouailles et je déteste la vie citadine. Trois jours et trois nuits dans une ville sont un maximum pour moi. Je ne vois pas beaucoup de gens. J'écris, je marche, je nage et je bois. » Voilà ce qu'écrit mon père en 1996 dans une lettre envoyée entre autres à Bob Gottlieb, son éditeur américain de longue date, et par la suite publiée sous le titre « Remarques à l'attention des commerciaux des éditions Knopf ».

Je rédige ces quelques mots d'introduction sur cette même falaise des Cornouailles. Hier, le vent cinglait les murs de pierre et malmenait les vigoureux buissons de véronique et de skimmia du jardin de mon père ; je n'avais jamais vu la mer si démontée, les rouleaux si écumants de blancheur. Ce matin, un généreux soleil hivernal se réfléchit sur un océan de vaguelettes et une pie sautille sur la pelouse.

En 1969, mon père achète à un fermier local trois cottages délabrés en enfilade et une grange attenante sur une parcelle de falaise longue d'un kilomètre et demi. Il passera cinquante ans à restaurer et à agrandir les lieux, où il aménagera une bibliothèque et un atelier d'écrivain, et créera son propre jardin paysager, un bocage d'immenses pierres taillées clôturant des pelouses agrémentées de sculptures.

« Je suis venu hiberner ici, je n'ai quasiment vu personne, écrit-il à sa belle-mère Jean, dite Jeannie, en 1972. Je travaille sept ou huit heures par jour à un nouveau roman, un petit thriller pour m'occuper… Je me lève à 7 h tous les matins avec pour seule compagnie des vents de 150 km/h qui n'ont pas faibli depuis quatre jours et des coupures de courant pénibles, mais cela n'est pas fait pour me déplaire car j'aime mon travail, j'aime les champs, la mer et le carré de pommes de terre qui font partie des lieux. » Ce livre, ce « petit thriller », c'était *La Taupe*.

Décédé en décembre 2020 d'une pneumonie contractée après une mauvaise chute, mon père a toujours fait preuve de courage dans la défense de ses convictions, dans le choix des lieux et des sujets de ses romans et dans son attitude face à la maladie. Pour parler du cancer contre lequel il s'est longtemps battu et qui ne sera finalement pas la cause de son décès, il invente un jargon médical à l'humour digne de P. G. Wodehouse, un langage codé comme celui qu'il a créé pour ses espions : il surnomme le spécialiste de la prostate le « Pisse-Amiral », les examens pénibles des « rodéos » et les traitements par un produit radioactif létal des « armes de destruction massive ». Il fait preuve du même courage quand il lui faut prendre soin de ma belle-mère, Jane, déjà gravement atteinte au moment de sa mort à lui par un cancer qui l'emportera deux mois plus tard.

« Il fait un temps de chien, ici : un nordet violent, du grésil et de la pluie, un froid de loup », m'écrit-il dans un mail, une semaine avant son décès. Ce fut souvent notre moyen de communication privilégié : un mail ou deux me valaient toujours une remarque judicieuse, un sourire, une ribambelle de mots à chérir. « Et ce temps nous arrive après une longue période de soleil automnal. Nous allons bien, mais Jane est très affectée par sa chimio… Je suis tombé dans la salle de bains comme un imbécile et je me suis cassé une côte, ce qui m'agace au plus haut point. »

Le présent recueil de lettres et de quelques courriels de John le Carré a pour ambition de faire entendre la voix intime d'un homme considéré par beaucoup comme l'un des plus grands romanciers de l'après-guerre, qui a permis à l'espion d'accéder au panthéon de la littérature en attirant ses lecteurs vers les personnages, le jargon et les complots tortueux de son monde secret. Seul angle mort évident : ce recueil ne contient que de très rares lettres à ses maîtresses, qui furent assez nombreuses au cours de sa vie. Le Carré semble avoir surtout été attiré (amoureusement, et en général) par des personnes d'importance et de pouvoir, mais aussi, inévitablement, par celles dont l'angoisse faisait écho à la sienne. Fils d'un père violent et d'une mère qui, pour des raisons compréhensibles,

les a abandonnés, son frère et lui, quand il avait cinq ans[1], il était voué à l'inconstance dans ses rapports aux autres : volage, en mal d'amour, prêt à tout pour plaire, mais aussi désespérément soucieux de rester maître de son propre cœur de peur que l'objet de son affection ne l'abandonne soudain. Il serait tentant de voir dans cette attitude complexe la marque du génie, mais sans doute plus juste de l'attribuer simplement au traumatisme originel. Obnubilé par la hantise de reproduire les agissements de son père, le Carré aura lui aussi fatalement infligé des blessures émotionnelles. Quoi qu'il en soit, étant donné qu'il s'est employé à garder secrète sa correspondance amoureuse avec autant de soin qu'il a catalogué ses autres lettres, les archives disponibles contiennent peu d'éléments éclairants dans ce domaine.

De *L'Espion qui venait du froid* en 1963 à *Retour de service* en 2019, sans oublier son roman posthume, *L'Espion qui aimait les livres* en 2021, l'œuvre de le Carré (ainsi que je le désignerai dans ce recueil) jalonne les décennies et connaît le succès dans le monde entier. Écrivain emblématique de la guerre froide, il ne cessera ensuite de parler vrai aux grands de ce monde sans jamais (ou presque) faire passer la polémique avant une bonne intrigue. Graham Greene salue le jeune le Carré comme étant l'auteur du meilleur roman d'espionnage qu'il ait jamais lu ; Philip Roth et Ian McEwan classent ses livres parmi les plus importants du XXe siècle.

Du jour où *L'Espion qui venait du froid* le propulse du statut d'agent du MI6 sous couverture diplomatique à celui d'auteur inconnu d'un énorme best-seller international sur la guerre froide, mon père passe soixante années sur la scène publique. En spécialiste érudit de la littérature, française mais surtout allemande, il comprend très tôt que ses lettres seront conservées précieusement, archivées et peut-être rendues publiques, exploitées, détournées ou vendues.

Dans une lettre incluse ici, mon père décrit Francis Scott Fitzgerald comme « le romancier préféré des romanciers », magicien du verbe qui sait « éclairer les ténèbres » et « iriser le noir et le blanc en un arc-en-ciel ». Le même homme, dans une lettre à sa maîtresse Susan

1. Tony, le frère aîné de le Carré, était persuadé qu'ils avaient respectivement six et quatre ans quand leur mère les avait abandonnés. *(Toutes les notes sont de l'auteur, excepté celles portant l'indication N.d.T., qui sont de la traductrice.)*

Kennaway, écrit que les trois quarts des lettres de Fitzgerald sont « des ramassis de conneries affectées qui font injure à sa personne comme à son art, et si jamais quelqu'un va farfouiller un jour dans mon bureau pour y récupérer ce genre de torchons, j'espère vivement que je les aurai brûlés avant ».

Parmi les lettres figurant dans ce recueil, certaines sont ainsi écrites en toute liberté par David Cornwell à ses proches et d'autres par un John le Carré qui œuvre à sa postérité en se surveillant, ce qui ne l'empêche pas de s'amuser un peu au passage. Peut-être pas « affecté », donc, mais très affûté. « J'ai décidé de cultiver ce regard intense et tourmenté et de me mettre à écrire des lettres aussi brillantes que décousues à l'intention de mes futurs biographes. La présente en est une », annonce-t-il à Miranda Margetson alors qu'il est encore en poste à l'ambassade du Royaume-Uni à Bonn, en joignant à sa lettre une caricature de lui-même occupé à cette activité.

Auteur de vingt-cinq romans, mon père fut un épistolier prolifique, qui mettait un point d'honneur à remercier les amis par une lettre de château ou à répondre au courrier de ses admirateurs. Les correspondants ici rassemblés appartiennent à des mondes aussi divers que la politique, la littérature, l'édition, les arts ou l'espionnage, et vont de l'acteur et auteur Stephen Fry au dramaturge Tom Stoppard, en passant par l'ancien chef de la station londonienne du KGB et l'ancien patron du MI6, sans oublier les membres de sa famille proche, notamment dans les chapitres sur ses jeunes années.

Naturellement doué pour l'art, mon père a envisagé un temps une carrière dans ce domaine, comme en témoignent certains de ses premiers dessins, caricatures et illustrations pour des livres et des magazines, reproduits dans le présent ouvrage. Certes, ils sont de qualité disparate et peut-être à reléguer dans la catégorie des œuvres de jeunesse, mais bien plus tard encore, lorsqu'il se rend en Russie en 1993, il se réjouit de découvrir que les manuscrits de Pouchkine, tout comme les siens, sont parfois recouverts de croquis osés (dans le cas de Pouchkine, des nymphes jouant au billard). Un jour où il se retrouve seul à Londres avec plusieurs milliers de feuilles de papier à signer pour son éditeur américain, il choisit plutôt de les décorer, d'abord avec des espions et des chiens mais, l'ennui augmentant, avec des silhouettes bien plus coquines. Ses lettres de jeunesse sont souvent illustrées, et tout au long de sa vie il rédigera ses manuscrits, son courrier et ses dédicaces à la main, d'une plume élégante et reconnaissable. La dernière lettre du présent ouvrage, écrite deux semaines avant son décès à son vieil ami journaliste David Greenway, court sur quatre pages manuscrites.

Stephen Fry, qui écrit à le Carré pour la première fois en 1993 en fan absolu de son œuvre et entame ainsi avec lui une correspondance intermittente, me confiera après la cérémonie d'hommage à mon père : « Ah, ses lettres ! Tant d'affection et de passion en elles, tant de bienveillance, d'intelligence, de souci du détail... Je l'entendais presque hausser ses sourcils broussailleux en les écrivant. Quelle élégance de partager sans compter ses observations et ses analyses avec quelqu'un que l'on connaît si peu ! »

Enfant au début des années 1970, j'ai accompagné mon père quand il a ouvert notre portion du nouveau chemin côtier en contrebas de la maison en Cornouailles. Ce paysage et les changements de temps apportés par l'Atlantique figurent en arrière-plan de toutes ses lettres tel un leitmotiv wagnérien. C'est en Cornouailles qu'il se retirait pour écrire et qu'il se réfugiait après la publication de ses livres ; là aussi qu'il recevait des amis, ainsi que des journalistes et des photographes.

« Je suis arrivé hier. Des cieux agités à perte de vue, des nuages noirs, un soleil radieux puis de violentes averses qui nous tombent dessus juste au moment où on envisageait de faire construire une nouvelle aile », écrit-il à Alec Guinness en 1981. Et à son ami de toujours, John Margetson, en avril 1994 : « Nous sommes restés coincés ici tout l'hiver, dans tous les sens du terme : d'énormes tempêtes qui n'en finissaient pas, de la pluie, du brouillard déferlant, et de nouveau d'énormes tempêtes. Résultat : j'ai écrit les 3/4 d'un roman plein de boue et de brouillard, très introspectif et atypique, mais j'en suis assez content, du moins à ce stade. » Ce roman était *Notre jeu*.

Alec Guinness a séjourné chez le Carré en Cornouailles, de même que de nombreux destinataires des lettres rassemblées dans le présent ouvrage, qu'il s'agisse de l'écrivain Nicholas Shakespeare, de l'acteur Ralph Fiennes (qui a essuyé une grosse averse en compagnie de le Carré) ou du patron des services secrets allemands, August Hanning. George Smiley et Ann ont eux aussi emprunté le chemin côtier dans une scène de *La Taupe* sur laquelle plane l'ombre anonyme de la trahison, durant « la pire époque que Smiley pouvait se remémorer de leur longue et déconcertante union ». Et dans une première version de ce même roman, c'était en Cornouailles que Bill Haydon allait passer sa retraite.

Mon père écrivait l'immense majorité de ses lettres à la main et les signait très souvent « Bien à vous, David ». En revanche, il dictait ou faisait taper à partir de brouillons manuscrits son courrier professionnel à ses agents et à ses éditeurs, ainsi que les textes destinés à la presse. Tantôt il peaufinait ces écrits comme de véritables exercices de style, tantôt il les rédigeait d'une traite avant de les oublier, comme un genre de Snapchat personnel, avec l'impression que les lettres manuscrites étaient plus sûres, plus personnelles, moins susceptibles d'être interceptées ou reproduites.

Pendant des années, sans raison apparente, il a correspondu avec un certain Willard J. Morse, obstétricien américain habitant le Maine, et partagé avec lui des avis ravageurs sur la princesse Diana, Tony Blair ou Gordon Brown dont la presse aurait fait ses choux gras. Ces lettres sont apparues un jour dans des enchères en ligne et leur virulence a suffi à faire les gros titres du *Guardian* et du *Daily Mail*. « Ne t'inquiète pas de ce déballage, écrit-il en décembre 2018 à son ami Anthony Barnett, fondateur du site openDemocracy. C'est une correspondance privée avec un homme que je n'ai jamais rencontré, un médecin militaire américain à la retraite qui s'est exilé aux Bahamas tant il était atterré par l'état de son pays sous la présidence de Bush Jr et qui m'a ouvert son âme dans un flot régulier de lettres pendant plusieurs années. Je lui ai écrit avec la même liberté de ton. Je ne conserve ni les lettres que je reçois, ni les copies de celles que j'envoie, donc je ne sais plus trop ce que nous avons pu nous raconter. Ses héritiers ont décidé de se faire de l'argent, apparemment avec succès. Mon agent et mon avocat veulent que je les attaque en justice, mais je ne vais pas me donner cette peine. J'ai écrit ce que j'ai écrit, c'est ainsi. »

Cela étant dit, mon père avait une conscience aiguë de l'utilisation potentielle de ses déclarations et n'accordait jamais de citation promotionnelle à la légère. Dans une lettre de 2009, l'universitaire à la retraite Michael Hall note que le Carré a toujours soigneusement évité d'inclure quoi que ce soit dans leur correspondance qui aurait pu être utilisé comme accroche publicitaire pour ses deux ouvrages, et il ajoute la description de brochets nageant dans les étangs de Hampstead Heath, dont « un vieux vétéran roublard qui refuse de se laisser attraper, quel que soit l'appât qu'on lui promène sous le nez ». Mon père lui répond : « Le vieux brochet roublard vous remercie pour votre lettre roublarde, qui l'a bien amusé. »

Ce livre puise largement dans le principal fonds d'archives regroupant la correspondance de mon père, dont l'essentiel est appelé à rejoindre la Bodleian Library, bibliothèque de l'université d'Oxford. Ce fonds a été alimenté au fil des décennies par ses secrétaires et son épouse Jane, puis ordonné pour la première fois à la fin des années 2000. Mon père ne gardait que rarement des copies de ses lettres lorsqu'elles n'étaient pas professionnelles, même si certains messages anciens, par exemple à Alec Guinness, ont été soigneusement copiés et conservés. Ce fonds d'archives a été constitué en interne, mon père décidant seul quelles lettres devaient être conservées ou brûlées, puis complété par la récupération de lettres de jeunesse, en particulier celles adressées à sa première épouse, ma mère Ann, et au révérend Vivian Green, son professeur à Sherborne School puis son mentor à Oxford, qui a officié à leur mariage. La correspondance avec la belle-mère de le Carré, Jeannie, deuxième épouse de son père Ronnie, qui nous a été prêtée par la petite-fille de Jeannie, Nancy, a été particulièrement éclairante, car Jeannie a joué un rôle de confidente pour le jeune le Carré, dont la vraie mère, Olive, avait quitté le domicile familial quand il avait cinq ans.

Lors de mes recherches pour le présent volume, j'ai récupéré des copies de lettres partout où je le pouvais : dans des bibliothèques, des archives, chez des éditeurs, des agents, des membres de la famille et surtout des amis. Mon parrain aujourd'hui décédé, John Margetson, l'un des six hommes à avoir suivi l'entraînement du MI6 en même temps que mon père, a correspondu avec lui pendant plus de soixante ans.

Même si le mariage de mes parents s'est terminé dans la douleur, ma mère a gardé toutes les lettres que mon père lui a envoyées pendant plus de vingt ans, de 1950 à 1970 environ, ce qui nous fournit aujourd'hui un éclairage inestimable sur ses jeunes années. À l'inverse, on ne peut que déplorer la destruction de certaines correspondances, notamment celle avec son premier éditeur américain, Jack Geoghegan, qui a joué un rôle déterminant dans le succès de *L'Espion qui venait du froid*. Son beau-fils a bien restitué ces lettres à mon père après la mort de Geoghegan en 1999, mais le Carré a par la suite révélé à son biographe Adam Sisman qu'il les avait détruites, ce qui nous laisse sans aucune trace des liens proches et complexes qui unissaient les deux hommes.

John Miller, un des plus anciens amis de mon père, celui qu'il considérait comme son meilleur ami, ancien architecte devenu peintre en Cornouailles, avait été jadis son agent au MI5. Ses toiles recouvrent un mur entier de la maison familiale en Cornouailles (c'est lui qui a fait découvrir le site à le Carré). Après sa mort en 2002, le Carré écrit au réalisateur John Boorman : « Jamais je n'aurais cru qu'un ami pourrait me manquer à ce point. » John Miller chérissait les lettres de mon père et disait même pour plaisanter : « Un jour, elles auront de la valeur. » Mais quelque temps après sa mort, elles ont, semble-t-il, été détruites par son compagnon, Michael Truscott, lui aussi décédé depuis.

Presque toutes les lettres envoyées à Yvette Pierpaoli, militante humanitaire qui a entretenu une longue relation avec mon père et à laquelle *La Constance du jardinier* est dédiée, ont été brûlées dans l'évier de sa cuisine par la fille d'Yvette après le décès de celle-ci. Yvette les avait précieusement conservées, mais sa fille estimait que mon père avait tellement compté dans sa vie que, « quelle qu'ait pu être la nature de leur relation, cela les regardait, eux, et personne d'autre ».

Rainer Heumann, « l'agent littéraire le plus puissant d'Europe » selon sa nécrologie dans *The Independent* en 1996, a été très proche de mon père pendant longtemps, mais les lettres qu'il a reçues de lui semblent avoir été détruites après son décès. Selon ses collègues à l'agence littéraire Mohrbooks, il conservait sa correspondance à son domicile, or son épouse Inge et lui sont décédés sans laisser d'héritiers et leurs biens sans valeur marchande apparente ont été jetés.

Un ultime point d'interrogation en rapport avec les lettres de le Carré concerne les papiers de son père, Ronnie Cornwell, grand arnaqueur devant l'Éternel, qui apparaît dans son œuvre romanesque, entre autres dans *Un espion naïf et sentimental*, *Single & Single* et, surtout, *Un pur espion*. À en croire la dernière secrétaire de Ronnie, Glenda

Moakes, mon père aurait affirmé avoir détruit de nombreux papiers appartenant à Ronnie après le décès de celui-ci en 1975. Dans son article de 2002 pour le *New Yorker* intitulé « À la cour de Ronnie », le Carré décrit « les piles de cartons que mon père emportait toujours avec lui au long de ses cavales », et dans *Un pur espion*, Rick Pym, le personnage d'escroc inspiré de Ronnie, possède un caisson de rangement vert ; or Glenda Moakes se rappelle que Ronnie lui aussi avait ce genre de meubles. Peut-être renfermaient-ils des lettres de mon père, mais ils ont disparu[1]. L'unique lettre de mon père à Ronnie qui semble avoir survécu figure dans ce recueil, de même qu'un certain nombre de lettres plus tardives envoyées à sa mère.

On ne s'étonnera pas d'apprendre que John le Carré a reçu plus que sa part de courrier bizarre. Sous chaque lettre de l'alphabet dans ses archives se trouve un dossier étiqueté « Cas complexes ». « Que diable dois-je faire de celle-ci ? » écrit-il à propos d'une lettre interminable et délirante envoyée par un admirateur qui lui raconte être devenu fou à bord d'un bus et déclare que *La Petite Fille au tambour* est le plus beau roman d'amour depuis *Orgueil et préjugés* de Jane Austen. Un autre fan lui expédie un livre qui s'apparente à une thèse sur un des premiers forums Internet. « Oy, c'est quoi, ce truc ? » écrit-il à l'intention de ma belle-mère Jane, qu'il surnommait « Oysters ». Sur une autre lettre, adressée en 1994 « Au Grand Écrivain David Cornwell » à son adresse personnelle en Cornouailles, le Carré griffonne : « À classer dans la catégorie des aliénés. Il écrit, il écrit et je ne lui réponds jamais. »

Et pourtant, il répondait beaucoup. « J'aurais du mal à décrire le plaisir que je tire parfois d'une lettre de lecteur fidèle qui, surmontant sa paresse ou ses inhibitions, a l'élégance de coucher ses idées sur le papier », répond-il le 29 janvier 2010 à Ronojoy Sen, qui lui a écrit de l'Assam, en Inde, pour le remercier d'avoir pendant vingt-cinq ans « rendu la langue anglaise si merveilleusement vivante » et offert aux lecteurs « de nouvelles subtilités exquises à chaque relecture jouissive » de *Comme un collégien* en particulier.

En 1986, un couple britannique lui écrit parce qu'il souhaite fonder un fan-club le Carré, et c'est Jane qui répond : « Parfois, il doit se couper du reste du monde et je m'occupe alors de traiter

1. Le Carré a par la suite avancé qu'elles « avaient tout simplement été brûlées ».

le courrier pour lui. Le problème, c'est que nous recevons parfois beaucoup de lettres, et généralement plus consistantes qu'une simple demande d'autographe. Nous avons souvent songé à préparer une réponse type dans laquelle on cocherait la case adéquate, mais n'avons jamais pu nous y résoudre. C'est tellement impersonnel et inamical. Donc, au bout du compte, c'est l'un de nous deux qui répond par une vraie lettre. »

Les habitudes de travail de mon père étaient d'écrire tôt le matin, de faire une promenade l'après-midi et de gérer la correspondance et d'autres tâches en fin de journée. Les lettres recevaient une réponse sous deux ou trois jours et ne restaient que rarement plus d'une semaine en souffrance.

En 2011, Jonathan Turner écrit à le Carré dans l'espoir d'en apprendre plus sur son père, Edward, mort de façon mystérieusement précoce et auquel la rumeur attribue un passé dans le renseignement. À sa grande surprise, il reçoit une réponse chaleureuse par retour de courrier ou presque, même si elle ne contient aucun élément qui contrevienne à l'Official Secrets Act[1]. « Je n'ai jamais rencontré de Turner quand j'y travaillais, mais cela ne veut rien dire. De nos jours, la chose la plus simple à faire est d'aller leur demander directement », répond aimablement mon père, qui lui conseille de contacter le service du personnel au Secret Intelligence Service (SIS) à Vauxhall pour se renseigner sur « votre papa ». (J'ai moi-même reçu des demandes similaires de personnes espérant que John le Carré pourrait résoudre un mystère familial.) Voilà quelle était sa réponse classique, même s'il lui arrivait de développer un peu. Dans *Le Voyageur secret*, George Smiley fait face à des interrogations semblables de parents endeuillés, et ce qu'il choisit finalement de leur raconter en dit long sur la bonté de l'auteur qui l'a créé. Dans *L'Héritage des espions*, ce sont les enfants d'espions qui exigent d'obtenir des informations sur des victimes de la guerre froide.

Les ayants droit de le Carré ont pris la décision de publier sa correspondance en un volume qui sortirait peu de temps après son décès. La parution de *L'Espion qui aimait les livres* en 2021 et la

1. Législation britannique interdisant la divulgation des secrets d'État. (*N.d.T.*)

préparation d'un documentaire réalisé par Errol Morris laissaient penser que le moment était propice. Mon frère aîné Simon, en tant qu'exécuteur testamentaire pour l'œuvre littéraire, a eu la gentillesse de me recruter pour ce qui allait être un voyage en compagnie de mon père, et je le remercie (tout autant que je remercie le lecteur) de m'avoir permis de vivre cette précieuse expérience, indépendamment du produit fini. Ce fut un privilège de relever ce défi, ma propre carrière s'étant modestement faite en tant que journaliste et non en tant qu'universitaire ou biographe. Cela m'a permis de bien mieux le connaître, notamment le jeune homme qu'il fut, et je regrette aujourd'hui de ne pas avoir passé plus de temps de son vivant à lui poser des questions simples sur sa vie.

Pour composer ce recueil, j'ai fait ma sélection sans a priori éditorial ou narratif. Les lettres se sont choisies d'elles-mêmes. Sur la quatrième de couverture du livre de Norman Lewis *Naples 44*, mon préféré parmi tous ceux que mon père m'a offerts, figure cette phrase : « On tourne les pages l'une après l'autre comme si on picorait des cerises. » Cette image m'a marqué, et j'espère que chaque lettre du présent volume peut se déguster ainsi : fraîche, croquante, colorée, fondante, ou bien moelleuse, juteuse, gourmande, un peu talée. Dans la mesure du possible, les lettres sont reproduites dans leur intégralité, même si certaines coupes ont dû être effectuées pour des raisons de longueur, de pertinence, et parfois pour protéger certaines identités ou certains sentiments, puisqu'il s'agit là d'une correspondance essentiellement privée et que nous la publions peu de temps après le décès de mon père.

Au cours de ces derniers mois, il m'est trop souvent arrivé de me régaler à leur lecture en oubliant que j'étais censé les publier, et de partir à l'aventure. Le processus de sélection a commencé en retenant tout bêtement celles qui me semblaient les plus intéressantes ou les plus faciles à lire, puis ces choix initiaux m'ont dicté une structure narrative que j'ai ensuite étoffée avec d'autres lettres. Je n'ai pas connu un seul instant d'ennui en compagnie des mots de mon père.

Être le fils de John le Carré fait partie de mon identité depuis mes années de pensionnat, quand sa Rolls-Royce bordeaux remontait l'allée carrossable très similaire à celle de l'école de Jim Prideaux dans *La Taupe*. À douze ans, j'ai lu ce roman dans une édition en gros caractères et je me suis demandé lequel d'entre nous, ses fils, était Roach. Mon père est venu un jour animer une conférence dans un club de l'école, et je lui ai demandé s'il avait déjà vu un homme se faire tuer sur le mur de Berlin.

D'emblée, il m'est apparu comme une évidence que ce recueil ne pourrait être exhaustif. Je ne saurais même essayer de deviner combien de lettres mon père a écrites au long de sa vie. Dans les dossiers archivés en Cornouailles, les lettres reçues qui ont été conservées (essentiellement au cours des trente dernières années) portent souvent la simple mention « réponse manuscrite ». Tous les destinataires n'ont pas été sollicités, et j'espère que certaines lettres importantes seront découvertes à l'avenir, comme celles que pourraient détenir les contacts palestiniens de mon père au Proche-Orient, écrites lorsqu'il préparait *La Petite Fille au tambour* (et pour lesquelles mes recherches aux archives sont restées vaines), ou les journalistes qu'il a côtoyés en Asie du Sud-Est.

Les archives le Carré contiennent peu de lettres sortantes jusqu'aux années 1990, époque où son utilisation fréquente du fax pour les messages importants fait que les originaux sont conservés, et où, par ailleurs, les photocopieuses deviennent de plus en plus accessibles. « Je déteste le téléphone, alors j'ai pris la décision quelque peu excentrique de vivre via le fax et le courrier, ce qui au moins redonne de la valeur à l'écrit ! » écrit-il à son ancien camarade de Sherborne School, Gerald Peacocke, le 3 août 1994.

Mon père faxe des lettres manuscrites jusqu'au mitan des années 2000, puis il apprend à taper avec deux doigts pour envoyer des mails depuis son ordinateur portable et son iPad. « C'est aujourd'hui le jour de mon baptême du mail », annonce-t-il à sa demi-sœur Charlotte, le 17 mai 2006 – ce qui ne l'empêche pas de continuer à expédier des lettres manuscrites à l'ancienne. Le journaliste Luke Harding, qui a fait encadrer celle où mon père le félicitait pour son livre *Collusion*, voit en le Carré « le dernier grand épistolier du XXIe siècle ». Dès son plus jeune âge, mon père est un correspondant méticuleux. Rares sont ses lettres non datées ou mal écrites. Certes, son écriture a évolué avec l'âge. Je revois encore celle des années 1970 et ses boucles aériennes, presque joyeuses, sur les enveloppes. Vers la fin de sa vie, elle aura tendance à obliquer vers le coin inférieur droit de la page.

Mon père a vécu une existence trépidante, et les relations qu'il entretenait suivaient rarement un cours stable. Les lettres à ses principaux correspondants (dont parfois seules une ou deux figurent dans le présent volume sur une trentaine au total) peuvent atteindre la longueur d'une nouvelle et constituent des conversations qui se poursuivent dans le temps, ou bien, à l'inverse, des dialogues interrompus.

Dans sa vie professionnelle, il exigeait beaucoup de ses éditeurs et de ses agents, ce qui explique qu'il en ait changé plus d'une fois. Il avait le don de nouer des relations intenses très rapidement, à la fois avec les hommes et les femmes. Et des gens qui se pensaient ses amis intimes pouvaient perdre la cote aussi vite qu'ils l'avaient gagnée aux yeux d'un auteur qui, entre-temps, était passé à autre chose après avoir travaillé sur l'Asie du Sud-Est, le Proche-Orient ou le Panama, d'autant qu'il se partageait entre de multiples activités.

« Je ne peux pas vous promettre d'être disponible pour des contacts amicaux », écrit-il froidement à Vladimir Stabnikov, qui l'a aidé à préparer son premier voyage à Moscou, quand le Russe prend ombrage d'avoir été écarté par Jane. « Je suis actuellement plongé dans un nouveau roman, or l'écriture est une activité obsessionnelle. Aucun de mes amis ne compte sur des relations personnelles avec moi quand j'en suis à ce stade. » Cela à quelqu'un qu'il décrit deux ans plus tard comme un homme « dont la culture, l'érudition et l'humanité m'ont impressionné du jour où je l'ai rencontré ».

La figure de Ronnie Cornwell hante cette correspondance comme elle hante les romans. Jusqu'à la fin de ses jours, mon père a été estomaqué par les méfaits de Ronnie (y compris ses premiers crimes et châtiments révélés par le biographe Adam Sisman). Dans ses toutes dernières lettres à son frère Tony, le Carré se débat encore avec l'ombre du père. Ce que l'on découvre dans ses lettres de jeunesse, c'est un Ronnie pris sur le vif, sans le filtre du souvenir forgé au fil des ans, dans ses interactions avec le jeune le Carré. Il ne cesse d'apparaître et de disparaître de la correspondance des vingt-cinq premières années de la vie d'adulte de mon père. Les anecdotes, les coups de théâtre et les souffrances qui semblent parfois trop extravagants pour être vrais ne sont ni des exagérations ni des inventions.

Ronnie Cornwell a toujours pensé être celui qui avait appris à mon père l'art d'écrire, alors même qu'il se vantait de ne jamais lire de livres. C. B. Wilson, qui a connu Ronnie à Singapour, écrit un jour à mon père : « Il avait une très bonne maîtrise de la langue anglaise et savait tourner une lettre à la perfection. Il avait le sentiment de vous avoir transmis cette faculté. » Parmi les lettres à Jeannie Cornwell s'en trouve une écrite par Ronnie en octobre 1974, soit un an avant son décès. « Nul n'est besoin de te dire à quel point ton coup de téléphone hier matin et les raisons de ton appel m'ont profondément touché. Indépendamment de l'issue, de la décision que nous prendrons peut-être, il est rassurant de savoir que chacun se soucie du bien-être de l'autre. Sois bien convaincue que mes égards à ton intention seront à l'aune des tiens pour moi et de cela, nous pouvons nous réjouir. »

La suite de la lettre concerne un mystérieux tableau que Jeannie a trouvé dans la maison et qu'il lui conseille de faire expertiser chez Sotheby's ou Christie's. « Ainsi nous saurons si tu es assise sur une mine d'or ou sur une croûte », écrit-il rationnellement avant d'embrayer, plein d'espoir, sur la répartition du pactole si ce tableau inconnu s'avère être un chef-d'œuvre : 50 % dans un fidéicommis pour leurs enfants, dont Jeannie percevrait les intérêts. « Quant aux 50 % restants, j'aimerais les utiliser pour mes propres besoins, qui sont pressants en ce moment », poursuit-il, s'engageant évidemment à signer un acte devant notaire garantissant qu'il rendra cette somme dès qu'une transaction immobilière d'un million de livres aura abouti. « Si je puis un instant évoquer l'origine des difficultés que je traverse actuellement, sache qu'elles sont dues non à un manque de patrimoine mais à un manque de liquidités, c'est-à-dire d'argent disponible. » Cette lettre est un bijou de tartuferie digne du Micawber de Dickens. Les banques répugnant à relever les autorisations de découvert, explique Ronnie, il a dû se séparer de ses chevaux de course et devra peut-être sacrifier ses bureaux et son appartement de Chelsea. À noter que, dans l'intervalle, il déjeune avec le directeur de la Rank Organisation pour lui fourguer les droits d'adaptation du dernier roman de le Carré, alors même que celui-ci ne veut en aucun cas avoir affaire à lui. On ne s'étonnera pas d'apprendre que mon père adorait Charles Dickens et que nous adorions tous les deux *David Copperfield*, dont il m'a offert deux éditions anciennes.

Dans le présent ouvrage, les personnages aussi se sont choisis d'eux-mêmes. Le dernier livre que mon père m'a offert était la biographie de Graham Greene par Richard Greene. Graham Greene a été une vague connaissance de mon père plutôt qu'un ami (comme il l'écrit à Alan Judd : « Nous nous sommes vus à Paris, à Vienne et, très brièvement, à Londres »), mais lui aussi revient tel un leitmotiv dans cette correspondance. C'est lui qui signe la citation qui a tant fait pour *L'Espion qui venait du froid*. Et mon père, quand il crée avec *Le Tailleur de Panama* un roman d'espionnage satirique, lui rend hommage dans les remerciements : « Ce livre n'aurait jamais vu le jour sans Graham Greene. Après la lecture de *Notre agent à La Havane*, l'idée d'un mythomane du renseignement ne m'a jamais quitté. »

Une polémique publique éclate entre les deux auteurs dans les années 1960 au sujet de Kim Philby. Le Carré signe la préface d'un livre – *Philby : L'Intelligence Service aux mains d'un agent soviétique*, publié par l'équipe Insight du *Sunday Times* – dans laquelle il décrit la taupe du MI6 comme un homme « vaniteux, revanchard et assassin ». Greene, qui a travaillé sous les ordres de Philby au SIS et le compte parmi ses amis, réagit dans l'*Observer*, où il critique cette vision « mesquine et infondée » et rabaisse le Carré au niveau d'E. Phillips Oppenheim, auteur à succès de romans de gare d'avant-guerre.

Les deux hommes finissent par se réconcilier. En 1974, après ses recherches sur le terrain en Asie du Sud-Est, le Carré écrit à Greene pour le complimenter sur l'extraordinaire justesse de l'atmosphère et des descriptions dans *Un Américain bien tranquille*, publié vingt ans plus tôt. Toutefois, s'il évite prudemment de critiquer Greene en public, en privé il se montre de plus en plus caustique quant aux opinions religieuses et politiques de cet auteur « qui habitait à Antibes et s'était entiché de dictateurs d'Amérique centrale ».

Kim Philby est lui aussi une présence incontournable dans cette correspondance. Mon père n'appréciait guère certains journalistes littéraires mais, dans mon souvenir, Philby est le seul homme qu'il ait réellement haï. En 1989, il exclut toute rencontre avec Philby lors de son séjour à Moscou, même s'il dit à son guide, John Roberts : « J'aimerais le rencontrer un jour pour des raisons purement zoologiques », comme s'il s'agissait de quelque reptile venimeux.

Le présent ouvrage rend également compte de la relation difficile qu'entretenait mon père avec l'Angleterre et ses hommes politiques. S'il a accepté des récompenses prestigieuses en France, en Allemagne et en Suède, il a toujours décliné les distinctions conférées par le Royaume-Uni. Il a refusé que ses œuvres soient nommées pour des prix littéraires et tout ce qui s'apparentait à un hommage politique ou royal. Dans ses lettres, il traite le Premier ministre Tony Blair de « roi des sophistes » ou de « menteur instinctif » et Boris Johnson de « rustre sorti d'Eton ». Seule Margaret Thatcher a réussi à l'impressionner.

Dans une lettre envoyée d'Autriche en 1950 à ma mère, Ann, mon père évoque la « grise indifférence de l'Angleterre » et en 1966, il renchérit : « Je suis écœuré par l'Angleterre et les institutions anglaises, écœuré par nos névroses, notre voracité, notre infantilisme », même si cet écœurement doit autant à son couple qu'à son pays. Il vient alors de publier *Le Miroir aux espions*, l'un de ses romans les plus noirs, qui relate une opération de renseignement britannique placée sous le signe de l'échec. « L'anglicité et les cases ? Eh bien, nous sommes tous[1] mis dans une case à la naissance, mais les Brits peut-être plus que les autres, ce qui les rend si intéressants à mes yeux et étonnamment universels comme sujets d'écriture », écrit-il à son frère Tony en 1999.

En préparant cet ouvrage, j'ai marché, fatalement, dans les pas d'un maître : Adam Sisman, le biographe de mon père. Il m'est arrivé de remonter des pistes qu'il avait ouvertes pour retrouver des lettres, ou de repérer un passage particulièrement éclairant dans une lettre pour me rendre compte aussitôt qu'il m'avait précédé en cela puisqu'il en citait de longs extraits, ce qui était à la fois agaçant et rassurant.

Mon père n'a pas apprécié cette biographie. Les multiples commentaires supposément privés qu'il a pu faire sur le livre et son auteur, mis bout à bout, ont constitué une véritable campagne de dénigrement. De son vivant, je n'ai pas pu lire cette biographie de façon objective, mais, en m'y replongeant aujourd'hui, je m'incline devant l'érudition de Sisman et ses recherches fouillées. Comme d'aucuns l'ont souligné, elle n'est pas exempte de défauts, mais elle

1. L'éditeur français a respecté la typographie initiale utilisée par l'auteur, laquelle concerne les titres d'ouvrages, films, journaux et périodiques, ainsi que les mots soulignés.

n'en a pas moins gagné la faveur des critiques et le statut d'ouvrage de référence incontournable, notamment pour ce qui concerne la jeunesse de mon père. Je me suis efforcé ici d'utiliser comme sources principales les lettres et les textes de mon père, mais le travail de Sisman a toujours été là pour me guider et me porter.

Au début du projet, mon père écrit dans une lettre qu'il est sûr de mourir avant la parution ; ensuite, il demande à Sisman de la retarder jusqu'à son décès ; enfin, après un accord entre eux, le livre est révisé et rendu publiable de son vivant. (Rappelons que le précédent accord conclu avec un biographe potentiel, l'écrivain Robert Harris, stipulait que le récit de sa vie après 1972 ne serait publié qu'après sa mort.) Un vieil ami m'a dit que la biographie de Sisman était selon lui « une grosse erreur. Le Carré avait beaucoup trop de secrets », la plupart sur sa vie amoureuse, qu'il qualifiait de « désordonnée ». Mais, moi le premier, je l'avais encouragé à lancer le projet d'une biographie, ne serait-ce que pour pouvoir interviewer des acteurs clés, dont lui-même, tant qu'ils étaient encore de ce monde.

Mon père a globalement réussi à couvrir les traces de cette vie « désordonnée ». Voici quelques années, j'ai rendu visite à une dame dont je gardais un souvenir affectueux depuis l'enfance, quand elle me faisait sauter sur ses genoux en m'appelant « petit Timbo ». Elle ne m'a rien dit de plus que : « Ah, c'était un phénomène, un sacré phénomène ! » Quand j'ai interrogé mon père au sujet de cette femme un ou deux ans avant qu'il ne décède, il m'a répondu froidement que ce n'étaient pas mes affaires.

J'ai inclus dans le présent ouvrage les lettres adressées à James et Susie Kennaway, même si mon père a refusé que Sisman les utilise, parce qu'elles représentent probablement un tournant dans sa vie, un moment où il se libère de son mariage avec ma mère et (peut-être) d'une certaine naïveté juvénile, et le montrent capable de s'épancher dans des lettres d'amour.

Il aurait été tentant de réduire ce livre à un recueil de bons mots entre célébrités, mais mon inclination personnelle m'a plutôt porté vers les années 1950 et 1960, vers la construction de le Carré, même si mon père n'évoquait jamais, ni verbalement ni par écrit, sa carrière dans le renseignement, par loyauté envers ses sources et leurs enfants.

En plus de son talent de caricaturiste, le Carré était un imitateur réputé, comme s'en souviennent ses amis d'école, et dès son jeune âge son père lui faisait faire son numéro en société. Un de ses plus grands succès était Alec Guinness, et une personne ayant déjeuné avec lui se rappelle avoir hurlé de rire en l'entendant imiter un ancien directeur du MI5. Quant à moi, je me souviens d'un dîner à la résidence de l'ambassadeur du Royaume-Uni à Berne, où mon père m'avait emmené pour visiter les lieux de sa jeunesse estudiantine bohème. Après le départ de sa voisine de table, une aristocrate européenne, il nous a restitué à la perfection sa voix, mais aussi sa gestuelle, ses tics, une petite part de son âme.

Enfants, nous avons eu le bonheur d'entendre mon père nous faire la lecture en utilisant ses nombreuses voix. Nos histoires préférées étaient les nouvelles d'Arthur Conan Doyle sur les pirates des Caraïbes ou ses romans napoléoniens, et bien sûr les aventures de Sherlock Holmes (nous frémissions d'horreur quand il poussait le fameux cri dans « Le ruban moucheté » ou imitait les bruits de pas d'un gigantesque chien de meute). Et il dessinait pour nous, aussi. Le plafond de ma chambre d'enfant était décoré d'une procession de créatures marines, des serpents d'eau souriants, une grenouille et des poissons, et c'est un fringant pirate qui en gardait la porte.

Réunir les lettres de mon père a été une tâche plaisante, car il nous a laissé un immense réservoir d'amour, d'admiration et de bienveillance. L'une des constantes de sa correspondance est sa bonté d'âme, qu'il s'adresse à un auteur débutant ou à un garçon de douze ans qui lui demande comment devenir espion. Les destinataires ont fait preuve de la même bonté en les partageant avec moi.

Mon père a souvent choisi les noms de lieux ou de personnages dans ses romans pour rendre hommage à certains de ses amis. Sarratt, où résidait son vieil ami Dick Edmonds, est ainsi devenu le centre d'entraînement du MI6. Zelide, une marque de vêtements dans *La Petite Fille au tambour*, tient son nom de l'épouse de son ami Rex Cowan. Il a utilisé le prénom de la petite amie que j'avais à l'université, et peut-être un peu de sa personnalité, pour l'épouse de Magnus Pym dans *Un pur espion*, et il a bien sûr donné le nom de ma mère, Ann, à l'épouse de Smiley, magnifique et infidèle, cette bonne blague.

Mon père apprend l'allemand dès l'âge de treize ans sous l'égide de son professeur à Sherborne School, Frank King, qui passait à ses élèves sur un gramophone de vieux enregistrements de poésie romantique allemande. Quand il quitte Sherborne pour l'université de Berne (la ville la plus proche de l'Allemagne où il peut se permettre de se payer des études), la langue et la culture allemandes deviennent de constantes compagnes de son parcours littéraire, sa deuxième âme, à laquelle j'ai essayé de rendre hommage dans ma sélection. L'allemand, explique-t-il au *Spiegel* en 1989, exerce sur lui « la fascination de l'interdit. À l'époque, je refusais tout net de parler anglais et de m'identifier en tant qu'Anglais ».

D'après le journaliste allemand Yassin Musharbash, qui a eu la gentillesse de contribuer aux traductions présentes dans ce volume, pour l'adolescent le Carré, qui fuyait à la fois son père et son école privée d'une austérité spartiate, l'allemand représentait une chose bien à lui que personne ne pouvait lui enlever, une source d'assurance et de fierté. « Passer à l'allemand, c'est comme enfiler une queue-de-pie », confie le Carré à son ami suisse Kaspar von Almen en 1955. Après la publication d'*Une petite ville en Allemagne* en 1968, roman qui décrit la montée d'un renouveau nationaliste, le Carré devient une figure publique dans la vie intellectuelle de l'Allemagne.

Le dernier endroit où j'ai cherché des lettres aurait dû être le premier. Pendant les huit mois passés à remuer ciel et terre pour en retrouver, je n'avais jamais fouillé son atelier ni son bureau, restés presque en l'état depuis son décès, comme pour un futur musée le Carré. Nous avons commencé notre inspection avec beaucoup de scrupules. Il n'y avait pas grand-chose dans les tiroirs ni sur les étagères, car mon père n'aimait pas les bureaux en désordre. Mais dans le tiroir en bas à gauche, j'ai trouvé une liasse de feuilles reliées par une ficelle.

C'était un récit de son entraînement au MI6 écrit en décembre 2006, un manuscrit qui avait été tapé, imprimé et retravaillé à la main de nombreuses fois et qui portait le titre de « Cartes postales du front secret ». Ce texte initial, après révision et coupes, deviendrait le chapitre 1 du *Tunnel aux pigeons*, publié en 2016. « Nous étions six dans notre promotion, tous des hommes, avec des profils variés en termes d'âge, de compétences et d'expérience… Pour la plupart, nous avions déjà travaillé dans d'autres secteurs du renseignement avant notre sélection. L'un avait été soldat des forces spéciales à

Oman, un autre était sinologue, et moi j'étais un transfuge de notre service rival honni, plus connu sous le nom de MI5. »

Tout autant que la parution ultérieure de *L'Espion qui venait du froid*, ce cours d'initiation du MI6 fut un moment clé dans la vie de mon père. Comme il le rapporte dans *Le Tunnel aux pigeons*, ce stage se termina par l'annonce que fit, en larmes, le chef de l'entraînement aux nouvelles recrues : George Blake venait d'être démasqué comme étant un espion soviétique. Plusieurs autres trahisons suivirent, d'abord Burgess et Maclean, puis Philby. « Je me suis rendu compte récemment que ma brève carrière dans le renseignement britannique a coïncidé avec les années les plus chaotiques de son histoire, écrit-il dans son manuscrit. Chaque révélation qui s'étalait à la une des journaux, chaque agent double britannique, réel ou imaginaire… me faisait prendre conscience de tout ce dont j'avais été témoin sans en avoir été conscient. Mais non, ce n'est pas tout à fait vrai. J'en avais été conscient. » La défection de Philby à Moscou fait scandale dans la presse avant même que le Carré publie *L'Espion qui venait du froid*.

De ce jour, l'expérience de mon père au MI6 sera entachée par la trahison et la futilité des missions. Et c'est aussi en tant que jeune recrue au MI6 qu'il reçoit la nouvelle que *L'Appel du mort* a été accepté par un éditeur. L'espion privé va devenir le romancier public.

Tim Cornwell
mai 2022

Note sur Tim Cornwell

Notre frère Tim a été l'éditeur de cet ouvrage, dont la structure et le ton témoignent de sa remarquable intégrité de journaliste. Si lui-même s'en est tenu à une approche objective en limitant au minimum les commentaires éditoriaux, nous sommes convaincus qu'il nous pardonnerait cette unique intervention personnelle.

Tim est décédé peu avant 21 heures hier soir, terrassé par une embolie pulmonaire. Nous n'avons aucune explication à sa mort, qui reste un mystère pour nous. C'était un homme drôle, aimant, doux, qui a souffert pendant des années d'une dépression et d'autres maladies, mais faisait toujours de son mieux pour les affronter avec les moyens qui étaient les siens. Le livre que vous tenez entre les mains est son héritage tout autant que celui de notre père. Tim s'est plongé dans les archives même lorsque c'était douloureux, il a réussi à mettre de l'ordre dans le chaos, et tout ce qui est excellent dans ce recueil est donc à porter à son crédit. Nous sommes extrêmement fiers de lui.

Adieu, Tim. Tu vas nous manquer terriblement.

Simon, Stephen et Nick Cornwell
1er juin 2022

Note sur le texte

Tout au long du présent recueil, mon père est désigné sous l'unique nom de « John le Carré » dans l'appareil éditorial. Évidemment, dans ses jeunes années, il n'y avait pas de John le Carré, simplement David Cornwell, et même ensuite il signait presque toutes ses lettres de son vrai prénom, « David ». Toutefois, étant donné qu'il a été connu du grand public sous le nom de John le Carré pendant soixante ans, j'ai choisi de l'utiliser dans les notes de bas de page et les paragraphes introductifs.

J'ai effectué la sélection de lettres à la fois en tant que fils de l'auteur et éditeur du recueil. Mes choix sont très certainement plus axés sur la famille que ne l'auraient été ceux d'un autre. Malgré ce contexte, j'ai fait de mon mieux pour rédiger les textes de façon objective et discrète, à la troisième personne, donc, sauf dans le cas d'une lettre qu'il m'a envoyée quand j'étais écolier et d'un incident dont j'ai été témoin à la table du repas.

Le Carré fut un épistolier prolifique. Pour que le livre ne devienne pas interminable, de nombreuses lettres ont dû en être exclues. Même si toute sélection est un choix subjectif, j'ai retenu celles qui apportaient un éclairage sur la période, le sujet ou l'auteur lui-même, qu'il s'agisse de son œuvre ou des relations chères à son cœur. Inévitablement, certains destinataires ne seront pas d'accord avec mes décisions éditoriales, mais cela va de pair avec un livre de cette nature et un auteur comme John le Carré.

LES ANNÉES D'ÉCOLE

J'ai détesté les internats anglais. Je les ai toujours trouvés monstrueux, sans doute parce que j'ai commencé ma carrière de pensionnaire à l'âge de cinq ans, dans une école qui s'appelait St Martin's Northwood, et ne l'ai achevée qu'à seize ans, quand j'ai catégoriquement refusé de retourner à la Westcott House de Sherborne School, au motif inattaquable que je ne voulais plus avoir à subir de telles institutions.

– dans la préface à la nouvelle édition
de *Chandelles noires* en 1991

Pendant la guerre, j'ai écrit à Staline alors que j'étais en primaire. Je lui ai promis de faire tout ce que je pourrais pour encourager l'ouverture d'un deuxième front, même si je ne savais pas trop ce que l'expression signifiait. Et je lui ai écrit une autre lettre pour lui dire que le régime de mon école était atroce et que j'avais été battu de façon injuste.

– dans le *Sunday Times*, 10 novembre 1985

En 1939, à l'approche de ses huit ans, le Carré quitte sa toute première école, St Martin's, pour intégrer St Andrew's Pangbourne comme pensionnaire. À l'âge de treize ans, il écrit à son futur maître d'internat de Sherborne School, Reginald Stanley Thompson, un homme que sa nécrologie dans le journal des anciens de cette école décrira plus tard comme ayant des « convictions particulièrement fortes » et une « foi chrétienne inébranlable ».

À R. S. THOMPSON

St Andrew's School
Près Pangbourne
Berkshire

24 juin 1945

Cher monsieur Thompson,

Merci beaucoup pour votre lettre. Je me réjouis d'être accueilli à Westcott House à la rentrée et je veux bien vous croire concernant les déjeuners !

Nous avons disputé plusieurs matches et il nous en reste encore un certain nombre. Le premier nous a opposés à Elstree School et, en raison de la pluie et d'une mauvaise performance à la batte, nous avons été tout simplement incapables d'obtenir le match nul. Le deuxième était contre une équipe de Bradfield College, et nous l'avons facilement remporté. Le suivant, hier, nous opposait à Ludgrove School, et nous l'avons aussi gagné sans difficulté, malgré une défense absolument épouvantable !

Voyez-vous souvent Philip Simons[1] ? J'imagine que non.

Je comprends parfaitement ce que vous dites à propos de la « naissance » d'une nouvelle Maison, et je ferai de mon mieux pour contribuer à établir sa bonne réputation.

Je ne sais pas si vous vous souvenez de mon frère Anthony, que vous avez rencontré voici bien longtemps. Il a décroché une bourse pour Radley il y a deux ans et joue avec bonheur dans l'équipe première de cricket.

Auriez-vous l'amabilité de m'expliquer l'emploi du temps et les coutumes de votre Maison, afin que je puisse me préparer correctement pour la rentrée ?

Sincèrement,
David Cornwell

La belle-mère de le Carré, Jean Cornwell (Jeannie pour les intimes), accompagne le Carré pour sa rentrée à Sherborne à l'âge de treize ans. Le 22 novembre 1945, elle écrit à M. Thompson : « Dans ses lettres irrégulières, il nous raconte qu'il n'a jamais eu autant de travail à faire "à tout prix", comme il l'écrit lui-même. La marâtre que je suis se réjouit qu'il ait dorénavant à produire des efforts, mais aussi à se débrouiller seul, sans l'aide de son frère aîné. Je suis heureuse d'apprendre que vous le trouvez aimable et amical, parce que je suis convaincue que votre influence sur David lui sera précieuse. Inutile de vous dire qu'il me mène par le bout du nez et que je dois constamment m'empêcher de céder à ses caprices ! »

Les lettres que le Carré enverra plus tard à Jeannie témoignent de leur intimité et de leur profonde affection l'un pour l'autre. C'est dans leur correspondance que l'on peut suivre l'évolution des fortunes de son père, Ronnie Cornwell, ainsi que celle de son propre couple.

Née en novembre 1916, Jeannie fait ses études dans une école pour jeunes filles huppée, puis devient présentatrice et gestionnaire pour le Service européen de

1. Philip Simms (et non Simons), ancien élève de St Andrew's Pangbourne, a intégré Sherborne un an avant le Carré. À Sherborne, il vivait dans la School House, d'où le commentaire de le Carré supposant que Thompson ne le voit sans doute pas souvent. Il fera ensuite carrière à Calcutta dans le commerce du thé.

la BBC pendant la Seconde Guerre mondiale, ce qui l'amènera notamment à lire sur les ondes d'étranges messages codés destinés à la Résistance. Après les bouleversements dans sa vie privée dus à la guerre, vécue sous la menace existentielle des bombes allemandes, elle épouse Ronnie Cornwell en décembre 1944. Elle qui a connu le krach de 1929 subira aussi les krachs de Ronnie[1].

*Dans une interview de 1986, au moment de la parution d'*Un pur espion, *le Carré déclare qu'il n'a reçu « aucun encouragement à la lecture » dans son foyer jusqu'à sa convalescence à sept ans après une opération de l'estomac, quand « une dame qui par la suite allait épouser mon père m'a lu* Le Vent dans les saules *». Jeannie est alors âgée de vingt-deux ans. « Je lui ai demandé de me le relire, et elle a dû m'en faire deux ou trois lectures au total. Après, j'ai relu le livre tout seul, et tout a commencé là… Un an plus tard, la même dame m'a emmené voir John Gielgud jouer* Hamlet, *ce qui fut ma première sortie au théâtre vivant. »*

À l'inverse, Ronnie se vantait de ne jamais lire. Il déclarait à ses fils avoir fait son éducation à « l'école de la vie » et leur déconseillait cette activité.

Le Carré quitte Sherborne à seize ans, avec le soutien de son père et malgré l'opposition farouche de R. S. Thompson. Quand il passe à l'école récupérer ses affaires, une violente altercation éclate.

À R. S. THOMPSON

Tunmers
Chalfont St Peter
Buckinghamshire

Jeudi matin
[non datée, mais été 1948]

Cher monsieur Thompson,

Je suis vraiment désolé si j'ai mal interprété votre attitude mardi après-midi, mais, au vu de ce qui s'était passé précédemment, vous m'accorderez que c'est compréhensible. Ne pas vous avoir averti de mon arrivée était un manque de courtoisie que je regrette sincèrement, mais à la vérité, toujours au vu de ce

1. Selon les paroles de Rupert Cornwell, demi-frère de David, à l'enterrement de Jeannie.

qui s'était passé, il me semblait très délicat de dire simplement : « Je passerai à telle date récupérer mes affaires, veuillez prendre les dispositions nécessaires. »

Si vous m'y autorisez, j'aimerais revenir une dernière fois pour vous faire mes adieux de façon plus formelle, dans le style que j'espérais pour mardi après-midi. Samedi prochain vous conviendrait-il ? Je voudrais repartir par le train de 5 h 20 ou celui de 6 h 45 (s'ils passent bien le samedi), car j'ai un ami qui séjourne à la maison ce week-end.

Sincèrement,
David

Le 21 septembre 1948, Ronnie Cornwell écrit à Thompson pour lui assurer qu'il a « accordé à cette demande de retirer David de Sherborne sa considération la plus sérieuse ». Les archives de Sherborne sont précieuses car elles contiennent des lettres de Ronnie, qui affirmera toujours que son fils tient de lui ses talents épistolaires.

« Je ne vous cacherai pas que la formulation de votre lettre a provoqué en moi la plus extrême inquiétude, au point que j'en suis arrivé à me demander si je faisais bien de sortir David de Sherborne pour l'envoyer douze mois à l'université en Suisse, écrit-il. Vous évoquez son immaturité psychologique et spirituelle, et je reconnais bien volontiers qu'il se situe à une étape particulièrement délicate de sa vie. D'un autre côté, comprenez-le bien, ma priorité dans cette affaire sera toujours David, et ce que vous avez eu la bonté de me dire dans votre lettre revient pratiquement à la même chose. De ce qu'il m'a raconté, je reste persuadé que, quoi qu'il puisse apporter à votre école pendant les douze mois à venir et quoi qu'elle puisse lui apporter en retour, ce serait une année de souffrance pour lui. Le connaissant comme je le connais, je ne peux que l'absoudre de toute accusation de couardise, et je crois simplement qu'il est encore "un peu vert", si vous me passez l'expression. Vous écrivez qu'il est impulsif, ce que je confirme ; mais, en toute honnêteté, cette impulsivité s'explique en grande partie par son désir d'acquérir des connaissances, et avec elles un certain degré de pouvoir. Je partage totalement votre avis sur son immense potentiel, et je reconnais que ce potentiel peut être utilisé en bien ou en mal, comme chez d'autres garçons.

Ayant mûrement réfléchi à cette question en étant pleinement conscient de la lourde responsabilité qui m'incombe au bout du compte, j'ai décidé de le laisser partir en Suisse, car je crois en lui. Je le plains pour toutes les choses qu'il a pu trouver dérangeantes pendant sa scolarité à Sherborne. Mais rendons-lui justice, vous et moi : au vu de ses résultats, il n'a pas perdu son temps d'un point de vue scolaire. Étant donné tous ces éléments, donc, il partira pour la Suisse le 15 ou le 16 du mois prochain. Il n'arrivera pas totalement en terrain inconnu puisque j'y compte un certain nombre d'amis, et je ne doute pas qu'il s'en fera lui-même. »

Le Carré a longtemps déclaré qu'il s'était « enfui » de Sherborne pour aller à Berne, mais il est évident que Ronnie a joué un plus grand rôle dans ce départ que ce que le Carré voulait bien dire, même si son père n'a jamais honoré le paiement de ses frais d'inscription à l'école, ni à l'université.

Vivian Green, enseignant d'histoire et aumônier de Sherborne, n'a jamais eu le Carré comme élève, puisque celui-ci se spécialisait en langues vivantes, mais se souvient très bien d'avoir serré la main du jeune homme lors de son départ.

En octobre 1948, le Carré part donc pour Berne. Les circonstances de son départ de Sherborne et la brouille avec M. Thompson affectent autant l'élève que le maître. Tous deux les attribueront au gouffre qui séparait cette vie de patachon que l'on menait à la « cour de Ronnie » dans le foyer de le Carré et le puritanisme anglican que Thompson faisait régner à Sherborne.

Le 2 mai 1952, Thompson rédige pour le Carré une longue lettre de recommandation au recteur de Lincoln College à l'université d'Oxford : « J'ai déploré son départ et j'ai fait de mon mieux pour l'empêcher, mais en vain. Cette situation résultait d'un milieu familial compliqué ayant affecté une âme très sensible, de l'histoire faustienne d'un jeune homme perturbé par le contraste entre son foyer très matérialiste et ce qu'il voyait à l'école. Redoutant de "perdre" sa famille, il a estimé que la seule chose à faire était de quitter l'école qui provoquait ce conflit en lui. C'est du moins ce qu'il m'a expliqué avec beaucoup de chagrin, et je n'ai aucune raison de ne pas le croire, car cela concorde avec mes propres observations. Il est venu à l'école récupérer ses affaires à la fin des vacances et m'a profondément irrité en entrant comme un voleur dans notre Maison et en essayant d'en repartir sans venir me voir. Je l'ai appris, je l'ai donc surpris et nous avons eu un entretien très tendu, qui s'est terminé de façon peu amène, en grande partie de mon fait. Toutefois, je lui ai écrit par la suite et, entre autres choses, lui ai promis que je ferais toujours tout mon possible pour l'aider. C'est un garçon très sensible, artiste et poète (il a remporté le prix de poésie de l'école à seize ans), et il a une tête bien faite. Peut-être maintenant s'est-il assagi, du moins je l'espère, car il a toutes les qualités requises pour très bien réussir dans tout ce qui l'intéresse. Il pourrait aussi bien finir archevêque de Canterbury que criminel de tout premier plan ! »

Dans un documentaire[1]*, le Carré évoque son « éducation férocement traditionaliste et brutale ». Il déclare : « Le fossé qui séparait le conservatisme ultrapuritain de Sherborne à l'époque et le barnum follement distrayant de notre environnement familial s'est creusé en un gouffre infranchissable et absurde, et moi j'essayais de concilier ces deux extrêmes. Pendant les vacances, j'ai décidé de partir en retraite chez les franciscains anglicans de Cerne Abbas pour m'immerger dans la foi chrétienne et m'imprégner des valeurs extrêmes prônées par mon école. Puis j'ai éprouvé un rejet absolu du christianisme traditionaliste, et j'ai pris conscience d'être le jouet de forces ridicules, d'un côté cette pègre fantasque et de l'autre cette école de puritains. Résultat : j'ai pris la fuite. »*

Quatre ans plus tard, alors que le Carré s'apprête à entrer à Lincoln College à Oxford, il échange quelques lettres avec Thompson. Les deux hommes resteront en contact jusqu'en 1968.

À R. S. THOMPSON

Tunmers
Chalfont St Peter
Buckinghamshire
Jordans 3152

5 mai 1952

Cher monsieur Thompson,

Merci beaucoup pour votre lettre qui, comme vous l'imaginez, m'a beaucoup donné à réfléchir. J'ai toujours su que vous seriez prêt à m'apporter votre aide le cas échéant. De plus, j'ai souvent pensé à venir vous voir, non parce que je regrettais de ne pas avoir fini ma scolarité mais parce que la perspective

1. *The Secret Centre*, diffusé par BBC Two le 26 décembre 2000.

de retourner dans ce lieu qui m'a fait subir un conflit moral si insoutenable a toujours exercé sur moi une fascination magnétique.

Je crois maintenant, plus que jamais, que j'ai fait le bon choix, même si je regrette qu'il ait causé tant de souffrance. Je n'ai absolument pas choisi Mammon plutôt que Dieu, comme vous me l'avez reproché un jour. J'ai choisi le naturel plutôt que l'affectation, la liberté plutôt que le refoulement, car ce choix fut bien le mien, comme je crois que vous l'avez toujours su. Depuis mon départ de Sherborne, j'ai vécu tant d'expériences, agréables comme désagréables, bonnes comme mauvaises, euphorisantes comme déprimantes. Si je suis resté plus longtemps qu'ailleurs à la « cour du diable », comme vous le diriez, c'est parce que j'étais horrifié, et non tenté. J'y ai trouvé ce que je cherchais depuis toujours : un point de comparaison, des fondations plus profondes sur lesquelles construire mes opinions.

Je me souviens que le principal a consacré un trimestre de catéchisme à l'étude du bouddhisme. Cet élément ne va-t-il pas dans le sens de mon argument ?

D'un point de vue scolaire, je n'ai rien perdu au change non plus puisque j'ai étudié à Berne la plupart des matières que j'aurais suivies à Sherborne.

Je ne suis donc « ni noir ni blanc », mais je peux dire que j'ai commencé à analyser ce besoin de quelque chose, que j'y croie ou pas. Car en toute conscience, ce besoin est bien présent. Nous avons tout le temps de considérer les choses d'un point de vue objectif, n'est-ce pas ? Ou alors, tels des enfants immatures perdus dans un monde d'illusions, devons-nous rester enfermés dans une crèche mythologique ? Je voudrais pouvoir tout commencer au début ! Mais je suis heureux d'arriver finalement à la foi à mon rythme et par le biais de ma propre expérience. En d'autres termes, je veux penser par moi-même.

Si vous m'acceptez sur la base de ces principes, je serai ravi de vous revoir. Mais je ne pourrais pas supporter, du moins pour l'instant, de revivre ce que j'ai enduré, car j'ai failli y laisser la raison.

Pardonnez-moi s'il vous semble que je pose des conditions irréalistes, mais je veux croire que vous saurez comprendre au moins en partie ce que j'essaie de vous expliquer.

Bien à vous,
David

LE SKIEUR DE VITESSE

J'ai participé à la course du Lauberhorn quand j'étais jeune et bête et j'ai failli y laisser ma peau.

– à Bernhard Docke, par mail, 20 décembre 2007

Le Carré dira par la suite que ses neuf mois à l'université de Berne ont représenté un tremplin vers la culture allemande, mais il y noue aussi une relation durable avec la Suisse alémanique. C'est grâce à son camarade suisse Kaspar von Almen qu'il découvre Wengen, station alpine qui accueille les célèbres Courses du Lauberhorn. Le Carré y est recruté par le Downhill Only Club, qui entraîne des skieurs britanniques, et il s'y fera construire un chalet dans les années 1960. Berne constitue aussi un tremplin pour la carrière de le Carré dans le monde secret, car c'est là qu'il est enrôlé par le renseignement britannique pour effectuer de petites tâches en tant qu'étudiant, à savoir assister à des réunions politiques de gauche et « jouer le rôle de mule dans une opération dont j'ignorais absolument tout[1] ». Même s'il garde un souvenir amer de ses années à Sherborne, c'est son professeur d'allemand dans cette école, Frank King, officier du renseignement militaire pendant la guerre, qui lui a transmis le virus de l'Allemagne. « Il parlait un allemand parfait et, à cette époque où tout le monde diabolisait l'Allemagne à raison, il nous rappelait à chacun de ses cours qu'il existait une autre Allemagne, une Allemagne historique, éternelle, une Allemagne à chérir pour sa culture. Cette idée m'est restée en tête et, quand j'ai fui mon école privée, j'ai tenu à rejoindre la Suisse à défaut de l'Allemagne, puisque le pays était encore sous occupation, ce qui rendait le projet impossible[2]. » Il se souviendra longtemps des professeurs juifs allemands de l'université de Berne, ainsi que de la compagnie de jeunes Allemands

1. « Berliner Salon », à la résidence de l'ambassadeur d'Allemagne à Londres, 3 mars 2020.

2. *Ibid.*

en exil qui formaient une sorte de communauté. « J'ai adopté une identité et une culture allemandes en remplacement des miennes. C'est là que tout a commencé. »

Le Carré ne s'est jamais vanté de son passé de skieur ni d'illustrateur. Plus tard dans sa vie, il pratiquera un ski tranquille, dans un style à l'ancienne, plein d'élégance et de verticalité, et n'essaiera jamais d'atteindre la vitesse de ses fils. Mais, alors qu'il participe aux Courses du Lauberhorn à une époque où les skieurs descendent en moyenne à 80 kilomètres-heure avec des skis en bois et des fixations Kandahar, il heurte le talus d'un pont de chemin de fer et doit être transporté, inconscient, dans une chambre de l'hôtel Eiger à Wengen.

De la montagne, le Carré écrit à sa future épouse Ann Sharp, fille d'un haut gradé de la Royal Air Force (RAF) rencontrée à Saint-Moritz en 1950, alors qu'il avait dix-huit ans et elle dix-sept. Elle estimera plus tard que Ronnie « utilisait David comme appât pour la fille d'un client potentiel ». Dix mois après cette rencontre, ils décident de se revoir, à l'occasion d'une soirée dansante chez un colonel de la RAF. Alors sous les drapeaux, le Carré se prépare à partir pour l'Autriche avec le renseignement militaire. « Après cette soirée, David m'a écrit », racontera-t-elle dans ses mémoires.

Le Carré et Ann cherchent tous deux à échapper au cauchemar de leur vie familiale. Ann a pour père un don juan au caractère irascible, pilote casse-cou et vétéran du Bomber Command[1]. Petite, elle comptait le nombre de bombardiers qui quittaient l'aérodrome et revenaient s'y poser après des missions en Allemagne.

Le Carré fait du ski avec son ami Dick Edmonds au Downhill Only Club, et c'est pour le journal du club, dont Edmonds est rédacteur en chef, qu'il réalise la plupart de ses dessins, mais aussi pour le grand magasin que tient le père d'Edmonds.

Julie Kentish-Barnes, qui fréquente l'équipe du Downhill Only Club à Wengen, noue avec le Carré des liens d'amitié qui se poursuivront ensuite à Oxford. Il est « sans exception le plus bel homme qu'on ait jamais vu. Ils portaient tous des pulls à torsades blancs,

1. L'Air Commodore A. C. H. « Bobby » Sharp quitte la RAF après une liaison avec sa secrétaire et part à Washington faire carrière dans le complexe militaro-industriel. Il divorce ensuite de la mère d'Ann et meurt en 1956 à l'âge de cinquante et un ans.

[et avec] le ciel bleu et ses yeux bleus, c'était à tomber par terre. La première fois que je l'ai vu, j'ai failli me pâmer », raconte-t-elle[1]. Selon elle, le Carré est heureux de sa vie de skieur à Wengen, loin de tous les discours de son père sur sa Rolls et son argent, ce qui ne l'empêche pas de produire des dessins plus sombres, en plus de ceux qui sont consacrés au ski. Des décennies plus tard, le Carré utilisera ses souvenirs de cette période dans le scénario d'un film, *Schüss*, écrit pour son fils Stephen, excellent skieur, scénariste et cinéaste. Mais entre-temps, son sport a changé. Comme il l'écrit à Kentish-Barnes en 2016 : « Le ski d'aujourd'hui, c'est affreux. Trop rapide, trop facile, trop de monde, trop de mauvais comportements. Je suis heureux d'avoir connu la grande époque[2]. »

Un montage des dessins réalisés pour Dick Edmonds a été utilisé lors de la cérémonie à la mémoire de le Carré qui s'est tenue à Micklefield Hall, la propriété des Edmonds, le 19 octobre 2021.

Illustration de le Carré
pour le *Downhill Only Journal* de Wengen.

1. Entretien avec Tim Cornwell.
2. À Julie Kentish-Barnes, 14 mars 2016.

À ANN SHARP

Palace Hotel
Wengen
Oberland
Suisse

18 décembre 1950

Merci de noter ma nouvelle adresse. D.

Ma chérie,

*Après-ski**[1]. Cette merveilleuse sensation de fatigue quand on a skié toute la journée et que tous les muscles sont douloureux et parcourus de tremblements. Épuisement physique et mental, combiné à la satisfaction d'avoir réussi quelque chose. Et aujourd'hui, nous avons vraiment réussi quelque chose puisque, par une température de -17 à -20°, nous avons fait quatre parcours d'environ 8 km sous un vent froid et violent qui cinglait de neige nos vêtements et nos corps. Les lunettes s'embuent, les sourcils gèlent, et au bout d'un moment le pantalon devient aussi raide que les sourcils, si bien que chaque fois qu'on plie le genou, il frotte contre un matériau dur comme de la pierre. On n'y voit qu'à quelques mètres de distance, on ne sait pas où on est, mais on suit le type de devant tout en évitant sa trace. Si on tombe, c'est la catastrophe. Un camarade a perdu un ski, aujourd'hui. Il a déchaussé dans un virage sec, le ski a dévalé 150 mètres et n'a pas pu être retrouvé.

Ensuite, retour à l'hôtel, moment de repos au coin du feu, on se raconte les histoires de la sortie du jour, les effets de la neige fraîche sur tel vallon ou telle colline. Bilan de la journée : une cheville tordue et un ski perdu. Tous les copains étaient à la fois contents d'eux et inquiets pour demain. Mais demain est un autre jour.

Pourtant, ce sentiment de solitude, ce vide pesant au creux de l'estomac, cette conscience que quelque chose manque et

1. Les mots en italique suivis d'un astérisque sont en français dans le texte original. (*N.d.T.*)

que ce quelque chose c'est toi, voilà qui vient d'une certaine manière gâcher cette journée parfaite. Et en même temps, c'est bête, mais je suis heureux que ce soit le cas !

Ma chérie, voyons-nous bientôt – c'est indispensable. Je t'appellerai la veille de Noël à 20 h 30 heure anglaise pour tout te raconter.

Il est possible que tes lettres adressées aux bons soins de l'équipe du DHO mettent du temps à m'arriver, puisque le secrétariat du club n'a pas encore ouvert, mais si tu écris à l'hôtel Palace, à Wengen, je les recevrai directement.

Prends soin de toi, ma chérie. Je t'aime de tout mon cœur.
David

À ANN SHARP

Palace Hotel
Wengen

20 décembre 1950

Ann, ma chérie,

Aujourd'hui, nous avons attaqué le saut à skis (mais seulement sur 15 ou 20 mètres). Chaque jour, dorénavant, nous ferons quatre ou cinq sauts dans le cadre de notre entraînement. Tu me croiras ou pas, mais c'est une sensation extraordinaire, car, quand on atteint une certaine hauteur, on a l'impression d'être porté par l'air, on plane en douceur comme un oiseau. Esthétiquement, c'est peut-être l'activité de ski la plus jubilatoire. Le soleil a enfin fait son apparition ce matin, et nous avons passé la première moitié de la journée à skier sous un soleil radieux, avec de la neige fraîche jusqu'aux genoux et parfois plus. C'était merveilleux, ma chérie, comme voguer sur la crête d'une grosse vague, avec le ciel bleu au-dessus et la mer écumante au-dessous. Ça, c'est du ski ! Dans ces moments-là, l'esprit se met comme en ébullition et pousse le corps à l'exploit – je sais que tout cela a l'air assez stupide, mais quand on y a goûté on ne l'oublie jamais. Voilà pourquoi je voudrais que tu sois à mes côtés ici plus que nulle part ailleurs. Nous avons fait une autre sortie à midi, des parcours chronométrés sur 8-10 km, et nous nous en sommes tous bien sortis. Pas de blessures, en tout cas ! Notre équipe est déjà réduite de 10 à 6, alors nous sommes à notre « effectif minimal ».

J'ai reçu un câble de Tony[1], qui arrive demain. Je me réjouis de l'avoir ici, même si je ne sais pas trop ce qu'il va faire de ses journées. Après Noël, il loue un chalet pour deux semaines à Grindelwald, pas loin d'ici, ça devrait lui plaire.

Comme chaque soir, j'ai tous les muscles noués et endoloris, sauf qu'aujourd'hui on a encore plus skié que d'habitude. L'après-midi, slalom (entre des bâtons plantés dans la neige) et saut à skis. Ce soir, on a tous eu droit à un massage (ça chatouille et ça me fait toujours glousser).

Ma chère Ann, je vais faire tout mon possible pour ne rien me casser, parce que j'ai tellement envie de te revoir bientôt. Mais le cas échéant, je me traînerais à travers toute l'Europe avec les deux pieds dans le plâtre ne serait-ce que pour passer un moment avec toi. Je t'aime, ma chérie. Tu es devenue ma source de vie, l'ancrage de tous mes espoirs et de toutes mes ambitions.

Je t'embrasse,
David

Oh, ma chérie, je ne veux pas arrêter d'écrire, parce que c'est le seul moment où je peux te dire que je t'aime. Je t'aime de tout mon cœur, je t'aime d'amour fou. N'est-ce pas idiot de te le redire dans chaque lettre et avec chaque souffle ? Ann, ma chérie, ma bien-aimée, je t'aime, je t'aime.

1. Anthony « Tony » Cornwell, le frère de le Carré, son aîné de deux ans.

'Ja, Ja schnow very good next year.'

À ANN SHARP

Palace Hotel et National Wengen

10 janvier 1951

Ma chérie,

J'ai passé plusieurs jours à Zurich pour affaires. Ce matin, je me suis encore entraîné avec l'équipe pour le premier grand meeting international qui a lieu samedi, et j'ai fait une chute épouvantable qui m'oblige à rester alité de nouveau, cette fois après m'être froissé plusieurs muscles de la cuisse gauche. Ça devait arriver tôt ou tard. Il se peut que je ne doive garder la chambre qu'un ou deux jours, auquel cas le médecin dit qu'il pourra me bander la cuisse pour que je puisse concourir samedi finalement.

Oh ma chère, très chère Ann, j'ai désespérément besoin de toi, comme jamais de personne auparavant. Je t'en prie, dis-moi quand tu viens. Vois quand ce sera possible, ma chérie, et préviens-moi. Le grand jour approche.

Merci pour tes lettres, elles me comblent de bonheur.

La piste pour la course de samedi est absolument incroyable. Un skieur de l'équipe italienne s'est cassé la jambe aujourd'hui et a perdu connaissance. L'équipe de Norvège est là et ils descendent la piste de slalom en <u>télémark</u> !

L'équipe allemande s'entraîne aussi, ils ont l'air assez forts. Les Américains sont nuls et les Français excellents. Les Suisses sont costauds et vont sans doute l'emporter. Ils connaissent la piste comme le fond de leur poche. Le tracé est paraît-il plus rapide que jamais. Nous n'avons pas eu de neige depuis dix jours, donc évidemment, il y a beaucoup de glace.

Désolé si mon écriture n'est pas très nette, on vient de me donner des cachets pour dormir. Mais j'ai tellement envie de te parler, de penser à toi, de t'imaginer blottie dans mes bras, ton corps tout contre le mien comme si tu en faisais partie. Je veux rêver de tes grands yeux doux et de ta voix. Imaginer un instant que tu es là, à me parler. Penser que tu es assise là à mes côtés.

Bientôt, ma chérie. Désolé si cette lettre est un peu bizarre. Je vais la terminer là et la faire poster. J'aurai le droit de me lever vendredi. Ma chérie, je t'aime terriblement.

David

De retour en Grande-Bretagne pour effectuer son service militaire, le Carré fait ses classes dans l'armée régulière avant d'être choisi pour intégrer le renseignement militaire.

À ANN SHARP

Caserne du renseignement militaire
Camp de Maresfield

[non datée[1]]

*Ma chère Véronique**,

Une petite lettre pour t'amuser, parce que même si je ne t'aime pas moins que d'habitude, et même si, en l'occurrence, je t'aime encore plus, ce soir c'est d'un amour serein.

Aujourd'hui, D. a joué aux espions et s'est fait prendre et jeter en prison. Je me suis échappé comme dans un roman d'E. Phillips Oppenheim[2] en assommant un garde de l'Autre Camp, auquel j'ai retiré ses bretelles pour le ficeler et volé son revolver. Déguisé en patron d'un pub de province. Plutôt rigolo, même si je me suis coupé à la main pendant la bagarre.

Quand j'étais en train d'attacher le soldat avec ses bretelles tout en le maintenant plaqué au sol avec mon genou entre ses jambes, il a levé les yeux vers moi et m'a dit : « Excusez-moi, ça fait partie de l'exercice, ça aussi ? » Un peu triste…

1. Le Carré a écrit à Ann depuis le camp de Maresfield en 1950, qui est la date probable de cette lettre, mais aussi en août 1953 et septembre 1954.

2. Edward Phillips Oppenheim (1866-1946), romancier anglais populaire dont les histoires sont « peuplées de héros sophistiqués, d'espions aventureux et d'aristocrates magnifiques », selon le site de l'*Encyclopaedia Britannica.*

The Intelligence Corps Depot
Maresfield Camp

Ma chère Véronique,

A little letter to commune, because although I love you no less than usual, but perhaps a little more, it's in a quiet contented way this evening.

Today D. played Spies. And was caught and

put in prison. Escaped in true E. Phillips Oppenheim by laying out an Other Rank guard and removing his braces + tying him up, and stealing his revolver.

Masqueraded as a publican from Doncaster. All rather fun, but cut my hand a little in the fight.

But as I was tying up the soldier with his braces _and keeping him still by putting my knee between his legs, he looked up at

Bref, j'ai été repris et soumis à un deuxième interrogatoire plutôt rude puisque j'ai été
1) déshabillé,
2) frappé,
3) confiné à la caserne.

On ne m'a toujours pas rendu mes vêtements, ce qui fait que je t'écris dans le plus simple appareil.

*Comme toujours**,
David

En 1951, le Carré est affecté en Autriche comme officier du renseignement militaire[1]*, basé au palais Meran, à Graz, expérience qui l'inspirera plus tard pour* Un pur espion*. Il arrive dans le pays moins de deux ans après la sortie du* Troisième Homme*, film tourné à Vienne sur un scénario de Graham Greene.*

À ANN SHARP

[cachet de la poste] 30 mars 1951

Ma chérie,

J'ai reçu ta lettre ce matin, merci beaucoup. Ma nouvelle adresse est POSTLAGERND (c'est-à-dire « poste restante »), GRAZ (HAUPTPOST), STYRIE, AUTRICHE. Mets juste « D. Cornwell » sur l'enveloppe. Je vais bientôt partir pour quelques jours à Venise. Je quitte Vienne demain matin et je vais traverser la zone russe en voiture. Aujourd'hui je passe ma journée à me promener

1. En 2017, le Carré déclare à son public au Southbank Centre : « À Graz, en tant qu'officier du service national affecté à la sécurité sur le terrain pendant l'occupation quadripartite de l'Autriche, j'ai dirigé mon premier messager personnel : un voyou autrichien aux yeux bleus pétillants qui s'appelait Freddy, possédait une mobylette et n'avait pas la langue dans sa poche. Il échangeait des photos pornos contre des tuyaux opérationnels avec des sentinelles russes en faction à la base aérienne soviétique de Wiener Neustadt. Peu de gens le savent mais, à nous deux, Freddy et moi avons évité une Troisième Guerre mondiale. »

dans Vienne. Il y a un meeting communiste auquel je dois me rendre ce soir. Ces réunions sont toujours très intéressantes.

La nourriture est excellente et bon marché. Le gin coûte 3 pence le verre, la bière 6 pence la pinte, le brandy 4 pence la dose. Juste pour information. Je ne profite pas plus de la situation que d'ordinaire.

La vie est belle. Opéra et intrigues. Quoi de plus divertissant ?

Ça te dirait, un emploi de secrétaire à Vienne ? Je pourrais t'en obtenir un, avec un peu de chance. Mais ce ne serait peut-être pas bien vu par ta famille.

Amitiés à tous, et amour à toi, ma chérie. Je dois filer, crois-le ou non, parce qu'il faut bien que quelqu'un travaille.

David

À ANN SHARP

[Autriche, sans doute Graz]

[cachet de la poste] 2 avril 1951

Désolé, c'est le seul papier que j'avais. D.

Aujourd'hui, nous avons eu une chaude journée de printemps et une fraîche soirée d'été. Les saules pleureurs sont bien feuillus et verdoyants, maintenant, et les bouleaux pleins de reflets argentés au soleil. Pour venir ici il y a trois jours, j'ai voyagé avec trente soldats russes dans un de ces wagons qui ne sont pas divisés en compartiments. On a fumé des cigarettes ensemble, mais ils ont refusé de me parler et ne m'ont même pas dit au revoir en descendant du train. Cet après-midi, je suis monté au sommet d'une colline à l'extérieur de Graz (qui est une très jolie ville). Des toits de tuiles rouges s'étendaient à perte de vue devant moi, la rivière sinuait au milieu et de la fumée montait des cheminées. Personne à l'horizon, juste des maisons. Difficile de croire que cet endroit a été le creuset de presque tous les mouvements politiques clandestins en Autriche : bastion du nazisme en 1939, aujourd'hui foyer du communisme et demain terrain de jeux pour toutes sortes d'intrigues internationales. Moi, je ne voyais que de la fumée, des toits et une rivière. Un soleil radieux, un calme absolu. C'est drôle, quand même. J'espère pouvoir récupérer demain les lettres que tu m'auras écrites. Je ne sais pas trop quand je pourrai te répondre, mais je ferai au plus vite. Ma chérie, je t'aime. Tu ne peux pas savoir à quel point je te désire. Je me sens si seul. Le soir tu me manques au-delà des mots et, pendant la journée, il m'arrive de m'interrompre dans ce que je suis en train de faire pour penser à toi, imaginer ton visage tout proche du mien, tes yeux plongés dans les miens, et mon souhait le plus cher serait de t'avoir à mes côtés. Je t'aime, ma chérie, je t'aime tant.

Je dois filer.
D.

P.-S. Tu as reçu les photos ?

À ANN SHARP

Carinthie

Midi, lundi [23 mai 1951]

Ma chérie,

Aujourd'hui, soleil et chutes de neige sur les Dolomites, bise cinglante. Une odeur de printemps et de vermouth-soda. Ce soir, train de nuit pour Vienne et avec un peu de chance, demain matin, j'en saurai plus sur ma destination suivante, car je suis toujours *en route**.

Comme j'aimerais que tu sois là, c'est tellement beau ! Un petit village authentique avec un pub, deux magasins et quelques maisons aux murs de bois et au toit gris pentu. Des rues pavées, la vigueur et la beauté d'une vraie journée de printemps. Le fleuve, le lac et les montagnes. Les champs ont l'air jeunes et verts, on dirait qu'ils respirent le soleil chaud et laissent le vent les balayer comme l'écume asperge un bateau. On peine à croire que ces terres aient pu être un jour un champ de bataille, ces maisonnettes utilisées comme casemates, ces cours d'eau des pièges pour les chars d'assaut. Cette contrée n'est pas faite pour les soldats et la guerre, mais plutôt pour la musique et la peinture, la poésie et le bonheur.

Je me demande à quoi ressemblera Vienne à mon retour. Les arbres bordant les avenues seront-ils déjà en bourgeons ? Les eaux du fleuve grossies par la fonte des neiges ?

Oh, ma chérie, c'est vraiment la belle vie ! Pourvu que ça dure ! La seule chose que je regrette, c'est de ne pas t'avoir avec moi pour partager tout ça[1], vivre ce passage de la grise indifférence de l'Angleterre aux couleurs enchanteresses de l'arrivée du printemps en Autriche. Il te faudrait fermer les yeux à demi pour supporter le soleil, et peut-être verrais-tu comme moi la myriade de couleurs tel un arc-en-ciel chatoyant, ou des rayons de soleil sur le parasol de la terrasse d'un café aux Champs-Élysées. Tu t'abreuverais de l'air pur de ces villes propres non polluées et tu rirais d'un rien comme je le fais. Un jour nous verrons tout cela, tous les deux, ensemble. Nous saurons attendre ce moment.

Oh, je sais que je raconte n'importe quoi, que tout cela n'est pas possible. Mais j'ai parfois l'impression de m'être éveillé après avoir hiberné en Angleterre, d'avoir purgé mes poumons de la suie de ces « sombres et sataniques usines[2] » pour respirer de nouveau la beauté et la paix de la nature. Et plus j'apprécie et j'aime ce sentiment, plus tu me manques, ma chérie, toi qui es la seule personne qui pourrait l'apprécier et l'aimer avec moi, qui pourrait nager dans cet immense lac de faux-semblants. Ce n'est sans doute qu'une illusion, mais je revendique pour nous deux le droit de rêver jusqu'à ce que nous nous éveillions. Car nous éveiller il faudra, et je redoute cet instant plus que la mort – et crois-moi, j'ai pourtant peur de la mort.

Je t'aime.
David

1. Le couple se reverra seulement quand le Carré passera un week-end dans la famille d'Ann lors d'une permission à l'été 1951.

2. Allusion au poème « Jerusalem » de William Blake. (*N.d.T.*)

OXFORD
ET LE MARIAGE

Et à Oxford, où j'étudiais l'allemand (en l'espèce, la traduction de la Bible en gothique par Wulfila, évêque du IVe siècle), je m'étais fait passer pour un cryptocommuniste et m'étais offert sur un plateau à un attaché culturel de l'ambassade soviétique à Londres : le type même du jeune bourgeois idéaliste de gauche sur lequel tout dénicheur de talent du KGB digne de ce nom aurait sauté.

– « Une soirée avec George Smiley »,
Southbank Centre, 7 septembre 2017

Et puis je n'étais pas juste fauché – au milieu de ma deuxième année, j'étais carrément insolvable, puisque mon père venait de faire une de ses faillites spectaculaires et avait réglé mes frais de scolarité trimestriels avec un chèque en bois. Et même si l'université faisait preuve d'une patience exemplaire, je ne voyais vraiment pas comment j'aurais pu finir mon année à Oxford.
C'était sans compter sur Reggie[1], qui débarqua dans ma chambre un beau jour, sans doute avec la gueule de bois, me fourra une enveloppe entre les mains et repartit. L'enveloppe contenait un chèque à mon nom signé par ses fidéicommissaires, d'un montant suffisant pour rembourser mes dettes et me permettre de rester à l'université six mois de plus.

– « À Reggie, avec mes remerciements »,
chapitre 34, *Le Tunnel aux pigeons*

1. Reginald Bosanquet, alors étudiant à New College, à Oxford, futur journaliste et présentateur de *News at Ten*, journal du soir sur la chaîne ITV.

Le Carré est reçu par le révérend Vivian Green, son ancien professeur à Sherborne entre-temps devenu tuteur à Lincoln College, pour un entretien afin d'intégrer l'université d'Oxford en 1952. Il sera le mentor de le Carré et son ami pour toujours, mais aussi l'universitaire qui lui inspirera la « vie intérieure » de George Smiley l'érudit.

Les années de le Carré à Oxford sont marquées par son mariage avec Ann Sharp, mais aussi par les interminables mésaventures de son père, Ronnie, qui lui inspirera le personnage de Rick Pym dans *Un pur espion.* À Tunmers, sa maison de Chalfont St Peter, Ronnie « recevait l'équipe de cricket d'Australie, était mécène d'Arsenal, achetait des chevaux de course, s'habillait au tout dernier chic et vivait sur un grand pied, comme dans un petit paradis de la création d'entreprise et des projets spéculatifs », écrit Vivian Green[1].

Dans des lettres plus tardives à sa belle-mère Jeannie, le Carré mentionnera par deux fois un « roman écrit à Oxford » dans la foulée de *L'Espion qui venait du froid*, mais toute trace en a été perdue.

1. « A Perfect Spy : A Personal Reminiscence », dans l'ouvrage coordonné par Alan Bold *The Quest for le Carré* (1988).

À ANN SHARP

40 St John Street
Oxford

6 octobre 1952

Ma chérie,

Ta lettre m'attendait à mon arrivée ce soir et je tenais à y répondre par retour, mais hélas je n'ai rien trouvé d'autre que ce banal papier réglé, et je te prie de m'en excuser.

J'ai passé trois jours à appeler la Suisse et Paris sans succès. Trois jours perdus dans des bêtises, sans queue ni tête, sans but ni résultat[1]. Mais bon, c'est terminé, et désormais je ne suis plus qu'un intello aux cheveux trop longs ayant acquis un goût exotique pour les cigarettes orientales à bague dorée. Élément assez troublant pour moi, selon les statuts de ma faculté et de l'université, je dois porter « costume de ville sombre, chemise blanche, cravate blanche, souliers noirs, toge et mortier » lors de la cérémonie d'intégration bientôt organisée en l'honneur des nouveaux. Oxford irradie en ce moment de toutes les couleurs de l'arc-en-ciel, une saison incroyable avec des feuilles dorées et rouille sur les arbres et des vents tourbillonnants qui s'engouffrent dans les rues comme s'ils se faisaient la course. Et il commence à faire froid aussi, notamment le soir quand ça pince un peu comme à Saint-Moritz au crépuscule après une

1. À l'instigation de Ronnie pour faire aboutir un de ses innombrables projets délirants, le Carré s'est rendu en Suisse avec une prétendue baronne Rothschild pour récupérer un coffre rempli de trésors.

journée ensoleillée. Toute la nature semble avoir décidé de faire sortir les gens de leur léthargie estivale. Je trouve que ça sent déjà Noël[◊]. Si seulement on vendait des marrons chauds dans la rue, comme à Berne… Là, j'aurais tout ce qu'il me faut !

J'ai joué au golf avec Tony hier soir. Terrible ! Tony s'est beaucoup humanisé, je trouve, et il semble avoir digéré une bonne partie de l'influence américaine[1]. Les étrangers sont dangereux, pas vrai ?

Et oui, je pense à toi, ma chérie, des dizaines de fois par jour pour des dizaines de raisons différentes. Je me demande parfois comment j'arrive à vivre sans toi, ou alors je pense à ton amour avec reconnaissance, ou alors je m'inquiète, parce qu'il y a forcément une part d'ombre là où brille la lumière, ou encore j'ai peur à l'idée de tout ce que tu sais sur moi ! Mais tu sais que je t'aime.

Cette lettre est atrocement longue, je m'en rends compte, mais si tu prends plaisir à la lire, c'est bien le moins que je te dois vu que je ne t'avais pas écrit depuis un moment.

J'ai les dessins avec moi, mais je ne peux pas faire les croquis de mode pour le moment. Je vais essayer de te les envoyer[◊◊] pour que tu puisses les utiliser comme échantillons. J'espère que ton projet va se concrétiser.

Et maintenant, bonne nuit, ma chérie !
David

[en bas de la lettre]
[◊] Je l'ai déjà dit.
[◊◊] Les dessins, je veux dire.

1. Tony Cornwell a obtenu une bourse de Bowdoin College, dans le Maine, et l'a acceptée au lieu d'effectuer ce qui aurait dû être sa dernière année à l'université de Cambridge, puisque le chèque qu'avait fait Ronnie pour payer ses frais de scolarité à Cambridge était également sans provision.

À ANN SHARP

Lincoln College
Oxford

26 mai 1953

Ma chérie,

Merci mille fois pour ta lettre. J'ai l'impression d'être de nouveau un homme libre. J'ai abandonné la production d'une pièce en allemand dans laquelle je m'étais lancé – les acteurs étaient nuls et moi aussi. Comme à chaque fois que je t'écris, je me sens coupable – je ne t'ai toujours pas envoyé de dessin, et la fréquence à laquelle je t'écris est irrégulière et tout sauf fiable.

Nous connaissons une soudaine vague de chaleur qui a surpris tout le monde et qui m'a rendu à moitié fou. Je n'arrive pas à travailler. Je n'ai aucun désir de faire quoi que ce soit, sauf boire de la bière fraîche. J'aimerais tant que tu [sois] là, parce qu'il se trouve que je déborde de sentiments amoureux, phénomène biologique résultant de ce climat tropical qui nous est tombé dessus.

Quelles nouvelles ici ? Ah oui, la semaine des régates, les garden-parties au bord de la rivière, les bals de fin d'année et les soirées dansantes à l'occasion du couronnement, Oxford décoré de drapeaux anglais et d'affreuses silhouettes photographiques de la reine. Il y a de la bière du couronnement, du dentifrice du couronnement et des horaires du couronnement pour les débits de boissons. Je ne pense pas aller à Londres pour y assister. Londres n'est plus qu'une masse grouillante de petites gens arborant des rubans, il y fait atrocement chaud et ça sent le fish and chips. Sans compter que cet événement incite à tous les vices : toutes ces filles de rue, ces camelots qui vendent des souvenirs grotesques et de faux tickets, ces commerçants hypocrites qui exploitent le patriotisme. Et pour couvrir les cris et les rires des foules, les porte-voix de la propagande braillent leur discours pompeux dans les journaux, à la radio, dans les cinémas et à la télévision. Et ils sont suivis de près par les crânes d'œuf, ces forçats qui noircissent à la plume leurs livres de comptes vingt heures sur vingt-quatre et s'assurent que la *raison d'être** de tout cela prévaut toujours : il ne s'agit pas de gaspiller de l'argent mais d'en gagner. Et pour récupérer des dollars, des francs, des pesetas, des roupies, des marks, des oboles ou autres, mieux vaut ne pas vendre les joyaux de la Couronne mais les aligner à la vue de tous sur la tête d'une reine.

Quelle tristesse que notre talent national pour cultiver la tradition se fourvoie dans une fête nationale de l'escroquerie !

Je suis invité le 5 juin à un bal dans une fac de filles par quelqu'un que je ne connais pas. C'est d'un cocasse ! Je meurs d'envie d'y aller. Si on m'en laisse l'occasion, je vais mettre un énorme bazar. J'y vais avec Robin Cooke[1].

Je suis allé boire un verre au Trout hier soir, et ce soir je vais à Londres pour un cocktail à l'ambassade soviétique[2]. Je te raconterai.

Je t'aime, ma chérie,
David

À VIVIAN GREEN

Oxford Canning Club[3]

14 octobre 1953

Cher monsieur Green,

Accepteriez-vous d'être mon répondant lors d'une présentation que je vais faire au Canning Club ce trimestre ? Elle

1. Robin Cooke est son ami depuis Sherborne et son contemporain à Oxford. À l'été 1952, les deux hommes ont fait ensemble une grande tournée de vente du magazine *Cricketer*, dont Ronnie est alors le propriétaire.

2. À la demande du MI5, le Carré se faisait passer pour un sympathisant de gauche, en partie pour persuader le renseignement soviétique de le recruter. Cette mission n'a pas abouti, mais le Carré racontera par la suite de nombreuses anecdotes sur ses multiples visionnages du *Cuirassé Potemkine* avec du personnel de l'ambassade. Ann n'a pas été mise au fait du travail de le Carré pour le MI5 avant 1954.

3. L'Oxford Canning Club a été fondé en 1861 pour promouvoir les principes du Parti conservateur et en débattre. Le Carré était également membre du Parti communiste et du Gridiron Club. « À l'époque, il était encore possible d'être excentrique », dira-t-il au « Berliner Salon » en mars 2020.

étudie l'impact de la littérature allemande depuis ses origines sur la nation allemande contemporaine. Elle sera en grande partie humoristique et en aucun cas exhaustive, puisqu'elle ne dure que 35 ou 40 minutes. Si vous intervenez, vous aurez un temps de parole de 20 à 25 minutes.

L'événement aurait lieu le mercredi de la semaine 6 du trimestre. Pourriez-vous me dire dès que possible si vous êtes disposé à participer, de façon que je puisse faire imprimer les programmes ?

Bien cordialement,
David Cornwell

À l'âge de vingt et un ans[1]*, le jeune le Carré revoit sa mère pour la première fois en seize ans. Elle lui révèle de nombreux détails scabreux sur le passé criminel de son ex-époux, qu'elle lui dépeint comme un escroc au charme redoutable. Le Carré va alors voir son père et, peu après cette confrontation, quitte Tunmers, la maison de Ronnie Cornwell dans le Buckinghamshire, pour aller vivre avec son ami Nigel Althaus*[2] *dans le presbytère du* XVIe *siècle où habite sa famille. Le 7 avril 1954, il écrit deux lettres : l'une, illustrée, à Ann, et une autre, d'une tout autre tonalité, à Vivian Green.*

1. Dans *Le Tunnel aux pigeons* comme ailleurs, le Carré maintient qu'il a retrouvé sa mère à l'âge pivot de vingt et un ans après « seize années sans câlins ». Les mémoires inédits d'Ann indiquent février 1954, ce qui fait que le Carré aurait eu vingt-deux ans.

2. Nigel Althaus a décroché une bourse pour Eton puis pour Magdalen College à Oxford, avant de faire carrière dans l'entreprise de ses père et grand-père dans la City.

YEW PLACE
FARNHAM ROYAL, BUCKS.
FARNHAM COMMON 102

Darling

Staying with Nigel Altham in a big and beautiful with trees, and a farm with sleepy pigs. We play in the and it has been raining jolly hard, too.

A long letter from Tom saying that he is doing much much better, earns 80 $ a week and is very happy – hopes to have a or rather a very soon.

So perhaps we'll all go out in it one day

So very much love from
Maggot.
Beware of the bandits

À ANN SHARP

Yew Place
Farnham Royal
Buckinghamshire

[cachet de la poste] 7 avril 1954

Ma chère [*dessin d'une souris*]

Je loge chez Nigel Althaus dans une grande et belle [*dessin d'une maison*] avec des arbres et une ferme où dorment des cochons. Nous jouons au [*dessin d'une partie de tennis*] sous la [*dessin de nuages et de pluie*] et ce n'est pas une petite bruine, tu peux me croire.

Une longue lettre de Tony me raconte qu'il va beaucoup mieux, qu'il gagne 80 $ par semaine et qu'il est très heureux. Il espère pouvoir bientôt s'acheter une [*dessin de voiture*] ou même une [*dessin de voiture rapide*].

Alors peut-être qu'un jour, on ira tous faire un tour dedans [*dessin de quatre personnes dans une décapotable*].

Je t'aime je t'aime je t'aime
Maggot

Attention aux bandits !
[*dessin d'un bandit de grand chemin et d'une jeune femme*]

À VIVIAN GREEN

Yew Place
Farnham Royal
Buckinghamshire

Répondre à :
11 Lincoln Road
Oxford

7 avril 1954

Cher monsieur Green,

Je suis allé voir mon père et je lui ai raconté tout ce que ma mère m'avait appris qui était pertinent (c'est-à-dire presque tout, sauf les véritables circonstances ayant prétendument entouré son premier mariage à lui). Après de pénibles esquives et diversions pleines de pathos, il a fini par me dire : « Et alors ? » Je lui ai répondu que je voulais prendre mon indépendance, au moins pendant quelques années, et que j'incluais dans ce terme l'indépendance financière. Il en a été terriblement contrarié. Il m'a dit que l'ironie suprême était que tout ce qu'il avait fait pour nous (mon frère et moi) n'avait servi qu'à nous éloigner encore plus de lui, qu'à ce moment précis de sa vie il avait plus que jamais besoin de ma compagnie et que c'était là que je la lui refusais, etc.

Toutefois, si je prenais la décision de quitter la maison, il allait vendre la propriété et divorcer de ma belle-mère. Cette seconde menace n'était qu'implicite, mais il a bien dit : « Et Jean devra partir, David. Elle devra partir. »

Je lui ai répondu qu'il était seul responsable de la fin de ses deux mariages, à mes yeux, et qu'il ne pouvait pas compter sur moi pour sauver ce qui restait du second.

Sa position actuelle est que je prenne l'argent qu'il me donnera pour rester à Oxford, sans être lié par une quelconque obligation. Je doute que cette position tienne bien longtemps, mais je ne crois pas qu'il tentera quelque chose d'un tant soit peu risqué pour me faire revenir à la maison. Ce qui l'a stupéfié,

OXFORD LEFT

SPECIAL PEACE ISSUE

TRINITY 1954 — 1,000 PRINT — SIXPENCE

1,500 SIGNATURES TO OXFORD APPEAL

THE Oxford Appeal for disarmament and the abolition of the Hydrogen Bomb is now gaining momentum. As we go to press about fifteen hundred signatures have been collected. So far the best response has come from St. Hilda's, Exeter, St. Cath's, Ruskin, Somerville, Jesus, Lincoln—and Balliol.

Since the beginning of term there has been widespread support in the University for an Oxford contribution to the world-wide efforts to preserve world peace. The very broadness of the movement in Oxford is an indication that new sections of opinion have become aware of the great danger to peace and the necessity for unified action—the only way by which peace can be preserved. And unity of action has been achieved. A mere catalogue of the O.U. Hydrogen Bomb Campaign Committee will demonstrate this: Charles Taylor (Chairman, Oxford Secretary, World University Service); Michael Pike (Ex-Editor of "Cherwell"); Anthony Thwaite (Editor of "Isis"); Nicholas Waterhouse (Ex-Editor of "Oxford Tory"); Jeremy Isaacs (Chairman, O.U. Labour Club); Ralph Samuel (Ex-Secretary, O.U. Communist Club); Donald Matthew (Chairman, O.U. Student Christian Movement); Raghavan Iyer (President of the Union); Gordon Snell ("Isis" Editorial Staff); Adrian Mitchell (Secretary, O.U. Poetry Society); Stella Aldwinckle (Chairman, O.U. Socratic Club). Further, the actual text of the petition was proposed by Mr. Michael Heseltine, a prominent member of OUCA. The desire from all sides for a common point of action was shown by the compromise reached which resulted in the present text. Indeed the only real opposition has come from New College's extreme Right-Wing clique (Bingham, MacBeth, Hall) and their satellites.

The most hopeful effect of the campaign has been the sudden realisation among undergraduates that politics is not another (and a nastier) game, but must be the concern of every human being, if we are to escape universal catastrophe. The petition and the meeting, the articles and the editorials upon the issue, the discussions in J.C.Rs and bars, have welded the campaign firmly into Oxford's consciousness. Cynicism, that greatest threat to the intellectual integrity and the future of Oxford, is on the retreat. Anthony Thwaite wrote in "Isis": "... no longer is it true that 'the best lack all conviction,'

"the natural but unreasoning fear" (the counter-petition leaflet).

1

Le Carré dessine des illustrations pour le journal *Oxford Left* alors qu'il travaille comme infiltré pour fournir des renseignements sur les sympathisants communistes à Oxford, parmi lesquels Stanley Mitchell, son rédacteur en chef, avec lequel il essaiera de se réconcilier une quarantaine d'années plus tard.

c'est mon manque d'intérêt visible pour la promesse d'une grosse somme d'argent, et le fait que j'aie négocié avec Kemsley[1] pour aller y travailler directement si je ne trouvais pas le moyen de rester à Oxford, plutôt que de garder un fil à la patte.

À l'heure actuelle, tout est donc en suspens, mais tout est quand même plus clair et plus sain qu'avant, et j'entrevois la possibilité, hélas, de quitter la maison avec de l'argent de poche jusqu'à ce que je finisse mes études à Oxford.

Bien à vous,
David

P.-S. Je me dois de vous redire toute ma gratitude pour votre aide et vos conseils. Je ne sais vraiment pas ce que j'aurais fait sans votre soutien et celui de sir James Barnes[2]. Je veux croire que la lumière commence à filtrer entre les feuilles des arbres et que les choses vont bientôt s'éclaircir, du moins pour un temps. Encore un grand merci pour tout. D.

En juillet 1954 survient la faillite spectaculaire et très médiatisée de Ronnie. « Il gagnait 15 000 livres par jour, il doit aujourd'hui 1 359 000 livres », titre le London Evening News. *« Un courtier londonien de quarante-huit ans ayant fondé soixante sociétés et fait l'acquisition d'environ quatre mille biens immobiliers a reconnu aujourd'hui devant le tribunal des faillites qu'il avait un passif de 1 359 000 livres. »*

1. Kemsley Press, le groupe de presse qui détenait le *Sunday Times*. Le Carré a obtenu une recommandation via le MI5.

2. Sir James Barnes, qui avait des parts dans le club de football d'Arsenal, comme Ronnie, a aidé le Carré à décrocher une place à Lincoln College.

À VIVIAN GREEN

Centre du renseignement militaire
Camp de Maresfield
Près Uckfield
Sussex

[non datée, sans doute octobre 1954[1]]

Cher Vivian,

Merci beaucoup pour votre carte, et merci d'avoir accepté d'officier à mon mariage avec Ann.

Je viens de passer deux semaines épouvantables à la maison, à tel point que je suis réellement soulagé de retrouver l'armée pour quinze jours. Je vous épargne les détails, mais les conclusions auxquelles je suis arrivé sont les suivantes.

Si je reste à Oxford un an de plus, je vais devoir dépendre en partie de mon père, au moins pendant les vacances. Chaque fois que j'accepte de l'argent de sa part, ne serait-ce qu'un simple repas, je cautionne son mode de vie et j'affaiblis ma position. Aussi longtemps que je vivrai en Angleterre, je ne pourrai pas m'en détacher. Pour quiconque a un tant soit peu de valeurs – communisme, foi chrétienne, peu importe –, vivre avec lui est impossible, car son existence même est un outrage constant à toute considération éthique. C'est indiscutable. Retarder la rupture est aussi problématique moralement, et nous en avons tous deux conscience.

Mais ce n'est pas tant ce dernier point qui me perturbe que le fait que, si je dois vivre avec lui, ou plutôt sous sa coupe, pendant encore un an, je deviendrai totalement incapable de prendre des décisions qui soient morales. C'est vous, dont je respecte la sagesse plus que celle de quiconque, qui m'avez dit dans votre dernière lettre qu'Ann et moi pourrions donner à nos enfants ce dont nous avions tous deux été privés. Après avoir pris une position ferme et essayé de m'extraire de mon

1. En octobre 1954, le Carré donne des conférences au Centre du renseignement militaire du camp de Maresfield sur l'Allemagne, les Allemands et les services de renseignement allemands de 1939 à 1945.

indifférence, je me rends compte que je suis retombé dans cet horrible état où je n'arrive plus à résister aux exigences ni au mode de vie de mon père. Que faire s'il m'offre 5 livres, quand je sais que non seulement il les a empruntées à quelqu'un mais aussi qu'il en doit des milliers de fois plus à des gens bien plus méritants que moi et qu'il a refusé de donner la même somme à ma belle-mère pour faire les courses ?

Sans doute suis-je en train de me tourmenter pour des choses sur lesquelles je n'ai aucune prise, mais s'il est vrai que l'on doit accorder ses actes à ses sentiments et faire ce qui nous paraît juste, pourquoi pas dans le cas présent ? Franchement, rien ne vaut la peine de se torturer, et pourtant, que puis-je faire d'autre ? Je ne suis pas en train d'exagérer, la situation est terrible. Une des tantes de ma belle-mère n'a pas pu encaisser un chèque de mon père d'un montant de 1 000 livres pour cause de « compte clôturé », alors qu'il devait la rembourser avant fin septembre d'un emprunt non garanti contracté au printemps correspondant à l'intégralité de ses économies. La pauvre femme n'a plus que 28 livres sur son compte. Les Ansorge, nos voisins d'en face, en sont pour 2 500 livres de leur poche. Lui est retraité de l'ICS[1], et cette somme constitue l'essentiel de son capital. Père a hypothéqué la blanchisserie familiale de ma belle-mère à l'insu de la famille des directeurs, qui ont tout signé sans lire. Ma belle-mère l'a découvert par hasard voici trois ou quatre semaines. Et tout est comme ça, cela n'en finit pas. Alors, après y avoir réfléchi trop longtemps et avoir trop attendu des jours meilleurs, j'ai écrit à Kaspar[2] et à Lothar Schreuers[3] pour leur demander de me trouver un poste d'enseignant en Suisse. S'ils m'en décrochent un avec un minimum de perspectives, je quitterai Oxford pour partir enseigner, dessiner et, un jour, m'inscrire en doctorat à Berne.

J'ai pleinement conscience que quitter l'université sans diplôme est très risqué, mais Oxford n'est pas tout. Pour moi, le plus important, c'est la situation à la maison et je dois agir, sinon

1. Indian Colonial Service.

2. Kaspar von Almen, son ami de Berne. Sa famille possède des hôtels aux environs de Wengen.

3. Lothar Schreuers était le voisin de le Carré à Berne.

je sombrerai. J'ai toujours voulu devenir chrétien et essayer de vivre en bon chrétien. Ann est très pieuse, et je crois qu'à nous deux nous pourrions y arriver. Je sais que tout cela est très impulsif et très bête, sans doute immature, mais que puis-je faire d'autre ? Il y a aussi cette proposition intéressante chez Kemsley, mais là encore, je m'engagerais dans quelque chose qui ne m'attire pas vraiment. Enfin, si je ne fais pas ce que je crois juste maintenant, je ne le ferai jamais.

Alors, Vivian, je vous supplie de me pardonner, après tout ce que vous avez fait pour moi, et d'essayer de comprendre. Vous avez toujours été dans une position intenable, me semble-t-il, à vouloir à la fois me conseiller en tant que tuteur et m'aider en tant que chrétien, si vous voyez ce que je veux dire. Cela peut paraître offensant, mais ça ne l'est pas du tout, bien au contraire.

Les Ours[1] n'en pâtiront pas, quoi qu'il arrive. J'ai pas mal avancé dessus, et où que j'atterrisse, je m'engage à terminer les illustrations aussi vite que possible. J'ai lu le texte aux deux enfants (qui ont 5 et 8 ans) et ils ont adoré[2]. Moi aussi, j'adore. Charlotte a dit que mes ours ressemblaient à des kangourous de profil, ce qui n'était pas faux, donc je les ai modifiés.

Dès que j'aurai reçu des nouvelles de Kaspar ou Lothar, je vous en avertirai. En attendant, je ne vois pas trop l'intérêt de prévenir la faculté. À l'évidence, je ne pourrai pas récupérer les arrhes sur le trimestre et je causerai beaucoup d'ennuis à tout le monde si je décroche cet emploi, c'est hélas inévitable. Mais tant que je ne suis pas à 100 % certain de partir sans finir le trimestre, je n'en vois pas l'utilité. De même, nos projets de mariage sont aussi en suspens, et il faut absolument que nous vous rencontrions pour en parler un de ces jours.

Je suis ici jusqu'à samedi, après quoi je rentre à Oxford.

Bien à vous,
David

1. Le Carré travaille alors sur les illustrations d'un livre à paraître de Green qui s'intitule *The Bears*, dans lequel des ours déjouent les plans d'un capitaliste vautour qui veut construire un barrage dans une belle vallée des Alpes.

2. Il s'agit des enfants de Jeannie, Rupert Cornwell et Charlotte Cornwell, le demi-frère et la demi-sœur de le Carré.

À KASPAR VON ALMEN

Centre du renseignement militaire
Camp de Maresfield
Près Uckfield
Sussex

3 octobre 1954

Mon cher Kaspar,

Quand j'étais en Suisse l'été dernier, nous avions évoqué la possibilité pour moi de trouver un poste d'enseignant là-bas. Ma situation familiale est devenue si insupportable que je pense très sérieusement à m'exiler en Suisse avec ma bien-aimée (je me suis fiancé voici deux semaines à une jeune femme que tu ne connais pas, hélas). Même si mon père est en faillite pour 1 250 000 £, Ann et moi avons assez d'économies pour vivre en Suisse pendant au moins trois mois, voire plus si besoin. Nous pensions à Berne, qui me paraît le meilleur endroit pour trouver un emploi.

Tu avais dit que tu pourrais me présenter à quelqu'un qui aurait besoin d'un professeur d'anglais (ou de littérature européenne, surtout allemande). Si c'est toujours le cas, je te serais extrêmement reconnaissant si tu pouvais faire quelque chose.

Ce n'est pas une fuite en avant sur un coup de tête, mais un plan mûrement réfléchi pour prendre mes distances pour de bon avec tout ce qui se passe ici et commencer une nouvelle vie. Je suis prêt à accepter n'importe quel poste d'enseignant qu'on voudra bien me proposer, déjà. Et comme tu le sais, j'ai d'autres cordes à mon arc. Je peux enseigner le dessin, monter des pièces en anglais, encadrer les pratiques sportives, n'importe quoi. Ma fiancée peut également enseigner si besoin, et je sais que nous arriverons à joindre les deux bouts.

Le prix à payer pour cette décision n'est pas négligeable, puisque je fais une croix sur mon diplôme. MAIS après deux ans à Oxford, je crois que je serai en mesure de passer ma licence à Berne. J'aurai les connaissances nécessaires et le temps pour le faire.

Kaspar, si tu peux m'aider à trouver un emploi sur trois ans, je suis sûr de pouvoir faire en sorte que cela marche. Le but n'est pas l'argent. Le but est de pouvoir vivre heureux et en bonne intelligence avec ma femme, loin de la publicité dégradante de la procédure en cours. Je n'en peux plus d'essayer de vivre en attendant éternellement l'avenir. Je veux vivre pour le présent.

Je me garderai bien de tout appel teutonique à l'amitié. Si tu peux m'aider à trouver un emploi, tu sais déjà que tu auras toute notre gratitude.

Quand vous aurez rencontré Ann et appris à la connaître, peut-être aurons-nous l'occasion de vous inviter chez nous en Suisse, Erica et toi. Je m'en réjouis d'avance.

Si tu ne peux rien pour moi, surtout ne t'inquiète pas, je trouverai forcément quelque chose. Je pense que Vivian Green sera également à même de me conseiller en la matière.

Je suis en formation au camp pour deux semaines, la corvée annuelle étant donné que l'enthousiasme des débuts n'y est plus.

Réponds-moi dès que tu le pourras à :

Lincoln College
Oxford
Angleterre

Amitiés,
David

Au lendemain de la faillite de Ronnie, le Carré se raccroche à la sécurité de son futur mariage avec Ann, dont les parents ont divorcé à cause des infidélités du père. « Aucune autre femme n'est aussi bien préparée à combiner les rôles de maîtresse et d'épouse de D. que toi », lui écrit-il de Maresfield. « Je t'adore, ma souris d'amour, et tu es très belle. » Grâce à l'aide de Green, il quitte Oxford pendant un an pour aller enseigner à Edgarley Hall, près de Glastonbury, qui est depuis 1945 l'école primaire rattachée à Millfield School.

À VIVIAN GREEN

9 St John Street
Oxford

29 octobre 1954

Cher Vivian,

Je me dois de vous écrire cette lettre pour vous faire savoir que, sans votre aide et votre amitié, je n'aurais jamais trouvé de réponse aussi satisfaisante au problème actuel. Je ne vais pas me livrer à l'un de ces atroces hommages teutons, mais je suis profondément conscient de tout ce que je dois à votre aide et à votre compréhension, et je vous en remercie du fond du cœur.

Je sais qu'Ann et moi allons trouver la paix à laquelle nous aspirons, et même si ce n'est pas la façon dont j'aurais souhaité entamer une vie de bon chrétien (c'est-à-dire attendre que tout soit réglé avant de réfléchir sereinement à toute cette crise), cela se révélera peut-être plus efficace qu'une conversion spectaculaire dans des moments troublés.

Comme je suis plus doué pour le ressenti que pour la réflexion, je pense que ma foi aura elle aussi vécu une renaissance quand la paix et la liberté que l'année à venir va assurément m'apporter auront fait leur œuvre. Je formule tout cela très mal et, en me relisant, je constate que cela ne transmet pas correctement le message.

Bref, je suis très, très heureux que ce soit vous qui célébriez notre mariage. Et au passage, ce sera l'occasion pour vous de rencontrer papa ! Ce qui est rageant, c'est que la mère d'Ann tient à ce que ce soit un « grand mariage », et notre seul espoir est qu'elle n'arrivera pas à le financer, parce que tout ce que nous voulons, Ann et moi, c'est nous marier. Tel que c'est parti, nous allons quitter sous les confettis [une] réception pour cent personnes avinées braillant : « Vive la mariée ! », etc. Quelle horreur ! Mais les vins d'honneur atroces sont une *déformation professionnelle** chez toutes les belles-mères, même les meilleures.

Le secrétaire personnel du maharaja de Baroda court après mon père depuis plusieurs jours, à ce qu'il paraît, et ils doivent dîner ensemble demain soir. Je suppose que c'est en rapport avec les bijoux de son épouse[1], mais je n'en sais pas plus. Ne ratez pas le prochain épisode de *La Carrière d'un libertin*[2] : « Étrange mission pour la maharani ».

Mes amitiés aux ours. Et une fois de plus, un grand, grand merci.

Bien à vous,
David

Le Carré et Ann se marient à Londres le samedi 27 novembre 1954 à l'église St Luke de Redcliffe Garden.

À VIVIAN GREEN

Cumhill Farm
Pilton
Près Shepton Mallet
Somerset

13 décembre 1954

Cher Vivian,

Deux semaines ont passé depuis que vous nous avez mariés et je ne vous ai toujours pas écrit. Il est difficile [de] trouver les mots justes pour vous dire à quel point la façon dont vous avez officié nous a touchés. Vous en avez vraiment fait une

1. La maharani de Baroda, Sita Devi, était célèbre pour son train de vie luxueux et ses fabuleux bijoux, qui lui ont valu le surnom de « Wallis Simpson indienne ». Ses voyages extravagants avec le maharaja, chassé du pouvoir en 1951 par le gouvernement indien, s'étalent à la une de tous les journaux, qu'ils descendent au Waldorf Astoria de New York ou au Dorchester de Londres. Le trésor de Baroda, dont le couple s'est approprié de nombreuses pièces, comprenait un tapis du XIXe siècle fait de 2,2 millions de perles et la rivière de diamants roses Brazilian Star of the South. La collection personnelle de la maharani allait de bracelets de cheville sertis de pierres précieuses à un étui à cigarettes de 1948 en or jaune, rubis, saphirs, émeraudes et diamants.

2. Allusion à une série de huit tableaux du peintre anglais William Hogarth (1697-1764). (*N.d.T.*)

journée inoubliable pour nous, et Ann et moi avons vraiment ressenti que nous étions trois, et non deux, dans cette union. Dès que vous avez ouvert la cérémonie, nous n'étions plus que trois dans cette église : Ann, moi-même et vous en tant que ministre de Dieu. L'effrayant pensum que nous redoutions a revêtu un tout autre caractère.

Tout se passe à merveille, au point que c'en est presque inquiétant. Nous sommes partis pour Bristol le soir même, et le dimanche après-midi nous avons poursuivi jusqu'à Pilton, pour découvrir avec consternation qu'il n'y avait pas un seul meuble dans la maison, car le fourgon, qui aurait dû arriver le mercredi, puis avait été retardé jusqu'au vendredi, n'était toujours pas là. Mais notre propriétaire nous a fourni le minimum vital et le mercredi matin suivant (alors que j'étais à l'école), le camion est arrivé de Londres après avoir fait un détour par Exeter. Si l'on passe sur le fait qu'ils ont oublié la partie centrale d'un lit pour la chambre d'amis (sommier, matelas et cadre), des tables gigognes et une lampe, et qu'ils n'ont pas réussi à monter le lit à deux places au premier par l'escalier (et l'ont donc laissé, désossé, dans la grange), les déménageurs ont fait du bon travail en peu de temps. Au début, Ann faisait la cuisine sur un gril électrique, mais ensuite nous avons pu emprunter un poêle à mazout au fermier, ce qui nous a propulsés dans la modernité. Nos repas se résumaient à de la soupe, du ragoût et des œufs durs, et je recommande cette combinaison.

À la fin de la semaine, nous avons reçu et fait installer notre cuisinière, même si les livreurs s'enfonçaient dans la peinture encore humide du sol de la cuisine, appliquée dix jours plus tôt et recommandée par le quincaillier pour ses qualités de séchage rapide sur des surfaces dallées.

À présent, tout est soudain calme et, vu le laps de temps relativement court, nous sommes heureux d'avoir une maison ravissante pour une somme raisonnable et un beau village où habiter, doté de ce qui doit être (de l'extérieur, du moins) la plus belle église rurale de toute l'Angleterre. [...]

Nous avons un lit pour vous (deux, même, et sans pièce manquante), alors venez quand vous voudrez – et si Ann n'est pas un cordon-bleu, elle prépare des plats très corrects. La campagne alentour est charmante et réserve de jolies promenades. Si ce n'est pas avant, j'espère vraiment vous voir pendant les vacances de Noël. Comme je vous l'ai dit, nous organisons un petit apéritif avant le déjeuner du réveillon, où votre famille et vous serez les bienvenus. Nous prévoirons sans doute ensuite un repas léger, pas de souci de ce côté-là. Je sais bien que vous avez toujours un emploi du temps très serré pendant les fêtes, donc peut-être un autre moment vous conviendra-t-il mieux. Nous ne serons pas là pour le Nouvel An, mais sinon nous ne bougeons quasiment pas.

Vous serez heureux d'apprendre que je compte revenir à Oxford, si c'est dans le domaine du réalisable. Je ne vois pas ce qui pourrait m'en empêcher, sinon peut-être l'arrivée inattendue d'un rejeton ou quelque chose du genre !

Ann se joint à moi pour vous envoyer nos amitiés et vous remercier du fond du cœur pour ce magnifique début de notre vie de couple. Elle aussi insiste pour que vous veniez nous voir bientôt !

Je dois l'avouer, notre bonheur est immense, et je ne vois aucune raison pour que cela ne continue pas.

Bien à vous,
David

Dans ses lettres à von Almen, le Carré passe de l'anglais à l'allemand au gré des paragraphes. Il écrit Kaspar avec un K en allemand, et avec un C en anglais.

À KASPAR VON ALMEN

Bread Street
Pilton, Shepton Mallet
Somerset

[non datée, sans doute début 1955]

Mon cher Kaspar,

J'ai été très heureux de recevoir ta lettre ce matin et j'ai décidé d'y répondre par retour, et en allemand, même si cette langue m'est devenue étrangère et ne coule plus aussi facilement de ma plume rouillée qu'avant.

Ma réponse sera longue et intime. Je vais essayer de te raconter pour la première fois et sans tricher les événements des deux dernières années, et si tu en connais déjà certains, merci d'accepter les redites, car elles font partie du tout.

Tout cela paraît terriblement pompeux, et très égocentré pour une correspondance, mais comme tu as eu la bonté par le passé d'essuyer mes larmes si indignes d'un Anglais et de m'écouter te raconter mes malheurs, et surtout de me prodiguer des conseils et un soutien précieux, je te dois bien ça. Surtout que l'histoire se termine bien !

Tout d'abord, je dois te remercier pour ta lettre [*en anglais*] (passer à l'allemand, c'est comme enfiler une queue-de-pie) [*retour à l'allemand*] et t'assurer que le temps que j'ai passé à l'attendre n'a fait qu'accroître ma joie de la recevoir. Toutefois, je n'arrive pas à te croire quand tu dis que c'est ta culpabilité qui t'a poussé à l'écrire : le chien trop souvent battu n'a plus la force d'écrire un tel opus. [*En anglais*] (Quant à l'idée de définir un thème pour notre correspondance, ce serait d'un monotone ! Tu ne vois donc pas que toi et moi sommes les deux sujets les plus palpitants de l'univers ?) À présent, je vais choisir l'un de ces deux sujets (pas le plus intéressant, j'en ai peur) et, pour répondre à tes questions, je vais en parler pendant tout le restant d'une très longue lettre.

Écoute-moi bien, Caspar, car je vais faire quelque chose de non seulement très peu anglais, mais en plus très intime et inédit. Ces lettres délirantes écrites par une plume délirante qui ont fondu sur toi comme les immenses corneilles noires de Scheidegg et en ont appelé à la bonté de ton cœur (encore plus qu'à ton aide) correspondent à unc *crise**, une *crise** émotionnelle produite par des circonstances dont tu n'as pas idée. [*Retour à l'allemand*] Qu'il me suffise de dire que, dans ses affaires privées ainsi que dans ses rapports à la police, mon père s'est révélé être un immense escroc de la pire espèce. [*En anglais*] Les vêtements que je portais, la nourriture que je mangeais et les livres que je lisais avaient été acquis avec de l'argent tiré de ses activités. Des petites mamies des Midlands lui avaient confié jusqu'au dernier sou de leurs économies pour investir dans un projet farfelu inventé de toutes pièces. De braves et honnêtes Bürger[1] avaient été légalement spoliés et ruinés, tandis que moi je m'engraissais en paissant sur leurs plates-bandes. Je sais que ce sont là mes émotions qui parlent, mais il y a des moments où il est plus sage de pleurer et, crois moi, j'ai pleuré (Dieu merci sur l'épaule d'Ann). Je ne me sentais pas tant humilié qu'endetté d'un point de vue social vis-à-vis de tous ceux qui sont restés brisés dans le terrible sillage de mon père. Tu dois essayer de comprendre l'essence de ce sentiment, l'étendue des méfaits de mon père. Ajoutes-y le fait que je n'avais pas l'outillage moral nécessaire pour accuser un tel choc et que je suis, comme l'aurait dit Grillparzer[2], trop insignifiant pour aimer ou haïr et trop grand pour ne pas ressentir. Et donc j'ai pris la poudre d'escampette, j'ai erré d'un lit de camp à un autre, de chez un ami à chez une connaissance, jusqu'aux grandes vacances (juin à octobre) de 1954. (Roland Reinäcker est venu à cette période, et j'ai passé un moment avec lui à Londres[3].) « Une parole foudroyante vient de me rejeter bien loin », comme dit Faust[4], et comme lui « je dus vraiment me sentir comme un nain » dans ce monde. Vivian Green, l'aumônier et principal tuteur de ma faculté, m'a été d'une aide précieuse et, Dieu merci, est resté en contact avec moi à notre retour de Suisse (c'est pendant que nous étions là-bas que la faillite a été rendue publique). Ann et moi, qui pensions attendre que j'aie décroché

1. « Citoyens ».

2. Franz Grillparzer, dramaturge autrichien.

3. Le Carré a rencontré Roland Reinäcker, dont les parents vivaient à Essen, lorsqu'il était étudiant à Berne.

4. Une lettre ultérieure à von Almen écrite depuis Oxford multiplie les références aux auteurs que le Carré a étudiés durant ses quatre ans de cursus en littérature allemande, notamment Goethe. En 2020, il dira que le « film de sa vie » était le drame faustien *Mephisto*, réalisé par István Szabó, avec Klaus Maria Brandauer dans le rôle d'un acteur allemand qui vend son intégrité en échange de la célébrité sous le régime nazi.

Les fans ont toujours spéculé en vain sur l'origine du pseudonyme de le Carré, puisque lui-même a souvent dit qu'il l'avait oubliée. Michel Carré, auteur français du XIXe siècle, a signé le livret du *Faust* de Charles Gounod, opéra tiré de la pièce de Carré *Faust et Marguerite*, ce qui laisse envisager l'hypothèse d'un hommage à Goethe.

mon diplôme à Oxford, avons finalement décidé, sans savoir où nous entraînerait l'incertitude de cette période, de nous marier au plus vite et d'envoyer tout le reste au diable. J'ai obtenu un prêt de 300 livres pour solder mes dettes à Oxford, nous nous sommes mariés le 26 novembre, nous avons pris une nuit de lune de miel, et le lundi matin j'étais de retour à l'école où j'enseignais, une partie de notre problème au moins ainsi résolu et nos fortunes à jamais liées pour le meilleur et pour le pire. Depuis, nous sommes très heureux.

Et maintenant, les nouvelles. Une bourse (accordée par le comté) nous permet de financer ma dernière année à Oxford à partir d'octobre, à condition qu'Ann travaille un peu.

Nous avons un petit cottage dans le Somerset que nous louons pour une bouchée de pain. C'est une belle région et il y a de quoi vous coucher tous les deux. Nous avons aussi un appartement à Oxford quand vous viendrez, si jamais cela peut vous servir.

Votre invitation à séjourner chez vous au printemps ou à l'automne nous touche énormément. Vous pourriez venir ici d'abord, et nous repartirions avec vous, par exemple à l'automne 1956. Je me suis lancé comme dessinateur et j'en ai tiré un peu d'argent, ce qui nous aide à tenir. Après Oxford, je voudrais trouver un poste de professeur et enseigner la peinture et les langues.

Nous avons prévu de vous envoyer une photo du mariage. Nous l'avons commandée, elle devrait être prête d'ici quinze jours. Même si tu as protesté du contraire, j'ai senti que ce qui te faisait vraiment envie, c'est une belle photographie sur papier glacé à la manière d'une couverture de magazine.

Nous vous souhaitons le meilleur à tous les deux. Et toi, Caspar, sois bien sage.

Amitiés,
David

P.-S. Nous intitulerons cette lettre « confessions d'une laide âme », d'après Wilhelm Meisters Wandeljahre[1].

1. Sans doute un jeu de mots de le Carré sur le titre original des *Années de voyage de Wilhelm Meister* de Goethe, qui est *Wilhelm Meisters Wanderjahre* (littéralement,

L'amitié unissant Robin Cooke à le Carré remonte à Sherborne School, où ils s'appelaient « Tig » à l'insistance de David.

À ROBIN COOKE

52 Beechcroft Road
Oxford

7 octobre 1955

1 Malta Cottages
Bread Street
Pilton
Près Shepton Mallet

Comment vas-tu, mon cher ami ?

Ayant enfin reçu la lettre que tu as envoyée à Bread Cottage (crétinus !) et dont la réexpédition a réquisitionné l'intégralité de l'administration postale du Somerset, je t'écris pour t'informer que nous sommes à Oxford et que je m'escrime pour achever mon cursus universitaire lamentablement délaissé avant de me lancer dans le monde du graphisme pro en juillet. J'ai consulté des éditeurs et des gens du milieu, qui m'ont assuré en toute objectivité que mes talents d'illustrateur sont nettement supérieurs à la moyenne et me permettront de gagner ma vie. Je vais me dénicher un agent respectable grâce à une recommandation et enseigner aussi à mi-temps au cas où les choses ne souriraient pas, mais je suis relativement optimiste. La Petite Dame (ou Ma Chère et Tendre, comme tu préfères) se porte à merveille, et nous avons deux chambres (et un lit en plus dans l'une des deux pour toi, mon grand). Chéri chéri, viens donc passer un week-end ici, ça ne te coûtera rien en

« ses années d'errance »). Il semble avoir délibérément mal orthographié le terme en *Wandeljahre* puisqu'il souligne le « l », et l'avoir ainsi transformé en « années de changement ».

logement ni en nourriture, et on serait ravis de te revoir. Ça te dit ?

Si tu veux utiliser notre cottage du Somerset pour une nuit, un week-end, une semaine ou un mois, il est tout équipé avec tout ce que tu voudras, mais il faut juste me prévenir un jour ou deux à l'avance pour que je puisse demander à quelqu'un d'aérer avant que tu arrives. Tu peux y emmener qui tu veux. Discrétion totale garantie…

Allez, viens nous rendre visite un de ces quatre, ça fait vraiment trop longtemps qu'on ne s'est pas vus. Passe nous dire bonjour.

Ann t'embrasse et espère te voir bientôt. Et surtout, écris-moi.

Bises,
Tiggy wig

À KASPAR VON ALMEN

13a Polstead Road
Oxford

Après le 20 août :
Wheatbutts
Eton Wick
Eton
Windsor

[non datée, sans doute juin 1956]

Cher Kaspar,

[*En allemand*] Merci du fond du cœur pour ta lettre, ou plutôt ta carte illustrée. J'ai enfin terminé tous mes examens, mais, pour une fois, je ne vais pas avoir besoin de ton aide toujours précieuse parce que, Dieu sait comment, j'ai décroché un poste à Eton, et comme professeur d'allemand, qui plus est. La rentrée est le 20 septembre, mais bien sûr nous devons nous installer avant cela, puisqu'il faut que nous finissions d'équiper et de meubler notre nouvelle maison.

Je n'aurai les résultats de mes examens que le 28 juillet, après une soutenance orale.

Si tu cherches où partir en vacances avec Erika et que tu arrivais à oublier ton anglophobie pathologique pendant deux semaines, tu devrais vraiment venir ici. Tu verrais comment on éduque nos petits lords anglais au menton fuyant, au nez pointu et aux yeux en boutons de bottine[1]. Tu sais qu'Eton n'est pas loin de Windsor, et il y a plein de choses absolument magnifiques, ici (et aussi plein de choses affreuses, bien sûr).

Les photos qu'on avait de nous tous ensemble ont disparu. Mais un jour…

C'est drôle, j'ai étudié votre littérature pendant quatre ans, mais en fin de compte, il n'y a que trois auteurs qui me parlent : Goethe, Kleist et Büchner. Et Keller et Storm, mais à petites doses. Tu crois que c'est dû à un défaut de compréhension de la langue, à un manque de ressenti ? Par exemple, tu arrives à t'enflammer pour Hebbel, Grillparzer, Hauptmann ou Fontane, toi ? Je vais me draper dans mon arrogance de Grand-Breton et t'avouer que peu de choses me touchent dans la poésie allemande, sinon son âme même, qui émane des romantiques purs (Novalis dans Heinrich von Ofterdingen) ou des vrais classiques (Le Tasse ou Iphigénie[2]) ; cette austérité noire, démoniaque, par essence dangereuse et suicidaire par ses effets, une maladie qui atteint sans doute son paroxysme chez Nietzsche.

[*En anglais*] Voilà pour les Teutons. Il semblerait que j'aie contracté leur penchant pour de longues et ennuyeuses introspections critiques, moi aussi. J'ai également décidé que l'unique mission d'un germaniste britannique est de sauver les Allemands de leurs propres critiques.

Nous avons vaguement envisagé de venir en Suisse début septembre, auquel cas nous te rendrons visite à coup sûr. C'est toujours la pleine saison, chez vous ?

1. En allemand : *spitznasigen, kinnlosen, stachelbeeräugigen britischen Lords.*
2. Référence au *Tasse* et à *Iphigénie en Tauride*, œuvres de Goethe.

Embrasse Erika et tes beaux enfants, dont la santé florissante fait l'admiration d'Ann. Je suis sûr que tu trouveras Ann bien trop adorable pour moi.

Quant à moi, je ne fais que devenir de plus en plus méchant.

Salutations fidèles,
David

ETON

Après Oxford, mû par la volonté de retourner dans le droit chemin, j'avais passé deux ans à Eton à enseigner l'allemand.

– « Une soirée avec George Smiley »,
Southbank Centre, 7 septembre 2017

La rencontre la plus étrange que j'aie jamais faite avec un ancien élève fut le jour où j'en ai repéré un, ivre mort, au coin d'une rue de Pimlico, où il avait posé l'argenterie familiale sur une table pliante et essayait de la vendre à des passants.

– au professeur Hugh Cecil,
son ancien élève d'allemand,
12 mars 2009

« Son père le destinait aux Affaires étrangères », écrit Vivian Green, mais, au moment de finir ses études à Oxford, le Carré est « tenté par la possibilité d'enseigner, surtout si cela impliquait les arts plastiques[1] ». Le recteur de Lincoln College, sir Walter Oakeshott, le recommande à plusieurs écoles, et Eton lui offre un poste d'enseignant de la meilleure classe en allemand et d'une classe un peu moins forte en français. Ann écrit à une parente que quatre mois de vacances par an permettront à son mari « de peindre ce qu'il veut et pas seulement pour l'argent[2] ». Parmi les rares toiles de le Carré ayant survécu, un portrait d'Ann dans des couleurs criardes.
L'atmosphère étouffante et élitiste lui servira pour la Carne School fictive de *Chandelles noires*, où George Smiley enquête sur le meurtre de l'épouse d'un professeur. « J'avais commencé un roman se déroulant dans une *public school* inspirée de Sherborne, où j'avais été élève, et d'Eton, où j'avais été professeur », écrira le Carré dans *Le Tunnel aux pigeons*. Certains enseignants d'Eton n'ont pu s'empêcher de penser que, pour créer les personnages les plus antipathiques du livre, il s'était inspiré des gens qu'il avait particulièrement détestés pendant le temps qu'il y avait passé[3].

1. « A Perfect Spy : A Personal Reminiscence », dans l'ouvrage coordonné par Alan Bold *The Quest for le Carré* (1988).

2. Ann Cornwell à Lynn Sharp, 2 mai 1956, archives personnelles de Tim Cornwell.

3. William Waldegrave, baron Waldegrave de North Hill, directeur d'Eton College, à le Carré, 18 septembre 2017.

À VIVIAN GREEN

13a Polstead Road
Oxford

26 juin 1956

Cher Vivian,

Merci beaucoup pour votre lettre et pour la coupure de presse, à laquelle je vais répondre. Ann et moi sommes allés voir notre « cottage » à Eton. Un endroit incroyablement charmant, avec 5 chambres, 2 salles de bains et 3 salons (deux petits et un très grand). C'est une maison individuelle du XVIIe siècle avec un grand jardin et un double garage. Refaite de la cave au grenier, les décorateurs viennent de finir. Une grande cuisine avec un double évier, une chaudière neuve et une cuisinière à gaz ! Le loyer annuel de 90 £ est déduit de mon salaire. À part la meubler et nous attaquer aux herbes folles du jardin, nous n'avons rien à y faire. La maison donne sur un grand espace vert et pourrait se trouver en pleine campagne : un lac, des canards, des vaches qui paissent.

Nous avons beaucoup de chance. L'économe m'a dit que certains professeurs mariés habitent dans des maisons mitoyennes de briques rouges avec un mini-jardin (ou pas).

Notre argent a été viré sur nos comptes, mais, hormis me faire prendre mes mesures pour un costume chez Hall et Ann qui s'est permis une ou deux « folies », nous n'avons rien fait d'inconsidéré. Nous sommes même un peu anxieux. Cela paraît surréaliste d'avoir 2 000 livres en banque au lieu de 20.

[…] Quelle chance nous avons d'être de retour à Oxford ! J'espère vous revoir le premier week-end d'août. J'ai vu les Marsland[1] à Eton – il a l'air d'un homme neuf ! Heureusement que sa femme déteste le cricket !

Bien à vous,
David

À VIVIAN GREEN

Wheatbutts
Eton Wick
Windsor

24 octobre 1956

Cher Vivian,

Merci beaucoup pour votre lettre. Je suis désolé de ne pas avoir répondu plus tôt, mais la vie à Eton est terriblement remplie et très stressante – je ne suis pas sûr d'arriver à tenir le rythme ! Je crois que je n'ai jamais été confronté à une telle arrogance. Mais cela reste supportable tant que l'on garde la force de résister. Sinon, en termes de logement et de vie sociale, nous avons une chance immense. Il y a quelques personnes un peu barbantes, mais beaucoup de gens très sympathiques aussi – et évidemment, on choisit ses amis. En revanche les élèves sont assez atroces collectivement et individuellement divers et variés, et assez énervants. […]

Geoffrey & Fiona [Marsland] ont été très gentils avec nous, et il m'a paru aller beaucoup mieux. Il est très « investi » ici, il pratique toutes sortes de sports et jouit de l'admiration des garçons. Je crois qu'ils trouvent la vie affreusement chère (comme nous) et sont toujours « dans le rouge ».

J'ai des classes agréables et d'autres épouvantables, mais 50 % en français et 50 % en allemand, et ceux d'allemand sont assez

1. Geoffrey et Fiona Marsland. Il a joué dans l'équipe première de cricket de l'université d'Oxford.

bons. Mon grand bonheur, ce sont les débutants, sélectionnés et répartis par niveaux. J'ai les meilleurs, et ils sont vraiment excellents, on dirait qu'ils apprennent tout seuls. J'ai aussi une séance par semaine avec les 6 meilleurs en allemand pour corriger leurs rédactions, qui sont très intelligentes – intelligentes, mais remplies de fautes bêtes d'inattention. Ils sont très forts en littérature, mais ont d'énormes lacunes linguistiques, à quelques exceptions près.

Ann vous envoie ses amitiés. Elle va très bien et est très heureuse. Nous avons depuis peu un chien magnifique que vous devez absolument venir voir.

J'écrirai bientôt, mais je dois conclure ici si je veux poster la présente avant le début des cours.

Bien à vous,
David

À VIVIAN GREEN

Wheatbutts
Eton Wick
Windsor

[non datée, mais février 1957,
puisque quatre semaines avant la date prévue
de la naissance de Simon]

Mon cher Vivian,

Pardonnez mon long délai de réponse, mais nous avons été débordés ces temps-ci, entre la visite de mon frère Tony et les préparatifs pour l'arrivée du bébé, et je suis affreusement en retard dans ma correspondance. Ann devrait accoucher d'ici quatre semaines et nous avons aménagé une chambre pour le bébé. Nous ferez-vous l'amitié d'être le parrain, avec Robin [Cooke], et de baptiser l'enfant ? Nous espérons tous deux que vous accepterez. Au passage, je suis désolé, mais nous n'avons jamais envoyé nos cartes de vœux en raison de l'arrivée de Tony deux jours avant la date prévue, et depuis, nous écrivons petit à petit à tout le monde pour nous en excuser !

La nouveauté pour moi au deuxième trimestre, qui a commencé le 22 janvier, c'est que j'ai des « tutorés », c'est-à-dire des élèves pour lesquels je joue le rôle de mentor, et comme je n'en ai que trois, j'ai beaucoup de temps pour les écouter me raconter leurs malheurs ! Quand je leur ai demandé ce qu'ils voulaient faire plus tard, deux ont répondu qu'ils allaient « gérer le domaine » ! Et le troisième va entrer dans l'affaire de papa (de son papa, pas du mien !). S'inspirant du roi Roboam, Birley[1] a relancé la tradition d'une assemblée des jeunes enseignants, en organisant la première au début du trimestre. Ces collègues, surtout ceux qui sont là depuis 6 ou 7 ans, ont un nombre incroyable de doléances (est-ce toujours ainsi ?), et Birley (que j'admire énormément *malgré tout**) a été extraordinairement patient et tolérant, même si, comme vous le savez sans doute, son principal défaut, sinon le seul, est de parler sans cesse pour ne rien dire dès qu'on lui en laisse l'occasion. Évidemment, en tant que directeur, il en a souvent l'occasion, notamment pendant la réunion quotidienne du personnel enseignant.

Par de nombreux aspects, maintenant que je n'ai plus l'angoisse du démarrage, j'ai trouvé très agréable ce début de trimestre. Ce que j'ai de plus en plus de mal à supporter, en revanche, c'est l'esprit « Herrenvolk » que le corps enseignant cultive chez les élèves, les comparaisons constantes avec les classes de « rustres », etc., et la foi dix-neuvièmiste en l'efficacité absolue de la « politique de la canonnière ». En même temps, on constate une étrange baisse de niveau intellectuel au sein de l'aristocratie. Ainsi, lord C. Spencer Churchill (16 ans) me raconte qu'il passe ses soirées avec son père à regarder des jeux télévisés, et un de mes contemporains parmi les enseignants qui a été son précepteur à Blenheim pendant les vacances me confirme que le dîner familial est servi à un bout de la longue table par les laquais et que la télé est posée à l'autre bout pour que le duc puisse y « jeter un œil »[2]. (Et

1. Sir Robert Birley, nommé directeur d'Eton en 1949, auquel son fervent militantisme anti-apartheid vaudra le surnom de « Robert le Rouge ».

2. Malgré ces débuts peu prometteurs, Charles « Nutty » Spencer-Churchill, le cadet des cinq enfants du dixième duc de Marlborough, sera éleveur de chevaux

comme il fallait s'y attendre, j'ai l'impression qu'un niveau assez considérable de perversion règne dans l'école. J'ai même entendu un maître d'internat en parler en riant à propos de la Maison dont il est responsable ! Nigel Althaus, un ancien etonien de mon âge, m'a raconté qu'il y a carrément une « tradition » voulant que les besoins des « cadors » soient assouvis par les plus jeunes élèves[1].) D'un autre côté, il règne une étonnante tolérance sur bien des questions, ainsi le nombre d'élèves dramatiquement nuls en sport qui auraient été la honte de Sherborne mais qui, ici, ne voient pas leur vie bouleversée par ce handicap.

Autre tradition insupportable : on ne doit jamais se montrer enthousiaste à propos de quoi que ce soit, ni surpris. Donc les échanges sur l'art, par exemple, tournent vite court puisqu'un élève n'exprimera que rarement son admiration. De même, être impressionné par quoi que ce soit que puisse faire un « beak[2] » est « minable ». D'après les maîtres d'internat, les parents qui sont eux-mêmes des anciens de l'école poussent les élèves à « harceler » les professeurs quand ils arrivent pour bien leur faire comprendre leur place et leur apprendre la hiérarchie. [...]

Mon imminente paternité me laisse intrigué, inquiet et très nerveux. Nous espérons vraiment que vous pourrez officier au baptême. J'essaierai de venir vous voir à Oxford quand Ann sera à la maternité et nous pourrons convenir d'une date. Nous espérons vraiment que vous serez le parrain.

Ann vous embrasse.

Bien à vous,
David

~

de course, donnera son nom à une ligne de costumes pour homme et gérera la communication du palais de Blenheim jusqu'à son décès en 2016.

1. En 2016, le Carré racontera à Julie Kentish-Barnes qu'un collègue « étrange » l'avait prévenu que « les élèves flirteraient avec moi et que je ne devais pas répondre à leurs avances – je venais juste de me marier ! ».

2. Terme du jargon d'Eton qui désigne un professeur.

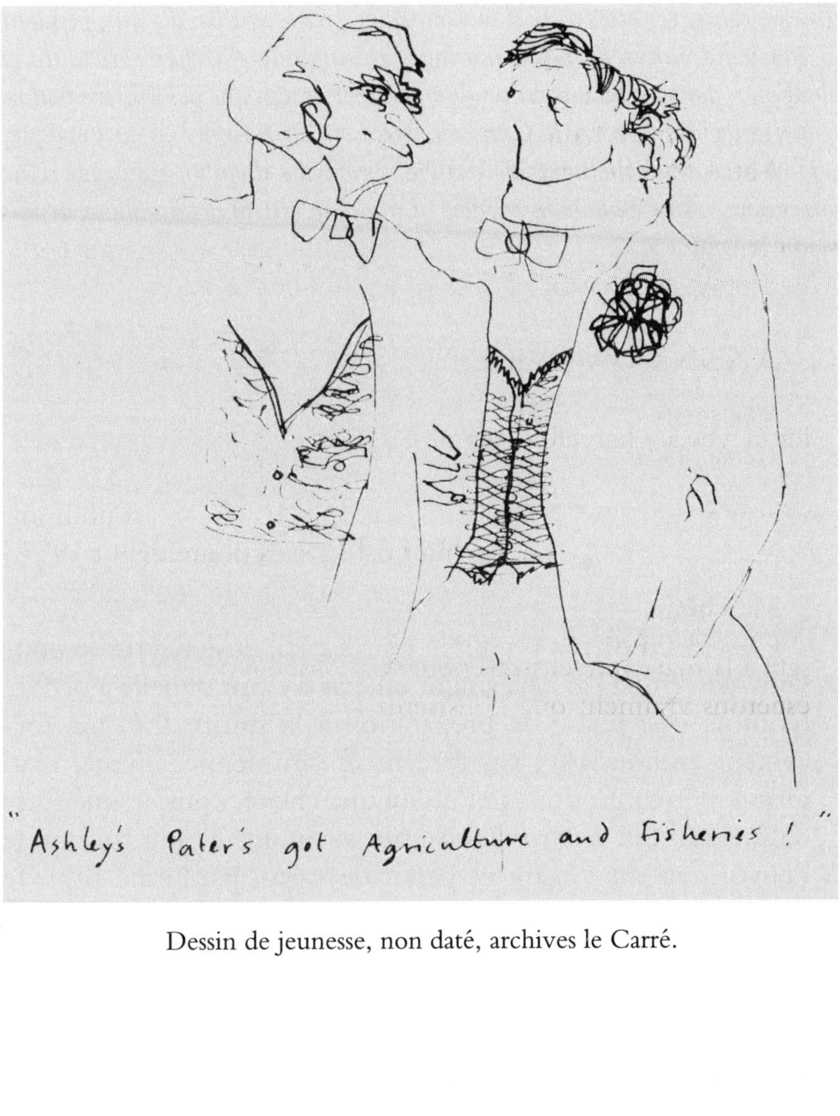

Dessin de jeunesse, non daté, archives le Carré.

Le Carré a fait une première retraite au monastère franciscain de Cerne Abbas quand il était à Sherborne. Le contenu de la lettre qui suit contraste vivement avec ses opinions ultérieures sur la religion, en particulier dans ses dernières volontés, qui excluent explicitement toutes les « bondieuseries ».

Ronnie a déclenché une nouvelle crise émotionnelle chez le Carré. « Ma réaction contre ses actes a été si violente que, avec le soutien d'Ann, pendant la troisième année de notre mariage, je suis allé chercher assistance et absolution dans un monastère anglican où je n'ai reçu que des conseils parfaitement stupides », écrira le Carré en 1968 au Dr Bockner[1]*. « À l'époque, comme à d'autres moments de ma vie, j'essayais d'embrasser la foi. Une fois encore, Ann était mon modèle. Le moine qui m'a conseillé a depuis perdu la boule. »*

À ANN CORNWELL

The Friary
Cerne Abbas

Lundi soir
[non datée, sans doute début 1957[2]]

Ma chérie,

C'est la fin de ma première journée ici, et je t'écris de nouveau, parce que j'ai déjà atteint un état d'esprit difficile à décrire (comme une phase de préparation à la spiritualité, pas forcément enthousiaste, pas forcément chrétienne, même, mais quand même). Et donc je t'utilise, ma chérie, comme une sorte de journal. S'il est très égocentré, au moins c'est à toi que je l'envoie, et s'il s'égare et paraît décousu, pardonne-moi. Je

1. Le 24 juin 1968, une grève des cheminots empêche le Carré de prendre le train pour aller voir le Dr Bockner, son psychiatre londonien. Il lui écrit sur soixante-dix pages « certaines des choses que je vous aurais dites », qui vont de son mariage à son père en passant par l'écriture et sa relation avec les Kennaway.

2. Écrite pendant les années que le Carré a passées à Eton, et après la naissance de Simon le 7 mars 1957, puisqu'il mentionne « vous deux ».

veux urgemment partager avec toi ce que je ressens, mais pas encore en discuter.

Les services (j'en ai suivi 3 pour l'instant) sont d'une beauté extraordinaire, à la fois très simples et très formels, avec des interprétations médiévales (du moins, que je ressens comme médiévales) des psaumes et des hymnes. Le père Gregory m'a entrepris après les vêpres de 7 h et m'a emmené marcher autour du monastère en plein brouillard. Il a commencé par m'expliquer la nature de la foi, « Notre Père, je crois, aidez-moi dans ma non-croyance », et le lien entre la prière et la foi. Il a rendu logique le fait de prier pour obtenir la foi quand on n'en a aucune. Ce sentiment d'imperfection et de gâchis que j'éprouve au plus haut point est un soutien dans la prière et précède souvent les vocations apostoliques. « Certains chrétiens meurent à 90 ans sans avoir trouvé la foi. »

Le père Gregory est très intelligent et agréable, et doté d'un esprit très rationnel qui ne supporte pas les généralisations imbéciles (il est diplômé de Cambridge en mathématiques). Il est juif, je crois, il n'a que 28 ans et il est très humble et vraiment sympathique. Il part en vacances demain pour deux semaines (c'est tout ce qu'ils ont dans l'année), mais il va être affecté à Cambridge et viendra séjourner chez nous quand il y sera. Et au passage, il m'a dit qu'on a parfaitement le droit de choisir d'aller dans une église accueillante (car d'autres sont « mortes » spirituellement), même si par la suite on peut envisager de retourner dans une église « morte » en ayant conscience d'avoir une mission. Il dit qu'on doit souvent chercher très longtemps. Il trouve aussi que si j'ai ces opinions sur Eton, alors il faut que j'y reste pour changer l'école de l'intérieur, ou du moins que j'envisage cette perspective. Ou alors il dit que je pourrais aller enseigner dans une maison de redressement (à voir).

Il y a des enfants sur place, mais ils repartent demain. Et moi, demain, je rencontre le père Denis Marsh.

Nous devons effectuer des corvées pendant la matinée ou l'après-midi. J'espère qu'on m'attribuera l'impression, mais je crains que ce ne soit le jardinage…

Ma chérie, je ne suis pas en train de trouver soudain la foi, et je ne vais pas me faire moine et vous abandonner tous les deux dans la neige. Mais pour la première fois peut-être, j'ai l'impression que je ne suis pas loin de découvrir un mode de vie et une foi réelle. Quoi qu'il arrive, je partagerai tout avec toi, et ce sera l'un de mes plus grands bonheurs.

Que Dieu te bénisse,
David

[sur une dernière page, le Carré a fait des dessins]

Fichtre, il tombe des cordes ! Je me suis mis à la linogravure avec plaisir. Je pourrai toujours en faire à la maison et demander au frère imprimeur de faire les tirages ici.

J'ai oublié mes ciseaux à ongles et je n'ai pu en emprunter qu'hier soir. Maintenant que je les ai coupés, ça me fait tout bizarre au bout des doigts.

Ho ho, po.

Je vous embrasse fort, Flea[1] et toi.

David

1. Flea (« la Puce ») est le surnom que le Carré donnait à Simon.

À VIVIAN GREEN

Wheatbutts
Eton Wick
Windsor

29 novembre 1957

Cher Vivian,

Désolé de vous avoir arraché aux joies de la SCR[1] hier soir. Après notre coup de fil, Jean a appelé pour me faire passer un message, mais d'une façon tellement détournée que je n'ai rien compris : « Et qu'allais-je faire pour mon père ? Allais-je lui écrire, par exemple ? » À quoi j'ai répondu que, oui, j'allais lui écrire une lettre de réconfort, et je l'ai fait. J'ai dit que j'aimerais assister aux funérailles lundi, mais que je n'étais pas sûr de pouvoir m'absenter – ce qui est la stricte vérité puisque c'est la période des examens. Je crois bien que je n'irai pas, car je n'en ressens pas le besoin. J'aimais beaucoup cette vieille dame, etc., mais je pense que je peux lui rendre hommage à distance[2]. C'est sans doute très insensible. Donc bref, jusqu'à la prochaine crise, je pense qu'il n'y aura pas de problème, ni de risque de le voir. [...]

La crise précédente avait atteint des sommets. Il a pris le bateau pour aller voir Tony aux USA (alors qu'il est toujours sous le coup de sa faillite), et deux jours avant son départ, une Ford Popular flambant neuve, d'une valeur d'environ 500 livres, a été livrée par un ami à lui et mise dans le garage. Quand j'ai récupéré les papiers et la lettre d'accompagnement, j'ai découvert que tout était à mon nom sauf l'acquisition, faite au nom

1. Senior Common Room, salle des enseignants de Lincoln College, à Oxford.

2. Bessie, la mère de Ronnie et grand-mère de le Carré, vient de mourir. Dans le souvenir de Tony Cornwell, c'était une « pure Irlandaise. Ce serait un peu cliché (mais sans doute juste) de dire que c'est d'elle que vient le bagout ». Ce sont les origines de Bessie qui permettront à le Carré d'obtenir la nationalité irlandaise à la fin de sa vie.

de sa secrétaire, et que la voiture avait été achetée en location-vente au pays de Galles !

Le numéro d'immatriculation était R.C.4 ! (La nouvelle Hillman de Jean est R.C.3 et les deux Ford Zephyr qui lui appartiennent sont 1 et 2.)

Le lendemain après-midi, je suis allé la déposer dans un garage à Henley et je lui ai écrit pour lui dire où elle se trouvait. Il m'a répondu depuis le Queen Mary en disant qu'il avait le cœur brisé que je n'aie pas accepté ce cadeau qui n'impliquait rien en retour, c'était quelque chose qu'il avait toujours voulu faire sans jamais pouvoir, etc.

Je me demande quel sera son prochain coup. Une maladie, peut-être, ou une dépression, et un père à l'agonie qui appellera auprès de lui son fils dévoyé.

Je me sens un peu comme le personnage de Jim la Chance, avec tous ses visages différents[1], et je me sens incapable de ressentir le moindre enthousiasme, le moindre remords, la moindre affection ou quoi que ce soit d'autre pour lui.

J'espère vraiment vous revoir bientôt. Simon grandit à vue d'œil et Ann est épanouie et heureuse.

Nous vous embrassons tous, je dois filer.
Bien à vous,
David

P.-S. Eton aura notre peau. Tout est toujours aussi cher, et terriblement etonien. Nous sommes tous trop fauchés, trop à l'aise, trop snobs. Pouah !

1. Jim Dixon, le héros éponyme du roman de Kingsley Amis *Jim la Chance*.

LONDRES

Et je ne sais trop pourquoi, au lieu de lire ces immenses journaux dans le train en faisant mes allers et retours à Londres, je me suis mis à écrire dans un petit calepin.

– lors d'une séance de questions/réponses
pour son éditeur américain Scribner, le 6 janvier 1999,
à l'occasion de la parution de *Single & Single*

Pour des raisons évidentes, les archives sur le passage de le Carré dans les services de renseignement sont peu fournies, hormis quelques rares allusions très indirectes dans certaines lettres à Ann.

Les années que le Carré effectue dans le renseignement entre 1948 et 1963 sont une période noire marquée par les trahisons, avec la divulgation publique de l'identité des espions du Foreign Office, Guy Burgess et Donald Maclean, et des agents doubles soviétiques George Blake et Kim Philby. Je revois encore ma mère exploser à la table du dîner, soutenant mordicus que c'était Donald Maclean qui avait grillé la couverture de mon père et non Kim Philby comme on le dit souvent. Elle l'affirmait sans doute plus par esprit de contradiction que par souci de la réalité, puisque Maclean n'avait pas connaissance des agents du MI6 étant donné son poste au Foreign Office, contrairement à Philby, qui travaillait dans le service. Lors d'une interview en 2010, le Carré dira que sa dénonciation par Philby est la raison pour laquelle il a refusé de le rencontrer lors d'un séjour en Union soviétique en 1987[1].

Pour le monde extérieur, il maintiendra jusqu'au mitan des années 1970, voire au-delà, la façade consistant à dire qu'il a été professeur puis diplomate. Ce n'est que bien des années plus tard qu'il écrit à Tom Bower, entre autres : « J'ai vécu l'ère des grandes trahisons quand j'étais encore dans la citadelle, elle-même alors dans un état de délabrement avancé[2]. » Le problème avec le Carré, selon un de

1. L'attitude de le Carré vis-à-vis de Blake et Philby est visible dans sa lettre du 12 avril 2012 à Roger Hermiston (voir p. 557).

2. Mail à Tom Bower, 29 juin 2019.

ses collègues du MI6, est qu'il n'a jamais connu d'opération réussie par le service.

À cette époque, quand il n'y a pas de trahison, il y a du soupçon, ainsi envers le patron du MI5, sir Roger Hollis, et le contrôleur et collègue de le Carré au MI5, George Leggett. Les deux hommes sont interrogés lors de la traque d'une taupe soviétique au sein du MI5[1]. Leggett sera blanchi, mais en restera traumatisé au point de prendre sa retraite anticipée, et le Carré le recrutera comme *fact-checker* pour ses livres.

Après l'interlude improbable d'Eton, le Carré retrouve le monde du secret en intégrant le MI5 au printemps 1958, puis le MI6 deux ans plus tard. La famille Cornwell habite pendant un an à Great Missenden, dans le Buckinghamshire, avant de s'installer à Londres. Le Carré commence à écrire pendant ses trajets en train.

Voici comment il décrit son bureau du MI5, au troisième étage de Leconfield House, dans Curzon Street, une rue du West End à Londres : « Il y avait six bureaux dans cette petite pièce baptisée le F4. Le chiffre 4 indiquait que nous gérions des espions, la lettre F que notre cible était la subversion communiste sous toutes ses formes connues. Les attributions du F4 consistaient à recruter des espions des deux sexes, à les motiver, les apprivoiser, les briefer, les conseiller, les débriefer, les payer et les dorloter[2]. »

Hormis les trahisons, son travail dans le renseignement lui laissera des souvenirs et des amitiés durables. Pendant des années, il affirmera que c'est la rigueur des comptes rendus du Foreign Office qui lui a appris à écrire. « Le Service me manque, il m'a toujours manqué (enfin, les deux Services, chacun à sa façon). En un sens, ce sont les seuls ports d'attache pour moi, en dehors de l'écriture », écrira-t-il soixante ans plus tard[3].

Au MI5, le Carré travaille pendant deux ans avec John Bingham, lord Clanmorris, lui-même auteur de thrillers. « Pour autant que

1. Quand les « Cinq de Cambridge » sont démasqués dans les années 1960, les craintes qu'il y ait d'autres agents de pénétration soviétique au sein du MI5 et du MI6 s'accroissent. Peter Wright, qui préside l'équipe Fluency, chargée de les débusquer, racontera son enquête sur Hollis et d'autres agents haut placés dans son livre de 1987 *Spycatcher*, que le gouvernement britannique essaiera en vain de faire interdire.

2. « Une soirée avec George Smiley », Southbank Centre, 7 septembre 2017.

3. À Alan Judd, le 18 mai 2019.

Smiley ait un modèle physique, ce serait un de mes collègues quand j'étais officier traitant au MI5, John Bingham. John était mon contrôleur, un vieil espion très aguerri, et je lui sais gré de tous ses conseils[1]. » Bingham est publié chez Victor Gollancz, auquel le Carré soumet son premier roman, *L'Appel du mort*. Bingham écrit une citation pour le livre : « M. le Carré est un nouvel auteur de romans policiers très prometteur, avec le talent rare de provoquer le suspense, l'intérêt et la compassion. »

En 2000, le Carré écrira dans une préface à la réédition du premier roman de Bingham, *My Name is Michael Sibley*, paru en 1952, que Bingham en est venu à considérer le travail de le Carré comme un acte de trahison, car il dépeint les espions britanniques comme « des cyniques meurtriers, puissants et manipulateurs » ou, à l'inverse, comme « des incapables empotés et fainéants ».

La famille Clanmorris a conservé un portrait de Bingham que le Carré avait dessiné du temps où les deux hommes étaient collègues. « Quand j'en suis venu à créer Smiley, j'ai essayé de lui donner cet air insaisissable de personne endeuillée que John affichait toujours. Il y avait aussi du don Quichotte en lui, et une perspicacité intellectuelle… Il savait écouter les autres mieux que personne. » D'après le Carré toujours, Bingham « comprenait et adorait le travail de policier » : dans *L'Appel du mort*, Smiley retrouve chez l'inspecteur Mendel « ces mêmes réserves de patience, d'amertume et de colère » qu'il a observées chez tous les policiers du monde.

1. Au « Berliner Salon », résidence de l'ambassadeur d'Allemagne à Londres, 3 mars 2020.

Portrait par le Carré de son collègue du MI5 John Bingham.

Dans une série de lettres écrites à la hâte et rangées dans une enveloppe portant la date du 6 mai 1959, le Carré, alors employé par le MI5 à Londres, écrit à Ann, restée dans le Buckinghamshire, qu'il se sent « terriblement déraciné ». Il est très occupé à « essayer de boucler une grosse affaire » et ajoute : « Parfois, j'aimerais que tu puisses voir une partie de mon travail. J'ai terminé un énorme rapport aujourd'hui et je suis assez content de moi. Ah, ma chérie, que je suis vaniteux ! » Dans une autre lettre, il écrit : « Ah, mon cher cœur, où donc es-tu ? Une profonde blessure me tourmente en permanence. »

À ANN CORNWELL

[cachet de la poste] 6 mai 1959

Ma chère petite Ann,

Voici cette longue lettre dont tu me parlais. Je suis seul chez Peter[1], assis dans son salon plutôt tristounet à contempler le réchaud où je fais chauffer de l'eau pour un Nescafé. Je viens de te parler au téléphone et je me sens si TRISTE. J'ai mangé à la gargote du coin, sans grand plaisir même si je suis rassasié, et j'ai beaucoup pensé à To [Tony], qui a dû se sentir tellement seul – tous ces repas en solo, si peu de gens à qui parler, si peu de choses à raconter, à part un besoin d'amour. Je me demande combien de gens sont vraiment indépendants et autonomes.

Comment avance ta pièce[2] ? C'était vraiment amusant de te voir réagir à mes suggestions en alternant entre joie et rage ! Je me sens un peu comme Dorian Gray parmi toutes ces antiquités et babioles raffinées ! Pause café. L'eau a bouilli.

Je suis allé chez Sotheby's ce matin avec Peter, et c'était comme aller visiter le Louvre : il y a une énorme vente demain avec des Utrillos, des Picassos et des impressionnistes du XIXe (surtout Degas, Monet et Vlaminck). Peter reniflait partout comme un chien de chasse (nous avons tous les deux détesté le Rouault et le Dufy, heureusement, et bien sûr il n'a pas pu s'empêcher de dire à tout le monde à quel point ils étaient risibles !). Le catalogue était seulement à 3 pence, l'entrée libre, et il y avait des tonnes de belles choses (meubles, argenterie et curiosités).

Après le déjeuner, retour au bureau et cataclysme en cours. J'ai dû m'enfermer avec le F en l'absence de Philip[3].

Quand je suis rentré hier soir, Peter a dit que j'avais une sale gu… et m'a emmené direct au Bicyclette pour m'inviter

1. L'ancien chef d'escadron Peter de Wesselow, collègue du MI5 ayant fait une brillante carrière comme pilote de bombardier.

2. Ann a toujours voulu écrire des fictions et de la poésie et, sans doute vu cette lettre, une pièce de théâtre. Le Carré relisait parfois son travail. Tous les deux s'étaient produits dans une pièce de théâtre amateur dans le Somerset.

3. Non identifié à ce jour.

à dîner, et ensuite chez TM[1], un ancien du service aujourd'hui à la retraite qui faisait de la peinture en amateur dans le style d'Oliver[2] et qui est aujourd'hui devenu pro, mais riche. Son frère Guy était le chef de la section Ops pendant la guerre et est décédé récemment, tu te rappelles ? Il a un Poussin accroché au mur de son salon en toute simplicité. On regarde ce qu'on croit être une banale reproduction jusqu'au moment où on se rend compte que non. Sa maîtresse, une vieille dame autrichienne, fait de la broderie sur des retables ! Les deux font la paire...

Quand je fais ce genre de sortie et que je vois le nombre d'endroits et de gens fascinants, dynamiques et stimulants qu'il y a ici, je rêve de pouvoir t'amener vivre à Londres. On prendrait un petit appartement, et une nouvelle dose d'énergie juvénile. Mon sentiment, c'est que tu m'as épaulé pendant une période de stagnation, de désespoir, d'apathie, et qu'en échange d'avoir été un vieil ours épuisé pendant si longtemps, je devrais t'amener ici pour renouer avec l'insouciance de la jeunesse. Ma chérie, ce n'est pas juste le printemps qui me fait dire ça. Qu'en penses-tu ? Je voudrais t'emmener dans tous les nouveaux théâtres pleins de fantaisie, dans les petits night-clubs crapoteux ou à Hyde Park écouter les illuminés faire leurs discours. Pour la première fois depuis l'histoire de père, j'ai l'impression que le monde nous appartient et que nous devrions nourrir ces cancers que sont notre esprit et notre imagination avec toute la folie et la sagesse de Londres – ce n'est pas des délires à la To[3], ma chérie, juste ce que j'ai envie de te dire depuis un moment. En bref, limitons le côté barbant de la vie et faisons-nous aider. Nous sommes trop jeunes et (osons le dire) trop intelligents pour être rassis et enterrés, tu es d'accord, ma chérie ?

J'aimerais beaucoup que Flea participe à tout ça et que nous ayons plus d'oursons à l'étranger. Dis-moi ce que tu en penses. Nous n'aurions pas à déménager demain, mais peut-être au printemps prochain, si ça te va. Ou alors on ne déménage pas

1. Le nom a été volontairement omis par nos soins.

2. Leur ami d'Eton Oliver Thomas, peintre de portraits et de paysages impressionnistes, devenu directeur des arts plastiques à Eton en 1959.

3. Quand ils étaient à Eton, le Carré a fait lire à Ann le roman *The Tree Farm*, écrit par Tony dans un style « très *stream of consciousness* ». Ni l'un ni l'autre ne l'a apprécié.

du tout. On en parle, tout simplement, tranquillement, jusqu'à ce qu'on y ait pensé plus à fond.

Je t'aime, ma chérie,
Napiolion[1]
D

À ANN CORNWELL

[cachet de la poste] 20 juillet 1959

Mon petit cœur chéri,

Tu te demandes sans doute pourquoi je n'ai pas écrit ce week-end. J'étais de G, et donc de service non-stop de 10 h samedi à dimanche midi, avec sur les bras un des plus énormes fiascos que le service ait dû gérer depuis la grande trahison[2]. J'ai réussi à faire se lever le DG à 1 h du matin dans la nuit de samedi à dimanche, et on a ouvert le bureau avec tout le monde au poste vers 4 heures. J'ai presque dû aller chercher le rep. du Col. Off.[3] à Chequers[4] ! Je n'ai pas fermé l'œil. Je suis allé chez Christopher[5] déjeuner une fois la crise passée et j'ai fait une sieste l'après-midi. Ensuite, je suis allé visiter l'appartement, qui est super, très grand, et j'ai fait une offre. Avec les charges, ça nous amène à 7 £/semaine mais, tant qu'on ne passe pas par les petites annonces, on peut prendre un sous-locataire, et je suis sûr que ça intéressera une des filles du service. Il y a sept chambres, toutes très grandes. Une maison immense et magnifique. Je t'en dirai plus quand on se verra.

1. Plus tard dans sa vie, le Carré éprouvera une certaine fascination pour Napoléon et achètera des livres sur son exil à Sainte-Hélène et la retraite de Russie, ainsi qu'un buste. Il signera deux fois ses lettres à Jeannie d'un « Napoléon D ».

2. Le Carré était de garde quand le chef de gouvernement d'un pays du Commonwealth a révélé publiquement avoir été approché sans grande discrétion par un officier du MI6.

3. Représentant du Colonial Office (bureau des Colonies).

4. Chequers Court, résidence de villégiature du Premier ministre du Royaume-Uni. (*N.d.T.*)

5. Non identifié à ce jour.

Tu te rappelles le projet fou avec Reggie[1] ? Il n'a pas abouti, parce que la dernière fois qu'ils sont allés au bord de l'eau, ils ont cassé les appareils photo !

Hier, il faisait une chaleur étouffante ici, et aujourd'hui pareil. J'espère que toi, tu as un temps agréable. Oh, vous me manquez tellement, tous les deux. […]

Je vais finir la semaine sur les genoux. Quel capharnaüm, ici ! […]

D.

En 1960, le Carré « traverse le parc », c'est-à-dire qu'il quitte le MI5 pour « rejoindre la concurrence », à savoir le MI6. Officiellement, il entre au Foreign Office.

À JEAN CORNWELL

62 Overstrand Mansions
Prince of Wales Drive
Londres SW11

21 mai 1960

Chère Jeannie,

Merci beaucoup pour votre carte. J'espère que vos vacances ont été bonnes. Ann et les enfants[2] vont passer le mois d'août chez une de ses tantes à Weston Super Mare, et je pense que c'est à peu près tout ce que nous aurons comme vacances cette année puisque je viens d'être nommé au Foreign Office avec prise de fonctions à la fin du mois prochain. Je devrai passer un moment à l'école du charme[3] et apprendre à faire de la paperasse, et après,

1. Non identifié à ce jour.
2. Stephen Cornwell est né le 29 mars 1960. Simon a alors trois ans.
3. « L'école du charme » peut être une référence à l'entraînement du SIS suivi par le Carré à Fort Monkton. « Neuf mois de formation aux arts obscurs, dans un château isolé du sud de l'Angleterre, écrira-t-il dans un chapitre resté inédit du

nous espérons que je serai affecté dans une ambassade vers le mois d'avril 1961. Tout cela est enthousiasmant, mais pas de vacances.

Père a dit dans une lettre récente qu'il partait en Amérique jeudi dernier (?). Je ne sais pas pour combien de temps, mais nous nous demandions si vous aimeriez passer quelques jours ici avec nous, si vous n'avez rien d'autre de prévu. Nous serions ravis de vous accueillir, et mardi prochain, Michael Scott[1] donne une conférence à la salle communale de Battersea. On pourrait aller l'écouter tous ensemble. A-Mouse est en train de devenir une militante antibombe, honte sur nous[2] !

Stephen Mark se porte comme un charme, et Flea aussi. Je viens de recevoir une commande de Bell pour illustrer un livre sur les maîtres chanteurs[3] (les oiseaux, je veux dire). Quand Simon retirera ses pieds de ma boîte de couleurs, je pourrai peut-être m'y mettre.

Pourriez-vous appeler Ann lundi et lui dire si vous pensez venir ? Et soyez gentille de m'écrire pour me féliciter pour mon poste au FO.

Je n'ai aucune idée de ce que fabrique To. Dans sa dernière lettre (reçue la semaine dernière), il n'évoquait pas l'idée de ne pas retourner à l'université et de prendre plutôt un emploi, mais il avait l'air assez heureux de *la vie maritale**.

Avec toute notre affection à tous,
Napoléon D

Tunnel aux pigeons. Nous avions joué avec les radios, les codes, les encres sympathiques, les couteaux et les armes de poing. Nous avions exploré ad nauseam l'esprit des traîtres, nous nous étions affrontés dans des combats à mains nues et nous avions effectué des simulations d'opérations dans des villes inconnues. »

1. Guthrie Michael Scott, pasteur anglican et sympathisant communiste avant guerre, militant très actif contre l'apartheid en Afrique du Sud et l'un des premiers défenseurs du désarmement nucléaire en Grande-Bretagne. En 1960, il fonde le groupe pacifiste britannique The Committee of 100 avec Bertrand Russell, entre autres.

2. Ann a rallié la Campaign for Nuclear Disarmament après avoir vu le puissant film postapocalyptique de 1959 *Le Dernier Rivage*.

3. *Talking Birds* est un livre de Maxwell Knight, célèbre officier traitant du MI5 reconverti avec bonheur comme naturaliste à la BBC. Le Carré livrera douze illustrations contre une rémunération de 40 guinées. « Ce petit livre a pour but d'aider ceux qui s'intéressent aux oiseaux chanteurs à en apprendre plus sur eux et leurs diverses capacités », écrit Knight dans son introduction. Le livre inclut des chapitres intitulés « Pourquoi et comment les oiseaux font-ils des imitations ? » ou « Les perroquets et la loi ».

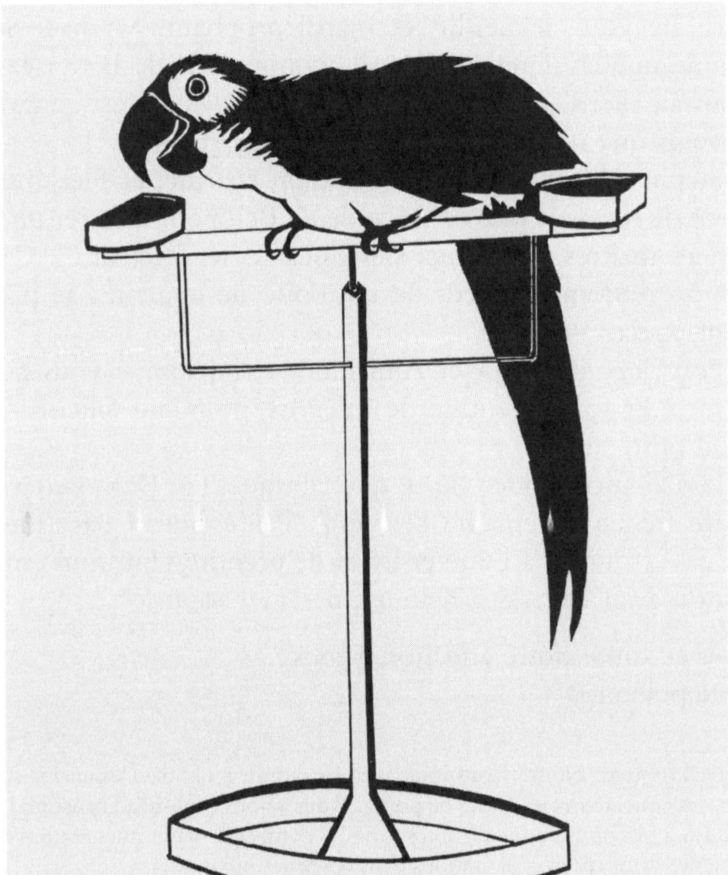

Illustration de le Carré pour le livre *Talking Birds*, de Maxwell Knight.

Hilary Rubinstein, directeur éditorial chez Victor Gollancz, signale à le Carré de possibles problèmes juridiques posés par son premier roman, L'Appel du mort, *dont l'éventualité que des personnes puissent se reconnaître dans le personnage de Maston, le supérieur de Smiley, un « sale type ». En haut de la réponse de le Carré est inscrit à l'encre rouge : « Wolf remplacé par Mundt. » Le méchant de l'histoire, l'assassin est-allemand qui reviendra dans* L'Espion qui venait du froid, *s'appelait au départ Markus Wolf, comme le chef du renseignement est-allemand que le Carré refusera toujours catégoriquement de rencontrer. Il racontera plus tard qu'il a choisi ce nom parce que c'était la marque de sa tondeuse à gazon*[1].

À HILARY RUBINSTEIN

62 Overstrand Mansions
Prince of Wales Drive
Londres SW11

21 janvier 1961

Cher monsieur Rubinstein,

Je vous remercie pour votre courrier du 13 courant, qui inclut une copie du compte rendu de votre juriste. Avant toute chose, permettez-moi de vous transmettre toutes les excuses de mon épouse pour vous avoir appelé Mlle Rubinstein.

Voici mes réponses à chacune des questions de votre juriste. Les personnages sont bien totalement fictifs, tout comme les locaux du service de renseignement. Autant que je le sache, il n'existe aucun bâtiment officiel sur Cambridge Circus ni alentour, même si l'on peut supposer que le service ne fait guère de publicité autour de la localisation de ses bureaux. Toutes mes lectures sur le sujet me portent à penser que le travail de renseignement est réparti entre plusieurs services, or vous remarquerez qu'il n'y en a qu'un seul dans mon livre, ce

1. Markus Wolf intitulera son autobiographie *L'Homme sans visage*, car on lui prêtait le talent d'échapper aux photographes.

qui réduit le risque d'une ressemblance fortuite. Je ne connais personne du nom de Maston ou approchant, mais là encore j'imagine qu'il n'y a pas moyen de nous protéger là-dessus, pas de registre que nous pourrions consulter. On peut toujours essayer de chercher un Maston dans les listes de fonctionnaires, mais je doute que cela soit utile.

Il semble bien qu'il existe une Délégation commerciale est-allemande à Londres (Kammer für Aussenhandel), sise à Albemarle Street, dont le président s'appelle hélas Wolf, mais je pense que la haute fréquence de ce nom et l'absence de rapport entre les organismes éliminent de fait la possibilité d'une plainte à ce sujet.

Le Fountain Café et son propriétaire sont totalement fictifs, sauf si je n'ai pas conscience de leur existence.

Je pense à un ou deux autres éléments que votre juriste n'a pas relevés : le Weybridge Repertory Theatre (je ne sais pas s'il en existe un, mais le cas échéant nous pourrions le changer en Weystock) ; il y a bien un pub qui s'appelle le Balloon dans Lots Road et un Prodigal's Return à Battersea[1].

Je vous présente mes excuses pour les incohérences sur les dates dans le texte, j'aurais dû les vérifier de plus près avant de vous soumettre le manuscrit. Je vous renverrai les épreuves lundi. A priori, aucune des corrections que j'ai effectuées ne fait chasser le texte d'une page sur l'autre. Je vous remercie par avance de m'envoyer les deuxièmes épreuves.

Sincèrement,
David J. M. Cornwell

P.-S. Souhaitez-vous que je vous renvoie aussi le tapuscrit ?

1. Le pub à Battersea dans *L'Appel du mort* a finalement été appelé le Prodigal's Calf.

L'ALLEMAGNE

J'ai écrit ce roman à toute vitesse, sur une période d'environ cinq semaines. J'y travaillais au petit matin, alors que j'étais en poste à l'ambassade du Royaume-Uni à Königswinter, à mes moments perdus dans mon bureau de l'ambassade, et même au volant de ma voiture alors que je faisais la traversée du Rhin en ferry pour aller au travail et en revenir, et il arrivait que ma voiture soit garée à côté de l'énorme Mercedes blindée du chancelier Adenauer qui, lui aussi, se rendait au travail en grande pompe.

– préface à la nouvelle édition
de *L'Espion qui venait du froid* chez Hodder
dans la collection « Lamplighter », 1989

L'influence de l'Allemagne sur les romans de le Carré ne s'est jamais démentie, du premier au dernier. Dans *L'Appel du mort*, George Smiley affronte son ancien étudiant du temps où il enseignait (et espionnait) à l'université en Allemagne. *L'Espion qui venait du froid* commence et se termine sur le mur de Berlin. Smiley se consacre à l'œuvre de l'écrivain allemand du XVIIe siècle Hans Jakob Christoffel von Grimmelshausen. Dans *Un pur espion*, le roman de Grimmelshausen *Les Aventures de Simplicius Simplicissimus* est une clé pour pénétrer le cœur secret de Magnus Pym. Enfin, dans le dernier roman publié du vivant de le Carré, *Retour de service*, le personnage principal, Ed, considère qu'il a un cœur allemand.

Le Carré part seul prendre son poste en Allemagne. En attendant de pouvoir le rejoindre, Ann et les enfants restent à Londres.

À ANN CORNWELL

Ambassade du Royaume-Uni
Bonn
Allemagne

[cachet de la poste] 7 juin 1961

Ma chérie,

J'ai quitté Bruxelles ce matin à 5 h après avoir passé une nuit particulièrement inconfortable dans un petit hôtel comme celui dans « Genevieve[1] », tu te rappelles ? L'horloge qui sonne, la plomberie qui tombe en rade, et surtout il faisait si chaud que, de désespoir, j'ai fini par récupérer la voiture et partir.

Si je reprends depuis le début, je me suis retrouvé sur une énorme Autobahn à Ostende qui vous emmène vers Bruxelles sur le principe du marche ou crève. Je suis sorti à Gand (j'avais dépassé Bruges avant même de m'en rendre compte) et en tournant, j'ai senti un truc bizarre dans la direction : pneu crevé ! J'ai réussi à changer la roue avec l'aide d'un motard belge très

1. *Genevieve* est une comédie britannique de 1953 sur un rallye de vieilles voitures. Le jeune couple interprété par John Gregson et Dinah Sheridan se retrouve à un moment dans une chambre d'hôtel décrépite en face d'une immense horloge au mécanisme grinçant et au carillon assourdissant.

sympathique qui a dévissé les écrous pour moi, et je commençais à chercher un petit hôtel quand j'ai été accosté par un prêtre catholique qui venait juste de subir une *panne** et devait impérativement arriver à Bruxelles avant 19 h 30 pour une réunion. Bien sûr, je me suis senti obligé de l'y emmener, sauf qu'il n'arrêtait pas de me houspiller : « Plus vite, plus vite », jusqu'à ce que ça finisse par m'agacer et que je lui dise de la boucler. Nous nous sommes séparés en plein centre de Bruxelles, et bien sûr en pleine heure de pointe. Lui a sauté dans un taxi et moi j'ai commencé à chercher une place. Tu ne peux pas imaginer le bazar que c'était dans Bruxelles et dans ma tête, à ce stade.

Bref, j'ai fini par trouver à me garer dans la rue Neuve, et j'ai demandé à un flic si je pouvais laisser la voiture là toute la nuit. Il m'a répondu oui, du moment que je la changeais de trottoir à minuit. Ensuite, j'ai cherché un hôtel pas trop loin de la voiture et j'ai découvert l'Oxford, que je déconseille donc fortement. J'ai fait un excellent dîner (rôti de bœuf froid et pommes de terre) bien arrosé de bière, je me suis senti beaucoup mieux et je suis allé me coucher (après avoir changé la voiture de place à minuit !) pour une nuit de 5 heures sans sommeil. Il y avait un gros brouillard autour de Liège et une pluie d'été jusqu'à Aix-la-Chapelle. La route de Bruxelles à Aix-la-Chapelle est en très mauvais état, avec beaucoup de nids-de-poule et des sections pavées (or je n'avais pas encore fait réparer ma roue de secours), et beaucoup de poids lourds qui n'arrêtaient pas de slalomer entre les files. Mais Nap. D[1] n'a pas baissé les bras. Après Aix, où mon visa diplomatique m'a valu des courbettes fort cocasses, j'ai pris l'Autobahn jusqu'à Cologne. Excellent trajet, je n'en avais jamais fait de pareil. On peut vraiment parcourir 80 km en une heure tout simplement en roulant à 80 pendant une heure. Pas de ralentissements, pas de feux, rien. Mais c'est d'un ennui mortel.

Je suis arrivé à l'ambassade en fin de matinée (j'avais pris un petit déjeuner un peu avant Aix) et j'ai rencontré le chef de la

1. Napoléon D., comme David.

chancellerie, Tim Marten, un ancien de Winchester qui m'a fait penser à Reggie, et une cinquantaine d'autres personnes. Au lieu de m'envoyer direct à mon hôtel, il a tenu à me présenter à la moitié du personnel de l'ambassade alors que j'étais encore fatigué et crasseux après mon voyage. Ensuite, direction mon hôtel à Bad Godesberg, vraiment chouette, salle de bains privative, etc. La chambre est petite mais très confortable. J'ai pris un bon bain, j'ai mis mon costume marron et je suis retourné à l'ambassade cet après-midi. J'ai un bureau agréable qui donne sur des champs.

Ils font vraiment <u>tout</u> ce qu'ils peuvent pour nous obtenir un logement, mais c'est la première fois qu'ils n'ont pas réussi à trouver quelque chose à temps. Ce soir, je vais visiter ce qu'on m'a décrit comme une demi-maison (une maisonnette, j'imagine) avec jardin et garage qui se trouve sur la colline de Bad Godesberg. Elle sera <u>peut-être</u> disponible, ils n'en sont pas sûrs. Si oui, j'aurai à faire face à une décision très délicate : prendre celle-là ou espérer trouver mieux et plus grand. La plupart des maisons de diplomates sont plus grandes, et tout le monde s'en excuse beaucoup, etc., et ils me laissent le choix de la prendre tout de suite ou de parier que quelque chose d'autre se libérera. On verra. Si celle-ci est OK, elle est libre à partir de fin juillet. Je chercherai une petite pension pour nous loger en attendant.

Je dîne avec Marten demain soir, et il y a une garden-party à l'ambassade jeudi, à laquelle j'ai été invité par un bristol de la taille d'un pan de mur. Allez, je mets sous enveloppe pour pouvoir te poster ma lettre à temps.

Je t'aime,
D

Le Carré arrive en Allemagne alors que son deuxième roman, Chandelles noires, *est sur le point d'être édité.*

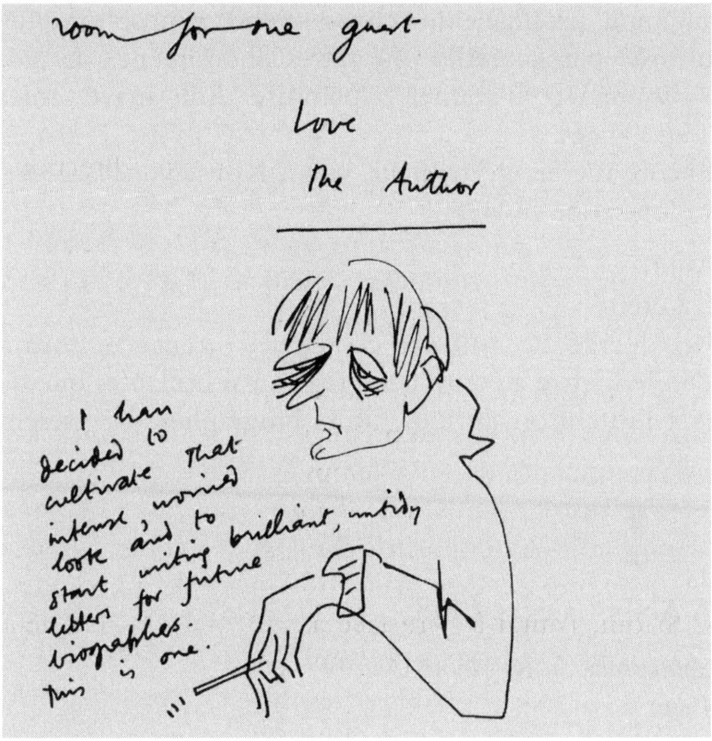

À MIRANDA MARGETSON[1]

Ambassade du Royaume-Uni
Bonn
Allemagne

[non datée]

Chère Miranda,

Comme c'est gentil de ta part ! Je suis vraiment content que ça t'ait plu. Viens nous voir, s'il te plaît. Notre maison est petite mais très agréable, et (point crucial) équipée d'un garage. Je suis donc ravi de t'annoncer que la voiture sera

1. Miranda Margetson, fille cadette des peintres William Coldstream et Nancy Sharp (par la suite Spender), est l'épouse de John Margetson, l'un des six hommes à avoir suivi le stage d'entraînement du MI6 avec le Carré en 1963.

totalement protégée des changements atmosphériques, des chutes de perce-oreilles ou autres phénomènes de plein air qui risqueraient d'abîmer la peinture. Ann arrive samedi. Je suis aux anges.

Encore merci, et vraiment, viens. Nous avons largement de quoi loger une invitée.

Amitiés,
L'Auteur

J'ai décidé de cultiver ce regard intense et tourmenté et de me mettre à écrire des lettres aussi brillantes que décousues à l'intention de mes futurs biographes. La présente en est une.

À ANN CORNWELL

Ambassade du Royaume-Uni
Bonn

9 juin 1961

Ma chérie,

J'ai 10 mn pour t'écrire une lettre plus correcte que celle que je t'ai postée plus tôt aujourd'hui. J'ai fini ce livre de Kennedy[1] sur Evans et Christie, c'est vraiment une histoire atroce (sauf que c'est mal écrit et sensationnaliste). Ne le lis surtout pas. Roland[2] m'a appelé d'Essen aujourd'hui : nous dînons ensemble demain soir, et j'aurai beaucoup de choses à lui expliquer !

Je vais essayer de mieux te décrire la maison. Elle est très proche du NAAFI[3], à Godesberg, où on trouve plein de

1. Le livre *Ten Rillington Place*, de Ludovic Kennedy, relate l'affaire Timothy Evans, qui fut pendu le 9 mars 1950 pour le meurtre de sa petite fille et également accusé du meurtre de son épouse. Le *serial killer* John Christie, qui habitait le même immeuble, fut arrêté le 31 mars 1953 après la découverte du corps de six autres femmes cachées dans la maison.

2. Roland Reinäcker, dont les parents habitaient Essen.

3. NAAFI (Navy, Army and Air Force Institutes), qui gérait des magasins et autres services pour les forces armées britanniques.

produits bien moins chers que dans les magasins allemands, même si je sais que cela ne va pas t'empêcher de te plonger dans le marché allemand – du moins, je l'espère ! Par exemple, le lait allemand est mauvais et tourne très vite, mais le NAAFI importe du lait suédois apparemment excellent. Devant la maison, il y a une toute petite bande de jardin, et derrière, un autre jardin clos de murs. Si on ajoute les deux, ça fait à peu près la taille du nôtre à Missenden. Je retournerai la visiter d'ici un jour ou deux et je te dessinerai un plan. Cyril Whitworth, le conseiller administratif, est très gentil et efficace. Au rez-de-chaussée, c'est du parquet, qui sera refait, et les murs seront repeints.

Au fait, il y a une « réserve » de verres et de vaisselle à l'ambassade, donc il n'est pas indispensable d'en avoir à nous. J'aime beaucoup la porcelaine Rosenthal[1] qui se fait ici (enfin, les modèles unis, parce qu'il y en a aussi à motifs floraux), mais elle ne vaut sans doute pas du Wedgwood, et ils ont d'assez jolies céramiques lustrées. J'ai rencontré le médecin référent, un Allemand tout à fait charmant et d'excellente réputation, qui se déplace bien volontiers même la nuit (raison de plus pour laquelle habiter de ce côté-ci du fleuve est une bonne idée). Il y a aussi un aumônier à l'ambassade, un jeune plutôt sympathique. La garden-party de SE[2] était très raffinée hier. Je te raconterai quand on se verra.

Je dois appeler Andrews and Salmon's vers le 12 ou le 13 pour confirmer les dates de leurs visites, et aussi Pall Mall[3]. Si jamais Jones, de la section Transports, t'embête, n'oublie pas que tu peux passer le voir, ce qui fait souvent des miracles ! Mais il faut que je recontacte [*illisible*] et les autres.

Je t'aime
D

1. Manufacture bavaroise de porcelaine. Dans les années 1950, Rosenthal a commandé des collections à Henry Moore et à la céramiste allemande Beate Kuhn.

2. Abréviation de « Son Excellence », à savoir l'ambassadeur britannique, sir Christopher Steel.

3. Non identifiés. Un ami diplomate des Cornwell pense qu'il s'agit d'agents immobiliers londoniens, qui auraient placé une annonce dans la *Pall Mall Gazette*.

À ANN CORNWELL

Ambassade du Royaume-Uni
Bonn

[cachet de la poste] 16 juin 1961

Ma chérie,

Tu me demandes comment la presse allemande couvre l'affaire Eichmann. La télé a diffusé un documentaire en 5 parties sur les crimes du IIIe Reich, et tous les journaux de qualité comme le Welt, la Frankfurter Allgemeine, etc., ont publié (et publient encore) autant d'articles que le Telegraph ou le Manchester Guardian[1]. La jeune intelligentsia a paraît-il appris et retenu la leçon, et c'est clairement l'impression que l'on a quand on rencontre des jeunes diplomates allemands. Dans l'ensemble, cela dit, le Volk est tellement prospère qu'il est ébloui par ses propres joyaux et partisan de la paix. La guerre, ça veut dire pas d'argent, beaucoup de taxes, de la mauvaise nourriture, et pour l'Allemand de la rue, si tant est qu'il existe, ces choses sont plus réelles et détestables que pour son homologue britannique. Je n'ai pas grande inquiétude de ce point de vue-là. Ils sont inquiétants par d'autres aspects, mais pas sur ce qui te fait peur. Voilà quel est mon jugement immature après seulement 10 jours ici !

Pas de lettre de toi aujourd'hui. Tristesse. Temps splendide ici. J'ai fait installer la galerie sur la voiture. Atrocement cher, mais c'est fait.

Je t'aime je t'aime je t'aime
Ton mari D

1. Le procès d'Adolf Eichmann, organisateur de la déportation des juifs européens vers les ghettos puis les camps d'extermination, s'est ouvert le 11 avril 1961 devant un tribunal spécial à Jérusalem. Un des tout premiers procès largement télévisés, il permit de faire connaître au grand public dans le monde entier les détails de l'Holocauste, notamment grâce aux témoignages des survivants.

John Margetson opère à l'époque sous couverture pour le SIS à La Haye, après avoir servi dans les Life Guards en Palestine et dans les Forces coloniales au Tanganyika. Les deux hommes se trouvaient ensemble quand le Carré a appris que L'Appel du mort *avait été accepté par un éditeur. Ils resteront amis toute leur vie.*

À JOHN MARGETSON

Ambassade du Royaume-Uni
Bonn
Allemagne

5 juillet 1961

Mon cher John,

Je veux t'écrire depuis ma prise de fonction, mais je n'en ai jamais trouvé le temps. L'arrivée d'Ann et tout ce qu'elle m'a dit de ton hospitalité m'y obligent enfin. Ils sont bien arrivés samedi, dans une vague de chaleur impressionnante qui, étant donné le climat humide et moite de Bonn, était presque insupportable. Les enfants, surexcités, ont été infernaux pendant deux ou trois jours, mais maintenant ils se sont calmés. Simon suit la classe avec une préceptrice dans une petite école de la colonie britannique jusqu'à la fin de ce trimestre (où il sème un bazar pas possible). L'horizon est au beau fixe pour la famille. J'ai une vie sociale assez trépidante, et bien sûr Ann ne peut pas beaucoup sortir jusqu'à ce que la jeune fille au pair arrive.

Il y a du bon et du mauvais ici. Le travail est intéressant et tout sauf sédentaire. Les collègues de la chancellerie, en revanche, sont assez sinistres et très peu accueillants. Personne ne s'est proposé pour faire découvrir les lieux à Ann, par exemple. Enfin, tu vois le tableau, j'imagine.

Le livre a l'air de rapporter pas mal d'argent et nous n'allons pas cracher dessus, mais nos émoluments sont déjà très corrects et, selon la rumeur, ils devraient bientôt augmenter puisque les inspecteurs viennent de partir et que le mark a été réévalué à la hausse (je ne sais pas quel est le terme adéquat). Culturellement, c'est le néant, sauf si on va jusqu'à Cologne, Düsseldorf ou Munich. Les paysages sont plutôt beaux : collines typiques de la Rhénanie, petits châteaux à tourelles, échos de Wolfram von Eschenbach.

Ann vous écrit de son côté. Tout ce qui me reste à te dire, c'est une fois de plus un grand merci, et surtout venez nous voir et séjourner le temps que vous voudrez.

Amitiés,
David

À RONNIE ET JEAN CORNWELL

Ambassade du Royaume-Uni
Bonn

8 août 1961

Chère Jeannie, cher père,

Ann et les enfants sont arrivés début juillet, or les travaux ne sont pas encore finis dans la maison. Nous devrions emménager le 16 août, mais rien n'est moins sûr. Nous avons dormi à l'hôtel, sauf que les enfants (surtout Stephen) se comportaient tellement mal que nous en avons été délogés. Les hôtels allemands n'ont pas de salon à vivre comme chez nous, donc nous étions plutôt à l'étroit dans notre chambre.

Le logement est un cauchemar, ici. L'ambassade nous a trouvé une jolie maison moderne, toute petite mais avec un garage et un jardin, donc nous avons décidé de la prendre plutôt que d'attendre en vain qu'une plus grande se libère. Mais nous aurons quand même de la place pour des invités !

La crise de Berlin[1] domine notre vie quotidienne et tend à prendre le pas sur les loisirs, mais les paysages de la Rhénanie

1. Environ quatre jours après l'écriture de cette lettre, le Carré participe à une manifestation à Nuremberg où le maire de Berlin-Ouest, Willy Brandt, affirme qu'il

sont très agréables, et hier nous avons pu faire une jolie sortie pour aller admirer un monastère du XIe siècle et un Schloss spectaculaire, et nous avons bu une bonne dose de vin du Rhin tiré au tonneau, tout cela sans nous éloigner de plus de 30 kilomètres de Bad Godesberg, qui est la banlieue dortoir chic de Bonn. La cousine d'Ann, qui a dix-sept ans, est arrivée pour servir de nounou aux enfants, et elle nous semble très fiable jusqu'à présent. Simon a une belle trottinette allemande toute neuve avec des pneus gonflables, ce qui fait augmenter notre prime d'assurance. En parlant de ça, les routes ici sont incroyablement dangereuses : 1 000 morts en un mois. Mon assurance anglaise me facture 62 livres / an pour une police valable dans le monde entier en fixant ce tarif sur la base de l'Allemagne.

La vie est globalement très chère, et nous réussissons sans peine à dépenser la quasi-totalité de nos salaires et de nos primes simplement pour la vie quotidienne et les loisirs de la famille, mais nous avons commencé à mettre de l'argent de côté pour les sports d'hiver. En revanche, le whisky coûte 10 shillings la bouteille et les cigarettes achetées en cartouches reviennent à 6 pence le paquet de 20, donc nous pouvons toujours nous rabattre sur les petits plaisirs de la vie.

J'ai cru comprendre que Tony allait d'abord passer par l'Angleterre avant de venir ici. Il y a eu un certain nombre d'échanges entre nous parce que Anna ne veut pas venir en Allemagne, elle a la frousse[1]. En toute honnêteté, nous aussi on a parfois la frousse !

Simon se prend pour un cador en allemand. Il émet d'atroces sons gutturaux quand il joue avec des enfants du cru, et après il nous dit : « Et ils ont compris tout ce que je voulais dire. »

---

a un pressentiment (*Fingerspitzengefühl*, « des fourmis dans les doigts ») concernant les événements à venir dans sa ville. Le Carré rentre tard à l'ambassade pour rédiger son rapport et trouve toutes les lumières allumées. Le matin du 13 août, la frontière avec Berlin-Ouest est fermée et les soldats est-allemands commencent à installer des barbelés entre Berlin-Ouest et Berlin-Est. Les premiers blocs de béton du mur de Berlin seront posés peu après.

1. Anna Christake Cornwell, l'épouse de Tony Cornwell, a vécu dans sa jeunesse l'invasion de la Grèce par l'Allemagne nazie. Sa maison a été bombardée et sa famille a fui dans les montagnes, où Anna est entrée dans la Résistance.

Sa grande joie dans la vie, c'est les passages à niveau allemands, avec leurs grandes barrières rouge et blanc, et les trams avec des « compartiments ». Je l'envie.

Affectueusement,
David

Le même jour, le Carré écrit à Dick Edmonds pour s'excuser du délai de livraison de ses dessins pour le Downhill Only Journal.

À DICK EDMONDS

[papier à en-tête de la couronne britannique]

8 août 1961

Cher Dick,

Merci pour ta lettre. Je comprends parfaitement la situation et je ferai tout mon possible pour t'envoyer le tout au plus tard fin août. Dans l'immédiat, nous n'avons pas de maison et nous vivons en bohémiens dans des hôtels, ce qui fait que c'est très compliqué pour moi de me poser pour dessiner. Tu auras peut-être aussi remarqué qu'il y a quelques petits soucis ici à Berlin[1], ce qui a tendance à interférer avec mon temps libre. Néanmoins, si les Russes et le marché immobilier m'y autorisent, envoie-moi les articles (ou des copies), indique-moi une date de remise et je vais voir ce que je peux faire.

Amitiés,
David

1. Construction du mur de Berlin dans la nuit du 12 au 13 août 1961.

À HILARY RUBINSTEIN

Jusqu'à vendredi :

c/o J. W. Margetson
Ambassade du Royaume-Uni
La Haye
Pays-Bas

28 avril 1962

Cher monsieur Rubinstein,

Je viens de vous renvoyer les épreuves corrigées. Pour gagner du temps, je les ai postées en imprimés et pas en recommandé, et j'espère que vous les aurez mardi matin. Il n'y a pas de modifications de grande ampleur, sinon que j'ai récrit huit lignes à deux pages de la fin, supprimé le deuxième paragraphe de l'avant-propos et inclus une dédicace à Ann. Hormis cela, il ne s'agit que de corrections typographiques ou d'unifications de signes de ponctuation.

Pour anticiper sur les points d'inquiétude éventuels de votre juriste, permettez-moi de vous fournir quelques précisions. J'ignore s'il existe une organisation comme la Public Schools' Committee for Refugee Relief. Cela me paraît hautement improbable, mais pourriez-vous vérifier dans l'annuaire de Londres à titre de précaution, je vous prie ? S'il existe une organisation ressemblante, veuillez changer le nom comme vous le jugerez bon. J'ai modifié Vivat Rex Eduardus Sextus en Ave Rex Eduardus Sextus (les armoiries sous le dauphin dans le ch. III, si je ne me trompe pas), car je crois que Sherborne School chante encore « Vivat Rex Eduardus Sextus » dans l'hymne de l'école et l'utilise aussi comme devise. Si Ave etc. vous paraît encore trop proche, je vous suggère « Regem defendere diem videre[1] ».

1. Les mots *Vivat Rex Edwardus Sextus* (« Longue vie au roi Édouard VI »), qui figurent dans un couplet de l'hymne de Sherborne School, rendent hommage à sa fondation par le roi Édouard en 1550. C'est la devise *Regem defendere diem videre* (« Défendre le roi, c'est voir le jour ») qui sera finalement utilisée dans le livre.

Je n'ai pas encore sollicité l'approbation du FO, mais c'est une pure formalité. Si vous pouviez me prêter ou me donner un exemplaire des épreuves reliées à cette fin, je vous en serais très reconnaissant.

Bien cordialement,
David Cornwell

À JEAN CORNWELL

Ambassade du Royaume-Uni
Bonn

16 mai 1962

Très chère Jeannie,

Merci beaucoup pour votre lettre. Nous sommes confus d'avoir été aussi négligents. Ann vous écrit de son côté en ce moment même en marmonnant : « Je suis en dessous de tout. » Nous pourrions utiliser comme excuse le fait que nous avons été débordés (ce qui est la stricte vérité), que nous sommes tout juste rentrés de Hollande et que A-mouse est de nouveau enceinte (ce qui est vrai aussi), mais il n'en reste pas moins que nous aurions dû écrire.

Nous nous sommes souvenus de l'anniversaire de Charlotte seulement à notre retour de Hollande. Ci-joint une enveloppe pour elle qui contient un petit mot lui présentant nos plus plates excuses et un chèque pas trop plat, lui, donc j'espère que cela compensera notre apparente indifférence.

Mon nouveau livre sort le 16 juillet et s'intitule « Chandelles noires ». Le premier s'est vraiment bien vendu, et je viens de recevoir une lettre de l'agent d'Alfred Hitchcock disant qu'il serait intéressé par une adaptation télé (mais cela n'aboutira sans doute pas). Au passage, avez-vous vu que L'Appel du mort a reçu le 2e prix du palmarès annuel de l'Association des écrivains de romans policiers ? Un jury composé de critiques (Symonds, Gielgud & autres) a remis un poignard plaqué or à J. le Carré. Haha.

Ann ira sans doute en Angleterre en juin-juillet pour faire du shopping. Elle séjournera dans le cottage de sa mère dans le Somerset. Je pense qu'elle viendra avec les enfants. Si elle a le temps, elle prendra sans doute des leçons de conduite, parce que nous espérons pouvoir lui acheter une petite voiture quand nous emménagerons dans une maison plus grande, sur l'autre rive du Rhin, à la fin juillet. Elle va aussi chercher une nounou, puisque Wendy rentre chez elle en juin et que nous en voulons une plus expérimentée pour le futur bébé.

Tony a écrit seulement il y a une semaine (sa première lettre en 6 mois, je crois) pour dire qu'il allait peut-être venir en Europe en septembre avec Anna & Alex.

J'espère que la prochaine fois que vous nous rendrez visite nous serons installés dans une maison avec 6 chambres, eau chaude et eau froide, et que nous pourrons vous recevoir avec tout le confort.

Alison[1] est là en ce moment. Ann & elle partent demain pour le Luxembourg. Et moi, je donne une conférence sur la politique étrangère de la Grande-Bretagne devant un public de 700 collégiens et lycéens à Oberhausen demain soir. Tous unis contre les forces du mal.

Simon se remet d'une vilaine grippe intestinale et d'une période de caprices encore plus vilaine. La conscience sociale d'Ann-mouse est égale à elle-même et Stephen est incroyable. Nous vous enverrons des photos.

Avec toute mon affection,
D

À JEAN CORNWELL

[? janvier 1963]

Très chère Jeannie,

Merci beaucoup pour vos merveilleux cadeaux. J'ai particulièrement apprécié le mien, parce que je me suis récemment pris de passion pour ces questions. J'ai écrit mon troisième (et

1. La mère d'Ann, Alison Shacklock.

dernier) polar[1], que Gollancz a accepté avec enthousiasme, mais j'attends toujours l'approbation du FO, qui prend son temps. Je suis en train d'écrire vite fait un petit texte sur Oxford – une sorte de vignette, ma chère.

Le bébé[2] se porte à merveille, il mange bien et s'épanouit. Je me suis lancé dans l'entreprise périlleuse de créer une école pour les rejetons du corps diplomatique, ce qui implique de faire venir un instituteur, etc., et je risque gros, mais ça a l'air d'aller. Je n'ai rien à en retirer, sinon que je serai soit anobli, soit viré. Je voyage à travers toute l'Allemagne pour donner des conférences sur le Marché commun, etc. J'y prends beaucoup de plaisir. Des Fritz assoiffés de connaissance, D qui sort la version institutionnelle, qui influence des amis et en perd d'autres. Youkaïdi youkaïda.

A-mouse n'arrête pas de râler contre les tapis fournis par l'administration qui sont en train de s'élimer. Si seulement quelqu'un là-bas pouvait la voir en petite tenue se faire mal au popotin sur le Wilton à poils longs !

On a offert un vélo à Flea pour Noël. Il a tellement grandi ! Ann lui fait la classe, et il progresse beaucoup en lecture et en écriture. Il est très réfléchi et contemplatif. Stevie, c'est tout le contraire. On lui a offert un téléphone qui fonctionne (« PAS TOI qui parles ! MOI je parle, TOI tu écoutes ! »). Il y a du Napoléon en lui.

Nous aimerions tant vous revoir tous. Il est possible que j'accompagne une délégation de députés allemands en Angleterre en février. Si ça se fait, je vous enverrai un mot et vous pourriez tous venir à Londres déjeuner ?

Encore merci. Bises affectueuses à tous,
D

1. *L'Espion qui venait du froid.*
2. Le troisième fils de le Carré, Timothy, est né le 6 novembre 1962.

À JEAN CORNWELL

[non datée, sans doute printemps 1963]

Ma chère Jeannie,

Merci beaucoup pour votre lettre. J'ai depuis reçu une très chouette lettre de Rupert. Désolé d'apprendre que les enfants ont été malades. Samedi, nous irons à Rheinbach, où il y a des verreries, acheter un cadeau d'anniversaire pour Elizabeth[1]. Il arrivera donc avec un peu de retard, mais soyez gentille de lui dire de patienter. Stevie et Simon vont aller au cirque avec leur maman demain après-midi. Grande est la joie !

Rupert me dit dans sa lettre que vous envisagez peut-être de nous envoyer Charlotte pour une partie de ses vacances d'été. Pourquoi ne viendraient-ils pas tous les deux ? Nous serions ravis de les accueillir. Mouse et moi partons en amoureux pour une escapade en Normandie et en Bretagne au mois de mai en laissant les enfants à la mère d'Ann et à la nounou (j'ai réussi l'examen d'allemand avancé du FO la semaine dernière, l'équivalent d'un statut d'interprète, ce qui me vaut une prime, youpi ! Désolé pour cette incise), mais a priori nous n'avons rien de prévu en juin, juillet, août. Si cela vous paraît faisable, prévenez-moi assez tôt pour que je puisse poser quelques jours de congé. Il y a une piscine chauffée très agréable pas loin de chez nous où ils pourraient aller s'amuser. Et des filles pour Rupert.

Je travaille à un nouveau roman sur Oxford (pas de cadavres dans celui-là, mais je pense que je peux oser au moins un roman non commercial[2]). Chez Gollancz, ils sont convaincus que celui qui va paraître en août va casser la baraque[3]. J'espère vivement que ce sera le cas. Je le trouve excellent moi-même, cela va de soi, mais bon, je trouve aussi que les deux premiers sont passionnants…

1. Non identifiée.

2. Si le Carré a écrit un roman sur Oxford, ainsi qu'il l'évoque dans ces deux lettres à Jeannie, on en a perdu toute trace. Dans une lettre de 1963 à la mère d'Ann, il dit aussi avoir commencé un « non-thriller » sur Oxford et un étudiant (« le vaillant D [David] déguisé ») du nom d'Ogilvie. Ogilvie n'apparaît nulle part dans l'œuvre de le Carré jusqu'à un personnage nommé Ogilvy dans *Le Directeur de nuit*.

3. Son troisième roman, *L'Espion qui venait du froid*.

Je les préfère même à Dickens, tiens, et à d'autres auteurs qui ont écrit des livres à eux au lieu de lire (et d'acheter) les miens.

Pourquoi ne pas sauter dans la voiture un week-end et venir nous voir ? Je vous fais une proposition : que diriez-vous des 19, 20, 21 avril ? Vous reste-t-il encore de l'argent ? Voulez-vous que je vous en envoie ?

Bien affectueusement,
D

À VIVIAN GREEN

Ambassade du Royaume-Uni
Bonn

7 juillet 1963

Mon cher Vivian,

Je me suis dit que vous seriez heureux d'apprendre que la Paramount a acheté les droits de mon prochain livre (qui sort en septembre) pour un montant à cinq chiffres (eh oui) et que la Book Soc.[1] en a fait un de ses choix pour septembre. Il s'intitule « L'Espion qui venait du froid » et c'est une histoire un peu similaire à « Un Américain bien tranquille », mais à Berlin. L'éditeur américain, Coward McCann[2], a aussi payé les droits une petite fortune et vise une sortie simultanée. Donc, si vous avez l'occasion de nous rendre visite, ne tardez pas, car nous risquons fort d'abandonner le FO pour les pâturages plus luxuriants de la Perfecto-Zizzbaum Corporation (comme dans P. G. Wodehouse[3]). Cela explique que ce qui précède ne doit pas vraiment être rendu public.

1. La Book Society, créée en 1921, s'inspire du Book of the Month Club américain. Chaque mois, un jury sélectionne des livres, ce qui génère des ventes exceptionnelles.

2. Coward, McCann & Geoghegan, filiale de G. P. Putnam's Sons. Jack Geoghegan fut le premier éditeur américain de le Carré.

3. Studio de cinéma fictif figurant dans les récits satiriques de P. G. Wodehouse sur Hollywood, dont le narrateur est Mr Mulliner.

Deuxième nouvelle, je serai à Londres du 21 juillet au 1er août et ferai un saut à Oxford dans cette période, avec quatre journalistes allemands très en vue. Serez-vous dans les parages, par hasard ? Le COI[1] sera sans nul doute ravi de prendre vos frais en charge – et dans le cas contraire, la P-Zizzbaum s'en fera un plaisir. L'actualité du moment en Angleterre me semble se caractériser par la chienlit, la disgrâce et une indifférence royale vis-à-vis de l'intérêt national – ou bien serait-ce que je ne lis pas les bons journaux ?

Écrivez-nous pour nous dire comment s'organisent vos vacances, s'il vous plaît. Et si c'est possible, surtout, passez nous voir.

Amitiés de nous deux.
Bien à vous,
David

À JEAN CORNWELL

Hambourg

[non datée, sans doute 15 octobre 1963]

Cher vieux cheval[2],

J'ai ENFIN reçu des nouvelles de To, qui a une nouvelle adresse (ce qu'il avait omis de me signaler, or apparemment il ne fait pas suivre son courrier depuis son ancien appartement). Il m'écrit que père couvre de grandes distances dans les airs, fait de rares apparitions, donne l'impression d'être presque au bout du rouleau, n'a plus d'argent, etc. Du To classique, très apocalyptique. Je n'ai qu'une peur, c'est que To donne tout ce qu'il a avec une frénésie ibsénienne. Il me dit que père est « pauvre et fait peine à voir ». Qui dit mieux ? Qu'il a l'impression d'être déclassé parce qu'il n'a plus d'argent, etc. D le cruel, To le chouchou[3]. […]

1. Central Office of Information, l'agence gouvernementale britannique d'information et de marketing.

2. Salutation typique de P. G. Wodehouse, utilisée par son personnage Ukridge.

3. La manière dont le Carré parle ici de son frère Tony rappelle ce qu'il dira à son psychiatre, le Dr Bockner, en 1968, à savoir que c'est l'exemple de l'influence

Vous aimerez sans doute savoir comment marche le livre. Il a reçu de très bonnes critiques, à l'exception d'un mauvais coucheur du TLS[1] qui l'a étrillé, et de M. Richardson (le pauvre, plus tout jeune, plus aussi affûté qu'avant) dans l'Observer, qui n'était pas emballé[2]. Mais le Times, le Sunday Times, le Mail, le Standard et compagnie m'ont encensé et nous en avons déjà vendu 20 000 en Angleterre, ce qui est énorme. Dell's, l'éditeur américain de livres format poche, a versé une avance de 25 000 dollars, ce qui constitue un record absolu pour un thriller. Le texte va aussi paraître sous forme de feuilleton aux États-Unis, au Canada, en Australie, en Norvège et ailleurs. Il se vend dans presque tous les pays d'Europe sauf la Finlande, et les Frenchies font un premier tirage broché de 33 000. Résultat concret : on a touché le jackpot, et du moment que je ne rentre pas en Angleterre avant avril 66, il est fort possible que je puisse garder les deux tiers du magot. Ce n'est pas D le filou mais D le veinard. ATV[3] voulait produire une série sur Smiley avec J. le C. au scénario, mais ça, j'en serais totalement incapable. Vous imaginez ?

J'espère que le déménagement se passe / s'est passé / se passera bien et que vous ne serez pas trop épuisée après. Jeannie, vous cherchez un travail ? Je pense que je pourrais vous donner une ou deux pistes très intéressantes. Pas forcément des salaires énormes, mais des emplois assez sympas. Ne vous embêtez pas à me répondre si vous avez déjà trouvé.

Ann-mouse est devenue très austère depuis qu'elle a découvert qu'elle avait un riche mari. Je ne suis pas certain qu'elle approuve. Enfin, j'imagine que ce n'est pas honteux, du moment qu'on n'en retire pas de plaisir. Comme faire l'amour le dimanche, quoi.

Baisers à tous,
D

néfaste de Ronnie Cornwell sur son frère aîné qui a résolu le Carré à rompre avec son père.

1. Le *Times Literary Supplement*, revue littéraire hebdomadaire. (*N.d.T.*)

2. Maurice Richardson a signé la critique de *L'Espion qui venait du froid* dans l'*Observer* du 15 septembre 1963.

3. La chaîne Associated Television.

Dans une lettre non datée écrite de Hambourg, le Carré dit par la suite à Jeannie : « J'ai reçu une lettre de To disant que père est ruiné et que ma mère l'est aussi, et me demandant (ce cher To) de partager les frais pour acheter une maison à maman. Comme To n'a pas un sou, je pense que la culpabilité va m'en faire financer l'intégralité... » Sa mère avait une pratique d'orthopédiste et sa maison appartenait à une société dont un des associés historiques de Ronnie était le directeur. Le Carré demande à Jeannie si elle a l'adresse « pour que je puisse aller voir sur place de quoi il retourne ».

À VIVIAN GREEN

Consulat général du Royaume-Uni
2 Hambourg 13
Harvestehuderweg 8a

14 novembre 1963

Mon cher Vivian,

Je viens passer une semaine à Londres. J'arrive dimanche avec un groupe d'Allemands et je descends au Hyde Park Hotel. Serait-il possible de vous voir ? Je pense que je pourrais arriver à Oxford le vendredi soir, peut-être passer la nuit sur place et repartir tôt le samedi, mais il faudra que je vérifie une fois sur place.

Entre autres choses, je suis à la recherche d'un emploi, car j'en ai assez du FO et de l'expatriation. Je n'ai pas vraiment besoin d'un gros salaire, mais nous voudrions nous acheter une jolie maison dans une belle campagne, et j'aimerais faire quelque chose d'un peu utile. Je me rends compte que tout cela est très flou, mais je pensais à un poste dans l'une de ces nouvelles universités et je me demandais si vous auriez des informations. Je suppose que je ne serais pas recrutable à Oxford, étant donné que j'ai perdu le contact avec mon sujet de recherche depuis bien longtemps et que je n'ai fait aucune publication universitaire. Je suis ouvert à tout, du moment que cela me permet d'installer Ann et les enfants dans un foyer décent à distance raisonnable de l'endroit où je travaille, et que je peux exprimer mes agacements politiques sans offenser personne (enfin, personne qui m'emploie). Et bien sûr, il faudrait que j'aie du temps à moi pour écrire.

Pourriez-vous envoyer une carte au Hyde Park Hotel pour m'indiquer votre numéro de téléphone ?

Ann et les enfants vont bien et vous embrassent.

Pourrai-je vous inviter à dîner à Londres dimanche soir ?

Bien cordialement,
David

ERRANCES

Les collègues, les conversations, les crises, la chaleur du contact humain, tout cela apporte de l'eau à votre moulin, j'en suis certain. Et sans cet environnement, vous risquez de vous retrouver encalminé et apeuré, comme ce fut le cas pour moi.

– à l'écrivain Yassin Musharbash, en 2017,
dans une lettre lui recommandant de garder son travail
de journaliste jusqu'à ce qu'il puisse vivre de ses romans

Le succès de *L'Espion qui venait du froid* et le changement de vie qu'il entraîne pour le Carré sont des bouleversements radicaux. Il passe du statut d'espion sous couverture diplomatique (avec le salaire afférent) à celui d'écrivain adulé dans le monde entier qui déjeune à New York avec Richard Burton et Elizabeth Taylor.

« J'étais incapable de gérer ce succès d'un point de vue émotionnel, si c'est ainsi qu'il faut le dire, racontera-t-il[1]. Moi qui n'avais jamais eu d'argent, je me retrouvais soudain à nager dedans. J'avais vécu dans l'ombre la plus totale, et d'un coup, j'avais tous les projecteurs braqués sur moi, ce qui a provoqué des tensions dans mon couple, qui ne s'en est jamais remis… Le changement était si radical, par rapport à la vie protégée, la vie de reclus, la vie secrète que j'avais menée. »

L'amitié de le Carré avec l'auteur James Kennaway et son épouse Susan marque un tournant dans sa vie personnelle, alors qu'il peine à enchaîner après un livre devenu le roman emblématique de la guerre froide.

Le suivant, *Le Miroir aux espions*, « m'a toujours paru plus courageux et bien meilleur et, évidemment, il a été laminé ». Après le succès de *L'Espion qui venait du froid*, qui relate le succès douloureux d'une mission, le Carré construit délibérément son nouveau roman autour de l'échec, en l'occurrence celui d'une opération de renseignement futile lancée par « le Service » dans le but de ranimer la gloire des années de guerre.

1. Au « Berliner Salon », résidence de l'ambassadeur allemand, Londres, 3 mars 2020.

Dick Franks a été le second chef de station de le Carré au SIS à Bonn, où il a servi de 1962 à 1966, et c'est son épouse Rachel qui a emmené la famille Cornwell en voiture de Bonn à Hambourg quand le Carré y a été muté au lendemain de la sortie de L'Espion qui venait du froid. *Quand le Carré quitte Hambourg et le Foreign Office, son comptable lui annonce que, s'il retourne en Grande-Bretagne, il risque une énorme ponction fiscale. La famille prend un bateau pour la Crète depuis Venise le 23 mars 1964, le Carré ayant entendu parler d'Agios Nikolaos, ville sise sur la côte orientale de l'île, par un homme qu'il a rencontré dans une piscine.*

À DICK ET RACHEL FRANKS

Hôtel Lato
Agios Nikolaos
Crète
Grèce

Sur la plage

Jeudi
[non datée, sans doute printemps 1964]

Chers Dickie et Rachel,

L'Allemagne me paraît déjà à des années-lumière. Le voyage a été un cauchemar organisé, vous auriez adoré. Nous avions 22 bagages non accompagnés. Les 3 valises principales, qui contenaient les affaires essentielles pour les prochaines semaines, sont restées coincées à Ancône parce qu'un douanier s'est mis en grève sur le tas et a refusé de travailler un samedi après-midi. En dernier recours, j'ai proposé de lui payer ses heures supplémentaires. Si jamais vous vous retrouvez un jour dans cette situation désagréable, vous serez heureux d'apprendre que le tarif d'un douanier (hors saison) est de 3 500 lires. À Ancône, on nous a aussi refusé l'autorisation d'embarquer jusqu'à 8 h du soir (alors que le bateau était arrivé à midi). Il pleuvait à verse et on n'avait nulle part où laisser nos bagages. Nous avons résolu ce problème logistique en louant (pour nettement plus que 3 500 lires) le chariot à bagages électrique qui circule à toute vitesse sur les quais. Lequel chariot, une fois lesté de nos bagages les plus lourds, a donc suivi nos deux taxis et une bande de conseillers volubiles, comme des caddies non syndiqués qui accompagnaient le mouvement en partie pour la distraction et en partie (je l'ai appris plus tard) pour voir ce qui arriverait au chariot à bagages, qui ne peut officiellement être utilisé que sur des quais de chemins de fer.

Nous sommes arrivés à Héraklion à 5 h 30 hier matin sous le déluge, et on nous a débarqués là, sans un porteur en vue, à l'extrémité d'une très longue jetée. La ville se profilait en arrière-plan, à moitié cachée par la pluie battante. On avait tous nos bagages autour de nous et 78 km à faire jusqu'à Agios Nikolaos, où l'hôtel n'avait toujours pas confirmé notre réservation. Finalement, on a trouvé 2 énormes taxis américains. On a rempli le premier avec Rhona et les bagages (dans un coffre omnivore) et le 2e avec Kinder, Kirche und Küche[1], madame et moi, et nous voilà partis, sans avoir pris de petit déjeuner, avec les enfants surexcités. Au bout d'une demi-heure de routes de montagne, Timothy a vomi tout ce qu'il savait, c'était merveilleux.

Nous avons fini par arriver à l'hôtel, blotti près du port (pris dans la brume), qui avait reçu 2 lettres et 2 télégrammes mais n'avait jamais entendu parler de nous. Ah si, nos lettres étaient bien arrivées (ils nous ont fièrement montré le dossier), mais à quoi bon les lettres ? Oui, bien sûr qu'ils avaient des chambres disponibles, ils allaient les faire préparer. Non mais je vous jure. Et là, les enfants sont en quarantaine pour les oreillons.

1. Slogan allemand traditionnel : « Enfants, église, cuisine ». Le Carré utilise souvent des expressions allemandes dans ses lettres à Franks.

Depuis, le soleil est revenu, nous avons une maison sur la plage dans une petite baie ravissante (6 chambres, tout le confort moderne, 18 £ par mois et encore, il paraît que c'est du vol), une bonne, des meubles, les enfants ont barboté et nous avons même rencontré la communauté britannique, dont la plupart des membres ressemblent à Fred Clark[1]. Nous sommes très reconnaissants de votre gentillesse à tous les deux et de bien d'autres choses. Merci aussi d'avoir appelé vendredi, désolé de ne pas avoir été là.

Au fait, j'ai téléphoné à Colchester[2] depuis Athènes pour lui envoyer mon bon souvenir. Les Schönheitsrep.[3] dans la maison de Hambourg ne poseront pas de problème. A priori, il n'y en a pas à faire, et s'il y en avait, je les prendrais en charge.

Je pars aux USA pour une semaine ou 10 jours le 16 avril pour des passages télé, une récompense, etc. J'ai signé le contrat avec la télé et ils vont aussi faire une adaptation de L'Appel du mort, je ne sais pas avec qui.

Une maison ici sur la côte avec 4 ou 5 chambres, eau chaude et froide et confort mod. coûte environ 1 500 livres ces temps-ci. On pense investir. Pourquoi pas vous ? Surtout, venez nous rendre visite, c'est un paradis.

Bises de nous tous, et encore merci !
David

Le Carré et Ann ont rencontré l'auteur écossais James Kennaway et son épouse Susan quand ils habitaient Oxford. Au début des années 1960, le Carré, devenu entre-temps un romancier à succès, croise de nouveau le couple à Londres. En 1964, il invite Kennaway à Paris pour travailler à un scénario de film adapté du Miroir aux espions.

1. Fred Clark était un acteur de genre américain avec un grand crâne chauve, une fine moustache et un don pour jouer les méchants aigris de comédie.

2. Halsey Colchester, diplomate, agent du renseignement et pasteur qui dirigeait le service du personnel du MI6 avant de prendre sa retraite et de devenir vicaire de Bollington, dans le Cheshire.

3. *Schönheitsreparaturen*, petites réparations d'entretien. (*N.d.T.*)

À JAMES KENNAWAY

Hôtel Ambassador Wien

[non datée, sans doute 1964]

Jum,

Cette lettre t'arrivera sans doute avant celle que j'ai postée d'Athènes. J'ai lu « Tunes[1] » et « Les Cloches ». Je crois que le message que je t'ai envoyé d'Athènes n'exprime pas assez mon enthousiasme, je ne me rappelle plus trop. Je suis pénétré par ces récits qui me sont montés à la tête, et la scène finale entre Jock et son actrice m'a fait pleurer à chaudes larmes. Oh la vache. Jum, mon vieux, tu as un vrai talent, un talent fou, bien plus que la plupart d'entre nous. Alors par pitié bouge-toi les fesses et fais-nous profiter de ce don. Écris des livres plus longs avec plus de trucs dedans, parce que tous les trucs que tu mets sont extra (la dernière scène de Tunes, magnifique, du nanan, le meilleur premier roman de tous les temps) mais Jim, si tu aimes un tant soit peu ton prochain, écris !

Ton vieux poteau
D

1. *Tunes of Glory*, le premier roman de James Kennaway et son plus connu, dont l'adaptation sous le titre *Les Fanfares de la gloire*, avec Alec Guinness dans le rôle du major écossais Jock Sinclair, lui a valu une nomination pour l'Oscar du meilleur scénario.

À JEAN CORNWELL

Kytroplatia
Agios Nikolaos
Crète, Grèce

15 mai 1964

Très chère Jeannie,

Rupert a insisté pour que je lui raconte tout ce que je sais sur père dès mon retour d'Amérique (où mon livre est toujours en tête des best-sellers, hourra !). Tony[1] et Anna ont beaucoup vu père (Tony lui a prêté 1 000 dollars qu'il n'a toujours pas récupérés, parce qu'il lui a fait un chèque en bois). Je l'ai aussi vu une fois à NY et j'ai pris rendez-vous pour un dîner avec lui, mais il n'est pas venu, il a envoyé un message pour dire qu'il quittait la ville, ce que Tony m'a ensuite dit être faux. C'est sans doute ma faute. Croyez-le ou non, on s'était croisés complètement par hasard. Il dînait dans le restaurant où j'invitais mon éditeur. À la fin du repas, je l'ai fait venir à notre table avec sa compagne. J'étais assez agacé par trois choses : l'argent qu'il devait à Tony, le fait qu'il signe mes livres « De la part du père de l'auteur » et le fait qu'il commande mes livres à crédit en se présentant comme mon père et sans jamais payer les factures, qui ont plusieurs fois atterri sur le bureau de mon éditeur. Donc j'ai été assez cassant (j'avais une sainte terreur de le voir se mêler à la compagnie, que du beau monde, dont E. Taylor, Burton[2] & co.), aussi parce que j'ai trouvé son amie très désagréable. Bref, je me suis comporté comme un salopiaud et lui a été égal à lui-même ! Je l'ai supplié d'écrire à Rupert, et je lui ai parlé de vous et de la situation de ma mère. Il est resté évasif sur ses affaires, mais d'après ce que m'a raconté To, il s'est retrouvé sur la paille plus d'une fois. Il a l'air un peu dans la

1. Tony Cornwell a travaillé à New York pour plusieurs agences de publicité avant de rejoindre en tant que directeur créatif Needham & Grohmann, agence spécialisée dans le marketing touristique.

2. Elizabeth Taylor et Richard Burton, ce dernier devant tenir le rôle principal dans *L'Espion qui venait du froid*.

dèche, je dois dire. Aucun de nous n'arrive à savoir de quoi il vit, ou comment il espère s'en sortir. Il a un appartement mais pas de meubles, et il est pratiquement injoignable là-bas, à part une dame qui prend les messages. Tony pense qu'il est limite côté crédit, mais bon, comme d'habitude… Apparemment, il est venu à NY avec de grosses recommandations sous le bras et il a démarré au Plaza, mais, depuis, les contacts et les adresses se sont réduits à peau de chagrin. Et surtout, il n'a pas de permis de travail, donc si jamais il fait l'objet de vérifications, il risque des ennuis, d'après To. Il tenait absolument à me voir seul, ce qui explique pourquoi je lui ai proposé un dîner, sauf que, comme je l'ai dit, il n'est pas venu. J'aurais bien voulu faire plus, mais j'avais des tas d'engagements, plus les problèmes survenus sur la vente des droits cinéma de L'Appel du mort, mon statut d'immigrant pour mes apparitions télévisées et n'oublions pas les impôts américains !

Vous aviez acheté le gâteau chez Fortnum ? Merci beaucoup de m'avoir invité.

Rupert peut venir quand il voudra, tout nous va. J'aimerais bien qu'il arrive avant le 1er juillet, parce que je dois aller à Londres et au Danemark, et que A-mouse serait ravie d'avoir sa compagnie. Je vous écris tout cela parce que je pense que c'est à vous de décider de ce qu'il doit savoir sur père et de la façon de le lui dire. Je dois reconnaître qu'il fait peine à voir, il a l'air aux abois. Tony, qui l'aime bien plus que moi, ressent maintenant une certaine amertume envers lui, en raison de la manière dont il a exploité son affection et tout le reste. Personnellement (mais je suis de parti pris), je pense que Rupert devrait vivre sa vie, suivre son cursus à l'université, ce qui est vital pour lui, et gérer la question de père quand lui-même se sentira plus fort. Dans l'immédiat, je pense qu'aucun de nous n'y peut rien. Il a l'air d'avoir beaucoup d'amies, mais je ne les connais pas. Je crois que l'affection de Rupert ne servira à rien, si ce n'est à faire du mal à Rupert lui-même.

L'impression que m'a faite père était que nous n'existions plus vraiment pour lui, là-bas. Il n'a demandé de nouvelles de personne. Je lui en ai donné quelques-unes.

J'ai demandé à To d'écrire à Rupert. Ils semblent assez heureux. J'ai eu du mal à me comporter normalement parce que j'étais traité en vedette et tout s'est passé si vite.

Baisers affectueux à tous. Venez nous voir, surtout.
D

Ann se charge de dactylographier Le Miroir aux espions, *un roman amer sur les ratés de l'espionnage et les ratés du mariage. Une agence de renseignement britannique, le Service, accrochée à sa gloire d'antan de la dernière guerre, lance une mission absurde consistant à envoyer un agent en Allemagne de l'Est pour enquêter sur des informations douteuses concernant l'armement balistique des Soviétiques.*

À VICTOR GOLLANCZ

Kytroplatia
Agios Nikolaos
Crète
Grèce

30 mai 1964

Cher V. G.,

Merci pour votre lettre du 26 mai. Nous espérons pouvoir vous faire parvenir le tapuscrit d'ici la mi-juillet. Le livre est terminé mais il est tout sauf présentable, et Ann s'arrache les cheveux pour le taper à la machine au moment même où je vous écris.

Une fois le livre accepté, je devrai faire un petit voyage en Scandinavie et (si je peux y entrer) en Allemagne de l'Est, mais cela ne devrait pas me prendre plus d'une semaine. Il faut aussi que j'effectue quelques recherches complémentaires sur les ogives et les transmissions sans fil, mais ces éléments techniques n'affecteront pas plus de trente ou quarante lignes du texte, et je trouve légitime de vous l'envoyer tel quel, sous réserve de ces recherches complémentaires.

Dès qu'Ann aura fini la frappe, il partira au Foreign Office pour approbation formelle (c'est une courtoisie que je trouve utile), puis à une agence pour dactylographie (en plusieurs exemplaires, cette fois), puis à Peter[1]. Ensuite, Ann et moi pousserons un soupir de soulagement et partirons enfin faire notre circuit en Grèce.

Si vous pouviez m'indiquer votre itinéraire pour que nous ayons le plaisir de vous retrouver quelque part. Nous serions ravis de vous offrir l'hospitalité à tous les deux ici, mais je crains que nous ne prenions nos vacances en même temps que vous les vôtres.

Bien cordialement,
David

Le 10 juin 1963, Victor Gollancz, l'éditeur de le Carré, a contacté J. B. Priestley et Graham Greene dans le but d'obtenir des citations pour L'Espion qui venait du froid. *« Je pense que vous trouverez ce roman d'une authenticité indéniable (et assez insoutenable) », leur écrivait-il.*

La réponse de Priestley figurera sur la couverture : « Un roman superbement construit à l'atmosphère glaçante. » Mais c'est la phrase de Greene qui suivra le livre pendant des décennies. Par le biais de sa secrétaire, Josephine Reid, il transmet l'appréciation suivante : « Le meilleur roman d'espionnage que j'aie jamais lu ».

Quand le Carré quitte sa maison d'édition après la publication de L'Espion, *Gollancz est fou de rage et argue que la citation qu'il a obtenue de Greene a servi au livre de « tremplin ». Greene ayant eu vent de la décision de le Carré, il lui écrit pour essayer de le recruter chez Bodley Head, dont il est l'un des directeurs.*

La relation entre les deux auteurs se poursuit tout au long de la correspondance de le Carré et passe de la vénération palpable dans la lettre ci-dessous à des remarques virulentes sur les opinions politiques de Greene dans des lettres plus tardives.

1. Peter Watt, l'agent de le Carré.

À GRAHAM GREENE

Kytroplatia
Agios Nikolaos
Crète
Grèce

4 août 1964

Cher monsieur Greene,

Je vous remercie pour votre lettre du 17 juillet, qui m'est arrivée aujourd'hui après un long voyage.

J'aurais aimé pouvoir répondre de façon positive à votre aimable proposition (dans ma grande ignorance, je découvre seulement aujourd'hui que vous êtes un des directeurs de Bodley Head), mais je crains qu'il ne soit déjà trop tard. Je peux seulement vous promettre de prendre contact avec vous si les négociations en cours n'aboutissent pas.

Votre proposition me donne l'occasion de vous écrire, ce que je désirais faire depuis longtemps, pour vous remercier sincèrement de votre soutien. Je n'ai pas besoin de vous dire tout ce qu'il m'a apporté, à la fois concrètement, puisqu'il a contribué pour une très large part au succès de mon dernier roman, et moralement, parce qu'il existe peu d'écrivains, vivants ou morts, dont l'opinion compte autant pour moi. Je viens de finir un nouveau roman qui ne sortira sans doute pas avant l'automne de l'an prochain. Je me permettrai de vous en envoyer un exemplaire, non pas pour vous demander un nouveau parrainage promotionnel, mais parce que j'apprécierais énormément de savoir ce que vous en pensez.

Et je suis désolé, je le répète, de ne pouvoir envisager actuellement de passer chez Bodley Head.

Ne vous donnez pas la peine de répondre à cette lettre, je vous prie.

Sincèrement,
David Cornwell

À JAMES KENNAWAY

[non datée, sans doute 1964, depuis Athènes]

Cher St Jum,

Je viens de finir « Les Cloches ». J'ai trouvé plus logique de commencer par ton dernier livre paru, et franchement, tu es génial. Je partage entièrement l'avis de la Hudson Review[1]. Tu es Dieu.

L'unique question que je me pose est de savoir si un grand auteur a signé là un grand livre. Me permets-tu de me lancer dans une critique facile ? Comme dans ta pièce de théâtre, tu produis un couteau si affûté que les autres s'émoussent un peu : l'adorable Stella. Je crois que tu souffres de jalousie avec tes autres personnages : « Personne ne connaît Stella aussi bien que Big Jim, personne ne représente Stella aussi bien que Big Jim. » Si tu lui donnes autant de force, on n'arrive plus à croire (enfin, je n'arrive plus à croire) qu'elle s'arrête au bout du chemin. Si tu donnes à A une telle faiblesse de caractère, c'est difficile à croire, etc. Avec l'œil corrosif et méchant de l'écrivain, je remarque les facettes de Stella que je trouve inutiles, car elle est complète sans elles. Par exemple son socialisme, qui n'est pas réel pour toi parce que je crois qu'elle se contrefout de la politique (et toi aussi) mais se soucie seulement des rapports de classes et des comportements, si bien que, pour moi, son ressentiment devrait s'expliquer par ses origines plutôt que par son intellect. Et c'est sans doute le cas. Vous avez encore mal lu, monsieur Cornwell. Il y a deux scènes que je n'ai pas aimées : l'avocat (il bouffe toute la scène, trop surchargé, trac de l'écrivain, une superbe scène s'il n'y avait pas un Géant

1. *Les Cloches de Shoreditch*, de James Kennaway, a fait l'objet d'une « Critique romans » de Patrick Cruttwell dans la *Hudson Review* parue à l'été 1964. Kennaway y est décrit comme le romancier « le plus surprenant » à avoir émergé en Grande-Bretagne au cours de la décennie écoulée, et *Les Cloches* comme « un roman vrai » qui évoque les qualités de plume de Jane Austen. Le livre raconte la liaison d'une socialiste de Glasgow, Stella Vass, avec un financier sans scrupules, J. T. Sarson, le patron de son mari Andrew.

dedans) et la conférence de Sarson. Cela étant, ces deux scènes sont magnifiquement écrites, comme toujours.

Summa summarum : superbe style, superbes images, superbes personnages, superbe Jum. La structure principale (l'armateur d'Édimbourg, les trafics d'argent, la politique, les bureaux chics du fidéicommis) croule un peu, craque parfois, mais on s'en fiche. Je trouve rassurant et merveilleux que, après tous les rôles que tu as tenus, tu sois si mauvais en comédie et si foutrement doué pour l'écriture. Personnages, style, intrigue, tout est magnifique. À la hauteur de mes attentes, voire plus. Moins sophistiqué que ce que je pensais, incroyable. Je crois que tu as prouvé ce qui sera forcément reconnu : tu es formidablement doué. Et je suis convaincu que, si tu rues un peu dans les brancards, tu vas très bientôt écrire quelque chose qui survivra à G. Greene, C. Snow, Monica Dickens et ton ami admiratif[1],

John le Carré

La lettre suivante est non datée, mais fait référence à la grève de vingt-quatre heures qui a eu lieu en Autriche le 13 février 1965. Les Cornwell séjournent alors à Vienne et les Kennaway louent une maison à Zell am See. Début 1965, le Carré avouera à son épouse Ann que Susan et lui ont une liaison depuis novembre 1964, d'après ce qu'en dit Susan[2].

1. Au moment de la publication du présent ouvrage, les seuls exemplaires en anglais des *Cloches de Shoreditch* (*The Bells of Shoreditch*) disponibles sur Amazon sont des occasions, dont certaines éditions originales de 1963 à des prix très peu élevés.

2. Le triangle amoureux entre le Carré et James et Susan Kennaway inspirera deux romans : *Some Gorgeous Accident*, de Kennaway, en 1967, et *Un amant naïf et sentimental*, de le Carré, publié en 1971. En 2013, le festival de théâtre Edinburgh Fringe montera sans grand succès une adaptation de *Some Gorgeous Accident*. Dans une lettre aux producteurs, le Carré exprimera son refus de participer à la promotion du spectacle, en ajoutant : « Je n'ai jamais caché l'admiration que je voue à l'écriture de Kennaway, mais si j'ai d'autres choses à dire, je les dirai à ma façon et quand le moment me paraîtra opportun. »

À SUSAN KENNAWAY

[non datée]

Ma chérie,

Dieu seul sait quand cette lettre te parviendra. L'Autriche est bloquée par une grève qui s'étend aux postes, télégraphe, téléphone, trains, avions, j'en passe et des meilleures. Ils ont déposé un préavis de 24 h mais espèrent bien faire durer.

Je dois te sembler de plus en plus pathétique, non ? Mon cœur, essaie de comprendre une taupe trop habituée à l'obscurité pour croire à la lumière. Quand on a vécu aussi longtemps que moi dans l'obscurité, on ne peut pas toujours avoir foi en la lumière. Mets-toi à ma place. Quand je repense à tout ce que nous avons fait ensemble, les imbroglios, les rires, les moments à deux, la chaleur et l'évidence de ta compagnie, toute la futilité de ma propre vie me devient insoutenable. Et puis je crie ton nom en moi, je serre ton corps contre le mien, et je ris et je me calme et je revis. Même mes enfants, ces fantômes inexpressifs autour de moi, ne me paraissent pas être un reproche quant à mon bonheur. Je sais que tu n'as guère foi en moi (désolé, tu me l'as si souvent dit), et je sais que je ne mérite pas qu'on place sa foi en moi, mais si je peux toujours exister pour toi, garde-moi, garde-moi, parce que je t'aime.

David

P.-S. Je vais appeler chez Hillie DIMANCHE prochain à 10 h, heure de Londres, si je peux. (Nous serons à Bonn à ce moment-là.) Si tu ne peux pas être là, laisse un message qui me dira quand je peux te rappeler (je ferai un appel personnel). En cas d'urgence, je suis à l'hôtel Cäcilienhöhe à Bad Godesberg, près de Bonn, en Allemagne de l'Ouest, tél. Bad Godesberg 62733. Un télégramme signé « Amitiés, Peter » peut m'y être envoyé directement. J'y serai dès vendredi.

La seule lettre de le Carré à Ronnie Cornwell ayant survécu, à notre connaissance, a été envoyée à Jeannie Cornwell accompagnée d'une petite note manuscrite.

À JEAN CORNWELL

Jeannie,
J'ai reçu une lettre furieuse de père. Je me suis dit que vous voudriez lire la réponse que je lui ai envoyée.

Baisers D

Wien XIX
Hohe Warte 29
Autriche

20 mars 1965

Cher père,
Merci pour votre lettre et pour la copie de celle que vous avez envoyée à Pitman, du Daily Express. Je suis vraiment désolé que l'article vous ait agacé. Vous devez comprendre que je dois jouer très serré quand je réponds aux questions des journalistes sur ma famille et sur vous-même. Le premier journal venu détient dans ses archives assez d'articles sur vous pour brosser un tableau bien plus gênant que celui que j'ai fait. Ce n'est pas à Robert Pitman qu'il faut reprocher les éléments que vous pourriez trouver inexacts, car l'article rend compte assez fidèlement de ce que je lui ai dit. Bien au contraire, il devrait être chaleureusement remercié de ne pas avoir exploité des informations plus ravageuses qui étaient en sa possession.

Dans ce genre de situation, le choix est cornélien. Si l'on ne dit rien, on laisse le champ libre aux spéculations et aux révélations déplaisantes ; si on choisit de parler, comme je l'ai fait, on s'expose à d'autres risques.

Une fois Pitman reparti de Vienne, j'ai téléphoné à Jean pour lui demander d'avertir qui elle pouvait, notamment vos sœurs, Rupert et Charlotte, que l'article allait paraître et que j'avais fait de mon mieux au vu de la situation. Je ne pouvais pas faire plus.

Si vous cherchez maintenant à éviter toute publicité, je vous suggère de vous retenir d'écrire des lettres provocantes à des journaux aussi respectables que le Daily Express.

Vous ne me dites pas qui j'ai froissé. Les seules réactions que j'ai eues sont celles de Rupert, qui s'est dit soulagé, et de G. P. Ellard, qui m'a couvert de compliments.

Comme vous, j'espère que vous pourrez encore profiter de nombreuses années sur cette terre, qui serait assurément moins riche sans vous. Je crois que c'est là quelque chose que le lecteur lambda aura compris en lisant l'article de Pitman.

Bien à vous,

L'interview signée Robert Pitman dans le Sunday Express *du 14 février 1965 ne mentionne pas le nom de Ronald Cornwell, mais comprend des détails qui reviendront régulièrement dans les écrits ultérieurs de le Carré sur son père.*
Aux mains d'un intervieweur expérimenté, le Carré donne une chronologie détaillée de sa vie à Sherborne, Berne, Oxford et Eton. Il relate les tentatives de son père pour se faire élire député, et le fait qu'il possédait des chevaux de course et avait accueilli l'équipe de cricket australienne, ainsi que le légendaire jockey Gordon Richards.
Chroniqueur au Sunday Express *et intervenant régulier dans des débats télévisés, Pitman a interviewé le Carré à Vienne, où celui-ci avait rejoint sa famille avant leur retour en Grande-Bretagne. Peut-être le sentiment de sécurité qu'éprouvait le Carré en Autriche ou la perspective de la publication du* Miroir aux espions *en feuilleton dans le* Sunday Express *l'ont-ils encouragé à se confier.*
« Quand je repense à ma vie passée, je suis tellement horrifié que mon premier instinct est de rabattre le couvercle », déclare-t-il à Pitman. Il évoque son grand-père, maire de Poole et chrétien très austère, et suppose que son propre père s'est construit en réaction à ce modèle. Il fait un récit à peine voilé des entreprises commerciales de son père, mentionne plusieurs demeures dans le Buckinghamshire, raconte que « nous avons connu des hauts et des bas […] et moins nous avions d'argent, plus nous semblions en dépenser ». Il conclut en disant qu'il voit très peu son père depuis des années, mais a appris qu'il signe les livres de le Carré d'un « du père de l'auteur ».

Pitman présente le Carré comme l'un des rares auteurs au monde à pouvoir gagner 500 000 livres avec un roman. On ne peut qu'imaginer la réaction de Ronnie en lisant que son fils est en train d'amasser une fortune colossale (et par des moyens honnêtes).
Le Carré écrira par la suite que le principal effet de son succès sur son père a été d'instiller en celui-ci « un sentiment que tout lui était dû ». Dans son souvenir, lors d'une rencontre au célèbre hôtel Sacher de Vienne, Ronnie lui a réclamé une grosse somme d'argent comme remboursement de ses frais d'inscription à l'école, puis l'achat d'une ferme porcine et bovine pour lui dans le Dorset. Le Carré a refusé.

À SUSAN KENNAWAY

[non datée, sans doute mi-1965]

J'ai patienté jusqu'à aujourd'hui pour t'écrire. Cette nuit, je n'ai pas trouvé le sommeil, j'ai attendu que le jour arrive ; quand je suis allé me coucher, je t'ai dit bonne nuit comme on fait une prière, et au matin j'ai redit cette prière, puis je me suis levé et je suis allé dans la cuisine, encore ivre d'amour et terriblement meurtri. Je veux t'écrire ceci non pas juste après t'avoir vue, ma chérie, non pas la nuit ou au petit matin, mais face à un vrai ciel où seul m'apparaît ton visage, avec les rides que je crois y avoir dessinées et les yeux que j'ai attristés, tout ce que j'aime. Je vais te dire la vérité vraie. Ton couple est réel et sain. J'aime votre couple et James presque autant que je t'aime toi, parce que j'aime votre mode de vie et votre entente, je méprise ce que tu méprises, et si tu avais fait un mariage idiot, comme moi, tu ne serais pas Susie[1]. J'ai échoué là où tu as réussi, je voudrais avoir ce que tu as, mais je ne voudrais pas te le retirer

1. En 1981, Susan Kennaway, devenue Vereker, publiera *The Kennaway Papers*, qui contient des lettres, des extraits de carnets et de journaux intimes concernant l'amitié unissant son mari à le Carré et la liaison qu'elle a entretenue avec celui-ci. Elle y écrit que le Carré et elle sont convenus qu'ils ne pouvaient pas briser deux familles pour vivre ensemble, même si la découverte par James de leur liaison provoqua des scènes épouvantables. James Kennaway fit une crise cardiaque et mourut dans un accident de voiture en décembre 1968 à l'âge de quarante ans.

à toi, rien. Je ne suis pas envieux, je le jure. C'était peut-être le cas il y a six mois, mais plus maintenant. C'était l'année de James. Rien de ce que tu as fait ou dit, pas le moindre sourire, pas la moindre hésitation, ne m'a déplu depuis que je suis tombé amoureux de toi. Je ne peux pas prétendre que je n'ai jamais envié James, mais je ne suis pas jaloux de lui. J'aime les endroits où vous habitez, et vos enfants, et votre courage, et je crois en votre mariage. Parce que j'ai tout fichu en l'air dans ma vie et que je suis disponible, j'ai peur que mes propres maux te contaminent. Je ne veux pas te déstabiliser, te ravager, te faire souffrir. Écoute-moi. Ce n'est pas de la culpabilité, ni de l'amour, mais juste un constat : vous avez créé quelque chose de vrai et de bon. Ne me laisse pas m'immiscer. Je veux prendre cette décision pour toi. Je t'ai prévenue dès le début : il y a trop de choses enfouies en moi à relâcher. Ne les libère pas.

Mais à cause de tout cela, je ne vais pas te laisser le choix. Je t'aime au-delà de tout. Je crois en cela. Mais nous arrivons tous deux avec une différence si énorme dans nos besoins et nos obligations que je ne vois pas comment je pourrais exprimer mon amour d'une manière qui ne détruirait pas les choses qui composent ta vie. Tu sais que je te vénère. Je pense que je t'aime assez pour être courageux et te quitter. Tu me crois, au moins ? S'il te plaît, ne doute pas de ce que je dis. Pas maintenant. Ces quelques jours avec toi, nous tous ensemble, ont dû secrètement te le prouver sans ambiguïté. Tu disais te sentir moins coupable maintenant que tu avais rencontré Ann. Tu crois vraiment que moi aussi ? Susie, mon amour, ne pleure pas. Tu as mon cœur, mon amour tout entier. De cela, tu ne peux douter. Trouve un autre amant, ou pas. Ne rationalise pas tout (ça, c'était mon défaut, ma chérie), mais, pour l'amour de Dieu, sois consciente de ce que tu as en James. Je voudrais t'épouser, t'emmener, t'obéir en tout, mais je ne le ferai jamais, et tu dois le savoir à présent. Mon cœur, ma Susie chérie, ne me pousse plus à cela. Écris-moi. Je t'aime au-delà de tout. Écris-moi. Tu vois, je suis en train d'écrire la lettre que tu as failli écrire toi-même, ou que tu as bel et bien écrite puis déchirée. Ce n'est pas à moi d'être favorisé. Tu n'as jamais cherché à ce que cela arrive, alors que moi oui. Voilà la vérité qu'on nous dit toujours. Je ne me suis jamais senti aussi proche de toi, je ne t'ai jamais plus aimée que maintenant. Regarde, je te serre contre moi comme je te garderai toujours dans mon cœur. J'essaie de t'aimer encore plus que cela en te repoussant. Je veux donner : c'est cela, l'amour. Je ne veux pas prendre ni détruire. Je veux donner. Je t'aime. Si tu vois une autre solution, si tu vois honnêtement un espoir quelconque, dis-le-moi. Mais je refuse de détruire ce que tu as. Je t'aime. Ne m'écris pas une lettre méchante. Écris-moi. Je reviens le 9.

À JEAN CORNWELL

Consulat général du Royaume-Uni
200 S. Michigan Avenue
Chicago, USA

[cachet de la poste] 29 septembre 1965

Ma petite Jeannie,

J'imagine que vous avez eu les nouvelles par Ann. Si tel n'est pas le cas, il faut que je vous informe maintenant. Dans l'immédiat, je ne rentre pas en Angleterre. Personne d'autre n'est impliqué, je n'ai pas de maîtresse ni rien, mais les tensions entre nous sont devenues insupportables et je vous avoue que je suis parti. Comme vous pensiez sans doute que tout allait pour le mieux entre nous, j'imagine que vous serez choquée et triste. Mais cela fait un an ou deux que je suis très malheureux et soudain, je ne peux plus le supporter. Je ne pense pas qu'il soit nécessaire que les enfants (les vôtres) sachent, sinon que je suis à l'étranger pour écrire pendant une longue période, sauf si cela finit par se savoir dans la presse, ce qui est évidemment possible. Soyez gentille d'appeler Ann si vous pouvez. Les enfants me manquent terriblement, et je suis bien abattu. Ne m'écrivez pas pour me dire que je suis un sale type, je le sais déjà, mais je ne peux plus rien y faire.

Et si la coupe n'était pas déjà assez pleine pour vous, le FO a retrouvé la trace de père, qui a attiré son attention en accumulant d'énormes ardoises à Djakarta, au point de se faire confisquer son passeport, et qui a dit à l'ambassadeur que c'était un problème temporaire de liquidités. Ils veulent le « rapatrier » au moins jusqu'à Bangkok, parce que les Indonésiens sont très fâchés contre lui. J'essaie de découvrir ce qui se passe.

Pauvre, pauvre Jeannie. Je vous aime tant et je suis désolé de vous causer toute cette souffrance. Je vais me faire discret pendant quelque temps. Le pire, c'est que je ne suis vraiment pas une mauvaise personne, mais là j'ai fait quelque chose d'affreux.

D

À STEPHEN CORNWELL

12 octobre 1965

Mon Stevie chéri,

Je t'aime si fort ! Comment vas-tu ? Il paraît que ta nouvelle école n'est pas tout à fait aussi chouette que celle de Chew Magna, mais ne t'inquiète pas, nous serons bientôt dans notre Maison pour Toujours, et comme de vieilles taupes nous aurons là un terrier profond et sûr. Je passe mon temps à voyager autour du monde en avion pour écrire mon nouveau livre, mais bientôt il sera terminé et je pourrai venir festoyer avec toute la famille pour Noël et faire les foufous avec tous les garçons. Tu ne devineras jamais ce que j'ai vu ce soir : un joueur d'orgue de Barbarie avec un petit singe au bout d'une chaîne qui dansait sur la musique. Je ne pensais pas qu'on en voyait encore à Londres. Voilà un dessin que j'ai fait d'eux. Tu peux le colorier, si tu veux.

Mon petit Stevie chéri, prends bien soin de Timo et de maman, et sois sage comme toujours[1]. Je reviens bientôt.

Papa

1. Stephen a alors cinq ans et Timothy presque trois.

player turning his organ and a little chained-up monkey dancing to the music. I didn't think such things were to be seen in London any more. Here is a drawing of the monkey: and of the organ grinder. You could colour it.

Darling Stevie, take care of Timo and Mummy, and be as dear as always. Back soon

Daddy.

À JEAN CORNWELL

[cachet de la poste] 14 octobre 1965

Ma chère Jeannie,

Votre lettre était la plus belle de toutes celles que vous m'avez écrites et je vous aime tant. Oui, soyez gentille de vous occuper d'elle parce que, bien sûr, je l'aime. Même si tout se complique, je l'aime, d'une certaine façon, et je suis bouleversé pour les enfants. Je dois continuer à garder mes distances par rapport à elle, à la fois pour pouvoir lui écrire et pour donner à tout cela de la profondeur et un sens qui durera. Je crois que c'est maintenant ou jamais. Nous ne pouvions pas continuer comme ça. Parfois, je manque d'appeler un taxi et de me précipiter auprès d'elle et des garçons, mais je dois résister et je résisterai. Ne lui dites pas tout cela, parce que ce serait dur à comprendre pour elle et ne ferait que lui causer de la peine. Je ne suis pas Dieu, mais elle a vraiment été malade, dérangée, j'en suis sûr. Elle croit que je suis solide, sûr de moi, mais vous, vous savez bien à quel point je suis pleutre et complexé, vous savez que, pour moi, écrire, peindre ou avoir des enfants, c'est mettre de l'ordre dans le chaos, c'est ce que nous faisons tous les jours.

Ma chère, très chère Jeannie, veillez bien sur vos très grands enfants, et veillez aussi sur Ann et mes bébés. Je vous aime tant.

D

À JEAN CORNWELL

Coxley House
Coxley
Près Wells
Somerset

30 avril 1966

Très chère Jeannie,

Comment allez-vous ? J'ai appris par hasard que vous alliez divorcer de père, ce qui m'a rendu très heureux. J'espère que tout cela se déroulera sans psychodrame.

Je suis bien malheureux et je voudrais dîner avec vous un de ces soirs. Pourriez-vous venir à Londres ? Pouvons-nous d'ores et déjà prévoir une date ? Lundi 16 mai, par exemple ? Venez à l'appartement après le travail, on prendra l'apéritif et je vous emmènerai au Savoy.

Je me doute que vous ne voulez pas que votre situation s'ébruite, donc je ne dirai rien aux enfants.

Affectueusement,
David

~

Depuis la parution de L'Espion qui venait du froid, *comme le Carré le racontera plus tard dans* Le Tunnel aux pigeons, *il est « la cible d'invectives du monde des lettres soviétique, tantôt pour avoir élevé l'espion au statut de héros […], tantôt pour avoir fait les bonnes constatations sur la guerre froide mais en avoir tiré des conclusions erronées […]. Depuis les tranchées respectives de la* Literatournaïa Gazeta, *contrôlée par le KGB, et du magazine* Encounter, *contrôlé par la CIA, chaque camp balançait dûment ses bombes sur l'autre, bien conscient qu'aucun des deux ne gagnerait cette guerre des mots idéologique et stérile ».*

« Sincères salutations à la Russie », une lettre ouverte à la Literatournaïa Gazeta *de Moscou, est publié en mai 1966 dans* Encounter, *magazine fondé par Stephen Spender et Irving Kristol dont le financement par la CIA sera révélé en 1967.*

AU RÉDACTEUR EN CHEF DE LA *LITERATOURNAÏA GAZETA*

Monsieur,

Après la publication de *L'Espion qui venait du froid* dans de nombreuses langues et de nombreux pays, j'attendais avec impatience une réaction de la part du bloc communiste, a fortiori au vu des commentaires très disparates des lecteurs américains, dont certains me reprochaient d'avoir écrit un livre « procommuniste ». Mon agent littéraire ne s'est pas facilement laissé persuader d'approcher l'Union soviétique et d'autres pays d'Europe de l'Est. Le bilan officiel s'établit comme suit. La Roumanie, la Bulgarie, la Tchécoslovaquie et la Hongrie ont refusé le livre sans la moindre explication. La Pologne a pris garde de protéger jusqu'à ses éditeurs de toute la portée séditieuse de mon roman : une maison d'édition polonaise a deux fois répondu qu'elle n'avait pas reçu l'exemplaire envoyé par mon agent, ajoutant dans sa seconde lettre l'injonction suivante : « Nous pensons ne prenez pas le risque encore de s'envoyer lui. » Un éditeur des Balkans a coupé les passages qu'il jugeait les plus odieux et nous a renvoyé le reste, ce qui fut un peu comme récupérer une chemise après un passage dans un lave-linge défectueux.

C'est donc avec effarement que j'ai pris connaissance de l'article paru dans votre numéro en date du 14 octobre 1965, dans lequel un critique russe analyse mon œuvre. J'aurais de nombreuses questions à poser à votre contributeur, M. Voïnov, de même que, si l'on en juge par sa perplexité, lui-même apprécierait sans doute quelques explications de ma part. Je voudrais par exemple qu'il me dise quel est l'intérêt de faire la recension d'un livre que ses lecteurs n'auront jamais le droit de lire. Dans quel but les met-il en garde contre une œuvre malfaisante dont ils n'auraient jamais eu vent sans son article ? Ceci étant, je devrais sans doute me réjouir que mon roman ait eu l'honneur d'être remarqué, et m'en tenir au contenu de l'article de M. Voïnov.

Ce monsieur observe à juste titre que je n'ai pas grand-chose de très positif à dire sur la structure du pouvoir au Royaume-Uni, ni sur l'éthique du renseignement britannique, et il remarque avec une pertinence louable que je n'ai pas grand-chose de très positif à dire non plus sur le système communiste. Il affirme fort aimablement que, par leur réalisme et leur intelligence, mes livres se distinguent de ceux de feu Ian Fleming, insinuant ainsi (tout comme le *Daily Worker* récemment) que les poisons qu'ils distillent n'en sont que plus dangereux. [...]

Dans *L'Espion qui venait du froid*, le livre auquel il consacre l'essentiel de son article, j'ai mis sur le même plan, en termes hypothétiques, le comportement de l'Est et de l'Ouest dans la guerre de l'espionnage. J'y ai suggéré qu'ils utilisent les mêmes armes, comme la tromperie, voire les mêmes espions (M. Khrouchtchev l'a souligné bien avant moi). Pour enfoncer le clou, j'ai usé de quelques paradoxes simplistes. Ainsi, les fonctionnaires du renseignement des deux côtés se sentent plus proches les uns des autres que de leurs propres supérieurs. De même, l'agent qui se trouve à la solde des deux services est un ancien nazi particulièrement odieux, tandis que mon protagoniste aime deux personnes, toutes deux juives, qu'il finira par détruire en agissant par bonté d'âme (le choix de personnages juifs s'est imposé parce que, après Staline et Hitler, ils me paraissaient à même d'éveiller nos instincts protecteurs).

Par ces moyens et par d'autres, j'ai essayé de sortir l'espionnage des débats stériles de la guerre froide pour attirer l'œil du lecteur sur les conséquences morales que représente pour l'Ouest la lutte contre les armes légitimées du communisme. Pour cette raison, mon agent occidental est bien en peine de se défendre lors d'une argutie idéologique avec son interrogateur communiste. Le communiste se doit d'accepter la perte d'une vie innocente au profit du progrès de la révolution prolétarienne ; l'homme occidental en est incapable. [...] J'ai suggéré que, à cet égard, l'argument communiste est plus clair que celui de l'Ouest, parce qu'il considère le progrès de l'humanité en termes collectifs. [...] Pour un communiste, il n'y a rien de fondamentalement répréhensible à sacrifier les non-militants aux avancées de l'histoire. Si M. Voïnov ne le sait pas, il devrait faire des lectures plus utiles que celles de mes romans. L'Occidental, lui, y est totalement opposé, mais le fait quand même. À l'Ouest, les inhibitions sont engendrées par l'éthique chrétienne et humaniste qui veut que l'individu vaille plus que le groupe. Dans l'espionnage tel que je l'ai décrit, l'homme occidental sacrifie l'individu pour défendre le droit de l'individu contre le collectif. Telle est l'hypocrisie occidentale, et je l'ai condamnée parce que je trouvais qu'elle nous amenait trop près du camp communiste, trop près de la conception communiste de la place de l'individu dans la société. Pourquoi cela dérangerait-il M. Voïnov ?

Dans *Le Miroir aux espions*, qu'il mentionne également, j'essaie d'aborder un aspect différent du même dilemme occidental. L'affrontement idéologique qui servait de toile de fond à *L'Espion qui venait du froid* est ici remplacé par l'affrontement psychologique entre des hommes dont l'expérience émotionnelle s'ancre dans une guerre passée. La musique a cessé, mais ils dansent toujours. [...] J'ai essayé d'explorer de nouveaux territoires en traitant du phénomène des hommes engagés qui ne sont engagés envers rien, sinon les uns envers les autres et envers leurs rêves collectifs. [...] Pour autant, sous prétexte que j'ai choisi un service de renseignement occidental pour véhiculer ces idées, ne croyez pas un instant, je vous en supplie, que je considère qu'elles ne s'appliquent pas ailleurs. Si je le précise, c'est que des rumeurs me sont parvenues disant que *Le Miroir aux espions* pourrait finalement être publié en Union soviétique.

J'ai maintenant conscience que ces deux livres reposent sur un principe frappé d'anathème par les communistes car diamétralement opposé au courant de pensée mis en vigueur par l'équipe de relations publiques des services secrets soviétiques : j'y affirme que l'ennemi n'est pas à l'extérieur mais en nous, que nous nous battons en regardant derrière nous et non devant, pour notre passé et non pour notre avenir. Le problème de la guerre froide, c'est que, comme l'écrit Auden, nous hantons un siècle en ruine. Derrière les petits drapeaux que nous brandissons se cachent de vieux visages en pleurs et des enfants mutilés par les vains conflits des prédicateurs. M. Voïnov a dû subodorer dans mes écrits la plus grande hérésie de toutes : l'idée qu'il n'y a ni victoire ni vertu dans la guerre froide, juste une maladie humaine et une désespérance politique. Et c'est ainsi qu'il m'a accusé d'en être l'apologiste (il aurait aussi bien pu traiter Freud de débauché).

James Bond, lui, n'enfreint pas ces principes communistes. Vous le connaissez bien. Il est la hyène qui arpente les déserts capitalistes, il est un ennemi identifiable, nourri par le capital et repu des charmes d'une société matérialiste, il est chauvin, indécrottable patriote qui rend l'espionnage exaltant [...]. Sur son tapis volant, Bond nous arrache au doute moral, il chasse la perplexité par l'action, l'éthique par le devoir. Et surtout, il a l'accessoire ultime sans lequel même son schéma ne fonctionnerait pas : un ennemi totalement maléfique. Il est de votre côté, pas du mien. Maintenant que vous avez honoré les qualités qui l'ont façonné, vous ne devriez pas trop tarder à le recruter. Croyez-moi, vous avez planté le décor : le Bond russe est en chemin.

Sincères salutations,
John le Carré

Quand Charlotte Cornwell apprend qu'elle est enceinte à tout juste dix-sept ans, son demi-frère David est la première personne qu'elle appelle, et il devine avant même qu'elle le lui annonce. Il veut aider de toutes les manières possibles. Ann propose d'élever l'enfant. Finalement, le bébé sera adopté. Charlotte ne retrouvera son fils, Mark Baylis, qu'en 2006.

À JEAN CORNWELL

Coxley House
Coxley
Près Wells
Somerset

3 juin 1966

Très chère Jeannie,

Personne n'a jamais rien fait pour mériter autant mon admiration que vous-même ces trois derniers jours. Je me retrouve presque à me reposer sur vous.

Ma chère Jeannie, s'il vous plaît, ne vous en voulez pas trop. Permettez-moi de vous dire ce qui semblait évident vu de l'extérieur – c'est d'ailleurs ce que j'ai écrit à Rupert aujourd'hui.

Charlotte a subi un changement d'un genre que Rupert a évité. Rupert a préservé son statut, Winchester puis Magdalen, et, parce que sa fierté souffrait des violences psychologiques et des privations causées par père, s'est transformé en une sorte de Houdini. L'autoprotection est devenue pour lui un mode de vie. D'abord intellectuellement, avec le choix d'un sujet étrange, le grand bond vers la Grèce, l'amour qu'il voue à un père absent, une attitude très matérialiste[1]. En plus de tout cela venaient son amour pour vous et le besoin qu'il a de vous. Parfois, il trouvait la maison insupportable, il voulait « se barrer », mais même le Houdini en lui devait revenir. Pour Charlotte, ça a été l'inverse. Elle a pris la responsabilité de s'occuper de vous, de votre amour, a tiré une croix sur père, a subi tous les changements de surface mais aussi intérieurs, et elle a tenu plus que quiconque à rester là, à faire partie du nouvel environnement, du nouveau statut (inférieur). (Mlle McKay m'a dit qu'elle était formidable à l'école, populaire, bonne camarade, aucun problème, remarquablement bien intégrée.) Elle ne pouvait pas fuir, elle a dû tout se coltiner et elle a subi tous ces changements littéralement, en quelque sorte, dans sa chair même. Je considère que ce qu'elle a fait ne constitue pas plus une offense aux bonnes mœurs que de faire pipi au lit. La chose affreuse, c'est que rien de ce que vous avez pu faire ne leur redonnera jamais un père, de l'assurance en société, ni ne détruira leur sentiment d'être incomplets, et rien de ce que vous pourriez faire n'empêchera jamais, comme rien n'a pu l'empêcher avant, que Charlotte soit celle qui subisse. Quand vous dites que vous aviez peur que cela arrive, que vous vous attendiez presque à ce que cela arrive, je crois que vous ne faisiez que reconnaître qu'ils avaient hérité (et surtout Charlotte) de qualités et de circonstances qui ne pouvaient qu'entrer en conflit un jour, et

1. Après des études de grec moderne à Oxford, Rupert Cornwell deviendra un journaliste récompensé pour son travail de correspondant à l'étranger pour Reuters, le *Financial Times* et l'*Independent*, en poste à Paris, Bruxelles, Rome, Bonn, Moscou et par la suite Washington, même s'il a parfois travaillé pendant certaines périodes à Londres. Il est reconnu pour l'immense précision de ses reportages, ses textes impeccables et un talent pour distinguer les faits des mensonges qu'il n'avait visiblement pas hérité de son père Ronnie.

vous saviez que le résultat serait dramatique. Là-dessus, je suis d'accord. Je suis convaincu que vous avez tout donné, que vous avez fait tout ce qu'il était humainement possible de faire pour vos enfants, sans aucune indulgence. Vous ne les avez jamais enchaînés ni jetés dehors. Vous avez tout simplement fait tout ce que vous pouviez, mais vous ne pouviez pas l'emporter sur les circonstances. Pour moi, Charlotte paie le prix de tout ce qui est arrivé à tous les enfants de père.

Je suis également convaincu que vous avez maintenant le sentiment que cette affaire sera même une bonne chose, que ce bébé est un catalyseur, l'épreuve de la vérité d'une certaine façon. Je le crois également. Je vous téléphonerai lundi, chère Jeannie.

Je vous embrasse,
D

À GRAHAM GREENE

Coxley House
Coxley
Wells
Somerset

[non datée, sans doute 1966]

Cher monsieur Greene,

Je viens de finir ma deuxième lecture des « Comédiens[1] », que je trouve excellents. Votre meilleur roman, à mon avis, et j'espère que vous avez conscience du fait que cet avis est largement partagé. Je ne vous aurais pas ennuyé avec cette lettre si je n'avais été écœuré par la critique d'Amis, le texte le plus mesquin que j'aie lu depuis longtemps[2]. Pourquoi

1. *Les Comédiens*, de Graham Greene, parus en 1966.

2. Dans sa critique intitulée « Slow Boat to Haiti » dans l'*Observer* du 30 janvier 1966, le romancier Kingsley Amis écrit : « Après une centaine de pages du nouveau roman de Graham Greene, on se met à remarquer son style avec une certaine irritation. » Il fustige la maladresse dans l'ordre des mots et l'utilisation des traits

personne ne salue la structure du roman ? Dans la littérature actuelle, on voit rarement une intrigue servir si parfaitement le message et des personnages servir si innocemment l'intrigue. C'est vraiment un livre remarquable. Je suis peut-être trop accroché aux concepts allemands qui me sont familiers, mais je n'ai pu m'empêcher de relier la thèse du livre à celle des nouvelles de Thomas Mann : la figure de l'artiste et sa relation au citoyen. Vous dites très facilement en des termes humanistes ce que Mann a dit laborieusement en des termes mécanistes ; ce que Mann nous a hurlé avec un orchestre, vous le jouez piano dans des arias limpides et, ayant établi vos singularités, vous les réinventez sans cesse. Vous faites aussi des merveilles avec la motivation des personnages : « Je me comporte ainsi parce que des gens m'observent » n'est pas un ressenti facile à exprimer !

Même si c'est un livre qui donnera aux critiques matière à interprétation pour longtemps (les Allemands n'en finiront pas), il est aussi merveilleusement distrayant. J'y vois un vrai chef-d'œuvre. Voilà tout ce que j'essaie de vous dire.

Ne prenez pas la peine de répondre à cette lettre et veuillez croire que je ne suis pas plus en train d'essayer de vous remercier pour votre générosité à mon égard que de me l'assurer pour l'avenir. Je suis fasciné par un grand roman de notre temps et je voulais vous le faire savoir.

Bien à vous,
David Cornwell

---

d'union, mais reconnaît que le portrait coloré et rageur qu'il fait de la situation à Haïti et des Haïtiens est « passionnant à lire ».

À C. P. SNOW

Coxley House
Coxley
Wells
Somerset

21 juillet 1968

PERSONNEL

Cher lord Snow[1],

Charles Pick[2] m'a téléphoné aujourd'hui pour me faire la lecture de votre texte sur « Une petite ville en Allemagne », que j'ai pu lire de mes propres yeux ce soir. Je ne sais que vous dire. Même si vous l'avez écrit pour une publication, il avait le ton personnel et intime d'une lettre privée. Alors, si je ne m'étends pas plus ici sur les bénéfices concrets qui en découleront, ce n'est pas que je les néglige, mais simplement que, par son mélange de perspicacité, de générosité et d'opportunité, vous m'avez très profondément touché[3]. Le livre m'a pris deux ans et demi à écrire car je l'ai écrit trois fois, la première avec un narrateur, la deuxième sans le personnage de Leo (Turner était un employé d'ambassade) et finalement dans la forme actuelle. Je l'ai même complètement mis de côté, à un moment, et à Noël dernier j'ai écrit à Pick et à mon éditeur américain pour leur dire que le livre avait eu raison de moi et qu'ils ne devraient donc rien attendre de ma part pendant un certain temps. Tout cela était d'autant plus problématique que, comme vous, je n'aime pas passer trop de temps sur un livre. La peinture devient trop épaisse et perd de ses couleurs, et le sujet change trop souvent. Voici un an, j'ai envisagé de renoncer totalement à l'écriture. En outre, je traversais une phase de malheurs personnels divers

1. Le scientifique et romancier C. P. Snow a été fait pair à vie en 1964.
2. L'éditeur de le Carré chez Heinemann.
3. C. P. Snow présente le Carré, dans un article pour le Book of the Month Club, comme « l'un des auteurs actuels les plus intéressants ».

et variés dans ma famille et chez mes proches, et j'ai dû constamment partir en hâte éteindre des incendies. Plus l'attente se prolongeait, plus mes éditeurs se montraient méfiants et plus leurs demandes se faisaient pressantes : « Pour votre bien, ne pensez-vous pas que… », etc. (Je n'inclus pas Pick dans cette diatribe !) Finalement, le 1er janvier, je me suis donné quatre mois, j'ai pris une feuille vierge et je m'y suis remis à contrecœur pour la dernière fois. C'était une phase, comme je le disais, et elle est plus ou moins terminée, car par tempérament, je ne suis pas de cette précieuse école d'auteurs qui ne peuvent se mettre au travail que lorsqu'ils se sentent « d'humeur ». J'avais derrière moi le mauvais accueil réservé à mon précédent livre (en Angleterre, du moins) et devant moi l'assurance oiseuse qu'un bon thriller permettrait de redorer une réputation déclinante. Avec le recul, je me dis qu'il s'agissait simplement de ce qu'on appelle dans le métier « l'angoisse de la page blanche », mais à l'époque je l'ai pris au tragique, comme nous le faisons tous.

En conséquence, vous comprendrez peut-être ce que votre texte représente pour moi. Votre appréciation à elle seule m'eût été d'un grand réconfort, mais elle représente encore plus étant donné la forme qu'elle a prise. Turner qui évacue le doute grâce à l'action, qui extériorise son voyage intérieur, l'œil clair et le cœur douloureux, le besoin de ne pas se laisser vaincre sans combattre, tous ces éléments personnels que vous avez compris et soulignés dans votre article étaient pour moi la substance même du livre, mais je ne m'attendais pas à ce que quelqu'un le dise tout haut, et je voulais vous faire savoir, ne serait-ce que pour votre propre satisfaction, à quel point j'ai trouvé vos observations pertinentes.

Quant à ma déclaration voilà un ou deux ans sur tout ce que je devais à C. P. Snow, ce n'était pas une simple politesse. À tort ou à raison, j'ai toujours perçu un sentiment de désespoir dans vos livres. Je ne parle pas de pessimisme, et encore moins de nihilisme. Mais dans votre *échelle des êtres** à vous, je me heurte constamment à des gens pleins d'ambition mais sans objectif ; à la fin du parcours crépusculaire de tous vos héros, après les changements et les échanges fantomatiques des gens, j'ai toujours ressenti une sorte de retraite éperdue et stupéfaite. Comment Smiley terminera-t-il ses jours ? Ou Turner ? Dans les clubs et couloirs du pouvoir, je le crains, quand ils auront servi leur temps, perplexes et parfois pris d'une profonde et éphémère indignation.

Et voilà, donc. C'est une bien piètre analyse de votre œuvre, j'en suis conscient, mais je me disais que vous aimeriez savoir que je ne suis pas simplement en train d'adresser un *coup de chapeau** à un romancier plus aguerri et très généreux. J'ai toujours admiré la forme des romans de Graham, mais jamais leur métaphysique. Et je me suis dit que je réagissais à une qualité particulière de votre œuvre que tout le monde ne cerne pas facilement, mais qui est pour moi à la fois réelle et triste.

Cette lettre est un désastre et j'ose à peine la relire. Merci à vous – au moins pourrez-vous croire en ma gratitude, sinon en mes facultés critiques. Et ce n'est pas pour le sceau d'approbation que je vous suis reconnaissant avant tout, même s'il aidera beaucoup le livre, mais pour votre compréhension si fine et opportune de mon travail.

Présentez mes meilleurs hommages à lady Snow.
Bien à vous,
David

À CHARLES PICK

Coxley House
Coxley
Près Wells
Somerset

2 novembre 1968

Mon cher Charles,

Merci beaucoup pour votre hospitalité et pour la soirée. Je suis désolé pour le jeune Allemand, mais c'est ainsi : peut-être y aura-t-il des répercussions, et à l'inverse il est certain que cela aidera Hans Polak[1], qui reste très enthousiaste quant aux perspectives du livre.

Je sais que vous êtes très déçu de l'accueil qui a été réservé au roman[2]. Au fond, vous semblez encore plus abattu que moi. Je sais que c'est de loin mon meilleur, et je sais ce qui me reste à faire à l'avenir. Cela étant dit, ce n'est pas un livre parfait, et je suis de ces auteurs dont les imperfections sont bien plus intéressantes que leurs vertus. Pour être honnête, je suis même inquiet de voir à quel point les critiques vous affectent, sans compter que, entre-temps, le Times aura enfoncé le dernier clou. Il est impossible pour moi de répondre à l'accusation selon laquelle je suis trop riche, trop prétentieux, trop tout, donc elle est faite à peu de frais. Vous devez absolument essayer de comprendre que, pour les critiques, je suis toujours trop : trop disert, trop jeune et trop talentueux. Voilà pourquoi, après « L'Espion », j'en suis venu à la conclusion que vous devez à mon avis atteindre vous aussi : la publicité personnelle sur moi est une très mauvaise idée. Nous ne pouvons pas avoir le beurre et l'argent du beurre. Je donnerai à Grosvenor[3] son exemplaire si vous insistez, mais ne nous attendons pas à ce que cela serve une quelconque reconnaissance critique. Je vous aiderai à faire une bonne soirée de lancement du livre, sauf que tous les grands noms associés sans raison au mien sortent des critiques de la même eau que celles qui ont été les plus blessantes. C'est là quelque chose que Jack[4] et moi avons appris à nos dépens aux États-Unis : je suis bel et bien dans une position extrêmement ambiguë. Auteur de thrillers avec des prétentions littéraires ? Romancier qui n'a pas le courage de lâcher le genre thriller ? Manipulateur du FO qui fait sa promotion en grande pompe et invite l'Establishment qu'il dénigre ? Etc. En réalité, j'ai une et une seule identité qui compte pour vous et moi pendant les années à venir : j'écris à ma façon sur ce qui me concerne. En ce moment, nous sommes dans la période anti. J'aimerais tant

1. Hans W. Polak était cotraducteur de deux des romans de Graham Greene.

2. *Une petite ville en Allemagne.*

3. Le journaliste Peter Grosvenor tient alors dans le *Daily Express* la rubrique des nouveautés livres.

4. Jack Geoghegan, l'éditeur américain de le Carré.

que vous puissiez me voir sous ce jour. Chaque critique qui ne m'étrille pas est (pour moi) un vrai miracle, et c'est cela que je tenais à vous dire dimanche soir. Dans trois livres, ils se seront habitués à moi ; pour l'instant, ils doivent vivre dans l'inconfort de ce qu'ils ont créé. Mais vous le vouliez dès maintenant (ce qui est tout à fait sympathique), alors que moi je compte sur vous pour faire le joint entre « L'Espion » et cette reconnaissance d'un genre nouveau qui n'arrivera pas, je le crains, avant une dizaine d'années.

J'espère que cela ne vous dérange pas que je vous dise tout cela. J'ai déjà dit adieu à « Une petite ville », j'y suis bien obligé, mais ce faisant, je crois que je me dois d'essayer d'expliquer la différence (telle que je la vois) entre nos deux réactions. Personnellement, je pense que, au bout du compte, les ventes survivront à la réception critique, parce que le livre reste « une lecture agréable ». Je suis admiratif de votre travail à tous, Roland à la relecture, Nigel à la fabrication et Tim à la vente[1], mais j'aimerais beaucoup pouvoir atténuer votre déception (tout en reconnaissant la mienne) et vous expliquer pourquoi je suis réticent à me voir transformé en personnalité publique. En un claquement de doigts, si on m'y poussait, je pourrais débouler à la télé et dans tous les médias qui permettent d'obtenir à peu de frais la reconnaissance du public. Mais le chemin le plus sage, et celui dans lequel vous devez m'aider, est de considérer mon propre avenir d'écrivain en tant que tel, de ne pas m'attendre à « L'Espion » à chaque fois, et de fermer ma bouche.

Je ne sais pas si c'est à vous que je m'adresse dans cette lettre ou à moi-même (car bien sûr je suis cruellement déçu), mais cela me semblait le bon moment pour écrire puisque je pars aux États-Unis et que vous partez en Australie et que nous avions déjà parlé de futurs livres. Je ne vous soumettrai sans doute rien de nouveau tant que ce ne sera pas prêt pour publication. Je pense qu'avec tout l'enjeu autour du prochain, je préfère vous le montrer au propre et complet. Et je crois que, jusqu'à ce que cela soit fait, je vais hiberner un peu. Parce que seuls les livres auront de l'importance

1. Roland Gant, directeur éditorial chez Heinemann, Nigel Hollis au service fabrication et Tim Manderson, directeur des ventes.

au bout du compte et que, malgré tous ses défauts, « Une petite ville » en est un qui me paraît tout à fait correct dans l'immédiat.

Bien à vous,
David

Bonne chance en Australie, passez de belles vacances, amitiés aux enfants, et nous penserons à vous à Noël.

À JOHN MARGETSON

Coxley House
Coxley
Près Wells
Somerset

15 juin 1969

Mon cher John,

C'est tellement bête, quand les gens sont très loin et qu'on a donc besoin de leur envoyer une lettre, il devient dix fois plus difficile de leur écrire que s'ils habitaient la porte à côté. (Grammaire ?) Miranda a écrit deux fois à Ann, si j'ai bien suivi, et Ann n'a pas encore répondu. De mon côté, j'ai commencé à t'écrire une longue lettre pleurnicharde il y a un moment, puis je me suis dit que c'était ridicule de t'embêter avec mes problèmes alors que vous-même avez tellement de soucis là-bas. Donc, rien.

D'abord, les nouvelles. J'ai terminé le script d'un téléfilm de 1 h 30 l'autre jour et je suis maintenant plongé dans un nouveau roman qui avance vite et plutôt bien. J'ai bouclé le scénario d'« Une petite ville » et le tournage du film va commencer cet automne, même s'ils ne savent toujours pas qui va réaliser. Ils ont sollicité beaucoup de grands noms, mais ils n'ont eu que des refus, pour des motifs variables. Karel Reisz[1] m'a dit qu'il

1. Le réalisateur Karel Reisz a exprimé son intérêt à la fois pour *Le Miroir aux espions* et pour *Une petite ville en Allemagne*. Fin 1970, le Carré travaillera pour lui à une adaptation d'*Un amant naïf et sentimental*.

trouvait que le script trahissait le livre, un autre que c'était un suicide professionnel, et tout le monde, y compris le studio, est devenu hystérique à part moi. Moi, j'abuse grandement de l'industrie cinématographique, comme dirait mon éditeur français, et j'ai oublié ce qu'il y avait réellement dans « Une petite ville », de toute façon, donc ce n'est pas surprenant que le scénario soit différent du livre. Au total, les ventes ont l'air bonnes : 100 000 aux US, 70 000 en Angleterre et pas mal aussi chez les Frenchies et les Fritz[1], apparemment. Sinon, la dernière fois que j'étais en Suisse, j'ai décidé de faire construire un chalet dans l'Oberland bernois où nous pourrons tous aller nous réfugier (ou bien moi seul) d'un monde de plus en plus fou. Je prends l'avion dimanche prochain pour aller voir où en est le chantier, qui devrait être terminé en novembre. [...]

Il n'y a pas longtemps, père a refait surface avec un très joli « Ce coup-ci, c'est 7 000 livres, sinon je suis bon pour l'hospice ». Hale[2] a géré la situation (j'étais en Suisse). Nous avons fini par lui en donner 1 000 et père a aussitôt filé à Madrid où, si j'ai bien compris, il a tout claqué en quinze jours.

Nous subissons une vague de chaleur sèche très intense et indigne d'une météo anglaise. Hier nous avons fait venir quelques courageux voisins pour jouer au tennis et j'ai failli y laisser ma peau. Un architecte local, qui passait nous donner des conseils sur l'addition d'une nouvelle aile au Schloss, a posé les yeux sur nous et a déclaré n'avoir jamais vu quatre hommes aussi beaux rassemblés sur un même gazon. Tu pourras le dire à Miranda.

Ann a vendu un des chevaux, et les autres sont regroupés sous les tilleuls, à s'éponger le front en rêvant de boire un Pims. Hier, j'ai reçu la lettre d'une lectrice, Mme G. M. Pullen de The Beacon, Willesborough, qui contenait cette perle : « Une longue convalescence m'a donné du temps pour lire... J'ai lu

1. Les surnoms anglais *Frogs* et *Krauts*, pour désigner respectivement les Français et les Allemands, étaient très couramment utilisés en Grande-Bretagne dans les années 1960. Le Carré employait souvent des mots d'argot pour se référer aux nationalités, mais surtout pour celles-là, ce qui s'explique sans doute par le fait que le français et l'allemand étaient les deux langues étrangères qu'il parlait couramment et admirait par-dessus tout.

2. H. Hale Crosse, le comptable de le Carré.

et relu vos magnifiques vers [elle parle de mon poème « Night of the March »], mais je suis désolée de vous dire que je ne les comprends pas. » Depuis, je vagabonde en tenue estivale dans la roseraie en mûrissant la réponse magnifique et envoûtante que je vais lui envoyer.

Les garçons se portent à merveille. Simon nous ayant écrit pour protester haut et fort contre la « brutalité sadique d'un jeune professeur », je n'ai fait ni une ni deux et je suis allé en parler avec le directeur.

« Ted, ne pensez-vous pas que tout ça est inquiétant ?

– Si, si, je suppose.

– Il pourrait finir devant un tribunal, enfin !

– Oui, oui, je suppose.

– Ou rendre sourd un des garçons.

– Oui, oui, je suppose qu'un coup comme ça pourrait sérieusement endommager une oreille.

– Les parents vont sans doute s'en mêler. Vaisey se plaint toujours de migraines et de vertiges.

– Oui, oui, mais Vaisey est souffreteux, de toute façon.

– Pourriez-vous en toucher deux mots à M. Mullion[1] ?

– Oui, oui, je suppose que je pourrais. Si je le trouve. »

Ça, c'était réglé. Après, Stevie nous a écrit depuis son école à lui pour nous dire que le chauffeur qui l'emmenait aux cours de danse classique chaque semaine s'arrêtait en chemin dans des pubs et en sortait de très belle humeur mais conduisait ensuite de façon plutôt risquée. Nous avons téléphoné à l'école, qui a confirmé qu'elle était au courant parce qu'il y avait déjà eu des plaintes.

Je suis devenu conservateur. Mettre au rebut de rassurantes causes progressistes a été l'un des grands moments libérateurs de mon existence. Ma conscience assoupie, je peux à présent tout affronter : Kingsley Amis, Francis Chichester et Harold Wilson. Je suis censé dîner avec Papandréou[2] au Hellenic Restaurant

1. Ted Vidal était le directeur de l'école de Simon. Mullion n'est pas le véritable nom du professeur en question.

2. Peut-être une occasion manquée. S'il s'agit bien d'Andréas Papandréou, il s'efforce alors de mobiliser l'opposition aux colonels qui ont pris le pouvoir en 1967 et l'ont jeté en prison avant de l'envoyer en exil. Il deviendra le premier Premier ministre socialiste de la Grèce en 1981 et une figure majeure de l'histoire du XXe siècle.

de Bayswater mercredi prochain, mais j'ai décidé d'annuler. La politique, ce n'est pas pour moi.

Quand tu en auras envie, et surtout pas avant, écris-moi pour me dire comment tu es en toi-même, comme dit May, la femme de ménage, et peut-être aurons-nous le plaisir de te voir ici à l'automne. Tu me manques beaucoup, car les véritables amis sont tellement rares.

Affectueusement,
David

À la fin des années 1960, le jeune acteur vedette tchèque Vladimir Pucholt prend la décision stupéfiante de passer à l'Ouest et de rester en Grande-Bretagne, où il espère pouvoir étudier la médecine. Un le Carré initialement sceptique écrit au ministre de l'Intérieur, Roy Jenkins, pour plaider sa cause et offre ensuite à Pucholt de financer ses études de médecine s'il trouve une place.

À VLADIMIR PUCHOLT

Californie

19 novembre 1969

Cher Vladimir,

Merci beaucoup pour votre lettre du 12 octobre. Je suis très lent pour répondre aux lettres, mais en l'occurrence la vôtre a mis beaucoup de temps à arriver. Ravi d'apprendre que vous avez pu faire du bateau. Je crois que vous détesteriez la Californie. Tout ce que j'ai pu lire sur les méchants capitalistes décadents semble s'être réalisé ici !

J'aimerais beaucoup venir faire du bateau l'été prochain, même si vous me faites couler.

Je suis enchanté que vous ne regrettiez pas votre décision, mais aussi de savoir que j'ai pu vous aider[1]. Alors, ne vous

1. Le Carré racontera dans *Le Tunnel aux pigeons* qu'il a utilisé ses souvenirs de Vladimir Pucholt pour créer le personnage d'Issa, lui aussi réfugié, dans *Un homme*

sentez jamais écrasé sous le poids de la gratitude : il s'agissait là d'une de mes actions les plus utiles dans une vie par ailleurs bien inutile au cœur des trous d'air de l'industrie du cinéma américain ! Merci encore pour votre lettre.

Bien à vous,
David

À CHARLOTTE CORNWELL

Sancreed House
Sancreed
Penzance
Cornouailles

10 janvier 1970

Meilleurs passages soulignés en rouge. Bisous.

Très chère Charlotte,
J'ai été très fier de ta prestation hier soir : toutes mes félicitations ! Buzz, Janet[1], Jane et moi avons tous trouvé que tu étais absolument formidable[2].

très recherché. Avec l'aide financière de le Carré, Pucholt réussit sa première année de médecine en 1969 à l'université de Sheffield et décroche son diplôme en 1974 avec mention très bien et plusieurs distinctions. Il aura une carrière de médecin couronnée de succès en Angleterre, puis au Canada.

1. Référence au producteur Robert « Buzz » Berger et à son épouse Janet. Herb Brodkin, l'un des plus grands producteurs de la télévision américaine dans les années 1960, a fait signer à Buzz un contrat portant sur trois films dont *Une petite ville en Allemagne* et lui a suggéré de contacter le Carré. Buzz et Janet, l'ancienne secrétaire de Brodkin, ont donc rencontré le Carré et Jane en avril 1969 lors d'un déjeuner. Leur amitié durera cinquante ans.

2. Charlotte Cornwell, la demi-sœur de David, a commencé une carrière d'actrice qui se poursuivra à la Royal Shakespeare Company, au Royal National Theatre et dans la série télé musicale *Rock Follies*, avec Rula Lenska et Julie Covington. Elle servira d'inspiration à le Carré pour Charlie, l'héroïne de *La Petite Fille au tambour*, une actrice de gauche qui tourne sur les scènes provinciales en Angleterre et se fait recruter par le renseignement israélien pour une mission d'infiltration mortelle. Les Berger ne se rappellent plus quelle était la pièce qu'ils ont vue ce soir-là.

La situation pour ta carte d'intermittente est la suivante : si un metteur en scène tient à t'avoir, tu en obtiens une, mais il ne peut pas t'avoir si tu n'en as pas une… Ce qui veut dire qu'il faut que tu sois spécifiquement demandée pour le rôle.

La prochaine fois que je verrai Karel (le 15 janvier pour lancer le tournage), j'interviendrai en ta faveur. Buzz, qui lui-même est depuis longtemps directeur de casting (entre autres casquettes), a trouvé que tu avais choisi un genre très difficile, où la concurrence est des plus féroces. De mon côté, j'ai trouvé que tu avais un vrai potentiel pour le pathos et la comédie, que si tu travailles dur tu pourrais devenir une grande clown dans la tradition italienne et que tu es prête à commencer à travailler sur des rôles de composition. (Hélas, tu es sans doute vouée à jouer des rôles de jeune ingénue pendant un bon moment… La voisine enceinte dans les séries télé, les délinquantes, toutes ces niaiseries.) Voilà mon opinion franche et sans fioritures. Et je vais te soutenir à fond dès ce début d'année. Beaucoup d'imbéciles vont te donner des conseils sans agir pour toi, alors moi, je vais essayer d'agir pour toi sans te donner de conseils. MAIS quand même, le reste de la distribution était évidemment nul, la production d'une banalité qui dépasse l'entendement, et pourtant, c'était en place, et relativement bon, et ça tenait la route, un peu comme un peloton de soldats au bout de 8 semaines sur le terrain de manœuvres. Ta prestation à toi, dans ce contexte, était particulièrement efficace, mais je trouve que tu aurais été encore meilleure en meilleure compagnie, et que tu as assez de charme, de cran et de talent en toi pour faire une grande actrice de comédie.

Savoir si tu réussiras ou non, Dieu sait que c'est une loterie. Cela dépend de toi, de la chance et un peu de moi. Ceci est donc une promesse de faire ce que je pourrai à ma modeste échelle pour que tu puisses ajouter cela au reste, à tout le reste, et trouver Dieu (ou autre chose) et bien sûr l'amûûûr.

Je t'aime fort.
Bises,
David

JANE

… et Jane pour me soutenir, pour taper mes textes, pour ne jamais donner de conseils éditoriaux sinon en levant un sourcil ou en faisant une moue des plus imperceptibles.

– à Jean Cornwell, 7 décembre 2009

Valerie Jane Eustace naît le 28 avril 1938 dans une famille aisée de South Park, à Sevenoaks. Elle n'aime pas son premier prénom. Elle est évacuée dans le Devon pendant la Seconde Guerre mondiale après l'explosion d'une bombe volante V1 près de sa maison.
Son père dentiste est ensuite envoyé en Irlande du Nord avec l'armée, et elle se souviendra longtemps y avoir visité un navire de combat américain qui mouillait au large et goûté de la glace pour la première fois de sa vie.
Jane suit sa scolarité à l'école de filles de Sherborne, où elle est première batteuse de l'équipe de cricket (sport que le Carré et elle suivront par la suite assidûment). Après Sherborne, elle s'inscrit à une formation de secrétaire puis se fait embaucher dans l'édition, d'abord comme secrétaire de l'agent littéraire George Greenfield, ensuite comme publiciste et gestionnaire des droits étrangers chez Hodder & Stoughton.
Jane rencontre le Carré lors d'une manifestation littéraire à Birmingham en 1968. Il la surnomme Oysters (« huîtres »), raccourci en Oy, parce qu'un éditeur allemand à la Foire du livre de Francfort a écorché son nom de famille en le prononçant « Oystace ».
Le Carré rejoint alors l'agence de Greenfield et l'éditeur Hodder & Stoughton. Jane lui présente Bob Gottlieb, qui deviendra son éditeur américain chez Knopf.
Le premier livre de le Carré sur lequel Jane travaille est *Une petite ville en Allemagne*. « Quand le livre était en lambeaux, c'est elle qui m'a aidé à le recomposer et à en faire quelque chose », écrira-t-il à son psychiatre, le Dr Bockner. « Je la trouve pleine de compassion, de compréhension et remarquablement intelligente. »
Jane ne travaille pas encore comme éditrice quand elle rencontre

le Carré, mais c'est elle qui tapera tous ses manuscrits et deviendra la première lectrice de ses romans. Richard Ovenden, conservateur à la Bodleian Library, note entre eux « un processus de collaboration très étroit, un rythme de travail commun qui était incroyablement efficace ». Jane aura été la « collaboratrice secrète la plus importante » de le Carré, comme le dira leur fils Nicholas.

À VIVIAN GREEN

Chalet Chamois
3823 Wengen
Suisse

9 août 1970

Cher Vivian,

Du 6 au 13 septembre, ce sera parfait. Vous pourrez vous installer au chalet si cela vous convient, puisqu'il y aura une chambre de libre sur toute cette période. J'essaie de terminer un livre, donc je serai peu disponible durant la journée, mais je serais ravi si vous veniez séjourner et faire des promenades, et nous nous retrouverions le soir. De toute façon, certains jours je m'arrête avant le déjeuner, et il pourra arriver que je fasse l'école buissonnière toute la journée.

Il y aura peut-être aussi une jeune femme sur place, qui travaillait dans l'édition et est devenue ma petite amie, mon assistante et tant d'autres choses. Je suis quasiment certain qu'elle vous plaira, et en plus elle fait la cuisine. Notre histoire date d'après ma séparation avec Ann, et elle est tout à fait calme et posée. Je vous le signale simplement au cas où vous seriez là ensemble une partie du temps, ce qui me plairait assez.

Bref, si vous souhaitez venir du 6 au 13 septembre et vadrouiller à partir de la maison, vous êtes le bienvenu, et cette perspective me réjouit à l'avance.

Bien à vous,
David

Le Carré prépare la publication d'un roman d'un genre très différent, Un amant naïf et sentimental.

À CHARLES PICK

Sancreed House[1]
Sancreed
Penzance
Cornouailles

7 novembre 1970

PERSONNEL ET CONFIDENTIEL

Cher Charles,

Écrire la présente lettre est très triste et très difficile pour moi, mais je crois qu'il est temps que je change d'éditeur. J'ai atteint un stade de ma carrière d'écrivain où, pour le meilleur ou pour le pire, j'ai abandonné le type de livre qui a fait ma renommée et, comme jamais auparavant, j'ai besoin d'avoir une confiance absolue dans la manière dont cette transition va être gérée. Au cours de ces derniers mois, alors que le livre prenait forme, je me suis inquiété de plus en plus souvent de savoir si, dans ce nouvel avatar, j'étais bien adapté à la maison Heinemann. Il me semble que les deux derniers livres n'ont pas trouvé leur public en dehors du cadre de « L'Espion ». Je me rappelle même que vous m'avez dit à Paris que, si vous m'aviez mieux connu, vous m'auriez peut-être dissuadé de publier Le Miroir aux espions. Je ne sais pas au juste ce que je redoute pour le nouveau, peut-être précisément cette force de commercialisation qui fait toute la puissance de Heinemann, peut-être une possible mauvaise interprétation du sujet du livre, peut-être simplement

1. Le Carré vit alors à Sancreed House, à West Penwith en Cornouailles, avec John Miller, son ancien agent du MI5 devenu artiste et parrain de Stephen, et Michael Truscott, un potier, et c'est là qu'il écrit en partie *Un amant naïf et sentimental.* En octobre 1969, il a acheté à un fermier local trois cottages en ruine à Tregiffian, sa future maison. Alors que le mariage de le Carré vit ses derniers instants, Truscott véhicule les enfants entre les Cornouailles et Coxley House, qui deviendra la maison d'Ann.

le prolongement de l'insuccès critique qui a marqué les deux derniers. Il me semble qu'en faisant ce changement, je peux éventuellement gagner une nouvelle image et que, à l'inverse, je n'ai pas d'ancienne image à perdre. Vous et moi avons toujours eu une relation personnelle proche et amicale, mais je dois vous avouer que, dans mes rapports avec la maison dans son ensemble, je ne ressens pas cette confiance qui se bâtit sur l'accompagnement éditorial et la sympathie et qui se développe avec eux.

Je ne me fais pas d'illusions, cette nouvelle sera un choc pour vous, car elle va à l'encontre de la considération chaleureuse dont vous avez toujours fait preuve envers moi, sans parler des termes contractuels très honnêtes et généreux selon lesquels nous avons fonctionné en partenariat. Je suis loin d'être votre auteur le plus lucratif, assurément, mais je sais à quel point je compte pour vous et je suis sincèrement désolé de vous causer de la peine. Et je n'ai rien à reprocher non plus à Roland[1], qui a toujours été gentil et terriblement scrupuleux durant notre collaboration. Mais avec la grande sagesse professionnelle que vous avez toujours apportée à l'édition, je pense que vous trouverez en vous la force de convenir que, lorsqu'un auteur a le sentiment d'avoir besoin de changement, il doit suivre son cœur.

Au moment où je vous écris, je ne sais pas encore chez qui je vais aller. Pas chez Tom Rosenthal, malgré toute l'admiration que je lui porte. Peut-être dans une maison plus petite. Mais où que j'aille, j'espère que nous arriverons à négocier une séparation honorable et correcte, dans le droit fil de la façon dont nous avons collaboré, et loin de cette rancœur qui prédomine dans le monde de l'édition.

Dernier point : c'est ma décision et celle de personne d'autre. Peut-être la regretterai-je, mais je serai au moins toujours certain qu'elle était de mon fait.

Bien à vous,
David

1. Roland Gant, directeur éditorial chez Heinemann.

À JOHN MARGETSON

11 novembre 1970

Cher John,

J'ai eu la grossièreté de ne pas répondre à ta carte, mais en fait, je ne savais pas trop quoi te dire. J'ai beaucoup changé au cours de l'année passée et je ne suis pas très sociable. Le travail sur mon nouveau livre[1] m'a pris beaucoup d'énergie, et le peu qui en reste part dans la gestion des enfants, du divorce et de ma nouvelle vie. Me pardonneras-tu si je ne viens pas ce soir ? Je ne me sens pas encore capable de tout expliquer, en tout cas pas tant que le livre ne sera pas terminé. Je ne suis pas très doué pour les lettres.

Pardonne-moi, je t'en prie, et permets-moi de refaire surface un peu plus tard. Et aussi, avec retard : bon retour au pays.

Bien à toi,
David

À JEAN CORNWELL

Tregiffian
St Buryan
Penzance
Cornouailles

22 octobre 1971

Très chère Jeannie,

Un grand merci pour le pull. Il me donne l'air très viril et adulte, ce qui, j'imagine, sied bien à un quadragénaire.

1. *Un amant naïf et sentimental*, qui s'inspire de l'affaire Kennaway. « Ce livre était une façon pour moi de m'essayer à l'autoparodie. Ma vie était sens dessus dessous, j'avais eu cette liaison complexe qui avait fait couler beaucoup d'encre et j'ai essayé de relater tout cela comme pour me purifier, déclarera le Carré au "Berliner Salon", en mars 2020. Les gens ont dit que ce roman ne fonctionnait pas, et je suis assez d'accord avec eux, mais voilà, il fallait que j'essaie. »

J'ai mis l'appartement en vente et j'habite ici à temps plein, ce qui me convient au mieux. Le livre se vend très bien, et j'en suis extrêmement fier, malgré quelques critiques vachardes. Dans quelques années, personne ne se rappellera quel accueil il a reçu, mais moi j'aurai toujours mon livre.

Encore merci, c'était très gentil de votre part.

Bons baisers,
David

Les Berger ont offert à le Carré et Jane des serviettes brodées à la main par deux sœurs de Wengen. La réponse de le Carré est empreinte d'échos dickensiens à Un conte de deux villes*, un de ses romans préférés*[1].

À BUZZ ET JANET BERGER

Chalet Chamois
3823 Wengen
Suisse

8 janvier 1972

Chers Buzz et Janet,

C'était trop, c'était petit, c'était vil, nous nous sommes complètement fait berner. C'était adorable, opportun et attentionné. Elles les ont faites de leurs mains, ces braves sœurs, du même rouge que la nappe, avec un tressage vert, rouge et noir, et les noms en broderie verte. Elles les ont fait livrer dans du papier de soie par une messagère rougissante et hors d'haleine. Nous avons ouvert le présent alors que nous étions à table, et un silence terrible est tombé sans que nous puissions rien y faire, et les larmes sont montées aux yeux de tous et les gorges se sont serrées. Vous l'avez forcément senti. Vivian a piqué un fard et a emporté la sienne chez lui alors que je

1. Le 20 novembre 2010, il écrira au professeur Owen Dudley Edwards qu'*Un conte de deux villes* est son livre de chevet.

l'avais formellement interdit, donc il sera obligé de la rapporter l'année prochaine.

Et attendez la suite ! Deux soirs avant Noël, Jane a fait une chute. Elle a dégringolé tout l'escalier de pierre et atterri sur la tête. Elle avait des hématomes, des vertiges, et au bout de deux jours ici avec des hauts et des bas et le médecin qui se bornait à prescrire de l'aspirine, nous l'avons rapatriée en avion à Sevenoaks pour qu'elle consulte son propre médecin, qui lui a fait passer une batterie d'examens et l'a déclarée miraculeusement indemne. Donc Vivian s'est retrouvé tout seul à Noël pour manger la dinde et boire le vin (expédié spécialement de chez B Br & R[1]) alors que nous, nous retournions tout le Kent pour mettre la main sur des médecins accaparés par les préparatifs de Noël mais qui ont répondu fort civilement. Elle se sentait assez vaillante pour recevoir les enfants quand je les ai amenés, et tout s'est très bien passé. Bref, ce Noël en Suisse n'était pas si formidable, finalement ! Mon livre est sorti aux États-Unis, mais je n'ai pas encore reçu les critiques (médiocres, à ce qu'on m'a dit). De toute façon, je n'en peux plus de les lire, elles ne font que m'exaspérer. Le nouveau roman avance bien, l'appartement est vendu, la maison en Cornouailles est un paradis, le chalet paraît bien vide depuis le départ des garçons hier, et Wengen grouille de Londoniens dégingandés venus des banlieues chics. J'ai vu « Ce plaisir qu'on dit charnel » et j'ai détesté, j'ai vu « Cinq pièces faciles » et j'ai beaucoup aimé, mais surtout j'ai adoré « Valdez » et maintenant, je veux une carabine comme celle de Burt Lancaster !

Bref, ici tout est calme, hormis parfois le discret froissement de serviettes brodées contre les lèvres de Jane ou les miennes. Nous vous embrassons, et surtout voyons-nous bientôt. Peut-être que nous ferons un saut pour vous voir.

David

1. Berry Bros & Rudd, cavistes.

À JEAN CORNWELL

Tregiffian
St Buryan
Penzance
Cornouailles

9 mai 1972

Très chère Jeannie,

Jane et moi nous sommes mariés en toute discrétion mardi dernier et Jane attend un enfant. Rien de tout cela n'était prévu, mais je suis très heureux, et un calme étrange et très productif s'est emparé de moi. Je reste ici pour travailler, puisque mon livre avance à grands pas.

J'ai acheté une bague magnifique pour l'anniversaire de Charlotte et je vais la lui envoyer pour ce week-end (donc en retard). Nous avons vraiment envie d'aller voir sa pièce, elle a tellement de talent !

Le bébé est prévu pour novembre[1]. Nous ne l'avons pas annoncé parce que cela ne nous semblait pas important (je veux dire le mariage et tout le bazar et les télégrammes, qui m'auraient tous réduit en compote et Jane aussi).

Merci de dire à Rupert que je lui ai acheté un bureau. C'est Eddie[2] qui l'a et Rupert peut aller le voir quand il ira chez Ann. S'il ne l'aime pas, il peut toujours l'échanger contre de l'argent et dire à Eddie de lui en montrer d'autres à son goût. C'est du bois rustique d'arbre fruitier, XVIIIe siècle.

Avec toute mon affection,
D

1. Nicholas Robert Cornwell naîtra le 26 novembre 1972.
2. Eddie Nowell, antiquaire et ami proche.

À JEAN CORNWELL

Tregiffian
St Buryan
Penzance
Cornouailles

26 novembre 1973

Très chère Jeannie,

Cela fait au moins cent ans que nous n'avons pas échangé (je crois que votre carte de Paris était notre dernier contact), et je vous écris pour vous dire que mon livre est enfin terminé, pesé et emballé. Sortie prévue en septembre en Angleterre et en juin en Amérique. C'est une histoire d'espionnage qui s'intitule La Taupe[1]. Les éditeurs en sont ravis, et moi je le trouve assez réussi. Il est long et très pro. À supposer que ce soit significatif, les avances sont plus élevées que jamais, ce qui veut au moins dire qu'il a la confiance de la profession. Le temps qu'il sorte, j'aurai placé la mienne dans quelque chose de nouveau. Bref, je suis très las car les deux dernières années ont été rudes.

Nicholas est en pleine forme et Jane aussi. Nous avons pris des vacances aux Bahamas, sauf que je travaillais encore, donc ce n'était pas le repos complet que j'aurais voulu, mais quand même très agréable[2]. Dimanche, nous partons pour la Suisse (en passant par le sud de l'Espagne pour un voyage de six jours) et les garçons nous rejoindront le 28 décembre. Nous allons passer Noël comme d'habitude, réfugiés dans le chalet. Simon est venu pour les petites vacances et a fait montre d'un talent certain pour le dessin. Je l'ai inscrit à des cours, et sa première œuvre était incroyablement réussie. Cette fois-ci, il a peint une nature morte qui était aussi assez jolie.

Au fait, il y a quelque temps, Jane et moi sommes allés au Savoy célébrer la fin de la première mouture du manuscrit. Jane

1. Dix-huit mois plus tôt, le Carré a écrit à Jeannie qu'il travaillait sept ou huit heures par jour sur un nouveau roman, « juste un thriller pour passer le temps ».

2. Toute leur vie, le Carré et Jane se promettront des vacances qu'ils n'arriveront jamais à prendre.

avait tout organisé. On était en train de boire des bulles[1] avant d'attaquer notre faisan quand on a vu arriver qui ? Nul autre que votre ex, mon vater impossible à larguer, qui souriait d'une oreille à l'autre, en compagnie de son épouse fort charmante et d'un couple de millionnaires paralytiques de Bournemouth qu'il se préparait à plumer et manger tout cru façon Savoy comme notre faisan. Ils◊ avaient un tout petit problème à régler : comment tuer trois heures entre la fin du service du déjeuner au Savoy et le début du dîner à 7 h, pour lequel ils avaient un autre engagement. Jane leur a suggéré d'aller se baigner et n'a reçu pour toute réponse qu'un silence assourdissant. Nous avons bu un verre avec eux, puis sommes retournés à notre table, heureusement dans l'autre salle. Les Bahamas, c'était formidable. Je n'y étais jamais allé. Des couleurs incroyables, des habitants craintifs mais adorables, un hôtel sinistre tenu par la mafia.

Jeannie, c'est l'heureuse période de Noël qui revient. Nous n'organiserons rien à Londres lors de notre étape dimanche prochain, parce que nous sommes tous les deux épuisés. Je pense que le livre est assez bon. En tout cas, on a tout fait pour. Le chèque joint vise à vous permettre d'allonger un peu la bougie de Noël, et il vous arrive comme toujours avec tout mon amour de beau-fils.

Bien à vous,
David

[*dans la marge*] ◊Père et Joy

1. En anglais, le Carré utilisera le mot *shampoo* (« shampooing »), qui désigne le champagne en argot, bien après que ce terme sera passé de mode.

L'ASIE DU SUD-EST
ET *COMME UN COLLÉGIEN*

Comme un collégien était mon premier livre écrit sur le terrain, et le premier, mais non le dernier, pour lequel j'ai endossé le non-uniforme de l'envoyé spécial afin d'aller recueillir expériences et informations. Il marque la première fois que j'ai vu des échanges de tirs au combat, que j'ai porté secours à un soldat blessé, que j'ai senti la puanteur du sang versé dans les champs. Il relate donc une certaine maturation tout autant qu'une certaine régression, car la guerre n'est rien sinon un retour à l'enfance.

– dans la préface à la réédition de *Comme un collégien*
chez Hodder & Stoughton, 1989

Afin de se documenter pour une intrigue dans laquelle Smiley tente de manipuler Karla en Asie du Sud-Est, le Carré entreprend un grand périple dans le nord-est de la Thaïlande, au Laos et au Cambodge avec H. D. S. (David) Greenway, du *Washington Post*, qui l'accompagne officiellement en tant que photographe.
Le journaliste britannique Peter Simms, également espion et vétéran de l'Asie, sert de modèle pour le personnage de Jerry Westerby. Malheureusement, aucune lettre échangée entre le Carré et Simms, décédé en 2002, n'est arrivée jusqu'à nous.

À JOHN MARGETSON

[non datée]

Mon cher John,

Vite fait : mon nouveau livre se déroule à Singapour, Hong Kong et alentour, et je vais m'y rendre à partir du 17 février pour un mois minimum. Il s'agit d'un roman d'espionnage avec beaucoup d'action, et je suis à la recherche de couleur locale, de décors et d'un contact direct avec les tensions régionales. Ce n'est pas juste un exposé.

Connaîtrais-tu quelqu'un là-bas qui accepterait de m'aider en toute discrétion[1] ? J'ai une bonne recommandation pour Hong Kong, mais encore personne à Singapour, et à ma grande honte, mon cher père y a laissé une réputation atroce, notamment après l'organisation de paris douteux sur le football, entre autres, et s'en est fait expulser.

Si tu as une idée brillante, je t'en serai reconnaissant. Je pars en Espagne dimanche, et après en Suisse.

Amitiés à tous,
David

1. John Margetson est vite passé du SIS au corps diplomatique. Il a servi à Saigon de 1968 à 1970.

À GRAHAM GREENE

Tregiffian
St Buryan
Penzance
Cornouailles

7 novembre 1974

Cher Graham Greene,

Depuis notre passe d'armes concernant Philby[1] il y a quelque temps, j'éprouve une certaine difficulté à vous écrire, mais je ne voudrais surtout pas que vous pensiez que cette querelle a pu amoindrir la gratitude que je vous porte pour votre aide et vos encouragements voilà dix ans, et l'admiration que je voue à votre œuvre, pour autant qu'elle ait de la valeur à vos yeux. Si je vous écris aujourd'hui, c'est que j'ai voyagé en Extrême-Orient cette année, notamment en Indochine. « Un Américain bien tranquille », que j'ai relu lorsque j'étais à Saigon, m'a paru aussi actuel qu'il y a dix-neuf ans, et même aujourd'hui, c'est assurément le seul roman qui rende justice à son sujet. La parfaite exactitude de l'atmosphère, tous les détails y sont remarquables. Le livre semble encore plus réaliste quand on se trouve sur place que lorsqu'on le lit en Europe. J'ai réellement été très ému et je tenais à vous le faire savoir. Évidemment, à l'heure actuelle, tout est assez horrible à Saigon. Phnom Penh reste belle, mais plus pour très longtemps, et le reste du Cambodge est à pleurer.

Voilà à peu près tout ce que j'ai à vous dire. Votre œuvre a toujours été pour moi une source d'inspiration et, en dépit de nos différends, je voulais vous en remercier, et aussi vous remercier de l'exemple que vous êtes. J'espère que vos biographes n'oublieront pas votre générosité envers les jeunes

1. Le Carré a écrit la préface d'un livre publié par l'équipe Insight du *Sunday Times*, intitulé *Philby : L'Intelligence Service aux mains d'un agent soviétique*. Il y dépeint Philby comme « vaniteux, revanchard et assassin », plus poussé à la trahison par le besoin de réagir contre un père tyrannique que par idéologie. Greene, dans l'*Observer*, a critiqué cette vision « mesquine et infondée », et comparé le Carré à Edward Phillips Oppenheim, auteur de romans d'espionnage populaires.

écrivains, dont j'ai eu la chance de bénéficier. Mais si c'était le cas, permettez-moi une fois de plus de vous adresser mes remerciements officiels.

Sincèrement,
David Cornwell

Greene répond qu'il n'a jamais considéré leur « passe d'armes » comme bien grave et qu'il est « désolé d'apprendre que vous y avez longtemps repensé ».

À GRAHAM GREENE

Tregiffian
St Buryan
Penzance
Cornouailles

12 novembre 1974

Cher Graham Greene,

Merci beaucoup pour votre lettre, qui m'a fait bien plaisir. J'espère retourner à Phnom Penh à la nouvelle année, et j'espère que d'ici là le musée aura rouvert. Il était fermé quand j'y étais parce qu'un obus des Khmers rouges était tombé tout près, et tout le monde était devenu *extrêmement sérieux**, ce qui n'a rien d'étonnant. La nouvelle Saigon est impossible à visiter. Le régime actuel est encore plus terrible qu'on ne peut l'imaginer, mais surtout, il n'y a plus aucun charme. Vous êtes un absent chéri au plus haut point ici, un souvenir des temps passés. « Il s'est assis ici ! Il s'est assis là ! » au Continental. Richard West vient d'écrire un livre sur Saigon de nos jours, qui est sous le coup d'un interdit administratif[1]. Pas très bon, mais c'est le seul.

Bien à vous,
David Cornwell

1. *Victory in Vietnam*, livre du grand correspondant étranger Richard West, publié en 1974, relate son expérience de la vie dans ce pays et de sa culture, mais sa sortie a été menacée par une poursuite en diffamation (qui a finalement été rejetée).

Malgré la cordialité de ces échanges, Greene critiquera la longueur excessive des romans de le Carré après 1968, selon son biographe Richard Greene, et ne cherchera pas à renouer une relation plus personnelle.

À JOHN MARGETSON

Chalet Chamois
3823 Wengen
Suisse

5 janvier 1975

Mon cher John,

Merci beaucoup pour ta lettre et ta carte. J'étais heureux d'avoir de tes nouvelles et de savoir que les choses n'allaient pas trop mal. Je pense que la vie au sein du Foreign Office devient forcément de plus en plus rude d'un point de vue privé mais de plus en plus séduisante d'un point de vue professionnel[1]. Quel dilemme ! On achète une jolie maison ou deux, on établit une routine, on plante des racines, on noue des amitiés et paf ! Nouvelle affectation, nouveau déménagement. Mais côté pro, ces bouleversements sont ce qui fait tout ce métier : de nouveaux défis, de grandes lacunes à combler vite fait, de nouveaux interlocuteurs, du changement d'air, le pouvoir toujours plus proche. Comme on dit dans le showbiz de nos jours, ce sont les aléas du métier.

Je suis content que tu aies remarqué le succès de La Taupe (malgré certaines critiques pourries en Angleterre) et tu seras surpris d'apprendre que London Weekend TV est en train d'en faire une série en 7 (ou 13) épisodes d'1 h 30 qui passera cet

1. Après un poste à Saigon de 1968 à 1970 durant la guerre du Vietnam, John Margetson se trouve alors à Bruxelles en tant que chef de la chancellerie de la délégation britannique à l'Organisation du traité de l'Atlantique Nord (OTAN). En 1978, trois ans après la réunification du Vietnam, il y sera de nouveau affecté, pour son premier poste d'ambassadeur. Il deviendra plus tard ambassadeur aux Nations unies et aux Pays-Bas.

automne ou au printemps[1]. Désolé, tu ne la verras pas, mais j'imagine qu'elle ne sera pas terrible. J'ai eu des propositions de film, toutes mauvaises. On a passé (enfin, on passe encore mais c'est presque fini) des vacances très chouettes ici avec Timo et Stephen et [...] Chris, l'ami de Timo. Belle neige, soleil parfait, longues tranches de bonheur pour tous et moi beaucoup moins névrosé qu'avant, et là (on va refermer le chalet) ils se préparent à retourner à Coxley[2] pour la rentrée scolaire. Le 63 Cloudesley Road est maintenant un petit bijou de maison, grâce à Jane et à N. MacFadyean, j'adore cet endroit[3]. La nouvelle aile à Tregiffian est terminée (2 chambres, une salle de bains, une cuisine, un bureau, un débarras, etc.), donc nos schlosses sont prêts à être envahis. Stevie nous rejoindra le week-end et viendra avec nous à Tregiffian pour les petites vacances et une partie des grandes.

Notre séjour à Wengen a été égayé par notre rencontre avec l'ambassadeur Paul Jolles[4], qui est apparemment le plénipotentiaire suisse pour les négociations commerciales et directeur en exercice de la chambre de commerce en prime. Un type rusé, très intéressant [...] avec un chalet ici qui a coûté dans les 200 000. Malin, en tout cas, et heureusement fan de mes livres. On a discuté (pas assez longtemps pour qu'il me perce à jour) et il boit aussi de la vodka, qui ne m'a jamais fait de mal. On est censés dîner ensemble ce soir. Le livre sur l'Asie du S-E avance bien. Je retourne à HK en avril voir la flotte de Shantou, en route vers Canton pour doubler une petite île sans intérêt où se déroule une super scène. Les Thaïs m'ont fait savoir que, si jamais j'y retourne, ils me jetteront en taule

1. Finalement, ce sera une série en sept épisodes produite par la BBC.

2. Ann, la première épouse de le Carré, s'est remariée avec Roger Martin, un diplomate, et ils vivent à Coxley House.

3. Sans doute l'architecte londonien Neil Macfadyen, décédé en 2017. Cloudesley Road est la première maison à Londres que le Carré et Jane ont achetée ensemble.

4. L'imperturbable diplomate suisse, mais aussi collectionneur d'art et futur dirigeant du groupe Nestlé, Paul Jolles, était secrétaire de la délégation suisse qui avait négocié la restitution de l'or des nazis et des actifs allemands après la Seconde Guerre mondiale. La famille Jolles se liera d'amitié avec les Cornwell pendant les vacances d'hiver et avec la famille de l'ami de le Carré David Greenway, qui vient aussi régulièrement à Wengen.

pour avoir frayé avec des voyous du Triangle d'or et conspiré avec des généraux de l'État shan. Apparemment, les Birmans sont aussi en train d'affûter leurs couteaux. Ah, que c'est bon d'être désiré !

En ce moment, je me sens à la fois très chanceux et terriblement seul, et personne n'y peut rien. Jane se porte à merveille (à part un dos en vrac) et Stevie est son chevalier servant. Ils viennent de rentrer des courses. Simon a obtenu une bourse pour Wadham en physique (quelle drôle d'idée !) et arrive ce soir à Biggin Hill pour un entretien avec la RAF concernant un engagement de 4 mois ! Je ne comprends aucun de mes enfants, mais j'ai le sentiment gênant qu'eux me comprennent. Nicholas mesure 1,80 m.

Tu me manques.
Amitiés,
David

À JANE CORNWELL ET « A »

Chambre 1714
The Mandarin
Hong Kong

[non datée, sans doute avril 1975]

Chère O, chère A[1],

Démarrage difficile. Lufthansa pas top, enfin, pas mieux que BOAC, et loin de la qualité de Swissair ou SAS. Pas de Löwenbräu ni de Schnapps, rations d'alcool limitées, mais j'étais crevé, donc j'ai dormi. Un DC-10. Quand je ne dormais pas, j'ai lu et terminé « Le Vent du diable », le livre de Collier sur la révolte des cipayes. Tu pourrais le commander ? Et tu pourrais demander à Samurai Smith[2] s'il a envoyé à Fowles « The Politics of

1. « O » est l'initiale de « Oysters », le surnom de Jane. « A » est non identifiée à ce jour.
2. John Saumarez Smith, gérant de la librairie Heywood Hill à Mayfair.

Opium in SE Asia » ? Le Collier est bien, lis-le, ça ressemble à du Macauley à la sauce Morris West, mais c'est bien[1].

À mon arrivée, c'est Stafford[2] en personne qui m'a emmené à ma suite, ma chère, tout cela dans la plus grande discrétion. J'ai dormi 14 h et j'ai déjeuné avec Laurence, qui m'a été bien utile. J'ai écrit un peu, j'ai rêvassé, j'ai rassemblé des infos, j'ai appelé Simms qui arrive lundi, négocié un bateau pour Po Toi (compliqué et coûteux), acheté un porte-documents, écrit, dîné avec un de ces millionnaires chinois dont les Brown[3] m'avaient chanté les louanges, mais qui ne m'a pas beaucoup aidé. Simms était froid au téléphone parce que je n'avais pas accusé réception de son envoi. La barbe. Aujourd'hui, je me suis encore réveillé tard, et j'ai structuré le ch. 1 pour qu'on entre direct dans l'histoire. C'est étrange d'écrire comme ça dans un hôtel, peu productif, mais je n'y peux pas grand-chose. Je crois que ça fonctionne pas mal. Mon plan, c'est d'écrire le plus possible de scènes du début à gros traits en incluant les lieux, l'atmosphère et les détails, même si la dramaturgie ne sonne pas encore juste, pour ne pas manquer de munitions.

Demain, grâce à Stafford, je vais aux courses avec l'organisateur, un général, et dimanche soir dîner avec les Kinloch[4], qui ont eu une autre fille. Tu te souviens d'eux ? Tard hier soir, je suis allé chez Kadoori, un playboy millionnaire qui m'a montré des films de lui en train de faire du ski à Saint-Moritz[5]. Temps très clair et chaud. Saigon presque inaccessible maintenant, PP [Phnom Penh] foutue, tout le monde s'en fiche, personne n'y pense, même. Les notes avancent bien en parallèle. J'ai eu une mauvaise soirée (la première), avant de m'endormir bien résolu

1. L'écriture est difficile à déchiffrer : Fowles ou Joules. *Le Vent du diable*, de Richard Collier, est paru en 1963. Morris West fait sans doute référence à l'auteur australien.

2. L'Australien Peter Stafford était le directeur général du Mandarin, figure légendaire d'un hôtel légendaire.

3. Charles Brown, architecte, et son épouse Rosamund, artiste, bien connus à Hong Kong. Le Carré utilisera leur maison, The Pink House, comme décor pour une scène de *Comme un collégien*.

4. Non identifiés à ce jour.

5. Michael Kadoori, aujourd'hui homme d'affaires milliardaire à Hong Kong.

à m'y remettre le lendemain. Mais c'est passé, et je crois que je fais ce qui est juste.

Si tu en as la force, tu pourrais essayer de répartir les notes selon les sujets, les lieux, etc., pour qu'elles soient mieux harmonisées et référencées ?

Les nouvelles notes, je les classe séparément selon le thème.

Tu me manques, et souvent je me tourne pour te dire quelque chose et je découvre, comme souvent, que tu as eu l'outrecuidance de mettre les bouts.

Je t'aime
D

Je garde un souvenir marquant d'une longue lettre manuscrite que mon père m'a envoyée à mon école depuis Phnom Penh, où il me racontait notamment que soixante-dix roquettes tombaient chaque jour sur la ville. Cette lettre est hélas perdue, mais celle ci-dessous, dactylographiée et un peu plus tardive, a survécu. Après ses séjours de documentation en Asie du Sud-Est, j'ai décidé de choisir la guerre du Vietnam comme sujet pour mon mémoire d'entrée à Westminster School. Il m'a envoyé des numéros des magazines Time *et* Newsweek *qui traitaient des tournants de la guerre, et des écussons de soldats qui portaient des slogans comme « Flingue un coco pour le Christ ».*

À TIMOTHY CORNWELL

63 Cloudesley Road
Londres, N1

26 septembre 1975

Mon cher Timo,

Pour une fois, une lettre tapée à la machine, parce qu'elle contient plusieurs points de logistique.

Premièrement, voici une montre de rechange pour toi jusqu'à ce que la tienne revienne de chez Harrods. Franchement, ils en mettent un temps !

Deuxièmement, j'ai parlé à maman, et elle me dit qu'elle veut que tu te fasses vacciner contre la grippe, donc j'ai bien peur que tu ne doives serrer les dents et y aller.

Troisièmement, et c'est le plus important, ton projet pour Westminster. J'en ai aussi discuté avec maman et elle me dit que tu as des tonnes de notes prises pendant les dernières vacances et plein de documentation que tu pourrais utiliser. Je peux me tromper, mais nous avons tous deux le sentiment que si tu pouvais t'y mettre avec les éléments que tu as déjà, tu verrais que c'est beaucoup plus facile que tu ne le penses. Ce qu'il faut vraiment avoir à l'esprit, c'est que le Vietnam a été colonisé par beaucoup de peuples dans le passé, et que c'est là l'origine de tous les problèmes. D'abord les Chinois, puis les Français, après les Japonais qui ont viré les Français, puis, en 1945, les Anglais ont soutenu le retour des Français plutôt que d'accorder aux Vietnamiens l'indépendance qu'ils désiraient. Quand les puissances coloniales ont le pouvoir, c'est toujours la gauche qui forme l'opposition la plus forte. Par exemple, c'est la gauche allemande qui en a fait le plus dans la clandestinité pour combattre le nazisme. Donc il faut que tu voies le développement du communisme en Indochine comme le résultat naturel du colonialisme. Sous l'égide de Dulles, le secrétaire d'État américain, qui a concrètement défini la politique américaine de la guerre froide, la stratégie de l'endiguement a pris son essor. Elle stipule que, chaque fois que les communistes menacent une frontière, il faut leur faire barrage à tout prix. C'est ainsi que le rideau de fer en Europe est devenu une barrière si rigide, car c'était la ligne le long de laquelle les Américains endiguaient le communisme. Ils ont cru qu'ils pourraient en faire autant en Asie du Sud-Est et c'est cette doctrine qui les a amenés où ils en sont aujourd'hui.

Une fois que tu auras ça bien en tête, je pense qu'en discutant avec les autres professeurs et en utilisant la documentation que tu as déjà, tu seras en bonne position pour continuer. J'essaie de réunir des documents plus simples et je te les enverrai par la poste dès que possible. Je vais aussi longuement parler à M. Heazell[1] avant qu'on te revoie le week-end après le prochain.

1. Paddy Heazell, directeur de Hazlegrove House.

La copie de cette lettre figurant dans les archives de mon père n'est pas signée.

Horace Hale Crosse est le comptable de le Carré, celui qui lui a conseillé de vivre à l'étranger après les énormes droits d'auteur de L'Espion qui venait du froid.

À H. HALE CROSSE

63 Cloudesley Road
Londres, N1

2 octobre 1975

Mon cher Hale,

Voici quelque temps, je vous ai promis des explications sur les 2 500 £ de dépenses non justifiées par des reçus que j'ai effectuées lors de mes circuits dans le nord de l'Indochine pour la préparation de mon prochain livre, dont le titre de travail est THE CHINA TARGET[1].

Pour l'essentiel, ces dépenses concernent la période où j'étais basé à Chiang Mai pour aller explorer la culture et la transformation illicites de pavots à opium dans la région dite du Triangle d'or, qui se trouve à cheval entre la Birmanie, la Thaïlande et le Laos. Sous les auspices de l'armée clandestine des États shan à Chiang Mai, j'ai réussi à me faire escorter le long de leur ligne d'approvisionnement jusque dans le cœur de la région de culture de l'opium. À cette fin, j'ai dû faire un don de 1 000 $ à leur fonds militaire. Vous savez sans doute que les Thaïs tolèrent les Shan parce que les deux groupes sont opposés au gouvernement de Rangoon. Mais les Shan sont en guerre entre eux, et le groupe avec lequel j'étais avait négocié une trêve incertaine avec les reliquats de l'armée du Kuomintang,

1. Les voyages de le Carré à Battambang et dans toute l'Asie du Sud-Est au crépuscule de la guerre du Vietnam trouveront un écho dans ceux de Jerry Westerby, journaliste et espion, héros de *Comme un collégien*.

qui fournit des gardes du corps pour les caravanes d'opium. Les 1 000 $ ont couvert plusieurs allers et retours dans les États shan et m'ont au passage fourni un matériau inappréciable que j'espère pouvoir inclure dans le roman.

L'autre étape du même voyage m'a emmené à Vientiane, où j'ai pu contacter un pilote mercenaire, un ancien d'Air America (CIA) qui a combattu au Laos pendant toute la guerre secrète. Quand je l'ai rencontré, il faisait passer de l'héroïne (des États shan) et des diamants à Pailin, au Cambodge, d'où les cargaisons repartaient pour Battambang et Phnom Penh. Pour 500 $, il m'a accepté à son bord jusqu'à Pailin, puis j'ai pu continuer avec la marchandise dans un autre avion jusqu'à Battambang.

Vous avez déjà le reçu d'une firme du nom de Swiss-Indo, pour un vol privé opérant dans cette région, mais Royal Air Lao, la compagnie qui assurait la dernière étape au-dessus des territoires communistes jusqu'à Phnom Penh, a refusé de fournir des tickets ou des reçus et, comme vous l'avez peut-être lu, a depuis perdu son unique avion, un DC8, dans des circonstances mystérieuses. Vous imaginerez aisément que j'ai également été obligé, lors de ce périple, de payer pour des informations, en plus du transport, et les seules preuves à ma disposition que je l'aie réellement fait se trouvent dans le manuscrit pour l'instant non publié !

Un article sur mes exploits dans le nord de la Thaïlande est paru dans le Washington Post. Si le fisc se montrait curieux à ce point-là, je pourrais sans doute remettre la main dessus et le produire comme justificatif. Leur correspondant sur place a fait une partie du trajet avec moi.

Bien cordialement,
David

À JEAN CORNWELL

1 Gayton Crescent
Londres, NW3 ITT

19 octobre 1976

Très chère Jeannie,

Je suis sorti aujourd'hui de mon tunnel de trois ans : nous avons emporté le manuscrit de 650 pages aux rois de la repro, il partira ce soir chez mon agent et mon éditeur, et tout d'un coup c'est terminé. Je repars en Extrême-Orient dans un ou deux jours pour vérifier une dernière fois les références et les décors, enfin… ceux qui ont survécu. Je suis très fier du livre, mais son écriture a été un genre de marathon, un projet inédit pour moi. Je suis désolé que nos envies mutuelles de nous voir n'aient pu aboutir, mais essayons d'y arriver dès mon retour, fin novembre, et avant que nous partions en Suisse pour les enfants, puis vers nos propres vacances au soleil. Le livre s'appelle « Comme un collégien » et il constitue une sorte de suite du précédent. Il sortira fin août ou début septembre. Nous avons emménagé dans un nouveau (vieux) schloss ici, où des garçons en pleine croissance peuvent pousser sans se cogner la tête sur un plafond, et d'ici à mon retour, il devrait être plus ou moins prêt pour une inspection par vos soins. Je n'ai vu personne, ni Charlotte, ni Rupert, ni mes amis. Ce fut une longue période solitaire, et la mort de père[1] et tout son cortège d'épouvantails m'ont poussé à rentrer dans ma coquille, comme le livre vous le montrera, je pense.

Enfin, ainsi va la vie.

Bien affectueusement,
David

1. Ronnie Cornwell est décédé l'année précédente, le 29 juin 1975.

Dans une lettre datée du 19 août 1977, Mme Ståhl annonce à le Carré qu'elle prépare une série d'articles pour la presse suédoise et finnoise sur le prix Nobel de littérature. Elle sollicite divers poètes et écrivains pour leur demander comment il pourrait être mieux organisé, quels auteurs du passé l'auraient mérité et le nom de cinq ou six autres qui devraient être pressentis.

À MME PIRKKO-LIISA STÅHL

c/o John Farquharson Ltd
15 Red Lion Square
Londres, WC2A 2JR

[non datée, sans doute août 1977]

Chère madame Ståhl,

C'est très aimable à vous de me demander mon avis sur le prix Nobel de littérature, mais je dois vous avouer en toute honnêteté que je n'ai pas réfléchi un seul instant à ce sujet, sinon pour me dire que, comme les Jeux olympiques, un magnifique concept a été gâché par la cupidité politicienne.

Sincèrement,
John le Carré

En 1997, lors d'une intervention publique à la bibliothèque indépendante Morrab, à Penzance, dont il est le président et mécène, le Carré déclare : « Non que je m'y connaisse beaucoup en livres importants. Mes critiques vous diront assurément que je n'en écris pas. Ayant été élevé dans un foyer où il n'y avait pas de livres, j'ai une sympathie instinctive pour les gens qui grandissent sans avoir l'exemple de la lecture, ou qui y viennent tardivement, ou qui n'y viennent jamais. »

À PETER RAINSFORD[1]

Tregiffian
St Buryan
Penzance
Cornouailles

28 août 1977

Cher Peter,

Pour commencer, partons sur un petit assortiment de George Eliot et de D. H. Lawrence, un bel exemplaire des Sept piliers de la sagesse, avec la biographie écrite par le frère de Lawrence, et la version non expurgée de La Matrice. Et puis L'Enfer, les essais, textes critiques et œuvres majeures d'Aristote, un Dryden, un Swift, un Pope, un Addison, un Coleridge, et quelque chose de (Addison &) Steel[2], du Keats et du Shelley, des œuvres de Scott, Histoire des juifs de Josèphe, l'histoire de la République batave par Motley, un Platon, beaucoup d'Homère, Les Mille et Une Nuits dans la traduction de Burton, Le Rameau d'or de Frazer, du Wilkie Collins, des écrits du début de Conan Doyle, ce serait formidable, de préférence Sherlock Holmes et les romances historiques. En gros, si vous deviez constituer au fil du temps une bibliothèque catholique, essentiellement des auteurs anglais, mais avec une large part réservée au patrimoine européen et américain, eh bien partez de là et vous taperez dans le mille ! Je suis prêt à dépenser jusqu'à 1 000 £ / an, et je voudrais aussi choisir de temps en temps de vraiment beaux livres d'art, que j'adore feuilleter et qui, selon toutes les prévisions réalistes, ne peuvent que prendre de la valeur. (Au fait, les Maillols sont maintenant magnifiques[3].) Et si vous tombez sur de petites pépites, comme une édition originale imprévue, nous pouvons en discuter. Quant aux factures, plus elles auront l'air de correspondre à la constitution d'une bibliothèque par un écrivain, mieux ce sera (et c'est d'ailleurs la vérité, mais ces

1. Peter Rainsford est artiste et propriétaire d'un magasin de livres anciens à St Ives.
2. Joseph Addison et Richard Steele.
3. Sans doute Aristide Maillol, sculpteur et lithographe français.

chiens de meute n'arrivent pas à reconnaître la vérité quand on ne la leur met pas sous la truffe). Si vous pouvez me les envoyer (ou plutôt les envoyer à Authors Workshop, c/o Black Geoghegan et Till, à Kingsbourne House, 229-231 High Holborn, Londres, WC1V 7DA) sous forme de petits lots plutôt que de gros, ce sera sans doute préférable, car les dépenses apparaîtront alors comme des frais réguliers au lieu d'un achat massif pour l'investissement. Disons, maximum 75 £ la facture. Pour toute question de communication, de facturation, etc., merci de joindre M. Crosse à cette adresse, il est au courant. En cas d'urgence, appelez-moi à Londres après le 6 septembre, parce que bien sûr je n'ai évoqué que les tout premiers germes de la bibliothèque que je voudrais constituer.

J'espère que tout va bien de votre côté et que vous prospérez. Mon nouveau livre sort le 8 septembre.

Bien cordialement,
David

Le 7 février 1978, le Carré répond à Gerald Isaaman, rédacteur en chef historique du Hampstead & Highgate Express, *qui lui a demandé s'il voulait faire la recension du dernier roman de Graham Greene,* Le Facteur humain, *dont la sortie est prévue le 16 mars, et lui a écrit en P.-S. : « Vous connaissez le mot "chutzpah" ? »*

À GERALD ISAAMAN

1 Gayton Crescent
Londres, NW3 1TT

7 février 1978

Confidentiel

Cher Gerald,

Merci beaucoup pour votre lettre du 6 février. Je n'ai pas trouvé du tout que c'était de la chutzpah, juste du très bon journalisme. J'ai déjà reçu un exemplaire des épreuves du nouveau roman de Greene et j'ai refusé la proposition de l'interviewer pour le New York Times. Ou peut-être est-ce lui qui a refusé. Et j'ai d'autres sollicitations pour une recension. Je crois que, déjà, je vais le lire avant de me décider, parce que je ne pourrais jamais me résoudre à écrire une mauvaise critique même si, par exemple, je trouvais le livre aussi faible que « Le Consul honoraire » ou aussi malhonnête qu'« Une sorte de vie ». C'est un grand écrivain qui, comme il le dit lui-même, doit s'accommoder de sa longévité, et j'ai le pressentiment que ce ne sera pas un chef-d'œuvre.

Mais si j'accroche, il se peut tout à fait que je vous écrive une critique pour le Hampstead & Highgate Express plutôt que pour la concurrence.

Pourriez-vous, je vous prie, m'indiquer le nombre de mots et le délai de remise ?

Encore merci de votre proposition, et au plaisir de vous voir tous les deux le 26[1].

Amitiés,
David

1. *Le Facteur humain* ne sera pas recensé dans le *Ham & High* par le Carré.

ALEC GUINNESS
ET GEORGE SMILEY

Le voir endosser une identité est comme voir un homme partir en mission en territoire ennemi.

– à propos d'Alec Guinness, dans un hommage
écrit en 1993 à l'occasion
de son quatre-vingtième anniversaire

Grâce à Alec Guinness, je suis le plus mauvais juge en la matière. Sa voix était si fascinante, sur scène, à la radio ou au coin du feu qu'elle est enregistrée dans ma tête comme LA voix. Ce qui est idiot de ma part, parce que j'ai trouvé en mon for intérieur que Gary Oldman faisait un meilleur Smiley et que Simon RB faisait une meilleure voix de Smiley, plus authentique, plus passionnée.

– dans un mail à Simon Prince le 5 avril 2020,
comparant le Smiley incarné à la télévision
par Alec Guinness à celui de Gary Oldman
au cinéma et de Simon Russell Beale à la radio

La relation de le Carré avec le cinéma et la télévision a démarré en 1965, quand l'acteur Richard Burton a exigé que ses répliques soient récrites dans L'Espion qui venait du froid, *et se poursuivra jusqu'à l'adaptation en série de* La Petite Fille au tambour *par la BBC en 2018. En 1978, la BBC commande une grande série en sept épisodes de* La Taupe, *première adaptation télévisée de l'œuvre de le Carré.*

À ALEC GUINNESS

1 Gayton Crescent
Londres, NW3 1TT

27 février 1978

Cher sir Alec,

C'est en admirateur absolu de votre travail depuis des années que je vous écris. La BBC vient d'acquérir les droits d'adaptation de « La Taupe », roman que j'ai publié voici quelques années et dont l'intrigue, la narration et l'essence même sont portées par un seul personnage : George Smiley. Arthur Hopcraft[1] écrira le scénario et semble prêt à me laisser y jeter un œil de temps à autre. Jonathan Powell produit[2], il sait que je

1. Journaliste spécialisé dans le sport, écrivain et grand scénariste de son temps. L'adaptation de *La Taupe* constitue l'un des sommets de sa carrière, mais il refusera de scénariser la suite, *Les Gens de Smiley*. En revanche, il écrira le scénario d'*Un pur espion* en 1987.

2. Producteur de *La Taupe* et des *Gens de Smiley*, il dirigera le département séries et feuilletons de la BBC puis deviendra contrôleur de BBC1.

vous écris et me soutient dans ma démarche. Selon ma volonté, je n'aurai aucune autre responsabilité dans ce projet, mais nous sommes tous d'accord sur une chose : si nous devions demander la lune, ce serait Guinness dans le rôle de Smiley[1], et nous nous arrangerions pour tout construire autour. Ils envisagent un tournage à l'automne. Accepteriez-vous de lire le livre, de réfléchir au projet et de recevoir une première version du scénario dès qu'ils seront en mesure de vous en envoyer une ? Je crois qu'ils prévoient une durée totale de 8 ou 9 heures, et sur presque la totalité, Smiley est le « moteur », comme disent les Allemands. C'est la première fois qu'un de mes romans reçoit ce genre de traitement, et ce serait la première incarnation de Smiley à l'écran, hormis une prestation tristement ratée de Rupert Davies dans « L'Espion qui venait du froid » en 1963 et une saynète avec Arthur Lowe[2]. Je vous dois la vérité : depuis que j'ai créé Smiley, je rêve que ce soit vous qui l'incarniez un jour. Et ce ne sont pas des paroles en l'air, mais bien la raison pour laquelle je me permets de vous écrire aujourd'hui.

Ne prenez pas la peine de me répondre, je vous en prie. Si cette prise de contact anticipée vous permettait d'organiser votre emploi du temps, et si ledit emploi du temps pouvait intégrer *La Taupe*, cela justifierait que je vous aie sollicité si tôt dans le projet.

Quoi qu'il advienne, je vous adresse mes sentiments les meilleurs et vous assure de mon admiration indéfectible.

Bien cordialement,
John le Carré
(David Cornwell)

1. Les nombreux grands rôles d'Alec Guinness incluent James Wormold, le vendeur d'aspirateurs devenu espion, dans *Notre agent à La Havane*, de Graham Greene, qui servira d'inspiration assumée au *Tailleur de Panama* de le Carré.

2. Adaptation (courte mais mémorable) de la scène de *L'Appel du mort* où George Smiley rentre chez lui pour découvrir qu'il a des visiteurs non désirés (dans l'émission *Lively Arts* de la BBC en 1977).

À ALEC GUINNESS

3 mars 1978

Cher sir Alec,

Je suis enchanté par votre lettre, dont j'ai relayé le contenu à Jonathan Powell de la BBC ce matin. Pour autant que cela soit possible, il était encore plus heureux que moi d'apprendre que, sur le principe, vous acceptez avec enthousiasme d'incarner Smiley.

Permettez-moi de répondre d'emblée à vos questions. 64 ans est l'âge idéal. Arithmétiquement, Smiley ne peut pas avoir moins, et il est même possible qu'il ait plus, quoique j'aie délibérément stoppé le passage du temps dans les livres plus récents ! Donc personne ne se fait de souci sur ce point, et vous n'avez pas à vous en faire non plus. Il est assurément en bonne condition physique, et parfois au mieux de sa forme, courageux quand il le faut, etc.

Non, vous n'êtes pas replet et vous n'avez pas de double menton, même si je crois vous avoir vu dans des rôles où, presque par un acte de volonté, vous sembliez avoir construit une apparence de chérubin ! Permettez-moi de répondre à cette question en la reliant à celle qui concerne Arthur Lowe, parce qu'elles me permettent de vous dire pourquoi, à titre personnel, je vous considère comme le Smiley idéal.

En dehors de la silhouette, vous avez toutes les autres qualités physiques requises : une attitude très posée, qui peut aller jusqu'à une immobilité surnaturelle assortie d'une vigilance électrisante quand vous le souhaitez. Votre compagnie est inconfortable (et je l'entends comme un compliment), ce qui sied à Smiley. Le public a envie (seulement quand vous-même en avez envie) de vous prendre sous sa protection. Il se sent responsable de vous, il s'inquiète pour vous. Je n'ai pas de mot pour désigner ce genre d'empathie si rare, commune à Smiley et à Guinness : quand vous vous mouillez les pieds, tous les deux, je ne peux m'empêcher de frissonner. Ainsi, c'est ce double critère, à savoir être à la fois effacé et imposant, que votre physique remplit parfaitement. Aucun problème de ce point de vue là.

« Pourquoi pas Arthur Lowe ? » me direz-vous. (Au passage, ce qu'il a joué, c'est une saynète de 8 mn au milieu d'une longue émission théâtrale, donc ne croyez surtout pas qu'il tient la corde par rapport à vous !) De nouveau, je vous retourne plutôt la question : « Pourquoi Guinness ? »

Pour moi, cela tient à la profondeur. Smiley, telle une abbaye, se compose de plusieurs périodes, styles et même religions, dont le mélange n'est pas forcément harmonieux. Son autorité émane de sa très longue expérience, de sa compassion et, au fond, d'un pessimisme inconsolable qui empreint tous ses actes d'un certain fatalisme. Si vous y pensez, Smiley a presque inventé le Collégien à partir de son esprit et de son énergie créatrice, de même qu'il invente presque la Taupe à partir de son propre passé.

Oserai-je vous l'avouer ? Vous me communiquez beaucoup de ses souffrances, et l'autorité quasi archéologique constituée par tant de vies et d'identités. C'est aussi un homme coupable, comme le sont tous ceux qui agissent, qui tiennent à l'action. À cela, ajoutez un type d'autorité différent, plus pratique, crucial pour les interrogatoires, l'enquête et le dénouement de « La Taupe » : l'autorité de l'intellect pur. Nous croirons Guinness quand il nous racontera des histoires du passé, quand il échafaudera des théories, quand il agira en accord avec certains pressentiments non dits, tout simplement parce que l'intellect est visible et impressionnant, tant chez Smiley que chez vous.

Certains acteurs peuvent jouer l'intelligence. D'autres sont intelligents mais paraissent niais en raison de tics de jeu qui brouillent le message. Rares sont ceux qui sont intelligents et qui savent le faire passer. Dans « La Taupe », ce talent sera précieux, parce qu'il donnera une assise à tant d'autres facettes de Smiley : la solitude, la morale, l'humanité, toutes choses qui, en raison de son intelligence perceptive, grandiront sous nos yeux et entre vos mains.

Sur la possibilité de discuter avec moi de Smiley et de son histoire, oui, bien sûr, tout ce que vous voudrez, du moment que je n'empiète pas sur les plates-bandes d'Arthur Hopcraft, du producteur ou du metteur en scène.

Enfin, sur le temps de mémorisation et l'envoi très à l'avance du scénario : j'ai lu ce passage à Jonathan Powell ce matin et il n'est pas inquiet. Mais vous pourrez lui en parler de vive voix très bientôt, puisque je crois que nous déjeunons tous ensemble le 10 mars.

Si vous souhaitez que nous nous rencontrions avant, ou bien ensuite (avant mon départ en Cornouailles), surtout, faites-le-moi savoir.

Pardonnez-moi cette longue lettre décousue, mais elle aborde les points essentiels et je suis incapable de bien penser sans un stylo en main ! Quel merveilleux projet que voilà !

Bien à vous,
David Cornwell

Le dessinateur de presse américain Jeff Danziger se rappelle que, lors d'une conférence au centre culturel communautaire de 92nd Street Y, à New York, au milieu des années 2010, le Carré a raconté une version différente du recrutement de Guinness, qui avait d'abord décliné la proposition au prétexte qu'il était trop vieux. Les producteurs avaient donc organisé un dîner lors duquel le Carré l'a supplié d'accepter. Guinness a répondu qu'il était flatté mais trop occupé. En désespoir de cause, le Carré a fini par dire que, s'il refusait le rôle, ils le donneraient à Donald Sutherland. Guinness a marqué une pause, puis a dit : « Je signe. »

À ARTHUR HOPCRAFT

Tregiffian
St Buryan
Penzance
Cornouailles

18 août 1978

Cher Arthur,

Je trouve que vous avez fait des merveilles. Félicitations ! Avec un peu de chance (et on a l'air d'en avoir un paquet), je pense qu'on va aboutir à un résultat vraiment remarquable. Et si jamais ce n'était pas le cas, ce ne serait sûrement pas dû au scénario. J'ai encore quelques réserves sur les épisodes 1 et 2, comme Jonathan a dû vous le dire, surtout le 1. Je crois qu'on peut obtenir encore plus de tension grâce à votre structuration du 7 sans beaucoup retoucher, et il reste quelques petites coutures visibles ici ou là qui ont besoin d'être rafistolées. Mais je ne me referai pas, et c'est secondaire. L'essentiel, c'est que vous y êtes arrivé, et en beauté, vraiment. Alors une fois de plus, du fond du cœur, mes félicitations les plus sincères pour la vigueur de ce travail intellectuel, la sensibilité de l'arrangement artistique et l'orchestration magnifique.

Bien à vous,
David

À VIVIAN GREEN

1 Gayton Crescent
Londres, NW3 1TT

17 décembre 1978

Mon cher Vivian,

[...] Je viens de finir le premier jet d'un nouveau roman et je vais consacrer mon hiver à la relecture pour une remise du manuscrit début avril[1]. L'écriture s'est bien passée et a donc été plus rapide. Une bonne chose de faite, ce qui va me laisser le temps de passer à autre chose, et si ça se trouve, sans la thématique centrale de l'espionnage. Peut-être enfin quelque chose sur feu mon papa. [...]

Bien à vous, comme toujours
David

1. *Les Gens de Smiley* seront publiés fin 1979.

À ALEC GUINNESS

1 Gayton Crescent
Londres, NW3 1TT

27 juin 1979

Mon cher Alec,

Smiley est extraordinaire. Nous avons visionné les épisodes 1 à 3 lundi, le reste est prévu pour demain. Vous portez cette série. Que dire d'autre ? Une variété de jeu immense, mais le tout dans les limites complexes imposées par le personnage. Du cœur, de l'humour, à l'occasion une rage étonnante… Stupéfiant, et je suis certain que Smiley va être salué comme l'un de vos plus grands rôles. Le reste de la distribution est dans l'ensemble excellent (Prideaux étant la seule vraie déception, pour moi) : Guillam est magistral, Control et Toby tous les deux très bien, Bland un peu excessif, Haydon un poil trop filou un poil trop tôt, je pense, mais je me trompe peut-être. La réalisation est de grande qualité, et je n'ai rien vu dans les 3 premiers épisodes qui puisse me faire rougir, mais beaucoup de choses qui me ravissent. Lisbonne arrive trop loin de la chambre / maison de Lacon, comme vous l'aviez craint, mais pas du tout aussi moche que je l'avais redouté en termes d'« intermède avec valeur visuelle ». Tarr est vraiment très bon, la fille très bien aussi. La séquence tchèque pâtit d'un ou deux clichés sur l'espionnage, je trouve dommage qu'ils arrivent trop vite, et du fait que Prideaux ne bouge pas très bien – sa manière de faire vieillir son personnage ne fonctionne pas, et le résultat a un côté grand chameau. Toutes les scènes dans la maison de Lacon sont formidables, Oxford est saisissant (le dialogue Smiley-Connie a fait pleurer Jonathan et Jane), les conférences plénières avec Control vraiment prenantes, Mendel charmant et le passage à Islay étouffant et effrayant. Lacon excellent[1]. Voilà

1. L'interprétation « magistrale » de Peter Guillam par Michael Jayston lui vaudra de devenir le narrateur de vingt et un livres audio de le Carré. L'acteur écossais Ian Bannen n'a trouvé aucune grâce aux yeux de le Carré dans le rôle de Prideaux. Control était interprété par Alexander Know, Toby Esterhase par Bernard Hepton,

l'intégralité de mes notes, et de toute façon je suis à court de superlatifs. [...]

Nous avons loué un cinéma de 200 places à Piccadilly pour montrer la série à mes éditeurs étrangers en une seule journée : début 9 h 30 et non-stop jusqu'au soir, café, déjeuner, champagne et retour à la maison direct. Hodder & Stoughton et Pan sont les co-organisateurs, et la date est fixée au 27 juillet. Si vous vous sentez d'attaque pour passer au moment du champagne serrer quelques mains, tout le monde serait aux anges (nous demandons aussi aux autres acteurs, et à John[1], Arthur & Jonathan), mais nous comprendrions parfaitement que vous préfériez rester tranquille. Nous vous enverrons une invitation de toute façon. Voulez-vous que j'invite Denis[2] à la projection ? Et Merula aurait-elle envie de venir ? Je suppose que vous aimerez mieux regarder la série au calme (à supposer que vous vouliez la regarder !).

Les nouvelles des USA sont qu'il n'y a pas de nouvelles, sauf que nous avons reçu deux offres pour les droits, qui devront attendre jusqu'à ce que l'obstacle Paramount soit derrière nous. Paramount a aussi demandé des images. Je ne sais rien de plus, sinon que les deux offres partaient du principe que vous reprendriez le rôle de Smiley et qu'aucun autre Smiley ne serait même envisagé de notre côté. Les avis qui circulent à NY sur la série ont l'air très positifs (George Greenfield est rentré hier et a dit que tout le monde, mais vraiment tout le monde, etc.). En ce qui me concerne, je doute fort, après avoir visionné la série, que le magnifique public américain se voie offrir un programme d'une telle qualité et d'une telle intelligence sur une grande chaîne. Je pense que ce sera plutôt PBS, ce qui est sans doute préférable, d'ailleurs.

Vous devinerez à la longueur de cette lettre que le nouveau livre avance lentement...

Mes amitiés à tous les deux,
David

Roy Bland par Terence Rigby, Bill Haydon par Ian Richardson, Ricki Tarr par Hywel Bennett, Oliver Lacon par Anthony Bate et Mendel par George Sewell.

1. Le réalisateur de *La Taupe*, John Irvin.

2. Non identifié.

P.-S. Jonathan est très mystérieux sur toute cette histoire, notamment parce qu'ils ont fait une boulette sur la longueur des épisodes et qu'ils vont devoir redécouper le tout en 6 parties pour répondre aux exigences de la télé américaine !

Si Tina Brown, George Will, Norman Rush et d'autres critiques font l'objet d'un mépris acerbe de la part de le Carré, Clive James occupe une place à part sur la liste des ennemis de la famille Cornwell. En 1977, James commence ainsi sa critique de Comme un collégien *dans la* New York Review of Books *: « Le nouveau roman de le Carré est deux fois trop long. » Deux ans plus tard, il écrit dans l'*Observer*, à propos de l'adaptation télévisuelle de* La Taupe *: « Le premier épisode était exactement au niveau du livre original : peut-être un peu moins incompréhensible, mais tout aussi ampoulé. »*

AU RÉDACTEUR EN CHEF DE L'*OBSERVER*

c/o John Farquharson Ltd
Bell House
Bell Yard
Londres, WC2A 2JR

6 octobre 1979

Cher monsieur,

Je trouve amusant que Clive James se demande publiquement s'il nourrit une vendetta personnelle à mon encontre, et révélateur qu'il ne réponde pas à sa propre question. Permettez-moi d'utiliser les colonnes de votre journal pour l'y aider, et au passage lui épargner d'autres demandes de lecteurs. Voici plus d'un an, j'ai averti sir Alec Guinness, Arthur Hopcraft et les producteurs de LA TAUPE que, quelle que soit la qualité du travail qu'ils effectueraient, nous ne pouvions rien espérer d'autre qu'un lynchage sous la plume de James. Je suis même allé jusqu'à noter quelques adjectifs bien choisis auxquels nous attendre. Clive James s'est montré à la hauteur de nos attentes. Peut-être les démolisseurs oublient-ils qui ils ont déjà démoli et qui n'a pas encore eu droit à leur entreprise de démolition, mais cela fait à peine deux ans que, lorsqu'il s'est lancé dans une deuxième carrière de critique littéraire aux États-Unis, Clive James a voué mes livres et moi-même aux gémonies pour toute éternité dans une longue recension bâclée. J'en ai été dûment marri, mais je me suis consolé en me disant qu'un critique télé australien expatrié qui débarque d'Angleterre et essaie de s'implanter sur un nouveau marché cherche sans doute à se faire remarquer. Quelques mois plus tard, James m'a de nouveau attaqué dans un journal britannique (le vôtre, si ma mémoire est bonne), à l'occasion de la parution d'un roman de Graham Greene. Point n'est besoin d'avoir trop étudié la psychologie jamesienne, donc, pour se douter qu'il utiliserait mon livre comme une matraque pour fracasser la série télé et la série pour fracasser mon livre. Cerise sur le gâteau, il pouvait se permettre au passage de vilipender le meilleur acteur anglais vivant – la chair est faible et il n'a pas pu résister à la tentation. En conséquence, vos lecteurs devraient au moins savoir que, même si M. James l'a opportunément oublié, il s'était déjà forgé son opinion sur mon œuvre bien avant la réalisation de cette série. L'analyse qu'il en a faite pour vos lecteurs ce dimanche n'est rien de plus qu'une resucée de sa critique de COMME UN COLLÉGIEN parue dans la New York Review of Books. Je me réjouis par avance de la lire à nouveau quand mon prochain roman paraîtra en février.

Sincèrement,
John le Carré

Alors qu'il correspond avec l'incarnation télévisuelle de son patron fictionnel du renseignement, le Carré écrit aussi au véritable « C », Dick Franks, son ancien chef de station à Bonn, nommé depuis à la tête du Secret Intelligence Service.

À DICK ET RACHEL FRANKS

1 Gayton Crescent
Londres, NW3 1TT

[non datée, sans doute début octobre 1979]

Chers Dickie et Rachel,

Comme c'était gentil de votre part, et quelle agréable soirée ! Pour une raison que je ne m'explique pas, elle m'a particulièrement touché – le passage du temps, peut-être, tous les changements dans nos vies, les choses que nous laissons derrière nous. Quand nous nous sommes vus, j'étais atrocement fatigué et las de tout – j'avais passé deux jours pris dans des tirs croisés de journalistes assez pénibles, ce qui me laisse toujours avec l'impression d'avoir été envahi et sali. Votre calme à tous les deux m'a vite requinqué, et je vous en suis très reconnaissant, comme pour tout le reste. Le 2e acte était en effet décevant, mais l'ensemble reste très distrayant et, comme l'a dit Rachel, Stoppard réussit de façon très intelligente à dire ce qu'on a toujours ressenti[1].

À notre retour, nous avons appris que ma recension du livre de Powers[2] paraîtrait en une de la Review du New York Times le 14 octobre, ce qui me fait plaisir, et je pense que le texte vous plaira aussi. Je vous en posterai une copie, sans doute aujourd'hui avec un jeu d'épreuves reliées de l'édition Hodder des Gens de Smiley.

J'en suis arrivé à la conclusion que la seule manière pour moi d'écrire sur mon père était de le faire dans un style quasi documentaire, en allant sur le terrain voir ses prisons (Exeter, Wormwood Scrubs, Zurich Bezirksgefangnis, Djakarta, Hong Kong – pas mal, hein ?), les hippodromes où il faisait courir ses chevaux, les circonscriptions où il s'est présenté aux législatives, etc. Un pèlerinage qui sera certainement très long et

1. *Undiscovered Country*, l'adaptation en anglais par Tom Stoppard de *Terre étrangère*, du dramaturge autrichien Arthur Schnitzler, montée au National Theatre en 1979.

2. *Les Secrets bien gardés de la CIA*, de Thomas Powers, que le Carré considère comme « une extraordinaire histoire d'espionnage… Il nous en apprend autant sur la présidence que sur la CIA et, dans les deux cas, c'est terrifiant ».

douloureux, même si nous avons aussi connu des moments très drôles ! Le déménagement est fixé au 17 janvier, après nos vacances au ski. La nouvelle maison à Londres est ravissante et calme, et on est très impatients d'emménager.

À terme, nous vendrons sans doute Tregiffian pour acheter une maison plus petite et moins éloignée, ou peut-être pas, d'ailleurs, on se contentera de Hampstead et de la Suisse. Mais « à terme », comme disait Churchill pour faire taire un de ses pauvres conseillers, nous serons tous morts.

Surtout, faites-moi savoir si je peux vous être d'une quelconque utilité. Encore merci, et amitiés à tous les deux,

David

À MARY-KAY WILMERS, *NEW YORK REVIEW OF BOOKS*[1]

1 Gayton Crescent
Londres, NW3 1TT

27 novembre 1979

Chère Mary-Kay,

C'est fort aimable de votre part de m'avoir demandé de faire la recension du Cheever[2], merci de me l'avoir envoyé. Même s'il est un peu délicat pour moi de justifier mon refus, je vous dois une explication. Mon cerveau n'est jamais très réactif quand je suis au téléphone, mais après coup je me suis clairement rendu compte que j'avais failli commettre l'erreur de déroger à un principe strict que je me suis fixé lorsque je suis devenu romancier de profession, à savoir : ne jamais me retrouver mêlé au monde de la critique littéraire londonienne,

1. Mary-Kay Wilmers est la cofondatrice cette année-là de la *London Review of Books*, revue qu'elle dirigera pendant vingt-neuf ans et qui tire son titre et son capital de la *New York Review of Books* (*NYRB*), à l'intérieur de laquelle elle est insérée en encart pendant ses six premiers mois d'existence. La lettre de le Carré est adressée à la *NYRB*.

2. *The Stories of John Cheever*, recueil de nouvelles publié par Jonathan Cape en 1979, remportera cette année-là aux États-Unis le prix Pulitzer de la fiction.

ne jamais confondre le secteur de la production avec celui des services. Écrire une critique pour le New York Times, cela reste assez lointain, mais le faire pour des revues littéraires londoniennes me placerait dans une position de juge qui me paraît très difficile à assumer tant que je réside en Angleterre. Je trouve que Cheever est un excellent raconteur d'histoires, mais je sais que, si je le disais dans le contexte d'un magazine littéraire londonien, je semblerais défendre les auteurs narratifs comme moi-même aux dépens de tendances plus en vogue. Je crois que son style surpasse celui de tous mes compatriotes, mais cette opinion prendrait une importance disproportionnée si je l'exprimais ici.

Ce que j'essaie de vous dire, c'est que je trouve déjà assez dur d'être un romancier anglais à succès vivant en Angleterre (rien de pire que les tirs de barrage provenant de son propre camp) sans m'aventurer dans les champs de mines du monde des lettres londonien en plus. Vous m'en voyez désolé.

Bien cordialement,
David

Buzz Berger, l'ami de le Carré à la tête de Titus Productions, lui propose de tirer un film des Gens de Smiley. *C'est à lui que l'on doit la série* Holocauste *en 1978, récompensée par un Emmy.*

À BUZZ BERGER

1 Gayton Crescent
Londres, NW3 1TT

29 novembre 1979

Mon cher Buzz,

Quel pataquès !

L'explication est terriblement simple, je le crains. Pour des raisons qui lui sont propres, Guinness était à la fois ravi de l'accueil réservé ici à LA TAUPE et de son traitement par la BBC et perplexe et inquiet parce que nous ne lui proposions pas d'enchaîner avec LES GENS DE SMILEY. Il s'est imaginé qu'on essayait de placer le projet partout, parfaitement conscient que Hollywood ne le considère pas comme une star à part entière, et de plus en plus triste à l'idée que des acteurs célèbres doivent être recrutés en renfort. Il a un instinct très (trop ?) développé pour ce genre de chose, sans compter qu'il redoutait que cela ne s'éternise indéfiniment. Alors il a opté pour la solution la plus simple et la plus accessible, ce qui se comprend, et annoncé qu'il préférait repartir avec la BBC et l'ancienne équipe. Il se trouve que ni Irvin ni Hopcraft ne seront libres, donc la vieille équipe ressemble fort à une nouvelle équipe. Nous lui avons soumis l'autre option, à savoir un bien plus gros budget dans une production indépendante, de préférence avec Titus, mais, là encore, il a eu peur que nous perdions ce qu'il s'obstine à appeler la « classe » de la série.

Voilà où nous en sommes. Je sais parfaitement que nous avons jeté l'éponge avant même le premier round, mais Guinness était impossible à convaincre, et en ce moment, son agent nous martèle que le tournage « doit se faire » en novembre 1980. La vérité, selon moi, c'est que nous avons affaire à un immense acteur de 67 ans qui a l'impression qu'il n'y a plus beaucoup de grands rôles pour lui et plus beaucoup d'années pour les jouer. Il dit qu'il veut garder Smiley vivant en lui, donc plus vite il peut y revenir (ou, à l'inverse, en être débarrassé), plus heureux il sera.

J'espère que nous ferons quelque chose ensemble un jour, toi et moi. En attendant, je te présente mes plus sincères excuses, que tu peux transmettre à Herb[1]. Le temps que cela aura duré, cela a été un plaisir d'envisager un partenariat avec Titus.

Amitiés,
David

1. Herbert Brodkin, l'associé de Buzz Berger à Titus Productions.

À ANTHONY SAMPSON[1]

1 Gayton Crescent
Londres, NW3 1TT

[non datée, mais *Les Gens de Smiley* sont parus en novembre 1979]

Cher Anthony,

Comme c'est gentil à vous de m'écrire ! Je suis ravi d'apprendre que vous avez aimé « Les Gens de Smiley ». L'écriture de ce roman m'a beaucoup affecté : la mort spirituelle d'un haut fonctionnaire brit à la dérive, Smiley réduit au triste état d'anachronisme (comme moi[2]), tout me semblait désespéré. Et puis petit à petit j'y ai pris du plaisir et, d'une certaine manière, c'est Toby[3] qui y a contribué. J'imagine qu'il en va ainsi pour tout : quand on atteint le sommet de la montagne, on ne voit plus que des pygmées et des champs infinis de choses dont on se fout !

Je pars pour l'étranger début décembre, je reviens fin janvier. Essayons de nous voir à ce moment-là pour papoter.

Encore merci, et mes amitiés à vous deux,
David

1. Journaliste et auteur d'*Anatomie de l'Angleterre*, il a le même éditeur que le Carré, Robin Denniston, et l'aidera plus tard dans ses recherches sur le trafic d'armes pour *Le Directeur de nuit*.

2. Quand Karla traverse le pont dans la scène finale des *Gens de Smiley*, il a « conscience d'avoir renoncé à l'absolutisme de son idéologie », expliquera le Carré, le 3 mars 2020, au « Berliner Salon ». « Quant à Smiley, à sa grande honte, il a conscience d'avoir renoncé à son humanisme pour faire chanter Karla au moyen de l'amour paternel qu'il porte à sa fille. » Le roman que le Carré laissera inachevé à sa mort comporte une ultime rencontre entre Karla et Smiley.

3. Toby Esterhase, que le Carré considérait comme un tartufe aux manières de garçon de café qui aurait vendu sa propre mère. Originaire d'Europe centrale, il est le suspect de Smiley dans *La Taupe* et un comparse comique dans *Les Gens de Smiley*. À propos de ce personnage qu'il adorait, le Carré dira au « Berliner Salon », le 3 mars 2020 : « Toby est une sorte d'escroc, un immigré des Balkans qui s'attribue un nom hongrois distingué sans être fichu de l'épeler correctement. »

À DICK ET RACHEL FRANKS

Chalet Chamois
3823 Wengen
Suisse

15 décembre 1979

Chers Dickie et Rachel,

Je vous envoie cette lettre plutôt qu'un dessin d'écureuils ivres dansant autour d'un pied de houx pour vous souhaiter à tous les deux de très belles fêtes de fin d'année et transmettre toutes nos amitiés à la famille. [...]

Nous emménageons dans la nouvelle maison (ancienne) à Hampstead le 17 janvier. Jane ne cesse de répéter qu'elle peut s'occuper seule du déménagement et s'imagine pour je ne sais quelle raison que je serais dans ses pattes. Après, on envisage hélas de réduire nos séjours à Tregiffian au fil des mois, parce qu'il faut qu'on soit basés à Londres pour voyager plus et diminuer nos charges financières et logistiques[1]. Un des motifs de cette décision est mon sentiment que c'est maintenant que je dois écrire les livres plus risqués que j'ai toujours remis à plus tard, et que nous ne pourrons pas éternellement compter sur de gros droits d'auteur. Donc on veut réduire un peu la voilure, de façon à pouvoir vivre plus ou moins sur nos réserves si nécessaire et ne plus dépenser autant pour des maisons que nous n'occupons pas souvent. Cela fait six mois maintenant que j'hésite entre le livre sur mon père et un autre sur le terrorisme qui me tient à cœur, mais j'ai finalement opté pour celui sur papa + quelques pièces de théâtre et mis le terrorisme en attente – notamment parce que, quand j'ai commencé à travailler le sujet à Amsterdam, Hambourg, etc., je l'ai trouvé tellement sinistre que je ne m'imaginais pas vivre deux ans avec, du moins tant que je n'aurais pas fait quelque chose d'un peu plus distrayant avant ! Mon Tiefpunkt[2] a été

1. Le Carré annonçait régulièrement qu'il s'installerait en permanence soit à Hampstead, soit en Cornouailles. Il a gardé ses deux maisons jusqu'à sa mort.

2. « Point bas ».

un petit avocat répugnant de Hambourg qui a empoisonné la vie de Hans Horchem[1] et aurait assuré la défense de plusieurs des vedettes de la bande à Baader. Ce Groenewold[2] est une vermine. Pour moi, il a constitué un tournant. J'ai décidé que ce serait le terrorisme plus tard et papa maintenant.

Nous avons une météo assez agréable, de la bonne neige et d'autre à venir. Alors que j'écris cette lettre, de gros flocons tombent sur un village qui vit encore dans le calme de l'avant-saison. Je crois que nous allons davantage utiliser le chalet comme lieu d'écriture et comme maison de vacances à temps partiel pour les enfants adultes (!) quand ils pourront y séjourner. Les premières critiques des « Gens de Smiley » sont bonnes (aux USA, où le livre vient de sortir), Time et Newsweek en parleront lundi dans leur numéro daté du 24 décembre, le supplément couleurs du Telegraph va en publier des extraits en feuilleton, et l'Evening Standard aussi. La sortie est prévue le 3 février ici. Pour l'adaptation télé de « La Taupe », c'est du grand n'importe quoi : d'abord la grève chez ITV, ensuite l'affaire Blunt, sans parler du départ de Smiley en Irlande[3]. Guinness est prévu sur « Les Gens de Smiley » cet hiver, si tout va bien, mais la BBC veut repousser le tournage à mars 81 pour des raisons budgétaires, alors le grand G nous dit : « Et si on en faisait un film, plutôt ? » L'idée de remettre les pieds un jour à Hollywood me fiche une trouille bleue, mais, d'une façon ou d'une autre, je pense qu'on tournera en novembre.

Amitiés à vous tous, et meilleurs vœux pour 1980 ! Venez donc visiter bientôt notre nouveau schloss.

Bien à vous,
David

1. Hans Josef Horchem était responsable de la lutte antiterroriste en tant que président de l'Office pour la protection de la Constitution à Hambourg. Il est devenu un expert du terrorisme et de la Fraction armée rouge.

2. Cet avocat hambourgeois, Kurt Groenewold, a été condamné et rayé du barreau dans les années 1970 pour avoir représenté des membres de la bande à Baader.

3. En novembre 1979, la Première ministre Margaret Thatcher a révélé que le professeur Anthony Blunt était un espion soviétique, et fourni des détails sur cette affaire. Quant au « départ de Smiley en Irlande », cette référence n'a pas pu être élucidée.

Finalement, le livre sur le terrorisme passera en premier : après Les Gens de Smiley, *c'est* La Petite Fille au tambour *qui sortira en 1983 et* Un pur espion *seulement en 1986.*

La lettre de Vivian Green à le Carré est perdue, mais la réponse de le Carré laisse penser que Green venait pour la première fois de remarquer qu'il avait servi de modèle pour George Smiley.

À VIVIAN GREEN

9 Gainsborough Gardens
Londres, NW3 1BJ

12 février 1980

Mon cher Vivian,

Je suis très heureux que vous ayez remarqué ces références qui m'inquiétaient un peu. Cela m'a toujours secrètement amusé de voir que vous ne sembliez pas comprendre d'où Smiley tenait tant de ses caractéristiques : son humanité, déjà, sa perception de la fragilité humaine et… les difficultés qu'il éprouve à acheter des vêtements[1] !

Personne au monde ne m'a autant aidé à mes débuts, ni autant donné l'impression de me comprendre. […]

Passez donc nous rendre visite bientôt. Le livre se vend de façon incroyable (93 000 exemplaires à ce jour, plus 125 000 en club, mes meilleures ventes en Grande-Bretagne).

Bien à vous,
David

1. Les vestes en tweed criardes et pantalons de cuir que portait Vivian Green faisaient l'objet des moqueries de tous les étudiants de Lincoln College. Sa chronique nécrologique dans le *Times* mentionnera « son goût audacieux, pour ne pas dire disruptif, en matière de cravates et de chemises ».

Trois ans plus tard, quand la source d'inspiration de le Carré pour Smiley sera révélée, le visage de Green s'étalera dans tous les tabloïds à côté de celui d'Alec Guinness. Parmi les papiers de Green se trouve une carte de le Carré, qui accompagnait apparemment du caviar et une bouteille de vodka, et disait : « De la part de Karla, amitiés. » Dans Le Tunnel aux pigeons, *le Carré le décrira ainsi : « mon mentor, le sage Vivian Green […] dont la personnalité me servit de modèle pour créer George Smiley ».*

~

À JEAN CORNWELL

9 Gainsborough Gardens
Londres, NW3 1BJ

[cachet de la poste] 18 février 1980

Très chère Jeannie,

Comme c'est gentil à vous d'avoir écrit ! Je suis ravi que vous ayez aimé le livre et que vous l'ayez trouvé émouvant. J'ai éprouvé une grande tristesse à la fin de la rédaction. Nous voulions vous inviter bien plus tôt, mais je me suis soudain senti épuisé et déprimé (post publicatio tristis) et je n'avais le cœur à voir personne, et surtout pas moi. J'espère pouvoir partir en Cornouailles mardi pour environ une semaine – le nouveau roman est un énorme projet et il faut que je m'y attelle sérieusement. Stanley Kubrick voulait adapter Les Gens de Smiley, mais je lui ai dit non et j'ai confié le projet à la BBC.

Amitiés,

D

~

Une certaine Betty Quail de Portsmouth écrit à le Carré pour lui dire que si Smiley se convertissait au catholicisme, « cela résoudrait beaucoup de ses problèmes », dont ses problèmes de couple.

À BETTY QUAIL

c/o John Farquharson Ltd
Bell House
Bell Yard
Londres, WC2A 2JU

18 mars 1980

Chère madame Quail,

Merci beaucoup pour votre aimable et intéressante lettre. Que puis-je vous dire ? Je suis heureux que Smiley et ses Gens vous aient au moins divertie et, même si je ne le vois pas être accueilli par Ann ni par l'Église catholique dans un avenir proche, je me ferai un plaisir de lui communiquer vos espoirs la prochaine fois que je le croiserai !

Sincèrement,

John le Carré

LA PETITE FILLE
AU TAMBOUR

Il n'y a aucun réconfort. Smiley n'est pas là pour nous remonter le moral, nous expliquer les choses et nous dire que nous y arriverons une autre fois. Dans le théâtre du réel, quand le rideau tombe, ainsi qu'on en avertit Charlie, aucun cadavre ne se relève pour rentrer à la maison. Les corps restent là où ils gisent.

– à Melvyn Bragg dans l'émission
The South Bank Show, 1983

Le Carré a effectué son premier voyage au Proche-Orient en 1977, après la sortie de *Comme un collégien*, et a découvert Israël, le Liban, la Jordanie et la Syrie. Son projet initial était d'emmener George Smiley avec lui, mais « je n'ai pas trouvé là-bas d'intrigue qui lui convienne[1] ». Après l'écriture des *Gens de Smiley*, il y retourne en 1980, avec en tête une scène d'ouverture qui lui a été inspirée par le fait d'avoir vu sa demi-sœur Charlotte dans une production théâtrale en province. Il rencontre des membres de l'armée et du renseignement israéliens ainsi que Yasser Arafat, et fait plusieurs séjours à Beyrouth. Le conflit israélo-arabe « était depuis longtemps dans ma ligne de mire, même s'il m'avait toujours terrifié », dira-t-il plus tard[2].

1. *Newsweek*, 7 mars 1983.

2. À Douglas Davis, le 1er janvier 1998, dans une interview pour la *Jewish World Review*.

Premier synopsis de La Petite Fille au tambour *envoyé à son avocat américain de longue date, Mort Leavy.*

À MORTON LEAVY

14 juillet 1980

PERSONNEL ET CONFIDENTIEL

Mon cher Mort,

THE CHARLIE JOSEPH SHOW

Je n'ai pas encore de meilleur titre de travail pour mon nouveau roman, mais voici un résumé du projet.

Le thème en est le terrorisme international. L'intrigue relate le recrutement, l'entraînement et le déploiement d'une agente, en l'occurrence une actrice au chômage prénommée Charlie, qui, sous l'influence de son « officier traitant » Joseph, infiltre des cellules de guérilla urbaine vaguement interconnectées (allemandes, italiennes, etc.) et fait ses preuves dans une série d'actions violentes jusqu'à ce qu'elle se retrouve au contact de l'organisation ciblée, un groupe extrémiste qui vient de commettre des attentats à la bombe contre des missions, synagogues et écoles israéliennes à l'étranger[1].

À la tête de cette organisation se trouve sa proie, un type à la « Carlos » qui se voit comme le Che Guevara moderne de la

1. Joseph recrute Charlie pour jouer le rôle d'une terroriste dans ce qu'il appelle le « théâtre du réel », une expression récurrente dans *La Petite Fille au tambour.*

guérilla urbaine et dont Charlie finit par devenir la maîtresse, téléguidée par Joseph.

L'action culmine quand, après avoir révélé les planques et les projets du groupe, Charlie part en cavale avec le chef.

L'action se déroule en Europe de l'Ouest et au Proche-Orient (notamment au Sud-Liban et sans doute à Tripoli), avec un dénouement en Angleterre, mais je préfère ne pas être trop précis à l'avance car, comme vous le savez, j'aime me laisser la liberté de faire des changements jusqu'au dernier moment (voire au-delà !)[1]. L'histoire commence en Grèce, où Charlie, une femme intelligente, acerbe et tout sauf belle, passe des vacances avec son amant du moment et une bande d'acteurs et actrices anglais désœuvrés. Sur la plage à Mykonos, elle rencontre Joseph, personnage distant et un peu puritain, et, après une série de « hasards », noue une amitié platonique avec lui. Le petit ami de Charlie se voit rappelé à Londres pour passer une audition en vue d'un rôle au cinéma (totalement inattendu) et Charlie accepte de partir avec Joseph pour une semaine de tourisme dans les ruines de la Grèce antique. Son recrutement dans le renseignement a commencé.

Joseph la séduit, la bombarde de questions, lui présente son ami Shlomo dans un bel appartement d'Athènes, l'emmène à Delphes, etc., et lui révèle peu à peu qu'il en sait presque autant sur elle qu'elle-même : son avortement, sa famille bourgeoise et son éducation dans le privé, ses flirts irréguliers avec des groupes radicaux anglais comme le Parti révolutionnaire des travailleurs (organe très prisé des acteurs et actrices de gauche[2]). Le temps que Charlie rentre en Angleterre, Joseph

1. Dans cette lettre, le Carré annonce un dénouement en Angleterre, alors qu'il aura finalement lieu en Allemagne, avec la tentative d'assassinat d'un universitaire israélien progressiste, le professeur Hansi Minkel, à l'université de Fribourg. Dans la mini-série adaptée de *La Petite Fille au tambour* en 2018, l'action sera transposée à Londres, où la cible est Irene Minkel, à la London Polytechnic.

2. Charlotte Cornwell, le modèle de le Carré pour Charlie, est une militante passionnée qui s'engage dans Artists Against Apartheid et la Nicaragua Solidarity Campaign. Vice-présidente du syndicat des acteurs Equity, elle essaiera plus tard de lancer un projet de formation gratuite des jeunes acteurs.

a suffisamment bien réussi son numéro de charme pour l'amener à ce que les professionnels appellent le premier stade de la prise de conscience : elle sait qu'elle est en contact avec un service de renseignement et qu'on va lui demander plus tard de faire quelque chose. Elle sait, ou plutôt croit savoir, que le service est israélien. Et surtout, elle est sous le charme d'un homme séduisant et intelligent de dix ans son aîné qui la traite avec une grande considération sans jamais poser ne serait-ce qu'un doigt sur elle, chose inédite et excitante pour elle. Leur relation est le nœud de l'intrigue et sa résolution fournit la fin de l'histoire. Joseph devient tour à tour son mentor, son confesseur, son maquereau, son ennemi et finalement (quand il a fait d'elle, entre autres, une hors-la-loi internationale) sa seule ligne de vie.

Voilà, je pense que ce résumé vous suffit pour dépôt d'identification et je vous l'envoie avec l'assurance stricte qu'il restera confidentiel entre les parties concernées, non seulement pour des raisons professionnelles, mais aussi parce que mes recherches vont me faire retourner dans différents pays arabes ainsi qu'en Israël.

Bien cordialement,
David

En 1982, Mort Leavy présentera le Carré à un autre membre de sa clientèle impressionnante du show-business, le réalisateur oscarisé George Roy Hill, qui a lu La Petite Fille au tambour *sur manuscrit et souhaite le mettre en scène. Dans un choix de casting improbable, le film de Hill, qui sortira en 1984, a pour vedette Diane Keaton dans le rôle de Charlie, devenue une actrice américaine travaillant à Londres. Le Carré dira plus tard au réalisateur John Boorman que le film était « gênant ».*

À DICK FRANKS

Tregiffian
St Buryan
Penzance
Cornouailles

4 août 1981

Mon cher Dickie,

Mes sources m'ont appris hier que tu avais officiellement pris ta retraite, ce qui, connaissant mes sources, signifie sans doute que tu as signé un renouvellement d'une dizaine d'années sans option. Mais au cas où elles auraient dit vrai, je t'écris pour t'envoyer mes meilleurs vœux pour une longue retraite heureuse, amplement méritée, et pour te remercier, comme je n'ai jamais vraiment pu le faire lorsque tu étais encore actif, pour la gentillesse et le soutien dont tu as su faire preuve envers moi depuis que ma vie a pris son tour étrange. À certaines périodes, personne ne me comprenait mieux que toi, même quand je poussais ta tolérance dans ses derniers retranchements, ou du moins c'est toujours l'impression que j'ai eue, et je te serai à jamais profondément reconnaissant pour ta fidélité et ta bonté d'âme. Voilà, c'est dit. L'occasion fait le larron. En des circonstances différentes, j'aurais adoré travailler avec toi, mais je crois que j'aurais été nul (comme Graham [Greene] m'a assuré qu'il l'avait lui-même été), trop d'imagination, négligeant les détails, totalement dénué de sens pratique.

Voici quelque temps, Mme Thatcher m'a proposé de m'attribuer la décoration de commandeur de l'Empire britannique, ce qu'elle n'aurait jamais fait sans te consulter au préalable. Je ne me suis pas senti de l'accepter. Je ne sais pas trop pourquoi : culpabilité, excès de modestie, désir de rester en dehors de la citadelle… En tout cas, pour autant que je puisse en juger, ce n'était ni par dépit ni par fierté mal placée. Au fond de moi, me semble-t-il, le sentiment que je ne le méritais pas. Bref, un ensemble de raisons, comme toujours. De toute façon, mon déjeuner avec la reine avait déjà fait de moi un monarchiste si abject que j'ai estimé que je n'avais pas besoin d'une deuxième couche !

Mon livre (sur les Israéliens face au terrorisme européen) est presque fini. [...]

Nous sommes venus nous réfugier ici jusqu'en septembre (notre nouveau n° : St Buryan 612). Nous avons une dépendance pour les amis et une cave bien garnie, donc si jamais tu passes par les Cornouailles, cette année ou une autre, surtout, viens faire une dégustation. Mes amitiés à Rachel, aussi. D'après ce que tout le monde dit (et là, mes sources sont fiables), vous avez tous les deux été les meilleurs chefs et les meilleurs soutiens de tous les temps.

Au fait, le tournage des « Gens de Smiley » est en cours ; Guinness a ses vapeurs, comme d'habitude (cette fois-ci, c'est le réalisateur qui est trop ceci et pas assez cela – j'ai oublié quoi au juste).

Bien affectueusement à vous deux,
David

L'historien britannique Hugh Thomas, un contemporain de le Carré à Sherborne School, siège au comité pour le mémorial de Yalta à South Kensington, qui commémore les peuples déplacés à la suite de la conférence de Yalta en 1945.

À HUGH THOMAS

9 Gainsborough Gardens
Londres, NW3 1BJ

25 janvier 1982

Cher Hugh,

Merci pour ton message sur le mémorial de Yalta. J'ai fait un don. Oui, c'était vraiment une chose affreuse. Je rentre juste de Beyrouth après une longue entrevue avec Arafat et un voyage vers le Sud profond, Tyr, Sidon, les champs de ruines. Dans quelques années, nous devrons construire un autre monument pour les Palestiniens, cette fois-ci.

Bien à toi, *du cœur**,
David (CORNWELL)

Le Carré écrit deux fois « yogourt » dans la lettre ci-dessous avec un j, à l'allemande. Le premier des trois tomes des mémoires de Guinness sortira en 1985.

À ALEC GUINNESS

9 Gainsborough Gardens
Londres, NW3 1BJ

27 janvier 1982

Mon cher Alec,

Oui, c'était un excellent repas, et quelle bonne ambiance ! Un grand, grand merci à vous, pour ce moment et pour tant d'autres belles choses. Si vous êtes en train de tranquillement terminer votre régime, Jane et moi sommes bien décidés à en commencer un : l'atroce recette serait jogourt, soupe et zéro alcool. Ce matin, j'ai reçu une lettre de Svetlana Staline[1], qui se disait ravie de collaborer avec moi sur un « essai philosophique » et signait Mme Peters (« Mais pour mes amis, anciens comme nouveaux, je reste Svetlana »). Apparemment, mon agent suisse[2] nous a savamment enfumés sur notre intérêt mutuel dans le but de créer « un produit ». Il a dit à S. que j'avais très envie de la rencontrer, et à moi que S. avait très envie de me rencontrer, puis il lui a glissé à l'oreille que je pourrais peut-être écrire son projet avec elle. Alors elle a pris le mors aux dents, etc. De l'édition showbiz.

À ce propos, je trouve excellent votre projet d'édition non showbiz, avec un livre qui vous ressemble. En revanche, à la réflexion, je suis plutôt d'accord avec Merula : le titre[3] ne vous rend pas vraiment justice et il rappelle trop le terrible « Une sorte

1. Svetlana Staline, née en 1926, est la fille cadette de Joseph Staline. La « petite princesse du Kremlin » est passée à l'Ouest en 1967 et s'est installée aux États-Unis. Après avoir publié ses souvenirs de sa vie en Union soviétique et de sa défection, elle est quasiment sortie de la sphère publique.

2. Rainer Heumann.

3. Alec Guinness pensait à *A Halfway Man*.

de vie » de Graham [Greene], qui sous-entend qu'être un romancier auteur de best-sellers depuis cinquante ans, vivre dans le sud de la France, avoir de l'argent et des maîtresses à foison et découvrir Dieu au passage ne représentaient pas grand-chose, alors que pour la plupart des gens, malgré les mauvais moments, sa vie touche à la perfection. Je crois que c'est quelque chose qu'il faut garder à l'esprit. Mon premier éditeur américain[1] me l'a rappelé le jour où j'ai fait une interview télé pleine d'un pathos déplacé sur mes malheurs : il m'a emmené à la gare de Grand Central et m'a demandé d'un ton sec si j'aurais préféré être eux. Et puisque votre thème, c'est les gens qui ont rendu votre vie intéressante, le sentiment d'incomplétude qu'évoque le titre me semble un peu trop en demi-teinte. Pardonnez-moi de vous le dire, mais ça me travaillait pendant que je mangeais mon jogourt.

Nous devons nous revoir sous peu. J'adorerais vous inviter si c'est possible, mais de toute façon, maintenant que vous nous en avez donné le goût, nous ne pourrons pas rester trop longtemps sans manger du caviar…

Amitiés à Merula, à vous-même, et encore merci !
Bien à vous,
David

Le 27 novembre 1979, le Carré a refusé la proposition de Mary-Kay Wilmers, de la London Review of Books*, de faire la recension d'un livre de l'auteur américain John Cheever. Trois ans plus tard, Bob Gottlieb, éditeur de le Carré et de Cheever chez Alfred A. Knopf, écrit à le Carré pour lui apprendre que Cheever est malade.*

1. Jack Geoghegan.

Tregiffian
St Buryan
Cornwall
7 April 82

Dear Maître, ~~Dear John Cheever~~,

Bob Gottlieb wrote to us that you were ill, and sent us your new book. The book is so ~~perfectly~~ and beautifully healthy ~~, and moving beyond useful praise; and~~ that I know Gottlieb is lying as usual; but if you are ill, then ~~the book must be a~~ the book is ~~so~~ surely a most lovely thing to have beside you.

~~In a way,~~ I am glad in one sense that we have not met, because at least I can say things to you that no decent Englishman could say to ~~anyone's~~ anybody's face + survive. You have given so much light to our common language, so much dance + melody; you listen so carefully to how you speak ~~and they do~~ and to how they do.

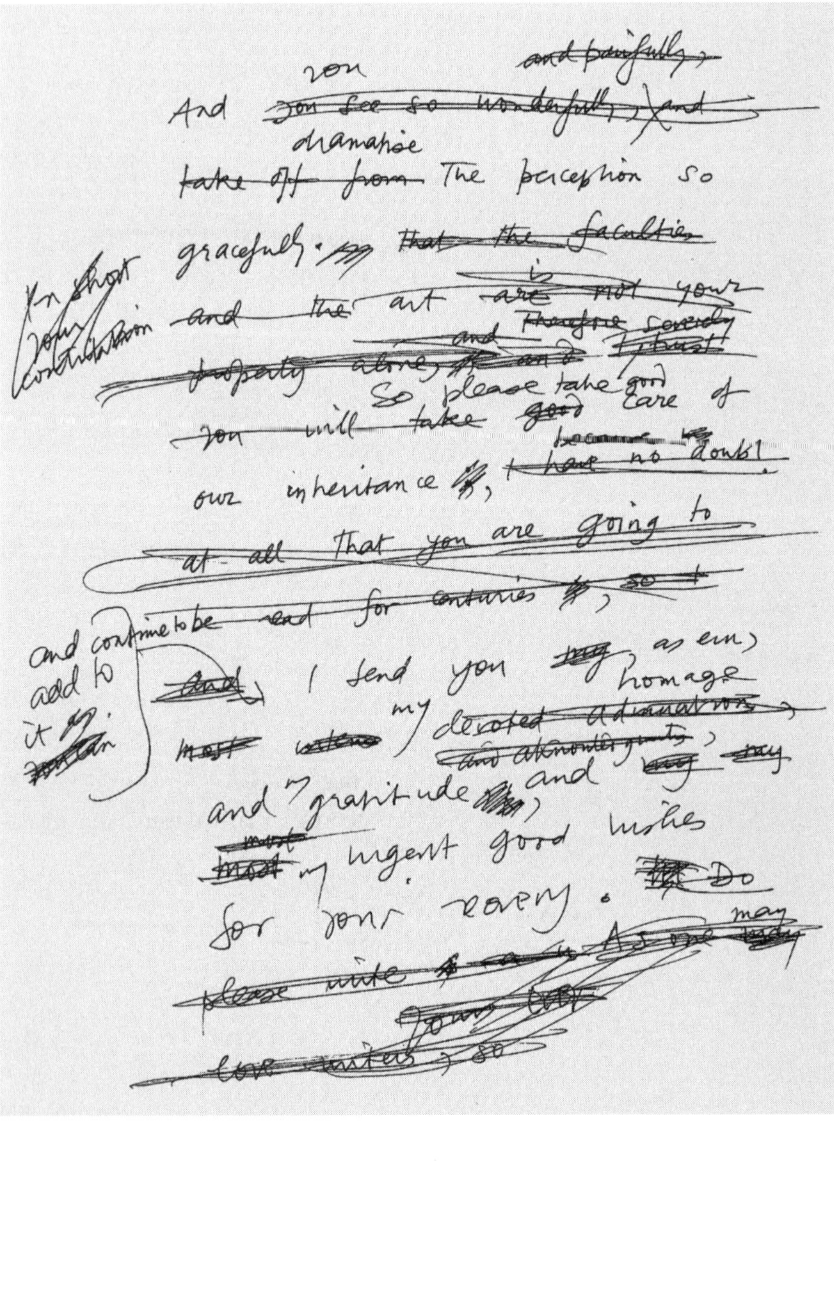

you ~~and painfully,~~
And ~~you see so wonderfully, and~~
dramatise
~~take off from~~ the perception so
gracefully. ~~so that the faculties~~
~~and the~~ art ~~are~~ is not your
~~therefore severely~~
~~property alone,~~ ~~and~~ ~~[illegible] trust!~~
So please take good care of
~~you will take good~~
our inheritance ~~[illegible]~~, ~~because I have no doubt.~~
~~at all that you are going to~~
~~be read for centuries~~, ~~so~~

~~In short~~ your contribution

and continue to be add to it ~~so~~.

~~And~~, I send you ~~my~~, as ever, homage
~~most intense~~ my devoted ~~admiration~~,
~~and admonitory~~, ~~my~~ ~~my~~
and my gratitude ~~[illegible]~~, and
~~most~~ ~~most~~ my urgent good wishes
for your recovery. ~~[illegible]~~ Do
~~please write [illegible] As one may~~
~~Yours ever~~
~~love writes~~, so

À JOHN CHEEVER

Tregiffian
St Buryan
Penzance
Cornouailles

7 avril 1982

Cher *maître**,

Bob Gottlieb nous a écrit pour nous dire que vous étiez souffrant, et il a joint votre dernier opus à sa lettre. Ce livre témoigne d'une si parfaite santé que je suis sûr que Gottlieb nous a raconté n'importe quoi, comme toujours. Mais au cas où vous seriez réellement souffrant, alors vous pouvez chérir ce livre car c'est un vrai bijou.

D'une certaine manière, je suis heureux que nous ne nous soyons jamais rencontrés, car cela me permet de vous dire des choses qu'aucun Anglais digne de ce nom ne dirait jamais de vive voix à personne au risque de trépasser. Vous avez apporté tant de <u>lumière</u> à notre langue commune, tant de rythme et de mélodie ; vous avez une oreille attentive à votre façon de vous exprimer, mais aussi à celle <u>des autres</u>. Et vous mettez en valeur cette perception avec élégance. Alors veuillez protéger notre héritage et continuer de l'enrichir.

Comme toujours, je vous envoie mes hommages, ma gratitude et mes meilleurs vœux de convalescence rapide.

Pas de signature sur le brouillon qui figure dans les archives le Carré. Cheever décédera d'un cancer le 18 juin 1982.

Le journaliste, diplomate et auteur israélien Yuval Elizur, correspondant de Haaretz, *mais aussi du* Washington Post *et du* Boston Globe, *a été présenté à le Carré par David Greenway*[1], *qui travaillait alors pour le* Washington Post *en Israël.*

À YUVAL ELIZUR

9 Gainsborough Gardens
Londres, NW3 1BJ

3 mai 1982

Cher Yuval,

Je suis ravi d'apprendre que, si tout va bien, vous serez disponible pour lire mon livre et en discuter avec moi. Comme je vous l'ai dit, je prévois d'arriver le vendredi 14 mai pour un séjour d'environ cinq jours. Si les dieux le permettent, nous devrions donc avoir à peu près trois jours libres pour parler, ce qui devrait suffire !

Normalement, je devrais demander à mon avocat de vous envoyer une lettre officielle vous détaillant un certain nombre de conditions, mais nous sommes pressés par le temps. Voici ce que je vous propose : je vous déposerai le manuscrit le vendredi soir et vous laisserai tranquille jusqu'à ce que vous me contactiez quand vous aurez pu le lire.

Ensuite, on en discute et, comme vous le verrez, le sujet est très sensible, puisqu'il traite de la nature insoluble du conflit israélo-arabe. À ce stade, j'ai forcément écrit des choses erronées / involontairement offensantes / injustes, etc. Notre travail commun est de faire en sorte que la fiction soit aussi proche de la réalité que possible. J'ai une liste de points que j'aimerais

1. Entre-temps, David Greenway est passé au *Boston Globe*. Ayant déjà voyagé avec le Carré en Asie du Sud-Est, il l'accompagne aussi au Proche-Orient. En 2015, le Carré dira à son biographe Adam Sisman : « Ma dette envers David Greenway est immense. Je n'aurais jamais eu le courage d'aller dans ces endroits et de faire ce que nous y avons fait s'il n'avait pas été là pour me guider et, au sens propre, me protéger. »

aborder avec vous, et d'ici notre rencontre j'imagine que vous aurez aussi la vôtre ! Par exemple, le personnage et les origines de « Joseph », l'agent désabusé des forces spéciales israéliennes, ou encore la vraisemblance de Kurtz, Litvak et leur équipe. Nous devons en parler à fond, d'un écrivain à un autre, et vous m'indiquerez les endroits où mes besoins en tant que créateur ont dépassé la réalité des faits. Mon ignorance dans de nombreux domaines est évidente, et je compte sur vous pour combler mes lacunes. Je suis dans l'ensemble satisfait de la structure et de l'intrigue, mais à l'intérieur de ce cadre, tout ou presque est modifiable.

Pour cette phase de travail, je vous propose des honoraires de 1 000 £ pour cinq jours de travail : deux pour la lecture, trois pour la discussion. S'il reste des vérifications à faire après mon départ, des questions complémentaires, etc., et si vous êtes toujours intéressé par le projet, je vous propose le tarif ad hoc de 100 £ par jour ou 50 £ la demi-journée, plus vos frais, bien sûr (voyages, téléphone, repas). J'ose espérer qu'il ne restera pas grand-chose, mais sait-on jamais, donc si ces conditions ne vous agréent pas, faites-le-moi savoir.

Je vous propose de convenir ensemble que ce travail restera strictement confidentiel tant que l'un de nous deux ne libérera pas l'autre de cet accord, car vous pourriez souhaiter ne pas être associé au livre, ce qui serait tout à fait compréhensible. La question se posera véritablement quand nous en serons aux remerciements en début d'ouvrage, etc. En d'autres termes, nous nous devons de respecter le droit de l'autre à la discrétion, que ce soit maintenant ou plus tard. J'ai bien sûr parlé de notre collaboration à venir à Jane et à David, mais ce qui m'importe, c'est que si d'aucuns détestent le livre (ce qui arrivera fatalement), cela ne rejaillisse pas sur vous.

J'ai hâte d'être à notre première discussion, et il y en aura peut-être d'autres dans l'année à venir. Nous verrons comment ça se passe et quelle quantité de travail cela représente. Et si de mon côté je faisais des corrections, il me paraîtrait raisonnable que vous les validiez avant que le texte parte à l'impression.

Désolé pour cette longue lettre. J'ai été ravi de parler avec vous.

Bien à vous,

David

P.-S. Si quoi que ce soit de ce que je vous ai proposé ne vous convient pas, surtout, dites-le-moi dès mon arrivée !

À GRAHAM GREENE

9 Gainsborough Gardens
Londres, NW3 1BJ

6 septembre 1982

Cher Graham Greene,

Je vous écris, fort penaud, après avoir lu l'interview de moi parue aujourd'hui dans le Times, où je semble me targuer de vous connaître bien mieux et d'être bien plus proche de vous que nous ne l'avons jamais été. Certains propos que m'attribue le journaliste sont des absurdités totales, en particulier dans les passages où il est fait mention de votre nom. Le Times en paraît conscient, car la rédaction a d'ores et déjà accepté de ne pas reprendre l'article dans ses autres éditions. Nous avons contacté votre éditeur et essayé (pour l'instant en vain) de contacter votre sœur afin de vous faire parvenir mes plus plates excuses. Le journaliste lui-même a prudemment disparu pour des vacances, mais son supérieur a déjà reconnu dans une conversation privée avec mon agent que cet article était truffé d'erreurs. Je suis vraiment désolé. Nous savons tous les deux que ces « interviews » peuvent être problématiques, mais celle-ci a vraiment donné un résultat calamiteux. Si vous le souhaitez, je suis certain que je peux contraindre le Times à publier un droit de réponse ou des excuses ou autres, mais je crains que cela ne fasse que renforcer la présomption apparente dans mes propos et d'attirer l'attention là où pour l'instant elle est sans doute minime. Ou peut-être préférerez-vous écrire vous-même au journal. En tout état de cause, je suis profondément navré de ce qui s'est passé, et je m'assurerai que ce passage soit coupé si jamais cet affreux article devait paraître ailleurs.

Avec mes meilleurs sentiments,
David Cornwell

L'éditeur Max Reinhardt est un proche de Graham Greene depuis longtemps, et c'est lui qui l'a engagé comme directeur de collection chez Bodley Head.

À MAX REINHARDT

9 Gainsborough Gardens
Londres, NW3 1BJ

26 septembre 1982

PERSONNEL

Cher Max Reinhardt,

Merci d'être intervenu. GG a écrit une lettre formidable. Je lui dois tant, pour son esprit et son immense envergure littéraire, que j'étais malade à l'idée de paraître me faire valoir de son nom. Et malade aussi que l'on me compare à lui, car je me satisfais de savoir qu'il a un talent infiniment plus grand que le mien. Point final.

Bien à vous,
David C.

À DICK FRANKS

9 Gainsborough Gardens
Londres, NW3 1BJ

24 janvier 1983

Mon cher Dickie,

Mieux vaut vous avertir que Newsweek va publier un dossier sur moi qui fera la couverture et que, au fil de leur enquête, les journalistes ont mis au jour beaucoup de détails sur mes anciennes fréquentations. Visiblement, on s'est battu pour leur parler. Leurs sources incluent des entretiens avec d'anciens membres des deux services et des Seitensprünge[1] aussi étranges qu'une interview d'A. B[2]. Ils sont aussi allés voir John Bingham, si j'ai bien compris, et ont rassemblé des témoignages sordides d'autres ex-membres (pas John) sur mon talent supposé pour l'invention d'opérations durant la guerre froide. Ils auraient aussi sollicité « Nigel West[3] », mais je n'en suis pas certain. Bref, au total ils ne devraient rien avoir de bien concret, mais ils sont très contents d'eux. De mon côté, quand j'ai pu, j'ai savamment esquivé, mais je ne me fais pas d'illusions : je pense que la couverture sera grillée.

Comment vas-tu ? Avez-vous vendu la maison et investi la nouvelle ? Ici, nous avons un nouveau n° (en prévision de la parution) : (01) 431 0362. Les gens de la Warner sont venus crapahuter au Liban avec moi, avec Newsweek sur le coup, et je suis rentré hier. Le film est en production, tournage prévu en septembre. Je mets la pression pour qu'ils prennent Charlotte[4], mais sans grand espoir. Les Israéliens m'ont clairement dit qu'ils détestaient le livre, ce qui me fait regretter de ne

1. « Aventures extraconjugales ».

2. Nom volontairement omis.

3. Nigel West, pseudonyme de Rupert Allason, commence alors sa carrière d'écrivain prolifique de livres sur l'espionnage.

4. Dans une lettre à Dick Franks en 1978, le Carré qualifiait la prestation de Charlotte dans une production londonienne de *Comme il vous plaira* de « brillante à un point pas permis ».

pas avoir été encore plus méchant avec eux dans le texte. Les ravages au Liban sont atroces, mais je n'ai jamais vu le pays si calme : une seule explosion en huit jours passés à Beyrouth. Tyr et Sidon sont dévastées, Sabra et Chatila des visions des Enfers.

Donnez-nous la chance de vous accueillir pour un repas ici bientôt. Passe le bonjour à Rachel.

Amitiés,
David

L'article de Newsweek *paraît le 7 mars 1983. Signé depuis Beyrouth par Alexis Gelber et Edward Behr, correspondants de guerre expérimentés, il inclut une chronologie remarquablement détaillée de la carrière de le Carré dans le renseignement à Berne, en Autriche, au MI5 et au MI6, jusqu'à ses activités d'informateur sur les groupes de gauche à Oxford. À la sortie de* L'Espion qui venait du froid, *le Carré avait été identifié sous son vrai nom comme diplomate en poste en Allemagne, mais il a depuis systématiquement nié avoir été un agent du renseignement. Cette fois-ci, la couverture est bel et bien grillée, comme il le dit dans la lettre ci-dessus.*

À MARGARET THATCHER

9 Gainsborough Gardens
Londres, NW3 1BJ

2 mars 1983

Madame le Premier ministre,

Je ne peux pas repartir pour le Proche-Orient demain sans vous avoir remerciée du déjeuner d'aujourd'hui. Cette invitation était un grand honneur pour moi et je vous en remercie sincèrement. J'espère que vos échanges avec le Premier ministre néerlandais ont été aussi cordiaux et fructueux qu'ils le semblaient. Peut-être « La Petite Fille au tambour » vous apportera-t-elle quelques heures de répit pour vous changer du fardeau de votre charge. Mais je suis par ailleurs bien certain que tous vos invités ont unanimement trouvé que vous aviez besoin de tout sauf de répit !

Encore merci, et quel discours magistral !

Bien cordialement,
David Cornwell

Thatcher organisait ce déjeuner au 10 Downing Street en l'honneur de Ruud Lubbers, le Premier ministre néerlandais, que le Carré ajoutera bien vite à son répertoire d'imitations. Elle a centré son discours sur George Downing, chef du renseignement des forces d'Oliver Cromwell puis ambassadeur à La Haye, qui a donné son nom à Downing Street.

Hugh Thomas, récemment fait baron Thomas de Swynnerton, avait déjà essayé de recruter le Carré pour un dîner littéraire surprise pour Thatcher en 1982. Il essaiera de nouveau six mois après le déjeuner à Downing Street. « Je suis désolé, mais je ne serai pas là à cette date. C'est une assez mauvaise période pour moi (asociabilité et nervosité post-partum, ma propre compagnie m'est insupportable). Le creux de la vague habituel, lui écrit le Carré, le 26 septembre 1983. Transmets-lui mes hommages, si tu en as l'occasion. Je n'aurais jamais cru que je la trouverais admirable, et pourtant c'est le cas, étonnamment, même si les effets immédiats de ses décisions sont terribles. Peut-être parce que je crois réellement que c'est une personne honnête et hors du commun. »

~

Janet Lee Stevens, qui préparait un doctorat sur le théâtre égyptien, a vécu au Caire et à Tunis avant de s'installer à Beyrouth en tant que journaliste pigiste. Elle y a couvert les massacres de Sabra et Chatila. Elle a rencontré le Carré fin 1982 pendant qu'il faisait ses recherches pour La Petite Fille au tambour. *Stevens a trouvé la mort dans l'attentat contre l'ambassade américaine à Beyrouth le 18 avril 1983. Le film adapté de* La Petite Fille au tambour *lui sera dédié. Le Carré a fait le premier don à un fonds du souvenir portant le nom de Janet Stevens.*

À M. [HAZEN] ET MME [JEAN] STEVENS ET JO ANNE STEVENS

9 Gainsborough Gardens
Londres, NW3 1BJ

29 avril 1983

Chers monsieur et madame Stevens, chère Jo Anne,

Comme vous le savez certainement, Janet a travaillé avec nous en tant que guide, interprète et philosophe enthousiaste lorsque George Roy Hill, Loring Mandel[1] et moi-même étions au Liban pour les repérages de notre film. À leur demande, je vous envoie ci-jointe une lettre de chacun d'eux. Permettez-moi d'y ajouter un mot en mon nom propre, j'espère qu'il pourra soulager votre peine ne serait-ce qu'un tout petit peu. Ce n'est pas déformer la vérité a posteriori au vu des événements que de vous dire que nous aimions tous Janet et en avons rapidement fait notre instructrice et, plus encore, notre boussole morale et humaine face à toute la souffrance et la dévastation dont nous avons été témoins. Il n'a fallu que quelques jours pour que ses yeux et son cœur, ainsi que son courage hors norme, deviennent d'une certaine manière la fenêtre par laquelle nous avons découvert le paysage qu'elle connaissait si bien. C'est la sensibilité de Janet qui nous a guidés à travers Sabra et Chatila, l'hôpital de Gaza et les camps du Sud, son incroyable capacité à toucher le cœur des pauvres, des endeuillés, des miséreux, qui nous a fait ressentir leur fardeau, ainsi que son engagement sans faille. Le temps que nous repartions, je lui avais déjà demandé sans la moindre hésitation de faire d'autres recherches pour moi, et je l'avais même recommandée à un grand journal américain comme potentielle recrue. J'ai dit un jour à Janet que, lorsqu'elle serait vieille, elle acquerrait la vénérabilité, sinon la piété, d'une mère Teresa et, même si elle a accueilli ma remarque avec un grand éclat de rire, elle ne pouvait pas nous tromper : son dévouement au peuple qu'elle aimait était total,

1. Respectivement réalisateur et scénariste du film *La Petite Fille au tambour.*

et je ne peux m'empêcher d'ajouter qu'elle était prête à mourir pour lui. Et en un sens, c'est ce qu'elle a fait : en restant, en étant là, en bravant le danger et en refusant de baisser les bras tant que les autres souffraient. Pour le dire simplement, elle a été une inspiration pour beaucoup de gens par son courage et sa force. Et nous en faisions partie[1].

Très sincèrement,
John le Carré
(David Cornwell)

1. *The Good Spy*, ouvrage du journaliste Kai Bird, couronné par le prix Pulitzer, sur l'agent de la CIA Robert Ames, affirme que Janet Lee Stevens devait rencontrer le Carré à Chypre le lendemain du jour où elle a trouvé la mort. D'après ce livre, deux jours après l'attentat, le Carré a pris l'avion pour Beyrouth, est descendu à l'hôtel Commodore et est allé voir le site de l'explosion. Le livre affirme également que les Palestiniens avaient donné à Janet Lee Stevens le surnom de « Petite Fille au tambour » en raison de son engagement incessant pour leur cause, « un surnom donné à Janet dans les camps de réfugiés et que le Carré s'est approprié ». La nièce de Stevens a émis des doutes sur les sources de Bird sur cette anecdote, et même sur le fait que Stevens ait jamais été surnommée la Petite Fille au tambour, que ce soit avant ou après le roman. Néanmoins, c'est une affirmation qui figure sur Wikipédia. À en croire David Greenway, *La Petite Fille au tambour* était un titre que le Carré envisageait dès la fin des années 1970, avant même d'avoir fini de faire ses recherches pour le livre, et donc avant sa rencontre avec Janet Lee Stevens. Le Carré a confirmé à Greenway que le modèle qu'il avait en tête pour son personnage était sa demi-sœur Charlotte.

UN PUR ESPION

Il m'a fallu de longues années avant d'arriver à écrire sur Ronnie l'escroc, le mythomane, le repris de justice, et par ailleurs mon père.

– « Le fils du père de l'auteur »,
chapitre 33, *Le Tunnel aux pigeons*

Le bilan de sa vie, s'il n'est pas très orthodoxe, brille de mille feux : une succession de faillites sur près d'un demi-siècle et s'élevant à plusieurs millions de livres ; des centaines de sociétés – au sens strict – aux en-têtes grandioses sans un gramme de capital ou presque ; un bataillon d'amis fidèles qui suivaient d'un œil amusé ses entreprises commerciales même lorsqu'ils en étaient les premières victimes ; quatre enfants bien portants et couronnés de succès ; sept petits-fils, une foi inébranlable en son Créateur, des séjours en prison sur deux continents qui semblaient n'avoir altéré en rien la mansuétude de son visage à la rondeur tout épiscopale ; une conscience très indulgente envers lui-même ; de spectaculaires actions charitables dont les bénéficiaires se souviendraient jusqu'à leur mort ; et une forme sexuelle dont il m'avait assuré encore quelques mois auparavant qu'elle surprenait les plus optimistes.

– « En espionnant mon père »,
Sunday Times, 6 mars 1986

La figure du père véreux s'est invitée dans de précédents romans de le Carré (ainsi, le père de Cassidy dans *Un amant naïf et sentimental*, et dans *Comme un collégien*, Jerry Westerby qui découvre que les caisses sont vides dans le testament complexe de son père), mais *Un pur espion*, roman semi-autobiographique, brosse un portrait à peine déguisé de Ronnie sous les traits de Rick, le personnage central de ce que certains considèrent comme le chef-d'œuvre de le Carré.

À JOHN ET MIRANDA MARGETSON

Chalet Chamois
3823 Wengen
Suisse

19 décembre 1985

Très chers Miranda et John,

[...] Désolé de n'avoir pu vous donner qu'un exemplaire si moche du livre, imprimé sur du papier bon marché et moitié moins grand que le vrai. En arrivant au chalet, nous en avons trouvé trois au format final qui nous attendaient, et j'ai d'abord pensé vous en envoyer un tout de suite, mais, comme le livre définitif sera prêt fin janvier, je vous en ferai expédier un à ce moment-là.

On a vu Copenhague dans le brouillard et la Finlande dans le noir, mais ces deux séjours étaient merveilleux. Ce que j'ai préféré à Helsinki, ce sont les quelques endroits qui évoquent soudain le vieux Berlin, la splendide gare Art nouveau la nuit, et le départ du Tolstoï Express pour Léningrad et Moscou – il n'y manquait qu'Anna Karénine. J'ai adoré ! Les saunas, je ne suis pas convaincu. Je me suis retrouvé au bord d'une mer gelée parmi un groupe de gens qui avaient découpé un trou dans la glace et se préparaient à plonger dedans après leur passage au sauna. Voulais-je me joindre à eux ? Non, ai-je répondu, parce qu'il n'y a qu'un trou. Moi, il m'en faudrait deux, un pour entrer et un pour ressortir. Silence intrigué alors que les

Finlandais sautaient l'un après l'autre dans le lugubre gouffre de mer gelée…

Toutes mes amitiés et encore merci,

David

*Al Alvarez et le Carré, voisins à Hampstead, resteront proches amis durant plus de quarante ans. Poète, critique, écrivain, féru de jeux d'argent et d'escalade, Alvarez tient la rubrique poésie dans l'*Observer *pendant dix ans. Son livre* Offshore : un voyage en mer du Nord, *sur ses voyages dans les champs pétrolifères au large d'Aberdeen et des Shetland, a d'abord paru en deux parties dans le magazine* New Yorker.

À AL ALVAREZ

9 Gainsborough Gardens
Londres, NW3 1BJ

3 mai 1986

Mon cher Al,

J'ai été un peu déstabilisé quand tu m'as demandé si j'avais lu ton livre, parce qu'il se trouve que je l'avais lu dans le New Yorker et que, pour je ne sais plus quelle raison (sans doute un voyage), je ne t'ai pas communiqué sur le moment mon enthousiasme, pourtant immense. Ensuite, Hodder & Stoughton m'a envoyé un manuscrit, qui est resté sur mon bureau en me jetant des regards accusateurs, mais je me suis dit que j'allais attendre que le livre sorte, et bon, bref… Hier soir, je me suis enfin posé pour le lire d'une seule traite plutôt que de le commencer à Oshkosh et de le finir à Toronto, et j'ai passé un excellent moment. (Entre parenthèses, je trouve que H & S a sorti un très bel objet. Je n'avais pas vu de marges aussi grandes depuis Dietrich en porte-jarretelles. Jolie maquette, visuels agréables à l'œil, belle qualité tout en sobriété qui se retrouve dans le texte.) Mais la raison pour laquelle je t'écris, confirmée par cette lecture, c'est que je trouve que, comme avec ton livre sur le poker, tu as atteint une aisance dans la narration première personne qui est en même temps affirmée, sensible et parfois touchante : tu es autant le lecteur que l'auteur, et tes enthousiasmes mesurés (comme tu dis, pour un type qui a dû attendre 40 ans pour réussir quelque chose dont rêvent tous les gamins) sont dosés à la perfection pour les communiquer et permettre au lecteur de s'y retrouver.

Comme je l'ai également dit, j'adore les chapitres où tu remets le pied sur terre, l'interlude aux Shetland, que tu nous fais aimer, et tout ce passage si émouvant qui nous dit que c'est fichu pour eux mais qu'ils se battront jusqu'au bout est vraiment un petit bijou de reportage. Et comme toi, le lecteur, à ce moment-là, se démène pour sortir de l'eau, car il a eu son compte des plate-formes lugubres et rêve de retrouver la terre ferme. Quant à Aberdeen…

Mais ce sont cette humanité et cette voix que tu as trouvées (sans que l'on devine le travail de l'artiste derrière) qui, je crois, peuvent t'emmener au firmament avec ce genre de livre. Je sais que les dangers extrêmes t'attirent, mais je crois que tu es aussi en train de te permettre de raconter les moments amusants sur un ton qui te surprend agréablement, et le lecteur avec. Et donc nous t'accompagnons gaiement dans ton périple si distrayant en passant de la réalité des faits à tes fines analyses.

Ce qui m'incite à suggérer que tu ferais le chroniqueur idéal pour la prochaine ascension de l'Everest (ou toute autre expédition plus amusante, peut-être), ou pour un voyage en Transsibérien, ou n'importe quelle pérégrination où le goût du danger se mêle aux rencontres humaines. Je sais que, dans tes mauvais jours, tu te dis : « Et pourquoi je me fais suer à écrire ? », mais honnêtement, je pense que tu es en train de peaufiner un style de reportage première personne qui te donne (et donne au lecteur) la possibilité de rester longtemps jeune et passionné.

Bref, merci pour cette lecture si plaisante, pardonne-moi mon silence radio stupide, et merci aussi pour le livre lui-même et son adorable dédicace.

Mes amitiés à tous les deux,
David

Dix ans après la disparition de Ronnie Cornwell, ses sœurs Ella et Ruby réprouvent le portrait que brosse le Carré de son père dans la presse comme dans la fiction. Il écrit la lettre ci-dessous juste après la parution dans le Sunday Times *de son article « En espionnant mon père ».*

À ELLA HAYMES

9 Gainsborough Gardens
Londres, NW3 1BJ

3 mai 1986

Chère tante Ella,

Merci pour votre lettre gentiment tournée. Je suis bien sûr désolé que tante Ruby et vous ayez été contrariées par mes articles et mon roman, même si j'ai cru comprendre que vous n'avez pas lu le livre.

Je dois d'abord vous dire que j'ai consulté à peu près tout le monde sauf vous deux avant de publier l'article. Ma mère a trouvé que c'était un conte de fées par rapport à la réalité. Jeannie en a pensé beaucoup de bien et Joy[1], après réflexion, a retiré ses objections initiales. Tous les enfants de Ronnie ont lu l'article et le roman avant publication et les ont adorés. Même chose pour mes enfants. Mon frère Tony, qui réfléchit depuis longtemps à un roman sur le même sujet, a écrit un livre de ses souvenirs de Ronnie qu'il essaie de faire publier, pour l'instant sans succès.

Avec le recul, je regrette de ne pas vous avoir incluses, tante Ruby, tante Doris et vous, dans la liste des proches à consulter au préalable, mais peut-être pressentais-je inconsciemment que vous auriez des objections, même s'il me semble avoir écrit sur Ronnie en faisant preuve de tolérance et d'amour, à la fois dans l'article et dans son portrait romanesque. J'ai été un peu plus dur envers moi-même.

1. La troisième épouse de Ronnie.

Je crois que jamais un roman un tant soit peu réussi n'a été écrit sans offenser quelqu'un. Si Dickens avait gardé pour lui certains souvenirs d'enfance, nous n'aurions pas de Dickens. Même chose pour beaucoup d'auteurs sur des sujets aussi divers que l'amour et la guerre. La justification de mes actes, s'il en faut une, se trouve assurément dans le réconfort que j'ai pu apporter à des gens qui vivent (ou ont vécu) dans l'ombre de leur Ronnie à eux, car si les réactions de mes lecteurs m'ont bien appris une chose, c'est qu'il était beaucoup plus un « type » d'homme que je ne l'avais cru de son vivant.

Un des thèmes du roman, c'est que l'hypocrisie se nourrit du silence et de la bonté d'âme des personnes respectables, et que la tromperie, si on la laisse faire, peut se transmettre de génération en génération. Si vous deviez lire le roman, je suis sûr que vous conviendriez, au niveau le plus élémentaire de la morale, de l'importance de dire ces choses plutôt que de les balayer sous le tapis. Comme nous tous qui avons dû vivre avec Ronnie, sous l'emprise de son charme pour en fin de compte nous faire duper par lui, vous avez forcément beaucoup souffert. En écrivant comme je l'ai fait, je pense que j'ai non seulement atténué ma souffrance, qui a été longue et handicapante, mais aussi allégé le fardeau de bien d'autres qui, dans des situations d'enfermement, subissent les mêmes maux sans pouvoir les partager.

Vous avez toutes donné à Ronnie un amour presque infini, comme vos parents avant vous et ses enfants après, sans parler de ses épouses et compagnes. Nous l'aimons sans doute encore tous aujourd'hui, comme il me semble l'avoir suggéré dans l'article. En tout cas, si j'en crois votre lettre, ce n'est même pas avec le contenu de mes écrits que vous êtes en désaccord, mais avec leur existence même. Or, si un écrivain a une quelconque utilité, c'est de dire tout haut ce que d'autres ressentent peut-être sans pouvoir l'exprimer, et ainsi, espérons-le, de développer la compassion et la compréhension humaines. Maintenant que le livre est écrit et que l'histoire a été révélée, mon travail est fait. Une adaptation par la BBC en une série de 7 heures est en préparation pour une diffusion en septembre 1987, mais je ne suis pas vraiment impliqué dans ce projet, et vous avez peut-être déjà remarqué que je ne donne pas d'interviews à la presse ni à la télévision britanniques. Donc la fin de toute cette histoire que vous appelez de vos vœux, même si elle a mis du temps à venir, est en vue. Si je vous ai réellement causé de la peine, j'en suis navré, mais il me semble que c'est un objectif chrétien d'essayer de vivre avec plus de vérité et d'honnêteté entre nous, et de reconnaître les façons infinies dont la douleur et l'amour peuvent nous apprendre des choses.

Ci-joint une copie du récit de Tony, que vous devriez lire, ne serait-ce que pour sa tonalité affectueuse[1].

Bien affectueusement,
David

*À la suite de la parution d'*Un pur espion, *Vivian Green écrit l'article « A Perfect Spy : A Personal Reminiscence » (« Un pur espion : souvenirs personnels »), à propos du livre et des souvenirs qu'il garde de Ronnie et David Cornwell. Il y évoque Ronnie, sa fourberie et son panache, et le Rick du roman, qu'il considère comme deux « avatars interchangeables » ; il dépeint l'ambivalence de le Carré vis-à-vis de Sherborne School, puis son arrivée à Oxford ; il raconte la randonnée qu'il a faite avec lui dans les Alpes suisses après la faillite de Ronnie, et parle de George Smiley comme de la figure du père fictionnel. Cet article sera publié en 1988 dans* The Quest for le Carré, *recueil de neuf essais dirigé par Alan Bold. Le Carré a souvent dit qu'il ne lisait jamais les analyses critiques de son œuvre.*

1. Après la parution d'*Un pur espion*, Tony Cornwell a écrit un récit sur Ronnie, « My Brother's Father and Mine » (c'est-à-dire « Le père de mon frère et de moi-même »), resté inédit, qui décrit « un homme picaresque, charmeur, insupportable », qui « copulait pour l'Angleterre ».

À VIVIAN GREEN

9 Gainsborough Gardens
Londres, NW3 1BJ

5 novembre 1986

Mon cher Vivian,

Je viens de finir votre article. Rien de ce que j'ai pu lire sur mon œuvre ou moi-même ne m'a jamais touché à ce point. Cela m'a rappelé tant d'épisodes de ma vie, et tout ce qu'elle vous doit, votre intelligence et votre perspicacité adorables, à la Smiley, et votre talent pour la recherche. C'est un essai magnifique. Cela ne me dérangerait pas que vous soyez un peu plus explicite sur le communisme à Oxford, mais peut-être ne serait-ce pas très avisé[1]. Mon nom de plume s'écrit avec un l minuscule, même s'il est constamment mal orthographié avec une majuscule. J'ai fait quelques menues corrections typographiques. Désolé que cette lettre soit si décousue, mais je suis très ému par votre article.

Oui, oui, merci pour le chèque, je viens seulement de l'encaisser. Serait-il possible que je fasse un tour à Oxford un de ces soirs et que nous dînions en toute simplicité au réfectoire ? Cela fait très longtemps que j'en ai envie, mais je suis terrifié par [Burke] Trend, et je ne cesse de me dire qu'il va me faire arrêter[2] !

Encore merci pour cet article remarquable, stimulant et touchant.

Affectueusement,
David

1. L'article fait allusion au travail de le Carré pour le renseignement quand il était à Oxford, et mentionne des « difficultés considérables » avec Ronnie quand celui-ci a appris que son fils frayait avec les étudiants de gauche.

2. Membre du gouvernement britannique de 1963 à 1973 et recteur de Lincoln College de 1973 à 1983. Grand serviteur de l'État, il a dirigé une commission d'enquête sur les accusations concernant une pénétration soviétique des services secrets britanniques plus profonde que prévu.

Philip Roth a qualifié Un pur espion *de « meilleur roman anglais de l'après-guerre ».*

À PHILIP ROTH[1]

9 Gainsborough Gardens
Londres, NW3 1BJ

8 décembre 1986

Cher Philip,

Il m'a fallu un moment pour apprécier toute l'ampleur de votre générosité. Les « waouh » étouffés de mon éditeur anglais, les « waouh » pas du tout étouffés de Gottlieb, l'autorité impressionnante de cette déclaration – c'était trop d'un coup pour moi. Sans compter qu'il est fort délicat de remercier les gens de la bonne opinion qu'ils ont de vous, même si on n'a pas ménagé ses efforts pour l'obtenir, car ils ne l'ont pas simplement pour vous faire plaisir, ils l'ont parfois malgré l'inimitié qu'ils vous portent, ou bien ils peuvent vous aimer en tant que personne et trouver que vous écrivez de la merde. Mais il y a bel et bien une dimension entre écrivains où nous pouvons réellement dire « merci » à l'autre, et, comme je le disais, c'est celle de la générosité : en fin de compte, c'est vous qui devez avoir le courage de dire ce que vous pensez, de le dire haut et fort et de vivre avec. Parce que les citations ne disparaissent jamais. Et c'est vous qui devrez sans doute affronter les moqueries de vos amis, les « franchement, Philip, mon vieux, tu y es allé un peu fort de café sur ce coup, non ? ». Avec une réputation littéraire aussi auguste que la vôtre à protéger, vous avez réellement fait un geste d'une générosité stupéfiante. Je vous en suis profondément reconnaissant et je ne peux pas laisser passer plus de temps encore avant de le dire : pour toute éternité, merci du fond du cœur pour la meilleure citation au meilleur

1. Romancier et nouvelliste américain auteur entre autres de *Portnoy et son complexe*, « roman qui interroge le désir, la judéité et l'Amérique », selon le *New York Times*. À la fin des années 1970, Philip Roth vit la moitié de l'année à Londres avec l'actrice Claire Bloom, qui a joué dans *L'Espion qui venait du froid*. Al Alvarez est un ami commun.

moment venant de la meilleure source. Et une dernière chose : venant de presque n'importe qui d'autre, les mêmes mots auraient été un sommet banal dans ce paysage de montagnes russes que nous traversons quand nous lisons ce qu'on écrit sur nous ; mais venant de vous, cher Philip, comme vous devez le savoir depuis longtemps, c'est un compliment à nul autre pareil, car je ne peux pas vous cacher que vous êtes pour moi l'un des trois ou quatre meilleurs auteurs anglo-saxons au monde, sinon le tout premier, et assurément le meilleur humoriste vivant, et assurément le plus insaisissable, le plus vrai... Et merde, je m'enfonce.

Concernant mercredi et le dîner : j'ai un problème avec ma mère, qui est en fin de vie, grabataire, et doit subir une opération de la hanche mercredi, une fois que nous l'aurons emmenée pour une sortie en voiture. J. et moi nous sommes dit que nous serions trop mal au retour, et que nous allions accepter votre proposition de faire quelque chose de plus simple à la nouvelle année au lieu de courir pour rentrer à temps et cuisiner. D'ici à ce que cette lettre vous parvienne, nous aurons peut-être fixé une date.

Il n'est pas dans mes habitudes d'écrire des lettres si longues ou si mauvaises. Mais, en toute circonstance, il serait difficile pour moi d'échapper à une expression maladroite de mon affection après vos paroles courageuses et sublimes.

Bien à vous,
David

À JANE CORNWELL

634 Charles River Street
Needham
Près Boston

13 mars 1987

Ma chérie,

Cela doit faire au moins un siècle que je ne t'ai pas écrit une lettre d'amour. D'ordinaire, il s'agissait de lettres évasives et moroses me déliant de mes vœux pour les renouveler aussitôt, mesurées, frénétiques, tout sauf rassurantes. Mais au cours de l'année passée, j'ai ressenti des sentiments pour toi que je crois n'avoir jamais ressentis auparavant : une foi totale en ton amour, ta bonté et ton altruisme remarquable, une immense gratitude pour la compréhension que tu as secrètement de qui je suis et pour le fait que tu m'as toujours pardonné mes inconstances d'esprit et de comportement à des moments où j'essayais d'explorer le centre de moi-même, parfois avec des conséquences douloureuses pour nous deux. Et toi en tant que mère de Nicholas, je t'aime tout particulièrement parce que, comme tu le sais, parfois ton amour pour nous deux est comme un unique amour, qui inclut l'enfant en moi tout autant que lui, et il est la source de notre force collective. Et je t'aime aussi parce que tu as réussi, sans jamais t'imposer, à devenir la compagne de l'écrivain en moi, celle qui provoque, qui améliore, qui peaufine les idées et les amplifie, tantôt pragmatique, tantôt abstraite, bref, ma partenaire littéraire indispensable et première éditrice, aux mérites inconnus de tous en dehors de notre cercle le plus restreint, mais essentielle pour moi en cela comme en tant d'autres choses. C'est ainsi, mon cher amour, que tu as accompli ma renaissance, ma survie, et enfin ma célébration actuelle en tant qu'écrivain, et je sais que sans toi ce ne serait jamais arrivé.

Cette lettre a donc pour but d'exprimer tout cela et bien plus et de t'en remercier, et de renouveler mes vœux absolus et d'imaginer un bonheur encore plus grand à l'avenir, et un amour toujours plus fort qui emplit et définit l'âme, et une spiritualité également croissante et, je le pense, une harmonie et une appréciation mutuelle qui vont s'intensifiant.

Cette lettre est-elle une lettre d'amour ? Te remercie-t-elle assez ? Dit-elle assez que je me sens constamment seul sans toi, même dans les moments où je sais que je dois marcher seul ? Que je te désire ? Que je souhaite faire renaître et intensifier aussi notre vie amoureuse, faire plus souvent l'amour et voyager plus ensemble ? J'espère qu'elle dit tout cela. Et que je t'aime. Et que, malgré de nombreux mauvais signaux par le passé, je suis tien pour toujours dans l'amour et la constance.

David

LA MAISON RUSSIE

Chacun des romans que j'ai écrits a constitué une vie entière. Ceux que j'ai écrits sur la Russie sont des vies que vous m'avez permis de vivre.

– à Vladimir Stabnikov, par mail, 4 mars 2016

La fascination de John le Carré pour la Russie était telle que, dans les années 1970, alors qu'il se rendait en Extrême-Orient, il a choisi de faire le trajet via Copenhague pour se poser à Tachkent, où il a pu « humer les vapeurs d'essence russe sur le tarmac chaud » et voir le visage des autochtones éclairé par des lanternes[1]. Malgré cela, il a décidé de refuser toutes les invitations officielles de l'Union des écrivains soviétiques tant qu'elle soutiendrait publiquement l'emprisonnement de certains de ses membres. Karla, le maître espion du Centre de Moscou, quartier général de l'espionnage soviétique, a beau être l'ennemi numéro 1 de George Smiley, le Carré n'est pas allé découvrir son pays.

Un an après la publication d'*Un pur espion*, toutefois, le Carré laisse de côté son père pour se focaliser sur la Russie de Mikhaïl Gorbatchev. La Russie, les Russes et leurs voisins vont lui fournir du matériau pour plusieurs livres majeurs : *La Maison Russie*, qui « fait entrer la glasnost dans l'espionnage[2] », *Notre jeu*, *Single & Single*, *Un traître à notre goût* et *Un homme très recherché*.

En mai et en septembre 1987, le Carré effectue deux séjours d'environ deux semaines chacun en Russie. Lorsqu'il visite le Centre de Moscou, il tombe sur des étudiants russes qui lisent ses romans piratés sur des machines à traitement de texte[3].

« La combinaison de ma vie secrète et de mon œuvre produit un cocktail puissant et irrésistible pour la mentalité russe, à l'époque

1. « Le Carré and the Cheque that Came in from the Cold... », *Sunday Times*, 10 novembre 1985.

2. « Why I Came in from the Cold », *New York Times*, 29 septembre 1989.

3. « Russians Warm to le Carré », Craig R. Whitney, *New York Times*, 22 mai 1989.

soviétique comme encore aujourd'hui », écrira-t-il à Richard Greene, biographe de Graham Greene, dans un mail en date du 28 juillet 2019. « Il ne faut jamais oublier que, dans la tradition russe, les écrivains jouissent d'une estime bien plus grande que nous ne pouvons l'imaginer dans nos sociétés occidentales : ils encouragent ou freinent les révolutions, façonnent l'esprit de leurs amis comme de leurs ennemis et doivent être encensés, conspués, fusillés ou exilés (ou les quatre). Nous obtenir, obtenir notre faveur d'Occidentaux, pour un Russe, c'est presque un devoir national. Et si en outre nous sommes auréolés de la mystique des services secrets britanniques, révérés et redoutés (malgré toutes les boulettes possibles et imaginables), notre pouvoir d'attraction est total. »

À JOHN ROBERTS[1]

9 Gainsborough Gardens
Londres, NW3 1BJ

12 mai 1987

Cher John,

[...] Je ne souhaite pas rencontrer Philby lors de ce voyage, et la réponse à toute proposition allant dans ce sens doit être un « non, merci » très ferme. Toute autre attitude ne ferait que vous embarrasser, vous, l'association, l'ambassadeur et, de fait, moi-même. Comme je vous l'ai dit, j'aimerais le rencontrer un jour pour des raisons purement zoologiques, mais pas aux dépens d'autrui. Et en ce qui concerne ce voyage, c'est un non ferme et définitif, non sous aucun prétexte, quelles que soient les circonstances[2].

Seul autre souci : [l'ambassadeur de Grande-Bretagne] Bryan Cartledge sait de façon sûre que nous venons (je suis certain que vous l'en avez informé) et nous avons laissé tomber l'idée de la conférence de presse (ce qui, vu la situation, était la bonne chose à faire), sauf que je ne le lui ai pas encore annoncé. Serez-vous en contact avec lui ou voulez-vous que je lui téléphone ?

1. Directeur pendant vingt ans de l'association Grande-Bretagne-URSS, il sert de guide et d'interprète à le Carré lors de son séjour en Russie en 1987.

2. Trente ans plus tard, le Carré avouera à Philippe Sands lors du Hay Festival que c'était un regret éternel. « Je crois que j'ai été stupide. Passer quelques jours avec Philby aurait certainement été extraordinaire, mais c'était trop dur pour moi à avaler à l'époque et j'ai refusé. »

Enfin, quand nous avions parlé de vos frais pour ce déplacement que vous avez la gentillesse d'entreprendre, ce dont je vous suis extrêmement reconnaissant, vous aviez évoqué l'idée que j'effectue un don à l'association, ce que je ferai avec grand plaisir.

Bien à vous,
David

~

Vladimir Stabnikov, ancien officiel à l'Union des écrivains soviétiques, deviendra le premier directeur du Centre PEN russe en 1989. Il escorte le Carré à Moscou et Léningrad en 1987 en tant qu'hôte officiel, et le fera en 1994 au Kazakhstan et au Kirghizistan. Il cotraduira Le Miroir aux espions *en russe et se rendra deux fois en Cornouailles chez le Carré, qu'il appelait un « joyau de l'humanité ».*

À VLADIMIR STABNIKOV

9 Gainsborough Gardens
Londres, NW3 1BJ

12 juin 1987

Cher Vladimir,

Que puis-je vous dire de plus ? C'était merveilleux, plein d'informations, d'illuminations, de cœur. Le caviar avait un petit goût de nostalgie lorsque je l'ai dégusté en Suisse, et je n'ai pas éprouvé de soulagement en partant, mais j'ai été saisi d'un curieux sentiment de tristesse quand j'ai atterri. Peut-être les choses auraient-elles été différentes si j'étais rentré directement à la maison.

Vous avez tout réussi à merveille ! Même le week-end d'interprétariat, quand vous auriez pu rester auprès de votre famille ! J'ai ressenti votre soutien et votre souveraineté de façon égale, et je vous en remercie. Faites le maximum pour venir séjourner ici bientôt. Il y a tant de choses qui vous amuseront, même si je ne peux pas vous garantir des chauffeurs de taxi royalistes.

Encore merci. Je vous envoie quelques livres aux bons soins de l'ambassade.

Toutes mes amitiés,
David

John Margetson occupe son dernier poste diplomatique en tant qu'ambassadeur du Royaume-Uni aux Pays-Bas, où son prédécesseur a été assassiné par l'IRA, l'Armée républicaine irlandaise. Il a été anobli en 1986.

À JOHN MARGETSON

9 Gainsborough Gardens
Londres, NW3 1BJ

24 septembre 1987

Mon cher John,

Je suis enfin de retour après l'Algarve, Moscou (2e voyage pour nourrir le livre), Léningrad (pour voir Sakharov et Bonner qui y passaient le week-end[1]), Capri (pour recevoir un prix littéraire italien et me complaire dans le smog), puis Zurich (pour des raisons dont je me souviens à peine), et Jane vient de me rappeler ton aimable et chaleureuse invitation à vous rendre visite avant que ton mandat se termine et que tu puisses enfin te reconvertir dans une profession honnête. Nous aurions adoré, mais, en toute honnêteté, je pense qu'il vaut mieux que nous

1. Au moment de son décès en 2020, la photographie de le Carré en compagnie des dissidents soviétiques Elena Bonner et Andreï Sakharov en 1987 était toujours accrochée au mur de son bureau en Cornouailles. Dans une lettre du 4 octobre 2017, le Carré raconte au prévôt d'Eton College, William Waldegrave, l'histoire que lui a confiée Bonner, à savoir que, au terme des six années que le couple avait passées en exil interne, Sakharov avait mémorisé l'intégralité des pièces de Shakespeare « mais n'avait aucune idée de la prononciation des mots ». Dans son entretien avec Philippe Sands au Hay Festival de 2013, le Carré cite Sakharov comme étant son plus grand héros : père de la bombe à hydrogène soviétique, il avait « compris qu'il l'avait donnée à une bande de gangsters ».

refusions, parce qu'il est temps pour moi de fermer les volets et de me mettre à l'écriture de mon *œuvre** si longtemps repoussée. Nous avons tout annulé, y compris Noël à Wengen, jusqu'à ce que j'aie bouclé mon premier jet. Nous pardonnerez-vous ?

Toutes mes impressions de Russie s'évaporent littéralement dès que je ne suis plus sur place, sauf si je me terre dans mon antre et contemple les murs blancs – surtout cette puissante et triste compassion que je sens monter en moi quand je repense à tous ces gens formidables, si mal gouvernés par des hypocrites, et à leurs immenses forêts de briques. Le clou de mon expérience a été d'avoir l'occasion de rencontrer Philby[1] et de refuser. À en croire Genrikh Borovik, un ancien agent ennemi qui a fait 17 h d'enregistrements avec lui pour écrire sa « biographie », Kim est un type charmant et un grand patriote. Je lui ai dit que j'étais complètement d'accord et qu'il était exactement comme Penkovsky : amusant et franc du collier. Et quel dommage que ce brave vieil Oleg[2] n'ait pas été à Londres pour que je le lui présente ! Genrikh a failli faire une attaque et il a rétorqué que les deux cas étaient très différents. J'ai répondu que tous les deux cherchaient à entuber leurs supérieurs, et Genrikh m'a dit d'un ton sec que nous pourrions continuer cette discussion le lendemain soir à la réception de l'ambassadeur britannique. J'ai dit d'accord, mais attention : il faudra se méfier des micros. Pendant un moment exquis, il a hoché la tête d'un air entendu, et notre complicité a été totale. Et là, magnifique, il a éclaté de rire car il venait de se souvenir que les micros étaient les siens[3].

1. En 2012, vingt-quatre ans après la mort de Kim Philby, une équipe de télévision de Russia Today va interviewer sa veuve Roufina dans leur appartement. Tous les romans de le Carré sont alignés sur les étagères, révélera-t-on à son agent littéraire, Curtis Brown, et Roufina déclare : « Il les lisait toujours le soir avant de dormir. »

2. Oleg Penkovsky, colonel du renseignement militaire soviétique qui espionnait pour l'Occident, a été exécuté en 1963.

3. En 2019, le Carré racontera à Richard Greene, le biographe de Graham Greene, que quand Borovik lui a proposé de rencontrer Philby, « j'ai répondu assez pompeusement que, puisque je m'apprêtais à dîner avec l'ambassadeur de Sa Majesté, j'étais dans l'incapacité de concilier cet événement avec un dîner en compagnie du traître à Sa Majesté. Borovik s'est fâché, fin de l'histoire. Sauf que quand j'ai quitté l'aéroport de Léningrad, on m'a fait subir une fouille au corps en règle ».

Toutes nos amitiés à vous deux et à tout le monde, et soyez gentils de nous excuser,
David

Le Carré reçoit des lettres de toutes sortes de gens fascinés par l'espionnage : anciens espions, aspirants espions, personnes persuadées qu'on les espionne et tutti quanti. *Nicholas Greaves, alors âgé de dix ans, lui écrit pour lui demander comment on devient espion.*

À NICHOLAS GREAVES

9 Gainsborough Gardens
Londres, NW3 1BJ

31 janvier 1988

Cher Nicholas,
Merci beaucoup pour ta lettre. Pour devenir espion, il faut d'abord savoir ce que tu penses de notre monde, qui tu aimerais aider et qui tu aimerais combattre. Or cela prend du temps, hélas. Par ailleurs, tu dois définir tes propres limites concernant l'utilisation de moyens malhonnêtes, et tu es encore bien jeune pour choisir d'être malhonnête. J'ai l'impression que ce que tu recherches, c'est à la fois des sensations et une noble cause. Mais je pense et j'espère que si un jour tu trouves ta noble cause, les sensations découleront naturellement du plaisir de servir cette cause, et dès lors tu n'auras pas besoin de tromper quiconque parce que tu auras trouvé ce que tu cherchais. Tu seras alors plus qu'un espion. Tu seras un homme bon et heureux.

Je te souhaite le meilleur,
John le Carré

Le Carré se tourne vers David Greenway et son épouse, J. B., alors qu'il se lance dans les recherches pour les personnages américains de La Maison

Russie. *Greenway, qui avait couvert la guerre du Vietnam pendant sept ans pour le magazine* Time *et le* Washington Post, *a déjà servi de guide à le Carré en Asie du Sud-Est.*

À DAVID ET J. B. GREENWAY

9 Gainsborough Gardens
Londres, NW3 1BJ

11 août 1988

Cher David, chère J. B.,

Nico a téléphoné ce matin, et son bonheur s'entendait dans sa voix. Je suis enchanté qu'il ait choisi de faire son premier vol en solo pour aller vous voir. Je sais qu'il aura découvert toutes sortes de délicieuses saveurs inoubliables, engrangé des souvenirs qu'il chérira toute sa vie et pris un immense plaisir à vous voir dans vos deux habitats naturels, Needham et le Maine. Nous sommes impatients d'aller le chercher demain à l'aéroport et d'écouter toutes les histoires qu'il aura à nous raconter, qui émergeront sans doute par bribes ici ou là au cours des semaines à venir. J'espère qu'il aura été un bon invité. Il en avait bien l'intention, mais personne n'est à l'abri d'un faux pas.

Quant à nous, le livre a avancé d'un coup et je me retrouve avec un manuscrit de 350 pages et la fin en ligne de mire. North Haven y joue un grand rôle et l'Évêque aussi[1]. Mon dilemme (ou plutôt le choix agréable qui s'offre à moi) est maintenant de savoir si je termine d'abord le livre d'une manière ou d'une autre en laissant les recherches pour après ou si j'écris les scènes

1. Référence à Davis Pike, un ami « jovial et extraverti » des Greenway. L'île de North Haven, où les Greenway ont une maison de vacances, se trouve au large du Maine. Dans *La Maison Russie*, le débriefing de Barley Blair par les « Cousins » de la CIA se déroule sur une île du Maine. Le Carré aurait voulu utiliser North Haven pour le tournage, mais cette scène sera finalement filmée au Canada, parce que Sean Connery ne pouvait pas tourner aux États-Unis pour des raisons fiscales. Les habitants de North Haven, malgré cette déception, finiront par pardonner l'acteur, dit-on, parce que dans les dernières scènes d'*À la poursuite d'Octobre rouge*, il fait passer son sous-marin par le fleuve Penobscot dans le Maine.

à Boston et North Haven dès maintenant, avant d'avoir bouclé le livre. Tout bien pesé, je pense que, même si / parce que [*« parce que » est écrit au-dessus de « même si » dans la lettre manuscrite*] la recherche est toujours beaucoup plus amusante que l'écriture, il vaudrait mieux que je termine le manuscrit et que je l'emporte en l'état aux US pour faire le gros travail de révision là-bas. J'ai besoin de tellement d'infos en Amérique, à ce stade, depuis la manière dont fonctionnent (ou pas) les détecteurs de mensonge jusqu'au vrai style des Cousins, que je crois qu'il vaut vraiment mieux mettre en place toutes mes scènes et mes personnages clés du début à la fin et ensuite travailler à l'intérieur de ce cadre. Comme Truman Capote, j'en suis venu à penser que je ne suis pas tant un auteur qu'un relecteur. Sinon, c'est trop chaotique.

Bref, mon plan, c'est de structurer toute mon histoire du mieux que je peux dans mon état actuel d'ignorance (je pense que j'ai 2 ou 3 mois d'écriture pour le premier jet), et ensuite de m'imposer, si je puis, et vous me direz si ça tombe bien ou mal pour vous. Peut-être même que je vous refilerai un tapuscrit « fini » à Wengen et que je vous contacterai dès la nouvelle année, si ça vous va. Il est vital pour moi cette fois-ci d'être impeccable sur tout ce qui touche aux US, et humoristique et même (Dieu nous garde !) juste…

Il fait bon vivre en Angleterre, en ce moment. Vous serez amusé d'apprendre que Gottlieb (attention, top secret !) m'a proposé le bureau du New Yorker à Moscou et attend impatiemment ma réponse[1]. En ce qui me concerne, si plus jamais je n'ai à écrire sur les Russes, j'en serai ravi ! C'est un peu comme si on m'avait proposé de rester à Hong Kong après avoir fini « Comme un collégien ».

J'ai déjeuné chez le père de Willie avec Thatcher et Denis et les Powell (le secrétaire particulier de Mme T., un ex-diplomate falot, et sa femme italienne foldingue[2]) et soudain je me suis

1. Bob Gottlieb, l'éditeur de le Carré chez Alfred A. Knopf, a été nommé rédacteur en chef du *New Yorker*.

2. Willie, c'est-à-dire William Shawcross, fils de Hartley Shawcross qui a été le procureur britannique au procès de Nuremberg devant le Tribunal militaire

dit : on vit dans un État à parti unique, et ce n'est pas sa faute à elle s'il n'y a personne qui lui arrive à la cheville en matière de discours argumentatif ou de charisme politique. Et elle a des opinions très intéressantes, aussi : trois hommes dans le monde sont à un tournant de leur destinée politique et doivent convaincre s'ils ne veulent pas tirer leur révérence – Peres, Gorbatchev et (oh, mon Dieu !) Bush, auquel elle envoie souvent des lettres comminatoires. Elle a trouvé que La Petite Fille au tambour était un BON livre (toujours marteler les adjectifs) parce qu'il montre les terroristes tels qu'en eux-mêmes et prouve que la situation au Proche-Orient est quasiment insoluble. Elle a été intéressée quand je lui ai appris que j'avais rencontré Dukakis (« Il est très ennuyeux, à ce qu'il paraît »). Elle a avoué que c'était terrible de devoir recevoir les familles des otages tous les six mois, mais que ces familles et elle-même savaient que c'était indispensable. « Chaque fois, je leur dis : nous pourrions envisager de faire les concessions nécessaires pour les récupérer, mais nous devons nous l'interdire, parce que cela ouvrirait la voie à d'autres prises d'otages en encore plus grand nombre. Reagan a eu un moment de faiblesse, et regardez donc où ça l'a mené. » Et sur Reagan lui-même : « Les gens ne l'ont pas cerné. Il a en gros trois convictions fondamentales qui lui tiennent profondément à cœur. Si on rattache tout à ces trois convictions, il vous parle en toute franchise, il vous comprend et il vous soutient. C'est un homme bien meilleur que ce que pensent les gens en général. » Eh bien fichtre, que sont ces trois convictions ? aurions-nous voulu savoir, mais le père de Willy avait oublié de mettre un couteau pour le saumon en croûte, donc elle a décidé de le dépiauter avec deux fourchettes. Pendant un moment, on a vraiment cru qu'elle avait tué la bête aussi.

Denis est bien plus solide qu'on ne pourrait le croire. Il boit encore plus que ne le dit la rumeur, il vous hurle des aphorismes de club-house dans les oreilles, il a des valeurs qui épateraient même les invités du dîner annuel du Rotary Club

international. Quant au secrétaire particulier de Margaret Thatcher, Charles Powell, il a pour épouse la mondaine italienne Carla Bonardi.

[…] et, du haut de ses soixante-douze ans, il passe son temps à parler de Mme T. comme de la future veuve Thatcher. Il lit. Il aime Archer, comme moi. « Pourquoi ne faites-vous pas revenir Smiley ? » Il dit qu'Archer est devenu « un grand, grand ami ». Ces deux-là, il leur faudrait un Kapuściński[1].

Encore merci d'avoir fait passer à Nico un séjour magnifique. J'écris cette lettre dès maintenant, parce que je me méfie de la poste portugaise en haute saison, et de toute façon, ça m'occupe agréablement en attendant le retour de Nico. Lundi, croyez-le ou non, le fisc a retiré la grande majorité de ses accusations envers moi et a reconnu dans une lettre étrangement humaine que son analyse de mes affaires avait été erronée. Cela ne veut pas dire que c'est fini, mais peut-être que les choses nous sourient enfin un peu[2].

Amitiés à vous tous,
David

Si le Carré a réglé ses comptes avec le fantôme de son père dans Un pur espion, *il lui reste sa mère Olive, encore en vie en 1988, quoique très malade.*
Olive Moore Cornwell, par la suite épouse Hill, abandonne le Carré et son frère Tony quand le Carré a cinq ans, et il ne la revoit pas jusqu'à ses vingt et un ans. « Ma mère nous a quittés après le second séjour de mon père en prison et sa deuxième ou troisième faillite », écrira-t-il à son psychiatre, le Dr Bockner.
Lors de leurs retrouvailles, sa mère lui a raconté que Ronnie lui avait

1. Le journaliste polonais Ryszard Kapuściński a écrit *Le Négus*, sur la chute de Haïlé Sélassié, et *Le Shah*, sur la fin du règne du dernier shah d'Iran.

2. Le fisc britannique a ouvert une enquête sur les revenus professionnels de le Carré en 1987, et notamment sur Authors Workshop, la société basée en Suisse qui détenait ses copyrights et lui versait un salaire. Le fisc le menaçait d'un redressement sur vingt ans. Les autorités suisses lui ont proposé la nationalité suisse, ce qui lui aurait servi de monnaie d'échange pendant les négociations, mais l'aurait obligé à vivre en dehors de la Grande-Bretagne pendant cinq ans. Authors Workshop a été démantelé, et le Carré est devenu un contribuable britannique sous un statut d'autoentrepreneur. L'affaire a été close en 1989.

transmis une maladie vénérienne et qu'il l'avait battue (point qui n'a pas surpris le Carré, car il a vu sa belle-mère subir les mêmes mauvais traitements). Après trois tête-à-tête avec elle, confiera-t-il au Dr Bockner, « j'ai refusé de donner suite… Je ne l'ai plus revue depuis ces rencontres plutôt atroces. J'ai vraiment beaucoup de mal à la supporter ».

Dans Le Tunnel aux pigeons *en 2016, le Carré se souvient : « J'ai fini par retrouver sa trace quand j'avais vingt et un ans, et par la suite j'ai souvent subvenu à ses besoins, et pas toujours de bonne grâce. […] Dans la maison de retraite où elle séjourna pendant ses dernières années, nous passions beaucoup de notre temps à nous désoler ou à nous amuser des méfaits de mon père. Au fil de mes visites, j'en vins à comprendre qu'elle avait inventé pour elle-même et pour moi une relation mère-fils idyllique qui s'était déroulée de façon ininterrompue de ma naissance à l'époque présente. »*

Les seules lettres de le Carré à sa mère qui nous soient parvenues ont été écrites en 1988 et 1989 et lui ont été envoyées par fax, parfois via sa fille Alexandra Williams, la demi-sœur de le Carré. Elles semblent neutres, d'un point de vue affectif. Le Carré reste en terrain sûr, envoie son réconfort quand Olive se fait opérer du dos avant de retourner dans sa maison de retraite, partage avec enthousiasme des nouvelles familiales et des descriptions bucoliques des Cornouailles et de la Suisse, alors qu'il navigue entre les deux depuis Londres. Il n'y a aucune analyse de leur relation ni de ce qu'elle aurait pu être. Elles ont le style de lettres qu'un enfant envoie à ses parents depuis l'école.

À OLIVE HILL

Par fax

Londres

11 juillet 1988

Très chère mère,

Bonsoir ! Nous sommes bien rentrés, mais à petite vitesse, et nous avons oublié de brancher l'air climatisé. Mais avec le téléphone dans la voiture, nous avons pu nous assurer qu'un bon thé nous attendrait à notre arrivée ! Encore une belle invention de l'ère moderne.

Il n'y aura plus jamais de génération comme la vôtre. Quand vous êtes née, pas un avion ne volait dans le ciel (et le ciel ne s'en portait pas plus mal), la radio était un miracle, l'anesthésie n'existait pas ; aujourd'hui nous avons un système public de santé, cette satanée télévision et vous qui revenez de l'hosto avec un trou dans le dos. Il est où, le progrès ? Comme ils disent en Russie, tout ça, « c'est illusion ».

J'étais ravi de passer du temps avec vous aujourd'hui, vous aviez l'air radieuse. Je vous reverrai toujours en train d'engloutir ces friandises en observant le ballet des hirondelles. Parfois, le paradis est à portée de main. Et Dieu merci ils vous aiment, là-bas. Ils vous aiment vraiment.

Prenez soin de vous, et prévoyons bientôt une autre rencontre agréable comme aujourd'hui.

Affectueusement,
David

À OLIVE HILL

Fax pour Alexandra Williams,
à transmettre à sa mère

Cornouailles

4 août 1988
13 heures

Très chère môman,

J'écris depuis l'aube et je lève à l'instant le nez de mes pages vierges pour vous souhaiter une bien meilleure expérience à l'hosto que la dernière fois, une attente très courte pour l'équipement tant attendu, et du courage et de la vaillance quand la douleur fera des siennes.

Mon livre avance très bien, le temps est au grand beau, l'air venu de l'Atlantique nous donne l'impression à tous les deux d'avoir dix ans de moins, et ces satanés ouvriers sont en train de transformer la salle de jeux en deux chambres, puisque nous avons maintenant déplacé la salle de jeux à l'extérieur. Les chiens sentent très fort parce qu'ils ont mangé trop de lapin. Je viens de parler à Nico, qui fait de la voile dans le Maine et qui se régale. Je vous envoie ce mot par fax de notre part à tous les deux, avec tous nos bons vœux affectueux. Alex dit que des fleurs ne seraient pas appropriées pour l'instant, alors nous vous en envoyons par télépathie !

Bons baisers,
David

En août, le Carré écrit qu'il « approche de la fin de mon nouveau roman, à environ une centaine de pages près ». Il s'agit de La Maison Russie.

À OLIVE HILL

Par fax

Chalet Chamois
3823 Wengen
Suisse

8 septembre 1988

CHERS TOUS
PAGE UN SUR SIX POUR OLIVE HILL, SVP
Merci, David C.

Ma très chère mère,

Jane vient de m'appeler pour me dire qu'Alex lui avait envoyé un fax l'informant que vous étiez de retour à Howard House, à notre grand soulagement, et en bonne voie de rétablissement, et que si je vous envoyais un fax on pourrait contourner la grève des postiers, toujours un plaisir. Je suis arrivé ici hier depuis le Portugal, où Jane, Nico et moi avons passé des vacances formidables pour les raisons suivantes :

1) Il a fait un soleil radieux tout du long, nous avons nagé et plaisanté et passé des moments agréables à ne rien faire.

2) À la surprise de tous sauf de lui, Nick a obtenu sept A et un C à ses examens de GCSE[1], et apparemment il va avoir un huitième A pour son projet personnel.

3) J'ai terminé mon livre, j'y ai mis le point final. Et même s'il me reste encore une tonne de choses à faire dessus, c'est un immense soulagement pour moi, pour Jane et pour tous les éditeurs. Et je crois qu'il n'est pas mal, ou qu'il pourra l'être. Alors merde à tous ! Bébé aura de quoi manger[2]. […]

Nous avons vraiment passé des vacances heureuses. Il y a tant d'hommes qui ont le fantasme d'épouser leur secrétaire, et moi, c'est ce que j'ai fait, mais dans le meilleur sens du terme, puisque Jane est pour moi une secrétaire, une éditrice et surtout une amie, et c'est sympa de pouvoir partager le travail et le voir aboutir. Et en prime (comme on dit maintenant), l'amour. […]

Pour le reste des nouvelles, imaginez un peu : je me trouve dans les Alpes, nous avons un été indien magnifique, personne alentour, des fleurs si belles qu'on en mangerait et un soleil rasant sur les champs de foin qui fleurent bon les terrains de cricket dès qu'on passe à l'ombre. Des soirées humides comme à Noël déjà, flambée obligatoire après le coucher du soleil. Mon bureau a une vue sur tout le village et la vallée de Lauterbrunnen. À l'heure où je vous écris, c'est ce moment étrange du soir où des rouleaux de brouillard gris descendent des montagnes et transforment les rayons du soleil en fumerolles. Dans une heure, tout sera de nouveau clair et le crépuscule tombera. D'immenses rayons de soleil balaient la vallée depuis les sommets comme autant de faisceaux de projecteurs. Et ces fichus piafs qui n'arrêtent pas de jacasser, aucun respect ! On ne peut plus se fier à personne, de nos jours.

1. General Certificate of Secondary Education, diplôme britannique de fin d'études secondaires. (*N.d.T.*)

2. « Bébé aura de quoi manger ce soir » était l'expression que le Carré utilisait chaque fois qu'il obtenait un contrat d'édition lucratif.

Ma très chère mère, j'espère que vous vous sentez heureuse d'être retournée au bahut, où on vous connaît et on vous aime. Nous viendrons vous voir dès que je serai rentré.

Affectueusement,
David

Bruce Hunter est l'agent de le Carré depuis 1985, et il travaillera pour lui pendant plus de vingt ans.

À BRUCE HUNTER

Par fax

Londres

27 janvier 1989

Cher Bruce,

Merci de m'avoir transmis la proposition d'OUP pour « Oxford Bookworms »[1]. Je crois qu'on devrait demander à OUP de laisser tomber. Je ne m'oppose pas tant aux coupes effectuées qu'à la sélection et aux reformulations que l'adaptateur a choisi d'opérer. (Même si c'est un ancien de Sherborne, l'école à laquelle je suis allé et dont je garde un souvenir particulièrement abominable.)

Je trouve que l'histoire a été « infantilisée » d'une façon qui n'est ni nécessaire ni attirante pour les jeunes. Ils aiment qu'il y ait toujours la tête sur la bête, et les dents aussi, or lui les a retirées, sans parler des valseuses.

Bref, si vous en êtes d'accord, refusons poliment.

Bien à vous,
David

1. Trois mois plus tôt, le Carré a dit à Hunter que l'« atroce » version simplifiée de *L'Espion qui venait du froid* chez Oxford University Press faisait du livre l'équivalent d'un tome du *Club des Cinq*.

En décembre, le Carré parle à Olive d'un « grand enthousiasme pour mon nouveau livre, La Maison Russie *» et lui en promet un jeu d'épreuves pour la nouvelle année.*

À OLIVE HILL

Par fax

Cornouailles

24 mars 1989

Ma très chère mère,

Je suis arrivé voici deux jours après un trajet interminable dans la Mercedes avec nos whippets. J'étais parti à 4 h 15 du matin, j'ai pris le petit déjeuner avec un ami antiquaire à Wells[1], puis j'ai repris la route pendant des heures et des heures dans un temps très venteux que la jeep, qui est haute sur pattes, n'a pas pris à la rigolade.

Ensuite, j'ai passé mon temps jusqu'à l'arrivée de Jane à finir le scénario du film de Stephen[2], ce qui a contrarié les chiens au plus haut point, puisqu'ils sont convaincus que l'écriture interfère avec la chasse au lapin, qui est la seule et unique raison pour laquelle les gens sains d'esprit viennent en Cornouailles, et que ce n'est pas en restant sur ses fesses qu'on va les chasser, ces lapins.

Hier soir, j'ai reçu de vieux amis proches à dîner[3]. Je leur ai préparé un poulet avec du bacon et des saucisses, et nous avons admiré les nouveaux piliers de portail que j'ai achetés lors de mon dernier séjour, des colonnes en granit de plus de 3 mètres de haut qui venaient d'une chapelle à Hayle et qui

1. Eddie Nowell.

2. *Schüss*, scénario sur le ski d'après-guerre, que le Carré écrit pour Stephen Cornwell.

3. Très certainement John Miller et Michael Truscott.

donnent un côté manoir à la propriété (mais pas trop quand même, j'espère).

Et aujourd'hui, Jane & Nico sont arrivés, après être partis eux aussi à l'aube et avoir affronté la circulation de ce jour férié. Jane s'est sagement jetée au lit en arrivant, Nico installe son ordinateur, les chiens râlent parce que ce n'est pas encore l'heure du repas du soir et la corne de brume résonne, ce qui est toujours pénible, mais encore plus les jours calmes que les jours d'orage, or le temps orageux de ce matin s'est finalement décidé à être calme.

J'ai appris par Jill que les jonquilles et les narcisses étaient arrivés, et j'imagine donc que votre chambre embaume comme le boudoir d'une courtisane, mais ces fleurs viennent tout droit de notre falaise pour vous transmettre nos meilleurs vœux de Pâques. Nous restons ici trois semaines avant de rentrer à Londres, et nous viendrons vous voir à ce moment-là. Entre-temps, je resterai en contact par fax.

Bien affectueusement,
David

Olive Hill décède le 17 avril 1989. Venu à son chevet quelques heures auparavant, le Carré n'assiste pas à son décès à quelques minutes près. Les fax récupérés dans sa chambre comprennent une dernière longue lettre du frère de le Carré, Tony. Celui-ci lui donne des nouvelles de sa famille et lui fait la description du patriarche d'une famille républicaine américaine, âgé de quatre-vingt-dix-neuf ans, qui loge chez lui une maîtresse de quarante ans sa cadette. Il « m'évoque, de façon peut-être injuste, ce que Ronnie aurait pu devenir », écrit Tony.

À VLADIMIR STABNIKOV

9 Gainsborough Gardens
Londres, NW3 1BJ

9 mars 1989

Cher Volodia,

Comme vous ne l'ignorez pas, je ne sais pas taper à la machine... J'ai essayé une ou deux fois de vous appeler, et puis je me suis dit qu'il valait mieux vous écrire de toute façon, parce que cela vous donnera le temps de réfléchir avant de répondre.

Et vous devez répondre en toute sincérité, parce que je ne serai pas pris d'une rage incontrôlable si jamais vous me dites tout net que vous préférez ne pas accéder à ma requête.

Mes éditeurs, ici et aux États-Unis (et sûrement ailleurs, quand je leur poserai la question), sont très enthousiastes au sujet de « La Maison Russie » et aimeraient le promouvoir comme un livre qui transcende les frontières, le premier du genre à paraître à l'Ouest depuis le début de la perestroïka, un antiroman d'espionnage plein d'un optimisme inhabituel, et surtout un ouvrage qui pourrait être (nous l'espérons) aussi utile en Union soviétique qu'à l'Ouest pour dissiper les préjugés des lecteurs et brouiller les lignes classiques qui ont été le fléau de notre pensée des deux côtés.

Ce qu'ils aimeraient, dans l'idéal, ce serait obtenir des citations et des avis de citoyens soviétiques qu'ils pourraient utiliser pour présenter le livre au public occidental. Par exemple, le rédacteur en chef d'un grand magazine (Novy Mir ?) ou un professeur de littérature anglaise (à l'université d'État de Moscou ?), un éditeur, voire l'éminent Volodia Stabnikov... Seulement si ces personnes acceptent d'être ouvertement citées, bien sûr, sinon cela ne sert à rien. Mais nous préférons largement ne pas arriver à nos fins plutôt que de causer une gêne pour nos amis soviétiques.

Une condition accessoire mais évidente serait que l'anglais de ces lecteurs soit assez bon pour qu'ils puissent lire le livre sur épreuves (nous aurons des exemplaires reliés d'ici 3 semaines). S'il y a un quelconque espoir d'obtenir ce que nous souhaitons, je pourrai vous envoyer une douzaine de jeux d'épreuves par le courrier de Barry Martin vers le 5 avril, voire plus tôt. Et nous aimerions six citations, mais trois suffiraient.

Pouvez-vous prendre le temps d'y réfléchir avant que je vous appelle ? D'ici une semaine, disons, quand je serai certain que vous aurez reçu cette lettre. Et si ma demande est sans espoir, il vous suffit de me le dire. Dans le cas contraire, il nous faudrait les citations au plus tard le 5 mai pour pouvoir les exploiter.

J'imagine que la presse et la télé en Grande-Bretagne et aux USA voudront aussi couvrir cette histoire du côté soviétique, si on leur en donne la possibilité. Mais d'abord, j'aimerais votre réaction.

Amitiés à tous,
Bien à vous,
David

P.-S. Nous avons eu Micha Grebnev[1] à déjeuner, et nous allons l'emmener au théâtre. D

Stabnikov a rassemblé des avis de personnalités soviétiques, parmi lesquelles le grand poète Andreï Voznessenski, qui écrit : « John le Carré, toujours virtuose, satiriste subtil, est à son meilleur. La Maison Russie *est le premier roman d'espionnage au monde dont l'histoire se déroule à Peredelkino [village aux datchas colorées], près de Moscou, avec en arrière-plan la maison et la tombe de Boris Pasternak. J'habite moi-même à Peredelkino, et maintenant le son des cloches de notre église et les crissements de freins me font scruter les environs avec inquiétude, de peur qu'il n'en surgisse un personnage de* La Maison Russie. *J'ai dans l'idée que tous les camions KamAZ qui passent sont conduits par une charmante agente de la CIA. »*

La lettre ci-dessous de le Carré à William J. Weatherby, journaliste et chroniqueur au Guardian, *sera publiée dans ce journal en janvier 1990.*

1. Mikhaïl (Micha) Grebnev, camarade d'université de Vladimir Stabnikov et cotraducteur du *Miroir aux espions*.

En novembre 2012, le Times *relatera que, après « la dispute la plus médiatisée de la littérature moderne », le Carré et Salman Rushdie ont enterré la hache de guerre. Rushdie avouera au public du festival de littérature de Cheltenham organisé par le* Times *: « Je regrette que nous ayons eu ce conflit », et le Carré réagira en disant : « Moi aussi, je le regrette. »*
Le 14 février 1989, l'ayatollah Khomeini édicte en Iran une fatwa appelant tous les musulmans à exécuter Rushdie, ainsi que toute personne impliquée dans la publication de son roman Les Versets sataniques. *Rushdie se terre dans la clandestinité, douze personnes trouvent la mort dans une émeute en Inde, des librairies londoniennes sont la cible de cocktails Molotov, l'éditeur norvégien du livre reçoit trois balles dans le dos devant sa maison, le traducteur japonais Hitoshi Igarashi est poignardé à mort en 1991 et le traducteur italien subit également une attaque à l'arme blanche.*
Le Carré se demande publiquement pourquoi Rushdie n'a pas retiré Les Versets sataniques. *Une critique cinglante de* La Maison Russie *par Rushdie donne un tour personnel à cette dispute, qui reprendra de plus belle dans un échange de lettres virulentes en 1997.*

À W. J. WEATHERBY,
MANCHESTER GUARDIAN

c/o David Higham Associates
5-8 Lower John Street
Golden Square
Londres, W1R 4HA

11 octobre 1989

Cher monsieur Weatherby,

Rushdie est certes une victime, mais nullement un héros à mes yeux. Je suis désolé pour lui et je respecte son courage, mais je ne le comprends pas. Pour commencer, toute personne qui a déjà côtoyé des musulmans, sans même avoir le point de vue privilégié de Rushdie, sait qu'on ne tourne pas le Livre saint en dérision sans se mettre en danger, y compris parmi les plus modérés. Je ne crois pas qu'il faille déplorer la ferveur religieuse. Les présidents américains s'en réclament en une sorte de rituel, et nous la respectons chez les chrétiens et les juifs. Dans le cas de Rushdie, il s'agit de conceptions de la liberté qui sont incompatibles. Pendant de longues périodes de l'histoire chrétienne, la liberté avait pour limites le sacré. C'est toujours le cas dans l'Islam aujourd'hui. Aussi, tout en méprisant les guignoleries calculatrices de l'ayatollah et de ses mollahs, je n'en suis ni particulièrement surpris ni choqué. Je ne saurais non plus trop dire à quel point Rushdie, même si c'était involontaire, a provoqué son propre malheur. Sa lettre ouverte au gouvernement indien m'a paru d'une arrogance presque colonialiste.

La liberté de parole absolue n'est de droit divin dans aucun pays. Elle est limitée par les préjugés et par les conceptions de la moralité et de la décence. Personne n'a le droit divin d'offenser une grande religion et de le publier en toute impunité.

Mais tout cela reste bien philosophique par rapport au mystère humain que Rushdie constitue à mes yeux. Comment un homme dont le roman, pour quelque raison tordue que cela puisse être, a déjà fait couler tant de sang peut-il s'entêter à en faire couler encore plus ? Quiconque voulait lire ce livre a eu toute latitude de le faire dans les pays où il a été publié. Bon nombre de gens qui n'arriveront jamais à le lire l'ont déjà acheté, mus par le sentiment de servir ainsi une noble cause. Or on nous demande de croire que la publication en format poche des VERSETS SATANIQUES serait plus importante pour nous que, par exemple, la vie de jeunes hommes et femmes innocents qui vivent en lisière du monde de l'édition, dans les services courrier ou les entrepôts des éditeurs de Rushdie, dans les librairies, dans les services postaux publics. À ce stade, mon jugement prend un tour subjectif. Je ne pourrais pas vivre avec l'idée que, en continuant d'insister pour que mon livre soit publié, j'encourage de nouveaux bains de sang. C'est là que Rushdie me laisse pantois. Il a eu de multiples occasions de sauver la face de ses éditeurs et de retirer son livre dans la dignité jusqu'à des temps plus sereins. Il me semble qu'il ne lui reste plus rien à prouver sinon sa propre insensibilité.

Une des justifications avancées par les défenseurs les plus véhéments de Rushdie est que son roman a un grand mérite littéraire, certains criant même au chef-d'œuvre. J'y vois un argument des plus dangereux, et qui se contredit lui-même.

Ces mêmes personnes auraient-elles volé au secours d'un Ludlum ou d'un Archer ? Ou devrions-nous penser que ceux qui écrivent de la vraie littérature ont un plus grand droit à la liberté d'expression que ceux qui écrivent des polars ? Un tel élitisme ne sert pas la cause de Rushdie, quoi qu'elle ait pu devenir.

Sincèrement,
John le Carré

À ALEC ET MERULA GUINNESS

Chalet Chamois
3823 Wengen
Suisse

7 décembre 1989

Cher Alec, chère Merula,

Dieu seul sait quand cette lettre vous arrivera, mais j'espère que mes bons vœux pour Noël et le Nouvel An vous parviendront en temps et heure. Jane & Nico vont venir pour Noël, ainsi que l'habituelle et indispensable bande de fêtards, et cette année sera assez différente de toutes les précédentes pour être véritablement extraordinaire. Il faut être en Europe en ce moment. En Europe de l'Est, évidemment, mais en Europe de l'Ouest aussi, même si c'est moins clair. Je veux dire, en Europe continentale. Les Allemands de l'Ouest, qui réclamaient depuis si longtemps la Grande Lumière, se sentent déjà aveuglés par sa puissance : « Ils vont polluer nos routes, notre air, notre prospérité, ils n'ont pas mérité leur place, ils n'ont (et c'est là la récrimination la plus bruyante) aucune idée de ce qu'est LE TRAVAIL ! » En d'autres termes, les braves anciens Sozis[1] viennent en Alle. de l'Ouest,

1. En allemand, *Sozi* désigne couramment un membre du Parti social-démocrate (SPD). Toutefois, vu l'année et le contexte, le Carré semble vouloir désigner les anciens socialistes, c'est-à-dire les anciens citoyens de la République démocratique allemande.

ils débauchent à 17 h et ils rentrent chez eux ! Ils n'ont presque aucun respect pour l'argent et l'ordre, parce que chez eux, après avoir assuré leur journée de boulot, ces pauvres bougres se précipitaient pour faire des courses, activer le marché noir, acheter des faveurs, distiller leur gnôle, bref, améliorer leur quotidien. Maintenant en Alle. de l'O., leur quotidien est pré-amélioré, mais le travail qu'on leur confie est MINABLE. Ils apprennent une autre forme d'esclavage.

Les mangeurs de grenouilles, eux, sont très inquiets. Et tout le long des anciennes lignes de fracture, l'hostilité qui était étouffée par Big Brother repointe son nez : les Polonais disent merde aux Allemands, les Allemands disent que les Polonais sont allemands à l'origine, les Serbes cherchent les Croates et les Slovènes, les Tchèques veulent entuber les Magyars… Les vieilles fissures se rouvrent partout.

Pour mon nouveau livre, je ne sais pas où trancher avec mon scalpel, mais je suis sûr que, quel que soit l'endroit choisi, ça va toucher un os, si c'est bien l'expression que je cherche◊.

Bref, si jamais la vie et la politique nous donnaient une occasion de faire la fête (ce qui n'arrive jamais), on devrait la saisir. Parce que, malgré tous nos défauts, NOUS avions raison et, malgré tous leurs beaux idéaux, ILS étaient une bande de gorets corrompus et obsédés. Ce qui est une insulte aux petits cochons, donc on va plutôt dire porcs.

Un très joyeux Noël à vous, et une bonne année, et toute notre affection à vous deux.

Amitiés,
David

[*dans la marge*] ◊Les Hongrois nous offrent sérieusement des milliers de dollars d'avance pour mes livres. Les Tchèques disent : « S'il vous plaît, on peut les publier gratos ? » Et les Polonais disent : « S'il vous plaît, vous voulez bien payer pour qu'on les publie ? »

La Maison Russie *sort en juin 1989 avec pour dédicace : « À Bob Gottlieb, grand éditeur et ami d'une patience indéfectible. » Figure éminente de l'édition américaine et éditeur de le Carré chez Alfred A. Knopf, Gottlieb écrira plus tard que cette dédicace lui est apparue comme « un geste destiné à lui laisser entendre en douceur qu'il était temps de passer à autre chose*[1] *». Le premier roman de le Carré qu'il a édité était* Un amant naïf et sentimental*, puis il a beaucoup travaillé sur* La Taupe*, suggérant à le Carré de donner plus de place au personnage de Connie Sachs, et c'est lui qui a proposé le titre* Un pur espion*. En 1987, il est nommé rédacteur en chef du* New Yorker*, mais continue de travailler sur des titres chez Knopf.*

À BOB GOTTLIEB

9 Gainsborough Gardens
Londres, NW3 1BJ

25 septembre 1989

Cher Bob,

Quelle bonne soirée ! C'était très émouvant de vous voir tous en si bonne forme, et je suis tombé sous le charme de Nicholas[2] – mais je ne suis pas le seul ! Un grand merci à vous deux de nous avoir accueillis comme chez nous.

Bob, je pense que le temps est venu pour nous de reconnaître que les forces de la vie nous ont amenés au bout de notre relation éditoriale, du moins au sens formel du terme. Je voulais vous en parler, mais la soirée n'était évidemment pas le lieu pour ce faire. Être édité en externe, même si c'est par vous et même après toutes ces magnifiques années, me paraît peu naturel, stressant. À l'opposé de Sonny [Mehta][3] et Bill Loverd[4], il me faut une âme sœur en interne qui ne soit pas toujours en réunion, assiégée ou occupée à me décrocher des passages

1. Robert Gottlieb, *Avid Reader* (2016), « Working : Knopf Redux », p. 238.

2. Le fils de Bob Gottlieb.

3. Président et directeur éditorial de Knopf, choisi par Robert Gottlieb pour prendre sa succession.

4. Directeur de la publicité chez Knopf pendant presque quarante ans.

télé, et je suis prêt à donner sa chance à Elizabeth Sifton[1], que je trouve très intelligente.

J'ai d'abord pensé repousser cette décision jusqu'au roman suivant, mais, entre votre départ et celui de Lynn[2], la réorganisation implique que je le fasse maintenant. Je ne peux pas vraiment m'adresser à vous pour les questions liées à la maison, et rarement à Sonny et, en dehors des questions liées à la promotion, pas à Bill non plus.

Peut-être n'aurais-je pas pu prendre cette décision si notre collaboration ne m'avait donné la confiance de le faire. Les master class ne seront plus pareilles, je le sais, et on ne s'amusera plus, ou en tout cas différemment. Mais pour que je puisse être à l'aise avec mes éditeurs, je sais que le temps est venu pour moi de planter ma tente au sein de leurs murs, pour le meilleur et pour le pire. Et si le pire est vraiment pire, eh bien alors je devrai bouger. Mais je veux quand même tenter le coup.

Surtout, écrivez-moi pour me dire que vous comprenez (ou pas), et encore merci pour la magie des 15 dernières années, même si je voudrais le dire plus élégamment.

Bien à vous,
David

Dans ses mémoires, Gottlieb écrira que le Carré avait raison, dans cette « adorable lettre de regrets », de vouloir rechercher un rapport direct avec le cœur de sa maison d'édition américaine.

Le Voyageur secret *a pour dédicace : « Pour Alec Guinness, avec mon affection et mes remerciements. » Gottlieb, qui n'en est pas l'éditeur, estimera qu'il s'agit du « plus faible de tous ses livres, et je ne sais même pas ce que j'aurais pu lui suggérer pour en assurer le sauvetage[3] ».*

1. Éditrice et à l'époque vice-présidente exécutive chez Knopf.
2. En 1989, Lynn Nesbitt, l'agente de le Carré, a quitté International Creative Management pour fonder sa propre agence, Janklow & Nesbitt Associates, avec Morton Janklow.
3. Robert Gottlieb, *Avid Reader*, p. 238.

À ALEC GUINNESS

9 Gainsborough Gardens
Londres, NW3 1BJ

7 juin 1990

Mon cher Alec,

J'ai beaucoup trop tardé à vous écrire, mais j'ai de bonnes raisons. Je me suis mis à travailler sur le discours de Smiley pour les jeunes recrues qui sortent de Sarratt, je me suis laissé emporter et j'en ai fait un roman ! Comme vous le verrez dans l'exemplaire que je vous fais envoyer ce jour, Smiley préside cette cérémonie et ce roman. J'en suis assez content. Il a une forme originale et décousue, et il semble très en rapport avec l'actualité.

À condition que vous me donniez votre accord, bien sûr, j'ai pris la liberté de vous le dédicacer, parce que Smiley, parce que l'atmosphère du roman, parce que tout. Mais si pour une raison quelconque cela vous met mal à l'aise, je suis sûr que vous me connaissez assez bien pour me le dire, et je prendrai sur-le-champ la mesure qui s'impose !

Il y a des possibilités évidentes pour une adaptation télé ou cinéma : une autre série, une collection de téléfilms, ou même une pièce de théâtre. À ce stade, je n'y ai pas encore réfléchi, et cela dépendra beaucoup de ce que vous en pensez, vous. Nous avons tout le temps. Je crois que le mieux serait d'en extraire un ou deux chapitres pour en faire des téléfilms séparés. Mais tout ça, ce sera pour plus tard (ou pas du tout).

Nico est en plein dans ses examens de fin de lycée, le film de « La Maison Russie » est vraiment bien dans l'ensemble, malgré les idioties habituelles qu'on y trouve, mais [Michelle] Pfeiffer est extraordinaire dans son avatar slave, & Connery a une force sauvage déconcertante et, pour une fois, très bien utilisée. C'est peut-être même un très bon film. Mais j'ai l'œil trop acéré.

Transmettez nos amitiés à Merula. Nous vous inviterons bientôt à dîner, nous serons ravis de vous revoir.

Bien à vous,
David

Nicholas Shakespeare a dirigé les pages littéraires du Telegraph *jusqu'en 1991, quand il démissionne pour se consacrer à son deuxième roman avec les encouragements de le Carré.*

À NICHOLAS SHAKESPEARE

9 Gainsborough Gardens
Londres NW3 1BJ

19 avril 1991

Cher Nicholas,

J'ai trouvé ta lettre en rentrant des Cornouailles hier soir, un grand merci. Oui, Graham laisse un immense vide, le Général est mort et il a gagné[1]. Il a gagné sa guerre, sinon toutes ses batailles. Il nous laisse une œuvre impérissable et le souvenir (qu'il a lui-même forgé) d'un très grand homme avec toutes sortes de petits faibles fascinants, pour beaucoup issus de son ennui, de sa trop grande facilité d'écriture, mais pour beaucoup activement entretenus par ses soins de façon à cultiver l'enfant en lui. J'y vois la raison pour laquelle les écrivains l'aimaient tant : il était nous tous en même temps, mais en mieux. T'écrire tout cela est déjà une manière de lui adresser une prière : il a réveillé les agnostiques en nous tous et les a mis au travail.

Mais tu es en vie, toi, et donc plus important. Tu as son héritage et ton talent, auquel tu peux à présent donner libre cours. C'était le bon moment. Si tu échoues, ce qui ne sera pas le cas, cela aura quand même été le bon moment. Et si tu doutes, si tu broies du noir, si tu te demandes pourquoi diable nous nous embêtons avec la fiction quand les événements de notre temps sont si monstrueux, tu ne feras que suivre la voie

1. Graham Greene est décédé le 3 avril 1991. Kingsley Amis, dont la critique des *Comédiens* en 1966 a poussé le Carré à compatir avec Greene, écrit : « C'est une perte pour le monde entier. Il était notre plus grand auteur contemporain. »

de Graham, et là encore cela aura été la bonne chose à faire au bon moment. Alors en toute modestie, je suis heureux d'avoir peut-être contribué à te pousser à prendre cette décision, et je te souhaite de tout cœur l'accomplissement de ton art, et tout le plaisir et la magie que ce voyage peut t'apporter. J'espère que tu ne seras pas trop souvent sollicité par les coups rapides du journalisme et que tu arriveras à trouver un équilibre entre le sprint et le marathon. J'espère que tu trouveras la femme avec laquelle et pour laquelle écrire. Et j'espère que tu garderas ta bienveillance quand on (les plumitifs et, pire encore, tes pairs romanciers) s'en prendra à toi, parce que ton écriture est pleine d'humanité, comme toi. Ma résolution la plus dure à tenir a été de ne jamais sombrer dans l'amertume. Si je dois exploser pour soulager la pression, c'est dans le but de me purifier et non d'assouvir une vengeance. J'aime trop ce métier pour laisser des fâcheux le pourrir pour moi. Je ne t'écrirai plus jamais de telles choses, je le promets, mais ton arrivée dans ma vie m'a touché, et ta lettre aussi.

Et puis il y a les Cornouailles. À emprunter quand je n'y suis pas, et à partager à l'occasion si j'y suis. Prends la voiture, on travaillera dans la journée et on se retrouvera le soir. Je veux m'y installer pour de bon dans un proche avenir et y ajouter une nouvelle aile, pour qu'il y ait deux maisons, une pour nous et une pour un ou une invité(e) et son invité(e), où ils pourront aussi être maîtres en leur demeure, se faire la cuisine s'ils le souhaitent et nous rejoindre quand ça conviendra à tout le monde. J'espère vraiment que tu l'utiliseras comme refuge quand tu en auras envie. Nous y sommes très peu en ce moment. Bref, à toi de voir.

Nous partons la semaine prochaine pour l'Italie puis les USA, retour début juin. J'ai un fils qui se marie à Boston, puis des recherches à faire à Washington, dans le nord du Québec et peut-être le golfe du Mexique.

Ma proposition est la suivante : cessons toute relation professionnelle. Tu ne m'intervieweras jamais et tu n'écriras jamais sur moi tant que je serai en vie. Et moi, j'aurai une maison sûre pour toi en cas de besoin, même si je doute que cela arrive ! Ainsi, j'aurai l'impression de pouvoir t'être utile de loin, et toi, tu ne te sentiras pas mon obligé. J'aurai l'esprit tranquille, comme ça. Je n'ai toujours pas appelé tes parents, mais je le ferai à mon retour. Si tu leur parles, dis-leur que je me suis plongé tête la première dans mon livre et que j'ai hâte de pouvoir jouer avec eux cet été. Pardonne-moi cette longue lettre.

Amitiés,
David

Les deux hommes nouent une amitié très proche. Le Carré connaît John Shakespeare, le père de Nicholas, depuis Oxford. C'est l'un des rares amis qu'il a invités à son premier mariage, et c'est lui qui l'a incité à reprendre son poste d'enseignant à Eton. Nicholas Shakespeare séjournera souvent chez le Carré en Cornouailles. Il écrira The Dancer Upstairs *(titre suggéré par le Carré) et d'autres romans, ainsi qu'une biographie de Bruce Chatwin.*
« Quand je débutais dans le métier, je vénérais Greene comme un modèle à suivre, et rien dans ma vie d'écrivain ne m'a rendu plus heureux que le soutien qu'il a si généreusement apporté à mes premiers ouvrages, écrit le Carré dans un article, le jour de la mort de Greene. En tant que diplomate à Bonn, j'ai eu honte de le voir aller du côté est du mur de Berlin et déclarer de façon embarrassante qu'il préférait la vie là-bas. J'ai trouvé son antiaméricanisme excessif. J'ai trouvé stupide son idée d'un possible mariage entre le communisme et la foi chrétienne, et encore plus stupide sa défense de Kim Philby. » Même lors de leur querelle écrite au sujet de Philby, dit le Carré, Greene a mis un point d'honneur « à m'envoyer de gentils messages par le biais d'intermédiaires ». Tandis que « la bureaucratie littéraire britannique » essayait de le faire choir de son piédestal, Greene avait « de l'esprit, de l'élégance, de la personnalité, un don de conteur et une compassion universelle et transcendante qui le placent à jamais au panthéon de la littérature mondiale ».
Dans ses interviews pour la presse écrite, la radio et la télévision, du New Yorker *à la BBC, le Carré citera souvent la « formule » de Greene selon laquelle l'enfance est le fonds de commerce de l'écrivain. Comme il le dit à Philippe Sands au Hay Festival en 2013 : « Je cite toujours Graham Greene, qui dit que le fonds de commerce de l'écrivain est son enfance, et selon ce critère j'étais millionnaire. » Toutefois, ni Richard Greene, son biographe, ni ses bibliographes n'arrivent à identifier la source dans son*

œuvre ou ses interviews, hormis l'utilisation que le Carré en a faite. Cet aphorisme apparaît régulièrement sur Internet, attribué à Greene[1].
Un mois avant sa mort en 2020, le Carré lisait la biographie écrite par Richard Greene. Il dit alors à l'écrivain Ben Macintyre : « Je ne le connaissais que peu, mais il m'impressionne toujours. »

Après son soixantième anniversaire, le Carré se remémore les moments partagés avec John Margetson lors de leur entraînement pour le MI6 avec quatre autres jeunes recrues, trente ans auparavant.

À JOHN ET MIRANDA MARGETSON

Tregiffian
St Buryan
Penzance
Cornouailles

24 octobre 1991

Mes très chers John et Miranda,

Quelle magnifique pièce d'argenterie George II ! Un objet si rare. C'est d'une générosité infinie de votre part. Vraiment, une splendeur. Merci aussi d'être venus au Savoy et d'avoir apporté à cette soirée votre gentillesse et votre classe. Et John, merci pour ton discours si élégant et affectueux. L'histoire de notre rencontre est trop précieuse et trop drôle pour la rendre publique (sans compter que ce serait une violation de l'OSA [Official Secrets Act], sauf que bon, ces temps-ci, hein…), mais, quand je me suis levé pour prendre la parole, j'ai vraiment été tenté de raconter le désespoir de Rod Wells quand il a ouvert la boîte pleine de

1. En 2009, Joseph Finder écrit à le Carré pour lui dire qu'il adorerait retrouver l'origine de cette citation pour un ami travaillant au *Yale Book of Quotations*. « Je suis désolé, mais je n'arrive pas à la situer dans le canon greenien et je n'ai pas de moyen de la retrouver, répond le Carré. Je l'ai sûrement lue quelque part comme attribuée à Greene, et elle va dans le sens de remarques qu'il pouvait faire dans les conversations sur ses jeunes années. Mais je n'arrive pas à la replacer, désolé. »

cailloux, ou la fureur de l'équipe photo quand on a mis au point le cocktail tout-en-un pour que les négatifs réagissent plus vite, ou le jour où un Hooper en larmes nous a confié qu'on ferait mieux de mettre la clé sous la porte et de rentrer chez nous jusqu'à ce que le service normal puisse reprendre[1]...

Mais je me suis retenu, je me suis retenu. J'aurais adoré leur raconter que John était avec moi quand, par les câbles électriques (via le Bureau 9), nous est parvenue la nouvelle que « L'Appel du mort » avait été accepté par la maison Gollancz – si VG avait su où nous nous trouvions à ce moment-là, quel scoop ! Et quelle crise de rire.

Bref, quand j'utiliserai ma cuillère à moelle, j'aurai foison de souvenirs secrets qui feront naître un sourire sur de vieilles lèvres (les miennes, pas celle de l'os) et toute votre amitié à chérir, et votre loyauté envers mes enfants comme envers moi.

Venez donc dans notre nouveau cottage au bout du champ (ou dans l'aile ouest palatiale avec vue infinie sur un paysage typique des Cornouailles et une suite avec salle de bains) pour que nous passions de bons moments ensemble dans cette époque fascinante. Je me sens en pleine forme, vous avez l'air en pleine forme tous les deux, n'avons-nous pas de la chance ?

Jane vous embrasse, comme moi.

Amitiés,
David

1. Rod Wells, autre recrue du MI6, qui avait été sauvagement torturé dans un camp japonais après avoir construit une radio secrète, a récupéré un largage aérien qu'il croyait être de l'équipement mais qui ne contenait que des cailloux. Margetson, pressé de développer des photos avant de partir pour le week-end, a ignoré le protocole spécifique et mélangé tous les produits chimiques en même temps. Quant à Robin Hooper, le chef de la section d'entraînement, il a dû annoncer aux nouvelles recrues que George Blake était un espion soviétique.

1. Au deuxième rang : Olive et Ronnie Cornwell entourant les parents de Ronnie, Frank et Elizabeth (Bessie). Au premier rang : David et son frère aîné Tony assis sur les genoux des parents de Frank. Quatre-vingts ans plus tard, le Carré demandera la nationalité irlandaise grâce à sa filiation avec Bessie. Vers 1935-1936.

2. Ronnie, Olive, David et Tony Cornwell. Instantané d'une famille heureuse pour peu de temps : Olive quittera le foyer quand David aura cinq ans et ils ne se retrouveront que lorsqu'il aura vingt et un ans. Vers 1935.

3. Ronnie s'affiche fièrement au côté de l'époux de la princesse Elizabeth, le jour de la remise au duc d'Édimbourg d'un chèque de 10 000 livres par l'Albany Sports Society Committee au bénéfice de la National Playing Fields Association. 1950.

4. David et Tony Cornwell.

5. Jeannie Cornwell à l'âge de vingt-sept ans. Elle épouse Ronnie en 1944. Pendant la guerre, elle lit des messages codés pour la Résistance sur les ondes de la BBC, mais aussi *Le Vent dans les saules* de Kenneth Grahame au petit David.

6. David (rangée du fond, deuxième à partir de la droite) dans l'équipe junior de hockey sur gazon de Sherborne School en 1947. Il sera également capitaine de l'équipe de cricket junior de Westcott House et gagnera le prix de poésie de l'école, mais fuira l'établissement à l'âge de seize ans.

7. Reginald Stanley Thompson (photo Elliott & Fry). Surnommé « Thomper », pétri de valeurs fortes et d'une profonde foi chrétienne, il sera pendant seize ans le directeur de Westcott House à Sherborne. 1952.

8. Haut-de-forme et fourrure : Ronnie, David, Jeannie et Tony Cornwell.

9. David en descendeur. « J'ai participé à la course du Lauberhorn quand j'étais jeune et bête et j'ai failli y laisser ma peau. »

10. David en grand uniforme et Ann lors d'une soirée dansante. Ils se sont rencontrés quand il avait dix-huit ans et elle dix-sept.

11. David et sa demi-sœur Charlotte, la fille de Jeannie Cornwell, qui a dix-sept ans de moins que lui.

12. Vivian Green, aumônier et tuteur à Sherborne School et au Lincoln College d'Oxford. Il inspirera à le Carré certains traits de caractère de Smiley, telles son humanité, sa perception des fragilités humaines et ses difficultés à s'acheter des vêtements.

13. Dessin d'Ann par David. Elle le soutenait dans son ambition de faire de l'art son métier.

14. Mariage de John et Miranda Margetson le 11 mai 1963. Au deuxième rang, Juliet, la sœur de Miranda, et le Carré, qui était le témoin.

15. Victor Gollancz. En 1960, il paie une avance de 100 livres pour *L'Appel du mort* de John le Carré, « un nouveau talent du roman policier ». Il consentira par la suite à payer 175 livres pour *L'Espion qui venait du froid*.

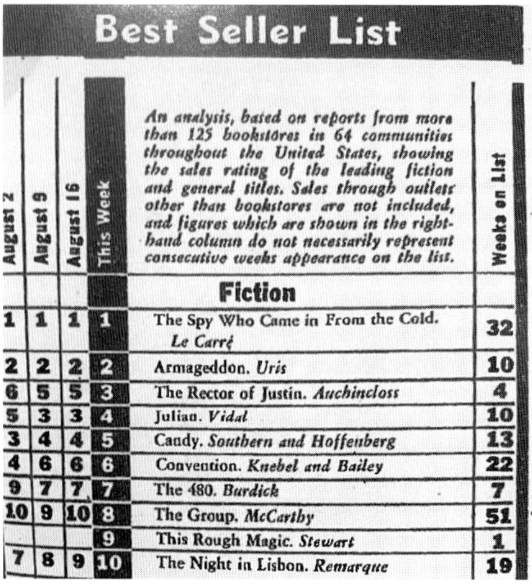
Best Seller List

An analysis, based on reports from more than 125 bookstores in 64 communities throughout the United States, showing the sales rating of the leading fiction and general titles. Sales through outlets other than bookstores are not included, and figures which are shown in the right-hand column do not necessarily represent consecutive weeks appearance on the list.

Fiction

August 2	August 9	August 16	This Week		Weeks on List
1	1	1	1	The Spy Who Came in From the Cold. *Le Carré*	32
2	2	2	2	Armageddon. *Uris*	10
6	5	5	3	The Rector of Justin. *Auchincloss*	4
5	3	3	4	Julian. *Vidal*	10
3	4	4	5	Candy. *Southern and Hoffenberg*	13
4	6	6	6	Convention. *Knebel and Bailey*	22
9	7	7	7	The 480. *Burdick*	7
10	9	10	8	The Group. *McCarthy*	51
			9	This Rough Magic. *Stewart*	1
7	8	9	10	The Night in Lisbon. *Remarque*	19

16. *L'Espion qui venait du froid* nº 1 des ventes du *New York Times* en semaine 32 après sa publication.

17. Graham Greene, qui salue en *L'Espion qui venait du froid* « le meilleur roman d'espionnage que j'aie jamais lu ».

18. En 1964, après que le Carré démissionne du Foreign Office, la famille Cornwell quitte l'Allemagne pour la Grèce, où elle voyage en Crète et à Spetses.

19. Pipe et stylo à plume à la main, le Carré dessine pour les petits Simon et Stephen.

20. Richard Burton et le Carré en 1965 sur le tournage de *L'Espion qui venait du froid*.

21. Susan Kennaway (par la suite Susan Vereker), l'épouse de l'écrivain James Kennaway, qui perdra la vie dans un accident de voiture. Le Carré avouera à Ann avoir eu une liaison avec Susan en 1965.

22. Le réalisateur Sydney Pollack à l'époque du tournage d'*On achève bien les chevaux*, qui sort en 1969. Il proposera différents projets de film à le Carré, dont des adaptations d'*Une petite ville en Allemagne* et du *Directeur de nuit*.

23. Valerie Jane Eustace devient Jane Cornwell quand elle épouse le Carré en 1972. Après leur rencontre lors d'un événement littéraire à Birmingham, il écrit : « Je la trouve pleine de compassion, de compréhension et remarquablement intelligente. »

24. Figure légendaire de l'édition américaine, Robert Gottlieb fut éditeur chez Simon & Schuster et Alfred A. Knopf, et rédacteur en chef du *New Yorker*. Pour le Carré, « le plus grand de tous ».

25. Le Carré et Jane au travail sur *La Taupe* en 1974 dans son bureau de Tregiffian.

26. Le Carré avec Nicholas, Jane et Stephen Cornwell dans la cuisine de leur maison en Cornouailles. 1974.

27. Le Carré avec Alec Guinness, sans doute à Hampstead Heath, où se déroulent des scènes importantes des *Gens de Smiley*. « Si nous devions demander la lune, ce serait Guinness dans le rôle de Smiley. »

28. Yvette Pierpaoli, « qui vécut et mourut sans jamais renoncer », selon la dédicace de *La Constance du jardinier*.

29. Le Carré avec David Greenway à Corfou, où ils passent ensemble des vacances en famille dans les années 1970. Greenway a couvert la guerre du Vietnam pour le magazine *Time* et pour le *Washington Post* de 1967 à 1975. Il a servi de guide à le Carré en Asie du Sud-Est pour *Comme un collégien* et au Proche-Orient pour *La Petite Fille au tambour*.

30. Le Carré et Al Alvarez. « Il suffisait qu'Al et moi nous trouvions à moins de deux mètres l'un de l'autre pour commencer à rire. »

31. Le Carré avec son whippet Mach à Hampstead Heath, où Smiley récupère un indice vital sur le meurtre de Vladimir dans une allée bordée d'arbres.

32. Charlotte Cornwell quand elle était membre de la Royal Shakespeare Company, peu après la seconde saison de *Rock Follies* en 1977. Elle a notamment interprété Jeanne la Pucelle dans *Henri VI* et Rosalinde dans *Comme il vous plaira*.

33. Le Carré et Vladimir Stabnikov, traducteur, hôte officiel de le Carré pour l'Union des écrivains, lors de son premier séjour en Union soviétique en 1987. « Une véritable amitié s'est créée », écrira le Carré.

34. Le Carré et Jane avec Anatoli Adamichine et son épouse, quand ils sont venus à Tregiffian et ont eu droit à une sortie aux courses.

35. Sonny Mehta a été l'éditeur américain de le Carré, chez Alfred A. Knopf, pendant trente ans.

36. Le Carré lors d'une manifestation contre la guerre avec l'écrivain et militant Anthony Barnett en 2003. Dans des interviews à la sortie de *Notre jeu*, le Carré réclame la démission de Tony Blair et la reconnaissance du fait que le Royaume-Uni a été entraîné dans la guerre sur la foi de renseignements fallacieux fabriqués à Downing Street.

37. Le Carré avec Ralph Fiennes, qui joue Justin dans *La Constance du jardinier*, réalisé par Fernando Meirelles. « Rien dans ma vie n'égale ce film et ses effets », écrit le Carré en 2006.

38. Le Carré avec Philip Seymour Hoffman sur le tournage d'*Un homme très recherché*, sorti en 2014. Pour son apparition dans un bar louche, le Carré porte la barbe.

39. Le Carré et l'équipe du film de 2011 *La Taupe* : Roger Lloyd-Pack, John Hurt, Benedict Cumberbatch, Colin Firth, Gary Oldman et le réalisateur Tomas Alfredson.

40. Le Carré avec le journaliste et écrivain Ben Macintyre. Le Carré a écrit une phrase dithyrambique pour la promotion de son premier livre sur l'espionnage, *L'Agent Zigzag*, et lui a directement inspiré l'écriture de *Kim Philby, l'espion qui trahissait ses amis*, trois livres plus tard.

41. August Hanning, l'ancien chef des renseignements intérieur et extérieur allemands, avec Tim Garton-Ash, le Carré et le prince Albrecht Ernst d'Oettingen-Spielberg.

42. Simon Cornwell (à gauche), cofondateur de la société de production Ink Factory, avec le Carré et l'équipe du *Directeur de nuit* : Hugh Laurie, Tom Hollander, la réalisatrice Susanne Bier, Tom Hiddleston et Elizabeth Debicki.

43. Le Carré avec ses fils Simon et Stephen Cornwell, producteurs de cinéma, Nicholas Cornwell, romancier, et Tim Cornwell, journaliste culture.

44. Le Carré avec Yassin Musharbash, journaliste à l'hebdomadaire allemand *Die Zeit* et expert des idéologies et du terrorisme djihadistes, qui l'a aidé à finaliser les personnages d'*Un homme très recherché*.

45. Le Carré et son agent Jonny Geller, P-DG de Curtis Brown, lors de la soirée d'anniversaire et de sortie de livre à Londres en 2019. « Nous nous connaissons plutôt bien, maintenant, et je me fie à vos conseils », lui écrira-t-il.

46. Lors d'une manifestation anti-Brexit en 2019, s'opposant à « un suicide économique monté de toutes pièces par des charlatans ».

47. Drapé dans le drapeau irlandais pour son anniversaire, le 19 octobre 2020, avec Jane, pour fêter l'obtention de la nationalité irlandaise.

LE DIRECTEUR DE NUIT

Je sais que j'ai atteint mon plus bel âge. Je vais sur mes soixante-deux ans, donc ça ne va pas durer, mais je sais que je suis à mon apogée. Je sais que si je veux faire quelque chose, je peux jouer de tous les instruments de l'orchestre. Savoir si je fais de la bonne musique, c'est une autre question, mais je sens que je maîtrise parfaitement mon art.

– au journaliste et animateur télé américain
Charlie Rose, PBS, 1983

Les recherches de le Carré pour son roman de 1993 se terminent par un projet de film complexe qui n'aboutira pas. Alors même qu'il écrit son livre, il imagine Daniel Day-Lewis et Julia Roberts dans les rôles principaux[1]. Par la suite, il dira que la série télé de 2015, produite par ses fils Simon et Steven, est l'adaptation la plus réussie de son œuvre depuis qu'Alec Guinness a interprété Smiley.

1. Jeff Leen, « My Dinners with le Carré », *Washington Post*, 30 décembre 2020.

Quand il commence à créer le personnage de Jonathan Pyne dans Le Directeur de nuit, *le Carré se tourne vers son vieil ami John Calley, magnat des studios hollywoodiens qui a démarré tout en bas de l'échelle, ce qu'apprécie tout particulièrement le Carré. Après des débuts au service courrier du réseau NBC, Calley est devenu patron de la production chez Warner Bros dans les années 1970, où il a donné le feu vert à des films comme* Orange mécanique, La Tour infernale, L'Exorciste, Un après-midi de chien *et* L'Inspecteur Harry. *Le répertoire infini de potins du métier et l'amour profond et la compréhension du cinéma qu'avait Calley en font un merveilleux compagnon. Il obtiendra une nomination aux Oscars pour* Les Vestiges du jour *en 1993.*

À JOHN CALLEY

Par fax

Cher John,

Je ne rentre pas à Londres avant demain, finalement, mais je pense qu'on se parlera aujourd'hui de toute façon. Je peux te demander ton aide sur un autre point ? Mon personnage voyage avec un passeport canadien à ce stade, c'est un homme élégant et avenant de 38 ans qui travaille dans l'hôtellerie-restauration. Il veut entrer dans le circuit des yachts et des îles paradisiaques comme chef, maître d'hôtel ou majordome. (Il est blanc, je précise.) Existe-t-il une agence à laquelle il pourrait s'adresser à New York qui étudie le dossier de ce genre de pros et les place dans des yachts ou des hôtels ? Je l'ai mal expliqué, mais l'idée, c'est qu'il veut se faire engager comme maître d'hôtel ou factotum sur le grand yacht de luxe du Big Boss, et il est prêt à gagner d'abord ses galons sur place pour arriver à ses fins. Je rêve de bureaux miteux en lisière de Manhattan gérés par deux gays à la mâchoire carrée qui fournissent en dernière minute des majordomes au Paradise Island Hotel, par exemple, ou à Caneel Bay, ou au yacht d'Ivana Trump si elle en a un, ou qui peuvent envoyer un maître d'hôtel à la Grenade, ce genre de truc. Si tu as le bras assez long pour accéder à ce type de bureau de placement, je peux aller les rencontrer à NY ou Miami ou ailleurs. Sinon, pas de problème, je peux simplement me renseigner sur Paradise Island et me faire casser le nez.

Bref, penses-y et on en parle ! Amitiés à Sandy. Je suis très impatient de vous revoir.

David

*Sydney Pollack, réalisateur d'*On achève bien les chevaux *et, plus tard, d'*Out of Africa, *a longuement travaillé avec le Carré en 1969 sur un scénario adapté d'*Une petite ville en Allemagne, *mais s'est laissé distraire par sa passion naissante pour les pentes suisses autour du chalet de Wengen, racontera par la suite le Carré. Le projet n'a pas abouti. En 1991, Pollack renoue avec le métier d'acteur dans la comédie dramatique* Maris et femmes, *de Woody Allen, et en tant qu'urgentiste dans* La mort vous va si bien.

À SYDNEY POLLACK

Par fax

Cornouailles

16 décembre 1991

Cher Sydney,

Merci pour ta lettre. J'aurais dû répondre plus tôt, mais j'ai été terrassé par une grippe carabinée et je suis resté quelques jours raplapla (comment aurais-je pu t'écrire à toi dans cet état ?). Depuis que je me soigne avec un cocktail vodka/antibiotiques, je suis agréablement pompette et un peu dans le coaltar. À vrai dire, je ne peux m'empêcher de penser que (puisque je n'ai presque jamais été malade de ma vie) la maladie est peut-être le seul moment où des gens comme toi et moi peuvent se reposer. Ici, gros brouillard, la corne de brume résonne en permanence et on essaie de mettre les ouvriers à la porte avant Noël, mais ils sont tellement contents (vraiment contents, parce qu'il n'y a pas beaucoup de travail, en ce moment) qu'il est difficile de les persuader de retourner pointer au chômage. Alors nous creusons de profondes tranchées et nous érigeons de hautes fortifications de granit pour nous protéger de nos mystérieux ennemis communs et, dans cette région défavorisée, je suis vu comme le dernier des grands bâtisseurs fous et argentés.

Je suis ravi que tu refasses l'acteur, et très envieux, bien sûr. Je crois aussi que c'est très malin de ta part, *cher auteur**, de travailler, de t'essayer à tous les corps de métier, d'être imprévisible dans tes pratiques – tu n'as pas besoin d'être Zeus en permanence (comme je me le répète souvent). Tu peux aussi t'amuser, explorer, être un pion dans le merdier de quelqu'un d'autre au lieu d'être toujours sur la sellette. J'aimerais tant pouvoir faire comme toi. D'un autre côté, quand je vois Harold Pinter jouer la comédie, je me dis : oh, mon Dieu, c'est atroce, par pitié retournez à votre machine à écrire ! À ce propos, est-ce que tu vas réaliser Les Vestiges du jour ? J'adore le livre, et je ne suis pas de ton avis quand tu dis que personne n'ira le voir. Mais je crois qu'il faudrait la rigueur d'une production à petit budget, sans obsession pour le box-office, un scénario parfait et un regard aimant et doux du réalisateur. Ce que [le réalisateur Jack] Clayton a fait à ce pauvre Gatsby, un réalisateur américain malavisé risquerait de le faire à [Kazuo] Ishiguro – et attention, je ne parle pas de toi ! Bien au contraire, je pense que tu te régalerais, si tu arrivais à trouver le bon moment et le temps pour le faire, en piochant dans l'écurie des acteurs anglais, voire en le tournant intégralement ici. Les aspects politiques sont mineurs (les aristos fascistes, le mouvement de Mosley, tu feras ça à merveille), mais tout le reste, c'est sur l'impitoyable déesse de la non-communication et de l'échec : auraient-ils vraiment été heureux s'ils s'étaient mis ensemble ? Demande à Ish[1]. Le cœur de l'histoire, c'est qu'ils savent que les classes ancillaires n'ont pas le droit à l'amour. Oh, Sydney.

J'étais ravi d'avoir de tes nouvelles. Quant à moi, je persévère. Peut-être juin ou juillet. C'est comme quand on tourne un film sur un an : on se rappelle à peine ce qu'il y a sur les premières bobines et les moments de découragement sont innombrables.

Tous mes meilleurs vœux pour tes futurs rôles. Amuse-toi bien. Joyeux Noël !

Amitiés,

David

Arrière-petit-fils de Matthew Hodder, le fondateur de la maison Hodder & Stoughton, Michael Attenborough en est devenu le directeur éditorial. Trouver une maquette ou une illustration de couverture qui satisfasse le Carré a toujours été un grand défi pour ses éditeurs. Les poupées russes sur la couverture de l'édition originale de La Taupe *ou les rayures sur celle d'*Un pur espion *ont tout de suite fait tilt, mais d'autres non. « Il nous a demandé des dizaines de fois de trouver une illustration avec un homme qui fait gravir une montagne à son cheval (George Smiley affrontant le monde entier ?), mais nous et nos documentalistes n'y sommes jamais arrivés », se rappelle Attenborough. Pour* Le Directeur de nuit, *Hodder & Stoughton a envoyé un synopsis à une école de design en demandant des idées aux élèves.*

1. Le Carré et Kazuo Ishiguro se sont rencontrés une fois à Hampstead et une fois pour un petit déjeuner dans un hôtel de Boston quand leurs tournées de promotion respectives se sont croisées, mais ils n'ont jamais correspondu.

À MICHAEL ATTENBOROUGH

Par fax
Londres

24 janvier 1992

Cher Michael,

Je suis allé me coucher hier soir avec la certitude que nous tenions le bon bout pour la couverture, et je me suis réveillé ce matin avec la certitude aussi forte que nous n'y étions pas. La seule dans le lot dont nous pouvons discuter, me semble-t-il, est celle toute noire avec les yeux de l'observateur. Comme je vous l'ai dit hier, ma première impression est que le noir évoque le pessimisme à la le Carré, ou pire encore, l'horreur à la Stephen King. Les yeux m'ont paru ambigus d'un point de vue ethnique, agressifs et inquiétants. Je trouve que c'est un visuel puissant, mais pas pour ce livre.

Nous avons parlé du bleu nuit, nous avons parlé de modifier le visage. Je n'ai pas de souci avec le lettrage.

Mais, puisque nous allons remettre sur le métier notre ouvrage, je souhaite vous indiquer ce qui me paraît inconciliable entre la maquette que vous m'avez montrée et le roman que vous allez publier. Pour moi, le livre regorge de couleurs chatoyantes, avec l'or du soleil et de la richesse, des paysages exotiques, des îles caribéennes. Les symboles qui me viennent à l'esprit quand j'y pense sont des Rolls, des bijoux, des temples égyptiens, des paradis tropicaux, des hôtels de luxe, des yachts, et à côté, en un contraste violent, des armes, des meurtres, de la torture, de la corruption et des troubles internationaux incessants. Il ne devrait pas être si difficile de saisir cette dichotomie dans notre couverture. Mais si ce n'est pas possible et qu'on reste sur quelque chose de très simple, je pense quand même que le livre doit avoir un visuel opulent et non austère. Le projet d'hier passe vraiment à côté des plaisirs présents dans le livre, or c'est à éviter si nous voulons le vendre à des lecteurs qui partent en vacances.

Je sais que nous n'avons plus beaucoup de temps, mais je dois vous rappeler que je n'ai pu vous faire part de mes idées pour la première fois que lors de la séance d'hier. Étant assez libre en début de semaine, je peux passer à Bedford Square si cela peut aider, mais je pense que cette lettre vous donne une assez bonne idée de ce que je ressens.

Bien à vous,
David

P.-S. Nous en avons parlé hier et je vous ai déjà dit tout cela, mais je vous le mets quand même par écrit.

Finalement, la couverture de l'édition originale du Directeur de nuit *montrera un chevalier sur son destrier, lance baissée, comme saint Georges attaquant le dragon.*

~

Dans la rubrique « Between the Covers » du New York Post, *Matthew Flamm rapporte que Random House a signé un contrat avec « l'ancien maître espion est-allemand » et ex-patron de la Stasi, Markus Wolf, pour un livre confession sous la houlette de l'éditeur Peter Osnos, et que Wolf est celui qui a servi d'inspiration à John le Carré pour créer le personnage de Karla.*

À PETER OSNOS, RANDOM HOUSE, NEW YORK

Par fax

Londres

26 janvier 1992

Cher Peter,

Je suis tombé sur un article du New York Post en date du 20 janvier dans lequel vous annoncez votre projet de publier un livre de Markus Wolf. Cet article affirme (et l'on peut supposer que Random House cautionne cette affirmation) que Markus Wolf m'a servi de modèle pour Karla dans les romans Smiley/Karla. Puisque c'est totalement infondé, je me suis dit que mieux valait vous le signifier, au cas où vos commerciaux et vous penseriez y voir un argument de vente.

Du jour où Wolf a connu des revers de fortune, il a tout fait pour associer son nom au mien. J'ai reçu d'innombrables sollicitations pour des apparitions publiques avec lui, sans compter les monceaux de coupures de presse qui établissent cette paternité littéraire de mon personnage. Je suppose que Wolf me voit comme un élément de sa stratégie de défense et souhaite se faire passer pour un humaniste convaincu qui a fait son devoir tout en restant probe. Je n'aurai pas plus pris Wolf comme modèle pour Karla que Caligula pour Smiley. Wolf a servi un régime immonde en utilisant des méthodes immondes et savait parfaitement ce qu'il faisait. À mes yeux, il mérite amplement toutes les accusations que le bureau du procureur général de Karlsruhe porte contre lui.

Vous vous demandez peut-être pourquoi je n'ai pas déjà démenti ce lien avec Wolf. L'expérience m'a appris que, dès qu'il s'agit des médias, les démentis sont ignorés s'ils sont gênants, ou même considérés comme une confirmation.

J'imagine que Wolf vous a déjà suggéré que nous fassions ensemble une apparition à la télé américaine, lui et moi. S'il ne l'a pas encore fait, cela ne saurait tarder. Et donc, ma réponse est non. Pardonnez ma virulence, mais ce type est un emmerdeur fini, et je vous avouerai que je ne suis pas sûr de pouvoir digérer la publication de ses écrits par le groupe auquel Knopf appartient.

Sincèrement,
David

Derek et Jeannie Tangye, qui vivaient une vie toute simple sur les falaises des Cornouailles depuis les années 1950, l'ont consignée dans une série de livres intitulée The Minack Chronicles. *Derek, le voisin le plus proche de le Carré sur le sentier côtier, a travaillé pour le MI5 pendant la guerre. Son épouse Jeannie est décédée quatre ans avant ce fax envoyé du Panama par le Carré.*

À DEREK TANGYE

Par fax

Hotel Continental
Panama

23 février 1992

Mon cher vieil ami,

Je suis désolé d'avoir été à l'étranger au moment de l'anniversaire du décès de Jeannie. Quand Jane me l'a rappelé, ma gorge s'est nouée comme à chaque fois et j'ai ressenti un immense sentiment de perte, comme si j'apprenais la nouvelle pour la première fois. Je t'envoie toute mon affection, ma sympathie et mon amitié même de si loin. Oui, un petit apéro mi-mars me paraîtrait parfait.

Je pense fort à toi, Derek.
David

Ronnie Cornwell tenait à ce que son fils aîné passe le barreau, mais Tony Cornwell, lui aussi, a fui son père. Il est parti aux États-Unis avec une bourse pour Bowdoin College, puis s'y est installé. Jeune homme, il rêvait de devenir romancier et poursuit toujours cette ambition bien après la soixantaine. Le 19 avril 1992, Tony écrit à le Carré « un genre de lettre d'amour », pour lui annoncer qu'il s'engage irrévocablement dans « la vocation, la volonté, l'échec, l'épiphanie, l'inévitabilité de l'écriture ».

À TONY CORNWELL

Tregiffian
St Buryan
Penzance
Cornouailles

24 avril 1992

Mon très cher To,

Que puis-je te dire sinon « merci », et encore « merci », d'avoir découvert le prix à payer pour cette vie ! Ce n'est pas un mode de vie, vois-tu, c'est juste la vie. Ce n'est pas une activité, un travail ni un loisir, c'est un raz-de-marée incessant, terrifiant, dévorant, de tous les sentiments qu'on éprouve et de toutes nos réactions à ces sentiments : l'exultation, quand on arrive soudain à se libérer et que c'est devant vous et que ça vous parle ; la stupéfaction, la rancœur et le désespoir quand ça vous ignore, quand ça se fout de vous, quand ça ne vous respecte pas, quand ça préférerait être raconté par quelqu'un de plus talentueux, ou même quelqu'un de talentueux, tout court.

Tu n'as pas à t'inquiéter de te lancer tardivement – de toute façon, tu n'en as plus le temps. Dans beaucoup de domaines, tu organiseras tes pensées de façon plus efficace et tu atteindras donc ton but plus vite. Ce n'est pas comme si tu avais gâché ta vie ou si tu n'avais pas fait ÇA : tu as sans doute poursuivi ça, traqué ça, tu t'y es préparé de bien des façons que tu découvres seulement maintenant. Et tu as vu beaucoup de choses dans ta vie, mais surtout, tu l'as vécue, et tu te connais toi-même. Ce n'est pas une mauvaise chose, et je t'envie ta fraîcheur !

Merci de m'avoir écrit si gentiment. C'était atrocement dur, vraiment, d'être cette personne dans ta vie. Je n'ai jamais voulu être celui qui faisait les choses que toi-même tu mourais d'envie de faire, ou monsieur j'ai-du-succès, ou monsieur je-suis-écrivain ou autre. J'ai toujours cherché à m'améliorer, et comme on ne peut pas renier sa propre réussite, surtout quand on a dû écraser des gens pour y arriver, j'ai essayé de la savourer quand même ! Mais je n'ai jamais pris plaisir à te mettre le nez dedans, j'espère que tu en as conscience, je l'espère du fond du cœur, parce que je t'ai toujours aimé. Et même si j'ai souvent été un tueur pendant mon ascension, j'ai aussi été un tendre en manque de confiance, et j'ai reçu de grandes baffes, et j'ai appris à la dure qu'un écrivain « établi », ça n'existe pas. À cet instant précis, je suis carrément désétabli : j'ai écrit 350 pages en ayant à peine raconté l'histoire, j'ai beaucoup trop de personnages, pas de fil rouge, c'est une vraie catastrophe et ça fait deux ans que je suis dessus ! Mais ça a toujours été comme ça. Il faut juste se pointer à la salle le lendemain matin et se comporter comme si on ne t'avait pas mis K-O la veille. Et en fait, personne ne t'observe, personne ne t'écoute, pas vraiment. Il y a une oreille compréhensive – mais mon oreille à moi est compréhensive aussi ! Hier, dans mon désespoir, j'ai acheté à Jane un nouveau bureau et un tableau primitif qui représente une vache. Je me suis dit que ça ferait l'affaire, et ce soir j'ai bien l'impression que ça a été le cas : les choses ont l'air d'aller un peu mieux. Ainsi va la vie, mon petit chéri. Et je suis plein d'affection pour toi, et je ne peux qu'imaginer ce que tu endures à chaque heure de chaque jour.

Je t'aime,
D

Deux ans après cette lettre, le Carré fera lire le livre de Tony, Born of the Sun *ou* Too Close to the Sun, *à Sonny Mehta, le patron de Knopf, mais sans succès.*

~

Don Chapman, adjoint à la culture de la Ville de Marion en Australie-Méridionale, écrit à le Carré pour lui demander de faire don d'une cravate pour une exposition-vente aux enchères caritative. « Ce que nous recherchons, c'est une cravate que vous n'aimez pas, ou que vous avez toujours eu honte de porter, une cravate ridicule, rigolote, festive, sérieuse ou même avant-garde. »

À DON CHAPMAN

9 Gainsborough Gardens
Londres, NW3 1BJ

20 août 1992

Cher Don Chapman,

Vous trouverez ci-jointe la cravate que m'avait donnée mon épouse pour mon déjeuner avec Mme Thatcher. Les couleurs étaient on ne peut mieux choisies : le bleu marine des convictions de Mme Thatcher, avec quelques touches de rouge pour mon socialisme chancelant et d'un jaune insipide comme triste symbole de ma fermeté d'âme. J'ai finalement choisi une autre cravate, un modèle tout aussi moche en camaïeu de bleu. Mme Thatcher est de ces personnalités politiques qui ont l'air encore plus artificielles que leur statue de cire. Les yeux sont plus horizontaux, les voyelles parfaites sont préenregistrées, chaque phrase assène un message féroce et les plaisanteries sont déplacées sauf quand elles viennent d'elle. Même si je n'ai jamais porté la présente cravate, elle est associée dans mon esprit à une période de l'histoire britannique comparable à l'ère de stagnation de la Russie soviétique, quand Brejnev a vendu les réserves d'argent de son pays et pillé ses ressources, tandis que les oligarques vivaient leur plus belle vie. Que cette ridicule petite cravate puisse rappeler à son heureux acquéreur que certaines choses liées à la récession valent la peine d'être conservées.

Cordialement,
John le Carré

À JOHN MARGETSON

9 Gainsborough Gardens
Londres, NW3 1BJ

8 octobre 1992

Cher John,

Je viens enfin de boucler le premier jet de mon long roman, qui s'intitule provisoirement « Le Directeur de nuit ». Ma fol-dingue de secrétaire va t'en envoyer un tirage, que tu devrais recevoir mercredi ou jeudi de la semaine prochaine. Puis-je solliciter ton aide ? Le livre, qui a un côté surréaliste, comporte des passages sur Whitehall, Westminster et les espions. Et puisque j'ai très peu de connaissances sur les commissions parlementaires et autres, j'ai essayé d'être le plus vague possible. Malgré tout, je suis bien obligé de mentionner des titres et fonctions ici ou là, et je voudrais m'assurer que je n'ai pas mis n'importe quoi. Tu pourrais le lire en t'attachant à la vraisemblance ? (L'authenticité ne compte pas franchement, puisqu'on est dans de la néo-SF politique.) Il me reste plein d'autres éléments à vérifier (les porte-conteneurs, le fret, les organigrammes d'entreprises, etc.), mais les points liés à la politique anglaise sont ceux qui me bloquent le plus (sans doute parce que ce sont les moins faciles à écrire). N'hésite pas à faire lire le livre à Miranda si tu veux, je pense que ça lui plaira. Et histoire de bien charger la barque, je vous dis d'emblée que c'est un manuscrit de 755 p, désolé…

Nous nous portons très bien, et j'espère que vous aussi. Nous partons pour Zurich, puis à NY pour suivre les négociations sur le contrat pour le livre. Personne ne l'a encore lu à part Jane, ce qui rend tout cela encore plus excitant.

Nous avons eu un été pourri par la pluie, parfait pour les accros au travail, et nous pensons maintenant à prendre trois mois de vacances, mais où, nous l'ignorons. Et les chiens-chiens font toujours la loi.

Si on mangeait ensemble début novembre ? On adorerait vous remmener au Connaught, ou bien la conscience sociale de Miranda préférera-t-elle l'atmosphère familiale toute simple de Nico at 90, qui est très bien aussi ? Ou encore plus simple, si la foule ne vous gêne pas, il y a aussi le Gavroche… Si vous êtes partants, nous serons ravis n'importe où.

Amitiés à tous les deux,
David

P.-S. Est-ce que le documentaire sur G. Greene a été diffusé ? Si oui, l'avez-vous enregistré ? S'il est bien passé, on l'a raté, parce que c'était le rush final sur le livre. D[1].

~

Opération Shylock, *de Philip Roth, va paraître en 1993. L'auteur obtiendra le prix Pulitzer en 1998 pour* Pastorale américaine, *sorti en 1997.*

À PHILIP ROTH

Par fax

Londres

11 octobre 1992

Cher Philip,

Chapeau bas ! Que te dire d'autre ? À quoi pourrais-je te servir, sinon à rabâcher ce que tu sais déjà ? Tu m'as ému, troublé, diverti, horripilé, intrigué, tu m'as embarqué sur les chapeaux de roue à travers une ville de lumière en pleine nuit, tu as ressuscité mon moi antisémite qui gisait bienheureux au fond de sa tombe et tu m'as fait passer un moment merveilleux. McSmilesburger vous salue bien[2] ! À part ça, je ne vois

1. Le documentaire *The Graham Greene Trilogy* sera diffusé par la BBC dans l'émission *Arena* en janvier 1993, deux ans après la mort de Greene. Il comprend notamment un entretien avec le Carré, qui parle avec empathie de la carrière de Greene, de leur différend à propos de Philby et de « son espoir fou d'une conciliation entre catholicisme et communisme, surtout en Amérique du Sud ».

2. Le chroniqueur du *New York Times* D. M. Thomas dira d'*Opération Shylock* : « Ce roman est émaillé de passages puissants et autocritiques sur l'antisémitisme dans

pas ce que tu veux que je fasse pour toi… Je n'ai été d'aucune utilité à Joyce pour Ulysse, j'ai merdé complètement quand Kafka a fait appel à moi, et tout ce que j'ai suggéré à Nabokov, c'était : « Vous ne pourriez pas vieillir la gamine de deux ans ? » mais il ne m'a pas écouté. Tu t'es tellement affranchi de la forme, à la fin du livre[1], que le vieux classiciste en moi ne peut que secouer sa tête chenue et dire : « Eh bien, s'il réussit à le faire, et il y réussit bel et bien, pourquoi devrait-il le défaire ? » C'est un livre brillant, intrigant, crépusculaire et magnifique. Si je peux quand même te faire une et une seule suggestion quant à la structure : quand il rencontre son alter ego, j'ai besoin d'un millier de violons et tu ne me les donnes que dans le chapitre suivant. Ça fonctionne bien comme c'est, mais j'irais plutôt vers une réflexion plus prolongée (tu la fournis après, mais je la placerais plus tôt) AVANT le moment choc du « Oh, mon Dieu, c'est moi ! ». Je voulais vraiment bouffer ce moment et m'en enivrer et en jouir, avant qu'on me donne la solution. La fin du chapitre qui tombe là me prive de cette satisfaction.

Quoi qu'il en soit, je te promets de tout garder bien en tête jusqu'à ce qu'on puisse se voir. Ah oui, encore un (mini) détail : pourquoi n'avoir pas cité Brodsky parmi les lauréats juifs du Nobel[2] ?

Allez, ça suffit, l'enculage de mouches. C'est une œuvre immense, magnifique, tragique, insoluble. Merci.

Mes amitiés à tous les deux,
David

l'histoire et la littérature. » Smilesburger est un agent du Mossad qui recrute Roth pour infiltrer un groupe de juifs ayant des liens avec l'Organisation de libération de la Palestine (OLP).

1. Dans une intrigue d'une complexité vertigineuse, Philip Roth, le narrateur d'*Opération Shylock*, apprend qu'un homme se faisant passer pour Philip Roth à Jérusalem prône le « diasporisme », concept selon lequel les juifs devraient quitter Israël pour se réimplanter en Europe, comme en un sionisme inversé.

2. Un passage du livre dresse la liste des lauréats juifs du prix Nobel, dont Elie Wiesel, Isaac Bashevis Singer et Saul Bellow, sans mentionner Joseph Brodsky, qui se trouvait en compagnie de le Carré quand est tombée la nouvelle qu'il avait été distingué en 1987.

*En 1986, William Shawcross, journaliste et écrivain ami de le Carré, a écrit à l'*Observer *en fustigeant la critique d'*Un pur espion *par Anthony Burgess comme étant « un sommet de malveillance et d'ignorance ». En 1992, le journaliste Francis Wheen signe une critique de* Murdoch, *la biographie de Rupert Murdoch par ce même Shawcross, s'étonnant qu'il ait pu écrire cet « ouvrage incroyablement favorable au baron des médias tant vilipendé ». Wheen avait déjà descendu le livre en flammes dans la* Literary Review *de Londres.*

À TINA BROWN, RÉDACTRICE EN CHEF DU *NEW YORKER*

Par fax

Londres

22 octobre 1992

Madame,

Le numéro du New Yorker en date du 12 octobre contient l'un des articles les plus outrancièrement partisans que j'ai pu lire au cours de ma longue carrière d'écrivain. Qu'il comporte des erreurs est secondaire par rapport au fait que, dans ce qui constitue l'une de vos premières occasions de vous montrer digne du haut niveau d'exigence de votre nouveau magazine, vous avez utilisé vos colonnes pour porter un coup destiné à aider votre propre époux sans révéler à vos lecteurs que le directeur éditorial de Random House, M. Harold Evans, est votre mari, ancien rédacteur en chef du Sunday Times en Grande-Bretagne qui s'est attiré les mauvaises grâces de Rupert Murdoch dans des circonstances encore polémiques à ce jour et que, même si le nom de votre mari est volontairement omis dans l'article en question (qui s'intitule « Seduction » et a été signé lui aussi par un Anglais du nom de Francis Wheen), il en est l'élément central et a récemment échangé une correspondance virulente (nous parlons de 27 pages de fax) avec l'auteur que démolit cet article.

Permettez-moi de faire ma propre déclaration d'intérêts, contrairement à vous-même. Je suis un ami de William Shawcross, que je connais depuis longtemps, et notamment durant les quatre années au cours desquelles, avec un courage admirable, il a fait tout son possible pour présenter un portrait objectif de Rupert Murdoch qui ne soit pas souillé par l'hystéric anti-Murdoch que notre calamiteuse presse britannique nous ressert commodément chaque fois qu'elle veut nous prouver qu'elle a une conscience morale. L'argument facile que veut faire passer votre article, à savoir que Murdoch a trouvé son Boswell[1] en Shawcross, que Shawcross est devenu son hagiographe, qu'il est tombé sous son charme, qu'il a été séduit, flatté et soutenu en tout et que, en retour (*sic*), Shawcross a brossé un portrait étonnamment favorable de son sujet, que Wheen appelle l'ennemi, tout cela, pour quiconque connaît l'histoire aussi bien que vous, n'a qu'un seul but minable : salir l'auteur et ses analyses en amont de la publication du livre en Amérique et convaincre vos lecteurs que le jour peu flatteur sous lequel est dépeint Harold Evans dans le livre n'est que de la propagande pro-Murdoch qui a été soufflée à l'oreille servile de Shawcross.

Pour charger encore ce scandaleux portrait d'un journaliste brillant qui aurait vendu son âme au diable, votre M. Wheen (qui, comme vous le savez certainement, a déjà étalé ses opinions biaisées dans la presse littéraire londonienne) s'abaisse à utiliser les parents de M. Shawcross ainsi que sa vie amoureuse, arguant que son revirement est génétiquement programmé par les actes de son père dans les années 50 et par l'influence d'une héritière, membre du Parti conservateur élue au conseil municipal de Westminster et amie de Mme Thatcher, à savoir Mme Olga Polizzi.

Lorsque vous rédigerez les excuses que M. Shawcross mérite si amplement, peut-être nous direz-vous si l'influence de votre propre père a récemment affecté votre jugement, ou bien, comme vos lecteurs sont à présent en droit de se le demander, si c'est votre vie amoureuse.

1. James Boswell (1740-1795), connu pour sa monumentale biographie de l'auteur Samuel Johnson. (*N.d.T.*)

Dieu protège le New Yorker des Anglais ! Ce ne sont pas les barons de la presse qui sont responsables du déclin de nos standards journalistiques, mais la presse elle-même.

Un lecteur fidèle,
John le Carré

P.-S. Tous les passages soulignés sont des citations, mot pour mot, de l'article de M. Wheen dans le New Yorker.

Dans sa réponse, Tina Brown qualifie d'« incroyablement sexiste » l'accusation de le Carré selon laquelle elle agit pour son mari, et précise que le New Yorker *ne publie que des lettres ne dépassant pas un petit paragraphe, ajoutant que ce format lui aurait évité de passer pour « un colonel atrabilaire d'Angmering-on-Sea ». Le Carré fait suivre la correspondance par fax à Joc Lelyveld, qui l'a interviewé pour le* New York Times, *en signant « lieutenant-colonel à la retraite », et à son ami David Greenway, du* Boston Globe. *La presse britannique et américaine fera ses choux gras de toute cette polémique.*

~

À MICHAEL ATTENBOROUGH

Par fax

Cornouailles

3 novembre 1992

Cher Michael,
Concernant le titre. Celui qui tient la corde actuellement est UNE FEMME DU CAIRE, qui est de moi, et qui provient de mon intention de donner plus d'importance au personnage de Sophie en utilisant des flashbacks jusqu'à la toute fin. Dites-moi ce que vous en pensez.

Amitiés,
David

~

L'article de Philip Weiss dans le magazine Esquire *en janvier 1993 intitulé « Le martyr » a pour sous-titre : « Salman Rushdie en appelle publiquement à notre compassion. Pourquoi personne ne l'entend ? »*

À PHILIP WEISS

Par fax

23 janvier 1993

PERSONNEL ET CONFIDENTIEL

Cher Philip,

Je ne trouverais pas approprié, après vous avoir accordé une longue interview que vous citez dans votre article, de voler à présent à votre secours parce que les réactions sont virulentes. Je pense que vous devez vous draper dans votre dignité et cesser de vous inquiéter ou de vous excuser.

Quand nous nous sommes parlé, vous saviez que vous alliez affronter la Police de la Pensée Rushdie. Et de fait, votre article m'a paru tout à fait mesuré. Si la cause de Salman Rushdie a vraiment à voir avec la liberté d'expression, ses défenseurs devraient vous autoriser la vôtre, enfin ! Il me semble que ce qui vous fait défaut, en l'occurrence, ce n'est pas une lettre de soutien de ma part, mais le courage de votre rédacteur en chef et le vôtre. Un éditorial bien assené avec bravoure fonctionnerait à merveille pour vos lecteurs, votre magazine et le Quatrième Pouvoir.

Les journalistes réagissent toujours excessivement aux critiques, car ils préfèrent les écrire plutôt que d'en recevoir. Vous avez signé un bon article pour un bon magazine. Vous vouliez secouer le cocotier et vous l'avez secoué. Restez droit dans vos bottes.

Cordialement,
David

~

Eric Abraham est un producteur de films anglo-sud-africain, parmi lesquels Chandelles noires, *adapté du roman de le Carré, avec Denholm Elliott dans le rôle principal, en 1991.*

À ERIC ABRAHAM

Par fax

Londres

3 mars 1993

Cher Eric,

Merci pour votre fax berlinois du 20/02. J'ai mis un peu d'ordre dans mes affaires (j'ai poursuivi en justice un potentiel biographe et gagné sans y laisser trop de plumes[1]) et j'ai donc les idées plus claires pour répondre à votre aimable proposition pour « Le Zéro et l'Infini ». Voilà où j'en suis. Je pense sincèrement que c'est à moi d'écrire le scénario du « Directeur de nuit ». J'ai aussi un nouveau roman qui me titille avec de plus en plus d'insistance, pour lequel je commencerai les recherches en mai. J'ai prévu de faire tout ce que je peux pour échapper aux distractions liées à la publication en juillet, comme aller me terrer à Reykjavik ou autre lieu tout aussi exposé. Je crois que je perdrais la raison si je m'engageais pour un deuxième scénario, sans compter que ce serait l'adaptation d'un livre qui n'est pas de moi, avec toutes les révisions inévitables et totalement justifiées qui suivent toujours la première mouture. Je crains que cela ne fasse tout simplement trop pour une même année, quand mon plus grand désir est de me libérer et d'explorer de nouveaux espaces. Je préfère vous le dire dès maintenant pour ne pas vous faire perdre de temps[2].

1. Graham Lord, directeur des pages littéraires du *Sunday Express*, romancier et biographe, annonçait entre autres dans son synopsis vouloir révéler au grand jour la relation « étrange » de le Carré avec les Kennaway. Le Carré a fait un référé en diffamation, et le livre a été bloqué.

2. Eric Abraham a commandé une première adaptation du roman d'Arthur Koestler, mais trouvait que le scénariste restait trop corseté par sa fidélité au livre. « Si vous êtes toujours partant pour écrire un scénario, je vous prends au mot », écrit-il à le Carré, qui lui demande un mois pour réfléchir avant de lui envoyer cette réponse.

Quant à la possibilité que nous puissions travailler ensemble sur une production européenne du « Directeur de nuit », oui, comme vous me le proposez très gentiment, gardons cette idée en tête. Après m'être montré si enthousiaste pour « Le Zéro et l'Infini » quand vous m'avez invité au Connaught pour en discuter, je suis désolé de vous laisser en plan. Quand je vous rendrai votre invitation, je serai ravi de vous faire part de mes premières idées sur ce que pourrait être l'adaptation cinéma, mais je crois qu'il y a beaucoup de scènes et de ressorts narratifs dans le roman qui doivent être retravaillés (les femmes, et pas seulement sa secrétaire, son expérience en prison, ses mentors, etc.) et je me vois assez bien coincé avec au minimum 6 mois d'intense labeur.

Comme toujours, je vous souhaite beaucoup de succès et je me réjouis de vous parler bientôt.

Amitiés,
David

*Après l'expérience d'*Une petite ville en Allemagne*, le Carré aurait dû se méfier des « enthousiasmes magnifiques mais éphémères » de Pollack, comme il l'écrira dans* Le Tunnel aux pigeons*. Et pourtant, quand Pollack lui annonce qu'il veut tourner* Le Directeur de nuit*, il « laisse tout en plan pour attraper le premier avion à destination de New York ». Paramount a accepté d'acheter les droits, et les deux hommes font une première séance de travail en Californie.*

À SYDNEY POLLACK

Par fax

Cornouailles

28 juillet 1993

Cher Sydney,

Paramount et moi sommes lentement en train d'arriver à un accord. J'ai bien réfléchi au genre de film que tu serais capable d'en tirer, et même si ce que je vais te dire sera totalement différent du film que tu feras au bout du compte (ce qui est normal), je pense quand même que cela vaut le coup de t'expliquer certaines de mes idées.

En fait, elles se résument à une seule. Je crois que c'est l'unique impératif créatif qui s'impose à nous. Comme celle de L'Espion qui venait du froid, l'histoire du Directeur de nuit ne tient que par la colère morale qu'elle véhicule. Et cette colère ne doit pas s'exprimer dans de beaux dialogues, mais dans une sorte de pulsation qui bat de la première à la dernière image du film. Tu l'avais dans On achève bien les chevaux et tu n'ignorais pas d'où elle venait. Ce n'était pas une colère intellectualisée, ou perçue de l'extérieur, mais une colère qu'on ressentait au plus profond de notre corps. Malgré tous les problèmes de structure auxquels on se heurtera forcément, il faut qu'on la ressente aussi dans ce film.

D'où vient-elle, cette colère ? Jonathan s'évertue à escalader le terrible rempart qui ceint son existence. Il épouse les conventions, que ce soit dans son habillement ou son comportement. Il est au service du luxe, or il hait le luxe comme il hait le gâchis et les vies gâchées. Par nature, c'est un moine, un alpiniste, un soldat solitaire, un gardien, un homme résolument isolé et autonome même s'il rêve de pouvoir se connecter aux autres. Et avant que tu ne commences à ajouter des couches à Jonathan (ce que tu faisais déjà quand on s'est vus à New York), je te conseille de prendre le temps de regarder ce qu'il est, plutôt que de partir du principe qu'il faut l'étoffer.

Les autres sources de colère sont plus simples à cerner : la rage de Burr contre un homme comme Roper, né avec une cuillère d'argent dans la bouche, qui prend le parti de foutre la société en l'air plutôt que de voler à son secours ; la rage de Strelski, due au fait qu'il sait quasiment dès le début que le lien entre les hommes politiques et les escrocs est permanent et incassable ; la rage de Goodhew quand son zèle réformiste se heurte aux réalités d'un gouvernement corrompu.

Et la rage de Sophie quant au fait que les miséreux de cette planète se voient contraints encore et toujours de payer pour les lubies des riches, pour les jeux de guerre des tyrans et des marchands d'armes.

Ma seconde idée concerne une inquiétude réelle que j'ai par rapport au film, à savoir que, dans notre souci de rendre cette histoire universelle, nous risquons d'abandonner son côté anglais, et donc la comédie de mœurs si essentielle pour exprimer la colère de ceux qui recherchent la vérité. Je ne m'accroche pas à ce côté anglais juste en soi ou par fierté mal placée. J'en utilise le *persiflage**, les préjugés de classe et l'insupportable sentiment de supériorité pour chorégraphier cette universalité à laquelle nous aspirons. Quand Les Chariots de feu ont rencontré le succès, les postures des profs de fac et de l'establishment sportif anglais ont acquis une universalité qui était reconnue aussi bien au fin fond de la Thaïlande qu'à Londres. Nous pouvons provoquer la même rage intérieure avec notre film. Donc je le répète, au lieu de vouloir transposer autrement les strates de la bureaucratie londoniennes, nous devrions nous réjouir qu'elles soient ce qu'elles sont et les mitrailler de nos flèches aussi précises que mortelles.

Je pourrais continuer indéfiniment, mais mon dernier point me ramènera au premier. Que voulons-nous que le public ressente en quittant la salle ? C'est la question qui m'obsédait quand j'approchais de la fin du roman. Et le dénouement que j'ai fini par écrire reflétait exactement mes intentions (que ce soit bien ou pas). Je voulais donner au lecteur la satisfaction de savoir que, à un niveau basique, le courage personnel et l'humanité avaient triomphé. Je voulais aussi qu'il se sente outré de voir le monde courir à sa perte sans que les forces dont le rôle est précisément de le contrôler s'en soucient. Je crois que si on arrive à faire passer ce message, on fera (enfin, tu feras, en l'occurrence) le film que tu as vu quand tu as lu le livre pour la première fois[1]. Et j'en suis convaincu, c'est ce film-là que nous devons faire.

Amitiés,
David

1. Sydney Pollack a dit à John Calley, le patron de studio et ami de le Carré, que *Le Directeur de nuit* était « le meilleur et le plus cinématographique de ses romans ».

La première lettre de Stephen Fry à le Carré remonte à 1991, alors qu'il vient de terminer la lecture du Voyageur secret *à 3 heures du matin. « Mon barrage émotionnel d'Anglais ne peut stopper plus longtemps le flot de quinze années d'admiration et d'affection, lui avoue-t-il en s'excusant de son "enthousiasme de gamin". Le seul autre écrivain auquel j'ai osé écrire était P. G. Wodehouse quand j'avais douze ans*[1]*. » En 1993, après avoir lu* Le Directeur de nuit*, il lui envoie une longue lettre admirative pour lui dire qu'il a été « émerveillé » par la narration, l'écriture et « la peinture si réaliste de ce milieu, de ce monde atroce, de ce commerce épouvantable ».*

À STEPHEN FRY

Tregiffian
St Buryan
Penzance
Cornouailles

13 septembre 1993

Cher Stephen,

Je reviens à l'instant de l'enfer de la Russie et je trouve votre merveilleuse lettre. Soyez-en remercié du fond du cœur. La Russie est une sorte de Far West tsariste, mais tourmenté par la culpabilité, la religion, la paresse et un gâchis de talent impensable. Jamais je ne suis allé dans un endroit qui me donne à ce point-là une impression d'anarchie sous couvert de changement. Si nous avions encore des doutes sur la transformation du monde après la guerre froide, deux jours à Moscou suffisent à les faire taire. J'ai emmené mon fils de vingt ans avec moi, et il marche encore comme un zombie. J'ai traversé la place Rouge et je suis entré dans l'ancien bâtiment du GOUM, qui abrite aujourd'hui des boutiques Estée Lauder, Galeries Lafayette et

1. Entre 1991 et 1993, l'acteur britannique, écrivain et comique aux multiples talents Stephen Fry a interprété Jeeves face à Hugh Laurie (future vedette du *Directeur de nuit*) dans la série *Jeeves and Wooster* sur ITV.

la moitié des marques anglaises de luxe. Elles ne comptent pas sur les touristes occidentaux (ce qui se comprend, puisque tout est 50 % plus cher qu'à l'Ouest), mais sur les nouveaux millionnaires moscovites, si nombreux que Rolls-Royce et Mercedes déclarent vendre plus de voitures haut de gamme en Russie que dans tout le reste de l'Europe.

Je ne sais pas trop pourquoi, mais j'ai eu une année pénible et je suis bien content d'en voir le bout. Se faire publier en Angleterre est devenu un acte de pur masochisme, et puisque c'est ma seule fenêtre sur l'économie britannique, j'imagine que tout le pays est aussi incompétent, carnassier et absurde.

Sydney Pollack devrait réaliser LE DIRECTEUR DE NUIT et je serais enchanté que vous ayez un rôle dans le film. Si ça ne tenait qu'à moi, je vous demanderais sur-le-champ de jouer Corkoran, mais nous avons affaire à des esprits (si tel est bien le mot) qui fonctionnent sur des échelles différentes, donc ils confieront probablement le rôle à Dicky Attenborough.

Nous sommes d'immenses fans de votre travail, ici. Encore merci pour votre lettre.

Amitiés,
David

Au début de La Taupe, *George Smiley rentre chez lui à Bywater Street. Avant d'ouvrir sa porte d'entrée, il vérifie que les deux éclisses de bois qu'il a placées au-dessus et au-dessous de la serrure sont bien en place. Mais, quand il entre, il découvre un parapluie inconnu accroché dans le vestibule et comprend que son « propriétaire connaissait le coup des éclisses de bois et savait comment les remettre en place une fois dans la maison ». Et en effet, Peter Guillam attend Smiley dans son salon. « S'il vous plaît, monsieur le Carré, comment Peter Guillam a-t-il fait pour les remettre en place ? » demande J. E. C. Kuitenbrouwer, un admirateur néerlandais.*

À J. E. C. KUITENBROUWER

Tregiffian
St Buryan
Penzance
Cornouailles

21 octobre 1993

Cher monsieur Kuitenbrouwer,

Merci beaucoup pour votre amusante lettre du 10 septembre. Savez-vous que je n'ai jamais su la réponse à cette question moi-même ? J'imagine qu'il a posé les éclisses en équilibre sur le haut de la porte, tiré la porte doucement vers lui puis tiré un grand coup pour la fermer.

Mais à la vérité je n'en sais rien, et si cela se trouve c'est impossible. C'était là un de ces petits trucs du métier que j'ai intégrés pour enjoliver l'histoire. Mais j'ai été très touché de votre question terrible, et mon épouse aussi. Et puisque vous me dites que vous avez lu *La Taupe* en édition de poche, peut-être accepterez-vous le premier prix pour votre relecture attentive, que je joins à cette lettre.

Bien cordialement,
John le Carré

À GERALD ISAAMAN[1]

Par fax

Londres

[non daté, sans doute milieu des années 1990]

Cher Gerald,

Voici ce qui s'est passé.

1. Rédacteur en chef historique du *Hampstead and Highgate Express*.

Mon voisin de siège à bord du vol Swissair en partance pour Zurich : « C'est son nouveau bouquin ? »

Moi, en train de corriger les épreuves reliées de Hodder : « Oui. »

Passager : « Il est bien ? »

Moi, agacé par le retard dû à la neige au départ de Zurich, qui risque de me faire rater mon rendez-vous avec un magnat du cinéma : « Je n'en sais rien. C'est moi, l'auteur. »

Passager : « C'est ce que je pensais. »

Peu après, ayant conscience que mon rendez-vous était fichu, j'ai quitté l'avion.

Amitiés,
David

P.-S. Je pars pour la France, pas d'adresse de réexpédition.

Nicholas Elliott est un officier du MI6 et ami de longue date de Kim Philby, dont il a recueilli les aveux partiels à Beyrouth avant que Philby s'échappe à Moscou. Le Carré rêve de porter cette relation à la scène.

À NICHOLAS ELLIOTT

Tregiffian
St Buryan
Penzance
Cornouailles

9 novembre 1993

Cher Nicholas,

Pardonnez-moi cette lettre dactylographiée, mais je partage mon temps entre mon nouveau roman et l'adaptation cinéma du précédent, et les journées filent à toute vitesse.

Je ne saurais vous dire pour l'instant quand nous serons de passage à Londres (nous y allons si peu), mais nous partons aux Antilles et aux USA fin novembre, et il est très possible que nous séjournions à Londres à notre retour début décembre, auquel cas je vous passerai un coup de fil.

Je suis ravi d'apprendre que vous sortez un nouveau livre. Si vous me le faites lire en avant-première, je serai tout prêt à lui faire une belle promotion.

Je rêve toujours à notre projet de pièce sur Philby et je pense que nous sommes de nouveau dans une période où il pourrait avoir un réel attrait commercial. Mon problème, c'est que, tant que les romans m'inspirent, je trouve cette activité parfaitement satisfaisante, sans compter qu'elle est beaucoup plus lucrative. Or celui sur lequel je travaille en ce moment m'inspire vraiment beaucoup.

J'aime le point de vue de votre père[1] sur les étrangers. S'il y avait plus de gens comme lui, nous ne nous serions jamais retrouvés dans ce bazar qu'est le Marché commun.

Toutes nos amitiés à vous deux de nous deux, et essayons de nous voir bientôt.

Ah, au fait, comme vous l'avez peut-être lu, j'ai eu une entrevue assez odieuse à Moscou avec le général Oleg Kalouguine, anciennement du KGB. Il s'est vanté d'avoir fourni le parapluie et la fléchette empoisonnée qui ont servi à assassiner Guéorgui Markov[2]. Cet aveu m'a suffisamment agacé pour que j'en parle à sir Rodric Braithwaite[3]. Peut-être mon indignation et celle d'autres personnes auront-elles contribué à son arrestation à l'aéroport de Londres la semaine dernière. Malheureusement, le procureur général a statué que les preuves de la complicité de Kalouguine dans cette affaire étaient insuffisantes. Une fois de plus, la justice a fait n'importe quoi, car mon fils Nicholas

1. Sir Claude Aurelius Elliott, directeur d'Eton College de 1933 à 1949, où il était connu sous le surnom de « l'Empereur ». Il était encore prévôt d'Eton quand le Carré y enseignait.

2. Le dissident bulgare Guéorgui Markov a été tué en 1978 par l'injection d'un petit projectile empoisonné dans son mollet alors qu'il se trouvait dans une rue londonienne.

3. Sir Rodric Braithwaite était l'ambassadeur du Royaume-Uni à Moscou entre 1988 et 1992, durant le tournant de la perestroïka. Par la suite, il deviendra conseiller en politique étrangère de John Major et président du Joint Intelligence Committee.

et moi-même serions bien volontiers allés témoigner pour rapporter les propos que Kalouguine[1] a tenus devant nous dans le confort de son appartement moscovite.

Sincèrement,
David Cornwell

La fascination de le Carré pour la relation entre Philby et Elliott a convaincu son ami Ben Macintyre, auteur et journaliste, d'écrire Kim Philby, l'espion qui trahissait ses amis, *dont le Carré signe l'avant-propos. Le projet de pièce n'aboutira jamais, mais le potentiel théâtral de cette amitié s'est concrétisé dans un docufiction de la BBC et, plus récemment, une minisérie adaptée du livre de Macintyre, avec Guy Pearce dans le rôle de Philby et Damian Lewis dans celui d'Elliott.*

~

En 1989, Mikhaïl Lioubimov écrit pour la première fois à le Carré pour lui envoyer sa pièce de théâtre, une « farce sur l'espionnage ». Il se présente comme un diplômé de l'École des relations internationales de Moscou ayant travaillé dans le corps diplomatique soviétique à Londres de 1961 à 1965, puis comme conseiller à l'ambassade soviétique au Danemark. Il propose à le Carré de travailler avec lui à une « traduction littéraire » de sa pièce, peut-être pour en faire une « pièce musicale ». Le Carré lui répond : « Vous seriez certainement mieux servi en contactant Alan Bennett ou Michael Frayn[2]. » En 1992, Christopher Robbins, journaliste et scénariste, écrit à le Carré pour lui faire suivre une autre lettre de Lioubimov. Robbins, qui deviendra un ami proche de le Carré, lui explique que Lioubimov était un officier du KGB anglophile qui s'est fait expulser du Royaume-Uni en 1965 pour avoir essayé de recruter un employé du chiffre. Chef de station à Londres puis Copenhague, Lioubimov a dirigé le bureau Grande-Bretagne

1. Oleg Kalouguine a dirigé les opérations de contre-espionnage de l'Union soviétique de 1973 à 1980. Devenu citoyen américain, en 2002 il a été condamné par contumace pour haute trahison par un tribunal russe en raison des révélations faites dans son autobiographie parue en 1994, *The First Chief Directorate : My Thirty-two Years in Intelligence and Espionage against the West*, livre dans lequel il minimisait son rôle dans l'assassinat de Markov.

2. Selon Lioubimov, le Carré a fait suivre sa pièce à Michael Frayn, qui enverra à Lioubimov un refus joliment tourné.

du KGB à Moscou jusqu'à ce qu'il se fasse renvoyer en 1980. La lettre de Robbins vise à faire lever son statut de persona non grata pour le faire venir en Grande-Bretagne afin de participer à un film.
« Cette lettre pour rappeler à votre bon souvenir le colonel du KGB auquel vous avez donné de l'espoir pour sa pièce », écrit Lioubimov à le Carré. Il lui explique que son roman, The Life and Adventures of Alex Wilkie, Spy, *inspiré d'*Un pur espion, *sur un clandestin du KGB qui vit à Hampstead, est devenu un best-seller en Russie.*
Le Carré lui promet de « faire ce que je peux à mon petit niveau pour aider à votre prompt retour en Angleterre sous votre nouvelle couverture de romancier ». Il rencontre Lioubimov en 1993 à Moscou (ainsi qu'Oleg Kalouguine lors du même voyage), et en mai 1994, Lioubimov séjournera chez le Carré en Cornouailles, après avoir promis « de travailler et de ne jamais m'exhiber ivre et nu sous mon uniforme de colonel ».
Leur correspondance restera toujours humoristique et chaleureuse. Le Carré évoquera Lioubimov dans un petit chapitre prévu pour Le Tunnel aux pigeons, *« Smiley Mike », auquel il l'invite à contribuer mais qu'il exclura finalement du livre.*
Lioubimov écrit à le Carré pour lui dire qu'il a lu Le Directeur de nuit *deux fois, pour son « parfum délicieux », et qu'il trouve le livre « d'une actualité brûlante en Russie, où les Roper sont en train d'acquérir de plus en plus de pouvoir ».*

À MIKHAÏL LIOUBIMOV

Tregiffian
St Buryan
Penzance
Cornouailles

15 novembre 1993

Cher Michael,

Quelle lettre merveilleuse vous m'avez écrite ! J'ai lu votre blague à Jane via l'interphone qui relie mon bureau au sien, et elle a éclaté de rire.

J'ai été très heureux de vous voir à Moscou et j'adorerais pouvoir parler plus avant avec vous de la situation actuelle en

Russie (et moins de l'espionnage qui, en toute honnêteté, est un sujet qui m'ennuie de plus en plus). Mais je me hâte de vous dire que mon nouveau roman avance bien…

J'espère que vous aurez été aussi amusé que moi d'apprendre qu'Oleg Kalouguine s'est fait arrêter à l'aéroport de Londres dès son arrivée et qu'il a été interrogé sur son implication dans le meurtre de Markov. J'avais eu la nette impression qu'il se voyait un peu trop beau quand nous avons eu notre entretien à Moscou. Lord Bethel l'a attaqué à la Chambre des lords, les relations de Markov doivent aussi l'avoir en ligne de mire et il ne me paraît pas du tout impossible, surtout s'il continue à ouvrir sa grande bouche, qu'il finisse derrière les barreaux quelque part à l'Ouest. L'affaire Markov est toujours très présente dans l'esprit des gens, qui ont vraiment été très choqués.

Kalouguine m'a appelé du Hilton de Londres, mais, quand j'ai rappelé en demandant son numéro de chambre, je n'ai pu parler qu'à un M. Reid car la réception n'avait pas de Kalouguine dans ses registres. C'est extrêmement drôle, parce que, apparemment, Kalouguine était bien dans sa chambre, mais se cachait derrière ce Reid, qui doit être le nom de son éditeur ou de son agent, je n'en sais rien. Bref, nous nous sommes ratés. Peut-être une prochaine fois.

Quant à vous, mon cher, j'espère que vous viendrez en décembre, mais cela va être compliqué pour moi parce que nous partons pour les Antilles puis peut-être l'Amérique le 28 novembre, et je ne sais pas encore quand nous allons rentrer. Peut-être que Jane reviendra avant moi. Ou peut-être que nous n'irons pas aux USA, finalement. Mais vous devriez venir passer quelque temps ici, en tout cas assez de temps pour que cela en vaille la peine. Nous avons un pavillon séparé pour les invités, et nous les apprécions encore plus quand ils apportent du travail et qu'ils vivent leur vie pendant la journée. L'idéal serait que vous ayez un manuscrit à relire ou un roman à écrire, et nous pourrions nous distraire le soir. Si vous souhaitez amener une compagne (ou un compagnon), il y a largement assez de place dans le pavillon.

Et merci d'avoir apprécié LE DIRECTEUR DE NUIT. Ce que vous m'en dites m'a beaucoup touché. Vous mentionnez aussi avoir collaboré avec la Literatournaïa Gazeta. À ce propos, une histoire étrange : le journal anglais The Independent a récemment fait paraître un papier peu amène à mon égard se fondant sur un article écrit par un certain Lvov dans la Literatournaïa Gazeta, selon lequel je nourrirais des idées fantaisistes sur le KGB. En écho aux plus belles heures du maccarthysme, The Independent en a conclu que ma véritable idéologie était l'« anti-anticommunisme ».

Je suis habitué à la diffamation, mais quand même, avez-vous lu l'article de Lvov ? Si oui, pourriez-vous me résumer son contenu, ou bien m'en envoyer une copie que je pourrais faire traduire ? Je ne réagis presque jamais aux attaques dans la presse, mais, dans le cas présent, il se pourrait que je sois obligé de me défendre.

J'envoie cette lettre en exprès, dans l'espoir que cela encouragera un facteur moscovite ivre à bouger ses jambes un peu plus vite. Ou peut-être son collègue cornique ivre aussi ? Je vous envoie toute mon affection et, si nous nous ratons cette fois-ci, tous mes bons vœux pour Noël. Mais essayons de nous voir bientôt.

Bien cordialement,
David Cornwell

Lioubimov lui répondra que, après enquête, « un Lvov possible a été détecté », un expatrié installé en Amérique qui « écrit surtout de la mauvaise prose et que personne ne connaît en dehors des critiques littéraires ».

Le Carré revient sur l'affaire Kalouguine début 1995 dans un long article publié dans les pages littéraires du New York Times *sous le titre « My New Friends in the New Russia : In Search of a Few Good Crooks, Cops and Former Agents », puis repris en Grande-Bretagne par l'*Observer. *Il y raconte en détail les aveux de Kalouguine sur son rôle dans l'organisation du « meurtre ignoble et vengeur » de Markov, « un homme courageux et aimé de tous ». Alice Mary Dilke, dont la fille Annabel est la veuve de Guéorgui Markov, écrit à le Carré pour le remercier. Elle l'informe qu'il y a eu « une conspiration* *pour salir le nom de Guéorgui » allant jusqu'à l'accuser d'avoir été un agent double du KGB. « Votre portrait de Guéorgui nous a apporté un grand réconfort. »*

À ALICE MARY DILKE

Tregiffian
St Buryan
Penzance
Cornouailles

4 mars 1995

Chère madame Dilke,

Merci beaucoup pour votre lettre du 26 février, que j'ai lue dès notre retour d'un séjour aux Bahamas. Je suis heureux d'avoir pu faire quelque chose pour la réputation de Guéorgui. Je ne l'ai hélas jamais rencontré, mais ceux qui le connaissaient parlent de lui avec une grande admiration.

Je vous remercie d'avoir pris la peine de m'écrire. Je ne sais pas trop si je serai très populaire auprès des Kalouguine à l'avenir, mais cela n'est pas fait pour me déranger.

Avec mes salutations distinguées,
David Cornwell

Mme Dilke a fait don de cette lettre à sa petite-fille Sasha, la fille de Markov, qui l'a conservée jusqu'à ce jour.

En avril 1995, le New York Times *publie une longue réponse d'Oleg Kalouguine à l'article de le Carré. Se disant « contrarié et quelque peu perplexe, même si je reste un fan », il y dément la description de son appartement par le Carré, ainsi que ses propos concernant Markov. « Tel qu'il le présente, on dirait que je cautionnais le meurtre de cet homme et que je n'éprouvais aucun remords quant à ce qui s'était passé… Je n'ai pas participé à l'organisation, au déclenchement ni à l'exécution de ce complot. Je n'ai entraîné ni les Russes ni les Bulgares, et je ne leur ai pas fourni l'arme fatale. » Il raconte au passage que le Carré lui a chaleureusement dédicacé cinq ou six de ses romans et affirme que l'auteur n'a jamais « rien de positif » à dire sur le peuple russe.*

AU RÉDACTEUR EN CHEF DU *NEW YORK TIMES*

[22 mars 1995, pour publication le 2 avril]

Monsieur,

Outre mon fils, deux autres témoins ont assisté à ma rencontre avec le général-major Kalouguine : Mikhaïl Lioubimov, écrivain et ancien colonel du KGB responsable de la résidence londonienne, et Vladimir Stabnikov, à l'époque directeur administratif du PEN de Moscou. Le général ose-t-il réellement nier avoir tenu les propos que je rapporte ? Il ferait beau voir. Je pense n'avoir fait aucune erreur factuelle, ni dans mon récit de ce qu'il a dit sur son rôle dans le meurtre de Markov, ni sur la façon dont il l'a dit. Je n'ai pas souvenir de la discussion philosophique générale à laquelle il fait allusion. Je me rappelle plutôt un monologue singulièrement dépourvu du remords qu'il dit aujourd'hui éprouver.

Il demande où se trouve ma compassion pour le calvaire que vit la Russie contemporaine. Elle est partout. Je me sens tout aussi horrifié que lui par la vision d'un pays qui ne peut faire face à son passé, son présent ou son avenir sans frémir. Et je suis désolé pour les nombreux Russes honnêtes qui ont grandi avec le communisme en ayant foi en lui et doivent aujourd'hui accepter le fait que cette foi était mal placée.

Et je suis encore plus désolé, non pas pour les grands gagnants du communisme, parmi lesquels je compte le général, mais pour ses perdants, raison pour laquelle le général m'accordera peut-être d'éprouver un peu de compassion pour la famille de Guéorgui Markov, assassiné par son ancien service, et qui, même après sa mort, est accusé avec cynisme et de façon mensongère par le régime bulgare d'avoir été un agent double du KGB. Alors, quand le général fait allusion à mon « fiel », je parlerais plutôt d'une rage noire à l'idée qu'une ancienne sommité du KGB se gargarise de son implication dans l'assassinat d'un courageux opposant à un régime immonde, même s'il souhaite aujourd'hui balayer cette histoire d'un revers de main.

Et bien sûr que je lui ai écrit des dédicaces enthousiastes. À ma grande honte, j'ai été la courtoisie incarnée, comme mon article a pris la peine de le souligner. Quand le général se plaint que j'aie abusé de son hospitalité, j'en suis marri et je lui présente toutes mes excuses. Peut-être un jour présentera-t-il les siennes à Mme Markov.

Sincèrement,
John le Carré

Le Carré écrit à Nick Cornwell, son quatrième fils, pour son vingt et unième anniversaire, alors que celui-ci est en dernière année à l'université de Cambridge.

À NICHOLAS CORNWELL

9 Gainsborough Gardens
Londres, NW3 1BJ

26 novembre 1993

Mon très cher Nick,

Cela fait vingt-cinq ans que j'ai ce petit bougeoir dans mon bureau. Depuis les dernières années de mon premier mariage et pendant tout mon second mariage jusqu'à aujourd'hui, il a acquis un symbolisme un peu nunuche mais très réel pour moi : dans les moments difficiles, je plante une bougie dedans et je l'allume, comme en un symbole d'affirmation de ma foi en moi-même, en mon talent, en ma survie. Pour cette raison, je t'en fais don aujourd'hui, avec tout mon amour, comme antidote aux moments de désespoir.

J'espère qu'il te rappellera que tu es un homme bon si jamais tu en doutes parfois, et ton propre maître, et que tu n'as qu'une vie, et que jamais une bougie ne s'est rallongée, et que tu as un esprit formidable et beaucoup de belles choses à faire.

Je t'aime fort,
David

Sous le pseudonyme de Nick Harkaway, Nicholas publiera son premier roman, Gonzo Lubitsch ou l'Incroyable Odyssée, *en 2008. Il éditera le roman posthume de le Carré,* L'Espion qui aimait les livres, *en 2021.*

En 1994, un dessin de Jeff Danziger dans le Christian Science Monitor *montre le Carré levant les bras au ciel en signe de remerciement quand il apprend que l'officier de la CIA Aldrich Ames a été démasqué comme étant un espion russe. Le Carré le fait encadrer et accrocher au mur de son bureau.*

À JEFF DANZIGER

Tregiffian
St Buryan
Penzance
Cornouailles

4 mars 1994

Maestro,

Je ne suis pas le seul à vous considérer comme l'un des plus grands dessinateurs contemporains et j'admire au plus haut point la précision de votre travail, surtout quand il me dépeint comme mince, sensible, harassé de travail et craignant Dieu.

Toutefois, le génie a son prix, et je vous impose d'accepter ci-joint l'un des cinq romans que j'ai écrits qui n'ont rien à voir avec la guerre froide et qui n'ont pas trop mal marché. Les autres sont CHANDELLES NOIRES, UN AMANT NAÏF ET SENTIMENTAL, UNE PETITE VILLE EN ALLEMAGNE et LA PETITE FILLE AU TAMBOUR.

Je ne dis pas que je n'ai pas apprécié votre dessin, ni que je ne prends pas bien la critique. Mais, en tant qu'artiste, vous comprendrez que c'est un peu étrange, lorsqu'on se trouve à la meilleure époque de sa vie, d'être en train de lire sa nécrologie créative.

Toutes mes félicitations pour votre travail formidable et merci de m'avoir inclus dans votre œuvre. Je vous souhaite le meilleur pour que se poursuive votre carrière triomphale.

Bien cordialement,
John le Carré

À ERIC ABRAHAM

Tregiffian
St Buryan
Penzance
Cornouailles

29 mars 1994

Cher Eric,

[...] J'ai hâte de voir le film. Si je suis disponible, je viendrai à la première où qu'elle ait lieu[1]. Je pense beaucoup à vous pendant cette interminable phase préparatoire de l'adaptation du DIRECTEUR DE NUIT par Sydney Pollack. Bob Towne[2] est au scénario et, contre toute attente, semble avancer relativement vite sans se disperser sur un de ses autres projets fous. Pollack ne sait toujours pas s'il fait un autre film avant le nôtre, mais, les semaines passant, je pense qu'il va se résoudre à attendre tranquillement que le scénario soit fini et enchaîner direct sur LE DIRECTEUR DE NUIT. Mais je sens déjà la terrible main de fer de Hollywood se poser sur le projet. Que ce soit les discussions sur le casting ou n'importe quoi d'autre, tout devient prévisible et un peu déprimant. Mais peut-être que ce n'est que moi. Ce que je crois, c'est que vous et moi aurons une vraie occasion de faire un film non américain avec le prochain livre qui, au passage, ne contient aucun personnage américain et ne devrait donc exercer aucun attrait naturel sur les Hollywoodiens.

Je n'ai pas encore pu lire l'article d'Ogoniok[3] et les autres que vous m'avez envoyés, mais je n'y manquerai pas.

Jane et moi allons passer à peu près toute l'année ici, hormis des vacances dans le nord de l'Espagne en mai et un voyage que je dois faire dans le Caucase avant les neiges hivernales.

1. La première des *Aventures d'Ivan Tchonkine*, film produit par Eric Abraham, aura lieu à Londres en octobre 1994.

2. Scénariste de *Chinatown* et légende hollywoodienne.

3. Jusqu'à récemment, hebdomadaire russe populaire, qui a fait paraître *La Maison Russie* en feuilleton.

Encore merci d'avoir pensé à nous.

Amitiés,
David

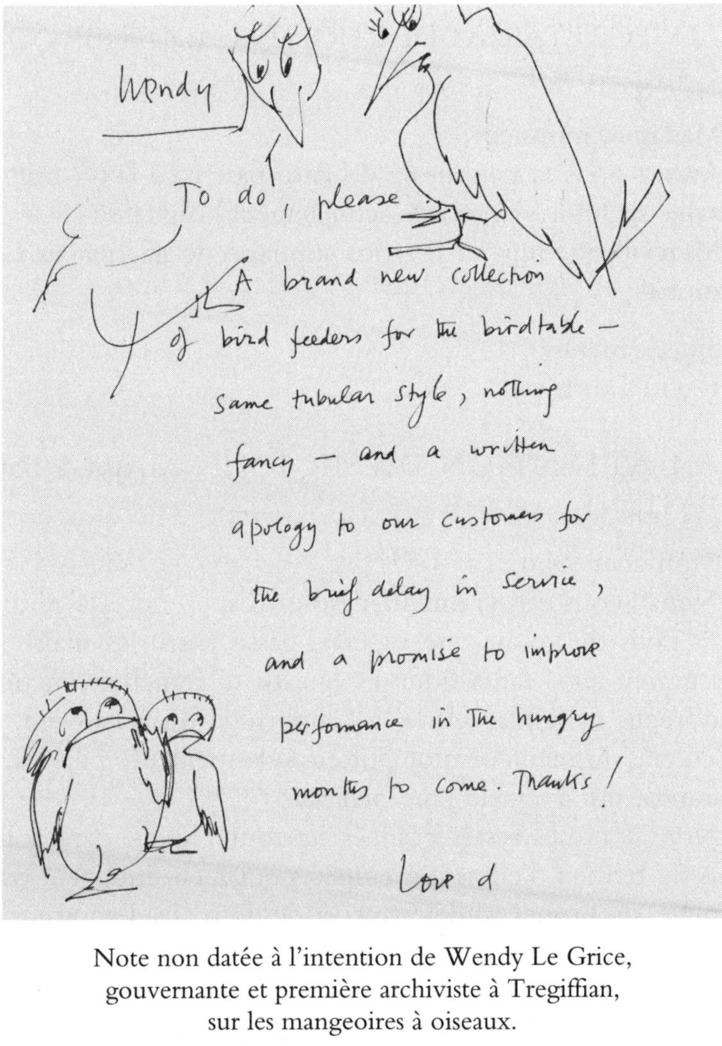

Wendy

To do, please

A brand new collection of bird feeders for the birdtable – same tubular style, nothing fancy – and a written apology to our customers for the brief delay in service, and a promise to improve performance in the hungry months to come. Thanks!

Love d

Note non datée à l'intention de Wendy Le Grice,
gouvernante et première archiviste à Tregiffian,
sur les mangeoires à oiseaux.

Le Carré entreprend de divertir John Margetson, hospitalisé pour un hématome sous-dural.

À JOHN MARGETSON

Par fax

Cornouailles

9 avril 1994

AU SECRÉTARIAT DE L'HÔPITAL ADDENBROOKES, CAMBRIDGE

Madame, monsieur,

Auriez-vous la gentillesse de faire passer ce fax à mon ami proche, sir John Margetson, actuellement hospitalisé chez vous ?

Merci beaucoup, et je vous souhaite de gagner au Grand National.

Sincèrement,
David Cornwell

À L'ATTENTION DE SIR JOHN MARGETSON, PATIENT

Mon cher John,

Nous avons été vraiment désolés d'apprendre la nouvelle, mais ravis de savoir que tu étais passé entre les mains d'un chirurgien aussi fantastique et que tu te remettais au mieux. J'adorerais te rendre visite, à Cambridge ou à Ipswich, et je discuterai du meilleur moment et de la meilleure période avec Miranda, qui a appelé Jane hier soir.

Nous sommes restés coincés ici tout l'hiver, dans tous les sens du terme : d'énormes tempêtes qui n'en finissaient pas, de la pluie, du brouillard déferlant, et de nouveau d'énormes tempêtes. Je crois que nous n'avons pas eu de vrai soleil depuis le mois de juin. Résultat : j'ai écrit les 3/4 d'un roman plein de boue et de brouillard, très introspectif et atypique, mais j'en suis assez content, du moins à ce stade. Les 100 dernières pages se déroulent dans les montagnes du Caucase central, où j'espère aller cet été, sous l'égide des Ingouches, qui sont en bisbille avec les Ossètes, qui sont en bisbille avec les Tchétchènes, qui détestent les Géorgiens, les Abkhazes, les Azéris et sans doute eux-mêmes. Apparemment, l'aéroport est toujours aux mains de l'une ou l'autre des factions, mais si on y va en train on risque de se faire arracher ses boucles d'oreilles par des barbus armés de carabines.

Morale de l'histoire : emporter un minimum de bijoux. [...]

Nous partons lundi à Londres pour une semaine, mais je peux passer te voir avant, même au débotté. J'en parlerai à Miranda, et, pour être sûr, je lui envoie aussi cette lettre une fois que je l'aurai faxée.

Timo n'a pas décroché de poste fixe à l'Observer, mais c'est un « non, peut-être » et il continue de faire beaucoup de piges pour eux. J'ai lu l'article de Clare sur Rome dans le Grauniad, très impressionnant. Steve se démène à Hollywood pour essayer de monter son film et a l'air de bien se débrouiller. Simon a acheté une immense baraque à Primrose Hill, une maison jumelée victorienne avec un grand jardin à l'arrière et un plus petit à l'avant, et tellement d'espace à l'intérieur qu'ils devront circuler en quad. Je suis ravi. Dans l'immédiat, ils sont au chalet pour skier pendant leurs vacances de printemps.

Mon cher John, sois bien sage pendant ta convalescence, vis pour toujours (tes amis y tiennent) et voyons-nous bientôt.

Le vent hurle encore aux fenêtres de mon bureau, nuages noirs, menace septentrionale, froid de loup. Le printemps arrive.

Amicalement,
David

~

Martina Wiegandt, étudiante à l'Université technique de Berlin, écrit à le Carré pour lui signaler de grosses incohérences dans L'Espion qui venait du froid, *notamment sur les dates de la carrière de Leamas, sur le fait que Mundt « ne semble pas vieillir », sur le rang de Mundt et de Fielder. Jane y a attaché une note à l'intention de leur secrétaire : « À transmettre à David seulement quand il se sentira d'attaque ! »*

À MARTINA WIEGANDT

Tregiffian
St Buryan
Penzance
Cornouailles

15 avril 1994

Chère madame Wiegandt,

J'ai été enchanté par votre lettre du 9 mars, qui m'est arrivée cette semaine et me signale (seulement) certaines des incohérences présentes dans L'Espion qui venait du froid. Ce roman, comme vous l'avez finement remarqué, est bourré d'erreurs. Il a été écrit pour une large part au petit matin, en quelques semaines, après ma première expérience du mur de Berlin. C'est un produit brut qui n'a pas bénéficié des relectures pointilleuses que mes éditeurs et moi-même faisons toujours pour mes œuvres plus récentes.

Comme de nombreux romanciers, je m'intéresse plus à la vraisemblance qu'à l'authenticité, et dans L'Espion, vous avez un bel exemple de ce que je produis en première intention !

J'aurais pu corriger les erreurs et rafistoler l'intrigue au moment des rééditions, mais j'en suis venu à la conclusion que c'était injuste pour le lecteur, et d'une certaine manière injuste pour moi. Et je m'amuse grandement de constater que, sur les millions de personnes qui ont aujourd'hui lu ce livre, seule une petite élite, dont vous faites partie, a remarqué les fondations branlantes sur lesquelles il est construit.

Pour ma défense (même si je ne souhaite nullement me défendre), je vous rappellerai que des romans bien meilleurs que les miens ne résistent pas à l'épreuve de l'analyse factuelle. Pour mon plus grand plaisir, Dickens s'emmêle les pinceaux à la fin de ses romans dans son souci de rassembler en un joli nœud les fils qu'il a tissés dans les premiers chapitres. Scott Fitzgerald s'embourbe dans des intrigues trop complexes pour lui, et je l'observe avec une commisération confraternelle quand il essaie de s'en extraire.

Et la prochaine fois que vous regarderez une grande épopée hollywoodienne en costumes, n'oubliez pas de vous émerveiller de cette jeep vagabonde qui roule doucement à l'arrière-plan.

Encore merci pour votre lettre mais, comme le disent les Allemands, vous enfoncez une porte ouverte. Je vous souhaite beaucoup de succès dans vos études.

Sincèrement,
John le Carré

La « petite élite » qui remarque des incohérences dans le roman comprend aussi un certain S. L. Hourmouzios, qui a écrit à le Carré en 1965 pour lui signaler deux « erreurs stupides », à savoir qu'Alec Leamas prend l'avion jusqu'à La Haye et un métro depuis Ludgate Hill, alors que n'existent ni un aéroport ni une station de métro dans ces lieux.

~

Le journaliste anglais spécialiste d'histoire militaire John Keegan interviewe le Carré pour un article de couverture dans le magazine du Telegraph *en juin 1993. « Je suis un membre encarté du fan-club de le Carré qui connaît certains de ses livres presque par cœur », explique-t-il à Jane. Le Carré lui écrira par la suite pour proposer (comme à l'ancien directeur des pages littéraires du* Telegraph *Nicholas Shakespeare) « que dorénavant nous n'écrivions pas d'article l'un sur l'autre, de façon à pouvoir simplement profiter des bons moments passés ensemble ».*

À JOHN KEEGAN

Répondre à :
Tregiffian
St Buryan
Penzance
Cornouailles

28 avril 1994

Cher John,

Merci pour vos adorables cartes. J'ai toujours rêvé d'écrire une pièce à deux personnages qui s'intitulerait simplement Elliott et reprendrait les entretiens qu'il a eus avec Philby jusqu'aux aveux de ce dernier. Selon E., ils se sont étalés sur plus de 13 ans et se terminaient souvent avec les deux quasiment en coma éthylique, et il devait faire entrer P. dans un taxi et payer la course à l'avance, avec un pourboire de 5 livres au cas où P. s'oublierait pendant le trajet ! Imaginez un peu ce personnage à la Wodehouse, fils de Claud, prévôt d'Eton, pilier de l'establishment des futurs érudits, face au fils terriblement machiavélique de St John Philby, l'un des plus grands salopards du XXe siècle !

Un jour, j'en tirerai quelque chose[1]. C'est une histoire magnifique à relater parce que E. a été convaincu pendant des années de l'innocence de P. et que, tout du long, P. lui a caché ses convictions communistes, ses activités d'espion, son homosexualité refoulée et même le lien unique qui l'unissait à Litzi Friedmann. E. pensait que P. avait juste fait une bêtise et voulait s'en ouvrir à lui.

Mais il y a aussi une jolie petite intrigue secondaire. E. m'a embobiné moi pendant des années en m'assurant qu'il voulait que ce soit moi qui écrive cette histoire, etc., et j'étais à deux doigts de m'atteler à la tâche et de signer un accord avec lui parce qu'il voulait cet accord (et la notoriété qui irait avec).

1. Le Carré a été fasciné d'entendre Nicholas Elliott, vétéran du MI6 et « l'ami le plus fidèle de Philby, son confident et son frère d'armes dévoué », lui raconter toute l'histoire de la trahison et de la défection de Philby lors de plusieurs soirées chez lui à Hampstead. Il en tirera un chapitre du *Tunnel aux pigeons*.

Et là, je découvre que la moitié des romanciers et dramaturges de Londres ont été entretenus dans la même illusion, chacun à l'insu de l'autre, chacun persuadé qu'il avait l'unique accès à ce brave type. À sa façon, il a été presque aussi manipulateur que Philby (mais beaucoup plus sympathique) !

J'ai été heureux d'avoir de vos nouvelles. Je suis plongé jusqu'au cou dans ce qui fera j'espère un bon roman. Nous allons nous échapper pour deux semaines en Espagne, et à notre retour j'y mettrai le point final.

Amitiés à vous deux,
David

Horst Gerkens, Hambourgeois émigré aux États-Unis, écrit à le Carré à propos de ses tentatives pour créer des histoires d'espionnage et lui avoue : « Ma germanité handicape parfois très lourdement mon écriture, voire ma lecture. »

À HORST GERKENS

Tregiffian
St Buryan
Penzance
Cornouailles

29 avril 1994

Cher monsieur Gerkens,

[...] Vous m'avez demandé un avis, mais je pense que ce que vous cherchez réellement, c'est un encouragement. Je crois que cette combinaison des mentalités allemande et anglaise que nous semblons avoir en commun peut être une chose merveilleuse pour qui écrit dans l'une de ces deux langues. Si vous hésitez quant à laquelle choisir, je vous recommande l'anglais, dont la variété est largement supérieure à celle de l'allemand, et qui n'est pas affligé par ce que Goethe appelle les queues de rats des prépositions et de l'ordre des mots.

Si vous cherchez de l'inspiration, tournez-vous peut-être vers Joseph Conrad, qui ne parlait pas correctement anglais, dont les langues maternelles étaient le polonais et l'allemand, et qui a pourtant apporté à la langue anglaise écrite une majesté qu'elle n'avait jamais tout à fait atteinte auparavant. Enfin, rappelez-vous ce que Dickens disait sur l'écriture : des faits et encore des faits, c'est tout ce que veut le lecteur. Il ne voulait pas dire par là que nous devons tous écrire comme Clancy, mais que nous devons nous en tenir au Sache[1].

Mes meilleurs vœux de succès.
Sincèrement,
John le Carré

~

Mark Wilcocks, âgé de onze ans, reçoit La Taupe *en cadeau de Noël. Il écrit : « Je voulais vous demander où vous trouviez votre inspiration, vos idées et les informations pour écrire vos livres, et si vous aimez lire et quand vous avez commencé à écrire des livres. » Il ajoute en P.-S. : « Vous pourriez me répondre, s'il vous plaît ? »*

À MARK WILCOCKS

Tregiffian
St Buryan
Penzance
Cornouailles

1er juillet 1994

Cher Mark,
Merci pour ta lettre.
[…] Si je devais répondre à toutes tes questions, je n'écrirais plus jamais de livre par manque de temps. Je crois que personne ne peut dire d'où il tire son inspiration, pas plus qu'un

1. « Chose », « thème », « sujet ».

instrumentiste ne pourra te dire d'où il tient son oreille musicale ou un athlète ses capacités physiques. Nous avons un don, et le truc c'est de travailler dessus, de le respecter, de le pousser plus loin, de l'amener à se surpasser pour nous. J'ai commencé à écrire très jeune. Quand j'étais à l'école, j'écrivais des poèmes dont j'ai honte aujourd'hui, mais qui me semblaient à l'époque les meilleurs du monde. J'ai seulement commencé à écrire des livres à vingt-neuf ans, après avoir fait beaucoup d'autres choses. Le seul conseil que je donne à mes fils quand ils me disent qu'ils veulent devenir écrivains, c'est d'attendre le plus longtemps possible, de façon à avoir l'expérience d'autres métiers et d'autres relations, bonnes ou mauvaises, avant d'essayer de décrire des personnages humains et des situations. LA TAUPE, comme tu l'auras vu, était une création extrêmement complexe à un certain niveau, mais ce qui fait que le roman marche (pour autant qu'il marche), c'est la diversité des personnages et la compassion désabusée de George Smiley. Au bout du compte, ce sont les personnages qui font avancer l'intrigue.

C'était gentil de ta part de m'écrire. Je ne t'écrirai plus, mais je te souhaite bonne chance si jamais tu te lances comme écrivain.

Sincèrement,
John le Carré

NOTRE JEU : LA GUERRE DANS LE CAUCASE ET UNE COUVERTURE DE LIVRE

Moi aussi j'entends beaucoup de rumeurs sur de grands troubles potentiels dans le Nord-Caucase et la perspective de très mauvaises choses à l'automne. Nous verrons bien.

– à Vladimir Stabnikov, qui l'aide sur ses recherches
pour *Notre jeu*, le 3 août 1994

Le Carré fait son premier voyage de documentation à Moscou pour *Notre jeu* en 1993. En 1994, il annule un séjour prévu en Russie et dans le Caucase pour ne pas interrompre l'écriture du roman, mais ensuite, il ne trouvera pas la possibilité de se rendre en Ingouchie avant la publication. Plus tard, il qualifiera *Notre jeu* de « roman raté[1] », mais le début de la guerre en Tchétchénie en décembre 1994 donne à son livre déjà paru des allures de prophétie.

1. Lettre à Tony Cornwell, 15 mai 2007.

Poussia (ou Rouslan) Jopua est un riche homme d'affaires abkhaze mais aussi un sportif, lutteur au physique digne de celui qu'aura le personnage de Dima dans Un traître à notre goût.

À POUSSIA JOPUA

Par fax

Cornouailles

15 novembre 1993

PERSONNEL ET CONFIDENTIEL

Cher Poussia,

J'ai été très touché par votre lettre magnifique. Nick et moi avons tellement apprécié votre compagnie pendant notre séjour, et nous aurions tant aimé avoir le privilège de faire un peu plus ample connaissance. Si Nick s'est parfois montré désinvolte ou inattentif, c'est sans doute que ses batteries frôlaient la surcharge et qu'il avait besoin de redevenir un grand ado. Nous sommes rentrés en Angleterre si débordants d'impressions et de souvenirs qu'il nous a fallu des semaines pour en faire le tour. Nous avons tant appris que c'était comme découvrir des zones inexplorées sur la carte de notre expérience.

Vos explications et votre éclairage personnel sur la lutte des Abkhazes relevaient en grande partie de la nouveauté pour moi et, bien sûr, nous avons suivi les infos dans la presse et les médias avec une grande attention. Pour le roman que je suis en train d'écrire, je cherchais une lutte dans le Caucase qui parlerait au désespoir romantique d'un Anglais épuisé par les causes occidentales. Je veux lui faire livrer un combat à la don Quichotte en faveur d'un peuple qu'il connaît à peine au nom d'un idéal de justice. La cause abkhaze m'avait paru adaptée, mais, quelle ironie, elle l'est beaucoup moins à présent qu'elle a remporté (ne serait-ce qu'en partie) la victoire. J'envisage donc plutôt les Ingouches, dont la cause me semble à la fois noble et perdue – ou bien trouvez-vous ma description injuste ?

Je voudrais aller dans le Caucase au printemps et ce serait un immense avantage pour moi si je savais déjà au préalable laquelle des différentes minorités ethniques attirerait le plus mon personnage et impressionnerait le plus mon lecteur par la justice de sa cause et les injustices commises à son encontre.

J'ai beaucoup de mal à évoquer les livres non encore écrits, mais, si vous prenez un Anglais peu recommandable et dissolu en quête de rédemption (un personnage comme Barley dans LA MAISON RUSSIE) et si vous l'imaginez qui décide de foutre sa vie en l'air pour une cause perdue mais juste, vous aurez le tableau.

Cher Poussia, je vous écris tout cela en confidence car j'ai une foi absolue en votre discrétion. (Il m'est déjà arrivé de faire une démarche similaire et de découvrir dans le journal avec une certaine gêne un article sur mon roman en cours !) Je suis sûr que Volodia [Stabnikov] acceptera de traduire cette lettre pour vous, ce qui nous évitera toute inquiétude sur une fuite. Je la lui faxe donc à lui en anglais en lui demandant de vous la transmettre en russe.

Le manteau vous va-t-il toujours ? Les ombres ont-elles quitté votre visage, maintenant que votre cause a été reconnue ? Les combats cesseront-ils bientôt ? Nick était lui aussi ravi de votre lettre, dont je lui ai fait suivre une copie à Cambridge. Il vous transmet ses meilleures salutations et ses remerciements pour tant de souvenirs heureux.

Bien cordialement,
David Cornwell

AU PROFESSEUR GEORGE HEWITT

Tregiffian
St Buryan
Penzance
Cornouailles

4 mai 1994

Monsieur le professeur,

Je prends la liberté de vous écrire sur la recommandation de notre ami commun Poussia Jopua pour vous demander si vous pourriez m'accorder une heure de votre temps, disons pour un déjeuner, soit à Doncaster, soit à Londres. Je suis écrivain sous le pseudonyme de John le Carré, et je travaille actuellement sur un roman qui évoque le conflit entre les Ossètes et les Ingouches et s'interroge sur la possibilité qu'il évolue en une guerre ouverte. Le livre se termine dans le Caucase, où je ne me suis pas encore rendu – pas plus que mon personnage principal, ce qui fera de nous deux des novices à notre arrivée ! J'attache une grande importance à la véracité quand je m'intéresse à ce genre de sujet, et je serais extrêmement reconnaissant de pouvoir bénéficier de votre expertise.

J'envoie cette lettre à vos deux adresses, et par fax à Doncaster.

Bien cordialement,
David Cornwell

Prélude à l'annulation par le Carré de son voyage de recherches prévu dans le Caucase pour Notre jeu.

À VLADIMIR STABNIKOV

Tregiffian
St Buryan
Penzance
Cornouailles

11 juillet 1994

Cher Vladimir,

Décisions cornéliennes. J'ai passé le week-end à revoir mon planning d'écriture, pour en conclure que je ne me sentais pas de continuer encore un mois sur le livre puis d'interrompre le flux de manière à caser le voyage en Russie, et que j'avais tout intérêt à aller jusqu'au bout du premier jet, même si je manque de documentation, pour boucler l'intrigue et les personnages, même si cela impliquera de réviser la dernière centaine de pages après mes recherches ultérieures.

Donc, en clair : je ne souhaite pas fixer une nouvelle date tant que je n'aurai pas achevé mon premier jet. Avec un peu de chance, si la rédaction continue à un bon rythme jusqu'au bout, cela pourrait vouloir dire les dates prévues, mais tout aussi bien un report de six ou huit semaines, voire plus. Je sais qu'à ce moment-là nous aurons peut-être des difficultés à cause de la météo dans le Nord-Caucase, vu que, en octobre, le temps sera certainement mauvais et les conditions de voyage plus difficiles, mais je crois quand même avoir pris la bonne décision, même si je me retrouve à aller dans le Caucase seulement au printemps et que je doive récrire les cent dernières pages sur épreuves.

Alors, même si j'aimerais beaucoup continuer mes échanges avec Kostoïev[1] et réunir des images et des informations sur l'Ingouchie, je ne souhaite pas m'engager sur des dates fermes

1. Issa Kostoïev, officier de police ingouche qui, en tant que chef du Bureau principal des enquêtes criminelles en Russie, a résolu l'affaire du serial killer Andreï Tchikatilo, exécuté pour le meurtre et la mutilation de cinquante-six femmes et enfants. Il a proposé d'escorter le Carré en Ingouchie, comme ce dernier le racontera dans *Le Tunnel aux pigeons*.

à ce stade. Évidemment, je reste en contact régulier avec vous dans l'intervalle.

Mes amitiés à vous tous,
David

À MARIANNE SCHINDLER

Tregiffian
St Buryan
Penzance
Cornouailles

11 juillet 1994

Chère madame Schindler,
Merci pour votre lettre du 28 juin. J'ai été sensible à votre argument, même si je n'envisage pas la question aussi littéralement que vous. J'ai beaucoup écrit sur des hommes qui ont un rapport difficile aux femmes, parce que dans le milieu masculin dont je tire mon expérience (mais aussi en raison de mon éducation), le fossé que vous déplorez est hélas par trop répandu. Aussi, je vous supplie de me croire quand je vous dis que je partage votre respect pour les qualités et les souffrances des femmes. Je préfère grandement leur compagnie et leurs talents à ceux des hommes.

Sincèrement,
John le Carré

Le journaliste Edward Behr écrit à le Carré au sujet d'un article alambiqué de Ron Rosenbaum dans le New York Times *alléguant que, sur son lit de mort, Graham Greene se demandait si Philby avait été un agent occidental.*

À EDWARD BEHR

Par fax

Cornouailles

1er août 1994

Cher Ed,

Merci pour votre fax. Ce serait pure folie que de vous laisser m'approcher en ce moment, car je suis dans les ultimes affres d'un roman très long et complexe. Et je n'ai pas non plus le temps de me lancer dans un combat de coqs à propos de cet article parfaitement ridicule sur Philby dans le New York Times Magazine, qui m'a été faxé par quelqu'un d'autre aussi. Entre nous, il est tout simplement impossible qu'un service de renseignement quel qu'il soit (a fortiori le nôtre pendant cette période honteuse de son existence) s'inflige l'humiliation publique incessante d'une opération d'agent triple de haut vol qui, ne serait-ce que sur le plan des relations publiques, l'a pratiquement détruit. L'article est par ailleurs tellement truffé d'erreurs (notamment une sur l'origine d'un de mes personnages et une autre, si je ne m'abuse, présentant Dancy comme le chef du SIS[1]) que je ne saurais même pas comment y réagir sans le mettre en pièces.

Philby et Blake ont concrètement saccagé pour des années les opérations de terrain et de liaison du SIS de niveau intermédiaire. Aucun service secret n'est assez puissant pour se saborder à ce point-là tout en préservant son statut dans les couloirs du pouvoir. Ce que nous avons vu, c'est la réalité : un pauvre petit traître à l'establishment, un minable avec un père ignoble, un faux bégaiement et une sexualité tourmentée qui a passé sa vie à se venger de l'Angleterre qui l'avait produit.

Mais tout ça, c'est pour votre gouverne, et vous le savez déjà, de toute façon. Quant à moi, je vais retourner à mes *moutons**

1. L'élégant Claude Dansey, le « colonel Z », chef adjoint du SIS pendant la Seconde Guerre mondiale, a monté l'Organisation Z pour recruter et exploiter des sources de renseignement en Italie et en Allemagne.

et vous souhaiter bonne chance. Nous serions ravis de vous avoir ici un de ces jours, mais pas avant que j'aie remporté mon combat !

Bien à vous,
David

[ajout manuscrit à la lettre dactylographiée]

P.-S. Et franchement, si ça avait réellement été un agent triple, pour quel retour sur investissement ?

Susan D. Anderson est conservatrice et directrice de la programmation au California African American Museum de Los Angeles et membre du comité éditorial de la revue California History. *Sa première lettre à John le Carré date de septembre 1993, et il y répond par une courte note dactylographiée, mais les suivantes l'incitent à utiliser un ton moins formel. Pendant les tempêtes de décembre 1993 en Cornouailles, il écrit : « Tout le monde meurt… Quand on a 62 ans, comme moi, cela arrive un peu plus souvent… Le secret, c'est de rester bien portant le plus longtemps possible. » En février 1994, il franchit le Rubicon. Il se trouve à Los Angeles pour un bref séjour mais ne l'a pas contactée. « J'ai craint de vous mettre dans l'embarras… Peut-être que ce que nous préférons, c'est nous écrire, sans compter six autres raisons. » N'ayant alors aucune idée de son apparence physique (« Je ne sais pas si vous avez soixante ans ou trente, si vous êtes grande ou petite, blanche ou noire »), il l'invite à lui écrire aux bons soins de John Miller et Michael Truscott et précise en P.-S. : « Votre lettre était très sexy. » D'autres échanges suivent : « J'embrasse vos paupières, et votre érudition, et je vous envoie le déferlement de l'orage atlantique sur les fenêtres de mon bureau, et je vous idolâtre comme étant la plus belle femme au monde. » La correspondance continuera jusqu'au début de 1997.*

À SUSAN D. ANDERSON

Tregiffian
St Buryan
Penzance
Cornouailles

[cachet de la poste] 24 août 1994

Ma chérie,

J'ai reçu ta longue lettre merveilleuse, drôle et passionnante, et j'ai adoré le coup de la chaussure perdue en montant au restaurant – s'il y avait eu un homme digne de ce nom, il l'aurait remplie de champagne pour toi. Je suis désolé que tu traverses une passe difficile et complexe, mais je te rassure, c'est pareil de mon côté. Nous vaincrons.

Voilà où nous en sommes. Quand ils m'ont interdit d'entrée, je me suis posé avec tout le matériau que j'avais pu rassembler, un jeune Tchétchène de St Anthony's à Oxford est venu s'installer et j'ai ressorti toutes mes notes sur les Kirghizes datant de mon séjour en 87 et de Moscou l'été dernier, et sur les Palestiniens quand j'étais au S. Liban, et j'ai fait les 100 dernières p. du livre au petit bonheur, càd que j'ai mis un faux papier peint et, pour mon plus grand plaisir, j'ai bouclé la vraie histoire centrale du roman vraiment bien. Je suis allé à Paris, où j'ai rencontré d'autres Ingouches, et j'ai regardé des heures de vidéos sur cette région. Pour être honnête, je ne crois pas que je pourrais beaucoup améliorer ce que j'ai écrit, mais bon, là n'est pas la question. Je suis en train de m'organiser pour faire une entrée discrète via la Turquie et Grozny (qui ne tombe pas sous le coup des restrictions russes puisqu'elle se trouve en Tchétchénie, pays théoriquement indépendant jusqu'au jour où Eltsine va s'énerver et décider de l'envahir). Pour ce voyage, je partirai avec un interprète tchétchène-ingouche et pas un Russe (qui me serait à peu près aussi utile qu'un membre de la Knesset dans les territoires occupés). Je ne peux pas le planifier avant octobre, ce qui me rend doublement, triplement reconnaissant pour ta lettre, ta grandeur d'âme et la générosité avec laquelle tu m'écris. Je pense qu'on devrait finir par y arriver cette année, quelque part, je ne sais pas comment, mais je t'ai, toi, et tu m'as, moi, et le plus merveilleux, chez toi, c'est que tu me laisses respirer et écrire et prendre mon envol en priorité, et tu restes quand même toi après, et merci. Tout le monde m'a envoyé l'article du NYT, qui n'était qu'un monceau d'âneries. Du pipeau, comme tu dis, honteusement mal informé sur certains faits et bourré de spéculations ridicules. Il n'y a pas un SR au monde assez puissant et serein pour s'exhiber en pleine débâcle alors qu'il ne l'est pas. Les détestables barons de la profession se feraient hara-kiri plutôt que d'être vus comme incompétents. Et à supposer même qu'une stratégie aussi aberrante soit adoptée, euh, pardon, mais pour quel retour sur investissement ? Le nom et l'adresse de ses officiers traitants à Moscou ? Comme dirait ma petite-fille américaine, j'y crois pas. [...] Quant aux petits jeux auxquels Graham Greene a joué, le connaissant, ils étaient aussi pervers et médiocres que ses blagues atroces, de la dramatisation égocentrique plus que de l'espionnage. À ce propos, la CIA s'amuse depuis peu à me dézinguer de façon totalement délirante dans son magazine interne (à distribution « privée »). Il y a deux mois, ils ont publié une « évaluation » compassée de mon œuvre et aujourd'hui, une attaque au vitriol contre mon ignorance (totale, ils ont raison) de l'interception des signaux ! Ce n'est pas magnifique, ça ? Surtout venant de gus qui lisent « L'Amant de lady Chatterley » comme un guide pratique de la relation employeur-employé, « comment gérer son garde-chasse »...

À ce sujet, ô fleur épanouie, je compte sur le fait que tu seras complètement habillée quand nous nous verrons, avec la totale, bijoux, ongles infinis et au moins un rubis dans ton nombril, que j'arracherai avec mes dents.

Merci, merci pour ta merveilleuse lettre remonte-moral. Et je ne t'ai pas remerciée non plus d'être ma partenaire secrète sur la seconde moitié de ce livre, à présent terminé hormis la toute fin, et, même si c'est moi qui le dis, formidable. Ou du moins, il me semble encore formidable et donc aujourd'hui, oui, ce jour même, je vais l'envoyer à mes agents aux USA, en Grande-Bretagne et en Europe et, d'ici une dizaine de jours, aux principaux éditeurs. Mais à toi, je n'enverrai pas un exemplaire trop vite. Je veux que tu n'en voies qu'une seule version, donc tu la verras un peu plus tard.

Cette nuit, j'étais enfin allongé près de toi dans le noir, je me sentais en sécurité et nous avons parlé jusqu'à nous endormir. Si ton premier chapitre ne se lit pas bien, soit c'est que tu l'as lu trop souvent, soit c'est qu'il est emprunté parce que tu l'as écrit sans avoir tout le bénéfice de la suite. Je penche pour la première explication. Et si c'est la seconde, ce sera à ton agent ou à ton éditeur de te le dire. Aurai-je jamais le droit de le lire ?

Cette lettre est une lettre matinale. En fait, je n'ai plus rien à écrire pour le roman jusqu'à ce que j'aie percé le code et réussi à entrer dans le Caucase (et à en ressortir). Je continuerai à t'écrire et je te dirai quand ce sera, sauf si ça se précipite. Désolé de ce long silence, mais je me suis jeté sauvagement sur le livre, et maintenant j'ai un tic à la paupière droite et je me trouve rondelet comme un petit chiot d'avoir fait trop peu de marche à pied. Je suis sûr d'être impuissant, aussi, mais j'imagine que tu peux y remédier, et je me sens très protecteur envers toi à cet instant, et j'ai juste envie de te faire un gros câlin.

D.

Après l'acquisition des droits de Notre jeu *par Knopf, le Carré retravaille son personnage principal, Tim Cranmer.*

À SONNY MEHTA

Par fax

Cornouailles

19 septembre 1994

Cher Sonny,

Lynn me dit que vous serez sans doute pris toute la journée, mais j'essaierai quand même de vous appeler pour dire bonjour.

Je suis ravi du contrat et j'espère que vous l'êtes aussi. Il est juste et bien pensé. Alors hourra, réjouissons-nous ! Je vais me lancer dans une relecture avec grosses révisions, dont les objectifs sont actuellement ceux que je me suis fixés, mais je suis tout à fait d'accord avec votre opinion selon laquelle nous avons besoin de plus de cœur chez Tim, si je vous ai bien compris, de plus d'informations sur sa vie personnelle et de plus de choses à aimer en lui dans les premières pages que ce qu'on y trouve pour l'instant. Pas de problème là-dessus. Pendant que j'y serai, j'ai une tonne de trucs à moi à ajouter à mesure que Tim sera « adouci » et prendra forme, ce qui aidera aussi Emma. J'ai plein d'éléments fournis par mon expert du Caucase, mon vigneron, etc. J'envisage aussi de donner à Tim plus de scènes à Moscou.

Bref, ce que je vous demande (à vous et à Hodders), c'est de me transmettre toutes vos suggestions par fax dès que possible pour que j'ajoute ces ingrédients dans ma marmite avant de faire ma petite cuisine. Ne vous donnez pas la peine de suggérer des remèdes, à ce stade (mais si vous en avez, ils sont les bienvenus), faites-moi simplement les diagnostics et laissez-moi m'en dépatouiller, parce que l'instant présent est souvent celui où je produis mon meilleur travail.

Inutile que je vous explique plus avant ce que je compte faire, autant que vous y jetiez un œil quand ce sera fini pour voir comment tout se goupille. Je vous appellerai vers 10 heures, votre heure.

Amitiés,
David

En 1992, Bob Gottlieb, alors âgé d'une soixantaine d'années, fait son retour comme éditeur chez Knopf et se « marie pour la deuxième fois » avec le Carré pour Le Directeur de nuit. *Selon ses mémoires, il a « contribué » à* Notre jeu *et est intervenu tardivement sur* Le Tailleur de Panama. *Dans la lettre qui suit, le Carré semble se séparer de lui professionnellement pour la deuxième fois. Toutefois, en 1999, il écrira à Frances Gertler, du* Good Book Guide *: « Il est vrai qu'une grande partie du travail éditorial sur mes livres a été faite aux États-Unis, où, pendant plus de vingt ans, j'ai eu le privilège d'être édité par le plus grand de tous, Robert Gottlieb. »*

À BOB GOTTLIEB

Par fax

Cornouailles

22 septembre 1994

Cher Bob,

Je ne sais pas si vous êtes au courant, mais je viens de finir la première version d'un nouveau roman, et Sonny l'a aimé et acheté. Il n'aime pas le titre, qui était La Passion de son temps. Pour l'instant, nous n'en avons pas d'autre.

Bien sûr, la question s'est tout de suite posée de savoir qui allait l'éditer et, même si j'aurais préféré que la responsabilité de ce choix revienne à Sonny, je ne vais pas vous faire l'affront de prétendre que ce n'est pas moi qui ai eu le dernier mot et que cette décision n'a pas été extrêmement douloureuse. Elle a été mûrement réfléchie et discutée avec Jane.

Finalement, deux éléments ont pesé dans la balance. Le premier est tout bêtement notre familiarité mutuelle. Je commençais à sentir la dernière fois qu'elle avait un effet lénifiant sur la qualité de mon travail, comme si nous savions tous les deux que je suis seulement capable de sauter telle hauteur ou de courir à telle vitesse. J'ai ressenti l'envie d'une approche plus rentre-dedans, plus stimulante, quitte à ne pas être d'accord d'emblée avec toutes les suggestions. Et puisque Sonny avait déjà une vision claire de ce qu'il voulait modifier dans le livre, cela semblait une voie intéressante à suivre.

Le second facteur est sans doute indissociable du premier : je me sentais comme relégué à l'extérieur de ma propre maison d'édition et déconnecté de sa voix, de son énergie. Comme si j'avais été édité dans le secret, en quelque sorte, plutôt qu'au grand jour. Après tout, je passe deux ans à bosser sans consulter quiconque à part Jane, et arrivé là, je n'ai qu'une envie, c'est de recevoir un bon coup de fouet des instances. Or je ne l'avais plus, ou du moins j'avais l'impression de ne plus l'avoir. J'étais un peu dans un no man's land, et même pas sûr que ce que je faisais avait l'appui de ceux qui prennent les décisions éditoriales.

Rien de tout cela n'est facile à écrire, et j'imagine que ce n'est pas plus facile à lire. Je suis convaincu qu'il y aura des moments où je vais regretter amèrement votre sagesse et votre soutien, mais je pense que, quand on prend de l'âge, les avis des plus jeunes nous rassurent quant au fait que nous ne sommes pas en train de danser sur une musique que personne n'entend, ce qui est ce que je redoute le plus. Tout le reste, mon amitié pour vous, ma profonde gratitude pour toutes vos compétences, vos suggestions, votre soutien, tout cela vous le savez, mais je le répète une fois de plus.

Amitiés,
David

À JOHN CALLEY

Par fax

Cornouailles

30 septembre 1994

Cher John,

Juste pour te dire que j'ai presque terminé ma grosse relecture habituelle. Nous avons aussi un nouveau titre, que tous les éditeurs aiment beaucoup : NOTRE JEU. Et le texte comporte une référence à la variété obscure de football que pratiquent les écoliers de Winchester College, connue dans le jargon sous le nom de « notre jeu ».

Je suis encore ici pour une semaine.
Amitiés,
David

Yvette Pierpaoli (1938-1999) était une travailleuse humanitaire, militante des droits des réfugiés, pasionaria et amie de la famille. Sa correspondance avec le Carré était considérable, mais a été perdue presque en intégralité. Le Carré soutenait et respectait profondément son œuvre caritative. Si elle a été l'une de ses maîtresses (ce qui semble assez probable), c'était une liaison sur un mode différent. Sa photographie est toujours accrochée au mur du bureau de Jane Cornwell.

À YVETTE PIERPAOLI

Par fax

Cornouailles

19 décembre 1994

Très chère Yvette,

Je te souhaite un très, très joyeux Noël et une bonne année 1995. Serez-vous tous réunis ? Pour l'instant, nous sommes tous les deux, puis Nick arrive, puis Charlotte avec sa fille, puis la mère de Charlotte. Nous avions l'espoir que notre piscine intérieure serait terminée à temps, mais elle n'a toujours pas de toit ni d'eau, et la grue censée soulever le toit pour le mettre en place est coincée dans un fossé, et elle bloque l'entrée et la sortie de Tregiffian. Bref, pas de piscine.

Hier, j'ai reçu une invitation de Mort Abramovitz[1] à siéger dans une commission du Carnegie Trust qui va résoudre tous les problèmes du monde. J'ai été enchanté d'apprendre que quelqu'un s'était enfin décidé à s'y coller, parce que j'avais bien observé que certaines choses ne sont pas comme elles devraient l'être. Mais je crois que toi, tu as fait plus pour

1. Morton Abramowitz, né en 1933, a été le directeur de la plus ancienne agence de renseignement civile des États-Unis, le petit mais formidable Bureau of Intelligence and Research, de 1985 à 1989, puis ambassadeur des États-Unis en Turquie jusqu'en 1991, quand il a pris sa retraite et est devenu président de la Fondation Carnegie pour la paix internationale jusqu'en 1997.

le monde que toutes les doctes commissions réunies. Donc j'espère que le monde sera généreux avec toi à Noël et qu'il vous donnera le bonheur d'être tous réunis, comme tu le mérites tant.

Avec toute mon affection,
David

La couverture américaine de Notre jeu *donne lieu à un bras de fer entre un le Carré toujours plus vigilant et Sonny Mehta, le patron de la plus grosse maison d'édition américaine, alors même que la tension croissante en Tchétchénie, qui aboutira à un conflit ouvert en décembre, souligne funestement l'actualité du roman. Le dessin d'une tour de guet envisagé pour la couverture est un point sensible. « On dirait trop un obélisque. Trop égyptien. Ajouter des fenêtres ? » griffonne le Carré sur une note de Mehta, avant de rechercher des illustrations de tour de guet pour les lui envoyer. Le 21 novembre, deux fax atterrissent sur le bureau du président et principal éditeur d'Alfred A. Knopf, l'un manuscrit, l'autre dactylographié.*

À SONNY MEHTA

Par fax

21 novembre 1994

Cher Sonny,

J'ai accroché la maquette au mur et je vis avec depuis quelques heures. Je dois vous dire que, arme ou pas arme, elle ne fonctionne pas du tout pour moi. De loin, elle a un côté phallique et assez sinistre. De près, c'est un mystère insoluble. Qu'en pensez-vous ? Parlons-nous vite.

Amitiés,
David

Par fax

21 novembre 1994

Cher Sonny,

J'ai été déconcerté de recevoir les versions retravaillées de la maquette, parce que je croyais vous avoir dit que, même si le dessin est ingénieux, je n'aime vraiment pas le fait qu'il y ait des armes sur la couverture.

Cela étant dit, si l'opinion en interne et les délais impartis sont farouchement contre moi, je survivrai.

Mon autre problème est l'éternel problème. Presque toutes les lettres que je reçois d'Amérique écrivent leCarré en un seul mot, que ce soit les fans, les maisons d'édition ou les journaux. Je sais que ce « le » est une petite virgule insupportable pour qui doit le caser dans une maquette, mais j'aimerais vraiment qu'il soit clairement séparé du « Carré ».

Et entre les trois, je suis d'accord avec vous, celle avec le nom complet est la meilleure.

Désolé de vous emmerder à ce point, mais je pensais vraiment que vous seriez partis sur une maquette complètement différente, depuis le temps.

Amitiés,
David

Dans une chronique sur la décision du président Boris Eltsine d'envoyer des forces armées pour rétablir la domination russe en Tchétchénie, l'éditorialiste américain William Safire écrit que les États-Unis comprennent que Moscou veuille défendre sa souveraineté, mais devraient soutenir un « arrangement » entre le Kremlin et les « sécessionnistes tchétchènes, sauvages et souvent corrompus ». Un texte de le Carré sur cette crise, publié dans le New York Times *sous le titre « The Shame of the West », sera repris dans les journaux du monde entier.*

À SONNY MEHTA

Par fax

Cornouailles

20 décembre 1994

Cher Sonny,

Merci de m'avoir envoyé l'article sur Safire, qui va être repris aujourd'hui dans le Guardian. Je trouve qu'il est bien comme il est, et je ne souhaite pas en dire plus sur l'aspect politique du roman en répondant pour le contredire. Je crois que mon boulot, maintenant, c'est de me retirer de la scène sur la pointe des pieds et d'attendre la sortie du livre.

Cela dit, il est important que les représentants comprennent bien que le Nord-Caucase sera très certainement le tombeau de Boris Eltsine et qu'il est très probable que nous assisterons à sa chute quand le livre sera en pleine promotion.

Si nous n'échangeons plus avant les fêtes, nous vous souhaitons tout le meilleur pour 1995, et un beau réveillon.

Amitiés,
David

Boris Eltsine survivra comme président jusqu'en 1999, mais sa réputation en Occident pâtira grandement de l'invasion de la Tchétchénie.

LA RUSSIE,
LES CORNOUAILLES
ET UN CHEVAL DE COURSE

Être le fils de mon père était parfois extraordinaire. Par exemple, il était propriétaire de chevaux, mais comme il ne payait jamais les bookmakers, il n'osait pas aller sur le champ de courses, donc il me donnait un paquet d'argent et moi (encore tout jeune !) j'y allais et je passais d'un bookmaker à un autre pour parier sur son cheval.

– dans une interview diffusée
sur la chaîne sud-africaine News24,
24 octobre 2011

Nommé chef du SIS en 1989, Colin McColl, qui regrettait que le Carré se soit trop éloigné de son ancien service, a demandé à Alan Judd, ancien soldat et diplomate devenu romancier, de se mettre en contact avec lui. Judd lui a donc écrit en lui racontant sa rencontre avec Graham Greene et le Carré lui envoie une réponse très cordiale. À la suite de cet échange, le Carré va rencontrer les patrons du MI6 et prononcer un discours devant les conjoints et conjointes d'agents du MI6.
En 2003, sa relation avec le SIS se refroidira après l'invasion de l'Irak, car il reprochera à Richard Dearlove, chef de 1999 à 2004, d'avoir œuvré pour que « des renseignements bruts, non vérifiés et non recoupés » soient transmis à Tony Blair. En revanche, il gardera des liens avec le MI5, où il ira déjeuner et faire un discours.

À ALAN JUDD[1]

Tregiffian
St Buryan
Penzance
Cornouailles

24 juin 1995

Cher Alan,

Merci beaucoup pour votre livre et votre lettre. Je n'avais pas conscience de l'honneur qui vous avait été fait – le déjeuner était

1. Les romans écrits par l'écrivain primé Alan Judd comprennent sa série sur l'officier du renseignement Charles Thoroughgood, qui démarre comme officier subalterne dans l'armée en Irlande du Nord (*A Breed of Heroes*, publié en 1981) et grimpe les échelons pour finir chef du MI6 (*The Accidental Agent*, 2019).

tellement agréable que je n'ai pas tout saisi ! Mais j'ai été ravi de vous rencontrer et ce week-end, dès que nos invités seront partis, je vais me plonger dans votre roman. Bien sûr, j'en avais entendu parler et je connaissais votre réputation, mais à ma grande honte je n'avais encore rien lu de vous et je vais pouvoir à présent réparer ça. J'ai commandé votre « cale-porte[1] » chez Blackwell's et je suis sûr que je vais beaucoup aimer (j'ai lu une autre biographie de ce pauvre Ford sans y trouver le fond que j'y recherchais). C'est amusant que vous ayez rendu visite à Graham [Greene] à Antibes. Moi, je n'y suis jamais allé. Nous nous sommes vus à Paris, à Vienne et, très brièvement, à Londres. Et bien sûr, comme la plupart des gens qui l'ont rencontré dans des circonstances semblables, j'ai eu de grands élans d'affection pour lui, puis de grands élans de répulsion. Ce qui, j'imagine, ne l'aurait pas gêné outre mesure, même si je n'ai jamais connu personne d'aussi obsédé par son image : lettres furibondes à ses éditeurs pour un oui ou pour un non, numéros de charme pour des scribouillards sans valeur, recherche permanente des feux de la rampe. Anthony Powell, qui le détestait, m'a raconté qu'il était le plus professionnel des « romanciers carriéristes » qu'il ait jamais rencontré. Mais bon, Anthony n'est pas mal dans le genre, pourrait-on arguer.

Moi aussi j'espère que nous aurons l'occasion de nous revoir. Je viens très rarement à Londres ces temps-ci, mais un déjeuner, ce serait un prétexte trois étoiles qui vaudrait le déplacement. Je trouve très délicat d'expliquer ce que cette invitation du bureau a représenté pour moi. Jusqu'à ce qu'elle arrive, je n'avais pas conscience qu'elle signifierait autant. Bref, nous en reparlerons, et nous reparlerons de votre travail qui, après un simple coup d'œil, me fascine déjà. Vous arrive-t-il de passer par ici ? Le paysage est sublime, et nous avons un pavillon pour les invités où les amis écrivains peuvent venir s'isoler pour travailler, ainsi qu'une piscine intérieure chauffée où ils peuvent entretenir leur forme !

Bien amicalement, et encore merci pour le livre !
David

1. La biographie de Ford Madox Ford par Alan Judd.

En 1996, les Cornwell se préparent à une visite de l'ambassadeur russe chez eux en Cornouailles, avec au programme, parmi d'autres distractions, une journée aux courses près de Launceston, où court pour la première fois Tinstreamer Johnny, un cheval de quatre ans dont Jane a acheté à le Carré une moitié des parts en 1995. En être détenteur lui évoque des souvenirs doux-amers des heures de gloire de Ronnie à l'hippodrome, quand celui-ci donnait à ses chevaux le nom de ses enfants : Dato pour David et Tony, Prince Rupert pour Rupert, Rose Sang pour les cheveux roux de Charlotte.

À ANATOLI ADAMICHINE, AMBASSADEUR DE LA FÉDÉRATION DE RUSSIE

Tregiffian
St Buryan
Penzance
Cornouailles

6 février 1996

Cher Anatoli,

J'ai le plaisir de vous écrire pour vous confirmer notre invitation à venir séjourner chez nous avec votre épouse le week-end des 24 et 25 février. Comme vous le verrez sur la carte jointe, nous habitons au bout du bout du monde. La façon la plus agréable de voyager jusqu'ici est le train, puisque vous montez à Paddington et que vous continuez jusqu'au terminus, Penzance. J'ignore si cela peut vous convenir et quand vous pourrez faire le trajet, mais, si vos engagements vous retiennent à Londres jusqu'au vendredi soir, je vous recommande le train de nuit, qui part à minuit et arrive vers 8 h 30. Nous irions vous chercher à la gare de Penzance. Il y a aussi un train de nuit le dimanche, mais peut-être préférerez-vous voyager de jour le lundi.

Si vous décidez plutôt de venir en voiture, prévoyez au minimum sept heures de route depuis le centre de Londres.

Comme je vous l'ai dit, nous avons un pavillon tout équipé pour les invités, à environ 300 mètres à l'intérieur des terres par rapport à la maison principale. En général, nous proposons à nos invités de se lever à l'heure qui leur convient et de se préparer leur petit déjeuner. Si vous venez en train et souhaitez utiliser une voiture, nous en avons une petite sur place que nous pouvons laisser devant le pavillon pendant la durée de votre séjour.

Le 24 est une journée importante pour nous, car mon épouse Jane m'a offert pour mon dernier anniversaire un jeune cheval de course qui participe à sa première rencontre ce jour-là. Il court le steeple, et à ce stade de sa carrière il ne s'est aligné que dans des rencontres locales très typiques de la vie à l'ancienne que l'on mène dans la région. Celle du 24 aura lieu près de la ville de Bodmin, à environ une heure trente de route d'ici. Le meeting commence à midi, et nous ne savons pas encore à quelle heure court notre cheval (il y a en général huit courses entre midi et 17 heures).

Autre option : vous pouvez prendre un train le samedi matin pour Bodmin, qui se trouve sur la route directe qui mène à Penzance, et nous viendrions vous récupérer à la gare pour vous amener aux courses. Nous resterions le temps de voir courir notre cheval, puis nous vous ramènerions à la maison en fin d'après-midi, à temps pour que vous puissiez vous rafraîchir et vous changer pour le dîner. Nous apporterions un pique-nique, et personne là-bas ne porte jamais de tenue de ville, alors sentez-vous parfaitement à l'aise. Il peut faire un froid glacial à l'hippodrome, mais cela ne vous dépaysera pas. Chapeaux bien chauds, gros manteaux et bottes sont indispensables. Je porterai sans doute ma toque en fourrure.

Nous prévoyons aussi de vous emmener à St Michael's Mount, un ancien monastère bénédictin sur une île de la baie de Penzance, actuellement occupé par lord et lady St Levan. Le meilleur moment pour cette sortie serait le dimanche matin, et je vais donc écrire aux St Levan pour leur demander s'ils nous accueilleraient pour un verre. Il n'y a pas plus belle vue sur la région, et la maison en elle-même est magnifique.

Quand nous approcherons de la date de votre séjour, je vous écrirai de nouveau avec d'autres propositions et si, de votre côté, vous avez des envies, n'hésitez pas à nous en faire part. Dites-nous également si vous avez des choses que vous aimez particulièrement boire ou manger, ou au contraire des intolérances. Le homard local est délicieux, si la mer est assez calme pour en attraper, et même chose pour le poisson, mais peut-être n'appréciez-vous pas.

Nous sommes impatients de vous recevoir. Dites-nous quand vous comptez arriver et repartir pour que nous puissions tout prévoir en fonction.

Avec notre meilleur souvenir à vous deux.
Bien cordialement,
David Cornwell

Dans plusieurs lettres à Judd, le Carré adopte le ton d'un agent qui ferait son rapport à ses anciens employeurs. Il écrit ainsi à Judd en termes énigmatiques le même jour que sa lettre à l'ambassadeur russe.

À ALAN JUDD

Tregiffian
St Buryan
Penzance
Cornouailles

6 février 1996

Cher Alan,

Vous ne serez pas surpris, j'imagine, d'apprendre que le monsieur mentionné dans la lettre jointe s'est invité ici pour le week-end des 24-25 février avec son épouse. Il souhaite que je l'appelle par son prénom et me parle déjà comme si nous étions frères de sang (nous avons le même âge, me dit-il), alors que je ne l'ai jamais rencontré. Son prédécesseur me téléphonait lui aussi, et je suppose que l'insistance de l'occupant actuel est, pour ainsi dire, transférée. Au passage, je n'ai jamais rencontré son prédécesseur.

Je ne sais pas s'il y a une raison cachée à son séjour, s'il en émergera une, ou s'il veut juste passer du bon temps, mais s'il y a quoi que ce soit que je puisse utilement faire, dites-le-moi. Nous le logeons au même endroit que vous précédemment.

Amitiés,
David

[sur une autre feuille envoyée séparément à Alan Judd]
L'ambassadeur russe à la cour de St James et madame.

Le Carré écrit à lord St Levan sur St Michael's Mount, au départ pour lui demander s'il accepte de recevoir l'ambassadeur et son épouse pour un verre. Lord St Levan lui répond en les invitant à déjeuner, et le Carré le prévient que « l'expérience m'a appris que les Russes sont les rois de l'annulation ».

À ANATOLI ADAMICHINE, AMBASSADEUR DE LA FÉDÉRATION DE RUSSIE

Par fax

Cornouailles

21 février 1996

Cher Anatoli,

Voici un programme prévisionnel à regarder avec Olga dans le train. Tout d'abord, Jane et moi sommes vraiment ravis que vous veniez, et nous avons prévu de nombreuses activités distrayantes. Il n'y a aucune sorte d'étiquette chez nous, personne ne s'habille pour aucun moment de la journée. Néanmoins, je porterai sans doute un costume pour aller chez les St Levan, ou au minimum une veste sport sur un pantalon de flanelle grise. Olga et vous occuperez un pavillon situé à l'intérieur des terres, à 300 mètres de la maison, qui elle-même domine l'Atlantique du haut de sa falaise. Ces deux dernières semaines, nous avons connu aussi bien des vents arctiques et d'énormes tempêtes en mer que de belles journées de printemps comme aujourd'hui. Les prévisions pour ce week-end nous annoncent encore un temps variable.

Vendredi 23 février

20 h 15 : je viens vous chercher à la gare de Penzance. Je conduis une Mercedes grise, je fais 1,80 m, je suis vieux et j'ai les cheveux blancs. Je vous déposerai à la maison principale, et Jane vous amènera au pavillon avec vos bagages pour vous y installer. Il y aura une petite Volvo garée devant à votre disposition.

Dîner léger avec un seul autre invité : Timothy Garton Ash, que votre service d'information doit certainement connaître comme étant l'un des observateurs les plus érudits de la scène européenne post-guerre froide[1]. Son dernier livre traite du rôle de l'Allemagne en cette fin de siècle, et il vaut sans doute le détour. Tim est ici pour d'autres raisons, et il est établi entre nous tous que toutes nos discussions resteront privées.

Après dîner, nous vous raccompagnerons à votre pavillon.

Samedi 24 février

J'ai pour habitude immuable d'écrire tôt le matin, donc nous demandons à nos invités de prendre le petit déjeuner dans leur pavillon, où vous trouverez tout le nécessaire, ainsi que les journaux du jour sur le pas de votre porte. Si vous souhaitez explorer les environs, la voiture est à votre disposition.

11 h : nous viendrons sonner au pavillon et, si une promenade avant de partir aux courses vous tente, nous serons ravis de vous accompagner.

12 h : départ pour les courses à Bodmin. Le secrétaire de la chasse locale a été informé en confidence de votre présence et m'a invité à vous amener jusqu'à sa tente pendant le meeting pour que vous puissiez le saluer et rencontrer le maître d'équipage. J'ai demandé que votre présence ne soit rendue publique d'aucune autre façon, mais il est possible qu'ils vous

1. L'historien et journaliste Timothy Garton Ash a séjourné plusieurs fois en Cornouailles dans les années 1990 (« Versailles-sur-Mer », comme il surnommait les lieux). En 1999, il écrira pour le *New Yorker* un portrait très éclairant sur le Carré, Ronnie Cornwell et l'espionnage, dans lequel il mentionne une lettre de seize pages « torturée » que le Carré lui a écrite sur la morale dans l'espionnage, lettre qui reste à ce jour introuvable.

accompagnent jusqu'à un bon point de vue pour regarder le grand événement sportif du week-end, à savoir la participation de mon cheval dans une course pour débutants.

Dimanche 25 février
Matinée libre.

12 h : nous partons pour Marazion, où, à 12 h 30, le véhicule amphibie de lord St Levan nous attendra sur la plage, à la jetée devant le parking, afin de nous transporter sur le Mount pour déjeuner. Seront aussi invités (et prendront la navette avec nous) Piers St Aubyn, le frère de lord St Levan, et Stuart Money (qui a appris le russe à l'armée) avec son épouse Kay.

Après le repas, nous vous ramènerons à la gare de Penzance pour que vous puissiez prendre le train de 15 h 45.

Je n'ai pas planifié les baignades, car la piscine sera à votre entière disposition, et nous serons heureux de vous montrer comment tout fonctionne et de vous fournir une clé. Jane et moi nageons très tôt le matin en un rituel privé, et nous laissons nos invités nager à leur gré le restant de la journée.

Nous avons hâte de vous retrouver ce vendredi.

Bien cordialement,
David

À ALAN JUDD

Tregiffian
St Buryan
Penzance
Cornouailles

27 février 1996

Cher Alan,

Ils sont arrivés vendredi soir et sont repartis dimanche après-midi. Tim Garton Ash était là pour dîner vendredi. Le samedi, on les a emmenés voir un steeple et on est revenus dîner tous les quatre à la maison, et le dimanche on a déjeuné chez lord et lady St Levan sur St Michael's Mount. Beaucoup de discussions, beaucoup d'alcool, beaucoup de bons moments, aucun souci, plus amusant et agréable que nous ne l'aurions cru, mais quand même un peu bizarre. Notamment le seul moment sérieux, quand il m'a pris à part pour me demander si je voyais une solution au problème tchétchène et ce que je pensais de l'idée de réunir une commission d'États musulmans hors Russie pour étudier les revendications tchétchènes dans le but de gagner du temps et de laisser les esprits se calmer. Je lui ai répondu qu'il y avait assez d'États musulmans et non musulmans au sein de la Russie pour ne pas aller chercher ailleurs, car toute proposition qui sentirait l'arbitrage étranger d'un problème « russe » serait politiquement vouée à l'échec. Il a dit que tout ça était terriblement compliqué. Personne à Moscou ne faisait rien, ne proposait rien, c'était vraiment un sujet épineux qui ne cessait d'empirer. Toute suggestion de sa part serait à présenter de façon particulièrement subtile, sans doute par une partie tierce. J'ai répondu : pas moi, je ne suis pas compétent, etc. Mais j'ai eu le sentiment qu'il pensait à moi comme émissaire informel. Je n'en sais rien.

Il écrit et souhaite sortir plus de livres. Apparemment, il en a déjà publié un ou deux, dont un roman, et voudrait continuer dans la fiction. Il a beaucoup parlé de Gromyko[1], avec lequel il a travaillé pendant 25 ans (!). Sa pétulante épouse est historienne de l'art. Ils m'ont apporté un livre qu'ils avaient « écrit » ensemble (ce ne sont que des photos) sur la résidence de l'ambassadeur en Italie. Ils trouvent secrètement tous les deux la situation en Russie désespérante. Elle, en particulier, regrette la disparition de la vieille garde et lance par boutade qu'au moins, dans le temps, on savait qui étaient les escrocs. Et surtout, ils éprouvent une perte de fierté nationale qui m'a semblé très sincère et touchante. Dans son discours au déjeuner chez les St Levan, il nous a implorés de soutenir la Russie en tant que seul contrepoids existant à l'hégémonie américaine – comme si l'Europe comptait à peine. C'était très vieille école.

1. Andreï Gromyko, ministre des Affaires étrangères soviétique de 1957 à 1985.

J'ai parfois eu l'impression qu'il voulait me parler d'un autre sujet mais n'a pas osé ou s'est ravisé. Ils nous ont submergés d'invitations pour visiter leur datcha dans le Kent, etc., et peut-être le ferons-nous pour voir. Toute modestie mise à part, j'ai ressenti qu'il avait beaucoup d'estime pour moi et que, sans savoir comment, je m'étais montré à la hauteur de ses attentes, d'une façon qui le rendait très content de lui. Il est très malicieux, très spirituel après un verre ou deux et tout à fait charmant, jusqu'à présent. Je crois aussi qu'il est assez intelligent – plus que moi, en tout cas !

Voilà tout ce que je peux vous raconter !

Amitiés,
David

P.-S. Elle dit que l'écriture aiderait son mari à supporter la souffrance de voir ce qui se passe en Russie.

Adamichine écrit le 25 février 1996 afin de remercier les Cornwell pour un merveilleux week-end et une « hospitalité sincère typique des Cornouailles ». « Nous espérons que votre jeune cheval aura la chance de remporter ses prochaines courses. »

L'artiste Karl Weschke et son épouse Petronilla se sont joints au groupe pour la journée aux courses. Tandis que l'ambassadeur russe passait un bon moment en parka et bottes de caoutchouc, se rappelle Petronilla, le cheval « a lamentablement couru dans le mauvais sens sur la piste et a dû être récupéré sur la route ». Tinstreamer Johnny a pour habitude de se donner des coups de pied à la première haie et il a contracté une infection des bronches. Le Racing Post *rapporte que, sur treize courses, il a fini une fois troisième. « Je n'ose rien espérer pour TJ », écrit Jane au haras en 1997. En 1998, le Carré écrit à ses amis israéliens Yuval et Judy Elizur : « Nous sommes les propriétaires d'un cheval cornique qui n'a pas encore terminé une seule course (sans même parler d'en gagner une). Il n'a donc jamais vu la dernière ligne droite ! » Trois ans plus tard, les frais d'entretien s'élèvent à environ 500 livres par mois.*

À STEPHEN LONG[1]

14 décembre 1999

Cher Steve,

Merci pour ta lettre. Comme toi, je me demande depuis un moment ce que nous pouvons faire de Tinstreamer Johnny. Avant même l'arrivée de ta lettre, nous avions presque décidé, comme nous supposions que tu le pensais aussi de ton côté, qu'il n'était pas fait pour les courses et que le plus important était de lui assurer une belle vie. Tu as évoqué la possibilité d'en faire un bon cheval de concours complet, mais nous savons que, même ça, cela met beaucoup de pression sur les ligaments et les tendons.

Le problème, c'est que nous restons sur cet avis. Nous avons le sentiment désagréable d'avoir forcé TJ à faire des courses (même s'il y allait bien volontiers) quand son physique n'était tout simplement pas à la hauteur. Donc, je suis désolé de te dire que nous en sommes venus à la conclusion que nous ne souhaitons plus financer son entraînement, puisque nous préférons lui trouver une occupation moins dangereuse et moins compétitive.

Nous comprenons bien que cela soulève de sérieuses questions quant à son avenir et à notre accord financier. La meilleure chose à faire serait peut-être que tu y réfléchisses sérieusement après avoir lu cette lettre pour nous suggérer la solution que tu considères comme la plus appropriée. Nous ne trouvons tout simplement pas juste de devoir assumer le coût assez élevé de le préparer pour des courses quand, au fond de nous-mêmes, nous sentons qu'il n'y a pas sa place.

Comme toujours, nous envoyons à ta famille et à toi-même notre meilleur souvenir et nos bons vœux pour la période des fêtes de fin d'année.

Amicalement,
David et Jane

1. Stephen Long, entraîneur de chevaux de course, copropriétaire de Tinstreamer Johnny.

LE TAILLEUR DE PANAMA

Je suis allé au Panama voici sept ou huit ans uniquement pour écrire un passage du *Directeur de nuit*. Il y avait dans ce livre un trafiquant de drogue qui achète des armes… Ce que j'ai vu, c'est un Casablanca sans les héros, et je me suis dit qu'il fallait que je revienne… Et toute cette farce de la dernière colonie américaine se faisant rétrocéder, nous autres les Brits impérialistes, nous savons ce que cela veut dire.

– interviewé par George Plimpton
pour la *Paris Review*, 1996

Alors que le travail sur l'adaptation cinématographique du *Directeur de nuit* « avance péniblement », le Carré commence ses recherches pour *Le Tailleur de Panama*.

Pour le premier voyage de le Carré au Panama, le romancier et journaliste Richard Koster, qui deviendra son fixeur et son ami, lui propose l'aide de son neveu bilingue, Reyin Teijeira, pourvu d'une jeep coréenne climatisée et d'une compagne qui est membre du barreau panaméen. Koster écrit qu'il a mis en place un « plan de mobilisation inexorable », similaire à celui de von Moltke en août 1914, pour assurer à le Carré une réservation à l'hôtel.

À DICK KOSTER

Par fax

3 avril 1995

Cher Dick,

Merci beaucoup pour l'offensive von Moltke ! Ayscough Travel m'a réservé une chambre au El Panama du 8 au 21 mai, une suite « supérieure » à 165 $ la nuit. Je ne sais pas si cela contrarie d'autres projets que vous auriez gentiment pu faire, mais je vais essayer d'obtenir une confirmation écrite, et je confirmerai et reconfirmerai vigoureusement à l'approche de mon arrivée, et je promets de ne plus jamais vous employer comme agent de voyages. Je prends l'avion de Boston à Panama le 8 et je vous indiquerai le numéro de mon vol quand je l'aurai. Si cela peut aider votre neveu, qu'il sache que je m'intéresse à des choses étranges, comme toujours. Un tailleur anglais qui aurait ouvert une boutique de confection de luxe pour l'élite du Panama et des pays environnants, où serait-elle située, comment vivrait-il, quelle serait sa vie sociale (il est marié avec enfants et il aspire autant que sa femme à entrer dans la « haute société » panaméenne), quelles difficultés affronterait-il (racket, problèmes de visa, permis de travail, etc.) ?

Ce n'est que le début, et bien sûr c'est top secret. Je veux lui construire sa vie au Panama. Aussi, il est mi-catholique mi-juif, il a eu des ennuis avec la police avant d'émigrer au Panama (avec la police anglaise, je veux dire) et c'est un pechvogel, un type qui a la poisse et qui se fait toujours maltraiter. Donc, qui le maltraiterait ?

Il y a beaucoup d'autres éléments, mais voilà le genre de choses que nous rechercherions, votre neveu et moi, en traitant l'imaginaire comme du documentaire et en faisant des recherches sur le terrain, si cela peut l'amuser.

Encore merci, je me réjouis de vous revoir.

Amitiés,
David

L'English Book Club de Novossibirsk est dirigé par Helen Goldfield, une Américaine vivant en Sibérie depuis trente ans et qui a survécu au siège de Léningrad. Le club a accueilli Graham Greene et consacré plusieurs séances à son œuvre. En 1995, il organise des événements autour des romans de John le Carré et fait notamment jouer plusieurs scènes de ses livres à la bibliothèque régionale à l'intention des anglophones. Dans une lettre précédente à Helen Goldfield en 1994, le Carré écrivait : « Je suis toujours surpris d'entendre à quel point Graham Greene était partant pour faire des apparitions publiques. »

À HELEN GOLDFIELD

10 avril 1995

Chère Helen Goldfield,

Merci pour votre lettre non datée, dans laquelle vous me présentez toutes les activités prévues autour de mon œuvre. Je suis très flatté ! Vous me demandez une réponse, la voici.

Mon nouveau roman « Notre jeu » a reçu un accueil mitigé en Amérique, mais plutôt favorable, même si certains critiques l'ont trouvé « politiquement incorrect » (ce que je prends comme un compliment), voire antichrétien, alors que je le trouve tout simplement humaniste. Quoi qu'il en soit, il a suscité de nombreux débats auxquels je n'ai pas participé et s'est très bien vendu (grâce à ma participation) ! Il se trouve aussi qu'il était d'une actualité brûlante, puisqu'il se déroulait en partie en Ingouchie au moment d'une attaque de Moscou. Cela m'a valu d'être considéré comme un grand prophète, ce que je ne suis pas – j'ai juste eu le nez creux.

J'ai écrit plusieurs articles critiquant Eltsine pour son invasion de la Tchétchénie et les Occidentaux pour être restés les bras croisés. Et je demandais au nom de quoi nous avions combattu durant la guerre froide, sinon pour la dignité et la protection des minorités et des petites nations face au totalitarisme. Après tout, soulignais-je, même la carte est contestable. Si le communisme avait pris fin du vivant de Staline, ni la Tchétchénie ni l'Ingouchie n'auraient même existé, puisqu'il les avait rayées de la carte. Alors, pourquoi accepter les cartes léguées par les cartographes communistes ? Pourquoi refuser la souveraineté des petites nations simplement parce que les communistes l'ont fait ? Ces idées provocatrices ont été très mal reçues par ceux qu'elles critiquaient indirectement. Lors d'un voyage en Angleterre, M. [Edouard] Chevardnadze[1] a fait allusion aux « opinions erronées » d'un « écrivain de romans policiers anglais » dans son discours à Chatham House. Tout cela me réjouit, car il est parfois agréable de découvrir qu'on a été entendu, finalement ! Je crois aussi que c'est une discussion particulièrement utile. Pourquoi avons-nous si peur de la diversité ? Avons-nous peur du chaos ? Le chaos créé par les grandes puissances me paraît bien plus grand que celui des petites nations. De toute façon, j'ai horreur des gros bras.

1. Homme politique géorgien et dernier ministre des Affaires étrangères de l'Union soviétique sous Mikhaïl Gorbatchev. Il a pris la parole à Chatham House, le Royal Institute of International Affairs, le 16 février 1995.

Mes meilleurs vœux pour Pâques.
Bien à vous,
John le Carré

Au printemps 1995, Stephen Fry écrit de nouveau à le Carré en lui racontant « une longue et triste histoire de fugue » en Allemagne. Il vient de laisser tomber une production théâtrale dans le West End de Cell Mates *pour aller se terrer en Europe.*

À STEPHEN FRY

Tregiffian
St Buryan
Penzance
Cornouailles

4 mai 1995

Cher Stephen,

Je suis rentré des Bahamas hier. Si cette histoire de fugue est sérieuse, voici ce qu'il faut faire : appelez Jim Webster, loueur de bateaux à Fort Lauderdale, affrétez un petit yacht à moteur avec équipage à partir de Nassau, faites une croisière dans les lointaines îles Exumas pendant deux semaines en payant une fortune, et vous aurez fait la fugue de votre vie. Emmenez des amis si besoin, parlez ou ne parlez pas à l'équipage, mouillez dans des baies désertes plutôt que dans des marinas et vous échapperez à l'humanité. (La plupart des îles sont désertes.) Le n° de Webster est [...] et il est muet comme une carpe, surtout quand on le lui demande. Recommandez-vous de moi. Il adore rendre service... Ensuite, les bons fugueurs (et je parle en connaissance de cause, même si je ne suis qu'un petit joueur dans le domaine) savent que, sur le long terme, l'Allemagne n'est pas assez amusante. On peut rire un peu à Osnabrück, mais ça ne m'est jamais arrivé. Husum, pas terrible non plus pour la rigolade. Oldenbourg, zéro. Vous pourriez peut-être vous acclimater à Munich (sauf que vous y seriez trop exposé) ou tenter Wolfenbüttel, où la Herzog Albrecht Bibliothek[1] vous donnerait sûrement une carte de lecteur – cet endroit est un vrai paradis. Les gens, en revanche, j'ai un doute. Mais ils m'ont semblé gentils et foufous. Ou bien il y a Fribourg et ses familles gentilles et fofolles cachées dans les collines.

Stephen, j'ai devant moi toute une pile de lettres ineptes, qui ne sont que du pipi de chat à côté de la vôtre. Pour une fois dans ma vie, j'ai l'impression que je pourrais même me rendre utile. Je sais ce que c'est que de s'attirer un public immense dont on ne veut pas, d'entendre des connards parler en son nom, d'être bon en tout mais jamais assez bon en rien. (Et je déteste les vieux tromblons qui me disent qu'ils ont déjà vécu ça dans le temps.) Je pense que vous êtes un polymathe à la Noël Coward, avec la même austérité et le même schéma découverte / confrontation / fuite (cf. Goethe). Je comprends parfaitement votre disparition, je trouve fascinant que ce soit la muse allemande qui vous ait attiré par son chant à ce moment précis, je déborde d'affection et d'instinct protecteur pour vous et neben mir ist das Grab une pipelette[2], comme disait mon ancien agent juif à Zurich. Je me suis échappé de Sherborne pour me réfugier à Berne (à l'âge de 16 ans), je me suis ensuite cloîtré dans un monastère pour échapper à un mariage, je me suis échappé chez les espions, j'ai échappé aux espions pour me réfugier dans l'écriture, j'ai failli plusieurs fois échapper à l'écriture en envisageant l'ultime échappée, et maintenant j'ai 63 ans et tout le monde s'en fout. Il y a 5 ans, j'ai obtenu un permis de séjour en Suisse parce que je pensais vraiment que je ne supporterais pas un jour de plus d'être britannique ou de vivre en Grande-Bretagne. Mais je n'ai pas pu m'en passer :

1. En fait, la Herzog August Bibliothek. Cette bibliothèque de recherche fondée en 1572 est un joyau du patrimoine culturel européen, dans un bâtiment dont l'architecture s'inspire des *palazzi* italiens.

2. « À côté de moi, la tombe est une pipelette », formule apparemment propre à Rainer Heumann, l'ami et agent de le Carré, qui correspond à « Je suis muet comme une tombe ».

le bel esprit, la langue, l'humour. Un jour, j'ai demandé à [Simon] Wiesenthal pourquoi il vivait dans la ville antisémite de Vienne, et il m'a répondu : « Quand on étudie la maladie, il faut habiter dans le cloaque. » Donc je ne me suis pas fait naturaliser suisse et mes comptables ont dû démêler l'imbroglio. Les Cornouailles sont mon petit exil de substitution. Enfin, j'ai l'avantage de ne pas savoir grand-chose sur vous et, n'ayant plus rien à me prouver à moi-même sinon le soupçon funeste que je n'écrirai jamais mon Ur-buch (même s'il y avait quelques bons passages dans Un pur espion), je serai à Zurich, au Dolder Grand, du 17 au 19 mars environ et je pourrai vous retrouver quelque part en Europe si vous le souhaitez – si vous n'avez jamais déjeuné à la Kronenhalle à Zurich, il en est grand temps. Je vais faire une copie de cette lettre et l'envoyer dans divers points de chute possibles. Ce que je cherche à vous faire comprendre, c'est que, comme dirait Fontane, « alles in allen, es ist nicht viel[1] ». Retrouvons-nous quelque part et partageons des repas, si cela peut vous amuser. Et si ma suggestion tombe mal, alors acceptez cette lettre comme un témoignage de mon inquiétude pour vous, de mon sentiment de fraternité, et bien sûr de ma gratitude pour ce que vous dites sur « Notre jeu ». Mais voyons-nous à votre gré. J'ai une valise, je suis prêt à voyager. Contactez-moi ici ou à Zurich.

Amitiés,
David

P.-S. Mort aux vaches ! D.

« Votre lettre m'a fait rire, sauter en l'air et applaudir », répond Fry. Dans Cell Mates, *Fry interprétait l'espion britannique George Blake, dont la haute trahison avait bouleversé l'entraînement de le Carré au MI6. Fry sera ensuite diagnostiqué comme bipolaire. Pendant sa disparition sensationnelle, le Carré essaie de l'aider à réserver une chambre à l'hôtel Dolder*

1. « Tout compte fait, ce n'était pas grand-chose ». Une légère variation sur la maxime du dernier vers de « Summa Summarum », poème de Theodor Fontane : *Alles in allem – es war nicht viel* (et non *alles in allen*).

sous un nom d'emprunt. Une caricature signée Michael Cummings de Fry dans le rôle de Jeeves était encore accrochée au mur de la bibliothèque de le Carré au moment de sa mort.

À JANE CORNWELL

Par fax

Hotel Panama

10 mai 1995

Ma chère O.,

Ne t'embête pas à m'envoyer ça, je suis débordé. La recherche avance du feu de Dieu, et on voit la forêt malgré l'arbre qui la cache. [Dick] Koster est un prince. J'ai une foison de gens et de lieux cocasses, et une intrigue qui prend forme. C'est sûr, le bébé a été conçu. Je suis très content que le Sunday Times m'ait mis en une. Est-ce que la critique est respectueuse ? Sans doute pas, sinon tu me l'aurais dit. Ainsi va la vie. Je les emmerde. Il pleut, il fait beau, il pleut. Hôtel impec mais zéro fax, sauf quelques phrases courtes. Pas de Siegelfax ni rien, pas de Stevienews[1], où sont-ils tous ? Aujourd'hui, je suis allé visiter une ferme rizicole dans laquelle Pendel a des parts et qui marche mal. Envoie-moi des nouvelles, surtout. Comment va Fox[2] ? Comment vas-tu ? Comment se passe le Grünwegstay[3] ? Je t'aime, ton homme à la une mais sans fax.

Matthew J. Bruccoli, universitaire américain, est surnommé « le pape des études fitzgeraldiennes » aux États-Unis. Sa biographie de 1981, F. Scott Fitzgerald : une certaine grandeur épique, *a fait date,*

1. C'est-à-dire de la part de Michael Siegel, qui représente le Carré à la Creative Artists Agency, et du fils de le Carré, Steven.

2. Le surnom de le Carré pour son fils Nicholas.

3. Le surnom de David Greenway était Grünweg, mais il ne se souvient pas d'avoir été à Londres ce printemps-là.

et il publiera plus de cinquante ouvrages au cours de sa vie[1]. *Il sera l'éditeur de* Conversations with John le Carré, *un recueil d'entretiens, en 2004.*

À MATTHEW BRUCCOLI

Par fax

Cornouailles

19 octobre 1995

Cher monsieur Bruccoli,

Merci pour votre lettre du 9 courant. Fitzgerald est le romancier préféré des romanciers. On connaît le truc, on le regarde le faire, et tout d'un coup on ne comprend pas comment ça marche. Comment est-il passé d'ici à là ? Comment arrive-t-il à éclairer les ténèbres ? Comment je sais telle ou telle chose alors qu'il ne me l'a pas dite ? Comment irise-t-il le noir et le blanc en un arc-en-ciel ? Je me replonge dans son œuvre quand je veux me revitaliser. Ou plutôt quand je veux me rassurer sur l'omnipotence des mots dès qu'ils sont en de bonnes mains.

Bien cordialement,
John le Carré

(par fax, copie par courrier suit)

1. William Grimes, *New York Times*, 6 juin 2008.

À DOUGLAS HAYWARD, TAILLEUR

Tregiffian
St Buryan
Penzance
Cornouailles

2 février 1996

Cher Doug,

Je rentre à l'instant de Californie et je me suis réfugié en Cornouailles. Malheureusement, le pantalon en velours côtelé me pose le même souci que celui en flanelle grise : je ne suis pas à l'aise pour m'asseoir. J'ai dû prendre du poids, parce qu'il est un peu serré à la taille, surtout quand je m'assois. Auriez-vous l'amabilité de relâcher un peu la taille, l'assise et les cuisses sur les deux ? Je vais demander au monsieur qui s'occupe de notre maison à Londres de vous les déposer cet après-midi ou demain.

Mon tailleur s'épanouit à merveille, et je vous lesterai d'un manuscrit complet d'ici quelques mois. Nous espérons rester ici jusqu'à ce que j'aie terminé la première version.

Sincèrement,
David Cornwell

Dans les remerciements du Tailleur de Panama, *le Carré salue « Doug Hayward de Mount Street W, qui m'a fourni ma première ébauche de Pendel le tailleur ». Il remercie aussi « un autre grand tailleur, Dennis Wilkinson de chez L. G. Wilkinson dans St George Street », qui lui confectionne costumes, cardigans, gilets et bretelles, dont l'amour des voitures anciennes et de Mozart se retrouve chez Pendel et qui a travaillé dans le contre-espionnage avec les forces d'occupation alliées en Allemagne. La description par le Carré de Harry Pendel (« curieusement pour un tailleur [...] un physique imposant [...] grand et fort ») a été lue en 2008 aux obsèques de Doug Hayward. Parmi les nombreux clients célèbres de Hayward figuraient l'acteur Roger Moore et l'animateur de télévision Michael Parkinson.*

Au moment de cette lettre de 1996, Sydney Pollack travaille depuis plus de deux ans sur Le Directeur de nuit. *Pour le script, il a d'abord recruté le célèbre scénariste Robert Towne, puis Jay Cantor, romancier et professeur à l'université Tufts. Ce jour-là, il envoie un fax à le Carré pour lui dire qu'il envisage un autre scénariste, mais aussi qu'il veut que ce soit Anthony Minghella qui réalise le film.*

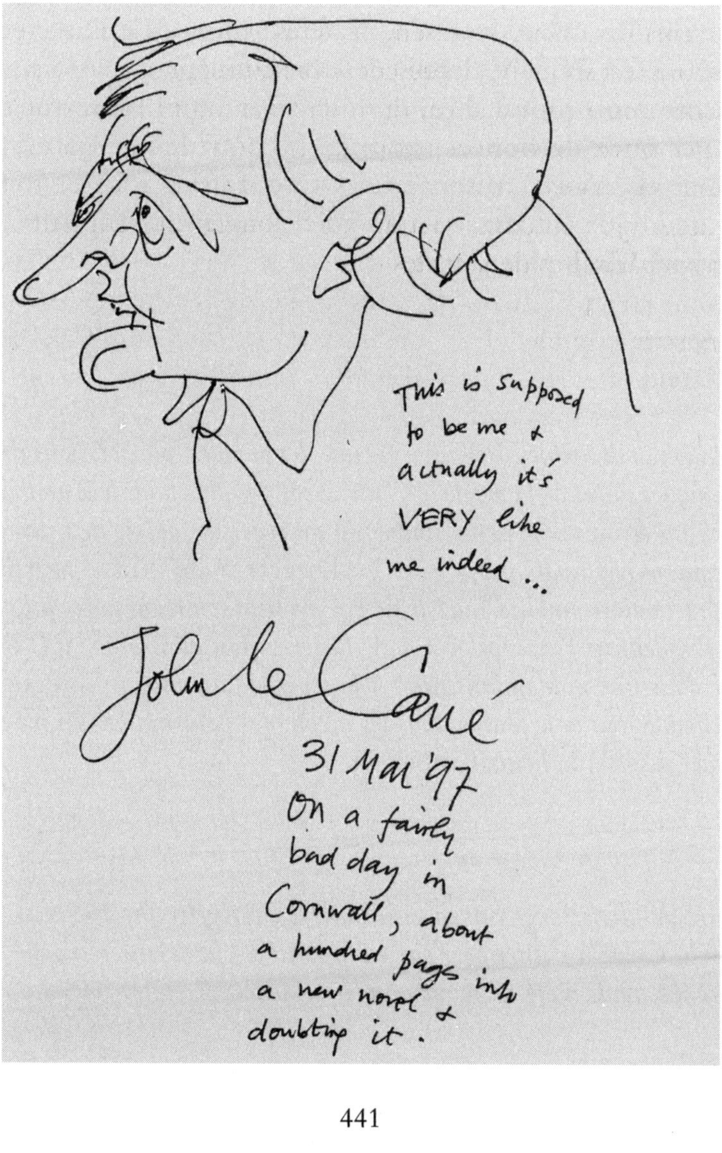

À SYDNEY POLLACK

Par fax

Cornouailles

13 juin 1996

Cher Sydney,

Cela faisait presque deux ans que je m'attendais au fax que tu viens de m'envoyer. Tu ne feras jamais « Le Directeur de nuit », c'est évident depuis déjà bien longtemps. Alors, si j'ai encore mon mot à dire, le voici : par pitié, retire-toi de ce projet pour de bon et annonce-le, pour laisser qqn d'autre tenter sa chance. Autorise-toi à dire stop et à laisser tomber, ce que tu as fait dans ta tête voici longtemps. Et s'il te plaît, n'en reparlons plus jamais.

Amitiés,
David

La relation avec Sydney Pollack a été une des grandes collaborations cinématographiques ratées de la vie de le Carré. Sept ans plus tard, le 2 avril 2003, Pollack lui écrira : « Je pense souvent à toi et je suis désolé de t'avoir déçu parce que je n'arrivais pas à gérer Le Directeur de nuit. *J'ai tellement regretté (et encore aujourd'hui) de ne pas avoir su comment faire. » La lettre porte simplement l'inscription : « À classer. » Un mois plus tard, Pollack ajoute dans une note manuscrite : « Je repense toujours au* Directeur de nuit *chaque jour et je fouille dans les décombres pour trouver un moyen de l'amener jusqu'à la ligne d'arrivée. »*

~

La correspondance avec Susan Anderson a été révélée fin 1996, ce qui a poussé le Carré à s'interroger sur ses priorités. Cette lettre est non datée, non signée, mais a été reçue par Anderson le 20 décembre 1996.

À SUSAN D. ANDERSON

[cachet de la poste] Wengen

[non datée]

On m'a fait suivre ta lettre en Suisse, au prix d'une gêne immense. Je l'ai laissée reposer pendant trois jours avant d'y répondre, tant ses messages contradictoires me perdaient. Aujourd'hui, c'est le quatrième jour et rien n'a changé, sauf que je découvre que ma confusion égale la tienne sur certains points. Tu es fâchée, moi aussi. Tu es courageuse, je suis un couard, mais toi aussi tu vis sans doute une vie de renoncements, puisque tu parles de nos « geôliers ». Il n'en reste pas moins que la force du courage est la tienne ; je suis le faible, toi la martyre, sauf que nous sommes tous les deux des martyrs de la vie : nous devons nous conformer aux règles, accepter les pis-aller, remplir les obligations de la vie même lorsqu'elles nous ennuient. Avant tout, je suis le traître : nous avions quelque chose, et j'y ai tourné le dos. Même si je suis en général capable de reconnaître la validité des arguments avancés contre moi, je trouve ce portrait de notre relation injuste et ce portrait de moi-même sélectif, pour ne pas dire plus. J'ai été sincèrement très troublé par toi et c'est toujours le cas. Nous avions en effet beaucoup de choses à partager, beaucoup de choses en commun qui étaient profondes, fascinantes et excitantes. Notre rencontre m'a laissé (comme toi) fragmenté et subjugué. Notre unique rencontre. Tout cela était nouveau pour moi, affolant. Mais au fil des semaines, j'ai acquis la certitude que cette intensité était impossible à supporter pour moi, et que continuer ainsi, c'était risquer plus que je n'étais prêt à abandonner : la tranquillité nécessaire à mon écriture, l'intimité de ma vie intérieure, l'amour de ceux qui m'entourent. À 65 ans, je me suis dit que les concessions étaient la norme, que tout le monde en faisait. Les structures de survie et les promesses qui vous engagent étaient plus importantes à mes yeux que tout le reste, même si ce tout le reste était unique. Et si je m'étais laissé emporter par des sentiments qui m'étonnaient moi-même, je savais aussi que je ne pouvais les nourrir plus longtemps face au malheur que je risquais de provoquer autour de moi. Si c'est méprisable, c'est aussi le chemin que je crois juste. Il ne fait aucun doute que nous avons effleuré quelque chose de très rare. Mais ce n'est pas une raison pour imposer la misère et la solitude à nos proches. Du moins pour moi.

Je suis désolé d'avoir disparu, mais mes amis à Sancreed ont vendu la maison et quitté cette région, et crois-le ou non je n'ai aucune relation que je connaisse assez bien pour pouvoir lui accorder ma confiance. J'aime beaucoup ce que tu écris et j'avais de grands espoirs pour le roman que tu m'as envoyé. Je pense toujours qu'il devrait être publié et qu'il révèle un vrai talent d'écriture. Je crois en ta bonté et en ton humanité depuis le jour où nous avons commencé à échanger des lettres. J'ai des souvenirs inoubliables de notre rencontre, qui resteront gravés en moi pour toujours. J'aime toutes les choses incroyables et amusantes qui t'arrivent, et ton courage et ta bonté, je le répète, et ton humour. Mais je me suis promis certaines choses à moi aussi : quelques romans de plus avant de raccrocher les gants, la poursuite de la vie que j'ai construite à grand-peine et la résolution éventuelle de tous les mauvais choix que j'ai faits. Voici une adresse à Londres qui fonctionne, qui pourrait fonctionner, même si mes visites à la capitale sont irrégulières. Merci d'envoyer une enveloppe adressée à mon nom, avec inscrit « personnel », dans une autre enveloppe à l'adresse suivante : [...]

~

À JANE CORNWELL

27 avril 1998
pour le 28 avril 1998

Ma très chère,

Ces cartes absurdes et ces cadeaux indignes ne peuvent exprimer qu'une infime partie de ma reconnaissance envers toi qui m'as offert le meilleur de ta vie. Nous serons très heureux pour le restant de cette vie et nous avons fait de merveilleuses choses ensemble. Personne ne saura jamais à quel point ma gratitude est profonde ni à quel point est constant, même dans les pires moments, mon amour pour toi.

Ce n'est pas ma prose la plus élégante, mais c'est écrit avec tout mon cœur.

David

Jane venait d'avoir soixante ans.

Dans Single & Single, *le personnage Oliver Single devient informateur et trahit son père, Tiger Single, un personnage à la Ronnie.*

À JOHN MARGETSON

Tregiffian
St Buryan
Penzance
Cornouailles

19 août 1998

Cher John,

Un grand merci pour ta lettre. Oui, pour moi aussi c'est un ouvrage qui fait pendant à « Un pur espion », mais, comme tu le dis toi-même, cet aspect n'intéressera personne d'autre que le lecteur de base. Le Times le refilera à son chroniqueur de thrillers, l'Observer le démolira parce que je suis le Carré depuis trop longtemps et le Guardian, comme d'habitude, refusera de le traiter comme un roman et (cf. le précédent) le confiera à l'un de ses reporters politico-investigation qui ne sait pas lire sans bouger les lèvres hormis quand il s'agit de sa propre prose. D'un autre côté, moi j'aurai mon livre, et eux ils auront leurs opinions décaties !

Et je me suis tellement amusé à l'écrire ! Je suis retourné en Géorgie il y a un mois pour vérifier certains lieux, pareil en Turquie et à Zurich. Et j'ai vraiment aimé faire ma relecture. Je suis heureux que tu l'aies apprécié aussi. J'ai retiré environ 15 pages, des petites coupes utiles par-ci par-là, et inséré de nouvelles scènes courtes. Je t'enverrai la version finale.

Merci pour ton invitation. Nous sommes un peu sous l'eau pour quelques mois, parce que nous réaménageons une partie de la maison pour ajouter une bibliothèque, et je dois aller à Hollywood le 28 sept., après avoir reçu ici mon nouvel éditeur américain les 26-27. Le voyage à Hollywood reste suspendu aux caprices des imbéciles qui font les films, mais bref, je te tiendrai au courant. [...]

Je me régale du scandale Clinton[1], pas toi ? Si jamais on en avait besoin, cela nous rappelle que le monde est gouverné d'en bas : la jeune fille au pair va-t-elle tout révéler ? Et quand elle finit par tout révéler, que découvrons-nous ? Il Presidente ne tire même pas son coup.

Enfin bref. Amitiés à vous deux et à toute la famille, comme toujours. Essayons de nous voir bientôt, et encore merci pour l'adorable lettre.

Amitiés,
David

1. Après sept mois de dénégations, Bill Clinton a reconnu lors d'une allocution télévisée le 17 août 1998 que la relation qu'il avait eue avec sa stagiaire Monica Lewinsky n'était « pas appropriée ».

À JOHN CALLEY

Par fax

Cornouailles

7 septembre 1998

Cher John,

Juste pour te dire que nous allons à Londres pour échapper aux ouvriers, et que nous y serons à partir de mercredi soir.

Si jamais il se passe quelque chose pour « Le Tailleur », tiens-moi au courant quand tu auras un moment. De mon côté, j'ai acheté une Mercedes SL que j'ai gardée dix semaines avant de la rendre au concessionnaire. L'un de nous deux n'avait pas le bon âge…

Amitiés à vous deux,
David

À TONY CORNWELL

9 Gainsborough Gardens
Londres, NW3 1BJ

13 décembre 1998

Mon très cher To,

Merci beaucoup pour ta lettre et pour l'incroyable en-tête fait maison : demain, le monde entier ! Merci aussi pour ta gentille réaction à Single & S. Je me suis surpris à me demander ce qui aurait pu nous arriver, à toi et à moi, si Ronnie avait été plus subtil, plus malin, encore plus petit qu'il ne l'était et assez honnête pour avoir du succès, ce qui ne lui est jamais arrivé. Et tout est parti de là… […]

J'ai la publication à assurer ici en fév. et aux US dans la foulée, donc beaucoup à faire. Sans compter que, le film du « Tailleur » étant en préproduction, je pars au Panama mi-janvier avec le réalisateur Tony Scott. Et « Le Directeur de nuit » doit se tourner en 1999 et ils veulent mes retours le plus tôt possible. Bref, je ne pourrai pas passer beaucoup de temps en Cornouailles de toute façon. Malgré tout, ça me gonfle. Je n'ai jamais été un enfant des villes, et maintenant, je suis un vrai rat des champs. Et surtout, je veux m'attaquer à un nouveau livre, mais toute la machine de l'édition moderne fait que c'est non. Un roman (ou un essai, d'ailleurs) a une durée de vie si courte que la seule manière de le faire connaître suffisamment vite est d'envoyer ce pauvre bougre d'auteur dans l'arène en le faisant passer dans les émissions les plus humiliantes possible – enfin, c'est ce qu'on dit. Puisque je m'y refuse presque systématiquement (je n'ai pas accordé d'interview en Grande-Bretagne depuis près de dix ans), on me programme maintenant dans des lectures publiques, ce qui me dérange moins, vu que mon pire cauchemar, ce sont les questions personnelles posées par des journalistes à l'électroencéphalogramme plat. Bref, il se pourrait que j'aille à Seattle en mars, car, apparemment, il y a là-bas un public érudit que je pourrais convaincre d'acheter quelques exemplaires. Et j'ai accepté. Pourquoi ? Est-ce que j'ai besoin de ce fric ? Non. Est-ce que je pense que ça va avoir le moindre impact sur l'avenir de mon livre ? Du tout. Est-ce que je prends mon pied à imiter Dickens et ses lectures publiques ? Un petit pied, au mieux, à cause du stress. La raison principale qui m'a fait accepter, c'est ma faiblesse, suivie de près par l'ennui absolu de cette période où je suis en suspens en attendant de pouvoir me remettre à écrire. C'est comme si je devais me jeter dans la fosse aux lions de la machine promotionnelle. Ici, je crois qu'on commence au Festival Hall, ensuite direction le Theater Royal à Bath et ainsi de suite dans une grande tournée chez les bobos anglais, sans oublier nos cousins irlandais et écossais en chemin… En avril, tout sera terminé, la maison sera finie et je m'achèterai un chien que j'appellerai Poppy. Je veux un chien, Jane veut une chienne, donc Poppy pourra être un travelo et on sera tous contents.

Le commentaire le plus pertinent sur l'affaire Clinton est la boutade qu'avait faite l'équipe de campagne de Warren

Harding[1] pour évacuer le sujet de sa libido : « C'est un étalon que nous faisons concourir, pas un hongre. » Si McCurry avait eu les couilles (pardon) de dire ça il y a 10 ans, s'il était déjà là, ça nous aurait tous cloué le bec ou fait éclater de rire[2].

Un très joyeux Noël à vous deux et à vous tous, et des baisers de nous deux, en espérant qu'on pourra se boire un verre en mars.

Bises,
D

Le Carré a rencontré Tom Stoppard en 1989, quand ce dernier a été engagé comme scénariste pour l'adaptation cinéma de La Maison Russie. *« J'ai trouvé Stoppard charmant et extrêmement intelligent », écrit-il à Alec Guinness. Une amitié était née.*

1. Warren Harding (1865-1923), vingt-neuvième président des États-Unis d'Amérique, objet de nombreuses rumeurs sur ses liaisons extraconjugales. (*N.d.T.*)

2. Le porte-parole du président Bill Clinton, Mike McCurry, a démissionné en octobre 1998 après des mois passés à répondre à d'innombrables questions souvent très crues sur l'affaire Lewinsky.

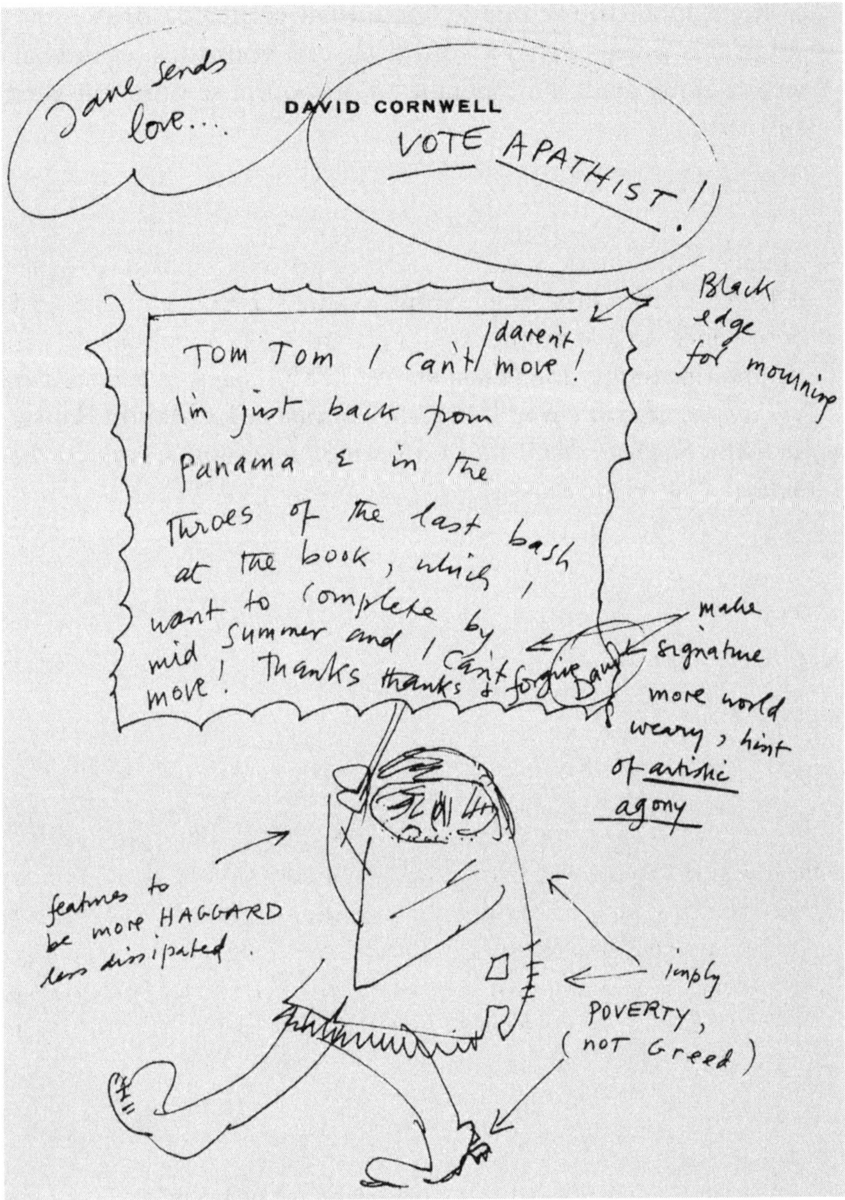
Jane sends love...

DAVID CORNWELL

VOTE APATHIST!

Black edge for mourning

TOM TOM I can't / daren't move!
I'm just back from
Panama & in the
throes of the last bash
at the book, which I
want to complete by
mid Summer and I can't
move! Thanks thanks & forgive David

make signature more world weary, hint of artistic agony

features to be more HAGGARD less dissipated.

imply POVERTY, (not Greed)

À TOM STOPPARD

9 Gainsborough Gardens
Londres, NW3 1BJ

4 février 1999

Cher Tom,

J'ai adoré « Shakespeare in Love » et je t'adore, toi, de l'avoir écrit. Ce film vivra éternellement, et mes enfants et petits-enfants l'aiment déjà. C'est une de ces œuvres d'art parfaites, à la fois pétillantes et profondes, qui servent à renforcer la conscience qu'a le public de son propre héritage culturel. Ça fait très pompeux, ce que je dis, mais c'est vrai. Et personnellement, je l'ai pris comme un de ces monologues décousus de Stoppard par un bel après-midi d'été, bourré d'esprit, de tendresse et de philosophie. Bien sûr, c'est au personnage de Webster que je me suis le plus identifié. Quel clin d'œil délicieux[1] ! Magnifique. Vraiment, tout, magnifique.

Amitiés,
David

La folle épopée du tournage du Tailleur de Panama *se poursuit. À la parution du roman, tout le monde s'est dit intéressé, des frères Coen à Ian McKellen. En 1998, le Carré raconte à Alec Guinness qu'Anthony Hopkins a refusé par deux fois d'incarner Pendel le tailleur. Dustin Hoffman et Robin Williams se mettent sur les rangs, puis Kevin Kline est pressenti face à Jamie Lee Curtis, et le rôle principal est finalement décroché par Geoffrey Rush. Alors au Kenya, le Carré commence ses recherches pour* La Constance du jardinier.

1. Dans une scène de *Shakespeare in Love*, un John Webster encore enfant, futur auteur de *La Duchesse de Malfi*, dit que ce qu'il préfère au théâtre, ce sont les scènes sanglantes, puis donne une souris vivante à manger à un chat.

À TONY CORNWELL

30 mai 1999

Mon très cher To,

Aujourd'hui en rentrant d'Afrique du Nord, j'ai été horrifié de trouver une deuxième lettre magnifique de ta part arrivée juste après la première, à laquelle je n'avais pas répondu à cause de la frénésie du moment. Encore maintenant, je ne sais pas trop tout ce qui s'est passé ni dans quel ordre : Tony Scott a été viré comme réalisateur du « Tailleur de Panama » et John Boorman engagé (« Délivrance », « Le Point de non-retour », etc.), alors j'ai dû me lier avec lui. J'ai fait quelques autres lectures publiques et j'ai dit OK terminé avec une certaine superbe, puis je suis parti en Afrique (au Kenya) faire des recherches pour mon nouveau roman qui enfin (Dieu merci !) a commencé à me parler, si bien que j'ai eu la force de mettre de côté cette autobiographie si peu attendue et dont je redoute tant qu'elle fracture ma vie d'écrivain (« Eh oui, il y a eu un avant, mais ce qui reste après, aïe, aïe, aïe… »). Enfin, il faudra bien que j'y passe un jour, et ce jour-là, j'accepterai ta proposition très généreuse de comparer nos souvenirs.

L'anglicité et les cases ? Eh bien, nous sommes tous mis dans une case à la naissance, mais les Brits peut-être plus que les autres, ce qui les rend si intéressants à mes yeux et étonnamment universels comme sujets d'écriture. Quand on a demandé à Wiesenthal pourquoi il habitait à Vienne, la plus antisémite des villes d'Europe, il a répondu que « si on étudie la maladie, il faut vivre dans le cloaque », ce qui résume assez bien ma dépendance vis-à-vis de la bêtise ambiante d'une bonne partie de l'Angleterre, avec toutes ses cases trop cloisonnées, mais quand même avec une humanité fondamentale – du moins, c'est ce que j'ai fait croire à mon moi écrivain. Chaque fois que je vais à l'étranger (sauf dans nos anciennes colonies, en général), je me sens plus léger, sans ces fardeaux sur mes épaules ; chaque fois que je rentre, je réendosse le harnais. Mais à ce stade, je me connais tellement bien que je peux utiliser ce poids comme force créatrice, dans mon écriture du moins.

Jane et moi avons passé 10 jours merveilleux dans une oasis au Maroc, dans un hôtel géré par un psychopathe qui prétend avoir été un genre de tueur à gages ou d'agent top niveau pour l'Angleterre secrète. Un fou furieux, ce type, d'où les grandes qualités de dépaysement de son hôtel. Jane et moi avons été plus heureux que jamais, peut-être, un état qui va perdurer, je l'espère, malgré mes petites habitudes !

C'est gentil à toi d'avoir lu « Notre jeu », qui était un livre bizarre. Pas mauvais, mais trop influencé par ses modèles allemands secrets sur l'éducation aux sens. Cela dit, on lui attribue au moins le mérite d'avoir prévu l'éclatement des hostilités en Ingouchie et en Tchétchénie, puisqu'il est paru presque le jour où la guerre a éclaté.

Je retourne au Kenya le 14 juin et j'espère que vers mi-juillet j'aurai pu commencer un gros roman ambitieux qui finira sûrement en eau de boudin. Nous pensons souvent à vous deux et nous parlons de vous. Dis merci à Nettie pour la cassette, et à nouveau toutes mes excuses pour mon grossier silence, qui était impardonnable quoique compréhensible. Et encore merci pour toutes tes remarques bienveillantes sur mon texte. Les Frenchies tournent un documentaire sur moi pour le nouveau millénaire (à croire que j'ai 1 000 ans...), mais au moins je n'ai pas à intervenir dedans.

J'ai lu « Un homme, un vrai », de Tom Wolfe, que j'ai trouvé ampoulé et sans intérêt. Quelle tristesse ! J'ai aussi lu « Amsterdam » de McEwan, nul à pleurer, et « Un long dimanche de fiançailles » de Japrisot, que je te recommande vivement. C'est magnifique.

Jane se joint à moi pour t'embrasser,

David

*Paradoxalement, le 27 octobre 1998, le Carré avait écrit une lettre furieuse à l'*Observer *pour dénoncer l'avant-critique par Peter Conrad du roman de Tom Wolfe comme étant « teigneuse, ignorante et honteuse. Teigneuse parce qu'elle est si ouvertement de parti pris contre le seul grand journaliste et romancier de notre époque qui peut sans honte se considérer comme l'héritier de Balzac ». Il ajoutait : « Le roman de Wolfe, à en croire de* *nombreuses personnes que je respecte, est encore meilleur que son précédent. »* Un homme, un vrai *était le premier grand roman de Wolfe depuis* Le Bûcher des vanités.

~

À JOHN CALLEY

Par fax

Londres

27 septembre 1999

Cher John,

Juste pour te dire qu'on a vu « Eyes Wide Shut » hier soir et qu'on l'a trouvé atroce[1]. Mauvais non pas parce que c'est de mauvais goût ou que les acteurs ou le scénario sont mauvais, juste mauvais comme ennuyeux à mourir, et affligeant pour qui aime ce réalisateur et son œuvre. Donc, ne serait-ce que pour ça, je suis content qu'il n'y ait pas survécu. Ce film n'est rien d'autre que l'œuvre ratée d'un grand réalisateur à la fin de sa vie. N'en parlons même plus.

Amitiés de nous deux à vous deux.
D

~

Les lettres de le Carré à John Calley concernant Le Tailleur de Panama *reflètent les tensions dues aux idées de Sony-Columbia pour la promotion du film.*

1. Le film sulfureux de Stanley Kubrick avec Tom Cruise et Nicole Kidman dans les rôles principaux et Sydney Pollack dans un rôle secondaire était adapté de *Traumnovelle* (*La Nouvelle rêvée*) d'Arthur Schnitzler. Au début du projet, Kubrick avait demandé à le Carré d'en écrire le scénario. Kubrick avait aussi une priorité sur les droits du *Directeur de nuit*. Quand l'accord est tombé à l'eau, le Carré lui a écrit : « Il y avait Kubrick, et seulement après il y avait les autres. »

À JOHN CALLEY

Par fax

17 février 2000

Cher John,

Merci beaucoup de m'avoir envoyé les projets de communiqués de presse. Première chose, s'il te plaît, mon pseudonyme s'écrit avec un « l » minuscule.

Le qualificatif récurrent de « thriller d'espionnage contemporain » est trompeur puisque, dans la version finale du film, l'action se situe dans un avenir proche.

Mon ego, quant à lui, se désole de me voir décrit comme « le plus grand auteur de romans d'espionnage de la guerre froide ». Cela n'aide pas le film, qui n'a rien à voir avec la guerre froide, et cela me relègue, moi, dans le passé. Très immodestement, je proposerais plutôt une formule comme « le maître reconnu du roman d'espionnage » ou une connerie du genre. Ou on pourrait utiliser une citation, par exemple celle du magazine Time, qui, dans son style flagorneur inimitable, m'a qualifié de « plus grand auteur d'espionnage de son temps – sinon de tous les temps ».

J'imagine que la classification du film a relevé d'un choix politique de la maison. J'aurais trouvé « comédie d'action » plus juste que « film d'action ». « Comédie d'action et d'espionnage », ça marche aussi.

Je suppose que vous ne souhaitez pas de petits mots doux pour ces communiqués, mais si besoin, fais-le-moi savoir !

Amitiés,
David

Dans Single & Single, *Oliver et Tiger dînent lors d'un tête à tête père-fils, à la Kronenhalle de Zurich, « émincé de veau, rösti et rouge maison », formule qui incite Stephen James Joyce, petit-fils de James Joyce, à écrire à le Carré depuis la France pour protester. « Votre prose se caractérise en général par son exactitude factuelle, pour autant que cela soit possible. J'ai donc été très déçu,*

voire irrité, à la lecture du premier paragraphe du chapitre 14... Même si je reconnais volontiers que parler de gastronomie suisse, à de rares exceptions près, est très risqué, votre "émincé de veau" m'est vraiment resté en travers du gosier. » Le plat en question, Geschnetzeltes Kalbfleisch Zürcher Art *(c'est-à-dire « émincé de veau à la zurichoise ») n'est pas un « banal hamburger de chez McDo », argue-t-il, mais un véritable délice. « Appelleriez-vous un "bœuf Stroganoff" simplement un "émincé de bœuf" ? »*
Joyce était client de la Kronenhalle, restaurant célèbre depuis près de soixante ans pour sa collection de tableaux du XXe siècle, son Zaaff Wappen *(blason) et ses lambris sombres. Son grand-père comptait parmi les artistes et écrivains qui s'y étaient rendus.*

À STEPHEN JAMES JOYCE

Tregiffian
St Buryan
Penzance
Cornouailles

3 mars 2000

Cher Stephen James Joyce,

Merci pour votre magnifique lettre du 17 février. Je suis heureux de vous compter parmi mes lecteurs. Permettez-moi de vous informer de mes qualifications concernant le G'schnetzeltes. Ayant fait une partie de mes études en Suisse, à l'université de Berne, je considère qu'une partie de mon âme est suisse. Je suis en tout cas le plus grand amateur au monde du G'schnetzeltes mit Rösti, que j'ai dégusté plus souvent que je n'ai fêté d'anniversaires, et notamment à la Kronenhalle, où je goûte le plaisir de me voir attribuer une table en coin par le grand Santo et d'admirer à la fois le Wappen et les tableaux, dont l'imposant portrait de Frau Zumsteg[1].

Je ne peux donc pas arguer de mon ignorance en la matière, bien au contraire. Le problème, en l'occurrence, vient de la

1. Hulda Zumsteg a marqué l'histoire de la Kronenhalle pendant soixante ans à partir de 1921. Engagé comme jeune serveur en 1974, Santo Maraia prendra sa retraite en 2015.

traduction et du style. Je n'aime pas imposer à mon lecteur lambda un galimatias suisse incompréhensible. Quand on me le fait à moi dans des livres, je suis furieux. J'ai récemment lu un roman qui contenait de longs passages en grec moderne et en espagnol, et cela m'a fait enrager. Je refuse donc d'infliger à mon lecteur des mots qu'il ne peut même pas trouver dans un dictionnaire. Alors j'ai opté pour une traduction. Mon épouse me dit maintenant (trop tard, mais ainsi sont les épouses) que j'aurais dû dire « aiguillettes » au lieu d'« émincé ». Je présente donc mes plus plates excuses à vous, à la Kronenhalle et à la population suisse.

Mais je suis ravi que vous soyez si attentif à des sujets si importants, que nous partagions le goût de l'un des plats les plus aboutis de l'art culinaire et que je puisse compter votre illustre nom parmi mes lecteurs. Encore merci d'avoir écrit, et soyez gentil de ne plus vous emporter contre moi à l'avenir. Qui sait ? Peut-être nous croiserons-nous un jour à la Kronenhalle. Vous me trouverez dans le coin de Santo, en train de savourer un G'schnetzeltes.

Bien cordialement,
David

Pierce Brosnan, qui a incarné James Bond dans quatre films, accepte d'interpréter un anti-héros dans Le Tailleur de Panama, *l'agent du MI6 et magouilleur Andy Osnard, entre* Le monde ne suffit pas *et* Meurs un autre jour.

À PIERCE BROSNAN

Par fax

Cornouailles

5 mars 2000

Cher Pierce,

Juste un mot pour vous souhaiter tout le meilleur dans votre odysee◊ Osnard et vous remercier sincèrement d'avoir accepté le rôle. La journée que nous avons passée à Ojai m'a convaincu que ce choix de casting était brillant et je suis certain que le monde va découvrir un PB qu'il n'imaginait même pas en rêve !

Mes vœux vous accompagnent, alors amusez-vous, et mes amitiés à vous et aux vôtres,
David

[*dans la marge de gauche*] ◊Mes racines allemandes ont influencé mon orthographe

En septembre, après avoir visionné un premier montage du film, le Carré dira au réalisateur John Boorman que « l'excellent jeu d'acteur et la riche palette de Pierce font qu'il domine ce film. C'est le lièvre Pierce contre la tortue Geoffrey, et ils sont tous les deux formidables », mais il se retrouve plus en Osnard.

~

Sue Lawley contacte le Carré pour faire l'émission musicale Desert Island Discs *en 1997. Trois ans plus tard, il finit par accepter avant de se décommander. « Même si cela me dérange de l'admettre et si cela me déçoit de m'y résoudre, je pense que vous avez raison, lui répondra-t-elle. Non, je* <u>*sais*</u> *que vous avez raison. »*

À SUE LAWLEY

Répondre à :
Tregiffian
St Buryan
Penzance
Cornouailles

9 juillet 2000

Chère Sue Lawley,
Je suis très embarrassé d'avoir accepté l'interview pour « Desert Island Discs » et je me demande s'il ne vaudrait pas mieux que j'annule dès maintenant, quand vous avez encore du temps devant vous pour me remplacer. La raison en est très

simple. En tant qu'intervieweuse, vous allez forcément m'interroger sur un certain nombre de sujets que je refuse d'évoquer, à savoir mon enfance, mon père, moi comme père, l'espionnage, Salman Rushdie, le livre de Stella Rimington[1] et (sans doute) chercher à savoir pourquoi je n'accorde jamais d'interviews. La réponse est précisément l'objet de cette lettre : j'en ai assez de toutes les questions classiques. Ah oui, j'oubliais « Sur quoi pouvez-vous écrire maintenant que la guerre froide est finie ? », qui m'exaspère. Il me semble donc ne pas être le candidat idéal. Qu'en pensez-vous ? J'admire beaucoup votre émission, qui se porte très bien sans moi. Ayant atteint un âge où je paierais cher pour qu'on ne me fasse plus jamais raconter une version ripolinée de ma vie, je pense que ni vous ni moi ne passerions un bon moment, et donc vos auditeurs non plus.

Bien cordialement,
David Cornwell

[une note dactylographiée archivée avec la lettre porte des ajouts de la main de Jane]

Les choix provisoires de David sont :
Crazy Gang – « Underneath the Arches » (Ronnie, etc.)
Noël Coward – Mrs Wentworth-Brewster (« A Bar on the Piccola Marina »)
Alec Guinness lisant « Quatre Quatuors » (période d'études)
Fischer-Dieskau – les Lieder de Schubert ? La Truite ? (Alfred Deller – chants folkloriques) [*mis entre parenthèses et remplacé de la main de Jane par*] Purcell – Sonnez la trompette
Sibelius – FORÊT DE PINS
Alfred Brendel à propos du piano – je l'entends comme un dialogue… une conversation… Beethoven
Geoffrey Burgon – Nunc Dimittis, dans La Taupe
Aussi : un passage du thème à la cithare du *Troisième Homme*, au risque de faire cliché
Über allen Gipfeln ist Ruh, etc. – Goethe

1. Stella Rimington, ancienne directrice générale du MI5.

*« Underneath the Arches », chanté par Bud Flanagan et Chesney Allen, membres du Crazy Gang, a été utilisé dans l'adaptation télévisée d'*Un pur espion *pour la scène dans laquelle Magnus Pym et son père Rick courent sous des arcades. Alec Guinness a enregistré les* Quatre Quatuors *de T. S. Eliot en 1971. Dietrich Fischer-Dieskau, le baryton allemand, a chanté le* Quintette en la majeur *(*Forellenquintett*) de Franz Schubert. La « forêt de pins » peut faire référence au cycle populaire* Les Arbres *de Sibelius, qui comprend « Le pin solitaire ». Le pianiste Alfred Brendel était un ami de le Carré et Jane, leur voisin à Hampstead. « Über allen Gipfeln ist Ruh » est l'un des deux poèmes du* Chant nocturne du voyageur *(*Wandrers Nachtlied*) de Goethe, également interprétés par Fischer-Dieskau dans des mises en musique de Schubert et de Liszt.*

LA CONSTANCE DU JARDINIER

J'ai apparemment écrit ce que les Allemands appelleraient un *Bildungsroman*, un roman d'éducation. Et celui qui reçoit cette éducation et en sera finalement la victime, c'est Justin Quayle, alors que dans des romans plus anciens cela aurait pu être George Smiley.

– à propos de *La Constance du jardinier*
en novembre 2000

Le Carré se trouve un nouvel ennemi en l'industrie pharmaceutique, ainsi qu'un nouveau public avec la parution de *La Constance du jardinier*, puis la sortie du film réalisé par Fernando Meirelles. « Dès l'instant où j'ai entrouvert la porte de l'industrie pharmaceutique, le sujet m'a pris à la gorge et ne m'a plus lâché », écrira-t-il.

Il dédie le livre à l'humanitaire Yvette Pierpaoli, « qui vécut et mourut sans jamais renoncer ». Pierpaoli trouve la mort le 18 avril 1999, lorsque sa voiture quitte une route de montagne en Albanie, où elle devait rendre visite à des réfugiés récemment arrivés du Kosovo, alors que le Carré séjourne au Kenya afin de faire des recherches pour son roman. Quatre jours avant sa mort, Yvette lui a envoyé un fax pour annuler une rencontre prévue début mai : « La raison en est le Kosovo », expliquait-elle.

Dans un article publié par le *Guardian* en février 2001, le Carré se rappelle sa rencontre avec Yvette Pierpaoli dans la ville assiégée de Phnom Penh vers 1974. Elle « avait plus d'un tour dans son sac. Elle savait aussi bien passer un bon savon que décocher un sourire enjôleur, embobiner, flagorner et conquérir à tout prix ». Avant même qu'elle trouve la mort, sa personnalité donnait forme au personnage de Tessa, l'épouse assassinée de Justin.

« Même si par l'âge, le métier, la nationalité et le milieu, ma Tessa est très éloignée d'Yvette, son engagement envers les pauvres d'Afrique, notamment les femmes, son mépris du protocole, son acharnement souvent irritant à n'en faire qu'à sa tête m'ont été inspirés, de façon assez consciente, par Yvette. »

Pour le personnage de Lara Emrich, il s'inspire en partie du Dr Nancy Olivieri, scientifique et militante canadienne qu'il a sollicitée pour ses recherches sur les questions médicales. Une expression utilisée par Gloria, l'épouse de diplomate, dans le roman : « Eh bien, nous voilà tous dans le même bain ! » a été empruntée à la femme de Dick Franks, Rachel.

Au mitan des années 1990, Nancy Olivieri a exprimé son inquiétude quant à des essais cliniques de la molécule défériprone financés par le géant pharmaceutique canadien Apotex, qui en retour l'a menacée de poursuites pour violation des accords de confidentialité. La controverse a fait rage pendant des années dans ce que l'on a appelé « l'affaire Olivieri », terreau fertile pour la fiction, avec même un scientifique identifié comme étant le « corbeau » grâce à la salive retrouvée sur les timbres. Le défériprone a reçu une autorisation de mise sur le marché en Grande-Bretagne et dans une cinquantaine de pays, mais pas au Canada. « Il a inventé une excellente histoire qui a permis au grand public de comprendre le sale business de la recherche sur les médicaments », écrira Olivieri à propos de le Carré[1].

AU DR NANCY OLIVIERI

Par mail

22 mai 2000

Chère Nancy,

Je ne vais pas sortir les violons, mais nos conversations ont été extrêmement fructueuses et instructives pour moi, et j'espère que, au bout du compte, vous trouverez que je n'ai pas gâché votre temps ni trop trahi votre histoire.

On a récemment attiré mon attention sur un article du London Sunday Times en date du 14 mai qui révèle que la firme

1. Nancy Olivieri à Tim Cornwell, 29 janvier 2022.

allemande Bayer a passé sous silence des données négatives révélées par des essais cliniques et, de ce fait, causé la mort d'au moins un patient. J'ai demandé à Julia de vous envoyer un lien vers l'article. Si vous avez du mal à le trouver, dites-le-nous et nous vous le faxerons.

Dites-moi aussi si je peux vous aider d'une manière quelconque. Je ne veux pas me mêler de journalisme en ce moment – je ne veux vraiment rien faire qui me détourne du roman, dont j'espère avoir terminé le premier jet à la fin de l'été. Il faudrait que certaines institutions vous fournissent un soutien moral et financier, et j'aimerais bien en identifier quelques-unes. À cet égard, peut-être que BUKO[1] aurait une idée, vous devriez les contacter. Et si vous mettez en place un fonds pour pouvoir mener vos actions en justice, j'espère que vous m'enverrez la documentation pour me permettre d'y contribuer.

Ce qui m'a le plus marqué, ce que je trouve honteux et totalement impardonnable, c'est que vos propres collègues universitaires et médecins aient aidé à étouffer tout débat. Je ne peux pas croire que les choses puissent en rester là. J'espère que je pourrai rendre justice à cet aspect de votre histoire quand j'en viendrai à l'écrire.

Encore merci d'avoir accepté de me rencontrer et d'avoir été si franche et si patiente avec moi. Nous serions ravis de vous voir à Londres ou en Cornouailles lors de vos prochains séjours (après septembre, car d'ici là je suis à l'isolement).

Très cordialement,
David Cornwell

1. L'organisation non gouvernementale (ONG) allemande BUKO dénonce les agissements de « Big Pharma ».

AU DR NANCY OLIVIERI

Tregiffian
St Buryan
Penzance
Cornouailles

18 juillet 2000

Personnel et confidentiel

Chère Nancy,

Voici mon tout premier jet. Je ne l'ai pas encore soumis à mes éditeurs, car il me reste beaucoup d'éléments factuels à vérifier, mais je me suis dit que cela vous amuserait de voir le texte à ce stade, notamment les chapitres 18 et 19, qui s'efforcent de rendre l'ironie de votre dilemme tel que vous me l'avez raconté, même si je l'ai incarné dans un personnage totalement différent que j'ai appelé Lara[1]. Le texte est modifiable en tout point, je peux ajouter des choses ou en retirer. Ai-je bien cerné le problème ? Quel est votre avis ? Si vous n'avez pas le temps de tout lire, peut-être pourriez-vous au moins jeter un coup d'œil à ces deux chapitres (18 et 19) ?

Il n'y a pas de grosse urgence. J'espère avoir de vos nouvelles et je vous souhaite le meilleur.

Bien à vous,
David

P.-S. Ceci est un document très confidentiel. Penguin Canada, par exemple, ne le lira pas avant des semaines, et certainement pas dans la forme actuelle, donc merci de le garder sous votre manteau…

David

1. Le personnage de Lara figurera bien dans le script du film tiré de *La Constance du jardinier* en 2005, mais finira coupé au montage.

À JANET BERGER

Par fax

8 août 2000

Très chère Janet,

Malgré ma parfaite maîtrise des ordinateurs, clairement visible dans le livre, j'ai décidé d'accorder une pause aux machines et d'utiliser mon vieux stylo un peu délaissé. Merci beaucoup pour tes généreux compliments sur ce pauvre Justin. Je suis si heureux que vous ayez aimé le livre tous les deux, sa faune, sa thématique. J'ai adoré l'écrire, et tout ce que je peux faire maintenant, c'est le récrire, ce qui rend mes éditeurs complètement fous, c'est toujours ça.

Je veux récrire Lorbeer[1] en ayant moins recours au jargon, parce que son revirement fonctionnera mieux *au clair** et que je peux rendre ces scènes plus prenantes.

Alec[2] est mort dans un hôpital alors que sa femme Merula était dans un autre. Quelle tristesse !

Amitiés à tous les deux, et encore merci !
David

1. Markus Lorbeer, personnage au cœur du marketing du Dypraxa dans *La Constance du jardinier.*

2. Alec Guinness est décédé le 5 août 2000. En 1994, le Carré avait participé à un livre-surprise pour le quatre-vingtième anniversaire de Guinness, qui lui a écrit pour lui dire que seule une contribution dans ce recueil « était clairvoyante, innovante et intéressante : la vôtre ». Guinness a choisi de faire de cet article de le Carré la préface du dernier tome de ses mémoires.

À J. R. JAMES, HAUT-COMMISSAIRE BRITANNIQUE À NAIROBI

Par fax

Londres

11 septembre 2000

Cher monsicur le Haut-Commissaire,

Nous avons un jour partagé une bière au gingembre sur la véranda de l'hôtel Norfolk, et j'avais mentionné le fait que j'allais situer mon nouveau roman au Kenya. Je l'ai quasiment terminé, il s'intitule La Constance du jardinier. Une parution simultanée aux États-Unis et en Grande-Bretagne est prévue juste avant Noël. Une partie de l'histoire se déroule au sein du Haut-Commissariat, bâtiment dans lequel je n'ai jamais mis les pieds, et plusieurs personnages y travaillent, mais tous fictifs, puisque je n'ai rencontré presque personne hormis vous-même. [...]

La plupart des personnages, dont le haut-commissaire, sont relativement sympathiques, mais il y a un type absolument affreux, premier conseiller à la chancellerie, auquel j'ai donné le nom de Sandy Woodrow. Si je vous écris, c'est pour m'assurer que je n'ai pas fortuitement choisi des noms qui pourraient embarrasser ou contrarier un membre de votre personnel. Il va de soi que, si j'ai péché par inadvertance, je peux toujours corriger... En voici la liste complète. Comme une simple ressemblance euphonique pourrait déranger certaines personnes, n'hésitez pas à me faire part de vos objections.

Dès que j'aurai un jeu d'épreuves, je vous le ferai parvenir.

Bien cordialement,
David C

John Boorman, le réalisateur du Tailleur de Panama, *envoie un fax à le Carré pour lui demander à quoi devrait ressembler le bureau de Luxmore, patron d'Osnard au MI6 à Londres.*

À JOHN BOORMAN

Par fax

Cornouailles

22 septembre 2000

Cher John,

Le bureau de Luxmore serait vaste et dépouillé. Les espions partagent l'insupportable manie d'enlever les papiers sur leur bureau pour les glisser dans un tiroir dès que quelqu'un entre. Il pourrait avoir une carte de sa région au mur, mais, s'il y a des emplacements dessus, il faudrait que les marquages soient codés et amovibles à cause des femmes de ménage qui viennent le soir. Il y aurait de grandes baies vitrées donnant sur la Tamise, Millbank et Westminster. De l'extérieur, les fenêtres auraient une apparence de cuivre terni, et de l'intérieur, un aspect fumé. Le verre serait blindé. Tout cela pour éviter les photographies prises de loin et les balles des snipers, merci l'IRA. Il aurait trois téléphones : un à usage interne qui ne serait connecté à aucun standard extérieur, un normal pour les appels directs sur des lignes non sécurisées, par exemple de sa virago d'épouse, et un troisième crypté. La dernière fois que j'en ai vu un, c'était un gros machin posé sur une boîte magique verte. Il serait à l'évidence souhaitable que cet appareil soit le frère jumeau du système d'encodage du bureau d'Osnard à l'ambassade au Panama.

Les murs seraient d'un blanc « cassé avec la teinte de son choix ». Il pourrait avoir des photos de famille sur son bureau ou au mur, ainsi que des photos people de poignées de main avec le Premier ministre espagnol ou le président argentin, par exemple, ou quelque illustre général du Pentagone. Sur les étagères, pas grand-chose sinon des livres de géographie, des guides d'Amérique centrale et d'Amérique du Sud et des annuaires étrangers.

En termes de hiérarchie, Luxmore est l'un des six ou sept directeurs régionaux, même si sa région est relativement secondaire. Il aurait une secrétaire et une antichambre, si vous le souhaitez, mais ce n'est pas indispensable. Il aurait au moins un ordinateur sur son bureau. De nos jours, les secrétaires peuvent mettre des jeans, mais Luxmore porterait son costume cinq jours par semaine. Autres éléments de décoration possibles dans la pièce : un diplôme, par exemple du département des Opérations spéciales à l'université de l'État de Washington et un autre le faisant membre honoraire de la Confrérie des briseurs de code.

Je file !
Amitiés,
David

Le Carré a collecté des informations sur son ami gauchiste Stanley Mitchell quand ils étaient tous les deux étudiants au Lincoln College à Oxford. Des dizaines d'années plus tard, ils ont noué une correspondance et se sont ensuite vus pour un repas. Deux lettres à Stanley Mitchell sortent du lot. Celle-ci est la première, assez différente dans le ton de celle de 2006 (voir p. 505).

À STANLEY MITCHELL

Tregiffian
St Buryan
Penzance
Cornouailles

6 janvier 2001

Cher Stanley,

J'ai été très touché par notre rencontre et je crois en être reparti avec la même impression que toi : « Oui, j'ai réellement trahi notre amitié. » Mais j'ai plusieurs excuses, même si, comme tu le saurais si tu étais un espion, quiconque avance plus d'une excuse est très certainement un menteur. La première, c'est que j'ai été recruté après le début de notre amitié. La deuxième, c'est que j'étais un sale petit orphelin assoiffé de vengeance, avec un père menteur et psychopathe et une image de moi en boy-scout comme antidote. La troisième est cette atroce réalité dont j'ai par la suite obtenu confirmation : de vrais « compagnons de route » ont été recrutés par les services de renseignement soviétiques avant d'être abusés, manipulés, et ont souvent vu leur vie brisée, sans même parler de ce qu'ils étaient censés avoir fait ou pas fait comme « atteinte à la sécurité nationale », une vache sacrée que j'ai appris depuis longtemps à traiter avec la plus grande méfiance. Avec le recul, il n'en reste pas moins que ce socialisme radical est tombé en de mauvaises mains, comme Dieu et comme aujourd'hui le dieu Profit, pour le plus grand désespoir de tous les gens bien.

Bref, parlons du présent plutôt que du passé. Encore un peu de jésuitisme pour toi. Si je n'avais pas tenu notre amitié en si haute estime, ce n'aurait pas été une trahison. Lis donc « Un pur espion » et tu y retrouveras ce point de vue (et peut-être un parallèle avec nous deux) dans la relation entre Axel et Magnus. Même principe que Judas, qui était un salaud non pas tant parce qu'il a trahi Jésus que parce qu'il l'aimait.

Notre amitié a beaucoup compté pour moi, elle m'a appris beaucoup, et je n'ai jamais pu l'oublier. En partie à cause de la honte, en partie à cause d'une admiration et d'une affection sincères – paradoxe que tu me sembles à même de comprendre ! Quand nous nous sommes revus, j'ai été ravi de constater que tu étais aussi honorable et passionnant que dans mon souvenir, et follement heureux que Jane accroche d'emblée avec toi aussi. Il me semble vraiment que, en ayant suivi des voies très divergentes, nous avons abouti à la même vision globale de l'humanité et de ses échecs. La mienne, en tout cas, va de noir à noir foncé. Et j'ai l'impudence de croire que renouer notre camaraderie / amitié ne pourra nous être que bénéfique à tous les deux, notamment parce que ni toi ni moi ne montrons aucun signe de vouloir céder à l'âge. Au désespoir, peut-être, à la colère, à la frustration, mais les désirs et l'amour de la vie pulsent encore en nous, et je pense que nous pourrions partager de bons moments. Si tu aimes toujours la campagne, ici c'est le rêve, il y a un pavillon confortable pour les invités, une piscine intérieure, tous les joujoux modernes et, cerise sur le gâteau, les falaises pour faire des balades. Si tu peux, amène donc une pièce rapportée, ami, amie, relation, ou même plus d'une (le pavillon peut coucher six personnes dans le confort, ou plus précisément trois couples). Et nous sommes à Londres aussi pour te voir quand tu en auras envie. Et peut-être, encore plus important, quand tu n'en auras pas envie. Écris-moi à ta convenance pour me dire ce que tu penses de tout ça, et espérons qu'on te verra le 15 (infos à suivre).

Amitiés,
David

À JOHN CALLEY

Par fax

Cornouailles

6 janvier 2001

Cher John,

Comme d'habitude au moment d'une sortie de livre, je me suis isolé à Tregiffian. J'attends que ça se calme et, comme toi, j'essaie de prévoir la suite. On vous a envoyé des truffes depuis Wengen, et si elles sont arrivées au Canada, j'ai peur que ce soit dans un état de mousse écrasée. Enfin, c'est ce qui est arrivé à celles de John Miller, mais Mike et lui les ont mangées à la petite cuillère. [...]

Sinon, La Constance du jardinier a reçu un excellent accueil ici, les 104 000 exemplaires de la première édition sont partis et on est en rupture de stock parce que personne ne s'attendait à un tel succès. Aux US, réception perturbée : Time et Newsweek disent qu'ils ne pourront jamais publier leur critique parce que Bush a bouffé tout l'espace, ce qui est bien dommage, car l'article dans Time, signé Paul Gray, était apparemment très élogieux. Les critiques du NYT, éditions quotidienne et dominicale, étaient semble-t-il mitigées, mais je ne les ai pas lues. Concert de louanges à Boston, San Francisco, etc. Mais sortir juste avant Noël a un prix. Quoi qu'il en soit, Scribners me dit que ça se vend comme des petits pains et vient de lancer une réimpression. On verra. Côté cinéma, officialisation d'un très gros deal financé en Europe, donc je suis content. Les perspectives des traductions en Europe sont excellentes. Le pharma-bashing a l'air d'être le nouveau sport à la mode. Tu as vu les articles du Wash. Post sur les méfaits des labos dans le tiers-monde ? À côté, mon bouquin, c'est de la gnognote. Amitiés à vous tous, et encore merci pour ta proposition.

Bien à toi,
David

Roland Philipps a travaillé comme éditeur sur sept des romans de le Carré chez Hodder & Stoughton, dont La Constance du jardinier *et ensuite* Un homme très recherché. *Ils resteront amis après le départ de le Carré chez Viking Penguin en 2009.*
Le producteur de films Simon Channing Williams, homme rondouillard et dynamique au génie modeste, a contacté le Carré en Cornouailles pour des motifs professionnels et est rapidement devenu un proche. Passé maître dans la gestion des réactions parfois tempétueuses de le Carré au processus de la fabrication d'un film et sensible aux impératifs créatifs de son œuvre, il produira La Constance du jardinier *en 2005.*

À ROLAND PHILIPPS

Tregiffian
St Buryan
Penzance
Cornouailles

19 janvier 2001

Cher Roland,

Merci ! En fait, je suis soulagé et enthousiaste à l'idée de pouvoir m'occuper avec le film. J'ai parlé de mon projet à Simon Channing Williams (Channers pour les intimes), il était enthousiaste. Je me suis engagé pour un premier scénario et une relecture, et une coproduction selon mes termes. J'ai des droits de regard géniaux que je n'exercerai jamais. Pour l'instant, il voit Daniel Day-L. dans le rôle de Justin, mais tout changera quand on aura un réalisateur. Il m'a persuadé qu'on n'en avait pas encore besoin à ce stade, et je me suis rangé à son avis : un réalisateur sur le dos si tôt dans le processus, ce n'est pas bon. Je l'ai déjà fait (Pollack deux fois, Jack Clayton, Karel Reisz) et ça n'a jamais marché. J'ai un nouveau roman en tête, mais pas encore, si tu vois ce que je veux dire, et je ne sais plus écrire court. Single & Single n'aurait jamais pu venir après La Constance, il fallait que ce soit dans cet ordre-ci.

Tu me complimentes sur la vitesse à laquelle j'ai bouclé La Constance. Je ne sais pas comment ça s'est fait (mais bon, après coup, je ne sais jamais) : la mort d'Yvette, une certaine colère, le fait d'avoir atteint un rythme fluide d'écriture, un peu tout ça en même temps. Mais tu oublies ton soutien à toi, tes paroles rassurantes et tes conseils discrets tout du long. Je t'en suis et je t'en resterai profondément reconnaissant.

Je pourrai me raccrocher au film quand je serai en Australie, et j'espère que ça m'évitera de traiter chaque rencontre comme du matériau potentiel pour un futur roman que je n'écrirai jamais. Ça ira vite une fois que je serai rentré, et je crois que cela me permettra de clore le chapitre de ce livre, pour ainsi dire. [...]

Le temps passe si lentement quand je ne travaille pas, c'est atroce. Le grand événement du jour, c'est une interview par téléphone à 14 h 30 pour une dame en Afrique du Sud qui tient à ce que son émission de radio reste distrayante. Si j'habitais en Afrique du Sud, je crois que je ferais pareil. Boorman est en plein bras de fer avec Sony Columbia pour l'affiche du film. Son dernier mail (adressé à un pauvre sous-fifre), c'était : « J'ai un droit de regard. Être mis devant un fait accompli, ce n'est pas un droit de regard. » Ainsi va la vie.

Amitiés,
David

Vivian Green envoie à le Carré des extraits de la lettre que R. S. Thompson a écrite en 1952 pour le recommander au Lincoln College à Oxford. L'ancien professeur de le Carré à Sherborne conseille à la faculté de lui accorder une place, mais en le faisant attendre jusqu'à 1953, parce que « les Cornwell ont tendance à partir du principe que ce qu'ils veulent, ils l'obtiennent ». Cinquante ans plus tard, le ressentiment de le Carré reste vif.

À VIVIAN GREEN

Tregiffian
St Buryan
Penzance
Cornouailles

25 janvier 2001

Mon cher Vivian,

Merci pour votre lettre merveilleuse, et merci d'avoir pris la peine de copier celle de Thomper à Keith Murray. Je l'ai trouvée très triste. Son sentiment d'échec personnel qui se transforme soudain en une suggestion minable et désolante[1] de me

1. Les enfants de R. S. Thompson, qui ont aimablement autorisé l'utilisation des extraits de sa lettre, ont tenu à ce que soit souligné que Thompson « a toujours fait

faire poireauter un an, histoire de nous apprendre, à nous autres Cornwell, que nous ne pouvons pas toujours tout avoir ! Oui, nous devons tous les deux continuer à écrire, à créer, c'est la seule arme contre la mort. Quand j'écris bien, j'ai l'impression d'avoir encore vingt-trois ans. Quand ce n'est pas le cas, j'arrive à peine à dormir tellement je suis désespéré : une vie si pénible par bien des aspects, et qui paraît si mirobolante vue de l'extérieur. Mais de l'intérieur, un tel ferment de rage enfouie et de manque d'amour dans l'enfance qu'il était parfois presque impossible à refouler.

Et oui, je me souviens de nos aventures en Suisse avec le même bonheur que vous, la même gratitude, le même ravissement face à ce paysage. Vous m'avez dit un jour que ce paysage était votre chemin vers Dieu et je ressens exactement la même chose.

Alors, pensons pratique. Juillet me paraît bien meilleur que mars pour votre visite, parce que nous ne savons pas encore au juste combien de temps nous allons rester en Australie. (Je donnerais tout pour ne pas y aller, mais il est trop tard pour me dédire. Les gens sont résolus à faire de moi un expert instantané sur l'industrie pharmaceutique, et ça me fait peur.) Pourriez-vous nous indiquer des dates approximatives où nous pourrions vous réserver le pavillon ? Nous en serions vraiment ravis, et si nous pouvons bloquer les dates pour vous assez vite, nous caserons ensuite les enfants autour pour qu'il n'y ait pas de conflit de calendrier. Je serai en train d'écrire le scénario de La Constance du jardinier, mais seulement le matin, et Jane est devenue une excellente cuisinière. Nous voulons aussi vous inviter au restaurant de fruits de mer à Padstow et à l'hôtel Tresanton de St Mawes.

Jane est mon soutien extraordinairement fidèle et constant depuis trente ans maintenant. Je me dis parfois que je devrais sortir dans la rue, monter sur une petite estrade et proclamer toute la gratitude que j'ai pour elle, mais ça fait tellement cucul.

---

tout son possible pour chacun des élèves de sa Maison à Sherborne », qu'il prenait sa vocation d'enseignant très au sérieux et qu'il n'aurait jamais écrit une recommandation pour le simple plaisir de faire une pique mesquine.

En tout cas, je suis certain que vous, vous le savez. Quant à vous, cher Vivian, même dans les périodes où nous communiquions à peine, vous êtes depuis toujours l'un de ces compagnons secrets envers lesquels j'ai une dette que je ne pourrai jamais rembourser.

Venez donc en juillet, et peut-être pourrons-nous nous voir d'ici là pour un repas, par exemple au moment de la première à Londres du « Tailleur de Panama ».

Comme toujours, Jane et moi vous embrassons,
David

Le 10 avril 2001, Andreas Seiter, chef des relations actionnaires du géant pharmaceutique Novartis, et Katharina Amacker, présidente du conseil représentatif des employés, écrivent à le Carré à la suite de la publication de La Constance du jardinier *et l'invitent à Bâle pour un débat avec des employés et des cadres de Novartis.*
« Ce n'est pas le livre qui a provoqué cette requête – les lecteurs l'ont trouvé bien écrit, plein de suspense, divertissant, écrivent-ils. Ce qui crée un niveau croissant de malaise, voire de scandale, c'est une série d'entretiens que M. Cornwell accorde actuellement aux médias américains et européens [...] dans lesquels il dépeint notre industrie comme un ramassis de criminels cupides qui ignorent les droits de l'homme les plus élémentaires afin d'optimiser leurs bénéfices. Nous n'ignorons pas qu'il existe des problèmes que notre industrie a mis trop de temps à gérer, mais nous nous demandons si M. Cornwell jouit d'une probité si forte pour nous attaquer publiquement alors qu'il a un net intérêt commercial à doper les ventes de son livre. Nous aimerions également savoir s'il aurait le courage de répéter ses allégations face à nos employés et nos cadres. »

À ANDREAS SEITER ET KATHARINA AMACKER, NOVARTIS PHARMA AG

c/o David Higham Associates
5-8 Lower John Street
Golden Square
Londres, W1F 9HA

11 avril 2001

Cher monsieur Seiter, chère madame Amacker,

Merci pour votre mail du 10 courant adressé à Bruce Hunter, mon agent. Son contenu défie l'entendement. Vous m'envoyez une invitation et dans le même temps vous mettez en doute ma probité puisque j'ai « un net intérêt commercial à doper les ventes de mon livre ». Venant de représentants d'une compagnie dont les bénéfices atteignent chaque année je ne sais combien de milliards de dollars, cette remarque paraît fort peu appropriée.

Vous m'envoyez une invitation, mais dans le même temps vous doutez que j'aie le courage de l'accepter. Il est vrai que je n'ai pas le courage que confère l'appartenance à une industrie surpuissante qui a pouvoir de vie et de mort sur une grande partie de notre monde. Mais que diable comptez-vous donc faire de moi ? Je préfère me demander si vos employés et vos cadres ont, eux, le courage de douter des remèdes miracles à l'origine de votre invitation.

Ce n'est pas moi qui devrais avoir peur. Mon métier à moi, ce ne sont pas les faits, les chiffres et les formules – ni, malgré votre insinuation déplaisante, le dieu Profit, que je ne vénère plus depuis de nombreuses années. Je ne suis pas employé par une industrie accusée (par ses critiques les plus modérés) d'amasser une fortune excessive aux dépens des damnés de la terre. Je suis ce que l'on appelait en allemand un écrivain libre. Personne n'achète mes opinions. Dans votre monde à vous, c'est inhabituel et sans doute dérangeant.

Quand je me demande ce que vous espérez accomplir avec cette invitation, la première réponse qui me vient est que vous souhaitez me faire passer pour un béotien romantique, un représentant notable de cette culture pseudo-gauchiste et antiscientifique qui ose parler en mal d'une industrie sacrée. Et peut-être vous figurez-vous que ma biodégradation publique prouvera à vos employés et à vos cadres la suprématie de votre propre culture d'entreprise et me laissera à l'agonie au sol.

Peut-être avez-vous raison, d'ailleurs. Je ne sais rien sur votre métier sinon ce que j'ai lu et entendu quant aux effets qu'il provoque sur les populations de régions du globe moins fortunées que Bâle. Mon travail en tant que romancier est de toucher au cœur de la question plus qu'aux statistiques. Ainsi, je ne peux pas en parler avec l'autorité du Washington Post, qui a consacré dix mois de l'année passée à une enquête sur les agissements de votre industrie dans le tiers-monde et les a trouvés honteux, conclusion que j'avais également atteinte en suivant ma propre voie. Peut-être avez-vous raté cette série d'articles, bien plus ravageurs que mes interviews et bien mieux informés. Peut-être avez-vous aussi raté ceux qui ont été publiés voici deux mois dans le Guardian de Londres, par certains aspects encore plus dévastateurs que ceux du Washington Post. En tout cas, je suppose que vous les avez ratés, sinon vous auriez conscience de la colère croissante d'une population informée des pratiques d'une industrie qui persiste à se considérer comme une bénédiction pour l'humanité.

Permettez-moi de recourir à une analyse qui vient de votre propre monde : je ne suis qu'un symptôme, pas la maladie. En me traitant comme vous voudriez le faire, vous n'élimineriez pas les causes réelles de votre colère, que je suppose être votre peur et votre sentiment collectif de honte.

Si vous m'aviez envoyé une invitation courtoise et non offensante, si vous m'aviez proposé une table ronde avec des détracteurs de votre industrie choisis parmi les journalistes respectables et bien informés, des travailleurs humanitaires, des médecins, des universitaires, des chercheurs et des rédacteurs en chef de revues médicales, qui ont souffert du pouvoir terrible que votre industrie peut exercer même à distance, si vous aviez inclus des représentants éloquents des 35 millions de malades du sida dans le monde et des 80 % de la population mondiale qui n'ont pas accès à vos produits, alors peut-être aurais-je accepté.

Or vous vous en êtes bien gardés. Au contraire, vous vous êtes proposés de me faire subir un procès. Alors, non. Si vous aviez réellement voulu que je vienne, vous n'auriez pas pu écrire une lettre plus stupide. Mais je doute que vous l'ayez réellement souhaité. Je crois que j'ai touché un point sensible et que je vous ai mis en colère. Ce qui, croyez-le ou non, est l'un des rôles les plus utiles que peut jouer un écrivain libre dans une ère d'arrogance entrepreneuriale insupportable.

Sincèrement,
David Cornwell

~

À JOHN CALLEY

Par fax

Londres

11 juin 2001

Cher John,

Merci pour toutes tes infos sur la sortie du « Tailleur » en Grande-Bretagne. Les retours que j'ai eus donnent un autre son de cloche. Ton contact évoque des critiques « moyennes », mais, sans même parler des journaux plus populaires, rien que celles de l'Observer et de Time Out auraient permis de récupérer d'excellentes citations promotionnelles. On a eu quelques « bof », quelques « pas mal », mais aussi plein de super critiques dans des parutions qui comptent, qu'elles soient grand public ou intellos.

À ce qu'on m'a dit, il n'y a pas eu une seule publicité utilisant une citation. Le film a très bien marché la première semaine et aurait pu continuer sur cette lancée si on l'y avait aidé. Je ne sais pas qui a décrété que c'était un film « pour les plus de 35 ans », mais Nick et ses amis (de 25 ans) n'ont eu que des compliments à faire, et c'est presque devenu un genre de film culte pour toutes sortes de gens – à condition qu'ils aient eu l'occasion de le voir, ou même de savoir qu'il existait.

Désolé, mais je crois que SC[1] n'a absolument aucune raison de se féliciter des résultats de ce film en Grande-Bretagne. Ils ont raté le coche.

Amitiés,
David

AUX FILS DE DAVID ET À JANE

9 Gainsborough Gardens
Londres, NW3 1BJ

11 juin 2001

(À mes fils – et à Jane, qui a une lettre juste pour elle aussi.)

Voici mes dernières volontés. Si je meurs à l'étranger et s'il est plus simple d'organiser la crémation sur place, faites-le. Rapportez mes cendres à Tregiffian et enterrez-les sous le portail de la folie, près du pilier qui est face à la mer[◊].

Quand son tour viendra, Jane aura sa place près de l'autre pilier.

Lors de cette cérémonie, que chacun de mes fils dise quelques mots gentils sur moi, et puis qu'ils fassent une grande fête joyeuse avec tous les petits-enfants qui pourront venir. À moins qu'elle n'en exprime le désir, Jane n'aura aucune obligation de prononcer un discours. Puissiez-vous tous continuer à être aussi généreux et attentionnés pour elle que vous l'avez été dans le passé, car je sais qu'elle vous aime presque autant que moi.

Trouvez votre réconfort dans ce qui suit : j'ai vécu une vie extraordinaire et, contre toute attente, le mauvais homme que j'étais est devenu bien meilleur. Je déteste les bondieuseries ritualisées, j'adore la splendeur de la crémation et j'y vois

1. Sony Columbia.

une sorte de triomphe. Grâce à mes enfants et à mes petits-enfants, j'ai appris à aimer. La loyauté et l'amour de Jane, et son amour pour vous tous, ont été mon roc. Qu'elle ait surmonté mes infidélités et mes sautes d'humeur, qu'elle ait préservé sa propre intégrité, qu'elle ait porté notre mariage à bout de bras contre vents et marées, voilà quelle a été la source de notre bonheur. Personne n'aurait pu être une meilleure compagne et amie, personne n'aurait pu mieux m'aider à exploiter ce talent que je possédais. Ainsi, pour l'en remercier, je voudrais que ce soit elle qui choisisse la musique qui lui apportera le plus de réconfort lors de ma crémation et lors de ma cérémonie funèbre, si elle décide d'en organiser une après consultation avec vous. C'est aussi elle qui décidera quelles lectures, quels discours, etc., se feront, si c'est le cas. Et si elle ne veut rien de tout cela, c'est très bien aussi. Je veux que ce soit sa journée autant que la vôtre, parce que sa douleur et sa solitude dépasseront toutes les autres. Vous êtes tous mes fils préférés. Je regrette plus que je ne pourrais le dire le fiasco de mon premier mariage et la souffrance qu'il vous a infligée à tous. Mais à l'époque, j'ignorais tout de la vie, je ne connaissais pas l'amour parental, je ne faisais pas confiance aux femmes, je n'avais pas d'identité propre au-delà du besoin terrible d'échapper à mon enfance affreuse et d'être reconnu d'une manière ou d'une autre. Parfois, j'arrive à me pardonner, mais souvent, non. Peut-être qu'aujourd'hui vous en êtes capables, vous. Soyez gentils d'essayer, au moins, car cela ajoutera à votre bonheur.

David

[*dans la marge de gauche*] ◊Dispositions révisées dans ma lettre en date du 13/2/2002.

Londres

13 février 2002

Concernant mes restes, d'autres possibilités : le cimetière de Church Row à Hampstead, que j'ai toujours trouvé joli, mais à condition que l'aspect religieux soit limité au minimum, ou alors, dispersez mes cendres en mer au large de la côte des Cornouailles. Sur ce point comme sur tous les autres, que Jane soit votre guide, car nous devons être réunis symboliquement quand elle décédera elle aussi.

Je vous aime tous,
D

À AL ET ANNE ALVAREZ

Tregiffian
St Buryan
Penzance
Cornouailles

4 août 2001

Chers tous deux,

Comme vous vous en souvenez peut-être, la soirée Hodder [& Stoughton] aura lieu à l'Ivy le 15 octobre, environ 50 invités dont 25 de mon côté. Les gens de chez Hodder sont très sympas, mais on sait exactement comment ce sera à la seconde où on arrive. C'est toujours pareil avec ce genre d'événement, ce qui explique pourquoi vous avez pris la sage décision de ne pas en organiser.

Mais il y aura autre chose. Mes enfants préparent un genre de Familien-und-Freundefest à Sienne, avec logement dans un château reconverti et autres chambres ou appartements dans les villages environnants. Certains invités viennent pour une semaine, d'autres juste pour la soirée du 19 octobre, une fête kinderfreundlich avec musique, magie, danse (mais pas de strip-teaseuse en live, je l'ai expressément exigé) si les gars arrivent à planifier tout ça, et après ça on oublie ma nouvelle dizaine et ils prévoient des excursions dans la région, Pise, Florence, etc., que vous connaissez par cœur, mais pour les gamins, c'est culture, action, aventure, et pour moi ça leur donne l'occasion de faire autre chose que des messes basses pour savoir qui va hériter du pot à lait en argent[1]. Vous avez une invitation en bonne et due forme pour l'Ivy, mais peut-être préférerez-vous l'option Sienne, si elle cadre avec vos autres projets ?

Quant à moi, je compte réquisitionner une table en coin et le meilleur vin rouge, manger des pâtes et tailler le bout de gras avec mes amis et ma famille, ou pas. Je ne sais pas qui va mordre à l'hameçon, ni même s'il y aura des gens. J'ai invité quelques personnes, j'en invite quelques-unes en plus, mais, si ça se trouve, je finirai tout seul à ma table, ce qui ne serait pas forcément une mauvaise chose non plus.

Surtout, ne voyez dans cette lettre qu'une proposition que vous êtes totalement libres de refuser. Vous êtes allés à des enterrements sympas, récemment ? J'ai fait mon oraison pour Dave, et ça a pris des proportions cauchemardesques parce que ses enfants éplorés me donnaient de plus en plus de poèmes à lire au pied du cercueil. À un moment donné (et chez moi, ce moment arrive vite), le rideau se ferme sur la compassion et c'est la haine qui prend le relais – en l'occurrence pour le texte de Gerard Manley Hopkins le plus mal ponctué que j'aie jamais lu, suivi de près par les « Assurances » de Walt Whitman, plus facile à lire, plus dur à digérer sur le fond[2]. Mais je n'ai pas dit mon dernier mot, Al. Je choisirai le pire poème d'Ezra Pound et le plus mignon de Christopher Robin (interdit de rire). Dites-moi si vous venez, sur le principe.

Amitiés à tous les deux,
David

1. Des complots autour d'un pot à lait en argent sont au centre de l'intrigue de *Bonjour, Jeeves*, de P. G. Wodehouse.

2. « Je n'ai pas besoin d'assurances, je suis un homme préoccupé par son âme » (extrait de *Feuilles d'herbe*). Dave Humphries, l'ami de le Carré, écrivait des scénarios pour les séries *La Brigade du courage* et *Mission casse-cou*.

À JOHN BOORMAN

Par fax

Londres

2 octobre 2002

Cher John,

Je suis très heureux d'avoir de vos nouvelles. Nous sommes à Londres en ce moment, avant de partir en Cornouailles mardi prochain jusqu'au 25 octobre. Ensuite on passera novembre et sans doute décembre à Londres.

On a participé à la manifestation pour la paix samedi dernier et on s'est retrouvés entourés par le fan-club d'Oussama ben Laden, les trotskistes de la dernière heure et une demi-douzaine de vieux profs d'école privée parmi les 250 000 autres minorités rassemblées. Mais on s'est bien amusés devant le 10 Downing Street, quand tout le monde a hué en chœur. On se serait crus de retour dans la cour de récré.

Je n'ai pas encore vu le nouvel opus de Stoppard, désolé. Chaque fois que je me dis d'y aller, je me dégonfle[1].

J'ai vu « Lantana » (j'ai adoré), « Parle avec elle » (j'ai presque adoré) et « Les Sentiers de la perdition » (je n'ai pas du tout adoré, juste admiré, ce qui ne suffit pas). Surtout, je m'essaie à un roman qui ne cesse de me mettre des bâtons dans les roues, et la règle, c'est : on recommence depuis le début. Mais je vais finir par y arriver. (Où ? Je ne sais pas.)

Oui, j'ai vu cette histoire sur bébéBush et son papa, et j'ai adoré la suite du discours, où il disait que cette guerre était devenue une « affaire personnelle pour l'Amérique ». Si jamais quelqu'un avait tué mon papa, ou même simplement essayé, je lui aurais donné mon nounours préféré.

Heureux de savoir que vous avez relu La Petite Fille [au tambour]. Calley et Mike Nichols avaient envisagé un remake

1. *The Coast of Utopia*, trilogie de pièces d'une durée totale de neuf heures écrite par Tom Stoppard, sur six écrivains et militants russes du XIXe siècle.

il y a deux ans, mais depuis ils ont dû oublier (quelle surprise !). Le film de George Roy Hill était un vrai désastre.

Voyons-nous quand nous pourrons, oui, avec grand plaisir. Donnez-nous vos disponibilités quand vous les connaîtrez. Nous ne pouvons pas vous inviter en Cornouailles pour le moment, parce qu'on a toujours de la famille qui va qui vient, mais l'année prochaine, si vous êtes partants.

Nos amitiés à tous les deux. Mike Newell est censé réaliser « La Constance du jardinier » à partir de mars, mais il est terriblement fuyant. Nous avons un excellent scénario et le financement, donc j'imagine que c'est un film qui ne se fera jamais.

Oui, j'écris un hommage pour Alec[1]. Mon meilleur ami[2] est décédé voici quelques mois, et je lui avais lu mon oraison funèbre. Nous avions alors revu la rédaction ensemble, corrigé la grammaire et édulcoré les blagues. Il m'a demandé comment diable je pensais pouvoir la lire sans me mettre à chialer, et je lui avais répondu que ce n'était pas ses oignons. Jamais je n'aurais cru qu'un ami pourrait me manquer à ce point.

Toutes nos amitiés, Grüss à Isabella aussi et aux bambins,
David

1. En octobre et novembre 2002, le National Film Theatre monte une rétrospective des films d'Alec Guinness, décédé en 2000.

2. L'artiste-peintre John Miller.

UNE AMITIÉ ABSOLUE

J'ai un nouveau roman qui sort à Noël. Il s'appelle *Une amitié absolue* et va faire grand bruit… La semaine prochaine, nous allons à Londres pour que je puisse enregistrer la lecture du livre pour *Book at Bedtime*, sauf que ce serait bien la dernière chose que je voudrais entendre avant d'aller au lit, moi…

– à sa tante Ruby Hayman, la sœur de Ronnie,
8 novembre 2003

Je crois que nous nous sommes tous les deux lassés des hauts cris autour du livre, des fleurs qu'on m'a jetées tout autant que des pavés. (Donc, bien sûr, la seule chose à faire est d'en commencer un nouveau…)

– à Vivian Green, 16 février 2004

En janvier 2003, le Carré signe un article contre la guerre en Irak, « The United States of America Has Gone Mad », qui sera repris dans toute la presse internationale. En mars, il participe à une grande manifestation d'opposition à cette guerre. *Une amitié absolue*, qui paraît en décembre, est présentée dans le magazine *Time* comme « une œuvre qui crie sa rage de façon orwellienne » et dans le *Guardian* comme « une analyse cinglante de la géopolitique contemporaine ». Le Carré demande la démission de Tony Blair lors de l'émission de télévision *Today*, ce qui fait « péter un câble à la presse de droite », écrit-il à son frère Tony.
Avec *Une amitié absolue*, le Carré retrouve l'Allemagne, comme ensuite en 2008 avec *Un homme très recherché*, qui se déroule à Hambourg, où il a jadis travaillé au consulat britannique. Ces deux romans imaginent une action américaine en Allemagne dans le contexte de la guerre contre le terrorisme. Dans l'intervalle, *Le Chant de la mission* a pour personnage principal un interprète d'origine en partie congolaise, Salvo, et a été rédigé au brouillon par le Carré avant son voyage au Congo. « Ce fut et cela restera le voyage le plus étrange de ma vie, écrit-il[1]. […] La réalité de ce pays est si stupéfiante que les histoires qu'on peut raconter à son sujet semblent presque futiles. » Après ce voyage, le Carré situera les intrigues de tous ses romans en Grande-Bretagne et en Europe de l'Ouest. Il commence à sentir le poids des ans lorsqu'il s'agit de s'aventurer sur un terrain difficile (à la fois géographiquement et humainement) et décide donc de mettre un terme aux exigeants voyages de recherche qui étaient la caractéristique de son écriture depuis *Comme un collégien*.

1. *Nation*, 2 octobre 2006.

Dans la foulée de La Constance du jardinier, *le Carré se lance à grand-peine dans l'écriture d'*Une amitié absolue.

À JOHN ET MIRANDA MARGETSON

9 Gainsborough Gardens
London, NW3 1BJ

17 novembre 2002

Chers John et Miranda,

Je suis désolé que nous soyons si évasifs concernant votre invitation, veuillez nous en excuser. Je me débats avec mon nouveau roman au prix d'une grande frustration, et enfin les choses commencent à prendre forme. J'ai passé un temps infini sur l'ébauche, j'ai effacé, j'ai redémarré ailleurs sur la toile, j'ai constamment haussé mon niveau d'exigence et senti mon énergie et le temps disponible diminuer de façon inversement proportionnelle – mais Dieu merci, la volonté, elle, subsiste. Le problème, c'est toujours la continuité : ne pas être obligé de voler « quelques heures » par-ci par-là, mais se ménager une période de plusieurs semaines et mois au même endroit sans ces délicieuses distractions qui vous obligent à tout recommencer depuis le début pour pouvoir entrer de nouveau dans la cage. [...]

J'ai appris pour ma plus grande joie que [Lucian] Freud s'était fait porter pâle lors de son récent vernissage à Paris parce qu'il était trop occupé à peindre. C'est ça, la logique d'un monomaniaque, donc je ne suis pas le seul fou furieux au monde, finalement. [...]

Jane et moi avons participé à une manifestation contre la guerre le mois dernier, et j'espère que nous aurons la possibilité de le refaire avant la fin du monde. Comment diable sommes-nous passés de ben Laden à Saddam Hussein ? Voilà un mystère que même Blair, le roi des sophistes, ne veut (ni ne peut) expliquer. J'espère que quelqu'un lancera bientôt une inspection de nos armes de destruction massive à nous. Et après, peut-être, celles d'Israël et des USA. Mais bien sûr, il est interdit de penser de la sorte, n'est-ce pas ? Je me dis à présent que la guerre froide était une guerre de religion : la chrétienté occidentale contre l'orthodoxie orientale. Ce qui se passe aujourd'hui, c'est encore mieux : là, on peut enfin écrabouiller les païens ! La chrétienté de droite et le sionisme de droite, c'est un mélange explosif, mais on s'en occupera la prochaine fois. Misère…

Mes amitiés à tous les deux, et encore merci,
David

À JANE CORNWELL

21 février 2003

Mon amour, ma chérie d'amour,

Tu m'as donné la vie. Tu m'as appris le seul amour qui importe. Je me suis tellement rapproché de toi dans mon cœur ces dernières années que j'ai la conviction que rien ne pourra nous séparer. Des myriades de « désolé » ne sauraient effacer mes trahisons ; des myriades de « merci » ne sauraient exprimer ma gratitude. Mais l'amour que tu m'as appris est indestructible, et face à lui tout le reste est réduit à néant. Nous aurons fait des choses bien dans la fin de nos vies. Nous avons été des gens bien. Ma chérie, je t'aime et je t'aimerai toujours.

Ton David

L'auteur et militant Anthony Barnett est le fondateur et rédacteur en chef du site openDemocracy. Le Carré et Jane soutiennent son organisation par le biais de leur fonds caritatif.

À ANTHONY BARNETT

Tregiffian
St Buryan
Penzance
Cornouailles

1er janvier 2004

Cher Anthony,

Encore désolé pour le dîner, et je vous souhaite à tous les deux une très bonne année.

C'est très aimable à vous de proposer de faire qqc pour Une Am. absolue et les critiques anglaises « horrifiées », mais je ne peux plus m'impliquer dans ce débat. Il n'y a pas plus stupide que l'écrivain qui se plaint de ses critiques, et je m'y refuse. Si le débat doit se tenir, ce sera sans moi. Je n'ai rien dit de plus radical que, par exemple, le regretté Hugo Young, à savoir qu'il était malavisé, immoral et dramatiquement dangereux d'un point de vue politique d'engager à fond la Grande-Bretagne dans la machine de guerre américaine et que Blair, en cachant le fait qu'il nous avait engagés à l'avance, a menti au peuple britannique. Si j'avais écrit une pièce de théâtre là-dessus, cela aurait été acceptable – quelques semaines au Royal Court et bonsoir. Mon péché a été / est de m'être donné en spectacle au cœur de l'establishment, dans le Times, dans l'émission Today, et en tant que romancier populaire de la petite bourgeoisie. Que j'aie réussi à éveiller des consciences qui auraient préféré rester confortablement assoupies, cela se voit dans les réactions. Je m'en satisfais et je m'y attendais plus ou moins. J'ai écrit ce que j'ai écrit et je n'en retire pas une virgule. *Merde**.

Mais je ne peux pas l'écrire pour votre site. Peut-être que quelqu'un d'autre acceptera de le faire. Ou pas. Quoi qu'il arrive, le livre continuera à vivre sa vie pendant un moment, je l'espère, une fois que la clameur se sera tue.

Mes amitiés à tous les deux, et encore tous mes bons vœux pour cette nouvelle année.

Sincèrement,

David

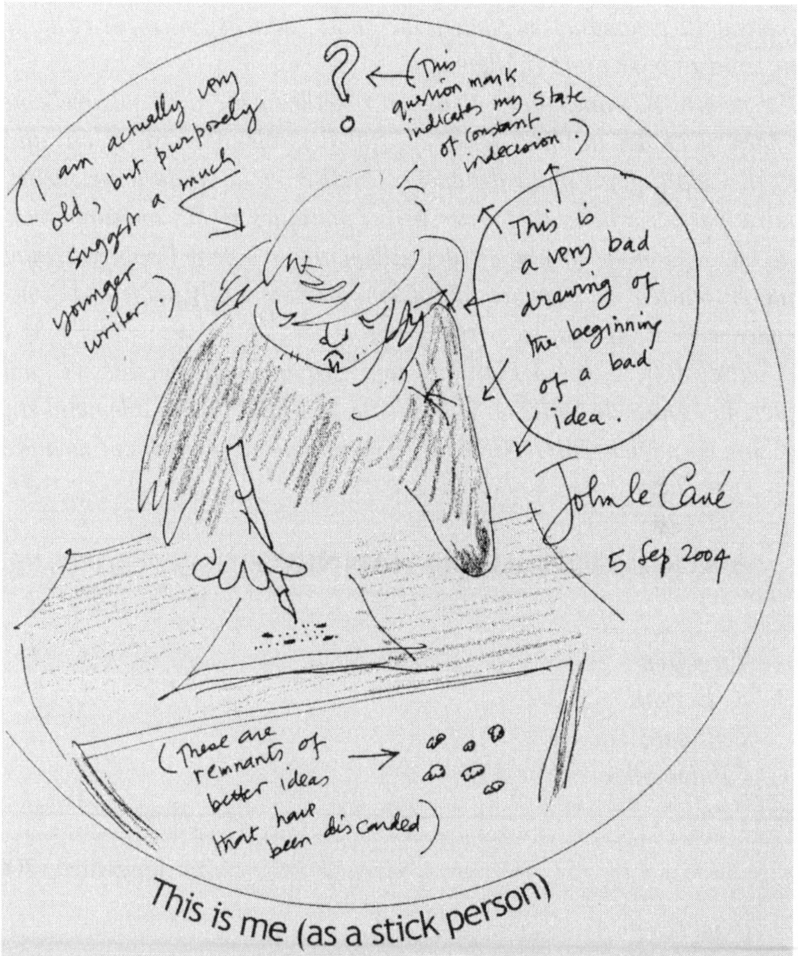

Un projet américain de collecte de fonds caritatifs, 21st Century Leaders, demande à le Carré et à d'autres célébrités d'envoyer « un autoportrait en bonhomme bâton ». Le Carré opte pour quelque chose de plus ambitieux.

La rencontre de le Carré avec August Hanning, président du BND (Bundesnachrichtendienst, service de renseignement extérieur de la république fédérale d'Allemagne), remonte à une soirée pour la fermeture de l'ambassade du Royaume-Uni à Bonn. Le Carré a ensuite visité le quartier général du BND, et Hanning est allé séjourner en Cornouailles.
Le 21 décembre 2005, Hanning écrit à David et Jane pour leur dire que, après les résultats d'une élection en Allemagne qui « a laissé toute la classe politique quelque peu perplexe », le nouveau ministre de l'Intérieur lui a proposé le poste de secrétaire d'État à la « sécurité intérieure », avec des responsabilités étendues en matière de police, de renseignement et de lutte antiterroriste pour toute l'Allemagne.
« Ce ne sera pas une mince affaire, car l'Allemagne n'est pas réellement préparée pour des menaces sérieuses, qu'elles soient terroristes ou autres, écrit-il. Cela s'ajoute à une défiance généralisée vis-à-vis du renseignement, nourrie par les articles de presse sur les pratiques réelles ou supposées de la CIA. » Comme la plupart des Allemands rejettent l'approche américaine en matière de « guerre contre le terrorisme », ils perdent de vue la menace réelle d'Al-Qaïda.
Les lettres de le Carré à Hanning sont extrêmement réfléchies et analytiques. Les copies de toutes les lettres écrites par Hanning en allemand et par le Carré en anglais entre 2004 et 2016 ont été soigneusement archivées.

À AUGUST ET RUTH HANNING

Tregiffian
St Buryan
Penzance
Cornouailles

28 décembre 2005

Personnel

Chers Ruth et August,

Tout d'abord, nos meilleurs vœux de Nouvel An à vous deux et à toute la famille. Notre fils Nicholas et sa fiancée sont avec nous pour Noël et visitent toutes les églises des environs pour choisir celle où ils se marieront ! Nous avons donc passé un beau Noël, comme vous j'espère, et nous sommes secrètement soulagés qu'ils partent à Londres pour le réveillon, ce qui nous laissera libres de célébrer cette nouvelle année à l'heure de Delhi plutôt qu'à l'heure anglaise !

La nouvelle que vous m'annoncez est d'importance. Tout d'abord, il doit être bien douloureux de quitter le service que vous avez construit, les collègues avec lesquels vous avez travaillé, ainsi que les épouses et les familles et (de temps à autre, j'en suis bien sûr) les moments de folie, mais aussi les moments de crise, que vous avez partagés tous ensemble. D'un autre côté, si je repense à ma minuscule expérience dans les deux services qui m'ont employé, j'ai trouvé au bout du compte mon travail plus gratifiant dans le service intérieur, plus évidemment nécessaire, plus professionnel. Mais, de tout ce que je lis et que j'entends, il est virtuellement impossible de nos jours de distinguer les attributions des deux services, surtout dans le domaine du terrorisme. Les aspects éthiques et concrets de la situation sécuritaire actuelle me frappent comme étant tout à fait extraordinaires, et ils vont assurément vous poser des problèmes aussi délicats que fascinants. La guerre contre le terrorisme était / est un concept rhétorique par bien des aspects, un Scheinkrieg[1] identique à la guerre froide au moment où j'ai quitté le navire. Le bien et le mal se trouvent à un endroit, les lignes de front à un autre.

Mais la vérité objective n'est pas le problème. Le problème, c'est la perception par le grand public de cette vérité comme étant corrompue et manipulée par nos maîtres, que ce soit aux États-Unis ou ici. Il y a un effet de loupe extraordinaire. Un homme politique sert un mensonge à un journaliste, qui l'imprime. L'homme politique lit le journal et y croit. Le mensonge devient la « réalité », et si les services ne font pas terriblement attention, ils deviennent ses créatures. Ce qui, curieusement, doit rendre votre nouveau poste encore plus précieux que l'ancien, car il vous permet de dire la vérité aux hommes de pouvoir.

1. « Guerre factice ».

Ce qui me paraîtrait magique si j'étais à votre place, c'est le rôle que l'Allemagne peut jouer dans la construction de la réaction européenne à la croisade américaine. Votre pays est sur le point de dominer l'Europe. La courbe monte en flèche. En matière de droits civiques, de droits de l'homme et de sérieux constitutionnel, votre posture publique a été la plus honorable de toutes les grandes nations européennes. Nous avons vraiment besoin de vous !

Jane et moi vous renouvelons tous nos meilleurs vœux pour cette nouvelle année et vous soutenons totalement !

Bien à vous,
David

AU DR NANCY OLIVIERI

Tregiffian
St Buryan
Penzance
Cornouailles

17 février 2006

Chère Nancy,

Je suis tellement heureux que vous ayez apprécié le film autant que moi[1]. La prochaine fois que vous serez à Londres, surtout faites-nous signe [...] et permettez-nous de vous nourrir, de vous abreuver et de vous distraire. Et si Ralph Fiennes est dans les parages et veut se joindre à nous, banco ! Rien dans ma vie n'égale ce film et ses effets. Le personnage de Lara, comme je crois vous l'avoir dit dans ma précédente lettre, a terminé sa carrière très tôt au montage, mais c'est tant mieux, parce que ses scènes étaient mauvaises, c'était encore le début du tournage, et un beau jour on s'est rendu compte qu'on pouvait très bien s'en passer. On n'avait qu'à donner un peu plus de place à Birgit en Allemagne et hop, le tour était joué ! Le film a ses

1. *La Constance du jardinier.*

faiblesses, mais c'est toujours le cas. Le traitement du personnage de Lorbeer ne m'a jamais vraiment convaincu, et dès le début j'avais mes doutes sur l'idée de la cérémonie d'hommage[1], mais ce n'est pas grand-chose au regard de l'ensemble, de la passion que Fernando M. a apportée à l'histoire, à l'Afrique, à Big Pharma, et de l'engagement de Rachel W. et Ralph F., qui perdure en beauté et de façon très émouvante[2]. Ils sont mécènes comme moi de la Constant Gardener Charity, créée au Kenya et en Grande-Bretagne, qui a reçu des financements très généreux et compte parmi ses administrateurs le grand et bon [John] Githongo, ancien ministre kényan chargé de la lutte anticorruption (viré pour excès de zèle, mais qui a fait un retour remarqué sur la scène publique en tant que lanceur d'alerte) et l'ancien haut-commissaire britannique à Nairobi (ceux qui avaient refusé de me laisser entrer quand j'écrivais le livre). Quand l'équipe de tournage était sur place, les gars ont décidé que le ghetto de Kibera[3] avait grand besoin d'un coup de neuf, alors ils ont construit un pont, un système de tout-à-l'égout et d'autres commodités modernes. À Loiyangalani, sur le lac Turkana, on a installé une école et des toilettes (et engagé quelqu'un pour apprendre aux gamins à les utiliser). Les projets fleurissent, et on est bien loin du coup d'un soir pour vedettes du showbiz. Le 12 mars, on fait une nouvelle projection du film suivie d'une vente aux enchères pour lever des fonds. Rachel a récemment reçu de la part d'un affreux groupe d'industriels, en tant que « femme de l'année », un diamant d'une valeur de 30 000 livres qu'elle nous a aussitôt donné pour qu'on le revende. La compagnie de production, où notre QG est établi, envoie régulièrement ses employés à Nairobi et Loiy pour régler sur le terrain tous les détails dont aucune grosse agence humanitaire ne semble se soucier. J'ai sorti une édition spéciale du livre en format poche dont tous les bénéfices iront au pot, et notre merveilleux producteur Simon Channing-Williams

1. Référence à la fin du film, lorsque les agissements de sir Bernard Pellegrin, interprété par Bill Nighy, sont révélés lors d'une cérémonie d'hommage à Justin.

2. Il s'agit du réalisateur Fernando Meirelles, dont le film précédent était *La Cité de Dieu*, et des vedettes Rachel Weisz et Ralph Fiennes.

3. Le film a été tourné en décors naturels à Kibera et Loiyangalani.

monte sur scène à la moindre occasion pour dire : « Quand on a vu ce qu'on a vu, on s'est dit qu'on ne pouvait pas laisser les choses en l'état, et on n'abandonnera jamais. » Le film va sortir à Nairobi sous peu, et le haut-commissariat va organiser une fiesta en faisant payer 100 $ l'assiette et reversera tous les bénéfices à notre association. (Le Kenya a interdit le livre quand Moi[1] était au pouvoir, et comme le gouvernement actuel est tout aussi corrompu, le film reste d'actualité sur ce problème aussi.)

Quant à votre affaire à vous, elle n'en finit pas ! J'ai toujours trouvé incroyable, incompréhensible même, que vous vous attiriez des comportements aussi minables. Trop intelligente, trop perspicace, trop belle, sans compter que vous êtes une femme, alors c'était couru d'avance. [...]

Nous serions ravis de vous voir la prochaine fois que vous passerez par ici. Simplement, prévenez-nous, pour qu'on sache. J'ai un nouveau roman qui sort en septembre, « Le Chant de la mission ». Je l'aime bien, mais je me sens vidé et désœuvré depuis que je l'ai terminé. [...]

Ma chère Nancy, je vous envoie, comme toujours, mon admiration, mon soutien et mon affection. Merci d'avoir écrit.

Amitiés,
David

En mars 2006, Stanley Mitchell, que le Carré a espionné à Oxford, lui écrit et défend farouchement son action au sein du Parti communiste britannique. Il se dit écœuré et en colère : « Je m'étais lié d'amitié avec toi en toute naïveté, et toi tu n'as fait que me trahir, moi et mon parti. » Ne recevant pas de réponse, il renvoie un court message en avril : « C'est sans doute la dernière lettre que je t'écrirai... Je veux juste te dire que, en prévision de ton arrivée aux portes du royaume céleste, ce serait peut-être dans ton intérêt que tu t'excuses, non pas auprès de moi mais auprès de la partie de toi qui est respectable, pour une des pires choses que puisse faire un être humain, à savoir trahir un ami. »

1. Daniel arap Moi, président du Kenya de 1978 à 2002. (*N.d.T.*)

Avant et après cette lettre, le Carré et Mitchell essaient d'œuvrer à une réconciliation. Une lettre de le Carré à la famille de Mitchell sera lue aux obsèques de celui-ci.

À STANLEY MITCHELL

9 Gainsborough Gardens
Londres, NW3 1BJ

19 avril 2006

Cher Stanley,

Il est difficile de répondre à une lettre haineuse, et je ne m'attends pas à ce que tu prêtes attention à ce que j'ai à te dire. Quand nous avons renoué après cinquante ans, j'avais l'espoir que nous pourrions nous pencher avec un peu de recul et de compassion sur qui nous étions alors, d'où nous venions, pourquoi nous avions fait ce que nous avions fait (y compris nos erreurs) et pourquoi nous croyions tous les deux en nos faux dieux respectifs. Je t'ai écrit à propos du mien, et je te pensais capable de comprendre le chemin que j'ai parcouru et la manière dont j'ai évolué. Je reconnais avoir été perplexe de constater que tu faisais montre de moins de regrets que je ne l'aurais cru d'avoir mis ta vie et ton excellent cerveau au service de l'internationale communiste, qui déjà à l'époque, pour qui voulait bien le voir, avait engendré certains des régimes les plus violents, complotistes, meurtriers et immoraux que le monde ait connus. Mais tu vivais dans le cœur chaleureux et généreux de ce mouvement, et les défauts que tu pouvais peut-être lui trouver ne comptaient pas à côté de la grisante camaraderie, des nobles idéaux et de la supériorité intellectuelle de votre petite élite. Même si le monde entier avait tort, vous aviez raison.

Pour mon propre parcours, pour le monde où je suis né, pour le monde que j'ai adopté comme deuxième famille (de même que toi tes camarades), tu sembles n'avoir aucune compréhension, aucune compassion, aucune indulgence, malgré le fait que j'ai passé le plus clair de ma vie d'écrivain à en décrire les subtilités, à les tourner en dérision et parfois à les condamner.

Bien au contraire, comme j'ai fini par le comprendre depuis que nous avons renoué, tu te vois comme la victime innocente et noble qui attend de trouver en elle la force de me pardonner mes errances. De fait, je m'en rends compte à présent, je n'ai jamais rencontré de vieux communistes (que ce soit en Grande-Bretagne ou en Russie) qui ne se considéraient pas comme des martyrs.

Tu m'as traité de tous les noms, certains mérités, d'autres non. Tu n'as pas fait le moindre pas vers le terrain d'entente de la réconciliation. Tes lettres récentes sont immondes, ce qui explique pourquoi je n'y ai pas répondu, et la présente est la dernière que tu recevras de moi, parce que la quête d'une réconciliation avec toi est une cause perdue. Je t'ai trahi, me dis-tu. Quelles informations détenais-je que j'ai pu trahir ? Que savais-tu, que faisais-tu que je pouvais trahir ? Nous recherchions des communistes secrets et des traîtres potentiels pour les empêcher d'avoir accès à des secrets qu'ils risquaient de compromettre et qui, en cas de guerre, auraient contribué à détruire notre peuple. Nous nous battions contre des individus machiavéliques et impitoyables qui faisaient des communistes britanniques et de leurs sympathisants leur gibier. Alors nous avons fait ce que tout pays raisonnable fait : nous les avons surveillés, nous avons tissé notre toile et nous avons essayé de nous protéger. Avec le recul, je ne vois rien de mauvais là-dedans et je le maintiendrai jusqu'à ce jour du Jugement dernier dont toi et Tony Blair vous abusez tant. Qu'ai-je donc raconté à mes « maîtres » ? Que tu étais quelqu'un de bien, j'imagine. J'ai oublié, et je suis certain qu'eux aussi.

Sincèrement,
David

Hugh Thomas écrit à le Carré le 1er mai 2006 après avoir relu L'Espion qui venait du froid. *« J'ai connu Brian Montgomery, qui a été, je crois, chef de la sécurité au MI6 pendant un moment, et qui m'a dit qu'il avait recommandé que vous soyez traduit en justice pour violation de l'Official Secrets Act. »*

À HUGH THOMAS

Tregiffian
St Buryan
Penzance
Cornouailles

10 mai 2006

Cher Hugh,

Merci pour ton aimable lettre. Oui, je serais ravi de te voir. J'espère vivement que j'avais une jolie fille à mon bras quand tu m'as croisé rue Jacob. Mais peut-être était-ce toi et non moi avec la jolie fille. Il y a forcément une raison pour laquelle tu n'as pas crié : « Salut, vieille branche ! »

Je rentre tout juste du Congo. Je ne recommande pas, la bouffe est atroce. Nous serons à Londres fin mai pour deux semaines. J'adorerais te voir pour déjeuner. [...] Ce pauvre Monty (c'est ainsi qu'on le surnommait) était convaincu que l'intrigue de « L'Espion... » s'inspirait d'une affaire complexe de double double jeu dont je n'avais jamais entendu parler et à laquelle je n'aurais jamais eu accès. Il a été rabroué par ses illustres pairs, et l'un d'eux m'a dit par la suite que « L'Espion... » était « la seule opération d'agent double qui ait jamais fonctionné[1] ».

Encore merci pour ta lettre.
Amitiés,
David

1. Le Carré a aussi attribué cette remarque au chef du SIS, sir Dick White à l'époque, qui avait trouvé risible que d'aucuns aient voulu poursuivre Graham Greene pour *Notre agent à La Havane*. Le Carré a raconté par la suite qu'il avait attendu environ quatre semaines après avoir soumis pour approbation *L'Espion qui venait du froid* au MI6. « À ce jour, je ne sais toujours pas ce que j'aurais fait s'ils m'avaient dit que je n'avais pas le droit de le publier. »

À CHARLOTTE CORNWELL

Par mail

17 mai 2006

Objet : scoop de ton frère David

Ma très chère sœur, c'est aujourd'hui le jour de mon baptême du mail ! Je viens de finir un nouveau roman… Pas un chef-d'œuvre, mais pas mauvais non plus[1]. Je te ferai passer les épreuves d'ici un mois environ. Tu viens au mariage ? Tout le monde l'espère[2]. […]

Je suis retourné dans l'est du Congo voici quelques semaines pour les dernières recherches sur mon roman, c'était fascinant et bouleversant. J'ai fait la route en voiture jusqu'à la frontière depuis Kigali, au Rwanda, et je me suis arrêté sur quelques sites de génocides. Ils ont embaumé les corps je ne sais comment pour les laisser exposés, de façon que personne ne puisse dire un jour que ce n'est jamais arrivé. Des milliers de corps, surtout d'enfants, beaucoup découpés en morceaux. Regarde « Shooting Dogs » si tu en as l'occasion. Bien meilleur qu'« Hôtel Rwanda ». Deux émeutes urbaines en cinq nuits. Un colonel des Maï-Maï m'a dit que ses meilleurs soldats avaient onze ou douze ans, et il m'a aussi raconté que ses hommes et lui peuvent transformer les balles en eau, ce qui leur donne l'avantage au combat. Quand je lui ai demandé la formule, il m'a dit que ça ne marcherait pas avec moi.

Tout le monde est malade, et j'ai rendez-vous avec le Pisse-Amiral la semaine prochaine. […]

Tu as reçu ma réponse à ta lettre ? J'étais très touché…

Je t'embrasse,
David

Le Carré relate ci-dessous sa rencontre avec Murat Kurnaz, qui allait lui inspirer Issa dans Un homme très recherché.

1. Il s'agit du *Chant de la mission.*
2. Nicholas Cornwell épouse l'avocate Clare Algar le 15 juillet 2006.

À NICHOLAS SHAKESPEARE

9 Gainsborough Gardens
Londres, NW3 1BJ

14 novembre 2006

Cher Nicholas,

Je suis enchanté d'avoir de tes nouvelles ! Je pensais que tu étais encore en Tasmanie, et j'apprends que tu es papa de deux fils (mazette !) et installé dans le Wiltshire. Les Anglais finissent toujours par rentrer au bercail – en soupirant et en pestant, comme les Russes, mais rien de tel que la mère patrie pour vous bousiller. Regarde donc Blair ! Comment avons-nous engendré ce sale m'as-tu-vu hypocrite ? Ce gamin qui joue à des jeux d'adultes et fout notre monde en l'air dans sa voiture de Oui-Oui ! Et aujourd'hui, il ose proposer « une nouvelle vision pour le Proche-Orient » ! Comme quoi ? Drainer la mer Rouge ? Bloquer le canal de Suez ? [...]

Je rentre de Hambourg aujourd'hui. À Brême, j'ai passé deux jours à interviewer un ancien détenu de Guantánamo. Le pauvre bougre a eu sa tête mise à prix au Pakistan, a été vendu à la CIA pour 3 000 $, torturé à Kandahar (électrochocs et immersion forcée), transporté par avion à Guantánamo, où il a été enfermé 4 ans et demi, libéré en août dernier. Il mène un combat judiciaire perdu d'avance contre les Allemands, les Américains et les Turcs. Personne ne l'a jamais accusé d'avoir un rapport même lointain avec le terrorisme. Mon vieux, ce type-là, c'est un homme un vrai. Grève de la faim de 20 jours, alimenté par sonde nasale, tabassé à de multiples reprises, mis à l'isolement pendant 5 semaines comme punition, réveillé toutes les 2 heures et transféré dans une autre cage pour le priver de sommeil. Il ne pouvait pas bouger les pieds plus que de la largeur de ses fers quand on l'a remis aux Allemands qui lui avaient fait porter le chapeau au départ.

Ce serait formidable de vous voir tous. Prévoyons une date. Je m'embarque dans un nouveau roman, mais c'est une épreuve. Juste pas une autobio, par pitié, et je ne suis toujours pas prêt à prendre un chien. Mes amitiés à Gillian[1], dont les adorables petits dessins décorent le bureau. Je vous embrasse tous, la famille et toi, cher ami.

Amitiés,
David

À BERNHARD DOCKE[2]

Par mail

9 février 2007

Cher maître,

Je vous transmets les salutations de Clive Stafford Smith[3], qui est un ami à moi. Ma belle-fille a travaillé avec lui sur des affaires de droits civiques à La Nouvelle-Orléans.

J'écris sous le pseudonyme de John le Carré et je travaille à un roman sur un jeune musulman tchétchène qui se retrouve en difficulté à Hambourg. J'aimerais beaucoup pouvoir vous interroger sur les communautés musulmanes de Brême et de Hambourg, et sur les lois allemandes en matière de droit d'asile des ressortissants étrangers. J'ai longuement rencontré Murat Kurnaz deux fois à Brême et j'ai suivi son affaire avec grand intérêt. Évidemment, je sais tout ce qu'il vous doit.

Pourrais-je vous persuader de déjeuner avec moi, à Brême ou à Hambourg, ou bien, si ce n'est pas possible, de me recevoir à votre cabinet ? Je serai à l'hôtel Atlantic Kempiski à Hambourg pour au moins une semaine à compter du 23 février et tout disposé à venir à Brême, bien sûr. Nous pouvons aussi nous rencontrer à Berlin si vos engagements vous y amènent.

Bien cordialement,
David Cornwell

1. Gillian Johnson, l'épouse de Nicholas Shakespeare, autrice et illustratrice.
2. Avocat allemand spécialiste des droits de l'homme, récompensé par différents prix, qui représente Murat Kurnaz.
3. Avocat qui représente des condamnés à mort aux États-Unis et des prisonniers de Guantánamo, fondateur de l'ONG juridique Reprieve.

Les lettres plus tardives de le Carré à son frère Tony se caractérisent par une intimité frappante.

À TONY CORNWELL

9 Gainsborough Gardens
Londres, NW3 1BJ

15 mai 2007

Très cher To,

Merci mille fois pour ta longue lettre si adorable et toutes les choses aimables et sages que tu écris sur nous, l'univers et cette « grande catastrophe », comme dirait Zorba le Grec. Oui, notre lien unique est indissoluble. Parfois, quand on prend de l'âge, notre enfance est le seul moment qu'on pense voir avec netteté. Mais ce qui se passe réellement, c'est sans doute qu'on lui colle sur le dos le fardeau de tout ce qu'on sait. Nous avons été des enfants gelés, nous le resterons à jamais. Le morceau de glace que tout écrivain doit avoir dans son cœur, selon G. Greene[1], chez nous, c'est une épaisse couche qui a été étalée sur notre corps tout entier dès notre plus jeune âge. Les enfants qui grandissent sans exemple d'amour hétérosexuel autour d'eux sont foutus dès le départ, et tous les beaux discours et la prétendue « tolérance » pour les autres orientations sexuelles n'y changent rien. La vraie question, c'est : « Qu'aviez-vous comme modèle sous les yeux à l'âge où ça compte vraiment ? » Les seuls poèmes dont on se souvient, ce sont ceux qu'on a appris dans l'enfance, et c'est à peu près la même chose en matière d'amour. On le cherche, on le simule, on l'imite et, quand on est vieux et qu'on a eu de la chance, on finit par y croire, mais c'est douloureux, c'est imparfait et on fait beaucoup semblant, comme pour la religion,

1. « Il y a un morceau de glace dans le cœur de tout écrivain », dit Greene dans son autobiographie *Une sorte de vie*. Le Carré utilisera cette même citation dans son discours d'acceptation du prix Olof-Palme le 31 janvier 2020.

dans l'espoir qu'un beau jour on l'aura pour de vrai. Alors, on s'est aimés, tous les deux, parce qu'on n'avait que nous, et on a réagi l'un à l'autre, en positif et en négatif, et on a vécu chacun dans la peau de l'autre, et on s'est révoltés contre cette captivité et contre le vide du reste de notre vie, et on a découvert la sexualité trop tard, comme tout le reste, et on a chacun suivi notre chemin, mais sans doute ces chemins étaient-ils au fond très similaires, ce qui est extrêmement agaçant, aussi. Notre géniteur était un aliéné, un fou furieux, et dans mon souvenir un homme répugnant. Je ne l'ai jamais pleuré, il ne m'a jamais manqué, je me suis réjoui à sa mort. Est-ce si terrible ? Je ne crois pas. Quand j'ai écrit sur lui, j'ai essayé de l'adoucir, mais en vain ; quand j'ai perdu la foi, c'est à lui que je l'ai reproché ; quand j'ai promis l'amour à droite et à gauche, c'était sa faute ; et quand j'ai rencontré notre mère, je l'ai trouvée étrange, irréelle. Je n'ai jamais pu comprendre comment on peut abandonner ses deux fils en pleine nuit et se draper dans sa dignité. Mais j'imagine que c'était juste une pauvre femme qui ne savait plus comment s'en sortir. Nous ne le saurons jamais. Peut-être étaient-ils tous deux bien plus banals que nous ne le supposons mais pas pour nous. Quoi qu'il en soit, ils nous ont bien foutu la vie en l'air. Si on avait été des gamins des rues, on aurait eu une meilleure vie, et de loin. Mais on était prisonniers de ce terrible Bürgertum anglais aseptisé, où on ne sait même pas se servir d'un tournevis, on est infoutus de faire du boulot d'ouvrier, de réparer la plomberie, de changer un pneu. On n'était nulle part, et obligés d'y rester pendus jusqu'à ce que quelqu'un coupe la corde. Tu te fais de grosses illusions quand tu me vois comme quelqu'un de « rangé », comme si toi tu ne l'étais pas parce que tu as traversé l'Atlantique. Les organismes pour lesquels j'ai travaillé étaient si extrêmes à tant d'égards qu'ils constituaient un genre de nirvana de l'anti-orthodoxie utilisé à des fins orthodoxes. Nous étions des rebelles en costume, et une grande partie de notre travail (probablement inutile) reposait sur un mode de pensée créative totalement anarchique. Aujourd'hui, on se dirait : « Tiens, et si on créait notre propre branche d'Al-Qaïda ? » Alors oui, au bout du compte, les finalités étaient sociétales, mais les moyens utilisés étaient ceux de Ronnie.

Mes nouvelles ? J'en ai plein. Trois films en préparation : « La Taupe », produit par Peter Morgan, « Notre jeu », un roman raté, adapté par un réalisateur américano-russe, et « Le Chant de la mission », scénario prévu pour juillet. Je suis plongé dans l'écriture d'un roman que j'adore, et ça avance bien. La Bodleian Library récupère mes archives, ma correspondance, mes manuscrits, tout le bazar, ce qui résout beaucoup de problèmes, surtout pour les enfants. Je pars à Berlin demain faire des recherches complémentaires. Mes sources sont des Tchétchènes, d'anciens prisonniers de Guantánamo, leurs avocats, etc. Un monde fascinant, horrible, avec cette normalité contagieuse que l'on trouve dans les services de cancérologie.

Fiston Nick nous a pondu d'un coup un magnifique roman de 600 pages, crois-le ou non, et les gens disent que c'est un génie, et je crois bien que ce petit saligaud en est un, figure-toi. Ses scènes de guerre sont superbes alors qu'il n'a jamais entendu ne serait-ce qu'une décharge de chevrotine, et il a un style formidable, plein d'un humour pince-sans-rire que les gens vont adorer. Une fresque immense, je n'aurais jamais cru qu'il portait cela en lui. Ah, les papas… Son livre va être proposé aux éditeurs par le meilleur agent littéraire de Londres la semaine prochaine. Il a demandé à Nick avec une certaine nervosité : « L'écriture, c'est de famille ? » Nick a répondu : « Eh bien, je suis le fils de JlC. » L'autre : « Euh, gardons ça pour nous dans l'immédiat. » Pas bête.

Mon très cher To, moi aussi je t'aime, très fort. La vie a fait de nous des siamois, la séparation était donc inévitable. Mes amis tombent comme des mouches, mais ce n'est pas grave parce que nous, nous sommes immortels. Je suis si heureux que tu aies trouvé ton bonheur avec Nettie, et la joie dans sa famille. L'expérience m'a montré que les Hollandais sont des gens exquis. Comme les Anglais. Seuls les gens bien s'inquiètent de savoir s'ils ont eu tort. Cela ne sert à rien de se flageller. Nous sommes au sommet de notre vie, pas au fond du trou, et on a bien de la chance.

Prends soin de toi,
David

Le grand journaliste Douglas Jackson, rédacteur en chef adjoint du Scotsman, *envoie à le Carré le manuscrit de son premier roman,* Caligula[1], *sur un jeune esclave qui devient gardien d'éléphant pour l'empereur fou que tout le monde connaît.*

À DOUGLAS JACKSON

9 Gainsborough Gardens
Londres, NW3 1BJ

23 avril 2008

Cher Doug Jackson,

Merci de votre lettre du 16 courant et de votre « Caligula », pour lequel je vous adresse toutes mes félicitations. Tim me dit que c'est votre premier roman, et je n'ai pas besoin de vous dire qu'avoir achevé cette folle entreprise, déjà, puis voir son bébé acheté par une grande maison d'édition réputée est un miracle en soi, par les temps (terribles) qui courent. Mais vous pouvez être fier de bien plus que ça, et je suis fort aise de vous le dire : vous savez écrire. Vous savez comment faire tenir un paragraphe, vous avez une bonne oreille pour le rythme de la phrase, et le lecteur (en tout cas, le présent lecteur) vous en est reconnaissant, apprécie votre maîtrise et poursuit sa lecture. Et je vous garantis que, vu les textes qu'on m'envoie en général, cela vous distingue déjà de l'immense majorité.

Cela étant dit, je suis désolé de ne pas pouvoir fournir une citation à votre éditeur. J'en donne très rarement, en général pour de la non-fiction, et votre œuvre est en dehors de mon domaine de compétence. J'ai pensé (mais vous et vos éditeurs aussi, j'imagine) à Robert Harris, qui serait idéal. J'espère que ma réponse ne vous découragera pas, car le but de ma lettre est l'exact opposé.

1. Le livre sera publié par Bantam Press. Quinze autres romans suivront, essentiellement sur la Rome antique, qui seront traduits en douze langues et se vendront à environ 500 000 exemplaires dans le monde entier.

Je trouve que vous avez les capacités et l'intelligence qui vous propulseront vers un succès mérité. Alors bonne chance !

Bien cordialement,
David Cornwell
(John le Carré)

Le dramaturge Robert Forrest a adapté cinq romans de le Carré pour BBC Radio, avec Simon Russell Beale dans le rôle de Smiley, le premier étant L'Appel du mort.

À ROBERT FORREST

Tregiffian
St Buryan
Penzance
Cornouailles

16 juin 2008

Cher Robert,

Merci beaucoup pour votre lettre. Comme vous, je suis enthousiaste à l'idée de ce projet, et j'adore la radio. Pour être honnête, j'ai toujours secrètement trouvé que c'est aux adaptations radiophoniques que mon œuvre se prête le mieux, et je crois qu'on pourrait donner à beaucoup de gens beaucoup de plaisir et de matière à réflexion. Et oui, surtout, amusez-vous, ça fait partie du travail. Dans mon cas, quand j'écris quelque chose qui fait peur, je me fais peur à moi-même, et quand je réussis un passage comique, j'éclate de rire. J'ai toujours trouvé étrange de savoir que le maître lui-même, PG [Wodehouse], ce maître de l'intrigue et de l'humour, était tout sauf amusant en société. Oui, Stevenson est un très grand[1], même s'il n'a jamais été totalement accepté par la bureaucratie littéraire parce qu'il

1. Forrest vient de signer l'adaptation radiophonique de *Hermiston, le juge pendeur*, de Robert Louis Stevenson.

a un tel talent de conteur. Mais c'est ainsi. Encore merci pour votre lettre. Ne vous laissez pas impressionner (et dites la même chose à Shaun[1]), mais simplement, je le répète, amusez-vous !

Bien à vous,

David

*August Hanning, chef de la sécurité intérieure de l'Allemagne, écrit pour remercier le Carré de lui avoir envoyé un exemplaire d'*Un homme très recherché. *Le roman raconte la lutte d'influence entre des agences de renseignement allemande et américaine à propos d'une opération antiterroriste, et se concentre sur le destin d'Issa Karpov, réfugié tchétchène musulman qui vit dans la clandestinité à Hambourg, ville où le Carré a occupé son dernier poste de diplomate.*

Hanning écrit à le Carré qu'il a créé un « monument littéraire » à la ville de Hambourg comme il l'avait fait pour Bonn dans Une petite ville en Allemagne. *Il évoque le conflit russo-tchétchène et se souvient d'avoir visité Beslan, théâtre d'une prise d'otages dans une école par des combattants tchétchènes dans laquelle plus de trois cents personnes, dont de nombreux enfants, ont trouvé la mort.*

À AUGUST HANNING

Par fax

Cornouailles

24 décembre 2008

Cher August,

Tout d'abord, je vous souhaite un très joyeux Noël, à vous comme à votre famille.

Merci beaucoup pour votre lettre, que j'ai été soulagé de recevoir et que j'ai lue avec grand intérêt et beaucoup de compassion. J'ai l'heur et le malheur de vivre dans un univers imaginaire

1. L'écrivain Shaun McKenna a adapté quatre des romans avec Smiley pour la série d'émissions *The Complete Smiley*.

parallèle aux réalités de votre profession, de le pétrir et de le modeler jusqu'à ce qu'il donne l'illusion du vaste monde dans lequel le lecteur peut se retrouver. En conséquence, je reçois critiques et compliments de deux fronts : ceux qui connaissent le monde réel et sont furieux que je l'aie mal dépeint, et ceux qui prennent mon univers parallèle pour la réalité. Dans les interviews et débats publics auxquels j'ai participé, cependant, j'ai eu l'impression d'avoir posé certaines questions utiles, même si c'était à grands traits : la relation entre l'Allemagne et les USA telle qu'elle se définit dans la « guerre contre le terrorisme » ; le risque de voir les échelons subalternes des services de sécurité de nos pays respectifs contribuer toujours plus (même si c'est involontaire) à la diabolisation de l'Islam dans son ensemble et non de l'islamisme en particulier ; la croissance fulgurante des services de renseignement depuis le 11 Septembre, au prix d'une perte qualitative et d'une augmentation des marges d'erreur. Sur beaucoup de ces sujets, l'Allemagne de mon roman a inévitablement servi de bouc émissaire pour ce qui s'était déjà produit dans mon propre pays, où des lois draconiennes, des abus de pouvoir et une soumission presque ancillaire aux exigences américaines nous ont fait franchir la ligne rouge. En Allemagne, si je ne me trompe pas dans ma lecture, votre Constitution solide et votre conscience aiguë des périls des régimes non démocratiques ont imposé une retenue bien plus grande (et admirable) quant au déploiement et aux pouvoirs des forces de sécurité. À mes yeux, que le Neue Zürcher Zeitung décrive l'organisation du renseignement allemand (et en particulier de la sécurité) comme eine ewige Baustelle[1] n'est pas négatif, loin de là. Dans mon opinion excessivement gauchiste, mieux vaut l'anarchie dans un monde sécuritaire que la perfection.

Sur la Tchétchénie, nous avons des expériences différentes mais très comparables. Grâce aux bons offices d'Issa Kostoïev, député ingouche à la Douma et officier de police légendaire aujourd'hui décédé, j'ai passé beaucoup de temps à Moscou avec des groupes tchétchènes et ingouches, et j'ai appris ce que cela faisait d'être un Untermensch aux yeux des Russes.

1. « Un chantier permanent ».

Leurs histoires de persécution, de deuil, de torture de masse par l'occupant russe sont aussi indélébiles dans ma mémoire que les vôtres sur les veuves et les mères horrifiées de Beslan. Je suis également allé dans les camps de réfugiés palestiniens au Sud-Liban pendant les bombardements israéliens et à Chatila peu après le massacre de Palestiniens par les chrétiens libanais sous contrôle israélien. Ce poème de W. H. Auden traite de notre expérience à tous les deux :

> Moi et les autres, nous savons
> Ce que tous les écoliers apprennent :
> Ceux qui subissent le mal
> Font le mal en retour.

Mais je crois que nous sommes d'accord sur plus de choses que nous ne le pensons concernant le monde réel, et avant tout sur le fait qu'il n'y a pas de solution à long terme pour le terrorisme dans aucun des camps (quels que soient ces camps) sans une négociation et une réinvention radicale de la politique et de la culture. Si c'est ce qu'Obama vous propose, alors les quatre prochaines années ne seront peut-être pas aussi mauvaises que le prévoient les économistes !

Cher August, je renouvelle mes amicales salutations à vous tous, et Jane se joint à moi. Que vous ayez pu prendre le temps de lire mon roman est un grand compliment, car je ne peux qu'imaginer les impératifs de votre vie et admirer la force et le dévouement avec lesquels vous les supportez.

Bien à vous,
David

P.-S. « La Bande à Baader » m'a beaucoup déçu, à la fois sur la question des motivations et sur la reconstitution de l'ambiance politique de l'époque[1].

1. *La Bande à Baader*, sortie en 2008, est nominée dans la catégorie meilleur film étranger aux Oscars.

Dans une lettre à le Carré en date du 11 janvier 2009, August Hanning analyse l'immigration et l'intégration des musulmans en Europe au fil des trente années précédentes. Il mentionne les sentiments mitigés envers les immigrés musulmans en Allemagne : « Depuis le temps des Croisades [existe] le sentiment sous-jacent d'une menace musulmane sur le "monde chrétien". La société majoritaire en Allemagne constate aujourd'hui le nombre croissant de communautés musulmanes dont l'assurance ne cesse d'augmenter, et cela crée la peur. »
Hanning reconnaît que, les services de renseignement allemands opérant dans seize états fédéraux, « notre système n'est pas facile à comprendre de l'extérieur et présente certains défauts », mais trouve qu'il fonctionne bien néanmoins.

À AUGUST HANNING

Par fax

Londres

18 janvier 2009

Cher August,

Merci beaucoup pour votre longue et passionnante lettre du 11 janvier. Permettez-moi de vous apporter en guise de réconfort une petite boutade qui n'a pas fait sourire l'ami de mon ancien service auquel je l'avais aussi servie : dans une démocratie saine, il n'est pas souhaitable que les services de renseignement soient totalement efficaces, ni réellement admirés. Le ewige Baustelle a de multiples architectes et les clients modifient leur cahier des charges d'un jour sur l'autre. Et l'éternel conflit entre ce qui est efficace et ce qui est tolérable éthiquement perdure, et tant mieux, car ce sont là les principes mêmes sur lesquels sont fondées nos démocraties et, comme je crois vous l'avoir déjà dit, l'Allemagne s'y est jusqu'ici accrochée plus fidèlement que la Grande-Bretagne.

Je partage totalement votre analyse de la situation actuelle des musulmans en Allemagne et de son substrat historique et culturel, et je la respecte. Les différences entre nos deux pays à ce sujet sont de deux ordres, me semble-t-il :

1) La religion chrétienne telle qu'elle est pratiquée en Allemagne n'existe plus en Grande-Bretagne. Les croyants vont très peu à la messe, nous avons une Église anglicane boursouflée du haut (on compte plus d'évêques que de communiants et la reine est gouverneur suprême de l'Église) et une Église catholique dont les fidèles sont essentiellement des immigrés irlandais (et une minorité d'aristocrates ayant survécu à Henri VIII...). En tant que force sociopolitique, donc, le christianisme est bien moins efficace en Angleterre qu'en Allemagne.

2) Notre passé colonial, pour honteux qu'il ait pu être, nous a légué une proximité traditionnelle, quoique biaisée, avec les « gens de couleur » de nos anciennes possessions, et l'immigration en Grande-Bretagne a aussi une histoire plus ancienne et des motifs plus évidents. Aujourd'hui, un Britannique sur dix est métis, ce qui aboutit à une réduction progressive de certaines fractures culturelles. Ainsi, l'assimilation souhaitable dont vous avez parlé à Oettingen a l'air de fonctionner chez nous, même si c'est à toute petite vitesse. À cet égard, l'élection d'Obama aura (et a déjà) un effet immensément bénéfique sur les préjugés traditionnels.

En revanche, dans le contexte britannique, les origines du militantisme et de la colère islamistes sont bien plus anciennes qu'en Allemagne. Nous sommes responsables de nombreux éléments déclencheurs du présent conflit : nous avons promis la Palestine aux deux camps, nous avons accepté et appuyé la partition de l'Inde et la création du Pakistan et du Bangladesh, nous avons œuvré en sous-main à la destitution de Mossadegh et à l'installation du chah, nous nous sommes ridiculisés à Suez et de nouveau en Irak, et avec la création de l'Irak, en collusion avec les Français, nous avons fabriqué une bombe à retardement. Les vainqueurs oublient, mais les victimes ont la mémoire terriblement longue, et nous avons payé pour cela et nous paierons encore, exactement comme en Irlande. [...]

Tout cela pour dire que, du côté de la Grande-Bretagne, il existe de très solides raisons historiques pour lesquelles nous méritons d'être haïs. Des raisons, mais pas pour autant des excuses, pour toutes ces menaces qui nous font peur à juste titre aujourd'hui. Ce sur quoi nous sommes totalement d'accord, vous et moi (et par ailleurs, je crois que nous n'avons aucun désaccord), c'est que nous ne pouvons pas traiter les symptômes sans nous attaquer à la maladie elle-même. Non pas en décimant les Gazaouis, mais en négociant de façon créative et résolue.

Merci beaucoup d'avoir si bien écrit, et pardonnez-moi cette lettre interminable. Au fait, j'ai rencontré Peer Steinbrück[1] à Hambourg et je l'ai écouté me parler jusqu'au petit matin. Je n'en suis pas ressorti très rassuré sur la situation économique !

Cher August, je vous envoie comme toujours mon meilleur souvenir.

Bien à vous,

David

1. Ministre des Finances allemand de 2005 à 2009.

UN TRAÎTRE À NOTRE GOÛT

Les dernières nouvelles que j'ai eues du vrai Dima étaient qu'il essayait d'expliquer à la police de Moscou pourquoi il avait deux hommes d'affaires enchaînés l'un à l'autre dans sa cave. Il est sorti de ma vie, mais il y est resté en tant que personnage sur lequel écrire un jour.

– dans une interview avec Robert Siegel
sur NPR en 2010

Un traître à notre goût paraît en septembre 2010, premier roman de le Carré publié chez son nouvel éditeur, Viking Penguin. Au fil des huit années suivantes, l'ensemble de son œuvre sera réédité dans la collection « Penguin Modern Classics ». Plus que jamais auparavant, la vie de le Carré entrecroise les projets de livres et de films, accélérés par la société de production créée par ses fils Simon et Stephen, Ink Factory. Alors qu'il passe les quatre-vingts ans, son rythme de travail est phénoménal.

En 1993, alors qu'il faisait des recherches pour Notre jeu, *le Carré a rencontré un parrain de la mafia russe, Dima, dans sa boîte de nuit moscovite. L'homme avait tué l'amant de sa mère à quatorze ans et était « le portrait craché de Kojak ». Seize ans plus tard, Dima fait une entrée fracassante dans* Un traître à notre goût *en tant que blanchisseur d'argent pour la mafia russe désireux de passer à l'Ouest. Le Carré envoie des extraits du premier jet du roman à Federico Varese, professeur de criminologie à Oxford et auteur de* The Russian Mafia, *en sollicitant son aide pour finaliser le personnage.*

À FEDERICO VARESE

9 Gainsborough Gardens
Londres, NW3 1BJ

21 avril 2009

Cher Federico,

Voici la première centaine de feuillets. Vous repérerez facilement les points sur lesquels j'ai besoin de vos conseils : les biographies détaillées et les antécédents d'Anna et de Dima, des précisions sur l'enfance de Dima… (Je doute qu'il ait réellement pu choisir de rester au goulag avec sa mère, donc nous aurons besoin d'inventer autre chose, comme pour son intronisation dans une confrérie : on décide de quelle confrérie et on rend le tout plausible.) Ensuite, le premier frère de Dima : je le vois comme le vor[1] russe de Rome que vous m'avez décrit, et

1. Un *vor* est un membre intronisé dans une caste de truands russes, les Vory (de *vory v zakone*, « voleurs dans la loi »).

j'imagine que Dima et son premier frère (l'expression est de moi – ça passe ?) ont siphonné une part des bénéfices et se sont attiré les mauvaises grâces des boss, ou à l'inverse les boss ont siphonné une part des bénéfices et Dima et son premier frère l'ont découvert.

Maintenant, pour la vision d'ensemble : la carte est un schéma des opérations de blanchiment d'argent de la mafia, qui montre comment les fonds issus de toutes les activités illicites (armes, nucléaire, drogue, trafic d'êtres humains, racket, blanchiment, etc. ?) sont orientés vers une banque unique, et cette banque (même si on ne le dit pas encore à Perry) se trouve à Londres (enfin, le sera quand elle aura été créée), où elle a le soutien de figures « respectables » de l'establishment qui seront au CA ou salariés. La liberté que je m'autorise (là encore, j'aurai besoin de vos conseils ou de ceux de Lander), c'est d'attribuer des pratiques criminelles à des oligarques. Par exemple, un oligarque fictif en Grande-Bretagne peut-il aider cette banque à obtenir sa licence ?

Voilà déjà de quoi vous occuper. Vous verrez que j'ai beaucoup utilisé vos informations, et j'ai hâte que nous nous rencontrions dès que vous aurez pu lire ces pages. Tout est modifiable, rien n'est gravé dans le marbre.

J'espère que ça s'est bien passé pour vous à Bruxelles. Avez-vous visité le musée africain du méchant roi Léopold ? Un vrai film d'horreur.

Bien à vous,
David

P.-S. Je garde une copie de toutes nos lettres, évidemment !

Le retour de Varese se fait par oral lors d'une rencontre avec le Carré, mais il existe un mail en date du 28 avril 2009 dans lequel il écrit : « Le thème de la mafia russe qui fusionne peu à peu avec l'État est à la fois factuellement correct et pertinent pour le roman (et il reflète ce que David va dire sur ce pays). Soit les vieux mafiosi acceptent de devenir des affidés des intérêts de l'État russe, soit ils sont éjectés. » Il lance l'idée que Dima pourrait s'être épris d'Anna quand elle est venue travailler dans une clinique privée dont il est propriétaire.

Ann, la première épouse de le Carré, mariée en secondes noces à Roger Martin, meurt le 2 juin à l'âge de soixante-seize ans. Ann et Roger étaient venus en Cornouailles pour l'éclipse de soleil d'août 1999 et pour le mariage de Nicholas, entre autres événements impliquant la famille élargie.

À ROGER MARTIN

9 Gainsborough Gardens
Londres, NW3 1BJ

3 juin 2009

Cher Roger,

Personne n'aurait pu être un époux plus fidèle, honorable et dévoué pour Ann, dans la maladie et la santé, ni un ami et un soutien plus loyal pour ses / nos enfants, tes beaux-enfants. Nous savons tous avec quelle force, quelle patience et quel courage tu as pris soin d'elle durant ces dernières années si difficiles et douloureuses, et nous tenons à t'en remercier du fond du cœur, Jane et moi les premiers. Je t'envoie donc mes condoléances les plus sincères (et, oserai-je dire, fraternelles) et mes remerciements admiratifs.

Je me demande si, d'une certaine manière, ce n'est pas pour le mieux. Comme nous pouvions nous y attendre, Ann a fait preuve d'un courage surhumain, mais la souffrance due à ces opérations à répétition et à l'accumulation des traitements, ainsi que l'épuisement moral d'avoir livré bataille contre tous ces malheurs l'affectaient de façon visible ces derniers mois, nous a-t-il semblé. Et toi, son preux chevalier, tu as constamment été près d'elle pour repousser les ombres qui s'approchaient. Qu'elle se soit réconciliée avec nous tous et qu'elle en soit fière, qu'elle ait trouvé au fond d'elle-même la force de me pardonner (ou presque) ma trahison et d'apprécier l'amitié que nous avons construite tous les quatre avec tant de réussite, telle était sa satisfaction, comme elle le restera pour nous tous. Nous sommes devenus ce qu'elle souhaitait plus que tout : une famille recomposée authentique et presque idéale, unie par son bon cœur et ses besoins concrets. C'était même devenu assez magique, pour elle, et étonnant : la présence de l'amour sous d'autres formes, un amour qui durait et ne faisait que croître et non s'évaporer. Ta propre contribution à cette magie est inestimable. Et dans cet esprit, je t'envoie ma profonde gratitude, toute mon affection et ma tristesse partagée.

Bien à toi,
David

À JEAN CORNWELL

9 Gainsborough Gardens
Londres, NW3 1BJ

4 juin 2009

Chère Jeannie,

Vous aurez appris la triste nouvelle, pour Ann, et vous imaginez sans peine le tourbillon qui s'est ensuivi : quatre fils et leurs épouses, quatorze petits-enfants [...].

C'est très étrange d'être un ex-mari en deuil. Un rôle aussi difficile à interpréter correctement que celui de seconde épouse du premier mari ou de second mari de la disparue qui reçoit une telle foule de personnes endeuillées, mais bon, c'est ainsi. Mon problème, c'est que je suis triste et en même temps je glousse. Vous voyez ce que je veux dire ? Nos véritables émotions sont si éloignées de leur expression rituelle qu'il y a toujours une sorte de fossé humoristique dans lequel tombent les moins équilibrés...

Le mystère, c'est qui on était à l'époque, et pas qui on est aujourd'hui. Mais ce qui est certain, c'est que les garçons sont ravagés de douleur et veulent organiser une cérémonie qui soit à la hauteur, et moi, leur papa, je veux qu'ils réussissent à le faire. D'une certaine manière, je suis aussi ravagé, même si j'ai trahi cette relation il y a environ deux siècles et si je l'ai maintenue pour le bien de la famille, les considérations pratiques et l'amour perdu.

Par contraste, les nouvelles de notre côté sont honteusement bonnes. Mon nouveau livre avance bien, nous n'avons aucun souci de santé, Brad Pitt vient d'acheter *Le Directeur de nuit*, un vieux roman à moi, pour produire un film dans lequel il jouerait (ce qui, évidemment, est une loterie), trois autres livres vont aussi être adaptés en films, l'un dont le tournage va commencer bientôt, et l'adaptation de BBC4 (la radio) semble bien accueillie et va se poursuivre jusqu'en mai de l'année prochaine (incroyable, non ?).

Demain nous allons à Berne, où je dois prononcer un discours en allemand à la cathédrale lors d'une commémoration de la fondation de l'université, qui m'a récemment octroyé un doctorat pour avoir été son étudiant le plus médiocre pendant dix mois… Après, nous allons à Paris assister à la finale hommes de Roland-Garros, parce que j'ai une scène de mon nouveau roman qui s'y déroule. Ensuite (jeudi prochain), on rentre, et je passerai vous voir peu après. Je suis désolé que nous ayons été si peu présents, mais nous étions terrés en Cornouailles afin que je puisse écrire.

Tony a fait surface pour présenter ses condoléances. Il va avoir 80 ans en août. Fichtre !

Pardonnez-moi cette longue missive, mais les lettres, c'est quand même plus amusant. Nous pensons souvent à vous et vous envoyons nos affectueuses pensées.

David

À FEDERICO VARESE

Par mail

3 juillet 2009

Objet : Manuscrit

Cher Federico,

Nous allons vous envoyer lundi les 170 premières pages de mon roman, que j'ai beaucoup retravaillé et restructuré. Je vous serais très reconnaissant si vous pouviez encore vous en infliger la lecture. Vous verrez que j'ai condensé et réorganisé l'histoire pour renforcer la puissance narrative, et j'espère que ce n'est pas au prix de la crédibilité dans les domaines où vous êtes roi. Si c'est le cas, n'hésitez pas à me le faire savoir.

Chaque roman a son chapitre crucial. Pour celui-ci, c'est le 6[1]. D'un point de vue créatif, tout ce qui suit est une descente aux enfers : Paris, Berne, les magouilles bureaucratiques à Londres, une fin très noire.

Les chapitres à venir comprendront aussi les négociations avec Dima à son retour de Moscou, et j'aurai encore besoin de vos services. Dans l'intervalle, j'attends votre réponse avec impatience. [...]

Avec nos amitiés à votre famille et vous-même.

Bien cordialement,
David

Ralph Fiennes a tenu le rôle principal dans The Constant Gardener, *sorti en 2005, l'une des adaptations de l'œuvre de le Carré qui a remporté le plus beau succès critique et commercial. Au moment de cette lettre, le Carré vient de remettre le manuscrit d'*Un traître à notre goût *à son éditeur.*

1. Dans le chapitre 6 d'*Un traître à notre goût*, Perry Makepiece raconte sa rencontre avec le Russe Dima à l'officier du renseignement britannique Hector Meredith.

À RALPH FIENNES

Tregiffian
St Buryan
Penzance
Cornouailles

7 octobre 2009

Cher Ralph,

J'aurais dû te remercier depuis bien longtemps pour ta lettre si drôle envoyée de Suisse. Les Suisses sont géniaux. Je ne connais aucun autre pays dont tant de citoyens sont conformes aux stéréotypes nationaux. Je te recommande vivement une série de petits romans satiriques du XIXe siècle, « Les Gens de Seldwyla », si je ne me trompe pas. L'auteur, Gottfried Keller, les croque à merveille et toutes les blagues tiennent encore la route aujourd'hui.

De notre côté, que des bonnes nouvelles, qui expliquent mon silence. Je viens de rendre un roman que j'aime vraiment bien. Je l'ai entièrement écrit ici, pour une fois, avec zéro vie sociale et dodo à 21 h 30, donc pas vraiment une recette magique pour l'inspiration, mais bon, quelque chose a pris forme quand même. Le dernier livre que j'avais écrit sans aucune recherche, sans voyage, sans conflits émotionnels imprévus, c'était « La Taupe ». Et à un moment pour celui-ci, j'ai emporté les 300 premières pages au sommet de la falaise et je les ai brûlées tellement j'étais insatisfait – cinéma typique de l'auteur qui cherche à se faire plaindre, puisque Jane avait une copie du texte. Bref, une fois qu'il sera sur épreuves, je t'en enverrai un exemplaire pour te distraire – et sans doute rien de plus, parce que, pour une fois, je pense qu'il n'y a pas de rôle dedans qui t'intéresserait, alors que dans la plupart de mes autres romans, il y en a toujours au moins 3 dans lesquels je te verrais bien !

Partie suivante de cette lettre : « mes projets cinéma ». Comme toujours, on touche à la farce. Peter Morgan a écrit un scénario pour le film adapté de « La Taupe » qui n'a plu à personne (et à moi encore moins). Tous les réalisateurs pressentis ont dit : « Pourquoi vouloir toucher à ce qu'a déjà fait Alec, et comment pourrait-on faire mieux ? » Or c'est impossible. Apparemment, Morgan a quitté le navire, et un réalisateur suédois de films de vampires (?) du nom d'Alfredson a été engagé pour travailler avec de nouveaux scénaristes. (C'est un projet Working Title / Universal.) J'ai vu son précédent (« Morse ») et j'ai hâte de voir comment il va s'y prendre sur un film destiné aux + de 14 ans.

Le scénario du « Chant de la mission » circule (Curtis & Wade[1]), mais je ne sais pas s'il a suscité une offre. « Un homme très recherché », qui me tient vraiment à cœur, est en cours de scénarisation par Ronan Bennett, qui n'a pas encore pondu son œuf. Et Brad Pitt a ressorti « Le Directeur de nuit » (qui, au passage, aurait été parfait pour toi, ou plutôt serait parfait pour toi) de l'embrouillamini contractuel dans lequel il était embourbé, et aux dernières nouvelles c'est prévu pour la fête du Travail, sauf que j'ignore quand ça tombe aux US, donc me voilà fort marri.

Nous venons à Londres ce week-end pour un marathon : agents, éditeurs, Tim Bevan, vampires suédois, anniversaires de famille et (enfin !) un ou deux bons restaurants. Nous voyons Annie C. W.[2] quand nous en avons l'occasion. Elle est toujours terriblement affectée et très seule. Ce qu'il peut me manquer à moi aussi, comme à toi, je suis sûr !

Si tu es dans les parages et d'humeur, on se voit pour manger ? On t'invite à la maison avec plaisir, ou on se fait un restau. Je n'ai aucune idée de ton agenda en ce moment, donc si tu es sur quelque tournage à l'autre bout du monde et si tu ne reçois pas cette lettre, pas de souci !

Amitiés de nous deux,
David

1. Neal Purvis et Robert Wade, coscénaristes de sept *James Bond*, ont produit une adaptation du *Chant de la mission* qui n'a toujours pas vu le jour. Le Carré avait une mauvaise mémoire des noms. Un jour, après un coup de fil avec les gens de Working Title, il s'est dit stupéfié par l'enthousiasme général quant au fait que Barry Goldman (un acteur dont il n'avait jamais entendu parler) ait accepté le rôle de George Smiley dans *La Taupe*.

2. Allusion à l'épouse du producteur de *The Constant Gardener*, Simon Channing Williams, mort en avril. Channing Williams, qui habitait en Cornouailles, était entré dans la vie de le Carré peu avant le décès de son ami proche John Miller.

À AL ALVAREZ

Par mail

26 octobre 2009

Al, je me suis dit que ça t'amuserait. Mes instructions pour Penguin dans le monde entier. D

NOTICE D'ENTRETIEN DU VIEIL AUTEUR

Veuillez ne pas m'offrir
– de soirées de lancement pour mes livres ni pour ceux des autres,
– de cadeaux de Noël ou d'anniversaire,
– de livre-hommage surprise à l'occasion de mon quatre-vingtième anniversaire dans deux ans,
– de cocktails mondains ou de dîners de gala,
– de déjeuners avec des journalistes ou des critiques influents,
– de propositions téléphoniques auxquelles je réponds systématiquement « oui » en laissant à Jane la tâche ingrate de dire « non ».

Écriture, lecture, promotion et communication en général
– J'écris tous mes livres à la main. Je sais à peine taper (sauf des mails avec un seul doigt). C'est Jane, et personne d'autre, qui effectue pour moi l'interminable travail de saisie de mes manuscrits et qui est ma partenaire en toutes circonstances littéraires et professionnelles. Sa parole est ma parole (sinon mieux). Donc quand vous tombez sur Jane, ce n'est pas du second choix, c'est le fin du fin.
– Je lis très lentement et je souffre sans doute de dyslexie dans mon vieil âge. En un an, je termine la lecture de bien peu d'ouvrages, pour la plupart des classiques ou des essais. Je n'ai pas lu un thriller depuis une éternité et j'ignore presque tout de mes confrères et de leur travail. Je déteste la « scène littéraire ».
– Je ne soumets jamais mes livres aux jurys des prix littéraires (comme le Booker Prize) et je n'ai pas l'intention de m'y mettre maintenant.

– Pour tout ce qui concerne les questions éditoriales, vous constaterez que je suis excessivement réactif. Il convient dès lors de trouver un moyen de contrôler cette hyperactivité. Je vous propose que toutes ces questions, d'où qu'elles proviennent, en interne ou de quelque point du globe, soient traitées par un seul et même éditeur à Londres. Si l'on excepte les questions liées aux inévitables différences d'usage entre anglais américain et anglais britannique, que je peux gérer directement avec New York, tout ce qui concerne la qualité narrative, l'esthétique, les personnages, la structure, etc. (par exemple « je n'ai pas tout suivi entre les pages 83 et 208 ») devra passer par mon éditeur londonien plutôt qu'arriver en ligne directe des États-Unis. À mes yeux, le meilleur éditeur est celui qui diagnostique à son gré, mais sans jamais suggérer de remède ni de formulation alternative.

– Je me sens désarçonné face à une multiplicité d'interlocuteurs au sein d'une même maison d'édition. Si X m'envoie un projet de texte de présentation, Y une maquette de couverture et Z une demande d'interview, je n'arrive plus à savoir qui est au courant de quoi et qui est responsable du projet.

– J'ai une tendance pathologique à la révision. C'est ainsi que mes livres se construisent, et c'est un processus qui se poursuit sur de nombreuses versions préliminaires et au moins deux jeux d'épreuves.

– Ce qui m'apparaît comme la relation idéale avec un éditeur est celle que j'ai eue pendant vingt-cinq ans avec Bob Gottlieb, chez Knopf, qui, à sa propre demande, centralisait tout. Je me soucie à l'extrême de la couverture, de la maquette, de l'épaisseur et de la durabilité du papier, de la façon dont on présente le livre. Bob fonctionnait comme moi, donc nous n'avons jamais eu aucun problème.

– Bref, si on me laisse le champ libre, je suis insupportable sur toutes ces questions, mais mon agent est là pour jouer les médiateurs.

<u>Promotion nationale et internationale</u>

– Je suggère que nous passions exclusivement par mon agent. Je ne suis pas allergique à la promotion, juste saturé. Si je pouvais vivre à l'avenir dans un monde dépourvu d'interviews, je serais un écrivain plus heureux. Je déteste passer à la télévision, je n'ai rien à dire que je n'aie déjà dit (et sans doute contredit) des centaines de fois. Je ne partage pas l'opinion qui voudrait que la couverture médiatique soit synonyme de ventes, et je suis tellement consterné par l'état de notre planète que, quand on me lance là-dessus, cela donne des articles atrocement déprimants.

– Le territoire le plus rude pour moi, ces temps-ci, c'est l'Amérique, où l'on me présente comme anti-américain, antisémite, anti-Dieu et anti-tout et tout le monde. Défendre mon image là-bas est à peu près aussi utile que de déclarer : « Non, je ne suis pas un pédophile. »

– Mieux vaut laisser parler les livres.

– À soixante-dix-huit ans, j'ai l'impression de vivre une période intense de créativité qui ne pourra pas durer éternellement. Si les douze mois à venir devaient être consacrés à un livre que j'ai écrit plutôt qu'à celui que je devrais être en train d'écrire, ce serait dommage pour tout le monde.

Critiques

– Un demi-siècle à faire l'objet de recensions m'a appris qu'il n'y a rien de nouveau sous le soleil de la critique. Dans mon dernier roman, les gentils trouveront tout ce qu'ils éprouvent le besoin d'adorer et les méchants tout ce qu'ils éprouvent le besoin de brûler. Le temps passant, je fais plus de transfuges que de convertis.

– Jane lit les principales critiques et m'en fait un condensé. Je me plonge dedans lorsqu'il s'agit de compiler des citations pour l'édition de poche.

Projets

– Veuillez ne pas me demander le sujet de mon prochain roman. Ma réponse est invariablement : « le golf », un sport que je ne pratique pas et auquel je n'ai aucune envie de m'adonner.

Last but not least

Mon pseudonyme s'écrit avec un « l » minuscule qui contrevient à toutes les normes orthographiques du français. Pour des raisons freudiennes, ce « l » minuscule est devenu pour moi une obsession, l'âge venant. Faites-moi le plaisir de vous y conformer et soyez gentils de demander à vos interlocuteurs d'en faire autant.

Je suis très heureux d'être édité chez Penguin.

À bientôt quatre-vingts ans, le Carré chérit son rôle de grand-paterfamilias.

À JEAN CORNWELL

9 Gainsborough Gardens
Londres, NW3 1BJ

13 janvier 2010

Très chère Jeannie,

Nous sommes allés au Cambodge avec Nick et Clare, dans un hôtel de luxe à Siem Reap, près d'Angkor Vat et de ses temples magnifiques. Au bout de 5 jours, on a repris l'avion pour Bangkok, et de là pour Chiang Mai, où Simon et Mimi ont bâti une immense maison traditionnelle thaïe en séquoia, magnifique, avec une annexe très occidentale et (Dieu merci !) climatisée. Nick et Clare logeaient dans la chambre d'amis, un genre de maisonnette individuelle dans la cour, et Jane et moi étions descendus à quelques kilomètres dans une autre petite maison très confortable sise sur le terrain d'un grand hôtel hideux et désert, consacré à la contemplation bouddhiste, sauf qu'on n'a jamais vu personne contempler quoi que ce soit d'autre que le petit déjeuner.

On est montés à dos d'éléphant, on a visité des temples isolés et une grotte renfermant des sanctuaires bouddhistes, et on s'est empiffrés de nourriture thaïe excellente. Mais le plus beau, c'était l'enchantement d'un festin de Noël familial idyllique, dégusté en plein air à la lumière des bougies et du clair de lune. Simon avait préparé une dinde importée de Nouvelle-Zélande et il nous a servi son Christmas pudding maison rapporté de Londres. Il était assisté par d'adorables serviteurs très discrets, Mimi en parfaite hôtesse de maison thaïe qui présidait avec grâce et leurs deux fils qui se liaient avec Nick & Clare. Jane et moi étions sans mots face à la magie de ces instants.

Beaucoup de choses incroyables en ce moment pour notre famille. Dimanche prochain, nous célébrons les 18 ans de Danny, le plus jeune fils de Simon & Mimi. Tim et Alice vont venir en avion d'Édimbourg, Stephen est arrivé de Californie (cf. plus bas), et Nick & Clare seront aussi présents, ce qui veut dire que mes quatre fils seront tous là pour la première fois depuis les obsèques d'Ann. Nous avons réservé deux grandes tables rondes dans une brasserie de Camden, mais Danny n'aura pas de gâteau parce que son vrai anniversaire est deux jours plus tard et que Mimi tient à lui en préparer un.

Et donc, Stephen est ici pour produire avec Simon un film adapté de mon nouveau roman, qui paraît en octobre sous le titre Un traître à notre goût, et un autre adapté du précédent, plus quelques projets à eux qu'ils pensent pouvoir lancer. Ils appellent leur société « White Hare[1] », du nom de la piste de ski à Wengen où ils ont pris la décision de se lancer ensemble dans la production. Simon va rester partenaire dans sa boîte de capital-risque, mais il diminuera son temps de travail là-bas à mesure que l'activité de production décollera. Bien sûr, il a de l'expérience dans la levée de fonds et tout le côté opérationnel des entreprises, mais il a aussi su préserver son côté créatif. Quant à Stephen, son activité de scénariste commence à porter ses fruits et lui permet d'en vivre : il a un film en tournage à Berlin avec Liam Neeson dans le rôle principal et une pléiade de vedettes. Ils vont progressivement reprendre tous mes romans qui n'ont pas encore été adaptés pour le cinéma (et certains qui l'ont déjà été mais peuvent être refaits), et j'espère que Tim apportera aussi son talent à leur entreprise. Que de bons augures, et ils sont tous très contents !

Nick vient de finir son nouveau roman et est en phase de relecture avant de le soumettre aux éditeurs via son agent, qui en pense grand bien. Clare, sa femme, est une militante des droits civiques très en vue, et elle gère Reprieve avec un talent notable.

1. White Hare deviendra finalement Ink Factory.

Bref, nous sommes tous en pleine forme, avec des liens très forts et positifs entre les garçons, ce qui me comble.

J'ai été ravi de voir Charlotte juste avant son départ. Elle a l'air d'avoir bien réfléchi à son plan de vie, mais je crois qu'elle aura peut-être du mal à quitter son université, où elle est devenue un élément précieux du département des arts et un pilier de ses relations publiques. À mon avis, quand elle va vouloir démissionner, ils vont lui faire une offre qu'elle ne pourra pas refuser ! Par exemple lui donner une promotion, et plus de temps pour jouer et pour venir en Grande-Bretagne. Ce n'est qu'une intuition, on verra bien. Quoi qu'il en soit, elle s'est construit un immense succès là-bas, et vous devez être très fière d'elle, comme nous le sommes tous[1].

Dernière chose (en confidence) : fin mars, je vais recevoir une récompense d'un des pires torchons, le Sunday Times, pour ma « réussite littéraire ». C'est un énorme truc, et je vais le recevoir au théâtre Sheldonian d'Oxford, avant un dîner co-organisé par la Bodleian Library, la bibliothèque qui récupère mes papiers et manuscrits. La liste des précédents primés était irrésistible. Ce ne sera pas annoncé publiquement avant mi-mars. Voilà pour les nouvelles.

Jane et moi viendrons vous rendre visite quand Stephen sera reparti en Californie à la fin du mois. En attendant, puisque je sais que vous aimez les lettres, en voici une, avec toute mon affection.

Jane se joint à moi pour vous souhaiter, comme à nous tous, une bonne année !

Affectueusement,
David

Jean Cornwell décédera en 2013 à l'âge de quatre-vingt-seize ans. David, Charlotte et Rupert Cornwell prendront la parole à ses obsèques. « J'ai toujours pensé que mère incarnait à elle seule l'histoire du XX*ᵉ siècle », dira Rupert. Née juste avant la fin de la bataille de la Somme, elle a connu la Grande Dépression et lui a rendu visite en Union soviétique dans les derniers jours*

1. Charlotte est alors enseignante à la faculté d'art dramatique de l'université de Californie du Sud, où elle a été l'une des fondatrices du master en interprétation.

de la guerre froide. Il la décrira comme « une dame typiquement anglaise, combative, aimante, farouchement loyale, protectrice et parfois fofolle ».

Jonny Geller est l'agent de le Carré depuis 2008, et le P-DG du groupe Curtis Brown. Penguin prévoit de sortir en 2013 une réédition de L'Espion qui venait du froid *pour célébrer les cinquante ans de sa publication.*

À JONNY GELLER

9 Gainsborough Gardens
Londres, NW3 1BJ

31 mars 2010

Cher Jonny,
Introduction à L'ESPION...

J'y ai beaucoup pensé, et vous savez que je ne recule pas devant le travail, mais plus ça va, plus j'en viens à la conclusion que de nouvelles préfaces écrites par moi ne sont pas la bonne manière de rendre l'édition Penguin plus intéressante, ni même plus vendeuse. J'essaie de m'imaginer en tant que jeune personne (ou même en tant que moins jeune personne) qui envisagerait d'en acheter un exemplaire aujourd'hui. Je voudrais lire quoi ? Pas les affres de l'écrivain ni son récit évoquant comment le livre en est venu à être écrit (récit forcément fallacieux), mais plutôt quelque chose sur l'arrière-plan historique d'il y a cinquante ans, sur la subversion communiste et la contre-subversion occidentale, l'humiliation de Kennedy à Vienne alors que le mur allait être construit, les tensions des heures de confrontation critique à Berlin qui ont nourri le livre. Ce sera bien mieux écrit par un bon spécialiste de l'histoire contemporaine que par moi. Un Roberts, un Garton Ash, ou quiconque Adam[1] choisira comme « auteur tiers ». Bref, je pense

1. Adam Freudenheim, éditeur pour les collections « Classics », « Modern Classics » et « Reference » chez Penguin.

que cette publication mérite plus de réflexion et de discussion que ce qui m'est revenu aux oreilles. Même la question de savoir si ce texte doit paraître en postface ou en préface vaut la peine d'être débattue. Mon sentiment, c'est qu'il vaut mieux reléguer l'auteur au second plan et mettre en avant une bonne plume avec une fine connaissance de l'histoire pour resituer le livre dans son époque à destination d'une nouvelle génération de lecteurs.

Vous avez entendu mon discours à Oxford. Évidemment, je pourrais en récupérer des extraits (mon passage à Bonn, mes séjours à Nuremberg, etc., même l'histoire sur Roger Hollis[1]), mais je crois de plus en plus qu'il est temps que quelqu'un d'intéressant parle à ma place. Franchement, est-ce qu'on achète un Graham Greene parce qu'il a une « nouvelle préface de l'auteur » ? Moi non, en tout cas. Mais une analyse critique de V. S. Pritchett, là je me poserais la question.

J'ai bien conscience qu'Adam voudrait en avoir plus pour son argent, mais je ne suis pas convaincu qu'il ait réellement besoin de moi. Je m'en réfère à vous et je suivrai votre conseil.

Amitiés,
David

« Cinquante ans plus tard », le texte de le Carré pour l'édition anniversaire, sera finalement publié en postface. « J'ai écrit L'Espion qui venait du froid *à l'âge de trente ans dans un état de stress personnel intense, mystérieux, et dans un isolement total. En tant qu'officier de renseignement sous couverture de jeune diplomate en poste à l'ambassade britannique de Bonn, j'étais un mystère pour mes collègues, et pour moi-même la plupart du temps. » Son roman « est le fruit d'une imagination débridée poussée*

1. Au Sheldonian Theatre à Oxford, le Carré a raconté deux histoires bien connues, la première sur le jour où, en tant que jeune diplomate, il a assisté à un meeting du Parti socialiste allemand à Nuremberg en 1961 et perçu des signaux inquiétants sur les événements qui se déroulaient à Berlin (cf. note p. 142), et la seconde sur sir Roger Hollis, ancien directeur général du MI5, qui, au milieu des années 1960, s'est réfugié dans la maison de le Carré dans le Somerset, entre deux séances d'interrogatoire car on le soupçonnait d'être un espion soviétique.

aux limites de ses possibilités par un dégoût de la politique, et un état de confusion personnel ».

À TONY CORNWELL

9 Gainsborough Gardens
Londres, NW3 1BJ

18 mai 2010

Mon très cher To,

Tu te rappelles l'anecdote sur le directeur d'école privée qui envoie une circulaire annonçant une augmentation des « tarins » (*sic*) annuels à 500 £ et auquel un parent d'élève répond que cela leur pendait au nez ? Blague à part, ça ne m'aide pas à comprendre comment ils arrivent à te faire consommer un repas correct avec une sonde. J'imagine toute une brigade en train de s'affairer : bouchers, maraîchers, cuisiniers, pâtissiers qui prennent leur tour devant le robot Moulinex pour laisser chacun leur patte, et après, la longue distillation et ses « oh merde, on a oublié le raifort » et « non, le voilà qui passe, et si on ajoutait un peu de moutarde tant qu'on y est ? », et petit à petit notre Tony se fait nourrir.

Nous sommes rentrés d'Écosse par le train de nuit, arrivés à l'aube ce matin, et maintenant on se prépare à l'assaut des aliens : réalisateurs, éditeurs, commerciaux et toute l'armada de personnes qui me distraient pour s'assurer que je ne ferai rien d'utile jusqu'à mi-septembre, quand le nouveau roman va paraître ici. Je crois vraiment que, si je promettais d'assurer la tournée publicitaire de ce livre jusqu'à la fin de mes jours sans plus jamais rien écrire d'autre, ils seraient ravis. Tout le milieu de l'édition ne vit que pour avoir de quoi dîner le soir. Ce qui me ramène au motif de cette lettre, qui est de te souhaiter beaucoup de courage pour cette guerre que tu vas livrer, t'envoyer tout notre amour et te recommander de faire un scandale si le rôti est trop cuit.

Je t'embrasse,
D

À AL ALVAREZ

9 Gainsborough Gardens,
Londres, NW3 1BJ

Sonntag, fin mai 2010

Cher Al,

Mes espions me disent que la RLS a décidé de t'accorder une récompense très convoitée[1], et je m'empresse donc de t'adresser toutes mes condoléances. Les récompenses, c'est pénible. La flatterie, c'est insupportable. La reconnaissance, c'est surfait. Tout cela étant dit, c'est agréable de savoir qu'on plaît, et encore plus qu'on plaît à des gens qui touchent un peu leur bille en matière de littérature. Et c'est agréable aussi pour les copains qui en ont ras le bol de se répandre en compliments sans être entendus de laisser d'autres zigs le faire à leur place.

Je t'embrasse,
David

L'écrivain et biographe Adam Sisman a remporté le National Book Critics Circle Award for Biography en 2001 pour Boswell's Presumptuous Task : The Making of the Life of Dr Johnson. *Sa biographie de l'historien Hugh Trevor-Roper paraît en 2010.*

1. La médaille Benson de la Royal Society of Literature.

À ADAM SISMAN

9 Gainsborough Gardens
Londres, NW3 1BJ

15 juillet 2010

Cher monsieur Sisman,

Je m'apprêtais à passer à la librairie Waterstone de Hampstead pour acheter votre livre sur H. T.-R. quand votre lettre est arrivée. Je vous remercie de cet envoi et de vos compliments sur mon œuvre. Comme vous pouvez l'imaginer, je suis partagé quant à la réponse que je dois vous apporter, à la fois flatté par votre intérêt et rassuré, car j'ai déjà reçu des lettres similaires de biographes dont je ne pense pas le plus grand bien. Comme vous, je crois que le mieux serait que nous nous rencontrions pour en discuter. Il y a d'énormes obstacles : la complexité de ma vie privée, déjà, le décès de tant de personnes avec lesquelles j'ai travaillé ou que j'ai simplement connues, et ma réticence habituelle à évoquer ma carrière très courte et banale dans le renseignement. Je vous imagine aller de désillusion en désillusion et vos lecteurs avec vous. Par ailleurs, je m'inquiète pour mes enfants et petits-enfants, peut-être de façon irrationnelle. Bref, rencontrons-nous pour en parler, ne serait-ce que pour que je vous raconte plus en détail ma relation avec H. T.-R., et ma bêtise absolue, encore plus grande que celle qu'il décrit[1].

Je n'ai pas encore lu votre « Hugh » en entier, je l'ai juste parcouru, mais permettez-moi de vous féliciter pour l'excellent accueil critique qu'il a reçu. Encore merci pour votre lettre. Comme H. T.-R., j'aimerais que vous puissiez écrire sans vous restreindre, et c'est peut-être bien là le problème !

Bien cordialement,
David Cornwell

1. Hugh Trevor-Roper a qualifié la préface de le Carré pour le livre sur Kim Philby écrit par l'équipe Insight du *Sunday Times* d'« indigente et vulgaire [...], une instance de haine de classe, prétentieuse et rhétorique qui à aucun moment ne se soucie des faits réels ».

P.-S. [...] Nous devrions être à Londres une grande partie de l'été (nous y sommes en ce moment), mais j'ai un nouveau roman qui sort en septembre et 5 autres en cours d'adaptation pour le cinéma, avec un premier tournage dès octobre, donc nous bougeons pas mal. Je serai ravi de vous inviter à déjeuner si vous passez par ici. Amitiés, D.

À JOHN MARGETSON

Tregiffian
St Buryan
Penzance
Cornouailles

3 août 2010

Cher John,

[...] Les nouvelles. Un certain Adam Sisman, qui vient d'écrire une excellente biographie de Hugh Trevor-Roper saluée par de très bonnes critiques, va écrire la mienne et prévoit quatre ans de travail. Je garde mes distances au maximum [...] et j'invite mes lapins, mes amis et mes connaissances à décider eux-mêmes s'ils acceptent de lui parler et à quelles conditions. Mais je l'aime bien et je suis favorable à son projet, même si, à court terme, ce sera douloureux et gênant. Il a déjà passé 10 heures avec Charlotte, il a rendu visite à Jeannie, sa mère, dans son hospice, et il a contacté mon frère aîné Tony pour aller le voir à Seattle en octobre si Tony survit à son traitement anticancéreux. Si Miranda et toi aviez envie de lui parler, ce serait un plus, parce que j'ai peu d'amis, et encore moins qui ont survécu aussi longtemps que toi !

Nous avons Nick & Clare à la maison en ce moment. Tim est rentré des USA hier, Simon revient de Thaïlande la semaine prochaine, Steve va peut-être venir en septembre pour les films qu'ils sont en train de produire. Je l'espère, en tout cas.

Je suis bien content que vous ayez rencontré Jessie[1]. C'est une sacrée vedette. Travailler dans le théâtre catalan n'est pas ce que j'appellerais une vie d'artiste simple, mais ensuite elle va être assistante de production sur le film de « La Taupe », dont le tournage commence fin septembre. Dieu sait comment elle réagira quand les responsables de plateau vont lui hurler dessus et qu'elle devra travailler 16 heures par jour…

Je vous envoie toute mon affection à tous les deux,
David

P.-S. Je vous ai dit que j'ai refusé d'être anobli ? C'est très bien pour les serviteurs de l'État, mais pas pour les artistes, les écrivains et autres.

À OWEN DUDLEY EDWARDS[2]

Répondre à :
Tregiffian
St Buryan
Penzance
Cornouailles

20 novembre 2010

Cher Owen,

Merci beaucoup pour votre lettre passionnante et si aimable. « Un traître » a été bien reçu aux États-Unis et se vend bien en Europe (et même plus que bien en Allemagne), et ici pas mal, et Noël approche, donc cela pourra aider, si tout cela a de l'importance. À vrai dire, cela en a, parce que les romans qui ambitionnent d'avoir un minimum de fond marchent vraiment mal en ce moment, et les éditeurs sont sur les dents. Alors pour les

1. Jessica Cornwell, l'aînée des petites-filles de le Carré, qui publiera son essai *Birth Notes : Fragments of Motherhood* en mai 2022.

2. Historien et polymathe irlandais, coordinateur du *Oxford Sherlock Holmes*, édition intégrale parue chez Oxford University Press.

écrivains débutants, je n'ose même pas imaginer ! Mon fils, qui écrit sous le pseudonyme de Nick Harkaway, a reçu un accueil critique enthousiaste pour son premier roman et en a vendu très peu, que ce soit ici ou aux USA. Même les « gros » auteurs (ceux qui vendent énormément, comme Grisham et consorts) ont vu leurs ventes baisser de 30 % à 40 %. Le monde de l'e-book se développe à grande vitesse, mais beaucoup d'éditeurs (dont le mien, Penguin) demandent une si grosse part du gâteau que les agents littéraires (dont le mien) disent non, et le résultat, c'est des ventes perdues. Je ne suis pas en train de me plaindre, car j'aurais mauvaise grâce à le faire, mais il s'agit là d'un état des lieux dont on parle rarement et qui me semble intéressant.

J'ai été amusé par votre référence à Graham G. Non, si tentante que puisse paraître cette profession, je ne suis pas sur le point de devenir évêque anglican, malgré la perspective d'un logement de fonction confortable et d'une retraite décente. (Et pourtant, puisque je ne crois en rien, je suis parfaitement qualifié.) J'ai un peu connu Greene et je l'admirais beaucoup, mais je n'ai jamais vraiment cru à ses convictions catholiques. Elles fonctionnent plutôt bien en tant qu'outil littéraire, mais dans la fiction, Dieu marche mieux quand on nie son existence (cf. Camus et autres) et que la morale doit se débrouiller sans. Il ne faudrait pas oublier que Greene s'est tenu du mauvais côté du mur de Berlin et a affirmé qu'il préférait être là-bas qu'ici ! Lui qui habitait à Antibes et s'était entiché de dictateurs d'Amérique centrale… Dans l'ensemble, les romanciers sont mauvais politiques, mais Greene était unique en son genre.

Je garde précieusement votre lettre et je vous en remercie. Et devinez ce qu'il y a sur ma table de chevet ? « Un conte de deux villes » et les nouvelles de Sherlock Holmes. Ce qui vous montre à quel point je suis dans l'actualité ! Et R. L. Stevenson toujours[1].

Bien à vous,
David

1. Parmi les lectures que le Carré préférait faire à ses enfants figurait la nouvelle de Stevenson « Le diable dans la bouteille ». Et il a déclaré que « Le ruban moucheté » d'Arthur Conan Doyle était la première histoire policière qu'il ait jamais lue.

~

Le réalisateur suédois Tomas Alfredson a fait une offre de services au producteur Tim Bevan dès qu'il a appris que sa société Working Title allait adapter La Taupe. *Son film, qui remportera un BAFTA, est totalement différent de la série télévisée, une « merveille de synthèse » du roman de 349 pages, un film d'époque sur une étouffante affaire de trahison masculine, avec Gary Oldman dans le rôle d'un Smiley mélancolique.*

À TOMAS ALFREDSON

Tregiffian
St Buryan
Penzance
Cornouailles

12 juillet 2011

Cher Tomas,

Je voulais attendre d'avoir vu le tout dernier montage de « La Taupe » avec tout l'enrobage, mais je ne suis pas sûr que nous soyons beaucoup à Londres d'ici à la sortie et, de toute façon, ce que j'ai vu en l'état me suffit pour vous dire que vous avez produit un long métrage magnifique, un vrai chef-d'œuvre. Le film parfait, la meilleure adaptation d'une de mes œuvres depuis sa sœur aînée télévisuelle, et une réussite en tant que telle. Ce n'est pas l'enthousiasme de toutes les autres personnes qui l'ont vu et des acteurs au générique qui me pousse à dire à quel point il est bon et à quel point j'ai apprécié ses subtilités et ses zones d'ombre. (Mais l'enthousiasme des autres est réjouissant ! La lettre de Colin Firth, celle de Jonny Geller et les louanges admiratives de mes fils ne sont pas faites pour me déprimer !)

Je crois que ce qui me plaît le plus est l'arc narratif qui sous-tend l'intrigue : les passions et les révélations des dernières minutes et le fait que tous les fils de l'intrigue soient noués joliment. (Il n'y avait que vous pour mettre une abeille dans la voiture de Mendel.) Bien sûr, il y a des moments vraiment extraordinaires de jeu d'acteur et de réalisation virtuose : la conversation de Gary avec la chaise vide, le monologue à la Brando de Tom Hardy depuis sa propre chaise, le moment bouleversant du contact visuel amoureux entre Prideaux & Haydon, bientôt suivi par la revanche de l'amant – je suis certain qu'ils seront salués par les cinéphiles pendant des années. Néanmoins ce qui nous plaît tant n'est pas l'individuel mais le collectif, et c'est finalement ça qui rend ce film si puissant. Ce n'est pas une addition de performances, mais une grande réussite globale, et je suis extrêmement fier de vous avoir fourni le matériau brut de l'alchimie que vous avez opérée. De la gratitude, à l'évidence ; de la joie, avec autant d'évidence, mais aussi ma plus sincère admiration et mes félicitations.

Bien à vous,
David

Gary Oldman envoie un mail à le Carré pour le remercier de « ses propos remarquablement généreux et flatteurs » sur le film.

À GARY OLDMAN

Par mail

31 août 2011

Cher Gary,
Cela venait du cœur. Dans la première version de l'article, j'avais écrit que même si personne dans la salle n'aimait le film, je continuerais à applaudir des deux mains, mais mon agent (quel imbécile, celui-là !) m'a dit de retirer ce passage pour ne pas nous attirer la poisse. J'ai adoré le film, j'ai adoré votre

Smiley, et ça, ça ne changera pas. Je suis rentré d'Allemagne hier soir après m'être vu remettre une breloque[1] […] et tout le monde là-bas était enthousiaste à propos du film. On a fait en sorte que les journalistes qui allaient m'interviewer puissent le voir en avant-première, et ils ont été subjugués. J'ai parié 100 livres à 10 contre 1 sur une victoire à Venise. Si je gagne, je vous invite à déjeuner. Votre interprétation est magistrale.

Mes amitiés à vous et aux vôtres,
David

[Le mois suivant, Oldman écrit à le Carré : « Vous avez vu ces entrées ? » Le Carré lui répond le 22 septembre 2011.]

Les chiffres sont excellents en effet, Control. On a un peu grillé notre couverture…

Oui, ça discute autour des G de S[2]. D'après mes sources, Robyn, Tomas, Peter et Tim[3] sont tous en train de le lire en cachette. J'ai proposé à Tim une idée pour mieux introduire l'intrigue, en partant de l'envie d'une « traque de Karla » qu'on a à la fin de La Taupe, et visiblement, il a adoré. Comme vous j'imagine, je veux absolument qu'une suite à La Taupe soit aussi splendide, passionnante et originale (et aussi rude) que le premier, et pas simplement un La Taupe 2.

On me met la pression pour que j'aille faire la promo aux États-Unis, mais je dois résister. Je me suis remis au travail sur un roman que j'ai beaucoup négligé alors que j'aurais voulu l'avoir déjà fini, et si je le laisse de côté plus longtemps, il risque de disparaître au fond d'un tiroir.

1. Le Carré est allé à Weimar, ville de Goethe, de Schiller et d'autres écrivains du « classicisme de Weimar », pour recevoir la médaille Goethe, que l'Allemagne remet aux personnes ayant « servi de façon remarquable la langue allemande et le dialogue culturel international ». Après la publication d'*Une amitié absolue* en 2004, Christoph Werner, un lecteur habitant à Weimar, avait écrit à le Carré pour lui demander s'il connaissait la ville. « Weimar fut ma Rome », avait répondu le Carré.

2. *Les Gens de Smiley.*

3. Les producteurs de *La Taupe*, Robyn Slovo, Peter Straughan et Tim Bevan, et le réalisateur Tomas Alfredson. L'adaptation des *Gens de Smiley* a été retardée, d'abord par différents projets en concurrence, puis par des questions de droits.

En Cornouailles, c'est soleil et sérénité. Et des mûres délicieuses.

Amitiés à vous et aux vôtres, j'espère qu'ils vous couvrent de compliments.
David

William Burroughs, Californien habitant en France, était un fan de le Carré et lui a écrit pendant plus de quinze ans, en lui envoyant des critiques, des dessins et une fois une bouteille de vin local. En 2011, il lui envoie La Véritable Histoire de Moby Dick : le naufrage de l'*Essex* qui a inspiré Herman Melville, *de Nathaniel Philbrick. Dans la lettre d'accompagnement, Burroughs s'interroge sur sa quête d'identité en France.*

À WILLIAM BURROUGHS

Tregiffian
St Buryan
Penzance
Cornouailles

13 octobre 2011

Cher Bill,

Merci beaucoup pour le livre de Philbrick, que je n'ai pas encore lu, et merci aussi pour votre lettre touchante, comme tant d'autres avant elle.

Vu d'ici, je me demande moi-même si ma propre quête d'identité, incessante, n'a pas été faussée depuis toujours. Ne pas avoir connu ma mère et savoir seulement qu'elle m'a abandonné sans laisser d'adresse quand j'avais cinq ans est injuste et je commence à en être très aigri. J'ai aussi découvert avec surprise, via mon biographe Adam Sisman, un type efficace que j'ai choisi, d'autres éléments concernant mon père, et notamment que, alors qu'il purgeait une peine de prison à l'âge de 27 ans, il a été jugé pour un autre délit et a vu sa peine augmentée de 8 mois de travaux forcés, un emprisonnement « renforcé », en quelque sorte. Pour quelle raison ? Dieu seul le sait. Mais cela me fait beaucoup de mal que des gens aient agi pour lui rendre la vie infernale. Des mondes à l'intérieur d'autres mondes.

Mes amitiés à vous, Bill, à votre famille et à vos pairs. C'est tout à fait normal d'être gêné quand les gens vous encensent. Le contraire serait inquiétant.

Bien à vous,
David

~

À TONY CORNWELL

9 Gainsborough Gardens
Londres, NW3 1BJ

4 février 2012

Mon très cher To,

Curieusement, j'étais sur le point de prendre mon stylo pour t'écrire ce week-end quand ta lettre est arrivée. Merci beaucoup. Et bien sûr, quand le moment viendra, nous serons là (tous les deux, même si Jane le fera mieux que moi) pour te relire[1]. Je te propose que nous le fassions selon tes conditions, mais aussi selon les nôtres. En d'autres termes, je pense que nous ne devons pas intervenir sur le fond ni sur le style, mais seulement sur la présentation : ponctuation, alinéas, chapitres, et la question toute bête de la bonne compréhension, qui devient parfois un angle mort pour un auteur. Au-delà de cela, je crois que nous n'avons pas à remettre en question les adverbes utilisés par Virginia Woolf, pas plus que les tiens ! Et surtout pas la vision poétique ou l'interaction. Ça, ce sont tes champs d'action à toi seul, et tu n'as pas besoin de sentir notre souffle sur ta nuque quand tu écris.

1. Tony poursuit toujours son rêve de se faire publier.

De notre côté, tout va presque trop bien. Tellement de fers au feu que ça donne le tournis, parfois, et en tout cas, plus de choses qu'on ne peut facilement gérer tout en continuant à écrire. La suite de La Taupe est en préparation avec la même équipe (réalisateur, scénariste et acteurs) et deux autres livres vont aussi être adaptés au cinéma (« Un homme très recherché » et « Un traître à notre goût »). Le premier devrait se tourner en septembre à Hambourg avec Philip Seymour Hoffman dans le rôle principal, et le second suivra si tout va bien. Le plus beau, c'est que mes deux fils aînés, Simon et Stephen, ont monté leur propre société de production et font du super boulot. De mon côté, j'ai un roman qui vient de passer le cap critique de la moitié et qui devrait sortir en début d'année prochaine, et je l'aime beaucoup. Je pense que ce sera mon dernier roman long.

Sinon, notre fils Nick (Harkaway) a visiblement encore conquis les critiques avec son nouveau roman « Angelmaker » (publié par Knopf aux USA) et il a un essai sur Internet qui sort en mai. Nous sommes très fiers de lui, et il a géré la question du père avec une grande élégance.

J'apprends à l'instant que « La Taupe » a reçu 3 nominations aux Oscars et 11 aux BAFTA (l'équivalent anglais), et bien sûr, tout ce système c'est préjugés et compagnie, mais est-ce que je voudrais remporter une course gagnée d'avance ? Il faudrait demander à Ronnie… Pour les Oscars, c'est déjà fichu (sauf peut-être meilleure adaptation) et côté BAFTA, c'est tout sauf joué à cause de « The Artist » (que j'ai adoré). Quoi qu'il en soit, on ne s'ennuie pas avec toutes ces magouilles.

Quand on vit suffisamment vieux dans ce pays et qu'on n'a pas été insultant envers la reine, on a le droit d'être honoré, mais j'ai refusé cet honneur national, heureusement ! Je ne serai jamais sir D. ou lord D. ou roi D., et je me suis contenté d'un doctorat d'Oxford cet été, ce qui m'a obligé à m'habiller comme un vieux pingouin avec un chapeau.

C'est très étrange de voir un de ses livres exhumé après bientôt 40 ans, et assez déstabilisant – « Non mais oh, j'ai fait un ou deux trucs depuis, quand même ! » Étrange aussi d'avoir un genre de détective privé qui enquête sur sa vie, sous la forme du charmant Adam Sisman, qui va sonner aux portes de mon passé et qui en ramène parfois des résultats édifiants. Ma vie amoureuse a toujours été un désastre, et sans Jane, j'aurais depuis longtemps sombré avec le navire. Mais, d'une certaine manière, cela fera un cadeau de vérité pour mes enfants, du genre que je ne pourrais jamais offrir moi-même. Avec un peu de chance, la Faucheuse m'aura coupé du livre de la vie avant qu'Adam publie le sien.

Alors, ma vie sur 80 ans, c'était comment ? Un gros bazar, en fait, où seul surnage le triomphe irréductible de l'amour de ma famille. Je me suis investi sur le tard dans la paternité et la grand-paternité, et j'ai eu l'immense chance d'avoir le temps nécessaire (et l'épouse) pour voir la lumière. Dieu sait ce que nos parents pensaient de leur propre vie quand ils en ont vu la fin arriver. La mystification était peut-être la seule chose qu'ils avaient en commun.

Je suis heureux (nous sommes tous heureux) que ton courage ait payé et que tu sois en bonne santé, sinon en forme olympique. Pour l'instant, moi aussi assez fringant, avec récemment quelques petites sonnettes d'alarme, mais rien de dramatique. Je t'envoie mon amour, cher To, et tous mes bons vœux pour une longue vie heureuse et créative.

Je t'embrasse,
David

P.-S. Si tu dois lire un seul livre, lis « Le Lièvre aux yeux d'ambre » d'Edmund de Waal, un voyage documentaire exquis dans le passé tragique de sa famille.

À ROGER HERMISTON

Répondre à :
Tregiffian
St Buryan
Penzance
Cornouailles

12 avril 2012

Cher monsieur Hermiston,

Merci pour votre lettre du 10 courant. Je ne pense pas avoir grand-chose à vous raconter sur Blake[1]. Je venais de finir une formation assez longue. Nous avons été convoqués par [Robin] Hooper, le chef de l'entraînement. Il nous a dit que notre avenir était incertain et qu'il devait nous annoncer quelque chose qu'il n'aurait jamais cru devoir dire de toute sa vie : il y avait un traître parmi nous qui venait de se faire démasquer et qui s'appelait George Blake. Ensuite, il s'est mis à pleurer et nous sommes tous rentrés chez nous pendant qu'on évaluait notre sécurité : avions-nous été grillés ou bien étions-nous toujours employables sous couverture ?

Quelques mois plus tard, l'affaire Philby a éclaté et de nouveau tout le monde s'est arraché les cheveux. À l'époque, c'est Peter Lunn qui était chef de station à Bonn, et je travaillais sous ses ordres. Oui, le Service a été ébranlé jusqu'à ses fondations par Blake, et il était par bien des aspects un agent double bien plus compétent et mieux contrôlé que Philby, avec moins de bagages dans son passé pour le traumatiser et une vision plus claire de ce qu'il voulait faire. Ne l'ayant jamais rencontré, je n'ai que des informations indirectes sur lui, sans doute pas meilleures que ce que vous savez déjà. Je n'ai pas bien saisi si notre « conversation » serait diffusée, ou simplement utilisée pour un livre que vous écrivez, mais je ne souhaite pas en dire plus que je n'en sais (ni plus que ce que je devrais) pour un large public ! Son livre, que vous avez dû lire, est lucide et

1. Le livre de Roger Hermiston, *The Greatest Traitor : The Secret Lives of Agent George Blake*, sortira un an après cette lettre.

bien écrit, contrairement au médiocre opus de Philby. Pour des raisons que j'ignore, j'ai toujours préféré Blake à Philby en tant que personne.

Si vous pensez que je peux vous être utile, n'hésitez pas à me le dire, mais je ne pense pas avoir quoi que ce soit à ajouter, sinon pour dire : quel imbécile aurait réemployé Blake après tout le temps qu'il avait passé aux mains de l'ennemi et lui aurait royalement confié le tunnel de Berlin et plein de réseaux à trahir ? Réponse : White, cette espèce de clown[1].

Bien cordialement,
David Cornwell

1. Dick White a été directeur général du MI5 à partir de 1953, quand le Carré était à Oxford, et chef du MI6 de 1956 à 1968. C'est en fait son prédécesseur au MI6, le major général John Alexander Sinclair, qui a accueilli Blake en héros conquérant après sa captivité en Corée, où il avait été recruté par le KGB. Le biographe de White, Tom Bower, considère que sa gestion de l'interrogatoire de Blake a été « parfaite ». Le commentaire de le Carré ci-dessus reflète peut-être l'hostilité initiale des officiers du MI6 à la nomination de White.

UNE VÉRITÉ SI DÉLICATE

Quant à la puissance des entreprises et à la collusion, je crois que c'est Mussolini qui a dit que le fascisme devrait s'appeler corporatisme, parce que c'est une fusion du pouvoir de l'État et de celui de l'entreprise… La délégation de responsabilités étatiques à des entreprises à but lucratif a pris des proportions aberrantes dans mon pays comme aux États-Unis.

– par mail à la journaliste culturelle italienne
Irene Bignardi, pour un article dans *La Repubblica*,
5 juillet 2013

Mais à la base, Dieu merci, c'est un livre, une histoire, et le pouvoir de la narration est bien sûr beaucoup plus fort que le pouvoir de la vérité, hélas… Si cela n'était pas distrayant, nous ne serions pas là aujourd'hui.

– à Philippe Sands au Hay Festival,
31 mai 2013

À quatre-vingt-un ans, porté par le succès critique de l'adaptation par Alfredson de *La Taupe* et la mise en route de celles d'*Un homme très recherché* et d'*Un traître à notre goût*, le Carré écrit « au mieux de sa forme », d'après le *New York Times*, et il marche toujours dans les prés des Cornouailles, même s'il n'emprunte plus les sentiers de la falaise. Avec pour cadre Gibraltar, Londres et la vie rurale en Cornouailles, *Une vérité si délicate* raconte l'histoire de deux lanceurs d'alerte anglais, un jeune et un vieux, qui révèlent une opération militaire secrète confiée à une société de sécurité privée basée aux États-Unis, dans laquelle les victimes sont une mère musulmane et son enfant. Thriller palpitant porteur d'une thèse politique forte (le rôle du New Labour dans la guerre contre le terrorisme), le livre sera salué comme étant son meilleur depuis des années.

À TONY CORNWELL

Répondre à :
Tregiffian
St Buryan
Penzance
Cornouailles

18 juin 2012

Cher To,

Et soudain, la paix éclate : je viens de rendre mon roman et je n'ai rien d'autre à faire qu'attendre, rien d'autre à perdre que mes fers, qui se desserrent progressivement mais, comme moi, ne lâchent pas encore. [...]

Le roman s'appelle pour l'instant « Une vérité si délicate », et il m'a pris 2 ans et 1/2 avec beaucoup de mauvais tournants et de souffrance, je n'avais rien fait d'aussi dur depuis « La Taupe »... Ou bien est-ce dû à l'âge ? Tu dois te poser des questions similaires, toi qui t'échines sur ton propre opus : est-ce que je suis coincé momentanément ou est-ce que j'ai perdu mon jus ? J'ai déjà connu plusieurs mauvaises passes de ce genre, et je n'ai pas été aidé par le fait d'avoir été « découvert » en tant qu'Euro-star et recruté pour faire de beaux discours sur tout et n'importe quoi. Mais au bout du compte, je suis fier de ce que j'ai écrit, et certain que ça va faire chier assez de gens dans notre establishment politique pour me donner le sourire au moins un jour ou deux. À mon âge, l'establishment <u>littéraire</u> me paraît aussi à cheval sur ses principes que je le suis : ceux qui m'ont toujours trouvé mauvais pensent que je suis encore plus mauvais, et ceux qui m'ont toujours trouvé brillant arborent un bronzage hawaïen de convaincus. Mais je crois que je ne me lancerai plus dans un long roman, à l'avenir. Peut-être une pièce de théâtre, ou bien des textes plus courts pour nous offrir encore quelques bonnes années, à Jane et à moi, tant qu'on a la santé. Nous partons dimanche nous reposer en Suisse pendant 3 semaines, dès que j'aurai récupéré mon doctorat de l'université d'Oxford avec la Dame de Birmanie[1], qui vient faire de même après avoir reçu son Nobel à Stockholm vendredi. C'est assez émouvant parce que, dans une interview il y a quelques années, quand elle était encore assignée à résidence, elle disait qu'elle avait passé une partie de son temps à lire mes romans. [...]

Je pense très souvent à toi et à nos deux vies extraordinaires, toujours avec beaucoup d'affection et de tristesse. Nous rendons visite à Jean de temps en temps, et il lui arrive parfois de sortir ses griffes avec cette virulence qui nous a tant marqués (enfin moi, en tout cas). Elle a 94 ans, je crois, et toute sa tête. Une vraie force de la nature. En fait, je l'aime un peu moins chaque fois que je la vois, c'est ainsi. À qui d'autre pourrais-je le dire ? Ce n'est pas bien charitable... Charlotte a terminé son contrat de prof de théâtre à USC et est de retour à Londres, où elle se prépare à ouvrir sa propre école. (Le théâtre est un des rares secteurs économiques qui se portent bien en Angleterre.) Et l'Angleterre elle-même ? Les riches sont honteusement riches, intouchables, incultes et dépourvus de toute conscience sociale. Malheureusement, ils sont en majorité à la tête du pays. (Ça te parle ?) Je crois (et je prie pour que cela arrive, même si je ne sais pas qui prier) que nous ne sommes pas loin d'un retour salutaire au socialisme pré-Blair, moins le pouvoir des syndicats parce qu'ils n'en ont plus et parce que la classe ouvrière se réduit face à la main-d'œuvre bon marché venue d'Europe et des anciennes colonies. Les infrastructures, les services sociaux et le vivre-ensemble sont terriblement affectés par la disparité entre riches et pauvres, et ce fossé ne fait que se creuser.

1. La femme politique birmane Aung San Suu Kyi.

Ainsi va la vie, mon cher To, et nous t'envoyons tous les deux nos amitiés et plein de force pour ton bras d'écrivain.

Avec toute notre affection,
David

À JONNY GELLER

Par fax

Londres

8 septembre 2012

Cher Jonny, […]

Au sujet du papier
J'ai déjà insisté sur ce point, et cela s'applique de façon universelle aux éditions grand format de tous les romans et essais de qualité. Je garde un bon stock de mes livres pour en envoyer des exemplaires dédicacés à des associations pour des ventes de charité, or ceux d'il y a 4 ou 5 ans jaunissent déjà. Ce n'est pas le cas des éditions américaines, alors pourquoi les nôtres ? Si je dois en parler à Weldon[1], je veux savoir que j'aurai votre soutien, sinon je perds notre temps à tous. Je pense qu'il est important pour tous les auteurs dignes de ce nom et pour la profession dans son ensemble qu'une garantie de durabilité s'attache aux éditions grand format, sinon ce ne sont que des livres de poche déguisés. Si le prix du livre doit augmenter d'autant, eh bien, c'est comme ça ! Je suppute que les acheteurs d'éditions grand format paieraient volontiers 1 £ en plus pour savoir que leurs enfants pourront lire le même livre, et que si l'éditeur s'en vantait, il aurait le soutien de la (très petite) communauté de ces acheteurs. […]

Comme toujours, avec mes amitiés,
David

1. Tom Weldon, P-DG de Penguin Random House UK.

À ANTHONY BARNETT

Par mail

22 septembre 2012

Objet : un triomphe, vos commentaires

Cher Anthony,

Merci beaucoup. Vos commentaires sont de l'or en barre, comme je l'avais espéré. J'ai hâte de pouvoir les intégrer. John Reid, ou quelqu'un du même acabit, est le parfait modèle pour [Fergus] Quinn[1]. Étonnamment, car c'est inhabituel pour moi, je trouve maintenant que les deux personnages les plus faibles de l'histoire sont les deux méchants. En ce qui concerne [Jay] Crispin, je tenais à ne pas en faire un personnage trop monstrueux pour que l'histoire ne soit pas déséquilibrée. Au bout du compte, le vrai méchant, cela doit être l'institution que nous avons créée plutôt que ses créateurs.

Bref, encore un grand merci. Quand je le pourrai, je vous enverrai une version révisée qui intégrera (le mieux possible) vos suggestions et remarques, et une première version des Remerciements que je voudrais insérer à la fin du livre. Si Judith a déjà commencé sa lecture[2], je lui conseillerais peut-être d'attendre la prochaine version, mais d'un autre côté elle voudra peut-être continuer celle-ci pour mieux apprécier l'effet de vos conseils dans la prochaine !

C'est une période assez trépidante pour nous, puisque le tournage d'« Un homme très recherché » démarre lundi, donc

1. Anthony Barnett a donné à le Carré des conseils sur son personnage de « secrétaire d'État New Labour belliqueux », Fergus Quinn, originaire de Glasgow, qui donne l'ordre d'effectuer l'opération secrète Wildlife à Gibraltar. John Reid a notamment occupé les postes de secrétaire d'État aux forces armées et de ministre de la Défense dans différents gouvernements travaillistes.

2. Judith Herrin, professeur récompensée pour ses recherches sur l'histoire de Byzance.

nous allons faire des allers et retours entre Londres et Hambourg ces prochaines semaines, tout ça pendant que je continue à travailler sur le livre. Une fois que nous serons plus tranquilles, nous serons ravis de vous inviter à dîner avec Judith.

Amitiés de nous deux à vous deux,
David

Dans les remerciements à la fin du roman, le Carré salue « l'auteur, militant et fondateur d'openDemocracy, Anthony Barnett, qui a fait mon éducation sur les agissements du New Labour à l'époque de son agonie ».

Mary Mount sera l'éditrice de le Carré chez Viking Penguin de 2009 à son décès. Le Carré s'étant plaint que les pages de ses livres publiés chez Viking vieillissent trop vite, elle lui répond qu'un autre papier sera utilisé à l'avenir, sans pulpe de bois, et propose de lui en envoyer un échantillon. Viking publiera la biographie de Dickens par Claire Tomalin en utilisant le papier initialement prévu pour Une vérité si délicate.

À MARY MOUNT

Par mail

10 octobre 2012

Objet : Re : Papier

Chère Mary,

Très intéressant, merci. Pas besoin de m'envoyer un exemplaire du Dickens de Claire T. vu que j'en ai un, et je vais de ce pas aller le regarder d'un autre œil. Encore merci de vous être donné tout ce mal.

Vous devriez avoir reçu la version « finale ». Un nouveau ministre, un Crispin mieux caractérisé, une catastrophe mieux expliquée (les hypothèses de Jeb sur la raison pour laquelle les mercenaires ont tiré) et les deux scènes avec Crispin rendues plus fortes, et aussi celle entre Toby et Oakley à Canary

Wharf. Et beaucoup d'adverbes honnis supprimés, et un nettoyage général.

Amitiés,
David

~

À TOUS

Par mail

16 octobre 2012

Objet : Alerte barbe

Chers tous,
Le réalisateur d'« Un homme très recherché » m'a demandé de me laisser pousser la barbe pour ma figuration en tant que vieil alcoolo dépravé assis dans un bar louche. Les vilaines âmes se demanderont peut-être pourquoi j'ai besoin d'une barbe pour interpréter ce rôle que je joue à la perfection en étant glabre depuis tant d'années, mais l'art est ainsi. L'on se perd en conjectures : sera-t-elle blanche, rousse, fournie, soyeuse, rebelle, ou simple duvet d'adolescent ? Quoi qu'il en soit, je vous demanderai d'éviter tout commentaire et je vous rassure : elle aura disparu le 15 novembre.

Bises,
D

Ce mail intitulé « Alerte barbe » a été envoyé à la famille et aux amis. Tom Bower répond : « J'ai hâte de voir cet alter ego réaliste ! » Le Carré a demandé à sa secrétaire Vicki Phillips de lui prendre rendez-vous chez un barbier dès la fin du tournage à Hambourg.

~

Ian McEwan a rencontré le Carré pour un déjeuner alors qu'il travaillait à son prochain roman, Opération Sweet Tooth, *dont l'héroïne est une agente du MI5. Dans une interview publiée par le* Daily Telegraph *le 3 mai 2013, il a déclaré : « Je pense qu'il [le Carré] a réussi à sortir de la case de l'auteur de genre et qu'on se souviendra de lui comme étant peut-être le romancier anglais le plus important de la seconde moitié du* XXe *siècle… La plupart de mes pairs trouvent que le Carré n'est plus un auteur de romans d'espionnage. Il aurait dû remporter le Booker Prize depuis bien longtemps. Il est grand temps qu'il le gagne et qu'il l'accepte. C'est un auteur de tout premier plan. »*

À IAN MCEWAN

9 Gainsborough Gardens
Londres, NW3 1BJ

6 mai 2013

Cher Ian,

Je tenais à vous le dire en bonne et due forme : merci du fond du cœur pour vos paroles bienveillantes qui tombaient à point nommé pour moi, surtout de la part d'un auteur que je respecte autant. C'est un curieux métier d'être un écrivain britannique à succès, comme vous le savez aussi bien que moi. Parfois il faut de l'élégance face à l'ennemi, parfois on se demande si on est soi-même l'ennemi, parfois on a l'impression de vivre sous couverture en territoire ennemi. Et les alliés, quand on en a besoin, sont occupés ailleurs. Mais, quand j'ai lu ce que vous m'avez écrit, j'en ai eu la gorge nouée, ce qui est tout sauf britannique ! Ce n'est pas tant mon âge qu'une sorte d'épuisement de m'entendre demander depuis cinquante ans si le Mossad est meilleur que la CIA et ce que c'est que d'être un espion – oh punaise !

Encore merci.
Bien à vous,
David

À GEORG ET CHRISTIANE BOOMGAARDEN[1]

22 octobre 2013

Cher Georg, chère Christiane,

Merci beaucoup pour votre longue lettre◊ me donnant de vos nouvelles, qui ont l'air excellentes. Je suis ravi que vous ayez pu jeter un œil sur « Une vérité si délicate », qui, au vu des révélations récentes, est devenue d'une actualité brûlante, surtout en Europe. Son accueil critique m'importe, non pas seulement par vanité personnelle, mais parce que je sais que, dans mon pays, tous les rouages d'un État secret sont en place sans même que ses maîtres sachent ce qu'ils fabriquent. Les espions ont la grosse tête, ils en veulent toujours plus, ils ne sont surveillés par aucun corps démocratiquement élu et ils manipulent comme des pantins nos hommes politiques, qui sont tous faibles ou indifférents. (Quel ambassadeur je fais pour mon pays !) Or le bilan de nos espions est affligeant, et leur veulerie au moment de la guerre d'Irak ne pourra jamais être oubliée, en tout cas par moi. De mon temps, on nous disait qu'on était de petits apôtres de la vérité et que notre devoir était de parler sans peur au pouvoir. Fichtre ! Allez, j'arrête de m'énerver. Mais la mise sur écoute du portable de votre chancelière par la CIA (et évidemment, s'ils l'ont fait, eux, nous aussi sans doute !), ce serait presque comique si ce n'était pas si scandaleux. Là encore, on en vient à se demander qui d'autre espionnait qui et, au bout du compte, pourquoi[2] ? [...]

J'espère que la « retraite » (qui n'est qu'une illusion pour les vraies gens) se passe bien pour vous deux et que vous ne ressentez aucun des symptômes de sevrage censés l'accompagner. Je serai ravi d'apprendre comment vous avez trouvé notre pays pendant votre illustre séjour, peut-être m'en parlerez-vous un peu.

1. Georg Boomgaarden, ambassadeur d'Allemagne au Royaume-Uni de 2008 à 2014.

2. Le magazine *Der Spiegel* vient de révéler que les agences de renseignement américaines ont mis le portable d'Angela Merkel sur écoute depuis 2002.

J'aime profondément mon pays, mais j'ai peur pour lui et parfois je suis au désespoir. Mais jamais longtemps.

Nos amitiés à vous et aux vôtres,
David

[*dans la marge de gauche*] ◊qui est arrivée le jour de mon 82e anniversaire, Dieu me préserve !

Le Carré et Ben Macintyre se sont rencontrés à Ascot, où le Carré s'était rendu en souvenir de l'époque où, jeune homme, il jouait les intermédiaires entre Ronnie et ses bookmakers. En 2007, le Carré écrit une citation promotionnelle pour L'Agent Zigzag, *le premier livre de Macintyre consacré à une affaire d'espionnage : « Superbe, très bien documenté, magnifiquement raconté, très divertissant et souvent très émouvant. » Le jeune auteur en a été « fou de joie », et leur amitié s'est poursuivie par des promenades sur Hampstead Heath et des déjeuners chez Sheekey's.*

À BEN MACINTYRE

9 Gainsborough Gardens
Londres, NW3 1BJ

11 novembre 2013

Cher Ben,

Sur le principe, comme on dirait au ministère, je suis prêt à envisager l'interview à la BBC, mais le problème, ça va être la date. J'ai compilé un recueil de mémoires (qui comprend bien sûr le texte sur Philby et Elliott) et nous échangeons sur le calendrier avec Sisman pour savoir si sa biographie (misère !) paraît d'abord, ou bien mes mémoires. Je dirais moi au printemps et lui à l'automne, mais c'est assez délicat et je ne voudrais pas faire l'erreur de lui voler la vedette, donc je vais peut-être attendre jusqu'au printemps de l'année prochaine. Je vais essayer d'y voir plus clair dans les quinze jours à venir.

Si ça doit être l'interview, alors il faudra qu'on convienne des conditions, parce que je n'en peux plus de la télé, et surtout des animatrices qui prennent une pose docte dans leur fauteuil, penchent la tête de côté pour se donner l'air perspicace et vous sortent : « Que répondez-vous aux gens qui disent que vous ne racontez que des conneries ? » La dernière que j'ai faite (à la BBC), j'y ai eu droit, et j'espère que cette bonne femme s'est fait bouffer par des ours. Je suis là pour briller, pas pour me faire humilier[1].

Envoie-moi ton livre dès que tu pourras (j'ai hâte !) et avec, si possible, les dates éventuelles de publication, et aussi pour l'interview et la diffusion. Entre-temps, j'essaie de mettre mes affaires en ordre de mon côté.

Amitiés,
David

À JOHN ET MARY JAMES,
LIBRAIRIE ALDEBURGH

Tregiffian
St Buryan
Penzance
Cornouailles

11 décembre 2013

Cher John, chère Mary,

Un petit mot pour vous dire que nous avons réservé du 14 au 27 février à l'hôtel Brudenell, où je passerai mon temps à écrire. Comme nous vous l'avons confié, j'utilise Aldeburgh et les environs comme décor pour mon prochain roman[2], et nous adorerions passer un moment avec vous pour nous imprégner

1. Anne McElvoy a interviewé le Carré en public pour l'émission *Night Waves* de BBC Radio 3 à l'occasion du cinquantième anniversaire de la parution de *L'Espion qui venait du froid*. Le malaise de le Carré pendant cette émission est palpable.

2. *L'Espion qui aimait les livres*, qui paraîtra à titre posthume.

de l'atmosphère des lieux. Une librairie est au centre du roman, et je rêve de pouvoir vous interroger sur les hauts et les bas de la gestion de ce type de commerce. Quand j'aurai fini d'écrire, j'aurai le plaisir de vous le faire lire en avant-première dans l'espoir que vous corrigerez mes erreurs et m'aiderez à mieux cibler mon propos.

Comme je vous l'ai dit, je préfère nettement fonctionner incognito quand c'est possible et je vous serai reconnaissant de me préserver, sur ce point. Et si John a envie de se balader, j'aurai mes bottes dans mes valises.

Nous vous souhaitons un très joyeux (et fructueux) Noël et nous sommes impatients de vous revoir bientôt.

Avec tous nos bons vœux pour vous et les vôtres.
Sincèrement,
David

À WOLFGANG CZAIA[1]

Tregiffian
St Buryan
Penzance
Cornouailles

12 décembre 2013

Cher Wolfgang,

Pardonnez-moi cette lettre tapée à la machine, mais je suis débordé.

Merci beaucoup pour mon fragment du mur de Berlin. Moi qui ai été témoin de sa construction, j'ai le sentiment d'en être un peu propriétaire. Quand il est tombé, j'étais très loin, aux Bahamas, et je n'ai donc pas pu accepter l'invitation de Willy Brandt à sa fiesta berlinoise. J'étais tout seul sur l'île d'un

1. L'auteur Wolfgang « Wolf » Czaia est un pilote d'essai allemand très connu qui a commencé à piloter des deltaplanes à l'âge de quatorze ans. Il a échangé des lettres avec le Carré pendant une dizaine d'années.

milliardaire, stupéfait, sans personne pour partager mon incrédulité sinon le personnel de maison.

Encore merci, tous mes vœux de bonne année, et vive la fin de tous les murs, quels qu'ils soient !

Sincèrement,
David Cornwell

~

À ROGER WILLIAMS[1]

c/o Curtis Brown Group Ltd
Haymarket House
28/29 Haymarket
Londres, SW1Y 4SP

22 juillet 2014

Cher professeur Williams,

Merci pour votre lettre du 8 juillet. Veuillez m'excuser cette lettre dictée, mais je suis absent pour le moment, en train de faire des recherches pour un prochain roman.

Mon utilisation des sirènes à la fin d'Une vérité si délicate est délibérément énigmatique, je le crains. Je souhaitais leur faire symboliser tout ce à quoi on s'expose quand on ose se mouiller. En envoyant ses documents, Toby Bell a déclenché la fureur de l'establishment, et la rapidité des interceptions de nos jours est telle qu'on vient l'arrêter sur place. Mais heureusement, nous avons l'espoir que son message a pu être envoyé au monde entier à temps.

J'espère que cela éclaire votre interprétation des dernières pages du roman (mais peut-être n'aurai-je accompli que l'inverse !) [...]

Bien cordialement,
David Cornwell

1. Sans doute l'hépatologue renommé Roger Stanley Williams, CBE (commandeur de l'Empire britannique).

~

À U. P. KARLSSON

c/o Curtis Brown Group Ltd
Haymarket House
28/29 Haymarket
Londres, SW1Y 4SP

5 août 2014

Cher monsieur Karlsson,

Merci pour votre lettre du 19 juillet.

Je ne sais pas trop pourquoi des personnages suédois apparaissent régulièrement dans mes romans, sinon parce que souvent, quand je me trouvais dans des endroits fort lointains, un Suédois débarquait, en général au service d'une association humanitaire, souvent ivre et souvent très drôle. Je dois vous avouer que je ne suis allé que très rarement en Suède, mais les Suédois que j'ai rencontrés m'ont toujours fait une impression fort agréable.

Merci beaucoup de vos compliments et de votre lecture attentive. J'espère que vous aimerez le prochain roman, que je suis en train de finir.

Bien cordialement,
John le Carré

~

À TOM STOPPARD

Tregiffian
St Buryan
Penzance
Cornouailles

27 octobre 2014

Cher Tom,

J'ai fini le roman, je l'ai relu, je n'ai pas été convaincu, je n'ai pas été ému, il reprenait trop de thèmes anciens, et j'ai décidé de laisser tomber.

Maintenant, je me sens beaucoup mieux, mais un peu surpris. Mon agent, qui ne l'a pas lu (je ne l'ai fait lire qu'à mes fils), est surpris aussi. Est-ce l'âge ? La liberté ? Un gâchis d'énergie et de deux années ? Je pense que c'est la dernière option, parce que je suis en ce moment en train d'écrire autre chose avec bonheur.

Mes amitiés à tous les deux, et j'espère que NY a été un succès.

D

P.-S. Comme toujours, Jane a été solide comme un roc et m'a soutenu.

« Je compatis sans savoir trop quoi penser, lui répond Stoppard. Finalement, je crois éprouver de l'admiration pour ta force d'esprit, mitigée par le regret que beaucoup de magnifiques bébés à chérir ont dû ainsi être jetés avec l'eau du bain proverbiale. »
Les raisons ayant motivé le Carré à ne pas sortir L'Espion qui aimait les livres *ne cesseront de varier, de même qu'il dira tantôt l'avoir « abandonné », tantôt l'avoir « mis de côté ». Il laissera à ses héritiers le choix de publier ou non le manuscrit, conservé dans son bureau.*

À MIKHAÏL LIOUBIMOV

Tregiffian
St Buryan
Penzance
Cornouailles

27 avril 2015

Cher Mikhaïl,

Merci beaucoup pour votre lettre et vos nouvelles intéressantes. C'est formidable que votre film ait été tourné[1] ! La première aura-t-elle lieu à Moscou ? Et peut-être ensuite dans d'autres villes ? Soyez gentil de m'envoyer un DVD quand il sera sorti.

Moi aussi en ce moment je vis dans le monde magique du cinéma. Nous sommes en plein tournage du Directeur de nuit en une série de six heures pour la BBC et un gros réseau américain. Nous avons une pléiade de vedettes dont vous n'avez jamais entendu parler, mais tout le monde est dûment impressionné et le budget est affolant. Un traître à notre goût est en boîte et, pour ce que j'en ai vu, assez amoché, mais peut-être que cela s'arrangera en postproduction. Pas de date de sortie encore, mais bientôt. Une vérité si délicate a été scénarisée, et il y aura de multiples révisions du script. Et puis, bien sûr, il y a Les Gens de Smiley, que les producteurs ont achetés mais sur lesquels ils conservent un silence mystérieux.

C'est amusant, quand même, que nous autres ex-espions finissions par écrire des livres et faire des films. Au moins, ça nous évite de traîner dans les rues. Comme vous, peut-être, je n'arrive pas à comprendre la situation en Ukraine. Khrouchtchev l'a plus ou moins rétrocédée, mais depuis le pays semble en suspens. Le peuple a l'air terriblement mal en point et les oligarques sont à Londres. Si vous pouvez m'expliquer, j'en serai ravi.

Nous allons tous bien. Les petits-enfants prolifèrent. Nous voterons travailliste le 7 mai et en paierons le prix via des

1. Le roman de Lioubimov, *The Life and Adventures of Alex Wilkie, Spy*, a été adapté au cinéma sous le titre *Soul of a Spy* en 2015.

taux d'imposition punitifs. Cette élection, c'est une farce du hors-sujet. Les vrais problèmes sont abordés par la presse et la population, mais pas par les partis politiques. Que nous restions dans l'Europe ou que nous en sortions compte moins que de savoir si M. Miliband a une ou deux cuisines dans son appartement londonien. Ainsi va la vie.

Mes meilleurs vœux à vous et à tous ceux qui vous sont chers.
David

Dans « Smiley Mike », chapitre resté inédit du Tunnel aux pigeons *qui relate les aventures de Mikhaïl Lioubimov en tant que chef de la station londonienne du KGB, le Carré écrit : « Il reste un aristocrate de l'ancien appareil du renseignement russe, né tchékiste, fils de tchékiste et petit-fils de tchékiste. Les tchékistes ne retournent pas leur veste en un tournemain. Mikhaïl est aussi ukrainien, et pour les Ukrainiens de son acabit, que cela nous plaise ou non, la Russie, c'est l'Ukraine, et l'Ukraine, c'est la Russie. »*

Après avoir mis de côté L'Espion qui aimait les livres, *le Carré commence une pièce de théâtre,* Ronnie Boy, *dont il écrit plusieurs versions successives. Elle s'inspire des épisodes douloureux ou cocasses de sa jeunesse et s'ouvre par une scène où un écrivain, David, interroge sa mère, Olive, à propos de son père. Il envoie* Ronnie Boy *à Stoppard, qui lui répond dans un mail en février 2015 : « La pièce est extraordinaire et facile à lire, très rythmée, très drôle, un vrai plaisir. » Il ajoute que le Carré a réussi à se libérer à la fois « des contraintes supposées du théâtre et de la narration dramaturgique ».*
Le Carré perd tout son enthousiasme pour la biographie d'Adam Sisman. Même s'il salue la qualité de la documentation dans la première partie du livre, notamment sur les mésaventures et l'incarcération de Ronnie, il trouve la reconstitution de sa vie très indiscrète.

À TOM STOPPARD

9 Gainsborough Gardens
Londres, NW3 1BJ

1er juin 2015

Cher Tom,

Je rentre à l'instant d'un séjour de trois semaines d'écriture peu fructueux dans notre chalet de l'Oberland bernois, à me partager entre la pièce (cf. plus bas) et un genre d'autobiographie de bric et de broc commencée il y a deux ans puis abandonnée dans la perspective de l'opus de Sisman, qui doit sortir en octobre [...]. Mon conseil là-dessus, sans doute à retardement et certainement impertinent : ne jamais dire oui de son vivant, les biographes s'accommodent mieux du royaume des morts.

Concernant la pièce : après une séance d'1 h 30 avec Goold[1], j'ai beaucoup revu l'acte I et je l'ai trouvé vraiment bien, en tout cas mieux structuré, plus psychologique et (pour moi, en tout cas) plus drôle. L'idée, comme tu t'en souviens peut-être, c'était le théâtre Olivier à l'automne prochain (2016). Je n'ai / n'avais aucun problème avec l'acte II, mais je me disais que ce serait utile, sinon nécessaire, d'avoir son avis sur le I, surtout sur les procédés scéniques utilisés, comme, entre autres, avoir le narrateur interprété sur scène par un acteur.

J'ai proposé à Goold de le lui envoyer comme base de discussion et il m'a répondu « avec grand plaisir », donc je le lui envoie. Trois semaines passent, je lui demande s'il a un avis à me donner ou un rendez-vous à me proposer. Il me répond qu'il est occupé avec un « programme grec » (?) et, après un nouveau délai, il me dit que le National est complet pour 2016 et qu'on devra aller ailleurs. Son seul commentaire sur le texte, c'est qu'il l'a lu vite fait et qu'il a l'air « dans les clous ». Résultat : on n'a pas parlé au téléphone ni en vrai, aucune autre correspondance sinon, de mon côté, l'assurance hypocrite que je lui enverrais le tout une fois que j'aurais revu l'acte II, mais entre-temps je me suis dit que

1. Rupert Goold, directeur artistique du théâtre Almeida. Le Carré a été très impressionné par son *Macbeth* avec Patrick Stewart.

ce n'était pas une façon de faire. Les refus, les déceptions, etc., nous les gérons au quotidien dans notre métier, mais un silence cryptique, ce n'est pas une façon de communiquer, et ça m'a gonflé comme les mauvaises manières me gonflent.

Par ailleurs (rien à voir avec Goold), je commence à m'inquiéter de la nature très intime du contenu et à douter de vouloir gérer la publicité et tout le toutim de mon vivant, surtout après le livre de Sisman, qui va déjà provoquer un joli bazar. L'un juste après l'autre, ça paraît excessif. Donc mon idée, c'est de finir la pièce comme je l'entends, moi, puis de la laisser en héritage à des gens qui en feront ce qu'ils jugeront bon, en l'occurrence mes fils, mes héritiers, mes ayants droit, etc., et leur société de production naissante, si elle survit.

Quoi qu'il en soit, je vais boucler mes mémoires, ne serait-ce que pour servir d'antidote au livre de Sisman, et c'est ça qui passera en premier, avec publication l'an prochain [...].

Dans l'intervalle, puis-je te faire parvenir l'acte I pour que tu y penses quand tu en auras le temps ? On peut te l'envoyer sous forme de fichier ou de tirage papier, ce qui t'arrange, et il n'y a aucune espèce d'urgence. Jane me dit que tu es plongé dans une adaptation cinéma d'« Arcadia », ce qui est un projet superbe. Je ne t'enverrai rien sans ton feu vert.

Demain, je pars à Majorque pour tourner une apparition dans « Le Directeur de nuit », puis dimanche en Cornouailles pour me consacrer au livre, mais je suis toujours ravi d'être interrompu, si jamais tu as le temps de faire un saut. Jane et moi avons passé un séjour très heureux dans notre chalet, que j'ai fait construire voici 45 ans dans l'Oberland bernois et que j'ai depuis donné aux garçons, donc nous y allons hors saison quand le village est désert. Une vie toute simple, des feux dans la cheminée, de la lecture, du bon temps.

Je relis « Scoop » d'Evelyn Waugh, et je me dis que ça doit être une bénédiction pour un auteur d'être un snob indécrottable et assumé. Ah, ces belles certitudes !

Nos amitiés à vous deux, comme toujours,
David

P.-S. Je t'écris plutôt que de te téléphoner comme j'aurais dû le faire, mais j'ai été négligent, sans doute à cause de cette histoire de pièce. D

Le Carré espérait qu'Ink Factory produirait Ronnie Boy. *Stoppard avait prédit que Goold allait adorer la pièce, mais il semble que ce dernier ait plutôt pensé cinéma que théâtre. Le 20 juin 2015, le Carré écrit par mail à Charlotte : « J'ai mis la pièce de côté, parce que j'étais énervé par des choses que je raconterai par ailleurs. Je travaille d'arrache-pied à un livre autobiographique qui mêle textes anciens et nouveaux. »*

LE DIRECTEUR DE NUIT ET LE « PARFUM DE CÉLÉBRITÉ »

J'ai reçu la bonne nouvelle comme un choc, notamment parce que, voici vingt ans, j'avais cru le projet de film mort et enterré.

– extrait de la nouvelle postface de le Carré
au *Directeur de nuit* en 2016

La seconde moitié du roman… ne fonctionne pas dans le roman, de toute façon.

– le Carré, quand le scénariste David Farr
ose lui dire que la seconde partie du roman
pourrait ne pas fonctionner dans la série télé

Après des années de vains efforts pour adapter *Le Directeur de nuit*, la série télévisée en six parties réalisée par Susanne Bier et produite par Simon et Stephen, les fils de le Carré, pour un budget annoncé de 30 millions de dollars, remportera trois Golden Globes et deux Emmy Awards. Elle transpose le roman de 600 pages, paru en 1993, de l'Amérique latine au Proche-Orient contemporain. D'après Susanne Bier, « l'histoire d'amour centrale » du roman est celle entre le marchand d'armes Richard Onslow Roper, interprété par Hugh Laurie, et son ennemi Jonathan Pyne, interprété par Tom Hiddleston.

À SUSANNE BIER

9 Gainsborough Gardens
Londres, NW3 1BJ

31 août 2015

Chère Susanne,

J'ai déjà longuement écrit à Tom et Hugh pour leur dire tout mon enthousiasme et les remercier du fond du cœur pour leur prestation magnifique. Dans les deux jours à venir, je ferai de même pour la sublime Elizabeth, l'autre Tom, Alistair, etc., parce qu'il n'y a pas une seule contre-performance dans ce film formidable[1]. Mais ils sont tous votre création, comme le reste, et je n'ai pas les mots pour vous dire toute mon admiration. L'ambiguïté centrale de la relation entre Pyne et Roper est merveilleusement rendue : tantôt une suspicion mutuelle, tantôt un narcissisme mutuel, et parfois, c'est comme si Roper était presque consciemment amoureux de son propre bourreau. Les péchés de Pyne, quand on les additionne, sont-ils égaux à ceux de Roper ? Parfois, on en a l'impression. Et entre eux deux, Jed, avec son allure extraordinaire, est leur trophée, leur victime, leur champ de bataille. Et ce diable de Corkoran, avec les meilleures répliques, la vision la plus juste, l'esprit le plus inquiétant.

Je voulais venir les bras chargés de cadeaux ce soir, mais pour l'instant l'imagination me fait défaut, tant je suis encore

1. La distribution du *Directeur de nuit* comprend Tom Hiddleston, Hugh Laurie, Elizabeth Debicki, Tom Hollander et Alistair Petrie.

submergé par toute l'admiration que m'inspire votre film. Pendant le dîner, j'imagine que nous exprimerons tous nos petites critiques ou nos déceptions personnelles. Mais je dois vous dire avant cette cérémonie obligatoire que vous avez réalisé un film vraiment merveilleux, parfaitement bien rythmé, qui donne toutes les satisfactions requises au visionnage, que vous avez apporté à chacun des trois personnages principaux du roman une profondeur et une signification qui dépassent tout ce que j'aurais pu espérer. Combien de fois ai-je pu dire cela ? Très rarement, peut-être deux fois seulement de toute ma carrière d'écrivain. Et pour la qualité de l'ensemble, il faut remonter aux années 70 et à Alec Guinness, ses collègues acteurs et l'ambiance de l'époque. Un immense merci et, une fois de plus, toute mon admiration.

Bien à vous,
David

À HUGH LAURIE

Par mail

29 août 2015

Objet : *Le Directeur de nuit*

Cher Hugh,

J'ai fini de regarder la série il y a deux heures, chez Simon, sur une grande télé (mais pas immense non plus). La première chose à dire, c'est que c'est génial : magnifiquement interprété et réalisé, épique par son ampleur, à des années-lumière de tout ce que j'ai pu voir à la télé ces dix dernières années (a fortiori à la télé anglaise). Une œuvre à part, lucide, épisode après épisode, pleine de tension interne et externe, l'action bien rythmée, un crescendo magistralement orchestré qui permet de nouer tous les fils narratifs, sauf peut-être la question de savoir comment Pyne va expliquer au fisc le détail des 300 millions de dollars sur son compte.

Pas une seule interprétation en dessous des autres, tout est incroyablement bien joué.

Et le mystère, c'est que Roper gagne à la fin. Même quand il se débat à l'arrière du fourgon de police en chemin pour l'échafaud, il arrive à passer pour un type qui a été maltraité. En partie parce qu'on l'aime pour son audace, sa classe et son esprit, en partie parce que c'est lui, le capitaine du navire sur lequel on a vogué pendant si longtemps avec tant de bonheur, mais aussi en partie parce que, tout au long de cette croisière, on s'est demandé trop souvent si Pyne n'éprouvait pas un peu trop de plaisir et si ses péchés accumulés n'étaient pas égaux à ceux de Roper.

Quant au côté artistique, nom de Dieu, Hugh, c'est à couper le souffle ! L'interaction entre Pyne et Roper est d'une subtilité infinie, ambiguë, complice, parfois homoérotique. De temps en temps, on a l'impression que Roper aime participer à sa propre destruction, juste pour le plaisir d'avoir affaire à quelqu'un qui est aussi retors et intelligent que lui. Et Jed entre les deux, c'est un ravissement : pas une seule fausse note de sa part, et le triangle devient un superbe carré avec Corky, le diable qui a toutes les meilleures répliques et qui soupçonne Pyne depuis le premier jour.

Quant aux dialogues, je ne sais pas ce que vous avez fait du script, tous, mais ça chante comme un rossignol, et encore plus dans les 3 derniers épisodes.

Des critiques ? Quelques-unes, dont j'ai fait part à Simon[1], mais je ne veux pas vous influencer avant que vous n'ayez vu la série vous-même et trouvé des critiques à vous.

Votre prestation ? De mon point de vue (sans doute mal informé, car je suis en dehors du coup, je le reconnais), c'est le rôle d'une vie. Mais voyez vous-même ce que vous en penserez. Une suite ? Sur les bases dont nous avons discuté, si cela vous dit toujours, moi aussi, parce que, dans ce contexte, Roper me frappe comme étant une mine d'or d'un point de vue dramatique, et l'association de Laurie et Roper atteint la perfection. Mais je ne me sens pas capable de l'écrire moi-même. Comme l'a dit Dan Moynihan à mes éditeurs américains, qui

1. Simon Cornwell, producteur exécutif de la série.

lui proposaient d'étaler ses droits d'auteur sur plusieurs années, je suis bien trop vieux pour acheter des bananes pas mûres.

Si je ne l'ai pas déjà clamé assez haut et fort : je suis subjugué par votre incomparable Roper, encore plus impressionné que je ne peux le dire et très reconnaissant. J'étais ravi que vous veniez nous rendre visite, j'ai adoré rencontrer Jo, je suis désolé que ça ait été un tel bazar, mais on y est arrivés ! Vous ai-je déjà dit à quel point je suis ravi ? Eh bien, je le suis.

Mes amitiés à tous les deux,
David

~

À MIKHAÏL LIOUBIMOV

Par mail

11 septembre 2015

Berlin est à la fois une ville et un cimetière de guerre. Je ne l'ai jamais ressenti aussi profondément que ces dernières 48 heures, car j'y suis en repérages pour un éventuel remake de L'ESPION… C'est atroce, mais on dirait même un endroit qui a une sorte d'addiction permanente à la guerre et qui souffle un peu avant sa prochaine dose. Je suis heureux d'avoir eu des nouvelles de vos heurs et malheurs dans le monde du cinéma, mais surtout de savoir que cela donne une nouvelle vie aux livres. Je pars à L.A. la semaine prochaine pour un mariage de famille et des discussions avec les nababs. Je vous tiendrai au courant pour les mémoires. Jane a la tête sous l'eau à cause de problèmes de santé, mais elle nage courageusement. La vieillesse était supposée arriver aux adultes, pas à nous.

Bien à vous,
David

~

À BERNHARD DOCKE

Par mail

1er décembre 2015

Objet : Le monde et tout le reste

Cher Bernhard,

Ravi d'avoir de vos nouvelles. Ah là là, quelle époque ! D'un côté, l'Allemagne, un exemple pour le reste du monde avec son ouverture d'esprit et la noblesse de son geste[1] ; la Suède, qui occupe une deuxième place très honorable ; et mon minable petit gouvernement qui manipule et empoisonne l'opinion publique, laquelle a, comme d'habitude, un avis plus respectable que celui des autorités. Et de l'autre, les trumpistes et les autruches nationalistes qui fulminent contre cette populace non allemande. Le pire, pour moi, c'est les Hongrois, qui ont fui l'Ours russe par milliers en 1956 et qui ferment aujourd'hui leurs frontières à des réfugiés comme eux.

Et maintenant, on bombarde la Syrie pour venger le sang européen après avoir régulièrement tourné le dos aux conséquences de notre propre ingérence désastreuse.

Nous sommes plutôt en forme, si l'on excepte les indignités prévisibles de la vieillesse. Le travail et l'écriture vont très bien, je vous enverrai les détails bientôt. Je vous écris depuis l'hôpital, où Jane se remet bien d'une opération qui, nous l'espérons, la libérera du grand fléau.

Toutes nos amitiés, et à bientôt pour plus de nouvelles.
Bien à vous,
David

1. « Nous pouvons y arriver ! » a déclaré Angela Merkel en août 2015, année durant laquelle l'Allemagne a accueilli environ 1 million de réfugiés.

À VLADIMIR STABNIKOV

Par mail

4 mars 2016

Objet : Re : Personnel

Cher Vladimir,

Enfin je prends le temps de vous écrire. Et ce que je devrais écrire, c'est une réponse à vos deux mails si gentils, le premier guilleret et le second un peu triste. Je devrais vous écrire que si vous, vous profitiez de l'expérience de me cornaquer en Russie, moi, je profitais immensément de votre énergie, de votre générosité et de votre enthousiasme.

Chacun des romans que j'ai écrits a constitué une vie entière. Ceux que j'ai écrits sur la Russie sont des vies que vous m'avez permis de vivre. Et quand je suis passé à d'autres vies, au Proche-Orient, en Afrique, en Amérique latine, d'autres m'ont ouvert des portes et j'ai de nouveau été le bénéficiaire de la gentillesse d'inconnus qui sont devenus des amis. Je n'oublierai jamais votre rôle essentiel pour me fournir des informations, des expériences et des recommandations auxquelles je n'aurais jamais eu accès sans vous, et je le signale à plusieurs reprises dans les mémoires que je vais publier cet automne.

Vue dans son ensemble, ma vie semble n'être qu'une mosaïque bariolée d'engagements inaboutis, comme un voyage spirituel sur le Transsibérien. J'ai une conscience aiguë du fait que je ne fais jamais des escales assez longues tant mon envie d'avancer est grande, et la Russie est assurément l'endroit où j'aurais le plus aimé m'attarder. J'espère que ce sentiment se percevra bien dans mon livre.

Ce qui me ramène une nouvelle fois à l'expression de mes remerciements pour l'immense dette qui est et sera toujours la mienne envers vous pour m'avoir si souvent ouvert les yeux. Et si, comme vous le dites, j'en ai fait autant pour vous, alors nous devrions être très contents l'un de l'autre.

Parce que je n'ai jamais cessé d'écrire, que j'ai atteint un grand âge et que je suis anglais, je jouis actuellement d'une sorte d'immortalité prématurée qui ne survivra sans doute pas à ma mort. L'adaptation télé du Directeur de nuit fait sensation en Grande-Bretagne et sera bientôt diffusée aux US. Elle a aussi été vendue à cent trente autres pays. Même si elle restructure mon roman et le situe de nos jours, mon nom y reste attaché de façon visible, et cela a ajouté au parfum de célébrité. Le résultat, c'est que je reçois des tonnes de courrier que je ne peux pas gérer et des propositions ridicules pour faire des apparitions partout. À mesure que ma réputation enfle, je m'étiole.

Quoi qu'il en soit, voyons-nous quand vous viendrez à la Foire du livre de Londres. J'espère sincèrement que ce sera possible pour vous. Donnez-nous vos dates de séjour et vos disponibilités, et nous ferons au mieux.

Bien à vous,
David

~

Broken Vows : Tony Blair – The Tragedy of Power, *biographie signée Tom Bower, est paru en janvier 2016.*

À TOM BOWER

Par mail

21 mars 2016

Objet : Félicitations

Cher Tom,

Toutes mes félicitations. Un énorme opus, bourré de révélations dont l'accumulation est choquante. Je trouve que vous avez magnifiquement réussi à faire passer l'énorme masse de décisions qui incombent à tout Premier ministre à chaque instant, ce mélange aléatoire de choses triviales ou monumentales, et l'effrayante incapacité de Blair à distinguer les unes des autres. Certains passages me rappellent les Nixon Papers, quand sa garde rapprochée s'affaire à allumer un contre-feu et qu'un messager shakespearien arrive pour informer le Président que la lire italienne s'est effondrée. Nixon réagit par : « On s'en fout, de la lire ! » et il se remet aussitôt à comploter avec ses acolytes.

Évidemment, c'est un texte partisan, et qui l'assume. Cela ne me dérange nullement, car cela reflète une honnêteté dont peu d'historiens peuvent s'enorgueillir. Je viens de finir le Napoléon d'Andrew Roberts, et il cherche constamment des excuses à son héros. Vous avez fait l'inverse, ce qui me console, parce que j'ai le sentiment d'avoir trouvé dans votre livre le Tony Blair que je cherchais : orateur extrêmement habile, menteur instinctif et convaincant, bercé d'illusions, imbu de lui-même, opportuniste et qui se pardonne tout.

Je voulais en apprendre plus sur son enfance, sur son rôle de père, mais maintenant j'en sais beaucoup plus sur son Rosebud. Vous avez fait un parcours extraordinaire et je suis heureux d'avoir pu le partager.

Bien à vous,
David

À AL ET ANNE ALVAREZ

16 septembre 2016

Mes très chers Al & Anne,

Je trouve enfin le temps de vous remercier tous les deux pour vos adorables messages (dont ceux sur le répondeur à Londres, on ne l'a su qu'après) et tout le soutien que vous avez toujours apporté à mon travail, sans parler de votre indulgence et de votre affection. Le Tunnel marche bien [...]. Cette fois, on n'a pas raté notre coup, ce qui est formidable, surtout pour les éditeurs étrangers, et pour tous les critiques américains qui attendent qu'on leur dise quoi en penser. Je vous dois tant depuis tant d'années, Anne pour ta compassion inébranlable, Al pour ta belle et stricte rigueur intellectuelle, sans parler de cette écriture impeccable.

Je m'escrime sur mon Ur-roman[1], une relecture de « L'Espion qui venait du froid » qui imagine comment tout le monde se serait comporté « dans la vraie vie » si ce n'avait pas été un roman noir mais un livre sur l'humanité et la fragilité. C'est un thriller, mais où on voit ce qui est normalement caché, à savoir la compassion, les failles, les ratages que nous vivons tous et refoulons. Et les faux dieux que nous nous créons, comme (un nom au hasard) George Smiley… Bref, c'est passionnant à écrire. Je me suis promis de le finir avant Noël et ça a l'air bien parti pour. Nous sommes très heureux ici tous les deux, l'été fut long et magnifique. Quand je ramais sur le roman, Jane m'a requinqué, et quand j'ai dit : « Et merde, allons plutôt nous ennuyer à Londres », elle m'a répondu : « Remets-toi au travail et ne jure pas, s'il te plaît. »

Enfin bref. Nous n'écrivons plus assez de lettres, de nos jours, et celle-ci a pour seul but de vous dire merci, on vous aime et on revient fin octobre. Et aussi, on vous aime.

David

À MARY MOUNT

Par mail

8 novembre 2016

Objet : L'Héritage

Chère Mary,

Merci pour votre lettre merveilleuse. Ce livre a été un enfer à écrire au départ, et j'ai rédigé puis jeté un nombre de pages incalculable. Mais il a repris du poil de la bête quand j'ai décidé d'en faire l'histoire de Guillam, et le plaisir de réveiller ces personnages endormis a compensé tout le reste. Je n'ai pas osé relire les anciens livres, je me suis contenté des souvenirs que j'en avais, donc il y a des incohérences évidentes et assez drôles

1. *L'Héritage des espions*, dans lequel le Carré retrouve les personnages de la trilogie de Smiley pour la première fois en vingt-cinq ans.

que je ne peux pas trop corriger. Il faudra que j'écrive une postface subtile ou que je trouve un autre moyen de désamorcer les critiques des maniaques.

Encore merci pour votre lettre aimable et sensible. Comme vous pouvez l'imaginer, ce livre m'a demandé un effort considérable vu mon grand âge, mais la décision d'aller me terrer dans mon antre au moment de la publication du Tunnel aux pigeons semble avoir payé.

Bien à vous,
David

~

En 2016, Ben Macintyre publie SAS : Rogue Heroes – the Authorized Wartime History.

À BEN MACINTYRE

Répondre à :
Tregiffian
St Buryan
Penzance
Cornouailles

15 novembre 2016

Cher Ben,

Merci beaucoup pour ta lettre et pour le livre et son aimable dédicace. J'en ai lu la moitié et je suis fasciné. L'écriture encore meilleure qu'avant, la caractérisation superbe. Dans quel monde vit-on... Nous avons bien sûr appris votre divorce, et tu as toute notre sympathie. Le mien avait été déchirant, même si nous nous étions chacun comportés décemment et que nous nous sommes remariés peu après. Mais les blessures ne cicatrisent pas, ou en tout cas, pas pour moi. Tout ça pour dire que je m'en fais reproche constamment, tout en me réjouissant de ma libération. (Ann, ma première épouse, est décédée il y a quelque temps après un second mariage qui a duré.)

Je suis ravi que tu aies aimé « Le Tunnel aux pigeons ». Il a bien marché, mais les livres ont cette caractéristique de disparaître de la mémoire, et Le Tunnel n'a pas échappé à la règle quand je suis passé à mon nouveau roman. Il paraîtra en septembre et je l'aime bien, ce qui n'est pas toujours le cas. Nous partons pour les Cornouailles et nous reviendrons à Londres passer Noël avec les enfants et les petits-enfants, puis l'Allemagne, sans doute. Mais je serais ravi qu'on puisse se voir. Je t'enverrai des dates à notre retour.

Permets-moi de te redire que j'admire infiniment ton style, que tout ton travail de recherches fait vivre l'histoire, que les portraits que tu fais sont lucides et carrés. Notre médecin ici en Cornouailles va parfois à Hereford en toute discrétion pour enseigner aux gars (et aux filles) du SAS comment gérer les problèmes de santé et les blessures au combat. « En 3 semaines, je dois faire d'eux des médecins », nous dit-il. Je lui offrirai ton livre pour Noël.

Toutes nos amitiés à toi et aux tiens,

David

TRUMP ET LE BREXIT

Ma réaction au climat politique est véhémente : je hais le Brexit, je hais Trump, j'ai peur de la montée du fascisme blanc partout dans le monde et je prends cette menace très au sérieux. La soif de conflit est partout, chez nos pseudo-dictateurs.

– au journaliste et romancier allemand
Yassin Musharbash, 4 avril 2018

Alors que le référendum du 23 juin 2016 consacre le Brexit et que Donald Trump est élu président des États-Unis le 9 novembre 2016, le Carré termine *L'Héritage des espions*. Le roman suivant, *Retour de service*, qui sera son dernier, sera vu comme une condamnation de l'Angleterre du Brexit.

« Nous sommes effondrés par le Brexit, nous en avons terriblement honte et nous n'arrivons toujours pas à croire que c'est irréversible, écrit le Carré à Bernhard Docke, le 5 juillet 2016. Quel pathétique cocktail d'illusions perdues et de faux espoirs ! »

À NICHOLAS SHAKESPEARE

16 décembre 2016

Cher Nicholas,

Très heureux que le brouilly t'ait plu. Et j'ai appris avec intérêt ta soudaine aversion pour le roman contemporain, qui, de mon côté, s'est déclenchée il y a une vingtaine d'années, et sans l'aide de la grippe de Bombay. Je lis quelques vieux maîtres et pas mal d'essais. Mon sombre secret depuis toujours, c'est la dyslexie. Je lis à une vitesse d'escargot, au même rythme qu'à haute voix, avec pour effet que l'impatience et ce que Hemingway appelait le « détecteur automatique de merde » se déclenchent presque aussitôt. En littérature, le succès populaire instantané s'explique par l'accessibilité du texte et la possibilité pour le lecteur de s'y retrouver, deux choses qui me sont trop souvent refusées quand j'essaie de lire.

Le nouveau roman que j'ai rendu il y a quelques semaines a trouvé la faveur des éditeurs (acceptons-en l'augure...), et je m'embarque donc dans mon parcours habituel de recherches a posteriori et de corrections : Bretagne, Allemagne, Pologne, Tchéquie, pas le temps de souffler, et je suis censé avoir fini avant fin février pour une publication en septembre. L'ennui d'après le bouclage du premier jet m'est néanmoins déjà tombé dessus, et j'ai hâte de pouvoir retourner à Londres (lundi) pour m'ennuyer là-bas, avant de partir pour Berlin mi-janvier. Entre-temps, j'ai peine à croire que les USA s'apprêtent à sombrer (ou ont déjà sombré) dans de telles profondeurs. Notre grand allié supposé est un État voyou dirigé par un égocentrique sans foi ni loi, revanchard, menteur, susceptible et narcissique. Ne faisons jamais l'erreur de penser qu'il puisse avoir un bon fond, modéré et rationnel, et n'oublions jamais comment il a accédé au pouvoir – tant de similitudes avec notre cher Führer qu'on en reste bouche bée.

Quant au Brexit... C'est un suicide économique monté de toutes pièces par des charlatans et foncièrement inapplicable, et j'espère qu'on pourra l'inverser dans les faits, sinon sur le papier. En attendant, on sait déjà que le sous-prolétariat va manquer de tout...

Mes amitiés à vous tous, y compris tes parents. Je vous souhaite un très joyeux Noël et je ne sais trop quoi souhaiter pour cette nouvelle année.

David

À ROLAND PHILIPPS

9 Gainsborough Gardens
Londres, NW3 1BJ

16 février 2017

Cher Roland,

Merci beaucoup pour votre merveilleuse lettre si généreuse. Je suis tellement content que vous ayez aimé le livre (vous en particulier) et que vous l'ayez si bien compris. J'ai pris bonne note de vos remarques éditoriales et je vais intégrer ces corrections avec les autres retours que j'ai [...].

Comme vous l'aurez deviné, ce livre représente beaucoup pour moi. Il bouge encore et restera une cible en mouvement jusqu'au tout dernier moment, comme d'habitude. J'ai très envie de donner un chat à Millie McCraig[1], et aussi un nichoir, cadeau d'anniversaire fabriqué par Guillam et Mendel,

1. Dans *La Taupe*, Millie McCraig est la gouvernante de la maison où la taupe du Cirque rencontre son officier traitant russe, et c'est elle qui est chargée des écoutes. « C'était une veuve écossaise sèche et nerveuse, avec des bas marron, les cheveux relevés en chignon et la peau fripée et bien cirée d'un vieil homme. » Cette professionnelle des écoutes, qui se distingue par son « calme profond et esseulé » et

qui a fixé dessus un panneau « ouvert à tous les volatiles ». C'est l'un des endroits où elle stocke les cassettes de microfilms[◊].

Sinon, je suis dans cet entre-deux où j'essaie, comme toujours, de me faire à tout le battage publicitaire qui se prépare, avec un pied (mais pas le deuxième, loin de là) dans l'adaptation télé, et je cherche ce que je vais bien pouvoir écrire maintenant. La nuit dernière, j'ai écrit l'évaluation a posteriori de Bill Haydon par les psychiatres du Cirque, et à mon réveil ce matin, j'ai trouvé que c'était un peu fou, cette histoire... Par moments, j'envisage des nouvelles comme une solution de facilité, mais, à la vérité, chaque idée de nouvelle qui me plaît m'apparaît plutôt comme le germe d'un roman. Et beaucoup de thèmes et de décors qui ont l'air prometteurs s'avèrent souvent n'être que des revisites de choses que j'ai déjà faites, avec plus ou moins de succès.

J'ai fait une longue promenade dans le Heath ce matin et j'ai été hélé par un trio de Suédois qui n'arrivaient pas à trouver Kenwood House[◊◊]. La femme s'est révélée être la sœur de Lena Wickman, et j'ai pu lui dire à quel point j'avais honte d'avoir refusé une invitation à dîner avec Arthur Koestler, qui vivait avec elle à l'époque[1]. Mais ce n'est qu'un regret parmi tant d'autres. J'ai aussi raté l'occasion de rencontrer Noël Coward, P.G. Wodehouse et Kapuściński, et je ne me rappelle même plus pourquoi, sinon peut-être que j'étais tellement méfiant vis-à-vis de la célébrité que je m'en défaussais sur d'autres.

C'était une excellente soirée chez les Wilton, tellement pétillante et joyeuse. Et l'histoire de Donald McL est un excellent sujet[2]. Je viens de lire un récit étonnamment bien écrit de l'affaire Noel Field[3], « True Believer », de Kati Marton, qui fait le pendant à l'expérience de Donald et traite d'intentions tout

---

a « tendance à considérer tous les hommes comme des intrus », fait son retour dans *L'Héritage des espions*.

1. Lena Wickman, chasseuse de talents suédoise employée par l'éditeur Jack Geoghegan, qui lui a envoyé *L'Espion qui venait du froid*.

2. *A Spy Named Orphan*, la biographie par Philipps de l'espion soviétique Donald Maclean, sera publiée en 2018.

3. Field était un quaker originaire de Boston qui a intégré le département d'État et espionné pour le compte de l'Union soviétique sous Staline.

aussi nobles et tout aussi mal placées. Le tournant (cf. Koestler) est arrivé quand les gens ont compris que le Komintern avait été remplacé par le nationalisme russe et le nettoyage ethnique staliniste de la classe moyenne.

Mes amitiés à vous deux, et encore merci.

David

[*dans la marge de gauche*] ◊Et j'ai aussi retravaillé la scène entre Smiley et Guillam à la fin.

[*dans la marge de gauche*] ◊◊mon rôle habituel sur le Heath.

À MARY MOUNT

Par mail

20 février 2017

Chère Mary,

Merci pour votre mail. Bien heureux que vous aimiez le texte corrigé. Le voyage à Prague a eu lieu sous la neige[1] et par un froid de loup. C'était très étrange et même dérangeant de voir que rien n'avait changé en cinquante-cinq ans : des villas désertes inquiétantes, des châteaux abandonnés, l'impression d'être dans un no man's land d'Europe de l'Est.

Je fais constamment des petites modifications et j'attends toujours les retours de mes hôtes en Bretagne, et bien sûr ceux d'Ullstein sur les nouveaux passages, et ceux du Seuil[2]. Mais nous sommes dans les temps, et je voudrais vraiment finaliser le texte de façon satisfaisante pour tout le monde, comme ça je pourrai commencer à réfléchir au prochain. Le plus dur, en ce moment, c'est d'arriver à penser à quoi que ce soit en dehors de Trump. Maureen Dowd dans le NY Times aujourd'hui,

1. Dans *L'Héritage des espions*, le Carré relate le trajet de son personnage Tulipe entre Berlin-Est et Prague et, pour écrire son roman, il a visité plusieurs endroits en Tchéquie. Son narrateur, Guillam, vit en Bretagne dans une ferme. L'autre voyage à Prague qu'il mentionne ici a eu lieu cinquante-cinq ans plus tôt, alors qu'il était encore officier du MI6, et n'est pas documenté dans les archives le Carré.

2. Ses éditeurs allemand et français, Ullstein Verlag et Éditions du Seuil.

c'est un pur bonheur, mais ça ne dure qu'un temps. Quant à [Theresa] May, c'est une catastrophe permanente.

Amitiés,
David

*Le Carré a rencontré Yassin Musharbash, journaliste spécialiste de l'islamisme et du djihadisme qui venait de publier un livre sur Al-Qaïda, en trinquant au champagne au café Einstein Unter den Linden à Berlin, en 2007. Lors de la cérémonie funéraire de le Carré, Musharbash dira : « Il avait besoin d'un chercheur susceptible de l'aider à affiner ses descriptions de la pensée, du discours et des actions des islamistes, ainsi que du fonctionnement des agences de renseignement allemandes. » Le Carré lui a demandé de fournir aux personnages islamistes d'*Un homme très recherché *des parcours de vie et des dialogues plausibles, et même d'inventer un système de financement du terrorisme. Par la suite, Musharbash a effectué des recherches et des vérifications pour* Le Tunnel aux pigeons *et* L'Héritage des espions. *En 2017, Musharbash, fils d'un Jordanien et d'une Allemande, écrit à le Carré afin de lui faire part de son idée pour un nouveau livre, avant de retourner vivre à Berlin alors qu'il était installé à Amman en Jordanie. Les dernières années de la correspondance entre les deux hommes sont remarquables de franchise et d'intensité. Musharbash déclarera : « David et moi avions deux correspondances distinctes en parallèle : des mails pour toutes les considérations pratiques, des lettres manuscrites pour les choses plus personnelles. »*

À YASSIN MUSHARBASH

2 mai 2017

Cher Yassin,

Vous devriez vous voir avec mon fils Nick, et puis retourner chacun dans votre pub, café ou shebeen préféré, enfin, l'endroit où vous serez le mieux pour écrire ce jour-là, parce qu'il est exactement comme vous : il aime le bavardage autour de lui, il aime se poser dans les endroits où il est connu et toléré. En bref, très parisien, très entre-deux-guerres. Pour moi, c'est le mouvement qui fonctionne. Emmener mes idées en promenade, noter des choses de temps en temps dans un carnet, reprendre ma marche, retourner à mon bureau et tout coucher sur le papier. Mais je ne peux pas écrire loin de mon bureau.

Content d'apprendre que vous serez de retour dans la mère patrie en juillet. Si vous voulez mon avis, ne renoncez surtout pas à votre activité de journaliste, du moins tant que vos romans n'ont pas encore décollé (et même après, d'ailleurs). Les collègues, les conversations, les crises, la chaleur du contact humain, tout cela apporte de l'eau à votre moulin, j'en suis certain. Et sans cet environnement, vous risquez de vous retrouver encalminé et apeuré, comme ce fut le cas pour moi. La guérison prend longtemps et c'est une souffrance pour la famille.

Je vous enverrai un jeu d'épreuves. Le roman a beaucoup évolué, comme toujours, et, même si c'est moi qui le dis, en bien. Pas d'éditeur, juste le recul, et une discussion à point nommé avec mon ami Tom Stoppard il y a quelque temps.

Cette fois-ci, exceptionnellement, j'ai décidé de plonger dans le grand bain de la publicité : parution en feuilleton dans le NYT et interview, 60 Minutes, Annie Leibovitz pour Vanity Fair, présentation du livre au Royal Festival Hall à Londres le 7 septembre et un mois plus tard à l'Elbphilarmonie à HH[1]. Et un portrait télévisé pour la BBC. Bref, comme me l'avait dit Joseph Brodsky quand il a appris qu'il avait gagné le Nobel : « C'est parti pour un an de blabla. » J'imagine que ce sera plus ou moins mon chant du cygne, même si ce cygne se croit encore capable de voler. Enfin, c'est comme ça que les médias le voient, donc je vais jouer le jeu. En attendant, je réfléchis à un nouveau roman, évidemment.

Je suis sûr qu'on se verra avant la fin de l'année. « L'Espion » est toujours dans les tuyaux, à ce que je sais, et le Seigneur est au ciel, même s'il n'est pas trop dans le ciel américain, ces temps-ci. Comment un pays peut-il vivre sans conscience ? La

1. Hansestadt Hamburg, c'est-à-dire la ville hanséatique de Hambourg.

chose la plus attachante, avec l'Allemagne, c'est que ce pays est conscient de son passé et soucieux de le corriger. La Grande-Bretagne ? Jamais de la vie. L'Amérique ? La Russie ? Vaste blague.

Mes amitiés à tous. Peut-être à cet automne. Rejoignez-moi à HH si c'est possible, pour la fiesta en front de mer. [...]

Bien à vous,
David

Tom Stoppard et le Carré ont entamé une correspondance chaleureuse dans les années 1990 après La Maison Russie, *et leur lien s'est renforcé avec le temps. Dans les années 2010, les deux hommes s'échangent les premières versions de leurs romans ou pièces. Stoppard a refusé à contrecœur d'adapter* Une amitié absolue *pour la BBC, mais dit à le Carré qu'*Une vérité si délicate *est « un des meilleurs JLC jusqu'à la toute dernière phrase ». Tous deux ont vu une grosse biographie d'eux publiée de leur vivant. Évoquant les amitiés de Stoppard avec d'autres écrivains, sa biographe Hermione Lee écrit : « Son lien affectueux avec David Cornwell était d'une grande force. » La critique détaillée par Stoppard de* Retour de service *figure dans les archives le Carré. Son analyse de* L'Héritage des espions, *qu'il a dû lui envoyer juste avant la lettre ci-dessous, n'y figure pas.*

À TOM STOPPARD

9 Gainsborough Gardens,
Londres, NW3 1BJ

25 juin 2017

Cher Tom,

Encore merci ! J'ai rectifié les points que tu me signalais chaque fois que c'était possible. J'ai fini par décider que Millie devait garder ses secrets jusqu'au bout, sans que je les révèle. Je pense que c'est une maison tellement pleine de secrets qu'il y en a assez dans l'air (et dans la tête de Guillam) pour qu'on accepte le paquet surprise à la fin sans trop de surprise. On le savait depuis le début, même si on ne savait pas qu'on le savait. J'ai beaucoup développé Lotte – tu avais totalement raison sur son importance. Maintenant, elle est bien définie. J'ai rendu l'âge de Christoph plus élastique. L'éternel ado de parents allemands autoritaires, surtout les pères (et les beaux-pères). J'ai supprimé le passage où Guillam se dit que le prêtre pourrait être en train de célébrer le mariage de Tulipe avec lui au lieu de ses funérailles. Et encore merci, j'ai rectifié la note sur « théâtre ». J'ai aussi un peu retravaillé Smiley à la fin pour que son plan d'action paraisse plus engagé et risqué pour lui. Il va témoigner et il va dire à la cour (s'il y en a une) exactement ce qui s'est passé.

C'était merveilleux de pouvoir compter sur ton aide, et je t'en suis éternellement reconnaissant. Encore un immense merci. Bises à tous les deux, et voyons-nous vite !

Bien à toi,
David

Fidèle lecteur de le Carré depuis quarante ans, Keith FitzPatrick, qui réside aux Pays-Bas depuis trente ans, lui écrit pour lui parler du sentiment de trahison ressenti par les Britanniques expatriés dans l'Union européenne à cause « des nationalistes à la noix et de la presse mensongère ».

À KEITH FITZPATRICK

Tregiffian
St Buryan
Penzance
Cornouailles

29 juillet 2017

Cher Keith FitzPatrick,

Merci beaucoup pour votre lettre très touchante. Vos sentiments sur le Brexit me sont allés droit au cœur. En ce moment, j'aimerais mieux être néerlandais, allemand, français ou même polonais que britannique et soumis à ce processus véritablement humiliant dans lequel nous sommes engagés. Si c'est encore possible, trouvez le New York Times d'aujourd'hui et lisez l'éditorial signé par la correspondante du Times de Londres[1]. Elle dit tout cela très bien.

Je suis très heureux que mes livres vous aient plu. Je pense que le nouveau, qui sortira en septembre, ne vous décevra pas. Je ne pensais pas que Smiley ferait son retour un jour, mais il l'a fait, et il est irrésistible.

Oui, nous avons été trahis. Pas par notre peuple, qui a voté pour beaucoup de choses sans les comprendre ni les vouloir, mais par une poignée d'aventuriers chauvins et d'hurluberlus impérialistes, soutenus par beaucoup d'argent douteux et de manipulation : le populisme orchestré par les hautes sphères, comme toujours…

Bien cordialement, et encore merci pour votre lettre,
David Cornwell
(John le Carré)

Après avoir interprété Peter Guillam, le bras droit de Smiley, dans la série télévisée adaptée de La Taupe, *avec un style de jeu précis et dépouillé, Michael Jayston s'est vu confier l'enregistrement en livre audio d'une version abrégée du roman. Quand on a ensuite demandé à le Carré s'il l'autorisait aussi à faire* L'Appel du mort, *celui-ci a répondu : « Il peut enregistrer tous mes livres. » Au fil des ans, Jayston sera le lecteur de vingt et un romans de le Carré[2]. Le 17 septembre 2017, il lui écrit qu'enregistrer* L'Héritage des espions *lui a rappelé « d'innombrables souvenirs… comme si j'avais retrouvé un vieil ami que je n'avais pas vu depuis longtemps ». Le narrateur de ce livre,*

1. « No Dunkirk Spirit Can Save Britain from Brexit Defeat », de Jenni Russell (« Aucun esprit de Dunkerque ne peut sauver la Grande-Bretagne de la défaite du Brexit »).

2. En règle générale, Michael Jayston lisait la version intégrale des romans et le Carré les versions abrégées (et « il s'en donnait à cœur joie avec les accents snobs, parce qu'il les détestait », selon Jayston), sauf pour *Une vérité si délicate*, *Le Tunnel aux pigeons* et *Retour de service*, dont le Carré a assuré la version intégrale. Le Carré n'a semble-t-il jamais autorisé d'enregistrement d'*Un amant naïf et sentimental*, et l'a explicitement refusé en 2011 et 2017.

que Jayston salue comme « un chef-d'œuvre écrit par un maestro des chefs-d'œuvre », est un Peter Guillam à la retraite.

À MICHAEL JAYSTON

9 Gainsborough Gardens
Londres, NW3 1BJ

4 octobre 2017

Cher Michael,

Merci beaucoup pour ton adorable lettre ! Oui, voyons-nous un de ces jours pour maudire le monde ensemble. Mais pas tout de suite, parce que je pars en Allemagne pour me donner en spectacle dans un nouvel auditorium immense à Hambourg (un peu comme le Royal Festival Hall mais version teutonne), puis la presse allemande, puis je vais me terrer en Cornouailles. Peut-être fin novembre ? J'ai été si heureux d'apprendre que tu avais aimé le livre et qu'il t'avait rappelé des souvenirs. Pour ne rien te cacher, c'est aussi ce qui m'est arrivé pendant l'écriture, et j'ai versé ma larme à la fin.

Tes lectures restent gravées dans la mémoire de mes fans et des tiens. Ne serait-ce que pour ça, je te dois un déjeuner !

Amitiés à toi et aux tiens.
Bien à toi,
David

À TOM STOPPARD

9 Gainsborough Gardens
Londres, NW3 1BJ

21 décembre 2017

Cher Tom,

Je n'étais vraiment pas dans mon état normal quand tu es passé lundi soir : rien à te proposer, pas du tout dans l'esprit de Noël, encore bouleversé par la catastrophe en Californie[1], et tous les enfants qui passaient par chez nous, et Geller qui attendait de se faire entendre. Du coup, je n'ai vraiment pas été là pour ce que tu étais venu faire, c'est-à-dire nous souhaiter un joyeux Noël et recevoir en retour nos vœux sincères pour vous deux, qui t'arrivent donc à retardement via cette lettre, accompagnés de notre affection et notre admiration inconditionnelles.

J'ai bien senti (vu que tu me l'as dit) que tu tenais une idée de nouvelle pièce et, si tu es comme moi pour ça, j'imagine que tu avais dû mal vivre de tourner en rond sans trouver. Et dans l'intervalle (c'est la rançon de la gloire), tes succès passés reviennent t'accuser parce qu'ils sont et resteront impossibles à effacer. En tout cas, c'est comme ça que ça marche pour moi, même si je le mérite largement moins que toi. Si je m'étais contenté d'écrire toujours le même roman que le premier pendant le restant de mes jours, mon lectorat s'en serait satisfait. Mais rien de ce que j'ai écrit ne résiste à mon propre examen, ce qui explique sans doute ma perpétuelle fuite en avant – en l'occurrence en Cornouailles le 28 décembre, pour m'y réfugier le temps que cette période soit plus ou moins terminée.

Après ton départ, j'ai vraiment eu le sentiment de ne pas avoir été là pour toi (ni pour moi). Ce qui s'explique sans doute par la convergence de beaucoup trop de soucis à une période qui se prête à tout sauf à des drames familiaux.

Je vous souhaite à tous les deux un très joyeux Noël et un très beau séjour chez les maharajas. Je n'ai pas pu m'empêcher de sourire, parce que mon papa a entourloupé plusieurs maharajas en son temps, dont celui de Drangadra[2], qui lui a offert un petit palais dans son domaine, où mon père a essayé de poursuivre son ambition de lancer une entreprise de paris sportifs sur le football dans le sous-continent indien… sans aucun succès, j'en suis bien sûr.

1. La maison de Stephen Cornwell a été totalement détruite peu après le début de l'incendie Thomas en Californie du Sud.

2. Meghrajji III, dernier maharaja sur le trône du minuscule État princier du Dhrangadhra-Halvad, dans l'ouest de l'Inde. Il vivait dans le palais Ajit Niwas de Gujarat et avait une Jaguar bleu ciel à Oxford.

Ne t'embête pas à me répondre, s'il te plaît, oublie. Je voulais juste t'écrire pour vous assurer tous les deux de notre affection et de nos bons vœux.

Bien à toi,
David

Philippe Sands écrit à le Carré pour lui demander : « L'affaire Salisbury, je dois en penser quoi ? » et mentionne une visite inexpliquée de Boris Johnson à Moscou en décembre 2017. Sergueï Skripal, ancien officier du GRU, l'agence de renseignement militaire russe, et sa fille Yulia ont été hospitalisés à Salisbury après un sévère empoisonnement au Novitchok, auquel ne survivra pas la citoyenne britannique Dawn Sturgess.

À PHILIPPE SANDS

Par mail

22 mars 2018

Objet : des choses et d'autres

Cher Philippe,

Il ne fait aucun doute que l'assassinat a été perpétré par des Russes. J'y vois la main du GRU, probablement avec l'accord de Poutine mais pas forcément : en tant qu'organisation militaire, le GRU n'est pas contrôlé d'aussi près par le Kremlin que le FSB. Il ne s'agit que de présomptions, mais le GRU a commis de nombreux assassinats du genre et, si beaucoup ont été ignorés ou dissimulés par commodité, leur ampleur est bien connue au sein de la communauté du renseignement. Les Russes en sont fiers, et les intellos anglais sont complètement passés à côté de cet élément quand Poutine s'est présenté aux élections.

Je crois que May en a fait trop pour deux raisons. Elle y a vu une occasion en or d'isoler Corbyn, d'avoir l'air autoritaire, de jouer sur la corde patriotique et de nous distraire des énormes concessions qu'elle est en train de faire à l'Europe concernant le Brexit. Mais du point de vue de nos alliés, s'il nous en reste, elle a aggravé et continue d'aggraver son cas.

En sous-texte, évidemment, les opérations insensées de blanchiment d'argent que la City a exécutées au nom des oligarques, et le fait que nous avons complètement fermé les yeux sur les agissements de la kleptocratie russe. Dieu sait ce que Johnson croit faire à Moscou, mais il doit penser qu'il a quelque chose à en tirer personnellement, et quoi que cela puisse être, je soupçonne que c'est en rapport avec Trump.

Amitiés,
David

~

À JOHN ET MARY JAMES,
LIBRAIRIE ALDEBURGH

Tregiffian
St Buryan
Penzance
Cornouailles

25 mai 2018

Chers John et Mary,

Merci beaucoup pour votre adorable lettre et votre invitation au festival.

Oui, étonnamment, nous avons vu l'émission de M. Portillo sur Orford Ness et nous serions ravis de nous joindre à vous pour une visite guidée[1]. Pour l'instant, notre coupe est plus que pleine, ce n'est rien de le dire, car je suis plongé dans un roman que j'espère (de façon irréaliste) finir cet automne. Mardi, je prends l'avion pour Prague afin de faire une apparition dans la version télévisée de La Petite Fille au tambour, fêter la fin du tournage avec les acteurs et l'équipe

1. Michael Portillo a consacré un épisode de *Portillo's Hidden History of Britain* sur la chaîne de télévision Channel 5 à l'histoire d'Orford Ness, ancien site de tests militaires dans le Suffolk.

technique, mais aussi discuter sérieusement d'une adaptation de « L'Espion qui venait du froid » et de « L'Héritage des espions » dans une double série pour la BBC, et puis je rentre en Cornouailles écrire. Le tournage de « L'Espion » doit commencer cet hiver.

Pour mars, en principe nous serions ravis de venir, mais cela va dépendre de mon travail : aurai-je fini mon roman ou aurai-je besoin de plus de temps ? D'où la question suivante : si l'idée est d'ajouter mon nom à la liste des auteurs présents, quelle est la date limite pour que je vous réponde ? Nous réserverions une chambre au Brudenell, mais nous ne voulons pas vous imposer ces frais, donc nous réglerions nous-mêmes la note, et oui, pour ma rémunération, merci de donner la plus grosse somme possible à une œuvre caritative, ma préférée étant Médecins sans frontières, tout simplement parce que je les ai vus à l'œuvre.

Un de mes soucis concernant les manifestations littéraires est que je ne lis pas du tout de romans actuels ni de revues littéraires, donc je ne sais pas qui sont les grosses vedettes du moment ni ce qu'elles ont écrit. Pour la littérature plus ancienne et la non-fiction, je touche à peu près ma bille, mais dans les grands débats sur la Littérature moderne avec un L majuscule, je suis nul. Les seuls festivals où je me rappelle avoir participé impliquaient un discours préparé (à part Hay, où j'avais Philippe Sands comme modérateur).

Je préférerais ne pas venir avec un discours écrit, mais vous me direz quel format vous souhaitez. Mes deux seuls souvenirs de festivals sont Hay et Lancaster, étonnamment. À Lancaster, je suis arrivé dans un auditorium où régnait un silence étrange. Quelques sourires, pas d'applaudissements. En fait, il se trouve qu'une heure plus tôt, dans ce même auditorium devant le même public, Anthony Burgess avait déclaré que toute société qui m'acceptait en tant que romancier digne de ce nom avait atteint le stade ultime de la décadence littéraire. Il espérait que nous pourrions nous retrouver pour bavarder au bar après l'événement, mais j'avais un autre engagement[1]...

1. Bill Swainson, dont l'ami Michael Reynolds était l'organisateur de Writing '78, le premier Festival de littérature de Lancaster, garde un puissant souvenir de le Carré

J'imagine que vous avez regardé la série sur Thorpe à la télé. Je n'ai lu le livre que récemment. Cette adaptation est un pur bonheur. Pour l'instant, mon personnage préféré est la mère de Jeremy. Si Craig a un peu de temps libre, c'est sa bio à elle que nous voulons[1] !

Nos amitiés à tous les deux. Nous apprécions tellement votre compagnie. Dans la famille, c'est un peu compliqué pour tout le monde en ce moment, mais c'est la vie. Un de mes arrière-petits-fils (un des jumeaux) a des problèmes sanguins à la Romanov. Il y a des belles-filles enceintes de partout. Un fils et deux délicieux petits-enfants sont auprès de nous. J'ai ma propre petite maison pour travailler, un lieu très agréable d'où je vous écris maintenant. J'irai nager avec eux plus tard. Je joue au swingball avec Tom[2]. Et il y a du soleil à gogo.

Surtout, indiquez-moi la date butoir pour votre annonce.
Nos amitiés,
David

---

lisant des extraits de *La Taupe* devant une salle comble dans une ancienne usine. « C'était une lecture magistrale, mais aussi très posée, on aurait entendu une mouche voler, et après, mon père, qui adorait les Smiley, en livre et puis la série avec Alec Guinness, lui a demandé pendant la séance d'autographes lequel de ses autres livres il lui conseillait. Papa est revenu à la maison avec un exemplaire de poche d'*Un amant naïf et sentimental.* » Le souvenir de cet événement a visiblement marqué le Carré, lui aussi, qui se le rappelait quarante ans plus tard.

1. *A Very English Scandal*, série adaptée du livre de John Preston, avec Hugh Grant dans le rôle du dirigeant du Parti libéral Jeremy Thorpe et Patricia Hodge dans celui de sa mère Ursula. Le Carré a adoré le livre de Craig Brown *Ma'am Darling : Ninety-Nine Glimpses of Princess Margaret.*

2. Le petit-fils de le Carré.

À WILLIAM BURROUGHS

Tregiffian
St Buryan
Penzance
Cornouailles

23 juillet 2018

Cher Bill,

Merci pour votre lettre et excusez-moi de ne pas vous écrire à la main, mais je suis dans les dernières affres du roman. Côté famille, les mauvaises nouvelles sont derrière nous. Je suis maintenant l'arrière-grand-père de jumeaux qui se portent bien, et le parcours de mon fils jusqu'à son opération semble devoir aboutir en août.

Pour répondre à ce que vous disiez, si j'étais à la place de Poutine, je me demanderais comment gérer Donald Trump à mon avantage. Je suis certain que les Russes lui ont mis le grappin dessus et qu'ils peuvent le faire exploser en vol à la seconde où ça leur chante, mais je pense qu'ils s'amusent beaucoup plus à nourrir ses contradictions et à contribuer ainsi au chaos général. Ce qui est terrifiant, c'est que plus il se rapproche de Poutine, plus il ment et il nie, plus ses ouailles le soutiennent. On n'a même pas besoin d'avoir Trump comme agent, il suffit de le laisser faire tout seul.

Nous repartons à Londres pour un certain temps, car je dois changer l'atmosphère du livre. J'espère avoir fini une espèce de première version cet automne.

Mes meilleures amitiés, et gardons le contact.
David

Rex Cowan, habitant de Hampstead, chercheur d'épaves sous-marines et ami avec le Carré depuis presque cinquante ans, lui envoie de temps en temps des opuscules de gauche farfelus qu'il trouve d'occasion. Peu avant la lettre ci-dessous, Cowan a acheté sur Internet des lettres potentiellement compromettantes de le Carré à Willard Morse, un obstétricien du Maine, et les lui a envoyées. Il semble que ces lettres aient été détruites.

À REX COWAN

9 Gainsborough Gardens
Londres, NW3 1BJ

26 octobre 2018

Cher Rex,

Je suis au lit avec la grippe et d'autres soucis, et j'espère pouvoir retourner en Cornouailles la semaine prochaine. J'ai près de moi « The Burning Question of Trades Unionism », et devant moi dans ma chambre une vue magnifique sur l'automne à Hampstead. Je soupçonne que Daniel de Leon◊ n'est pas le vrai nom de l'auteur et que l'anglais n'est pas sa langue maternelle. Je vais chercher sur Internet. Je sens qu'il y a de l'allemand dans son style[1].

Comme je ne me sentais pas bien, je suis allé de nuit à l'hôpital Wellington, où on peut obtenir un diagnostic sans attente pour 100 livres. Le médecin m'a dit qu'il était désolé, mais que j'allais mourir car il était trop tard pour une opération. Je l'ai remercié pour cette information utile. Mon fils Simon a mis la main sur mon médecin (officiellement à la retraite), qui a dit que son collègue exagérait et m'a suggéré de penser à un nouveau roman. Je lui ai dit que c'était un peu fort, vu que je venais de rendre mon manuscrit deux semaines plus tôt. Il m'a promis de le lire. Voilà. En gros, si je meurs, ce sera le moment idéal : tous mes enfants sont heureux, j'ai trois arrière-petits-fils. Et puis j'ai lu ce connard de Martin Amis qui se plaint d'atteindre soixante-dix ans dans la douleur, donc je me suis dit, je l'emmerde, je vise les cent ans !

1. Le Carré se trompe dans ses suppositions linguistiques, mais pas complètement. Daniel de Leon, théoricien américain du marxisme, né à Curaçao le 14 décembre 1852, avait l'espagnol comme langue maternelle, même si son père était chirurgien dans l'armée néerlandaise et si lui-même a fait ses études en Allemagne avant de les poursuivre aux États-Unis.

Toutes mes amitiés, et merci d'être un ami si loyal.
Bien à toi,
David

P.-S. Par pitié, Rex, n'en parle à personne. Je me refuse à mourir en public, c'est bien trop vulgaire.

[*dans la marge de gauche*] ◊Est-ce que ça pourrait être notre cher Trotski ?

Le violoncelliste Steven Isserlis, qui s'est un jour présenté à le Carré à bord d'un train, donne des master class chaque printemps à l'International Musicians Seminar à Prussia Cove, pas très loin de la maison de le Carré en Cornouailles.

À STEVEN ISSERLIS[1]

Tregiffian
St Buryan
Penzance
Cornouailles

26 novembre 2018

Cher Steven,

Mes espions m'indiquent que tu vas bientôt avoir 60 ans, mais les fake news sont partout. J'ai l'impression que c'était hier que tu es entré dans nos vies pour découvrir que je n'avais aucune oreille musicale, affliction qu'aucun musicien n'est jamais prêt à accepter. Mais Jane adore ta musique et notre amitié a perduré. Je suis venu à quelques-uns de tes récitals et je ne me suis pas ridiculisé.

1. Le Carré et Jane ont assisté au récital qu'a donné Steven Isserlis à la veille de son quarantième anniversaire en 1998. L'essentiel des échanges de lettres avec Isserlis, qui envoyait régulièrement à le Carré ses CD et, une fois, un livre, se faisait avec Jane. Cette lettre fait exception, et constitue la contribution de le Carré à un recueil de souvenirs et d'anecdotes offert à Isserlis pour son soixantième anniversaire. Pour la cérémonie d'hommage à le Carré et Jane, Isserlis enverra une vidéo où il interprète la Sarabande de la *Suite pour violoncelle n° 5 en do mineur* de Bach.

Parfois même, quand j'écoutais vraiment bien, j'ai décrypté des conversations dans ton jeu, des questions, des réponses, des piques acérées, des réflexions méditatives. Dans ces petits instants, ton activité me parlait. Et avec ces petits instants mis bout à bout, une vraie amitié est née, que nous chérissons et que nous célébrerons avec le monde des avertis dans la gratitude et l'allégresse !

Affectueusement,
David

À TOM STOPPARD

19 décembre 2018

Cher Tom,

Avant tout, nos meilleurs vœux pour les fêtes de fin d'année à vous deux et tous ceux que vous aimez et que vous aurez autour de vous pendant cette période. Nous avons été encore plus négligents que d'ordinaire pour les cartes de vœux et le reste, car la suite du « Directeur de nuit » est lancée, tout d'un coup (enfin, à peine), avec toute l'ancienne bande sauf Tom Hollander, puisque j'ai bêtement éliminé son personnage. Et j'ai enfin terminé les révisions nécessaires pour « Retour de service », presque exclusivement poussé en cela par tes suggestions si précieuses et généreuses, je me dois de le dire. Je crois avoir tenu compte de tous les points que tu avais soulevés, sauf quand, en y regardant de plus près, je trouvais la révision trop gênante ou délicate. Et en quelques très rares instances, je n'étais pas totalement d'accord avec ta suggestion ou bien je ne voyais pas le problème. À cela près, ta contribution a été inestimable, et je te remercie une fois de plus. Le changement majeur réside dans la « réorientation » de la motivation d'Ed vers le trumpisme plutôt que vers le Brexit, même si, fatalement, le Brexit garde une large place. Trump en prend pour son grade, et un peu moins le Brexit. Plutôt que de t'embêter avec ça pendant les fêtes, je t'enverrai le texte révisé en début d'année pour que tu y jettes un œil et que tu te repaisses (ou pas) de l'influence que tu as eue sur l'ensemble. Mon dernier

« conseiller » est Philippe Sands, qui doit encore me dire à quelle condamnation s'expose Ed pour ce qu'il a fait, mais de toute façon j'ai augmenté la mise en donnant à Ed plus de choses à trahir.

En fin de compte, je dois avouer que la série adaptée de « La Petite Fille au tambour » m'a vraiment laissé sur ma faim. Mais je t'en parlerai plus longuement une autre fois. Nous passons Noël à Londres, avec les Nick comme invités, et aussi parce que mes RV médicaux m'obligent à rester jusqu'au 4 janvier, date à laquelle nous irons en train en Cornouailles pour deux semaines, puis retour à Londres pour la suite. Rien de terrible, mais c'est assez contraignant pour l'instant.

Nous pensons constamment à vous deux, toujours avec la plus grande amitié. Et je te suis éternellement reconnaissant pour l'attention amicale (et critique, heureusement) que tu as accordée à mon roman, une fois de plus.

Amitiés,
David

Tom Stoppard enverra à le Carré six pages dactylographiées de notes sur Retour de service *après sa troisième relecture. « Tu caches bien ton jeu et tu distribues tes cartes à l'envers, mais c'est un plaisir (comme dans* La Petite Fille au tambour*) », lui écrit-il. Ses commentaires vont d'interrogations sur ce qui reste à trahir à propos du Brexit à « pourquoi faut-il toujours qu'ils boivent du sherry ? »*

À TOM STOPPARD

3 janvier 2019

Cher Tom, chers vous deux,

Bon, alors voilà… Mon oncologue (parce que c'est de ça qu'il s'agit) m'a demandé : « Vous voulez tout savoir ou pas ? » et si j'avais eu ta présence d'esprit, j'aurais répondu, comme toi : « Rien qui puisse me pourrir ma semaine, en tout cas. » Je dois maintenant subir chaque mois une piqûre de Novitchok (ou assimilé) et d'atroces privautés de mon oncologue dans la joie et la bonne humeur, tandis que mon excellent généraliste en Cornouailles essaie de suivre le dossier. Pour avoir enfin du temps que rien ne viendra nous gâcher, nous partons demain matin pour les Cornouailles, mais mon généraliste m'y attend de pied ferme. Notre seul espoir serait d'avoir une troisième maison. Jane est ma Sabrina[1], avec la même perfection, mais à cause du Novitchok, j'ai tendance à balancer des coups de griffe. On place nos espoirs dans le bon air des Cornouailles, qui, si l'on en croit les prévisions, devrait nous accueillir avec -3° C. La nouvelle version de Retour de service t'a été envoyée, mais AUCUNE URGENCE.

Avec toute notre amitié, comme toujours,
David

John Westerby, journaliste sportif originaire du West Yorkshire, écrit à le Carré pour lui demander : « Y a-t-il un Westerby dans la vraie vie que vous auriez rencontré ? »

À JOHN WESTERBY

9 Gainsborough Gardens
Londres, NW3 1BJ

4 avril 2019

Cher John Westerby,

Merci pour votre lettre. Je voudrais pouvoir vous donner une réponse plus étoffée. Les prénoms et noms de famille de mes personnages me viennent tout seuls sans que je me l'explique. En de rares occasions, quand la référence est pertinente, je prends un « vrai » nom que je retouche un peu, par exemple dans le cas de Toby Esterhase[2], un poseur qui se la joue aris-

1. Sabrina Guinness, qui a épousé Tom Stoppard en 2014. Il a dit dans une interview qu'elle lui imprimait les mails qu'il recevait pour qu'il puisse y répondre, et tapait et retapait ses pièces.

2. Le Carré a expliqué que ce « Esterhase » comportait une erreur volontaire de graphie sur le nom Esterhazy, parce que Toby était d'une prétention démesurée.

tocrate hongrois. Dans le cas de Jerry, je n'ai pas souvenir d'une telle référence, sinon que son prénom est celui de mon entraîneur de cricket à l'école : un grand type pataud faussement sympathique qui avait « touché un peu à tout » (et sans doute à la prison !) avant d'être mystérieusement exempté de service militaire. Oui, je lui ai donné un peu de sang bleu et une immense loyauté envers Smiley, le Service et son pays. Ce n'est pas si évident, de nos jours.

Si vous n'habitez pas trop loin de chez nous en Cornouailles, envoyez-nous votre carte et venez donc prendre le thé un jour. Mais surtout, envoyez la carte avant au cas où nous ne serions pas là, ou bien si j'étais trop occupé à écrire.

Mon nouveau roman sort en octobre.

Bien cordialement,
David Cornwell

Dans cette lettre tardive à l'ancien soldat, diplomate et romancier Alan Judd, vingt-cinq ans après leur première rencontre, le Carré écrit que le Service lui manque, « les deux Services, chacun à sa façon ».

À ALAN JUDD

Tregiffian
St Buryan
Penzance
Cornouailles

18 mai 2019

Cher Alan,

Un grand merci pour ta lettre. Tout est un peu compliqué. On m'a d'abord dit que mon cancer s'était méchamment propagé à l'os et que j'avais une espérance de vie très courte. Et j'ai aussi eu une pneumonie, ce qui n'a rien arrangé. Puis je me suis retrouvé face à un genre d'Ur-oncologue qui règne sur son royaume à Harley Street, et il m'a prescrit des piqûres et des cachets qui ne sont pas largement disponibles. En 3 mois, mon PSA, quoi que cela signifie, a chuté du chiffre impressionnant de 110 à seulement 15,6, et l'oncologue me pousse à écrire un autre livre, mais je crois que c'est par bravade. Plus sérieusement, comme il est lui-même le premier à le dire, il ne guérit pas, il soigne. Et les symptômes, surtout respiratoires, n'ont pas complètement disparu. Mais la vie est de nouveau belle et rien ne manque à sa plénitude : un nouveau roman que j'espère voir paraître en octobre, des enfants en bonne santé avec des mariages heureux, des pelletées de petits-enfants (14 petits et 3 arrière-petits) et tous ces livres, que je ne trouve pas aussi bons que je le souhaiterais, comme tu le devines, mais bon.

J'ai été très touché par la gentillesse de ta lettre et je t'en remercie très sincèrement. Quel parcours étrange ! Il y a deux ans, j'ai eu accès à mon dossier à la Stasi, et il ne contenait rien d'autre que 4 coupures de presse allemandes. Donc il avait dû être expurgé par ceux qui ont pu y avoir accès (la Stasi, la commission Gauck[1] ou les Brits). Ou alors c'est vraiment tout ce qu'ils avaient sur moi. Cela dit, mon <u>père</u>, lui, avait un dossier de roi à la Stasi : escroc de profession, mais aussi marchand d'armes (ce qui lui a valu d'être emprisonné en Indonésie), il est allé voir les Allemands de l'Est et s'est proposé comme intermédiaire pour (on peut l'imaginer) des ventes d'armes aux pays du tiers-monde[◊]. Très impressionnés, ils ont envoyé un agent de Vienne (son nom a été modifié), bref un Herr Doktor Machinchose, le rencontrer à son bureau de Jermyn Street et faire un rapport sur tout ce qu'il avait vu, y compris (avec un schéma) l'emplacement du télex et du coffre-fort. Hélas, c'est rageant, mais le dossier s'arrête là. Et des anecdotes sur lui continuent de m'arriver : les gens qu'il a escroqués aux quatre coins du monde, des lettres de son ancien geôlier à Hong Kong, etc. Et maintenant Errol Morris, le documentariste américain (« Brume de guerre », entre autres), veut réaliser un documentaire sur

1. Après la réunification de l'Allemagne, l'ancien pasteur luthérien et militant des droits civiques Joachim Gauck a été nommé à la tête de l'agence chargée de donner accès aux dossiers de la Stasi aux particuliers comme aux associations.

nous deux, nos vies parallèles, etc. Alors ce matin, pour nous faire une idée de son travail, Jane et moi avons regardé « Wormwood » sur Netflix, sa minisérie de 4 heures sur l'assassinat du scientifique Frank Olson par ses propres collègues de la CIA. Ça vaut vraiment la peine de le voir. Et la figure centrale du film est le fils d'Olson, Eric, qui a fait du meurtre de son père l'obsession de sa vie, de même que moi, secrètement, de l'incurable penchant criminel de mon père. Si tu tapes Ronnie Cornwell dans Google, tu trouveras « associé des frères Kray » sous la rubrique profession. Il était aussi l'associé de Rachmann et d'autres petits anges du même genre. Alors on fait quoi quand on n'a qu'un seul parent et que ce parent est un père, en plus, et comment on trouve l'équilibre entre amour et vilenie, loyauté et trahison, ou une posture de supériorité qui n'est que de la vengeance déguisée ?

Pour des raisons évidentes, Morris veut faire ça en toute discrétion, donc il va acheter les droits du « Tunnel aux pigeons » comme prétexte. Je le trouve irrésistible comme interviewer tant il a de la compassion. Il est très intelligent, il a 73 ans, et je sens que je vais me faire avoir et que je le regretterai plus tard. Mais je le regretterai encore plus si le projet tombe à l'eau, comme la plupart des projets de film.

Le Service me manque, il m'a toujours manqué (enfin, les deux Services, chacun à sa façon). En un sens, ce sont les seuls ports d'attache pour moi, en dehors de l'écriture. Je suis certain que tu as le même sentiment, et avec beaucoup plus de raisons. Nous avons un magnifique après-midi d'été, pas de vent pour une fois, et je suis tellement reconnaissant de la vie que j'ai que je ne peux pas m'empêcher de sourire. Je chérirai toujours ta lettre et les moments que nous avons passés ensemble. Je t'en remercie encore et je vous envoie mes amitiés à tous les deux. Si tout va bien, nous organiserons une grande fête en octobre, et j'espère que Judy et toi pourrez venir. Anthony (Rowell) et Carrie ont déjà dit oui !

Amitiés,
David

[*dans la marge de gauche*] ◊pendant que j'étais en poste à Bonn !

Tom Bower relit La Taupe *et écrit à le Carré qu'il l'a trouvé « superbe ».*

À TOM BOWER

Par mail

29 juin 2019

Cher Tom,

Je suis très touché que vous ayez relu La Taupe. Pour le meilleur ou pour le pire, j'ai le sentiment que ce livre appartient au passé, et notamment au mien, puisque j'ai vécu l'ère des grandes trahisons quand j'étais encore dans la citadelle, elle-même alors dans un état de délabrement avancé. J'ai reçu votre mail au moment où je venais de finir la biographie de Holbrooke[1] par George Packer, que j'ai trouvée formidable, et je me demandais pourquoi les gens vraiment brillants échouent si souvent en politique. À ceci près que Holbrooke n'a pas vraiment échoué, puisqu'il a fait cesser une guerre et a préservé son humanité jusqu'au bout. Mais, à ce stade, il s'était fait tellement d'ennemis que plus personne ne voulait de lui.

Nous nous portons bien tous les deux, merci. Je m'escrime à améliorer ma distance de marche, mais ici le terrain est un peu dangereux, et j'ai reçu pour consigne draconienne de tout faire pour éviter une chute. Alors Hampstead Heath est un choix plus sûr, paradoxalement. Aujourd'hui, il fait enfin un temps magnifique. Jeudi, Errol Morris et son équipe débarquent pour faire des repérages en amont du tournage en septembre. Tout cela est un peu étrange.

1. *Our Man : Richard Holbrooke and the End of the American Century*, de George Packer, paru en 2019. La « navette diplomatique » de Holbrooke a aidé à mettre fin à la guerre en Bosnie grâce aux accords de Dayton en 1995, et il a ensuite été l'envoyé spécial du président Barack Obama pour l'Afghanistan et le Pakistan.

Je voudrais vous faire parvenir les épreuves non corrigées de mon prochain roman, sous le sceau du secret comme d'habitude. Est-ce que je peux vous l'envoyer en toute sécurité à Hampstead, disons mardi ? De nos jours, Penguin fait signer l'Official Secrets Act à toutes les personnes qui lisent avant publication…

Je pense toujours à ce pauvre Jim Prideaux. Combien d'entre eux sur le terrain ne sont jamais revenus ?

Avec toute mon affection,
David

Le romancier et critique irlandais John Banville a interviewé le Carré en 2019 pour un article du Guardian *lié à la publication de* Retour de service. *Leur rencontre coïncide avec la décision de le Carré, à la suite du Brexit, de demander la nationalité irlandaise au motif que sa grand-mère était irlandaise. Cet été-là, Jane et lui partent en vacances sur la trace de ses racines. Il écrit à John Banville depuis Ballymaloe House, à l'est de Cork, un hôtel-restaurant de campagne situé sur une centaine d'hectares de terres cultivées.*

À JOHN BANVILLE

Par mail

16 juillet 2019

Objet : déjeuner, etc.

Cher John,

Un message vite fait. Nous avons un temps magnifique, et l'hôtel est sans conteste le meilleur dans lequel nous sommes jamais descendus : style confortable, ambiance paisible, service très efficace et repas à se damner.

Nous avons vécu une scène hilarante à l'aéroport de Dublin dimanche matin. Jane et moi nous sommes présentés au bureau Avis pour récupérer la voiture de location que nous avions réservée. Un employé très gêné nous a dit que nous avions un âge si avancé qu'il avait besoin de lettres de confirmation de notre médecin et de notre assureur, or nous n'en avions pas. Et là, séquence pleine de charme, toutes les personnes présentes dans cet aéroport ont pris notre problème à cœur. Des gens ont couru dans tous les sens, un homme a appelé son frère, chauffeur de taxi à temps partiel, un autre a expliqué le problème à un groupe de chauffeurs de taxi et a cherché à négocier le meilleur tarif pour nous conduire à Ballymaloe. Nous aurions volontiers pris le train, mais cela nous aurait fait rater un match de cricket vital à la télévision (nous avons un faible pour le cricket). Bref, un chauffeur s'est présenté, nous avons fait affaire et, pendant trois heures et demie de route, nous avons eu droit à un historique extraordinairement informatif et érudit de tous les méfaits des Britanniques en Irlande. Nous avons ensuite pu récupérer une voiture via une autre compagnie moins regardante et nous profitons de chaque instant de notre séjour.

Notre déjeuner était très agréable, mémorable. Nous avons énormément apprécié votre compagnie et adoré la passion et l'érudition avec lesquelles Patricia[1] a parlé de sa mère patrie. Notre séjour ici a pris un tour étrange pour moi : je sens vraiment que l'Irlande est la patrie de mes ancêtres, et à une période comme la nôtre, c'est irrésistible.

Avec notre meilleur souvenir à tous les deux,
David

Dans un mail à sa petite-fille Jessie envoyé du même hôtel, le Carré dit qu'il trouve son expérience irlandaise « extraordinaire. Quand on se promène dans les rues piétonnes de Dublin le samedi soir, on sent un parfum inconnu : l'espoir ». Il lui explique que l'Irlande est un État très jeune, récemment libéré de troubles incessants, de la faillite, de l'exploitation subie par les catholiques et de l'impérialisme britannique, où l'on considère l'Irlande du Nord comme le cousin pauvre et malade vivant sur des rêves périmés. « Que pensent-ils donc de nous ? On ne peut pas leur jeter la pierre d'être en train de se réjouir de notre situation ubuesque. » À l'âge de quatre-vingt-sept ans, il trouve le bonheur dans ses racines irlandaises.

1. Patricia Quinn, compagne de longue date de John Banville et ancienne directrice de l'Arts Council d'Irlande.

À SIMON, STEPHEN, TIMOTHY ET NICHOLAS CORNWELL

Par mail

21 juillet 2019

Objet : ma grand-mère[1]

Je suis allé voir son lieu de naissance hier, un minuscule carrefour sur une colline qui domine une campagne magnifique et préservée. Le village d'Ichinillin[2] compte aujourd'hui deux maisons neuves, dont l'une est un magasin bâti sur le site de l'ancienne épicerie, et les ruines d'une toute petite bicoque qui pourrait avoir été la sienne. Je suis allé voir l'archiviste locale, qui m'a appris que la maison de famille des Wolfe, pour ma grand-mère, sa sœur jumelle, deux frères et leurs parents, faisait à peine 8 m de long et (accrochez-vous) moins de 2 m de haut. Elle était classée dans la catégorie des logements supérieurs, donc aurait été faite de pierres brutes et d'un toit de chaume. C'était une famille de fermiers, membres de l'Église d'Irlande, en gros une version élargie de l'Église d'Angleterre qui incluait les méthodistes. Les ouailles vivaient en petites communautés pour leur confort et leur sécurité. Ma grand-mère et sa sœur jumelle ont émigré en Angleterre deux ans avant le début du conflit religieux meurtrier. L'archiviste suppose que leur père avait peut-être pressenti le danger. Il est décédé avant son épouse, et les frères ont repris la ferme. Le nom de jeune fille de mon arrière-grand-mère était aussi Wolfe, donc on peut supposer que mes arrière-grands-parents étaient cousins, voire plus proches, puisque se marier au sein de la communauté était obligatoire. La campagne alentour est une des plus belles que j'aie vues en Europe : déserte, de vastes étendues de douces collines et de

1. Bessie, la mère de Ronnie, une « pure Irlandaise » qui leur a légué son bagout, d'après Tony.

2. Inchinattin.

vallées qui descendent jusqu'à la mer. On imagine facilement les jumelles grandissant dans cet environnement idyllique. L'église où se rendait la famille était à une bonne demi-journée de route. La région a été parmi les plus touchées par la Grande Famine et la violence religieuse, et on y voit des plaques commémoratives en hommage aux nombreux martyrs de l'oppression anglaise. Après avoir passé plusieurs minutes en silence derrière son ordinateur, la dame des archives a levé les yeux et m'a dit avec un sourire charmant : « Bienvenue chez vous. »

Zurich demain, puis Majorque.

Je vous embrasse,
Pa

À DAVID GREENWAY

9 Gainsborough Gardens
Londres, NW3 1BJ

2 octobre 2019

Cher David,

Eh bien, nous avions tort tous les deux. Onze juges de la Cour suprême ont décrété à l'unanimité que Johnson s'était fourvoyé et avait menti à la reine. Et étonnamment, le plus ancien des parlements, après une longue sieste postprandiale, s'est réveillé et mis à faire son travail.

Un grand merci pour l'article de Gopnik[1]. Il y a une fantastique nouvelle biographie de Sorge sous le titre plutôt idiot de *An Impeccable Spy*. Je recommande chaleureusement.

1. L'article d'Adam Gopnik « Are Spies More Trouble than They're Worth ? » (ou « Spy vs. Spy vs. Spy » dans l'édition papier) paraît en 2019 dans le *New Yorker* et utilise le livre *The Secret World : A History of Intelligence*, de Christopher Andrew, comme base de réflexion quant à l'efficacité des services de renseignement. Le légendaire espion soviétique Richard Sorge avait transmis en 1941 les détails de l'invasion de la Russie par les Allemands, mais Staline avait par avance condamné tous ceux qui prendraient ces informations au sérieux.

Je suis en plein dans une dispute cocasse avec Dearlove[1], très médiocre ancien chef du SIS qui s'est mis en tête de flinguer mon œuvre lors d'un festival littéraire. J'ai répondu dans le *Times* d'aujourd'hui et je suppose que cela ne va pas en rester là.

Profitez bien de votre séjour à Prague. J'irai peut-être là-bas plus tard dans l'année pour y présenter mon nouveau roman.

J'ai bien peur que votre prince ne récupère jamais ses terres[2]. Mon agent suisse, aujourd'hui décédé, détenait une grande partie des Sudètes, dont deux palais. Il s'y est rendu après la chute du mur. Aucun des palais n'était occupé, et les terres avaient été laissées en friche. Personne n'avait osé s'y installer.

Je me réjouis de vous voir le 18.

Amitiés à vous deux,
David

1. Richard Dearlove, ancien patron du MI6, a qualifié l'œuvre de le Carré de « si corrosive [...] que la plupart des officiers professionnels du Secret Intelligence Service lui en veulent beaucoup ». Dans un droit de réponse paru dans *The Times*, le Carré assure que « lorsque mon nouveau roman sortira le mois prochain, Dearlove et ses "collègues" vont être énervés comme des poux ».

2. Le prince William Lobkowicz a bien récupéré ses terres et plusieurs châteaux, ainsi qu'une fabuleuse collection d'œuvres d'art et des partitions originales de Beethoven, dont sa famille était mécène. Il a eu plus de chance en cela que l'agent de le Carré, Rainer Heumann.

Anne Freyer-Mauthner a été l'éditrice française de John le Carré de 1995 au décès de ce dernier.

À ANNE FREYER-MAUTHNER

Par mail

17 octobre 2019

Très chère Anne,

Merci pour votre message attentionné. C'est un moment tout à fait insolite. Le livre[1] est si étrangement d'actualité qu'il n'y a pas de démarcation entre la fiction et la situation politique, avec pour résultat que je peux, ici et là, parler du fond du cœur sans perdre le fil de l'intrigue. Merci pour votre soutien, pour votre sens de la décence, pour votre accompagnement durant toutes ces années. Vous faites partie de mon panthéon privé des grands éditeurs d'un âge presque révolu.

Encore merci, avec mon affection,
David

En janvier 2020 à Stockholm, le Carré reçoit le prix Olof-Palme, du nom de l'ancien Premier ministre suédois mort assassiné. Dans son discours, il déclare : « Lire Palme et réfléchir avec lui, cela force à se demander qui l'on est, qui l'on aurait pu être et où se trouvait notre courage moral quand il aurait fallu en avoir. » Le Carré a fait don de la dotation de 100 000 dollars à Médecins sans frontières.

1. *Retour de service.* (*N.d.T.*)

À PIERRE SCHORI, PRÉSIDENT DE LA FONDATION OLOF-PALME

9 Gainsborough Gardens
Londres, NW3 1BJ

8 février 2020

Cher Pierre,

Si j'ai pris conscience de l'ampleur de la tâche qui était la mienne, je crois que c'est grâce à votre noble passion, qualité que nos enfants ont d'emblée remarquée et admirée en vous. Après, il y a eu Palme, et la sincérité de votre attachement à ses principes et à sa mémoire. Alors, pour votre inspiration et l'exemple que vous êtes, vous pouvez vous attribuer tout le crédit de ces versions successives de mon discours que j'ai rédigées en endurant les affres qui auraient dû être investies dans un roman ! Mais nous y sommes arrivés (car c'était vraiment nous) et vous avez été heureux du résultat, et j'ai été heureux que vous soyez heureux, et tout le reste a suivi.

Tout cela pour vous dire merci du fond du cœur, à vous mais aussi à Maud, qui partage à l'évidence votre dynamisme et vos convictions. Les enfants (comme nous nous permettons de les appeler encore alors que, à bien des égards, ils sont plus vieux que nous) ont été émus comme il se devait, pleins de respect pour la cause, se liant tantôt avec les Palme tantôt avec les Bonnier[1], sans parler des éminents politiciens et écrivains qui composaient l'assemblée.

Le mardi, nous sommes allés à l'ambassade du Royaume-Uni pour un déjeuner puis un discours devant tout le personnel (5-eyes[2], donc l'Australie et la Nouvelle-Zélande étaient là aussi) – un sacré marathon, mais très réussi.

Et il se trouve que j'avais raison quand j'ai dit que nous y étions arrivés de justesse : à mon retour à Londres, j'avais rendez-vous

1. Albert Bonniers Förlag était l'éditeur de le Carré en Suède. Les familles Palme et Bonnier ont organisé des réceptions pour le Carré, ses fils et ses petits-enfants.

2. Nom donné à l'alliance des services de renseignement de l'Australie, du Canada, de la Nouvelle-Zélande, du Royaume-Uni et des États-Unis. (*N.d.T.*)

avec mon oncologue, qui m'a annoncé que le médicament que je prenais ne faisait plus effet, si bien que nous avons passé les deux jours suivants à l'hôpital pour me préparer à un traitement plus fort (des noms imprononçables, mais Jane a tout mémorisé), avec en filigrane une obligation de rester à Londres sans pouvoir voyager jusqu'à nouvel ordre. Donc c'est une bénédiction que cela arrive après le grand événement et non avant. Les effets secondaires sont plus imprévisibles et comprennent des pertes de mémoire, donc du gâtisme (Dieu nous préserve !). C. P. Snow m'a dit un jour que l'intelligence humaine était juste une question de mémoire, comme si l'imagination ne jouait aucun rôle. (À ce qu'on raconte, il a aussi passé beaucoup de temps à Stockholm pour essayer d'obtenir un Nobel, mais en vain.)

La Grande-Bretagne est aux mains de trumpistes d'extrême droite, comme le confirment les actualités. Les journalistes suspectés de sympathies douteuses sont exclus des briefings presse officiels, qui se déroulent dorénavant non pas dans le parlement du peuple, mais au 10 Downing Street, sur le terrain de Johnson. Lâcheté et violence vont main dans la main et Johnson pratique les deux. Les démocrates américains se comportent comme des imbéciles et Poutine, lui, s'est autoproclamé maître à vie, donc la décennie à venir m'a l'air bien mal partie. Ce qui veut dire qu'on en revient à la case départ, et à la question qui, je le sais, occupe les esprits en Suède : où sont les hommes et les femmes courageux, où est la voix, où est le pilier de la résistance ? Il n'y en a pas en Amérique, ni ici, ni en Suède. Alors, où est le champ de bataille ? Où pouvons-nous nous engager ?

Pierre, ce fut un voyage magnifique, et c'est vous qui en avez été le guide. Nous vous envoyons nos remerciements et nos meilleures amitiés, à Maud et à vous, mais aussi à l'équipe et à vos collègues jurés. Encore merci. Ce fut le voyage d'une vie, un roman d'éducation à lui tout seul. Espérons que nous avons fait connaître le nom et les valeurs de Palme plus largement encore qu'avant.

Bien à vous,
David

Daniel Ellsberg, qui a fait fuiter les Pentagon Papers *au* New York Times *et au* Washington Post *en 1971, est le précédent récipiendaire du prix Olof-Palme.*

À DANIEL ELLSBERG

Répondre à :
Tregiffian
St Buryan
Penzance
Cornouailles

11 février 2020

Cher Dan,

Je suis enfin rentré de Stockholm, où il faisait un froid glacial mais où régnait une chaleur extraordinaire, pour trouver vos trois livres qui m'attendaient, et leurs dédicaces bien trop aimables. Je vous en remercie sincèrement. La place que vous occupez dans ma vie depuis le jour où Pierre m'a annoncé qu'on m'attribuait le prix est phénoménale. Vous n'étiez pas seulement un récipiendaire difficile à suivre, vous étiez impossible à suivre, comme je l'ai indiqué dès le début de mon discours. Quel magnifique endroit pour un discours, et quel public ! Comme vous, je ne me suis jamais considéré comme un social-démocrate, quoi que cela puisse vouloir dire, et je n'aime pas non plus le terme trop flou de « progressiste », qui change de sens selon le pays dans lequel on se trouve. J'aime « humaniste », même si on dirait un peu trop un nom de métier (« je fabrique des humains »). Ce que je sais, en tout cas, c'est que ce que vous avez fait était absolument juste, et je l'ai d'autant plus apprécié que cela venait du cœur d'un Américain loyal, de même que Snowden est un Américain loyal, sauf que l'Amérique ne l'autorise pas à l'être, pas plus que vous à l'époque.

Quand vais-je lire vos livres ? Lentement et attentivement au fil du temps. Étant ridiculement dyslexique, je lis à un rythme d'escargot, sans doute à la vitesse de la lecture à voix haute, ce qui est aussi la façon dont j'essaie d'écrire. Et par intermittence, parce que j'ai commencé un nouveau roman dont je garde le sujet secret, mais qui traite de ce que c'est qu'être humain. Je commence avec le strict minimum : deux ou trois personnages à développer, des conflits dans l'air et un vague contexte politique. Après, pour citer Truman Capote, je ne suis pas un écrivain mais un relecteur.

Votre « affaire », comme disent les espions, me fascine, d'autant que je ne cesse de la comparer à ce qui se passerait ici, ou plutôt à ce qui ne s'est jamais passé ici, sinon peut-être cette jeune femme du GCHQ[1] dont le nom m'échappe, qui avait eu le courage de révéler une magouille du département d'État américain (ou bien était-ce la CIA ?) pour nous persuader nous de persuader / corrompre / intimider les représentants de pays du tiers-monde à l'ONU pour qu'ils votent en faveur de la guerre en Irak.

Le métier de lanceur d'alerte est précaire dans mon pays, ce n'est rien de le dire. La plupart des patrons de presse refusent de traverser la rue sauf quand elle est fermée à la circulation, et les D-notices[2] et les menaces encourues sont affreusement efficaces. J'ai écrit un roman (Le Chant de la mission) où le lanceur d'alerte arrive juste à temps dans un cybercafé, mais est-ce que l'heureux journal qui a reçu l'info (je pensais même au Guardian) aura pris le risque de se jeter dans la gueule du loup ? Enfin, je divague.

Dan, le but de cette lettre est de vous dire que je fais un bien piètre successeur et que votre contribution à ce monde est bien réelle alors que la mienne n'est qu'imaginaire, et que c'était une joie de vous suivre dans les pas de Palme (et vous, vous l'avez rencontré, en plus !) avec votre ombre à mes côtés.

Avec mes salutations fraternelles,
David

1. Government Communications Headquarters, service britannique chargé de l'interception des communications et de la sécurité des systèmes d'information. (*N.d.T.*)

2. Terme désignant une demande du gouvernement britannique aux organes de presse de ne pas publier certaines informations pour raisons de sécurité nationale. (*N.d.T.*)

CONFINEMENT

Nous sommes totalement coupés du monde, ici, mais nous l'étions déjà ces cinquante dernières années, alors quelle différence ?

– à Philippe Sands, par mail, 3 juin 2020

Nous sommes heureux et, chaque fois que c'est possible, résolus à vivre chaque jour comme nous le faisions avant le cancer et la peste.

– à Tom Bower, par mail, 24 septembre 2020

La dernière apparition publique de le Carré a lieu à la résidence de l'ambassadeur d'Allemagne, à Belgrave Square à Londres, le 3 mars 2020. Le « Berliner Salon » est une séance de questions-réponses menée par Nicholas Shakespeare, l'ancien responsable des pages livres du *Telegraph*, biographe et romancier auquel le Carré a proposé de venir séjourner chez lui en Cornouailles pour écrire, à la seule condition qu'il n'écrive jamais sur lui.

Le Carré est longuement applaudi par un public composé de diplomates, de journalistes, d'éditeurs et d'amis, de l'ancien secrétaire de cabinet Robin Butler au député Tom Tugendhat en passant par le journaliste télé anglo-allemand Matt Frei.

En arrivant à la résidence, les invités doivent se laver les mains en appliquant la règle des vingt secondes. L'assemblée compte près de trois cents convives assis dans des rangées de sièges sans distanciation et personne ne porte de masque. Le confinement sera décrété seulement une semaine plus tard.

« Pour la plupart des artistes, la vie n'a pas de bornage, déclare le Carré. Ce qui est formidable, c'est qu'on va jusqu'aux confins de son talent à chaque fois, on voit ce qui ne se trouve pas au-delà et on essaie d'aller plus loin. Et même si cela sombre dans le pathos, je voudrais juste pouvoir mourir le stylo à la main. »

En septembre 2020, Jane, David et sa demi-sœur Charlotte se parlent via Zoom. Ils plaisantent sur leurs cancers respectifs, mais les rires sont crispés, car l'état de santé de Charlotte est mauvais et celui de Jane se dégrade. Quant à le Carré, son protocole de soins ne fait plus guère effet, mais, quelques semaines plus tard, il reçoit un traitement expérimental au lutétium qui semble fonctionner à merveille, ce qui lui paraît très injuste car Jane va de moins en moins bien et il se retrouve à se demander s'il ne va pas, contre toute attente, survivre à son épouse.

Son vieil ami John Margetson décède le 17 octobre 2020. L'éloge funèbre de le Carré, enregistré en Cornouailles et diffusé lors de l'enterrement à Woodbridge, dans le Suffolk, sera sa dernière prise de parole publique.

Dans cette période se nouent les fils de beaucoup de ses correspondances les plus importantes.

À NICHOLAS SHAKESPEARE

Par mail

26 avril 2020

Objet : une merveilleuse soirée

Cher Nicholas,

Oui, tout a déjà un goût de dernière fois. Je reste stupéfait que nous ayons serré toutes ces mains, inhalé tous ces postillons et négligé toute espèce de distanciation sociale, et surtout, étant donné que l'Allemagne était si en avance sur nous dans ses préparations et ses restrictions, que l'ambassade ait même maintenu cette soirée. Mais c'était la dernière de la série, l'ambassadeur et sa Frau[1] étaient sur le départ, Johnson allait voir des tests matches de rugby et les courses de chevaux continuaient à Cheltenham, alors on n'était plus à ça près ! Aujourd'hui, le passé proche est déjà une terre étrangère, l'avenir n'est pas encore né et nous flottons entre les deux.

Nous allons bien, vraiment bien. Deux vieux tourtereaux sur leur falaise. J'arrive à écrire et Jane enchaîne sur l'ordi, la gouvernante est au chômage technique, le jardin devient lentement sauvage, à part les légumes, que notre ange de jardinier continue à entretenir, la nourriture est livrée à notre porte par des mains amicales et Jane nettoie religieusement toutes les surfaces qui peuvent l'être. Nos enfants et petits-enfants sont évidemment

1. Peter Wittig et son épouse, la journaliste et écrivaine Huberta von Voss-Wittig, étaient les hôtes du « Berliner Salon ».

notre obsession et notre frustration, mais nous nous débrouillons tous pour garder le contact. Le temps est magnifique, personne sur le chemin côtier, à peine un pêcheur au large, des oiseaux très culottés, beaucoup d'accouplements et de bébés lapins.

Mon Dieu, quel bazar insensé ! On pourrait en ressortir avec une société honnête et égalitaire, mais aussi bien avec la sauvagerie du Brexit et le merdier noir laissé par ces cinglés de conservateurs.

Mes amitiés à tous les deux. Quelle soirée inoubliable ! Mes amitiés aussi à ton paternel. Il a dû être très fier de ta présentation experte.

Amitiés,
David

À CHARLOTTE CORNWELL

Par mail

26 avril 2020, 23 h 55 et 33 secondes

Objet : TON ANNIVERSAIRE !

Ma très chère sœur,
Je viens juste d'y penser après une journée chaotique : je te souhaite un très joyeux anniversaire ! Parlons-nous demain pour nous faire un câlin virtuel.

Bonne nuit, grand-mère[1], et plein de bisous.
Ton frère qui t'aime,
David

Sam Joiner, qui travaille pour le British Antarctic Survey, écrit que, « dans cette période étrange et sombre », les livres de le Carré « m'ont transporté ailleurs, dans un monde d'intrigue et de profondeur… alors, merci ! ».

1. Frank, le premier petit-enfant de Charlotte, est alors âgé de dix-huit mois.

À SAM JOINER

Tregiffian
St Buryan
Penzance
Cornouailles

27 avril 2020

Cher Sam Joiner,

Merci beaucoup pour votre touchante lettre du 20 avril. Certaines lettres rares, comme la vôtre, sont une piqûre de rappel pour un écrivain de 88 ans qui essaie de comprendre le monde d'avant et le monde à venir. Une période exaltante, effrayante, redoutable à vivre, mais, si le résultat est que nous apprenons à construire un monde meilleur, peut-être cela aura-t-il été un mal pour un bien. Je suis partagé entre le désir d'écrire sur le présent immédiat (mais comment, étant donné que je ne peux même pas sortir dans la rue ?) ou sur le futur immédiat, ce qui n'est pas du tout mon truc. Donc je me dis de ne pas me compliquer la vie et d'écrire de bonnes histoires sur un monde que j'ai connu. Si vous ne l'avez pas encore lu, essayez peut-être Un pur espion, et ensuite continuez avec Le Tunnel aux pigeons, dans lequel se trouve l'essai sur mon père Ronnie, cet escroc.

Encore merci pour la piqûre de rappel. Je suis en train de lire Guerre et paix pour la première fois. Si ce n'est pas honteux…

Bien cordialement,
David Cornwell

À ALAN JUDD

Tregiffian
St Buryan
Penzance
Cornouailles

19 mai 2020

Cher Alan,

Merci pour ta lettre. Je suis heureux d'apprendre que tu es en train d'écrire, que tu tiens ton sujet et que tout va bien. Nous autres plumitifs sommes bien chanceux, en théorie du moins. Cela fait cinquante ans que je me confine ici, donc les changements actuels sont minimes, et positifs : mon assistante est reléguée dans sa maison, la gouvernante est au chômage partiel, le jardinier cherche de la nourriture à Penzance (il y a peu de denrées disponibles, ce qui est agaçant, et la qualité est nettement inférieure – pourquoi ?) et un immense silence règne sur notre falaise : personne sur le chemin côtier, pas de pêcheurs locaux en mer. Mais les nouvelles, que ce soit ici ou aux US, n'en restent pas moins affolantes et déprimantes, je trouve, et quand je n'y prends pas garde, j'ai vraiment le cafard. Mais bon, j'écris, j'ai pris un bon départ avant de tomber dans les congères, c'est la routine. En ce moment, je découvre toutes les mauvaises façons d'écrire une histoire et j'espère avancer en direction de la bonne, la seule. Ma santé me joue des tours. Après une sentence de mort imminente à Noël dernier – non, d'ailleurs, avant[◊], je perds la notion du temps – prononcée par le médecin de l'hôpital Wellington, je suis entre les mains austères d'un oncologue de renom que je ne peux plus consulter que par téléphone à présent, Dieu merci ! Bref, des tonnes de comprimés, une injection de temps en temps avec une aiguille pour chevaux et, à part quelques vertiges et des crises de cafard, je vais très bien. La famille nous manque énormément, mais on n'y peut rien. Le temps est exceptionnellement clément en ce début de printemps, ce qui est formidable pour nous et cruel pour les pauvres gens tassés les uns sur les autres dans de petits logements. Mes enfants et leurs enfants qui vivent à Londres ne sortent quasiment jamais, parce qu'il y a trop de gens qui ne respectent pas la distanciation sociale. Mais au moins, ils ont des jardins…

Avons-nous jamais eu un gouvernement aussi mauvais et stupide ? J'en doute. Un président américain aussi constamment nocif ? J'en doute aussi. C'est fascinant de découvrir à quel point, à chaque apparition qu'il fait, Boris Johnson n'arrive pas à faire montre d'empathie. Cela causera sa perte. Mais après lui, qui ?

Nos meilleures amitiés à vous deux, nous étions bien contents d'avoir de vos nouvelles.

David

[*dans la marge*] ◊l'hiver précédent

~

Voisins à Hampstead, le Carré et Philippe Sands se sont liés d'amitié grâce à leur opposition commune à la guerre en Irak. Sands a été l'animateur de la seule apparition de le Carré au Hay Festival en 2013.

À PHILIPPE SANDS

Par mail

3 juin 2020

Cher Philippe,

[…] Nous sommes totalement coupés du monde, ici, mais nous l'étions déjà ces cinquante dernières années, alors quelle différence ? Le problème, c'est cette impression que les lieux ont été vidés de leur passé récent par une catastrophe naturelle, ce qui est d'ailleurs un peu le cas. Jusqu'à la semaine dernière, il n'y avait pas âme qui vive sur le sentier côtier qui longe le bas de notre terrain, pas de petits bateaux sur la mer, et la faune s'en donnait à cœur joie sous le soleil et dans l'air pur : corneilles, faucons, lapins, mouettes, tout ce petit monde s'ébattait joyeusement. Un hélicoptère de la police survole les plages. De bonnes âmes nous font les courses, notre assistante

Vicki travaille de chez elle, la gouvernante est au chômage technique et j'ai appris à maîtriser les arcanes du fonctionnement d'un aspirateur Dyson. Keir [Starmer] réussit à merveille dans son entreprise de démolition de Johnson, qui n'est plus qu'un pâle avatar apathique de son ancien personnage haineux. Pas le moindre signe d'empathie. C'est si étrange, comme dans une tragédie grecque, de voir que lui et l'inqualifiable Trump sont en train de perdre de leur panache populiste en tandem, et qu'ils cherchent dangereusement toutes les diversions possibles. Avons-nous le droit de haïr ? Je voudrais bien. Au fil des semaines, je ressemble de plus en plus à ce personnage de Michael Frayn qui n'arrive à écrire que la première page de cinquante romans différents. Qui peut réussir à écrire avec tout ça ?

Nous vous envoyons toutes nos amitiés. Vous êtes la meilleure (et vu d'ici en ce moment, sans doute la seule) raison pour nous de retourner à Hampstead.

Bien à vous,
David

~

À JONNY GELLER

Par mail

8 juin 2020

Objet : Question

Cher Jonny,

J'imagine que beaucoup de vos auteurs traversent la même chose, mais en tout cas, j'en suis là : pas tant un blocage qu'une sorte de stupeur stérile.

Je m'étais lancé dans les souvenirs de Smiley avec un chouette chapitre d'ouverture, que je vous ai donné à lire, et j'ai fait une demi-douzaine de versions de la première histoire, j'ai noirci beaucoup de pages, mais rien ne bouge. Je n'ose même pas vous envoyer des échantillons. Mieux vaut les mettre au fond d'un coffre avec une étiquette « au rebut » et les envoyer à la Bodleian. La première version se passait à Trieste, la deuxième à Vienne, dans les deux cas en 1961. Le changement n'a pas aidé, l'intrigue s'est embrouillée et les personnages étaient mort-nés. J'ai essayé d'autres histoires de Smiley (j'en ai toute une liste), mais rien ne me parle plus. Je ne cesse de me répéter qu'il a été joliment mis au rancart dans L'Héritage et qu'il vaut mieux l'y laisser. Et j'ai découvert que le scénario de 6 heures de L'ESPION/L'HÉRITAGE, si imparfait qu'il soit au bout du compte, m'a vidé. Et puis pourquoi retourner en 1961, de toute façon ?

J'ai envisagé d'autres possibilités. Pourquoi pas un pamphlet sur la mort de la démocratie à l'occidentale ? Mais bon, ce ne serait que répéter ce que disent chaque jour dans le monde entier des commentateurs plus qualifiés que moi en la matière. Une autobiographie ? Mon Dieu, non ! Il y a d'abord eu UPE, puis LTP[1], et maintenant le doc d'Errol. Ça suffit pour plusieurs vies, ça. J'ai beaucoup réfléchi et pris des notes sur des intrigues pour des romans, mais dès que j'y jette un œil je trouve que les thèmes sont atrocement rebattus. Il y a un an et demi, j'étais prêt à m'embarquer pour un voyage en Europe de l'Est et à écrire un livre sur la montée des nouvelles dictatures sur les ruines des anciennes, mais le temps a passé, j'ai eu des empêchements, et même si je pouvais y aller maintenant, je pense que je n'aurais pas le souffle pour un marathon avec départ arrêté.

Mais bon, l'âge n'est pas une excuse. L'esprit et l'ambition sont intacts. C'est l'imagination qui s'est mise en grève, peut-être parce que l'inimaginable se produit chaque jour autour de nous. Fut un temps où je me vantais de pouvoir écrire contre l'adversité, ou de l'utiliser. [...] J'étais censé mourir, mais j'ai survécu. Donc raison de plus pour m'y mettre. Mais là, je suis coincé.

Ce serait le moment parfait pour raccrocher les crampons, si c'est ce que je suis en train de faire. RDS[2] est un bon dernier roman, LTP un bon recueil de mémoires, Stockholm un

1. *Un pur espion* et *Le Tunnel aux pigeons*.

2. *Retour de service*.

merveilleux chant du cygne. Une belle œuvre derrière moi, et la dernière chose que je voudrais faire, c'est imiter Greene et terminer sur quelque chose de moins bon. À 88 ans, je ne me sens pas abattu, et Jane non plus pour moi. J'ai eu un parcours formidable, et nous ferons bon usage des années qui nous restent sans le moindre regret.

Ou bien y a-t-il une autre option à laquelle je n'aurais pas pensé et qui vous viendrait à l'esprit ? Nous nous connaissons plutôt bien, maintenant, et je me fie à vos conseils.

Amitiés,
David

À TOM STOPPARD

9 Gainsborough Gardens
Londres, NW3 1BJ

1er juillet 2020

Cher Tom,

Merci pour ta lettre. Depuis la première de Leopoldstadt, je ne cesse de me lamenter sur l'injustice de cette fermeture qu'on vous a imposée. Reverrons-nous jamais une aussi belle mise en scène ? Réponse, concédée peu à peu : oui, dans toutes sortes de versions différentes au fil des décennies à venir et au-delà. Mais quel coup dur, quand même[1].

Après beaucoup de fausses bonnes idées (c'est maintenant ou jamais qu'il faut écrire un grand roman politique, etc.), j'ai finalement choisi un format qui me plaît : des nouvelles reliées sur les années Smiley, avec pour narrateur son Watson, c'est-à-dire P. Guillam. La scène dans laquelle je suis plongé en ce moment (et que tu écrirais mieux que moi) se passe en 1989, juste après la chute du mur, quand Smiley décide enfin qu'il est prêt à retrouver son ancien ennemi, Karla, installé sous un nom

1. La création de *Leopoldstadt* au théâtre Wyndham, pour laquelle toutes les places étaient vendues, a dû s'arrêter à la huitième semaine en raison du confinement.

d'emprunt avec sa fille malade mentale dans un village pas très éloigné du tien. Quelle vision ont-ils aujourd'hui en commun, à supposer qu'ils en aient une ? Qui sera la voix dominante dans le monde (théoriquement) postidéologique, qu'est-ce qui est faisable, qu'est-ce qui est utopique ?

J'ai l'impression que nous avons vécu trois périodes dans nos vies où le monde aurait pu être utilement remis en ordre : 1945 (le plan Marshall et tout le reste n'étaient pas si mal vus), 1989 (quand aucune voix, aucun leader ni aucun véritable mouvement pour un monde uni ne s'est manifesté) et aujourd'hui. En tout cas, voilà à quoi je pensais jusqu'à ce que Jane tombe malade et fasse une chute la semaine dernière. Notre médecin en Cornouailles (il n'y a que du public ici) est un prince, il a fait ce qu'il a pu. Les secours ont été excellents, ils sont arrivés à 1 h du matin avec les gyrophares et un chauffeur et un médecin entièrement protégés, mais la perspective de trouver des spécialistes et de mettre en place des traitements en moins de deux mois n'était pas idéale, surtout que cela impliquait de transbahuter Jane entre 3 hôpitaux différents dans 3 villes différentes dans une circulation dense pendant les fêtes. Notre fils Simon est passé à l'action, il a fait toute la route depuis Londres et le lendemain, le dimanche, on a réussi à mettre Jane à l'arrière de sa voiture. Dès le lendemain matin, elle était à la London Clinic, soignée par le chirurgien qui l'avait opérée de son cancer du sein. Je vais la chercher demain pour lui faire passer le week-end à la maison, et nous irons ensemble voir le spécialiste pour avoir le résultat des tests et ses recommandations. Entre-temps, il aura échangé par zoom avec ses collègues oncologues. Normalement, on n'a pas le droit de rendre visite à son conjoint à l'hôpital, mais hier le médecin s'est débrouillé pour que je puisse y aller. La panique a commencé à faire place au soulagement de la voir en d'aussi bonnes mains (soulagement chez Jane aussi), et je n'ai pas besoin de te dire qu'elle a fait preuve de tout le courage et de la bonne humeur qui m'abandonnent dans des situations similaires. Bref, pour le moment, nous sommes très reconnaissants d'être sortis de la zone de panique, nous avons des conversations rationnelles pour évoquer des choix rationnels, et nous nous préparons pour lundi.

Et moi, bien sûr, je suis aussi à Londres, chouchouté par mes fils et mes belles-filles tout aussi merveilleuses qui portent tous leur masque. D'où cette lettre atrocement longue.

Je commencerais peut-être l'histoire de Trinity encore un peu plus tôt (je te dis ça comme ça[1]), quand Einstein perçoit l'étendue de l'antisémitisme à Berlin et change de camp pour ne jamais revenir. J'aime l'idée que les Allemands ont fourni aux puissances alliées les meilleurs cerveaux du monde, et parmi eux Einstein.

Mes amitiés à vous deux. Nos projets sont évidemment incertains, à ce stade.

David

~

Ben Macintyre vient de publier Agent Sonya : la plus grande espionne de la Russie soviétique*, biographie d'Ursula Kuczynski, qui a transmis aux Russes les secrets atomiques de Klaus Fuchs tout en se faisant passer pour une ménagère de l'Oxfordshire.*

À BEN MACINTYRE

Par mail

31 août 2020

Objet : SONYA

Cher Ben,

Je viens de le finir et je dois te dire qu'il est absolument formidable. Un livre qu'on ne peut pas lâcher, une narration magnifique, une documentation solide, une tranche d'histoire

1. Tom Stoppard écrit alors pour le réalisateur Cary Joji Fukunaga le scénario d'un film sur la bombe atomique d'Hiroshima, d'après l'ouvrage de Stephen Walker paru en 2005, *Shockwave : Countdown to Hiroshima*. Il a dit à le Carré qu'il prévoyait de faire commencer l'histoire en 1938 ou 1939. C'est en 1933, quand Adolf Hitler devient chancelier, qu'Albert Einstein, déjà cible publique de l'antisémitisme nazi, renonce à son passeport allemand.

extraordinaire et élégamment reconstituée. Bien sûr, je connaissais certains des personnages et j'avais lu les travaux récents sur Fuchs par ce physicien d'Oxford dont le nom m'échappe, mais aussi la biographie plus basique de Sorge. Tu as parfaitement cerné Skardon, et aussi Hollis : ennuyeux, médiocre, si atrocement nul dans son travail qu'on a peine à y croire[1], et qui vivait sa petite double vie secrète avec sa secrétaire, Val Hammond, donc un désastre ambulant.

Mais le plus beau, c'est qu'au fil du livre tu nous fais aimer et admirer Sonya elle-même, et nous désoler de sa désillusion finale, qui d'une certaine manière reflète la nôtre. Quel cran, quel courage ! Et les hommes à côté d'elle, tous minables ou marginaux, à part son grand amour Sorge, génie maniaque, et au bout du compte, comme elle, motivé par le goût du jeu théâtral tout autant que par l'idéologie.

Je viens juste (à contrecœur) de prêter le livre à Jane, qui est atteinte d'un cancer inopérable et fait actuellement une chimio qu'elle subit avec une grande dignité. Elle s'est effondrée un jour en Cornouailles, alors qu'on venait de décider de s'y installer définitivement, mais on a réussi à la transporter à Londres pour des soins. Nous avons hâte de retourner en Cornouailles, mais pour l'instant nous sommes pris dans un tourbillon médical, et la vie est soudain sur pause.

Jonny me dit que tu es un homme heureux, ces temps-ci, et le livre transmet cette impression : une voix positive et assurée qui vous attire et partage des rires avec vous sans vous taper sur le système. Je crois que ça s'appelle le style.

Encore bravo, c'est sans doute ton meilleur livre à ce jour, et pourtant la barre était haute.

Toutes mes amitiés à toi et aux tiens,
David

1. Richard Sorge était l'amant de Sonya, qu'il avait recrutée à Shanghai. Jim Skardon, du MI5, n'a pas réussi à la démasquer. Et Roger Hollis, directeur général du MI5, a été interrogé car des témoignages non étayés l'accusaient d'être un agent soviétique.

À NICHOLAS SHAKESPEARE

Par mail

1er octobre 2020

Cher Nicholas,

Oui, nous allons plutôt bien, vu les circonstances […]. Déjà, nous sommes en Cornouailles, Jane fait ses séances de chimio ici à la maison, et elles sont donc beaucoup plus agréables que l'équivalent londonien (notamment grâce à un équipement moderne dont l'hôpital de Londres ne disposait pas, crois-le ou non). Nous pouvons passer du temps ensemble, je peux lui apporter du thé, et l'infirmière de la chimio est efficace et attentionnée. Donc le déroulé de la semaine est moins pénible pour nous deux. J'arrive aussi à écrire un peu par moments. Mon propre cancer est passé à un stade différent, et je commence un nouveau traitement dans un mois, à Londres, mais je reviendrai aussitôt après en Cornouailles.

Permets-moi de te dire que c'est le moment idéal pour penser à la mort. Cette impression de couler avec un bateau en train de sombrer, piloté par des fous furieux et des accros au désastre. Comment en sommes-nous arrivés là en si peu de temps ? Je serais ravi qu'on se parle. Nous ne sommes pas abattus. Nous nous estimons bien chanceux et sommes très heureux ensemble, même quand Jane a des mauvais jours, qui tombent 48 heures après sa piquouse, c'est réglé comme du papier à musique. Dis-moi comment se vend ton livre. Le marché est tellement saturé que les livres semblent avoir la même durée de vie qu'un éphémère.

Toutes nos amitiés à vous deux, et merci de penser à nous.
David

Lioubimov écrit à le Carré pour lui souhaiter « un très bon anniversaire sans corona » et pour lui demander ce qu'il pense d'un livre « destiné au lectorat anglais, sur mon travail en Grande-Bretagne et contre la Grande-Bretagne ». Les nouvelles contenues dans la réponse de le Carré le choqueront.

À MIKHAÏL LIOUBIMOV

Par mail

18 octobre 2020

Objet : la vie et le reste

Cher Michael,

Bien heureux d'avoir de vos nouvelles. Pour répondre d'emblée à votre question : oui, je pense que le livre tel que vous me le décrivez pourrait marcher dans notre Britannia chérie. Une saine irrévérence au sujet de la guerre froide n'a que trop tardé à venir. Si vous pouvez rédiger un premier chapitre et le faire bien traduire par un anglophone, ainsi qu'un synopsis, je peux faire en sorte qu'il soit lu en toute objectivité par un agent excellent (le mien). Le marché est très concurrentiel, alors il faut agir en pro.

Chez nous, les nouvelles ne sont pas très bonnes. Jane est atteinte d'un cancer inopérable et subit un traitement agressif de chimiothérapie. Les pilules magiques que je prenais pour la même maladie ne font plus effet, et l'étape suivante est de me bombarder avec une injection radioactive expérimentale toutes les six semaines. Mais nous tenons bon, les enfants sont merveilleux, j'entre dans ma 90e année, Jane en a 8 de moins, nous sommes mariés depuis un demi-siècle et nous n'avons jamais été aussi proches. Et je continue à écrire, presque tous les jours.

Nos amitiés à vous et aux vôtres.
Bien à vous,
David

Le 19 octobre, jour de l'anniversaire de le Carré, il se drape dans le drapeau de l'Irlande pour célébrer sa nationalité récemment obtenue.

À ALISON GERAGHTY, RESPONSABLE DU SERVICE DE DÉCLARATION DES NAISSANCES À L'ÉTRANGER, IRLANDE

Tregiffian
St Buryan
Penzance
Cornouailles

26 octobre 2020

Chère Alison Geraghty,

Merci beaucoup pour votre lettre et mon acte de nationalité. Je voudrais vous remercier, votre équipe et vous-même, pour cet immense honneur. Vous m'avez rendu ma longue amitié avec l'Europe et m'avez fait, sur le tard, un enfant de l'Irlande. J'ai été élevé essentiellement par ma grand-mère irlandaise, qui était venue à Londres en tant que femme de chambre au début du XXe siècle. Pendant que j'attendais le traitement de mon dossier, je suis allé visiter la minuscule maison où elle est née et l'église où elle allait prier. J'ai ressenti un lien sentimental très puissant.

Un immense merci à vous tous. J'attends maintenant mon passeport irlandais. Quand je l'aurai reçu, j'ai l'intention de prendre un avion de Newquay à Cork et d'aller sur les traces de mes ancêtres.

Encore merci.

Sincèrement,
David Cornwell (alias John le Carré)

À YASSIN MUSHARBASH

Tregiffian
St Buryan
Penzance
Cornouailles

23 novembre 2020

Cher Yassin,

Je vous dois une meilleure lettre que ça, mais j'essaie quand même. Pour répondre à votre question, je ne m'étais jamais lassé d'écrire jusqu'à maintenant. Je m'efforce de relancer la machine, mais mes pensées sont constamment obnubilées par Jane, dont l'état change (se dégrade ?) d'heure en heure. On apprend peu à peu qu'avec le cancer, il n'y a pas de certitude, pas de pronostic, pas de diagnostic, pas de traitement qui soient totalement fiables. Les oncologues vous le disent, à un certain stade. Celui de Jane, qui est aussi bon qu'un autre, le lui a dit lors de leur premier rendez-vous. [...]

Tout est en suspens. Nous n'avons jamais été aussi proches, et en même temps si séparés, parce que la mort, qu'elle se rapproche ou qu'elle soit distante, est une affaire très intime, et chacun de nous y fait face à sa propre manière.

Quant à la joie de l'écriture, oui, vous avez tout à fait raison sur l'importance de finir. C'est la clé. Si on ne peut pas voir le finale de son roman quand on le commence, cela ne sert à rien de se lancer, d'après mon expérience. Combien de premiers chapitres ai-je reçus, accompagnés de la question : « Suis-je un écrivain ? » Réponse : montrez-moi votre dernier chapitre, et peut-être que je vous répondrai oui. Soyez gentil de remercier la famille pour les chocolats, les biscuits et autres douceurs, remerciez-les <u>tous</u> pour leurs bons vœux et pour les magnifiques étoiles en papier. Je serai plus heureux la prochaine fois.

Bien à vous,
David

À DAVID GREENWAY

Tregiffian
St Buryan
Penzance
Cornouailles

25 novembre 2020

Cher David,

Je ne sais pas pourquoi je suis devenu optimiste avec l'âge, mais mon avis personnel est que Trump va s'empoisonner lui-même avec le venin de sa doctrine et que les procès qui l'attendent vont faire tomber le masque. Nous avons suivi vos élections comme s'il s'agissait des nôtres, et bien sûr le parallèle est fascinant. Nous aussi, nous avons un leader ridicule qui se moque totalement de la loi, des conséquences de ses actes et du Parlement. Le fait qu'il ait étudié les lettres classiques n'a rien à voir avec rien. C'est un rustre sorti d'Eton qui participe au mouvement de destruction, un trumpiste jusqu'au bout des ongles. Le Brexit nous mènera à notre perte, mais c'est son bébé, alors au diable la raison !

Les réjouissances battent leur plein, ici. Trump nous avait insultés et son populisme nous terrifiait. Il a planté le décor pour toutes les pires horreurs qui arrivent dans le monde à l'heure actuelle, de l'Europe de l'Est au Proche-Orient.

De notre côté, les nouvelles ne sont pas très bonnes. Jane a été très malade. La chimio semble agir, mais on vient de lui changer son cocktail et les effets secondaires sont terribles. Elle souffre en permanence mais supporte la douleur avec noblesse.

Les Nick vont nous rejoindre pour Noël tous les quatre, si le covid le permet. Ma pauvre sœur Charlotte est en train de mourir (elle aussi du cancer). Mountain Face et sa famille remontent lentement la pente vers une vie normale. Ils ont reconstruit la maison, ils ont soigné un fils qui était très malade, ils ont fait une énorme réunion de famille pour Thanksgiving, ils ont un nouveau chien[1]. Nous vivons en Cornouailles à plein

1. Le Carré et Greenway ont surnommé Stephen Cornwell « Mountain Face » en raison de sa capacité à prévoir le temps en montagne. La maison familiale de Stephen à Ojai a dû être reconstruite après avoir brûlé dans les incendies de Californie.

temps, maintenant. L'environnement médical n'est pas luxueux, mais semble tout à fait correct jusqu'à présent et c'est ce que souhaite Jane. Aujourd'hui, le temps est parfait : un froid soleil d'hiver, une mer d'un bleu profond. Des poneys sauvages ont colonisé la falaise, mais ils trouvent que la vie est dure.

Nos amitiés à toi et aux tiens, et particulièrement à J. B. Essayons de trinquer le 20 janvier. Nom de Dieu, vous l'avez échappé belle…

David

~

En décembre 2020, le Carré travaille à un livre qu'il a provisoirement intitulé The George Smiley Years, *qui comprend un dernier face-à-face entre Smiley et Karla. Un soir il fait une chute, et une semaine plus tard il est pris de fièvre. Le 8 décembre, tout en protestant parce qu'il a encore des choses à faire, il accepte à contrecœur d'être hospitalisé.*

Le dernier mail sur l'iPad de le Carré, envoyé de l'hôpital, est destiné à son agent, Jonny Geller : « Simon vous expliquera la situation. Au cas où nous ne nous reparlerions pas, merci pour tout. Vous avez fait un excellent travail, et j'ai appris à chérir votre famille et à vous admirer infiniment en tant qu'agent et en tant qu'ami. »

Coda

John le Carré / David Cornwell est décédé d'une pneumonie le 12 décembre 2020 au Royal Cornwall Hospital. Le seul livre sur sa table de chevet, emporté dans l'urgence pour son séjour à l'hôpital, était *Bonjour, Jeeves*, de P. G. Wodehouse. Son épouse Jane était hospitalisée dans un autre service du même hôpital, mais, en raison des mesures liées au covid, le couple n'a pas eu le droit de se voir. Dans son sac pour aller à l'hôpital, Jane avait pris un plaid, quelques affaires personnelles et une grande enveloppe brune contenant des lettres, des calepins et des stylos, ainsi qu'un message de David non daté arraché à un bloc de téléphone. Elle mourra chez elle de son cancer le 27 février 2021.

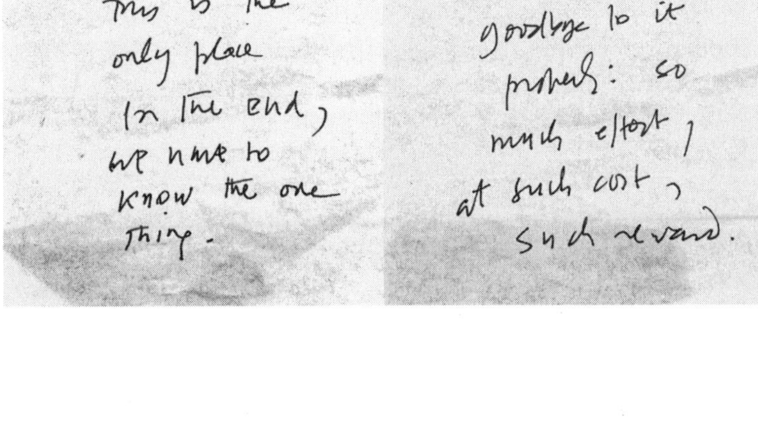
You are the
only woman
This is the
only place
In the end,
we have to
know the one
thing.

Our year was
extraordinary, but
we didn't say
goodbye to it
properly: so
much effort,
at such cost,
such reward.

Chronologie

1931 19 octobre : naissance de David John Moore Cornwell à Poole, dans le Dorset, fils de Ronald Thomas Archibald Cornwell et d'Olive Moore Cornwell, née Glassey. Son frère aîné, Anthony, a deux ans de plus que lui.

1934 Ronnie Cornwell est emprisonné pour fraude et escroquerie[1]. Le Carré garde le souvenir d'avoir fait des signes de la main en direction d'une fenêtre de la prison d'Exeter, mais a reconnu que c'était sans doute une reconstruction a posteriori.

1936 Sa mère, Olive Cornwell, disparaît de sa vie alors qu'il a quatre ou cinq ans[2]. Il est envoyé en pensionnat à la St Martin's Preparatory School, à Northwood, dans le Middlesex.

1936 Ronnie Cornwell est déclaré en faillite personnelle, avec des dettes s'élevant à 20 000 livres sterling.

1938 Alors que le Carré se remet d'une chirurgie gastrique à l'âge de sept ans, « une dame qui par la suite allait épouser mon père » lui lit *Le Vent dans les saules*, de Kenneth Grahame, deux ou trois fois, et tout semble « partir de là ». La dame en question, qui venait de se marier, était

1. Adam Sisman, *Le Carré : The Biography*, 2015.

2. Le Carré a souvent dit que sa mère avait disparu quand il avait cinq ans, mais Tony soutient qu'ils avaient respectivement six et quatre ans.

Jean (Jeannie) Gronow, née Neal. Ronnie Cornwell évitait comme la peste tous les livres, hormis ceux qui avaient été écrits par de grands avocats.

1939 Part en pensionnat à St Andrew's School Pangbourne, dans le Berkshire.

1944 **décembre** : mariage de Ronnie et Jeannie Cornwell.

1945 **septembre** : part en pensionnat à Sherborne School, dans le Dorset. Jeannie l'accompagne le jour de la rentrée.

1948 À Sherborne, il remporte le prix de poésie anglaise grâce à son poème « The Dream of the Deserted Island », joue dans l'équipe de cricket junior de l'école et incarne le Devin dans une mise en scène de *Jules César*, de Shakespeare. À l'âge de seize ans, contre l'avis du directeur, il quitte Sherborne pour aller étudier l'allemand à l'université de Berne, où il est recruté par les services de renseignement britanniques pour faire des rapports sur les groupes d'étudiants de gauche et accomplir différentes petites missions de « mule ».

1949 Quitte Berne pour visiter l'Allemagne d'après-guerre, dont le camp de concentration de Bergen-Belsen.

1950 **janvier** : rencontre Alison Ann Sharp, sa future épouse, à Saint-Moritz.
Après avoir fait ses classes, il rejoint le renseignement militaire au camp de Maresfield, à Uckfield, dans le Sussex. Ronnie Cornwell se présente aux élections à Yarmouth sous l'étiquette du Parti libéral ; le Carré l'aide dans sa campagne.
décembre : pratique le ski avec le Downhill Only Club à Wengen, en Suisse.

1951 Est affecté en Autriche comme officier du renseignement militaire. Passe un week-end estival avec Ann pendant une permission.

1952 Pratique le ski à Saint-Moritz et Klosters.
Vend le magazine *Cricketer* dans tout le Royaume-Uni pour le compte de Ronnie avec son ami de Sherborne et futur témoin de mariage Robin Cooke.
octobre : entre à Lincoln College, à Oxford. Un ancien professeur d'histoire et aumônier à Sherborne, le révérend Vivian Green, y exerce alors comme tuteur et aumônier.

1953 **janvier** : Ann part aux États-Unis pour plusieurs mois.
Le Carré est recruté par le MI5 pour espionner les groupes de gauche à Oxford.
Noël à Tunmers, la maison de Ronnie Cornwell, avec Ann.

1954 **février** : première rencontre de sa vie d'adulte avec sa mère, Olive, dans le Suffolk[1].
mai ou juin : fiançailles avec Ann, qui est convoquée par Dick Thistlewaite, le contrôleur du MI5 de le Carré à Oxford, pour signer l'Official Secrets Act. David prévoit de s'engager au MI5 quand il quittera Oxford en 1955. Il dira par la suite qu'il avait déjà commencé à travailler sur son premier roman.
juillet : Ronnie est déclaré en faillite personnelle avec des dettes s'élevant à 1 359 000 livres. Le compte de le Carré à la Westminster Bank d'Oxford est clôturé.
septembre : donne des conférences au camp de Maresfield.
octobre : Ronnie n'assurant pas son soutien financier, le Carré quitte Oxford pour enseigner l'allemand, le latin et, selon Ann, la boxe à Millfield Preparatory School (Edgarley Hall).
27 novembre : mariage de David et d'Ann célébré par Vivian Green. Le couple passe sa nuit de noces dans un hôtel à Clifton. Ann quitte son emploi dans un magazine religieux à Londres. Peu après, ils s'installent à Cumhill

1. Souvenir personnel d'Ann Martin.

Farm, à Pilton, puis, début 1955, dans un cottage voisin avec toilettes au fond du jardin. Le Carré monte une pièce de théâtre et fait de la peinture.

1955 **avril** : après une lune de miel tardive à Paris, le Carré décide de retourner à Oxford. Rencontre James et Susie Kennaway. Continue à dessiner et à peindre, réalise la décoration d'une salle pour un bal à Oxford.

1956 Obtient son diplôme mention très bien, part à Eton en septembre pour enseigner le français et l'allemand.

1958 Après cinq trimestres d'enseignement à Eton, donne son congé et intègre le MI5. Trouve une maison à Great Missenden, qu'il quitte chaque jour à 7 h 30 pour aller à Londres et en revenir à 20 heures. Ann démissionne de son poste de rédactrice adjointe au magazine *Home* pour s'occuper de Simon, leur premier enfant.
Commence à écrire dans le train pendant ses trajets de deux heures. Il dira plus tard que George Smiley et John le Carré sont tous les deux nés avec la première page de *L'Appel du mort*, dans une petite pièce située au fin fond du troisième étage de Leconfield House, dans Curzon Street, où ses collègues et lui recrutaient des agents des deux sexes pour mener des opérations contre la subversion communiste[1].

1959 **septembre** : la famille emménage dans un appartement avec quatre chambres au premier étage d'un immeuble de Prince of Wales Drive, à Battersea. Au MI5, le Carré rencontre John Bingham, qui sera une de ses sources d'inspiration pour Smiley, Vivian Green en étant une autre.
Le Carré et Ann passent un week-end à Nottingham pour lui permettre de rencontrer l'un de ses agents infiltré dans un syndicat.

1. « Une soirée avec George Smiley », Southbank Centre, 7 septembre 2017.

1960	Après la naissance de leur deuxième fils, Stephen, le Carré rentre du travail et annonce à Ann qu'il passe au MI6. Il repeint la nursery avec des images de contes de fées. La famille prend un locataire nigérian. Victor Gollancz accepte de publier *L'Appel du mort* avec une avance sur droits d'auteur de 100 livres sterling ; le Carré apprend la nouvelle alors qu'il vient d'entrer au MI6 avec son ami et camarade d'entraînement John Margetson. En juin, il est officiellement nommé au Foreign Office, pour donner une couverture diplomatique à son travail de renseignement.
1961	**juin** : publication de *L'Appel du mort.* **juillet** : le Carré s'installe avec sa famille à Bonn, où il occupe officiellement le poste de second secrétaire d'ambassade, et loge d'abord à Bad Godesberg, ville qu'il utilisera plus tard comme décor pour un attentat à la bombe dans *La Petite Fille au tambour.*
1961-1962	Se rend au mur de Berlin en touriste et plus tard, avec Ann, à Dachau. Ann assiste au premier concert de Yehudi Menuhin à Bonn depuis la guerre. Le Carré travaille sur *L'Espion qui venait du froid* dans leur chambre à coucher. Son père, Ronnie, fait une apparition mémorable chez eux, sur les rives du Rhin, au volant d'une voiture amphibie.
1962	Dick Franks, futur patron du Secret Intelligence Service (SIS), devient le chef de Station de le Carré. Alfred Hitchcock se renseigne pour une possible adaptation télévisée de *L'Appel du mort*[1]. **mai** : donne une conférence à Oberhausen sur la politique étrangère du Royaume-Uni devant sept cents spectateurs. **juillet** : publication de *Chandelles noires*, roman policier dans lequel Smiley mène l'enquête sur un meurtre commis

1. Lettre à Jeannie Cornwell, 16 mai 1962.

dans une école privée anglaise pleine de préjugés de classe. (L'année suivante, un chasseur de scénario hollywoodien chargé d'évaluer les livres de le Carré se demandera si ce roman n'a pas en fait été écrit avant *L'Appel du mort.*)
octobre : en pleine crise des missiles de Cuba, les Cornwell comprennent que Bonn sera la première cible en cas d'attaque russe. Leur troisième fils, Timothy, naît une semaine après l'apaisement des tensions.
Le Carré participe à la conférence annuelle de Königswinter, qui réunit officiels allemands et anglais.

1963 **février** : accompagne Fritz Erler, vice-président du SPD (Parti social-démocrate d'Allemagne), à Londres. Continue son travail au Foreign Office en cette année où sa vie est totalement transformée.
mars : par courrier, Victor Gollancz refuse d'augmenter les droits d'auteur de le Carré pour *L'Espion qui venait du froid*, mais lui propose un à-valoir à la parution de 175 livres au lieu de 150 ; selon le journal britannique l'*Express*, son roman lui rapportera finalement environ 500 000 livres. Le Carré quitte Gollancz pour son roman suivant et accroche la lettre encadrée au mur de sa chambre.
L'Espion qui venait du froid, qui obtient d'excellentes critiques et fait de très bonnes ventes en Angleterre, est salué pour le caractère authentique du récit de cette opération complexe visant le patron honni du renseignement est-allemand, Mundt. Le Carré affirme qu'il n'a jamais effectué de mission sous couverture à l'Est mais a créé cette intrigue grâce à son imagination et aux récits de vétérans « qui avaient un peu touché à ce genre d'opération ». La Paramount achète les droits d'adaptation cinématographique. Le Foreign Office envoie le Carré à Hambourg pendant six mois.

1964 Le *Sunday Times* révèle que l'identité réelle de John le Carré est David Cornwell. Après sa publication aux États-Unis chez Coward McCann Inc., le roman domine les palmarès des ventes internationales. Les magazines

Time et *Life* envoient des photographes à Hambourg. Le Carré démissionne du Foreign Office.
Le Carré et sa famille louent le dernier étage d'une villa de pierre à Agios Nikolaos, en Crète. Voyages à Londres, New York et Paris.
septembre : la famille part pour l'île grecque de Spetses. David Bailey et Polly Devlin interviewent Ann pour un article sur les épouses d'auteurs de romans d'espionnage. Le Carré travaille sur *Le Miroir aux espions*.
novembre : les Cornwell s'installent à Vienne.

1965 **janvier** : rencontre Richard Burton et Elizabeth Taylor sur le tournage de *L'Espion qui venait du froid* à Dublin. Avoue à Ann qu'il a une liaison avec Susie Kennaway, l'épouse du romancier écossais James Kennaway.
mars : la famille rentre en Angleterre et emménage dans une nouvelle maison dans le Somerset.
juin : publication du *Miroir aux espions*, roman très noir sur une opération d'espionnage vaine en Allemagne de l'Est et sur des mariages qui se désagrègent. Le Carré le décrit comme « un roman que j'ai écrit dans la douleur sur l'île de Crète[1] ».
septembre : alors qu'il se trouve à Chicago, apprend que Ronnie est en prison à Djakarta.
décembre : sortie du film *L'Espion qui venait du froid*.

1967 Sortie du film *M15 demande protection*, adaptation de *L'Appel du mort* avec James Mason et Simone Signoret dans les rôles principaux, qui reçoit cinq nominations pour les BAFTA.

1968 **octobre** : publication d'*Une petite ville en Allemagne*, roman dans lequel le personnel de l'ambassade du Royaume-Uni à Bonn assiste au retour de la droite nationaliste en Allemagne. Les droits d'adaptation cinématographique sont acquis et le Carré engagé pour écrire le scénario ;

1. « Book into film into what », chapitre resté inédit du *Tunnel aux pigeons*.

en février 1969, le livre atteint la première place de la liste des best-sellers aux États-Unis ; le *New York Times* écrit : « Un roman palpitant à l'intrigue brillante, que l'on dévore d'une traite. »

1969 **mars** : London Weekend Television diffuse son documentaire biographique *The Spymaker Comes in from the Cold : An Interview with John le Carré.*

juin : termine l'écriture d'un téléfilm et travaille sur *Un amant naïf et sentimental*, roman qui s'inspire de sa relation avec les Kennaway et restera sa seule incursion hors du thriller. La relation conflictuelle entre le personnage d'Aldo Cassidy et son épouse Sandra fait écho au couple le Carré.

À cette époque, si l'on en croit le Carré, son père Ronnie le menace d'un procès en raison du personnage de bon à rien qu'est le père de Cassidy et parce qu'il trouve que le documentaire de London Weekend Television ne lui a pas fait la part assez belle. Le Carré fait construire un chalet à Wengen, dans l'Oberland bernois, où il a pratiqué le ski dans sa jeunesse.

13 octobre : il achète Tregiffian, trois cottages sur une falaise à West Penwith, à l'extrémité sud-ouest de l'Angleterre, en Cornouailles. Au cours des vingt-cinq années suivantes, il en fera sa retraite : il y crée un bureau et une bibliothèque, ainsi qu'un jardin d'agrément dont les murs de clôture en pierre requerront plus de 160 tonnes de granit. En l'an 2000, après un conflit avec le fermier auquel il avait acheté le terrain et qui cherchait à faire construire dans le voisinage, il fait don au National Trust des 800 mètres de falaise au pied de la maison pour qu'elle soit préservée des « prédateurs humains ».

1971 Le Carré et Ann divorcent. Publication d'*Un amant naïf et sentimental*, qui « n'est pas épargné par la critique », selon ses propres termes[1].

1. Lettre à J. Welch, 20 novembre 1979.

C'est le premier roman de le Carré publié par Alfred Knopf aux États-Unis. Grâce à sa nouvelle compagne, Valerie Jane Eustace (Jane), il a rencontré Bob Gottlieb, qui sera son éditeur chez Knopf et publiera ses romans majeurs, dont *La Taupe* et *Un pur espion*.

1972 **février et mars** : voyages au Kenya, à Singapour et à Hong Kong. Il retourne en Afrique plus tard dans l'année pour emmener ses enfants en safari.
2 mai : mariage de le Carré et de Jane. Leur fils Nicholas naît plus tard cette même année. Le 24 août, jour de son quarantième anniversaire, Ann épouse en secondes noces le diplomate Roger Martin.

1974 Publication de *La Taupe*, roman dans lequel Smiley traque une taupe soviétique au sein du Cirque et grâce auquel le Carré renoue avec le succès après trois romans moins populaires. Considéré comme l'un de ses chefs-d'œuvre, il marquera l'œuvre et la vie de le Carré au même titre que *L'Espion qui venait du froid* et, plus tard, *Un pur espion*.
Fait un séjour de six semaines en Asie afin de se documenter pour *Comme un collégien*. Emmène ses fils Simon et Stephen voir le mur de Berlin.

1975 **29 juin** : décès de Ronnie Cornwell à l'âge de soixante-neuf ans. Le Carré retourne en Asie du Sud-Est, où il rencontre à Hong Kong l'un des geôliers de son père. En Thaïlande, au Laos et au Cambodge, son principal guide est le journaliste David Greenway.

1977 Publication de *Comme un collégien*, dans lequel le personnage de Jerry Westerby sert de fer de lance à George Smiley pour tenter de déjouer les opérations de Karla en Extrême-Orient. Le roman fait la une du magazine *Time*. De même qu'*Un amant naïf et sentimental* avant lui, *Comme un collégien* fait souvent figure d'« anomalie » dans le canon le carréien, mais ce deuxième opus de la trilogie

de Karla, qui suit le périple de Westerby dans l'hinterland métropolitain de Hong Kong et la touffeur de la jungle du Triangle d'or, est une véritable démonstration des talents de conteur de le Carré.
Se rend à Jérusalem et « un peu partout au Proche-Orient », mais finit par repousser l'écriture de son roman sur cette région.
avril : Francis Ford Coppola envisage d'adapter *Un amant naïf et sentimental* au cinéma, mais le projet n'aboutira pas.

1979 Diffusion par la BBC de la série *La Taupe*, avec Alec Guinness. Publication des *Gens de Smiley*, dernier opus de la trilogie de Karla. « Smiley passera à la postérité comme le Sherlock Holmes version monsieur Tout-le-Monde de l'espionnage », dit le Carré à son agent, George Greenfield[1], ce qui ne l'empêche pas de ranger provisoirement Smiley au placard.

1981 Annonce à ses amis qu'il a refusé la distinction de commandeur de l'Empire britannique (CBE)[2]. Il hésite depuis un moment entre écrire son *daddy book*, un livre qui s'inspirerait de sa relation avec son père, et s'attaquer à un roman sur le terrorisme au Proche-Orient.

1983 Finalement, c'est *La Petite Fille au tambour*, roman dans lequel une équipe israélienne de lutte antiterroriste recrute une actrice anglaise pour traquer un poseur de bombes palestinien, qui paraît en premier. Pour sa documentation, le Carré a notamment rencontré le chef de l'Organisation de libération de la Palestine (OLP) Yasser Arafat et des hauts gradés israéliens comme le général Shlomo Gazit, ancien patron du renseignement militaire. Le roman sera adapté à l'écran en 1984, avec une Diane Keaton à contre-emploi.

1. Lettre à George Greenfield, 29 octobre 1979.
2. Lettre à Dick Franks, 4 août 1981.

1986 Parution d'*Un pur espion*, roman autobiographique sur une relation père / fils dans lequel le personnage principal, Rick, est clairement inspiré du père de le Carré, tandis que son fils, Magnus, travaille pour le MI6. Le *New York Times* le qualifie d'« excellent roman d'espionnage, peut-être le meilleur de toute son œuvre pourtant déjà impressionnante ». Philip Roth le considère comme le meilleur roman de toute la littérature anglaise d'après-guerre. Stephen Schiff estimera dans *Vanity Fair* qu'il s'agit « d'une des descriptions littéraires les plus subtiles des liens entre l'amour et la trahison ».

1987 Commence sa documentation pour *La Maison Russie*, roman qui a pour cadre la Russie d'après la guerre froide. Se rend en Russie pour la première fois, mais refuse de rencontrer Kim Philby. Passe aussi du temps sur la côte Est des États-Unis pour donner corps aux personnages américains du roman.

1988 Reçoit le prix Malaparte, récompense littéraire italienne que Graham Greene avait refusée[1].

1989 Décès d'Olive Hill, la mère de le Carré, à l'âge de quatre-vingt-trois ans. Il se trouve à son chevet le soir de sa mort. Publication de *La Maison Russie*. En octobre, début du travail sur l'adaptation cinématographique, avec Sean Connery et Michelle Pfeiffer dans les rôles principaux, et tournage à Léningrad. Le nom du scientifique russe qui veut rendre publics les secrets de l'arsenal soviétique, Goethe dans le livre, devient Dante dans le film.

1990 George Smiley fait son retour dans *Le Voyageur secret*, recueil de nouvelles ayant pour fil rouge la conférence que fait Smiley devant une promotion d'agents du renseignement lors de la fin de leur formation.
décembre : sortie du film *La Maison Russie*.

1. Voir Shirley Hazzard, *Greene on Capri*, 2000.

1991 **mars** : se rend en Égypte afin de se documenter pour *Le Directeur de nuit*. « Louxor désert, Assouan désert, musées déserts au Caire, un séjour magique, quoiqu'un peu gâché par des inquiétudes sur les trajets en avion, les voitures vides, etc. Mais formidable quand même », dit-il à Vivian Green. Dans le cadre de ses recherches sur le trafic d'armes, rencontre Henk Visser, charismatique marchand d'armes et collectionneur néerlandais condamné à mort pour son rôle dans la résistance hollandaise durant la Seconde Guerre mondiale.
Diffusion en Grande-Bretagne et aux États-Unis du téléfilm *A Murder of Quality*, adapté de *Chandelles noires*, avec Denholm Elliott dans le rôle de Smiley (pour lequel Anthony Hopkins s'est désisté en dernière minute) et un Christian Bale adolescent. Le Carré se rend à Sherborne School pour la première fois en vingt ans au moment du tournage.

1992 **octobre** : finalisation du premier jet du *Directeur de nuit*, dans lequel un ancien employé d'hôtel se fait recruter pour piéger un marchand d'armes, qui paraîtra en 1993.

1993 **septembre** : nouveau voyage en Russie pour des recherches sur *Notre jeu*, cette fois-ci avec son fils Nick, le futur romancier Nick Harkaway. Début du travail sur une adaptation au cinéma du *Directeur de nuit* qui n'aboutira jamais.
Annulation d'un voyage prévu en 1994 dans les montagnes du Caucase central, où se déroule la fin de *Notre jeu*.

1995 Dix-huit mois après le début de son travail de documentation sur le Nord-Caucase comme cadre de son roman, publication de *Notre jeu* alors que la guerre a éclaté en Tchétchénie. « Une fois de plus, le Carré a prédit l'actualité, dit le patron de Knopf, Sonny Mehta, aux libraires. Je me rappelle encore ce jour où nous étions réunis autour d'un atlas alors que le Carré nous montrait où se trouvaient la Tchétchénie, l'Ingouchie et l'Ossétie. Malheureusement, ces noms font maintenant la une des journaux. » Commence à se documenter au Panama pour son prochain roman.

1996 **septembre** : le patron de studio hollywoodien John Calley, un ami proche, commence à travailler sur un film tiré du *Tailleur de Panama*, roman dans lequel un tailleur anglais à moitié juif est embarqué dans une conspiration par un agent corrompu du renseignement britannique à l'approche de la rétrocession du canal, et qui paraîtra l'année suivante.
novembre : se rend avec Frank Gibson sur les îles Scilly, au large des Cornouailles, pour écrire un texte sur les archives de photos d'épaves rassemblées sur plusieurs générations par la famille Gibson.

1997 Se rend deux fois en Turquie afin de se documenter pour deux scènes centrales de son roman *Single & Single*, et deux fois en Géorgie l'année suivante.

1998 Après vingt-sept ans de collaboration, quitte son éditeur américain, Alfred A. Knopf, pour aller chez Scribner.

1999 **janvier** : se rend au Panama en repérages avec le réalisateur Tony Scott, par la suite remplacé par John Boorman.
avril : alors que le Carré se trouve au Kenya pour des recherches en prévision de son prochain roman, l'humanitaire Yvette Pierpaoli, son amie, trouve la mort dans un accident de voiture en Albanie. Il l'avait rencontrée en 1974, quand il se documentait en Asie pour *Comme un collégien*.
Publication de *Single & Single*, nouvelle exploration du thème d'un fils aux prises avec un père corrompu.
novembre : fait une tournée des théâtres britanniques pour la promotion du roman.

2000 **mai** : se documente sur « Big Pharma » pour *La Constance du jardinier* au Canada, où il rencontre la chercheuse et militante Nancy Olivieri. Publié en décembre, le roman paraît sous forme de feuilleton dans *The Times* et se vendra à plus de 100 000 exemplaires en Grande-Bretagne[1]. Hugo Young, journaliste au *Guardian*, écrit à le Carré qu'il s'agit de « l'un de vos tout meilleurs romans récents[2] ». Dans le *New York Times*, Michiko Kakutani descend en flammes « ce roman décevant », avec sa « victime en carton-pâte ».

2001 **février** : première projection du film *Le Tailleur de Panama* au festival de Berlin en présence de le Carré et de Jane. La sortie internationale a lieu au printemps.
mai : le Carré et Jane font un circuit en Bavière sur la trace des retables de Tilman Riemenschneider, sculpteur allemand du XVIe siècle.
octobre : fête son soixante-dixième anniversaire à Sienne.

2003 **janvier** : « The United States of America Has Gone Mad » (« Les États-Unis sont devenus fous »), virulent article de le Carré critiquant le projet d'invasion de l'Irak, est publié par *The Times* puis par de nombreux journaux dans le monde entier. Pendant ce temps, il peine à terminer son roman suivant.
décembre : publication d'*Une amitié absolue*, « cinglante analyse de la géopolitique contemporaine[3] », roman dont le héros abhorre Tony Blair pour avoir entraîné la Grande-Bretagne dans la guerre en Irak. Le Carré en fait la lecture pour l'émission de la BBC *Book at Bedtime*.

2005 **mai** : première à Leicester Square du film adapté de *La Constance du jardinier*, avec Ralph Fiennes et Rachel Weisz dans les rôles principaux.
novembre : le Carré reçoit les insignes de commandeur

1. Lettre de le Carré à John Calley, 6 janvier 2001.
2. Lettre de Hugo Young à le Carré, 29 décembre 2000.
3. Critique « Spies and Lies » par Steven Poole, *The Guardian*, 20 décembre 2003.

de l'ordre des Arts et des Lettres à la résidence de l'ambassadeur de France à Londres.

2006 Effectue un voyage pour découvrir tardivement le Congo, avant la parution du *Chant de la mission* en septembre.

2008 **septembre** : publication d'*Un homme très recherché*, roman qui se déroule au sein de la communauté musulmane à Hambourg, où le Carré a été en poste dans sa jeunesse.

2009 Parution de *Gonzo Lubitsch ou l'Incroyable Odyssée*, premier roman du fils de le Carré, Nicholas, sous le pseudonyme de Nick Harkaway.
Après trente-huit ans et seize romans, le Carré quitte son éditeur britannique, Hodder & Stoughton, pour passer chez Penguin, arguant qu'il « ne pouvait pas rater » l'occasion de travailler avec « la référence du format poche en matière de classiques[1] ».

2010 Simon et Stephen, les fils de le Carré, créent leur société de production cinématographique, Ink Factory.
Adam Sisman conduit les premiers entretiens en prévision de l'écriture d'une biographie de le Carré. Peu après la parution d'*Un traître à notre goût*, le tournage de *La Taupe* démarre sous la direction de Tomas Alfredson. Jon Snow, présentateur sur Channel 4, se rend en Cornouailles pour faire la « dernière interview » de le Carré.

2011 **août** : reçoit en Allemagne la médaille Goethe pour sa contribution au « développement de l'unité, de la paix et de la création en Europe[2] ». « Normalement, les médailles, ce n'est pas mon truc, mais celle-ci fait un joli pendant à la Légion d'honneur, et ce sera la dernière[3]. »

1. Communiqué de presse publié dans l'*Evening Standard*.
2. *The Guardian*, 21 juin 2011.
3. Mail à Bernhard Docke, 6 septembre 2011.

septembre : sortie du film *La Taupe*, avec Gary Oldman dans le rôle de Smiley, qui remportera le prix Alexander-Korda du meilleur film anglais de l'année à la cérémonie des BAFTA.
Fête son quatre-vingtième anniversaire en Cornouailles.

2012 **juin** : reçoit un doctorat honoris causa de l'université d'Oxford en même temps qu'Aung San Suu Kyi, qui se tourne vers lui en prononçant son discours de remerciement pour lui dire : « Lorsque j'étais assignée à résidence, j'ai également trouvé de l'aide dans les livres de John le Carré, qui me faisaient voyager dans le monde extérieur[1]. » Le Carré, qui a plusieurs fois refusé des distinctions dans son pays, écrit à Tom Bower dans un mail : « Oxford m'a procuré une grande joie – ce fut peut-être la seule distinction que j'aie jamais souhaitée, ce que j'ignorais jusqu'à ce qu'on me l'accorde. »

2013 **avril** : parution d'*Une vérité si délicate*, saluée par la critique comme « le retour en très grande forme[2] » d'un John le Carré alors âgé de quatre-vingt-un ans. Le roman a pour thème l'externalisation d'opérations de défense et de renseignement à des officines privées.

2014 Sortie du film *Un homme très recherché*, avec Philip Seymour Hoffman dans le rôle principal, coproduit par Simon et Stephen Cornwell.

2016 **février** : première diffusion de la série télévisée adaptée du *Directeur de nuit* par Susanne Bier, avec Hugh Laurie, Tom Hiddleston et Olivia Colman, également coproduite par Simon et Stephen via Ink Factory. La série remportera trois Golden Globes.
mai : sortie du film *Un traître idéal*, encore une production

1. *Oxford Mail*, 21 juin 2012.
2. Robert McCrum, *The Observer*, 20 avril 2013.

Ink Factory, avec Ewan McGregor et Stellan Skarsgård, qui reçoit des critiques mitigées.
septembre : publication des mémoires de le Carré, *Le Tunnel aux pigeons*, recueil alternant textes inédits et anciens, en partie en réaction à la biographie d'Adam Sisman parue l'année précédente. *Le Tunnel aux pigeons* devient n° 1 des ventes en Grande-Bretagne dans le classement du *Sunday Times*.

2017 **septembre** : publication de *L'Héritage des espions*, qui marque les retrouvailles de le Carré avec Smiley, Guillam et l'intrigue de *L'Espion qui venait du froid*. À bientôt quatre-vingt-six ans, le Carré passe presque deux heures sur scène au Southbank Centre pour « Une soirée avec George Smiley », séance de lancement qui se donne à guichets fermés. Le livre prend la première place du classement des meilleures ventes du *New York Times*, cinquante ans après *L'Espion qui venait du froid*, son premier roman à atteindre cette place.

2019 **octobre** : publication de *Retour de service*, présenté comme son « roman du Brexit ».

2020 **janvier** : reçoit le prix Olof-Palme à Stockholm pour sa « contribution littéraire d'un magnifique humanisme à l'éveil des consciences ». Fait don à Médecins sans frontières des 100 000 dollars de dotation.
octobre : obtient la nationalité irlandaise en vertu de sa grand-mère paternelle, Bessie, une « pure Irlandaise ».
12 décembre : décède au Royal Cornwall Hospital d'une pneumonie contractée après une chute.

2021 **27 février** : décès de Jane Cornwell dans leur maison des Cornouailles.
octobre : parution de *L'Espion qui aimait les livres*.

Remerciements

Ce livre devrait mentionner comme coéditrice Vicki Phillips, qui fut durant dix-sept ans la secrétaire de David et Jane Cornwell. Ayant œuvré à classer les archives de Tregiffian, elle en maîtrisait tous les tenants et aboutissants. Elle a été la Connie Sachs de cette opération tout en conservant (contrairement à Connie) un calme olympien et une organisation rigoureuse du système de classement. Son travail est inappréciable.

Dès lors qu'il s'agissait du sujet complexe de mes parents, mon demi-frère Nick Cornwell (Nick Harkaway de son nom de plume) a toujours apporté une dose de génie visionnaire mâtiné de bon sens et d'amour. Il a été prodigue en conseils à toutes les étapes de la préparation de ce livre, et notamment pour l'introduction. Mon frère Simon Cornwell, en tant qu'exécuteur testamentaire de l'œuvre de notre père, m'a guidé à chaque étape.

Roland Philipps, ancien éditeur de mon père chez Hodder & Stoughton, a témoigné de leur amitié en me confiant ses lettres personnelles, mais aussi en en cherchant d'autres dans les archives de Hodder et en mettant à mon service toute son expertise dans la relecture des premières versions du présent recueil.

Certaines correspondances en particulier ont permis de faire avancer la biographie de mon père. Nancy Cranham m'a fait don de la correspondance éclairante avec sa mère, Charlotte Cornwell, et sa grand-mère, Jean Cornwell. Miranda Margetson a été d'une patience d'ange en me permettant d'accéder aux lettres de mon parrain, John Margetson. Nettie et Trevor Cornwell m'ont envoyé des copies des lettres écrites par mon père à son frère Tony et m'ont éclairé sur leur contexte.

Tom Stoppard m'a aimablement fourni plusieurs des lettres

de leur remarquable et chaleureuse correspondance, tandis que William Shawcross a bravement bataillé, en vain, dans un lieu de stockage encombré. Nicholas Shakespeare et Gillian Johnson nous ont accueillis dans le Wiltshire et servi de guides dans les lettres qu'il avait reçues de mon père.

Tout notre respect va à la remarquable Susan D. Anderson, qui a choisi de laisser publier les lettres fascinantes en sa possession sans en retirer son nom. Susan, merci.

En plus de sa correspondance avec mon père, le journaliste allemand Yassin Musharbash a mis à notre disposition ses talents de traducteur et nous a aimablement éclairés sur les références allemandes et l'utilisation de la langue allemande dans son œuvre. Alex Williams a partagé avec nous les fax envoyés par mon père à sa mère, Olive, aidé en cela par son petit-fils Max Perrin. Anne Alvarez nous a donné accès à la correspondance de mon père avec elle et son époux Al Alvarez. Richard Greene, biographe de Graham Greene et éditeur de ses lettres, m'a orienté vers la correspondance Greene conservée à la bibliothèque Burns de Boston College.

La pandémie de coronavirus et les restrictions qu'elle a entraînées sur les voyages et l'utilisation des lieux publics m'ont obligé dans les premiers stades à faire des recherches de lettres à distance depuis mon bureau, en plus de celles qui étaient archivées à Tregiffian. Ce processus doit tout à la générosité de bibliothécaires et d'archivistes qui m'ont fourni des copies à une période où leurs institutions subissaient des contraintes inédites.

Parmi eux, notamment, Elizabeth L. Garver, chercheuse associée responsable des collections françaises et italiennes du Harry Ransom Center de l'université du Texas à Austin, qui m'a facilité l'accès à certaines lettres, dont la correspondance avec Victor Gollancz ; Rachel Hassall, archiviste à Sherborne School, qui m'a apporté un éclairage des plus précieux sur la scolarité de mon père et les impressions complexes qu'il en a gardées pendant des décennies ; Lindsay McCormack, archiviste à Lincoln College, qui m'a ouvert les portes de son passage à Oxford.

Colin McIlroy, conservateur des manuscrits littéraires contemporains à la Bibliothèque nationale d'Écosse, m'a aimablement aidé dans mes recherches sur les Kennaway. Merci également à Andrew Riley, archiviste en chef du Churchill Archives Centre de Churchill College, à Cambridge ; Catherine Flynn, archiviste en chef du Penguin Random House Archive and Library ; Annie Price, archiviste des collections spéciales à l'université d'Exeter ; et Rachel Foss, conservatrice des manuscrits de littérature contemporaine à la British Library. Richard Ovenden, directeur de la Bodleian Library, m'a écrit des messages très émouvants après leur décès sur la collaboration de mon père et de Jane ; je lui adresse mes remerciements, ainsi qu'aux bibliothécaires Oliver House et Rachael Marsay ; Hannah Smith, bibliothécaire adjointe à la bibliothèque d'Eton College ; Alexandra Mitchell, archiviste à la bibliothèque de l'université Salford, à Manchester ; et Genevieve Maxwell, bibliothécaire en chef de l'Academy of Motion Picture Arts and Sciences. John Wells, archiviste en chef au département des archives et des manuscrits contemporains à la bibliothèque de l'université de Cambridge, m'a ouvert les archives de Hugh Thomas ; je remercie les responsables de la bibliothèque de l'université de Cambridge de m'avoir permis de les utiliser. Emma Davidson, bibliothécaire à la Henry W. and Albert A. Berg Collection of English and American Literature de la New York Public Library, a retrouvé la correspondance avec Herbert Mitgang.

Pour m'avoir aidé à localiser des lettres ou avoir autorisé leur utilisation, y compris celles qui n'ont hélas pas fait partie de la sélection finale, je tiens à remercier Eric Abraham, Anthony Barnett et Judith Herrin, Buzz et Janet Berger, Susanne Bier, Kai Bird, Tom Bower, Caroline Brown, Margaret Bullard, William Burroughs, Bryan Cartledge, Adrian Churchward, Sherman Gilbert Cochran, Robin Cooke, John et Margaret Cooper, Nettie Cornwell, Susan Cornwell, Trevor Cornwell, Rex Cowan, Steve Crawshaw, Justin Dell, Jeremy Deller, Charlotte Dennett, Bernhard Docke, Owen Dudley Edwards, Ehud Elizur, Ralph Fiennes, Robert Forrest, Stephen Fry, Jonny Geller, John Goldsmith, Robert Gottlieb, Richard Greene, Michael Hall, August Hanning, Luke Harding, Graham Hayman, Henry Hemming, George Hewitt, Bruce Hunter, John et Mary James, Michael Jayston, Sam Joiner, Lieve Joris, Alan Judd, Matthew Keegan, Julie Kentish-Barnes, Jane S. Kerr, Mayuree Laolugsanalerd (directeur des relations clientèle à l'hôtel Mandarin Oriental de Bangkok), Hugh Laurie, Mikhaïl Lioubimov, Ian McEwan, Annabel Markova, Glenda Moakes, Nancy Olivieri, Tony Palmer, Neil Pepper, Emmanuele Phuon, Martin Pick, Vladimir Pucholt, Anna Rankin, John Roberts,

Barbara Rosenbaum, Julian Ryder-Richardson, Stefan Schaller, Andreas Seiter, Petronilla Silver, Robyn Slovo, Andrew Stilwell, Harry Tangye, Inigo Thomas, James Van Sant, Federico Varese, William Waldegrave, Emma Warren, John Westerby, Rob et James Whyte, David Wilkinson, Michela Wrong et Anita Osnat Yoshpe.

Pam Wells et l'auteur de *Sandakan*, Paul Ham, m'ont appris ce que j'ignorais sur la figure légendaire que fut Rod Wells, qui a suivi l'entraînement du MI6 avec mon père. Simon Bingham m'a fourni le dessin que mon père a fait du sien, John Bingham, même si, hélas, nous n'avons pu retrouver aucune lettre. Parmi les personnes qui ont répondu à mes demandes figurent aussi Len Deighton, John J. Geoghegan, Michael Attenborough, Tim Bryars, William Scoular, Sebastian Ritscher de Mohrbooks, Philippa Heumann et Heather J. Sharkey, de l'université de Pennsylvanie. Je remercie Alice Pitman de m'avoir fourni l'article sur mon père écrit par le sien, le journaliste Robert Pitman.

Au domicile de mon père à Tregiffian, en Cornouailles, le travail initial sur les archives a été accompli par Wendy Le Grice. Brenda Bolitho, Gordon Ewing et Carl Swadling ont été précieux par leur aide à mes parents et l'entretien de leur maison.

Ce livre est dédié à Noah David Cornwell Hughes, l'arrière-petit-fils de mon père. David et J. B. Greenway, amis proches de mon père, sont ses autres arrière-grands-parents et m'ont généreusement donné leurs lettres et leur temps. Noah a eu un démarrage tumultueux dans la vie, mais a été entouré dans cette épreuve par ses extraordinaires parents, Annie et Paul, sa tante Eliza et sa grand-mère, l'écrivaine Alice Greenway.

Ce fut un privilège de travailler avec Mary Mount, éditrice chez Viking, et avec l'agent et ami de mon père, Jonny Geller. Le remarquable travail de préparation de copie accompli par Donna Poppy a permis de repérer plusieurs grosses erreurs ; s'il en reste, j'en suis seul responsable.

Ce livre est un long voyage qui s'est terminé avec une jambe dans le plâtre. Je n'aurais pas pu le commencer, et encore moins atteindre la ligne d'arrivée, sans les encouragements et la patience infinie de ma compagne Anna Arthur. Je lui dois mon amour, mes remerciements et le peu de santé mentale qui me reste.

Sources manuscrites

Les entrées sont classées selon l'ordre d'apparition des documents dans le recueil. Dans chaque entrée, les items suivent l'ordre suivant : destinataire, date : format, source.

Lettres manuscrites à Ann Sharp : archives le Carré en Cornouailles
Lettres manuscrites à Vivian Green : archives le Carré
Lettres à Jean Cornwell : Nancy Cranham
Lettres à John et Miranda Margetson : Miranda Margetson

R. S. Thompson, 24 juin 1945 : lettre manuscrite, bibliothèque de Sherborne School
R. S. Thompson, non datée, été 1948 : lettre manuscrite, bibliothèque de Sherborne School
R. S. Thompson, 5 mai 1952 : lettre manuscrite, bibliothèque de Sherborne School
Kaspar von Almen, 3 octobre 1954 : lettre manuscrite, copie fournie par Adam Sisman
Kaspar von Almen, non datée, début 1955 : lettre manuscrite, copie fournie par Adam Sisman
Robin Cooke, 7 octobre 1955 : lettre manuscrite, Robin Cooke
Kaspar von Almen, non datée, juin 1956 : lettre manuscrite, copie fournie par Adam Sisman
Hilary Rubinstein, 21 janvier 1961 : lettre manuscrite, Victor Gollancz acquisitions, 13-12-017-P, Correspondence 1960-1983, Harry Ransom Center, université du Texas à Austin
Ronnie et Jean Cornwell, 8 août 1961 : lettre manuscrite, Nancy Cranham
Dick Edmonds, 8 août 1961 : lettre manuscrite, Anna Rankin
Hilary Rubinstein, 28 avril 1962 : lettre manuscrite, Victor Gollancz

acquisitions, 13-12-017-P, Correspondence 1960-1983, Harry Ransom Center, université du Texas à Austin

Dick et Rachel Franks, non datée, printemps 1964 : lettre manuscrite, famille Franks

James Kennaway, non datée, 1964 : lettre manuscrite, Bibliothèque nationale d'Écosse

Victor Gollancz, 30 mai 1964 : lettre manuscrite, Victor Gollancz acquisitions, 13-12-017-P, Correspondence 1960-1983, Harry Ransom Center, université du Texas à Austin

Graham Greene, 4 août 1964 : lettre manuscrite, Graham Greene Papers, MS.1995.003, Le Carré, John, 1964 August-1982 September, bibliothèque John J. Burns, Boston College

James Kennaway, non datée, 1964 : lettre manuscrite, Bibliothèque nationale d'Écosse

Susan Kennaway, non datée : lettre manuscrite, Bibliothèque nationale d'Écosse

Susan Kennaway, non datée, mi-1965 : lettre manuscrite, Bibliothèque nationale d'Écosse

Stephen Cornwell, 12 octobre 1965 : lettre manuscrite, archives le Carré

Literatournaïa Gazeta, mai 1966 : magazine *Encounter*

Graham Greene, non datée : lettre manuscrite, Graham Greene Papers, MS.1995.003, Le Carré, John, 1964 August-1982 September, bibliothèque John J. Burns, Boston College

C. P. Snow, 21 juillet 1968 : lettre manuscrite, C. P. Snow, Box 83.4, John le Carré Letters, Harry Ransom Center, université du Texas à Austin

Charles Pick, 2 novembre 1968 : lettre manuscrite, archives le Carré

Vladimir Pucholt, 19 novembre 1969 : lettre manuscrite, Vladimir Pucholt

Charlotte Cornwell, 10 janvier 1970 : lettre manuscrite, Nancy Cranham

Charles Pick, 7 novembre 1970 : lettre manuscrite, archives le Carré

Buzz et Janet Berger, 8 janvier 1972 : lettre manuscrite, Buzz et Janet Berger

Graham Greene, 7 novembre 1974 : lettre manuscrite, Graham Greene Papers, MS.1995.003, Le Carré, John, 1964 August-1982 September, bibliothèque John J. Burns, Boston College

Graham Greene, 12 novembre 1974 : lettre manuscrite, Graham Greene Papers, MS.1995.003, Le Carré, John, 1964 August-1982 September, bibliothèque John J. Burns, Boston College

Jane Cornwell et « A », non datée, 1975 : lettre manuscrite, archives le Carré

Timothy Cornwell, 26 septembre 1975 : lettre dactylographiée non signée, archives le Carré

H. Hale Crosse, 2 octobre 1975 : copie non signée de lettre dactylographiée, archives le Carré

Pirkko-Liisa Ståhl, non datée, août 1977 : copie non signée de lettre dactylographiée, archives le Carré

Peter Rainsford, 28 août 1977 : lettre manuscrite, Andrew Stilwell

Gerald Isaaman, 7 février 1978 : copie non signée de lettre dactylographiée, archives le Carré

Alec Guinness, 27 février 1978 : copie non signée de lettre dactylographiée, archives le Carré

Alec Guinness, 3 mars 1978 : lettre manuscrite, British Library Add. MS 89015/2/7/5

Arthur Hopcraft, 18 août 1978 : lettre manuscrite, AHP/1/18 Arthur Hopcraft Papers, archives et collections spéciales de l'université de Salford

Alec Guinness, 27 juin 1979 : lettre manuscrite, British Library Add. MS 89015/2/7/5

Observer, 6 octobre 1979 : copie non signée de lettre dactylographiée, archives le Carré

Dick et Rachel Franks, non datée, début octobre 1979 : lettre manuscrite, famille Franks

Mary-Kay Wilmers, 27 novembre 1979 : copie de lettre dactylographiée signée, archives le Carré

Buzz Berger, 29 novembre 1979 : copie de lettre dactylographiée signée, Buzz et Janet Berger

Anthony Sampson, non datée, fin 1979 : lettre manuscrite, Bodleian Libraries, Oxford, MS. Sampson dep 20

Dick et Rachel Franks, 15 décembre 1979 : lettre manuscrite, famille Franks

Betty Quail, 18 mars 1980 : copie de lettre dactylographiée signée, archives le Carré

Morton Leavy, 14 juillet 1980 : copie de lettre dactylographiée signée, archives le Carré

Dick Franks, 4 août 1981 : lettre manuscrite, famille Franks

Hugh Thomas, 25 janvier 1982 : carte postale manuscrite, CUL MS Add. 10195, bibliothèque de l'université de Cambridge

Alec Guinness, 27 janvier 1982 : lettre manuscrite, British Library Add. MS 89015/2/7/5

John Cheever, 7 avril 1982 : copie de lettre manuscrite non signée, archives le Carré

Yuval Elizur, 3 mai 1982 : lettre manuscrite, Ehud Elizur

Graham Greene, 6 septembre 1982 : lettre manuscrite, Graham Greene Papers, MS.1995.003, Le Carré, John, 1964 August-1982 September, bibliothèque John J. Burns, Boston College

Max Reinhardt, 26 septembre 1982 : carte postale manuscrite, Graham Greene Papers, MS.1995.003, Le Carré, John, 1964 August-1982 September, bibliothèque John J. Burns, Boston College

Dick Franks, 24 janvier 1983 : lettre manuscrite, famille Franks

Margaret Thatcher, 2 mars 1983 : lettre manuscrite, Churchill Archives Centre, Thatcher Papers, THCR 1/3/10, avec l'aimable autorisation du Margaret Thatcher Archive Trust

Hazen et Jean Stevens et Jo Anne Stevens, 29 avril 1983 : lettre manuscrite, Scott Stevens

Al Alvarez, 3 mai 1986 : lettre manuscrite, British Library Add. MS 88602

Ella Haymes, 3 mai 1986 : copie non signée de lettre dactylographiée, archives le Carré

Philip Roth, 8 décembre 1986 : lettre manuscrite, Philip Roth, Mss22491, Le Carré, John, 1984-1992, bibliothèque du Congrès

Jane Cornwell, 13 mars 1987 : lettre manuscrite, archives le Carré

John Roberts, 12 mai 1987 : lettre manuscrite, John Roberts

Vladimir Stabnikov, 12 juin 1987 : lettre manuscrite, Irina Sedakova

Nicholas Greaves, 31 janvier 1988 : copie de lettre manuscrite, archives le Carré

David et J. B. Greenway, 11 août 1988 : lettre manuscrite, David et J. B. Greenway

Olive Hill, 11 juillet 1988 : fax manuscrit, Alex Williams

Olive Hill, 4 août 1988 : fax manuscrit, Alex Williams

Olive Hill, 8 septembre 1988 : fax manuscrit, Alex Williams

Bruce Hunter, 27 janvier 1989 : fax manuscrit, archives le Carré

Olive Hill, 24 mars 1989 : fax manuscrit, Alex Williams

Vladimir Stabnikov, 9 mars 1989 : copie de lettre manuscrite, archives le Carré

W. J. Weatherby, *Manchester Guardian*, 11 octobre 1989 : copie non signée de lettre dactylographiée, archives le Carré

Alec et Merula Guinness, 7 décembre 1989 : lettre manuscrite, British Library Add. MS 89015/2/7/5

Bob Gottlieb, 25 septembre 1989 : lettre manuscrite, archives le Carré

Alec Guinness, 7 juin 1990 : lettre manuscrite, British Library Add. MS 89015/2/7/5

Nicholas Shakespeare, 19 avril 1991 : lettre manuscrite, Nicholas Shakespeare

John Calley, non daté : fax manuscrit, archives le Carré

Sydney Pollack, 16 décembre 1991 : fax manuscrit, archives le Carré

Michael Attenborough, 24 janvier 1992 : fax dactylographié avec P.-S. manuscrit, archives le Carré

Peter Osnos, 26 janvier 1992 : fax, archives le Carré

Derek Tangye, 23 février 1992 : copie de fax manuscrit, archives le Carré

Tony Cornwell, 24 avril 1992 : lettre manuscrite, Nettie et Trevor Cornwell

Don Chapman, 20 août 1992 : copie non signée de lettre dactylographiée, archives le Carré

Philip Roth, 11 octobre 1992 : fax manuscrit, archives le Carré

Tina Brown, rédactrice en chef du *New Yorker*, 12 octobre 1992 : lettre dactylographiée signée, archives le Carré

Michael Attenborough, 3 novembre 1992 : fax manuscrit, archives le Carré

Philip Weiss, 23 janvier 1993 : fax dactylographié signé, archives le Carré

Eric Abraham, 3 mars 1993 : fax manuscrit, archives le Carré

Sydney Pollack, 28 juillet 1993 : fax dactylographié signé, archives le Carré

Stephen Fry, 13 septembre 1993 : copie non signée de lettre dactylographiée, archives le Carré

J. E. C. Kuitenbrouwer, 21 octobre 1993 : copie non signée de lettre dactylographiée, archives le Carré

Gerald Isaaman, non daté, milieu des années 1990 : fax manuscrit, archives le Carré

Nicholas Elliott, 9 novembre 1993 : copie non signée de lettre dactylographiée, archives le Carré

Mikhaïl Lioubimov, 15 novembre 1993 : copie non signée de lettre dactylographiée, archives le Carré

Alice Mary Dilke, 4 mars 1995 : lettre manuscrite, Sasha Markova

Rédacteur en chef du *New York Times*, 22 mars 1995 : fax dactylographié signé, archives le Carré

Nicholas Cornwell, 26 novembre 1993 : lettre manuscrite, Nicholas Cornwell
Jeff Danziger, 4 mars 1994 : copie de lettre dactylographiée signée, archives le Carré
Eric Abraham, 29 mars 1994 : copie de lettre dactylographiée signée, Eric Abraham
Wendy Le Grice, non datée : note manuscrite illustrée, Wendy Le Grice
Martina Wiegandt, 15 avril 1994 : copie de lettre dactylographiée, archives le Carré
John Keegan, 28 avril 1994 : lettre manuscrite, Matthew Keegan
Horst Gerkens, 29 avril 1994 : copie non signée de lettre dactylographiée, archives le Carré
Mark Wilcocks, 1er juillet 1994 : copie non signée de lettre dactylographiée, archives le Carré
Poussia Jopua, 15 novembre 1993 : copie non signée de fax dactylographié, archives le Carré
George Hewitt, 4 mai 1994 : copie de fax manuscrit, archives le Carré
Vladimir Stabnikov, 11 juillet 1994 : copie de fax dactylographié, archives le Carré
Marianne Schindler, 11 juillet 1994 : copie non signée de lettre dactylographiée, archives le Carré
Edward Behr, 1er août 1994 : fax dactylographié avec P.-S. manuscrit, archives le Carré
Susan D. Anderson, 24 août 1994 : lettre manuscrite non signée, 14-04-002-P, John le Carré Collection, Harry Ransom Center, université du Texas à Austin
Sonny Mehta, 19 septembre 1994 : fax manuscrit, archives le Carré
Bob Gottlieb, 22 septembre 1994 : copie de lettre manuscrite, archives le Carré
John Calley, 30 septembre 1994 : copie de fax dactylographié, archives le Carré
Yvette Pierpaoli, 19 décembre 1994 : copie signée de fax manuscrit, archives le Carré
Sonny Mehta, 21 novembre 1994 : fax manuscrit, archives le Carré
Sonny Mehta, 21 novembre 1994 : fax dactylographié, archives le Carré
Sonny Mehta, 20 décembre 1994 : fax dactylographié, archives le Carré
Alan Judd, 24 juin 1995 : lettre manuscrite, Alan Judd
Anatoli Adamichine, 6 février 1996 : copie non signée de lettre dactylographiée, archives le Carré

Alan Judd, 6 février 1996 : lettre manuscrite, Alan Judd
Anatoli Adamichine, 21 février 1996 : fax dactylographié, archives le Carré
Alan Judd, 27 février 1996 : lettre manuscrite, Alan Judd
Stephen Long, 14 décembre 1999 : copie non signée de lettre dactylographiée, archives le Carré
Dick Koster, 3 avril 1995 : fax manuscrit, archives le Carré
Helen Goldfield, 10 avril 1995 : copie de lettre manuscrite, archives le Carré
Stephen Fry, 4 mai 1995 : copie de lettre manuscrite, archives le Carré
Jane Cornwell, 10 mai 1995 : copie de fax manuscrit, archives le Carré
Matthew Bruccoli, 19 octobre 1995 : lettre manuscrite, MS-05128, le Carré Correspondence, 1980-2005, Container 7.4, Harry Ransom Center, université du Texas à Austin
Douglas Hayward, 2 février 1996 : copie non signée de lettre dactylographiée, archives le Carré
Sydney Pollack, 13 juin 1996 : fax manuscrit, archives le Carré
Susan D. Anderson, non datée : lettre manuscrite, 14-04-002-P, John le Carré Collection, Harry Ransom Center, université du Texas à Austin
Jane Cornwell, 27 avril 1998 : lettre manuscrite, archives le Carré
John Calley, 7 septembre 1998 : fax manuscrit, archives le Carré
Tony Cornwell, 13 décembre 1998 : lettre manuscrite, Nettie et Trevor Cornwell
Tom Stoppard, 4 février 1999 : lettre manuscrite, Tom Stoppard
Tony Cornwell, 30 mai 1999 : lettre manuscrite, Nettie et Trevor Cornwell
John Calley, 27 septembre 1999 : fax manuscrit, archives le Carré
John Calley, 17 février 2000 : copie de fax dactylographié, archives le Carré
Stephen James Joyce, 3 mars 2000 : copie non signée de lettre dactylographiée, archives le Carré
Pierce Brosnan, 5 mars 2000 : copie de fax manuscrit, archives le Carré
Sue Lawley, 9 juillet 2000 : copie de lettre manuscrite, archives le Carré
Nancy Olivieri, 22 mai 2000 : mail, Nancy Olivieri
Nancy Olivieri, 18 juillet 2000 : copie de lettre dactylographiée avec P.-S. manuscrit, Nancy Olivieri
Janet Berger, 8 août 2000 : fax manuscrit, Buzz et Janet Berger
J. R. James, 11 septembre 2000 : fax manuscrit, archives le Carré
John Boorman, 22 septembre 2000 : fax dactylographié, archives le Carré
Stanley Mitchell, 6 janvier 2001 : copie de lettre manuscrite, archives le Carré

John Calley, 6 janvier 2001 : fax manuscrit, archives le Carré
Roland Philipps, 19 janvier 2001 : copie de lettre manuscrite, Roland Philipps
Andreas Seiter et Katharina Amacker, 11 avril 2001 : copie de lettre dactylographiée, archives le Carré
John Calley, 11 juin 2001 : copie de fax manuscrit, archives le Carré
Fils de David et Jane, 11 juin 2001 : lettre manuscrite, archives le Carré
Al et Anne Alvarez, 4 août 2001 : lettre manuscrite, Anne Alvarez
John Boorman, 2 octobre 2002 : copie de fax manuscrit, archives le Carré
Jane Cornwell, 21 février 2003 : lettre manuscrite, archives le Carré
Anthony Barnett, 1er janvier 2004 : fax manuscrit, archives le Carré
August Hanning et Mme, 28 décembre 2005 : copie de fax manuscrit, August Hanning / archives le Carré
Nancy Olivieri, 17 février 2006 : lettre manuscrite, Nancy Olivieri
Stanley Mitchell, 19 avril 2006 : copie de lettre manuscrite, archives le Carré
Hugh Thomas, 10 mai 2006 : lettre manuscrite, CUL MS Add. 10195 Le Carré letter 10 mai 2006, bibliothèque de l'université de Cambridge
Charlotte Cornwell, 17 mai 2006 : mail, Nancy Cranham
Ralph de Butler, 14 septembre 2006 : lettre manuscrite, Ralph de Butler
Nicholas Shakespeare, 14 novembre 2006 : lettre manuscrite, Nicholas Shakespeare
Bernhard Docke, 9 février 2007 : mail, Bernhard Docke
Tony Cornwell, 15 mai 2007 : lettre manuscrite, Nettie et Trevor Cornwell
Douglas Jackson, 23 avril 2008 : lettre manuscrite, Douglas Jackson
Robert Forrest, 16 juin 2008 : lettre manuscrite, Robert Forrest
August Hanning, 24 décembre 2008 : fax manuscrit, August Hanning
August Hanning, 18 janvier 2009 : fax manuscrit, August Hanning / original dans les archives le Carré
Federico Varese, 21 avril 2009 : lettre manuscrite, Federico Varese
Roger Martin, 3 juin 2009 : copie de lettre manuscrite, archives le Carré
Federico Varese, 3 juillet 2009 : mail, Federico Varese
Ralph Fiennes, 7 octobre 2009 : copie de lettre manuscrite, archives le Carré
Al Alvarez, 26 octobre 2009 : mail, Anne Alvarez
Jonny Geller, 31 mars 2010 : copie de lettre manuscrite, Jonny Geller / archives le Carré
Tony Cornwell, 18 mai 2010 : lettre manuscrite, archives le Carré

Al Alvarez, fin mai 2010 : carte postale manuscrite, Anne Alvarez
Adam Sisman, 15 juillet 2010 : copie de lettre manuscrite, archives le Carré
Owen Dudley Edwards, 20 novembre 2010 : lettre manuscrite, Owen Dudley Edwards / archives le Carré
Tomas Alfredson, 12 juillet 2011 : copie de lettre manuscrite, archives le Carré
Gary Oldman, 31 août 2011 : mail, archives le Carré
William Burroughs, 13 octobre 2011 : lettre manuscrite, William Burroughs
Tony Cornwell, 4 février 2012 : copie de lettre manuscrite, archives le Carré
Roger Hermiston, 12 avril 2012 : lettre manuscrite, Roger Hermiston
Tony Cornwell, 18 juin 2012 : copie de lettre manuscrite, archives le Carré
Jonny Geller, 8 septembre 2012 : fax manuscrit, Jonny Geller / original dans les archives le Carré
Anthony Barnett, 22 septembre 2012 : mail, archives le Carré
Mary Mount, 10 octobre 2012 : mail, Mary Mount / archives le Carré
Chers tous, 16 octobre 2012 : mail, archives le Carré
Ian McEwan, 6 mai 2013 : lettre manuscrite, Ian McEwan, Box 33.5, John le Carré Letters, Harry Ransom Center, université du Texas à Austin
Georg et Christiane Boomgaarden, 22 octobre 2013 : copie de lettre manuscrite, archives le Carré
Ben Macintyre, 11 novembre 2013 : lettre manuscrite, Ben Macintyre
John et Mary James, 11 décembre 2013 : lettre dactylographiée, John et Mary James
Wolfgang Czaia, 12 décembre 2013 : copie non signée de lettre dactylographiée, archives le Carré
Roger Williams, 22 juillet 2014 : copie non signée de lettre dactylographiée, archives le Carré
U. P. Karlsson, 5 août 2014 : copie non signée de lettre dactylographiée, archives le Carré
Tom Stoppard, 27 octobre 2014 : lettre manuscrite, Tom Stoppard
Mikhaïl Lioubimov, 27 avril 2015 : copie non signée de lettre dactylographiée, archives le Carré
Tom Stoppard, 1er juin 2015 : lettre manuscrite, Tom Stoppard
Susanne Bier, 31 août 2015 : copie de lettre manuscrite, archives le Carré
Hugh Laurie, 29 août 2015 : mail, archives le Carré
Mikhaïl Lioubimov, 11 septembre 2015 : mail, Mikhaïl Lioubimov / archives le Carré

Bernhard Docke, 1er décembre 2015 : mail, Bernhard Docke / archives le Carré
Vladimir Stabnikov, 4 mars 2016 : mail, archives le Carré
Tom Bower, 21 mars 2016 : mail, archives le Carré
Robert McCrum, 30 juillet 2016 : copie de lettre manuscrite, archives le Carré
Al et Anne Alvarez, 16 septembre 2016 : lettre manuscrite, Anne Alvarez
Mary Mount, 8 novembre 2016 : mail, Mary Mount / archives le Carré
Ben Macintyre, 15 novembre 2016 : lettre manuscrite, Ben Macintyre
Nicholas Shakespeare, 16 décembre 2016 : lettre manuscrite, Nicholas Shakespeare
Roland Philipps, 16 février 2017 : lettre manuscrite, Roland Philipps
Mary Mount, 20 février 2017 : mail, Mary Mount / archives le Carré
Yassin Musharbash, 2 mai 2017 : lettre manuscrite, Yassin Musharbash
Tom Stoppard, 25 juin 2017 : lettre manuscrite, Tom Stoppard
Keith FitzPatrick, 29 juillet 2017 : lettre manuscrite, Keith FitzPatrick
Michael Jayston, 4 octobre 2017 : lettre manuscrite, Michael Jayston
Tom Stoppard, 21 décembre 2017 : lettre manuscrite, Tom Stoppard
Philippe Sands, 22 mars 2018 : mail, Philippe Sands / archives le Carré
John et Mary James, 25 mai 2018 : lettre manuscrite, John et Mary James
William Burroughs, 23 juillet 2018 : copie non signée de lettre dactylographiée, archives le Carré
Rex Cowan, 26 octobre 2018 : lettre manuscrite, Rex Cowan
Steven Isserlis, 26 novembre 2018 : copie de lettre manuscrite, archives le Carré
Tom Stoppard, 19 décembre 2018 : lettre manuscrite, Tom Stoppard
Tom Stoppard, 3 janvier 2019 : lettre manuscrite, Tom Stoppard
John Westerby, 4 avril 2019 : lettre manuscrite, John Westerby
Alan Judd, 18 mai 2019 : lettre manuscrite, Alan Judd
Tom Bower, 29 juin 2019 : mail, archives le Carré
John Banville, 16 juillet 2019 : mail, archives le Carré
Simon, Stephen, Timothy et Nicholas Cornwell, 21 juillet 2019 : mail, archives le Carré
David Greenway, 2 octobre 2019 : copie non signée de lettre dactylographiée, archives le Carré
Anne Freyer, 17 octobre 2019 : mail, Anne Freyer
Pierre Schori, 8 février 2020 : copie de lettre manuscrite, archives le Carré

Daniel Ellsberg, 11 février 2020 : copie de lettre manuscrite, archives le Carré
Nicholas Shakespeare, 26 avril 2020 : mail, archives le Carré
Charlotte Cornwell, 26 avril 2020 : mail, archives le Carré
Sam Joiner, 27 avril 2020 : lettre manuscrite, Sam Joiner
Alan Judd, 19 mai 2020 : lettre manuscrite, Alan Judd
Philippe Sands, 3 juin 2020 : mail, archives le Carré
Jonny Geller, 8 juin 2020 : mail, Jonny Geller / archives le Carré
Tom Stoppard, 1er juillet 2020 : lettre manuscrite, Tom Stoppard
Ben Macintyre, 31 août 2020 : mail, archives le Carré
Nicholas Shakespeare, 1er octobre 2020 : mail, archives le Carré
Mikhaïl Lioubimov, 18 octobre 2020 : mail, archives le Carré
Alison Geraghty, 26 octobre 2020 : copie non signée de lettre dactylographiée, archives le Carré
Yassin Musharbash, 23 novembre 2020 : lettre manuscrite, Yassin Musharbash
David Greenway, 25 novembre 2020 : lettre manuscrite, David Greenway

Index

Les notes sont référencées par la lettre « n » suivie du numéro de page.
Les liens de parenté indiqués entre parenthèses font référence à John le Carré, sauf mention contraire.
Cet index ne comporte pas de renvoi à la chronologie.

Références

Page 11 :

« Remarques à l'attention des commerciaux des éditions Knopf », *Cahier le Carré*, trad. Isabelle Perrin, Éditions de L'Herne, 2018, p. 21.

Page 19 :

« À la cour de Ronnie : un fils en quête de père », *The New Yorker*, 10 février 2002 ; Le Figaro Magazine, trad. Isabelle Perrin, samedi 3 juillet 2004.

Pages 61, 67, 99 et 118 :

« Une soirée avec George Smiley », discours prononcé au Southbank Centre le 7 septembre 2017, *Cahier le Carré*, trad. Isabelle Perrin, Éditions de L'Herne, 2018, p. 119.

Page 119 :

L'Appel du mort, trad. Marcel Duhamel et Catherine Grégoire, Éditions Gallimard, 1963, p. 62.

Page 119 :

« Sincères salutations à la Russie », *Cahier le Carré*, trad. Isabelle Perrin, Éditions de L'Herne, 2018, p. 223-226.

Page 287 :

« En espionnant mon père », *Sunday Times*, 6 mars 1986 ; *Cahier le Carré*, trad. Bernard Turle, Éditions de L'Herne, p. 59.

Page 465 :

« Quand abdiquent les États », *Cahier le Carré*, trad. Isabelle Perrin, Éditions de L'Herne, 2018, p. 216.

« Celle qui a inspiré mon roman », *The Guardian*, 12 février 2001 ; *Le Figaro Magazine*, trad. Isabelle Perrin, 6 octobre 2001.

Page 495 :

« Voyage au Congo », *Nation*, le 2 octobre 2006 ; *Cahier le Carré*, trad. Isabelle Perrin, Éditions de L'Herne, 2018, p. 212 et 215.

Page 543 :

« Cinquante ans plus tard », préface à la nouvelle édition de *L'Espion qui venait du froid*, trad. Alexandra Maillard, Éditions Gallimard, 2016, p. I et IV.

Page 536 :

« Notice d'entretien du vieil auteur », *Cahier le Carré*, trad. Isabelle Perrin, Éditions de L'Herne, 2018, p.19 et 20.

Table des illustrations et crédits photographiques

Illustrations

Crédits photographiques

Toutes les photographies sauf celles qui figurent ci-dessous sont reproduites avec l'aimable autorisation de la famille Cornwell.

Cahiers photographiques : 6, avec l'aimable autorisation de Sherborne School ; 7 et 15, © National Portrait Gallery, Londres ; 12, © Deborah Elliott ; 14, avec l'aimable autorisation de la famille Margetson ; 17, Pictorial Press Ltd/ Alamy Stock Photo ; 18, Jean-Claude Sauer/*Paris Match* via Getty Images ; 20, *Daily Mail*/Shutterstock ; 21, Susan Vereker ; 22, Steve Schapiro/Corbis via Getty Images ; 24, George Etheredge ; 26, Ben Martin/Getty Images ; 27, © BBC ; 28, Pascal Parrot/Sygma/Sygma via Getty Images ; 29, avec l'aimable autorisation de la famille Greenway ; 31, © Stuart Franklin/Magnum Photos ; 35, Getty Images ; 36, Judith Herrin ; 37 et 39, Dave M. Benett/ Getty Images ; 38, Anton Corbijn/Contour par Getty Images ; 40, © Tom Jamieson ; 42, avec l'aimable autorisation d'Ink Factory ; 44, avec l'aimable autorisation de la famille Musharbash ; 45, avec l'aimable autorisation de la famille Geller ; 46, © Sean Smith.

Illustrations textuelles : p. 120, Simon Bingham ; p. 376, dessin de presse reproduit avec l'aimable autorisation de Jeff Danziger, CounterPoint Syndication et the Cartoonist Group. Tous droits réservés.

Tous les efforts possibles ont été faits pour retrouver tous les détenteurs de copyright, mais l'éditeur accepte bien volontiers toute information susceptible de clarifier la propriété de toute illustration non créditée et fera son possible pour intégrer ces précisions dans de futures réimpressions.

Table

Du même auteur

AUX ÉDITIONS DU SEUIL

Notre jeu, *1996*
et « Points », n° P330

Le Tailleur de Panama, *1997*
et « Points », n° P563

Single & Single, *1999*
et « Points », n° P776

La Taupe, *2001*
nouvelle édition
et « Points », n° P921

Comme un collégien, *2001*
nouvelle édition
et « Points », n° P922

Les Gens de Smiley, *2001*
nouvelle édition
et « Points », n° P923

Un pur espion, *2001*
nouvelle édition
et « Points », n° P996

La Constance du jardinier, *2001*
et « Points », n° P1024

Le Directeur de nuit, *2003*
nouvelle édition
et « Points », n° P2429

La Maison Russie, *2003*
nouvelle édition
et « Points », n° P1130

Un amant naïf et sentimental, *2003*
nouvelle édition
et « Points », n° P1276

Le Miroir aux espions, *2004*
nouvelle édition
et « Points », n° P1475

Une amitié absolue, *2004*
et « Points », n° P1326

Une petite ville en Allemagne, *2005*
et « Points », n° P1474

Le Chant de la Mission, *2007*
et « Points », n° P2028

Un homme très recherché, *2009*
et « Points », n° P2227

Un traître à notre goût, *2011*
et « Points », n° P2815
sous le titre Un traître idéal

Une vérité si délicate, *2013*
et « Points », n° P3339

Le Tunnel aux pigeons. Histoires de ma vie, *2016*
et « Points », n° P4682

L'Héritage des espions, *2018*
et « Points », n° P4957

Retour de service, *2020*
et « Points », n° P5372

L'Espion qui aimait les livres, 2022
et « Points », n° P6171

AUX ÉDITIONS GALLIMARD

Chandelles noires, *1963*
L'Espion qui venait du froid, *1964*
L'Appel du mort, *1973*

AUX ÉDITIONS ROBERT LAFFONT

Le Voyageur secret, *1991*
Une paix insoutenable (essai), *1991*
Le Directeur de nuit, *1993*

et en collection Bouquins

tome 1
L'Appel du mort
Chandelles noires
L'Espion qui venait du froid
Le Miroir aux espions
La Taupe
Comme un collégien

tome 2
Les Gens de Smiley
Une petite ville en Allemagne
La Petite Fille au tambour
Le Bout du voyage (théâtre)

tome 3
Un amant naïf et sentimental
Un pur espion
Le Directeur de nuit

RÉALISATION : NORD COMPO À VILLENEUVE-D'ASCQ
IMPRESSION : NORMANDIE ROTO IMPRESSION S.A.S. À LONRAI
DÉPÔT LÉGAL : NOVEMBRE 2025. N° 153842 (2503755)
IMPRIMÉ EN FRANCE